Louise Fein

La figlia del Reich

Traduzione dall'inglese di Anna Rusconi

Sonzogno

Le citazioni a p. 167 sono tratte da: Adolf Hitler, *La mia battaglia, vol. 1: Edizione critica*, a cura di Vincenzo Pinto, traduzione di Alessandra Cambatzu e Vincenzo Pinto, Free Ebrei, Torino 2017.

Titolo originale: *People Like Us*

Prima edizione: maggio 2021
www.sonzognoeditori.it

LA FIGLIA DEL REICH

Ai miei straordinari genitori, che sono sempre con me

Chi non impara dalla storia è condannato a ripeterla.

WINSTON CHURCHILL

PROLOGO

LIPSIA

Estate 1929

Il lago è liscio come seta e l'acqua lambisce delicatamente i sostegni del pontile. Le assi nodose sotto i miei piedi sono spesse e calde di sole. A riva, Karl si sta infilando i pantaloncini e si contorce sotto l'asciugamano che mamma gli regge intorno alla vita.

«Attenta che lì l'acqua è profonda, Hetty» mi grida.

«Guardo e basta» gli rispondo. «Voglio vedere i pesci grossi.»

Trascino i piedi fino ad arricciare le dita sul bordo, poi mi accuccio a scrutare il lago. Il fondale non si vede. Magari non c'è. Magari l'acqua verde e scura scende fino al centro della Terra, dove mostri selvaggi attendono in agguato.

Walter nuota a dorso verso il pontile. Agita le braccia sollevando schizzi e si mette a fare il morto, le dita pallide dei piedi che spuntano dal pelo dell'acqua. Poi si drizza e mi guarda, sorridendo mentre si toglie i capelli bagnati dalla faccia. Quanto vorrei prendere lezioni di nuoto come Karl: allora sì che potrei guizzare come un pesce, anziché starmene a mollo dove si tocca, inciampando contro i sassi e scivolando sulle alghe viscide.

Dal mio piedistallo osservo Karl riprendere il largo. A un certo punto scompare dietro il pilone di legno del pontile. Mi sposto per guardarlo, ma finisco per sporgermi troppo e perdere l'equilibrio. Allargo le braccia, mi aggrappo al vuoto, ma precipito giù, sempre più giù.

L'impatto è di pancia. La superficie del lago è dura come pietra e gelida da mozzare il fiato. Apro la bocca, ma al posto dell'aria trovo solo l'acqua putrida.

«Aiuto...» farfuglio dimenandomi, accecata da lampi di luce e buio.

«AIUTO» urlo ancora, ma l'acqua mulina e ribolle, richiudendosi sopra la mia testa mentre i mostri mi risucchiano nel profondo della loro tana.

In preda al panico, mi sbraccio e scalcio nel tentativo di riguadagnare la superficie. Il tempo di tirare un respiro. Voci lontane. Mi dibatto con tutte le forze, ma non basta per restare a galla e mi ritrovo ad avvitarmi su me stessa. Poi le voci sfumano e torno a sprofondare, i polmoni che urlano e l'acqua che mi reclama riempiendoli, disgustosa, nauseabonda, densa. Sto affogando.

La tenebra mi avvolge.

Qualcosa mi artiglia il costume e mi graffia la schiena. Uno strattone e vengo trascinata in superficie. Qualcuno mi sostiene. Nel bianco accecante del sole i conati e la tosse mi squassano fin quasi a farmi sputare le budella. Con un rantolo stridulo l'aria rifluisce nei polmoni, facendo fuoriuscire l'acqua dal naso. La persona che mi stringe ansima e batte con forza le gambe nello sforzo di tenerci a galla. Le sue mani mi girano di schiena e sotto di me sento un corpo vigoroso che mi sorregge la testa.

«Non ti agitare, ormai è fatta.» Una voce nell'orecchio. È Walter. «Adesso ti riporto a riva.» Mi avvolge una mano intorno al mento e comincia a trascinarmi.

Tento di restare immobile, ma l'acqua mi lambisce le orecchie e oscillo. Lui avanza a scatti nuotando sul dorso e ansimando per la fatica finché non arriviamo dove si tocca. In lontananza mi sembra di sentire piangere e gridare. Il corpo di Walter è solido, sicuro, e quando lo sento scostarsi dal mio mi aggrappo a lui disperata, mentre il groviglio delle nostre gambe scivola verso il fondale.

«Tranquilla, qui tocchi» dice, aiutandomi a raddrizzarmi.

La fanghiglia mi sguscia tra le dita. Cerco di stare in piedi, ma sto tremando e le gambe cedono. Walter mi afferra e io torno ad appoggiarmi a lui. Mi brucia la gola e dal naso continua a colarmi acqua.

Mamma si precipita verso di noi bagnandosi la gonna, ma non sembra farci caso. Mi solleva e mi stringe forte a sé, poi barcollando torniamo a riva, dove mi avvolge in un asciugamano asciutto.

«Hetty! Stai bene?» C'è anche Karl, che mi dà delle leggere pacche sulla schiena e mi osserva. «Te l'avevo detto di stare attenta!»

«La mia piccolina.» Mamma si accascia a terra, cullandomi come se fossi una neonata anche se ho già sette anni. Con l'orecchio incollato al suo petto, le sento in gola il respiro accelerato e affannoso.

Accanto a noi, Walter ci guarda silenzioso e gocciolante.

«Le hai salvato la vita» gli dice mia madre. «Grazie a Dio, sei un nuotatore in gamba. Hai avuto una tale prontezza...» Le viene da piangere.

«Non è stato difficile» risponde lui, distogliendo lo sguardo.

«Dirò a tua madre che ragazzo coraggioso sei.»

«Non ce n'è bisogno, davvero.» Prende il telo per asciugarsi.

Mamma si tampona gli occhi e mi aiuta a vestirmi. Mi sento le pareti della gola e del naso irritate come se avessi inghiottito cemento.

«Forse Hetty dovrebbe prendere lezioni di nuoto» suggerisce Karl nel silenzio generale.

Mamma tira su col naso e annuisce.

Poi stende la coperta e tira fuori le cose per il picnic. Riesco a smettere di tremare quanto basta per mandare giù un po' di *Pfannkuchen* ai lamponi e di latte dalla borraccia.

Alla fine trovo il coraggio di guardarlo. Walter, capelli biondi e ondulati ancora umidi, sta dicendo qualcosa a Karl, ma di colpo si gira verso di me e mi fa un sorriso.

Ha gli occhi azzurri più caldi e gentili che conosca.

Più tardi, quella sera, mamma mi rimbocca le coperte nel lettuccio addossato alla parete della camera che divido con Karl.

«Buonanotte, tesoro.» Mi dà un bacio sulla fronte e mi accarezza i capelli. «Stai bene, vero?»

«Sì, mamma.»

«Sono contenta.» Mi sorride e mi fa un'altra carezza.

Poi spegne la luce e si chiude piano la porta alle spalle.

Io resto lì con gli occhi aperti. Nell'oscurità riesco a distinguere la sagoma spigolosa dell'armadio contro il muro e il letto vuoto di Karl sotto la finestra. Quando c'è lui, le ombre non possono farmi niente. Ogni volta che le palpebre si abbassano mi ritrovo nel lago con l'acqua che mi risucchia nelle sue profondità torbide riempiendomi i polmoni, e il cuore martella finché gli occhi non si spalancano. *Sveglia. Devi restare sveglia. Sveglia!*

La porta cigola prima del previsto.

«Karl?»

«Hetty? Sei ancora sveglia?»

«Non riesco a dormire.»

«Me lo immagino. Senti, ho una cosa per te. Per tirarti un po' su. Volevo tenerla per il tuo compleanno, ma te la do adesso. Per la tua festa troverò qualcos'altro.» Accende la luce e per un attimo resto abbagliata.

Karl si infila sotto il suo letto e ne riemerge con un sacchetto di carta marrone, che appoggia sulla mia coperta.

«Ecco.» Mi metto a sedere e lui si appollaia sul bordo del materasso. Ha le guance tirate e sotto la frangia scura la fronte è corrucciata.

«Avrei voluto salvarti io oggi, Topolina, ma ero troppo lontano.» So che è sincero, perché quando mi guarda negli occhi riesco a vedergli l'anima. L'ansia gli ha dilatato le pupille nere e sento che dentro sta piangendo, come me. Faccio di sì con la testa, per dirgli che capisco.

«Fortuna che c'era Walter. È il tuo migliore amico.»

Guardo il sacchetto di carta, ingombrante tra le mie mani.

«Aprilo, su» mi esorta.

La carta scricchiola mentre srotolo il bordo. Infilo dentro una mano e le dita sfiorano la copertina di un libro. È un diario, di quelli che usano anche i grandi. Davanti ha un cartoncino fantasia sui toni del marrone, dell'arancio e del blu. All'interno le pagine sono color crema.

«È bellissimo» sussurro. «Grazie, Karl.»

«C'è anche un'altra cosa» fa con un sorriso.

Sul fondo del sacchetto c'è una penna stilografica blu e argento.

«Ho pensato che potresti scriverci i tuoi segreti. O le storie che ti piace tanto inventare» dice, scrutandomi.

«Ce la metterò tutta. Magari non storie dove affogo, però» sorrido. Voglio fargli sapere che va tutto bene.

Mentre riappoggio la testa sul cuscino, però, *so* che va tutto bene, ma qualcosa è cambiato.

Io ho rischiato di annegare e Walter mi ha salvata.

Questo cambia tutto.

PRIMA PARTE

7 agosto 1933

«*La metamorfosi!*» esclama il professor Kreitz. «È così che si intitola questo libro», e con un gesto enfatico della mano ce lo sventola davanti. «Qualcuno mi sa dire che cosa significa "metamorfosi"?» Si appoggia alla cattedra, le maniche della camicia arrotolate fino al gomito. Dai banchi di legno della mia nuova aula al *Gymnasium* nessuno fiata.

Fine della polverosa e caotica *Volksschule*. I mocciosi e il piccolo recinto per la ricreazione sono ormai un lontano ricordo, sbiadito dalla lunga pausa estiva. Il Gymnasium è tutto archi altissimi e corridoi riecheggianti. Al centro, sotto l'imponente tetto rosso a mansarda, si apre un grande atrio con il soffitto di travi. Qui gli insegnanti sono tutti più alti, più intelligenti e più severi. Alle prove d'ammissione ho ottenuto voti migliori di quelli ricevuti da Karl tre anni fa, quando aveva undici anni, ma adesso non mi sento più tanto brillante.

«Trasformazione?» Dal fondo qualcuno rompe il silenzio. Mi giro e vedo una ragazzina coi capelli neri e crespi simili ai miei.

«Nome, prego» dice il professor Kreitz, sollevando la testa dagli occhi sporgenti che mi ricordano una rana.

«Freda Federmann» risponde la ragazza in tono sicuro.

«Magnifico. Giusto, Freda.» Kreitz è molto soddisfatto. «Trasformazione. Rinascita. Conversione. Dal greco *metamorphoun*, che significa "trasformare".» Comincia a fare avanti e indietro per la classe. «Studiare gli antichi greci e romani ci insegnerà tutto quello che dobbiamo sapere sulla condizione umana.»

«Freda Federmann è un'*ebrea*» sussurra qualcuno nella fila alle mie spalle. In realtà la sente anche il professore, che però fa finta di niente e, passando accanto alla cattedra, raccoglie il libro.

Kreitz ha le spalle strette e la pancia prominente, dai pantaloni gli escono lembi di camicia e la cravatta è sghemba. È chiaro che questa scuola, nota per il curriculum di studi classici, l'ha scelto per la sua competenza e la sua intelligenza superiore, non certo per l'eleganza.

«Franz Kafka» sospira fissando concentrato il soffitto, come se l'autore se ne stesse appollaiato sulle travi là in alto. «Un uomo così brillante e divertente! Sentite qui.» Sfoglia energicamente il libro, la chioma spettinata che gli ballonzola sulla testa, e si mette a leggere facendo lentamente il giro dell'aula. Con voce ipnotica ci racconta la storia di Gregor, il commesso viaggiatore che un mattino, al risveglio, scopre di essersi trasformato in un enorme scarafaggio.

La luce filtra dalle finestre lunghe e rettangolari, vicino al soffitto, e Adolf Hitler ci guarda con espressione serena dal grande ritratto sopra la lavagna. La voce di Kreitz si alza e si abbassa, si smorza per poi rimbombare. Mentre osservo l'immagine, la faccia di Hitler sembra palpitare e prendere vita. Mi scruta senza battere ciglio, ma io sono sicura che le sue labbra si siano mosse, abbiano avuto uno spasmo, come se da un momento all'altro potesse sorridermi e uscire dal quadro dicendo: «Ah ah ah, era uno scherzo: sono io, non un ritratto.»

Cosa che ovviamente non succede. Finalmente distolgo gli occhi. Karl dice che ho troppa immaginazione: con un tuffo al cuore, mi chiedo se non abbia ragione.

Kreitz continua a leggere. Evitando il ritratto di Hitler, inizio a studiare il profilo della mia compagna di banco. Alta ed elegante, ha lunghi capelli ramati raccolti in due trecce lisce sulle spalle. Il viso è piccolo, pallido e di forma perfetta, come se l'avessero scolpito nel marmo pregiato. Se ne sta col mento all'insù e segue i movimenti del professore in giro per l'aula. Poi, sentendo il mio sguardo, si volta a fissarmi con gli occhi verdi leggermente a mandorla.

«Ciao» sussurra. «Mi chiamo Erna Bäcker.» Un sorriso le increspa le labbra.

«Hetty Heinrich» le rispondo, penosamente consapevole dei miei capelli neri e crespi, dei miei occhioni e delle mie guance troppo paffute.

Erna Bäcker è la creatura più affascinante che abbia mai visto.

Dei colpi improvvisi alla porta interrompono la lettura del professore.

«Herr Hofmann...» dice Kreitz, rivolgendosi al tizio alto e magro con farfallino e panciotto appena entrato in classe.

«Heil Hitler» esclama Hofmann, salutandoci.

«Heil Hitler» gli rispondiamo noi.

«Signor preside» riprende Kreitz, schiarendosi la voce, «siamo felici di averla tra noi.»

Il signor Hofmann prende posizione di fronte alla scolaresca.

«Benvenute nel nostro meraviglioso Gymnasium» dice con un sorriso. «Se siete qui è perché avete ottenuto ottimi voti, ma questo non è che l'inizio. Nel corso della vostra permanenza in questa scuola, se lavorerete sodo e vi comporterete in maniera esemplare, voi ragazze potrete distinguervi al pari dei ragazzi. Nel tempo diverrete membri meritevoli del nostro nuovo e grande Reich, e in tal modo renderete orgogliosi di voi tanto i vostri genitori, quanto il nostro liceo. A tutte i miei auguri di buona fortuna.»

Gli restituisco il sorriso. Voglio diventare una dottoressa, magari famosa in tutto il mondo, e credo che frequentare questa scuola prestigiosa sia un passo verso la realizzazione del mio sogno. Mi applicherò al massimo in tutte le materie. Sempre.

Hofmann si rivolge al professor Kreitz. «Che cosa studiate, oggi?»

Kreitz gli mostra in silenzio la copertina della *Metamorfosi*.

Sul volto del preside si disegna un'espressione inorridita. «Le ha dato di volta il cervello, professore?»

Lui si stringe nelle spalle. «È un testo meraviglioso, Herr Hofmann. Perfetto per introdurre i temi di cui ci occuperemo quest'anno: il simbolismo, la metafora, l'assurdità della vita...»

«Di questo parleremo dopo» lo interrompe bruscamente Hofmann. «Per ora, se già non lo sa, dico solo che non è un testo appropriato. La prossima volta faccia in modo di scegliere un autore *tedesco*. Buona giornata, ragazze.» Esce a passo deciso dalla classe, sbattendosi la porta alle spalle.

Il professor Kreitz sembra rimpicciolito.

Con le mani che gli tremano torna alla scrivania e infila in borsa *La metamorfosi*, quindi si passa la lingua sulle labbra e resta a fissarci come se non sapesse bene che altro fare. Quando timidamente cominciamo a chiacchierare, non tenta nemmeno di zittirci.

Ed ecco che di nuovo mi ritrovo a pensare a una rana, solo che stavolta è spiaccicata dal traffico in mezzo alla strada.

All'uscita mi aspetta Tomas. Se ne sta disinvoltamente appoggiato al tronco di un grande albero sulla Nordplatz, con le sue gambe lunghe e secche. Mi vede prima che io possa darmi alla fuga e si affretta a intercettarmi con un sorrisetto sbieco.

«Allora? Com'è?» mi chiede, lanciando un'occhiata alle nostre spalle in direzione della scuola. Ci incamminiamo dietro un gruppetto rumoroso di studenti più grandi che attraversano la piazza erbosa verso Gohlis.

«Niente di speciale. Una scuola. Più severa e interessante, tutto qui.»

Tomas ha l'aria un po' triste. Se solo i suoi potessero permettersi la retta, ci andrebbe di corsa. Non gli manca certo l'intelligenza per superare le prove d'ammissione.

«È strano non vederti più nel nostro quartiere» dice. «C'è come un vuoto» aggiunge dopo una pausa.

«Non sono finita tanto lontano.»

«Sarà.» Ha il fiatone. Si ferma un attimo prima di attraversare la Kirchplatz. «E la casa nuova com'è?»

«Aspetta e vedrai» gli rispondo ridendo. «Non c'è paragone con il vecchio appartamento! Andiamo!» In preda a un'ondata di eccitazione, mi metto a correre.

La nostra casa nuova in Fritzschestrasse è enorme, ha il tetto a punta, due comignoli che si protendono come dita tozze verso il cielo e quattro ordini di finestre. Potremmo avere un piano intero ciascuno.

«Accidenti, è la più grande di tutta la via» esclama sottovoce il mio amico, fissando l'imponente edificio di mattoni color sabbia con le finiture nere. Tomas ha i capelli bruni tutti scarmigliati e due occhi grossi come insetti dietro le lenti sudicie montate in tartaruga. Osserva tanta imponenza arricciando il naso.

Io gongolo.

«Ha un giardino anche sul retro?» mi chiede.

«Ma certo! Quella è la mia camera.» Indico la finestra al primo piano, con il balcone che dà sulla strada. Proprio davanti cresce un ciliegio, vecchio e bello. I suoi rami da un lato ombreggiano la cancellata di ferro e il marciapiede e dall'altro arrivano a sfiorare il balcone. Dalla mia nicchia alla finestra riesco a vedere l'incrocio con la Berggartenstrasse e quasi tutta la Fritzschestrasse, fino a dove piega a destra, vicino alla casa di Walter, così posso tenerlo d'occhio.

«Chissà che meraviglia dev'essere dentro.» Tomas preme la faccia contro l'inferriata. «Scommetto che ha due scaloni. E una cantina. Magari anche una cella sotterranea con le ossa di un prigioniero!»

«Non fare lo scemo.»

«Posso entrare?»

Gli lancio un'occhiataccia. Anche se è trascorsa soltanto qualche settimana, mi sembra già passata una vita da quando giocavamo insieme per strada dietro il nostro vecchio appartamento. Ed era la *vecchia me* a calciare la palla e a lasciarsi scivolare lungo il terrapieno fangoso per andare a guardare i treni che entravano e uscivano sbuffando dalla stazione.

«Non oggi» mi sento dire. «Scusa. Magari un'altra volta.» Spingo il pesante cancello di ferro, che si apre con un cigolio. Quando lo lascio andare, chiude fuori Tomas con un colpo secco che mi riempie di soddisfazione.

Nell'ingresso, dove i miei passi riecheggiano sul pavimento di legno, appoggio la cartella e ripenso al giorno in cui siamo venuti a stare qui, in giugno.

«Dovrò trovarmi una cuoca e una cameriera a tempo pieno» aveva esclamato mia madre, portandosi una mano al petto e guardandosi intorno estasiata, proprio dal punto dove ora sono io. Ho ancora nel naso la fragranza floreale del suo Vol de Nuit. «Per star dietro a questa casa mi servirà un aiuto.»

Mio padre, sereno e sicuro di sé, pantaloni informali e una camicia sbottonata sul collo, mi aveva scompigliato i capelli con la mano dicendo: «Il palazzo più ambito di Lipsia. O uno tra i più ambiti.»

«Mi piace tantissimo» avevo commentato io, sorridendo al suo faccione.

«Chi l'avrebbe mai detto, eh, *Schnuffel*? Chi avrebbe anche soltanto osato immaginarlo?» aveva sospirato lui, sollevando uno scatolone e aprendo con una pedata una porta del corridoio. «Il mio studio!» E, soddisfatto, era scomparso là dentro.

«Posso scegliere la mia stanza?» aveva chiesto Karl, gli occhi che gli brillavano all'idea di averne una tutta per sé.

«Perché no?» era stata la risposta di mamma, e io l'avevo seguita mentre faceva l'inventario dei mobili e delle opere d'arte lasciate dagli inquilini precedenti.

Non avrei mai dimenticato la prima volta che avevo visto la sala da pranzo rossa e oro, il luminoso salotto con la moquette costellata di macchie di luce e il pianoforte a coda, il salottino azzurro con il grammofono in un angolo e il giardino d'inverno col soffitto di vetro a volta, pieno di arredi di vimini e piante tropicali. Il nostro vecchio appartamento poteva entrare tutto nel vestibolo, e sarebbe avanzato ancora spazio.

Mi sento montare in petto un'ondata di felicità e attraverso di corsa l'ingresso, i passi sonori sul pavimento di pietra che conduce, oltre la cucina e la lavanderia, al sole meraviglioso del nostro giardino a triangolo: al centro c'è il prato, i bordi sono fioriti e in fondo si erge una quercia maestosa. Diversamente da dove stavamo prima, qui non c'è la ferrovia e di notte il mio letto non sobbalza più come quando i treni passavano stridendo e sferragliando, diretti chissà dove.

Raggiungo l'estremità del giardino e alzo la testa per guardare i rami e il drappeggio di foglie della quercia secolare e gigantesca. Anche se non andiamo più in chiesa – papà dice che ruba tempo alla nostra causa più grande, e che Herr Himmler non approverebbe – io *so* che Dio mi ha sorriso. Mi ha fatto questo regalo perché sono speciale: una casa sull'albero. Vera. Solida. Con tanto di tetto e pareti, e con una scaletta che penzola dalla botola al centro del pavimento di assi.

La faccia che farà Tomas vedendola! So già che morirà d'invidia, e mentre immagino la scena mi scappa da ridere forte.

17 settembre 1933

Comodamente piazzata tra i cuscini del divanetto nella nicchia della finestra, tengo d'occhio la Fritzschestrasse. Con un pizzico di fortuna potrei veder apparire Walter che a passo strascicato, le mani infilate nelle tasche dei pantaloni corti, viene a trovare Karl. Ma la via resta ostinatamente vuota. D'un tratto, attraverso i rami del ciliegio scorgo una coppia di anziani sbucare da uno degli eleganti palazzi bianchi sul marciapiede opposto. Con loro c'è un cane nero dal pelo lungo e spettinato; la lingua gli penzola fuori e sembra che sorrida. Nella vecchia casa non avevamo posto per tenerne uno, ma adesso mia madre non ha più scuse. Mi alzo e vado a cercarla.

In cucina, Bertha si pulisce le mani infarinate sul grembiule. «Sua madre ha l'emicrania» dice. «È andata a coricarsi.»

«Ma come si fa ad andare a letto in pieno giorno?»

«Ah, a me non costerebbe proprio nessuna fatica» mi risponde lei con un sospiro, attaccando a lavorare un mucchietto di pasta. «Posso aiutarla io?»

«Dobbiamo prendere un cane. In una casa così grande *ci vuole* un cane.»

«Capisco. Be', questo può aspettare finché sua madre non si alza. E magari non lo vuole neanche.»

Smette di impastare e batte due o tre volte l'impasto sull'asse. Vedo i muscoli flettersi sotto la pelle lentigginosa degli avambracci.

«Vado a svegliarla?»

«No, Fräulein Herta, direi che non è il caso.»

E così mi rassegno ed esco. Un po' più in là, i due vecchietti camminano lenti. Mi metto a correre e li raggiungo.

«Buongiorno. Posso accarezzare il vostro cane? Mi chiamo Hetty, vivo nella grande casa dall'altra parte della strada, di fronte a voi.»

Lui indossa un completo marrone con la cravatta e una lobbia ben calcata sulla testa. Lei, minuscola e gracile, in un soprabito leggero nonostante il caldo, lancia un'occhiata nervosa al marito.

L'uomo si schiarisce la voce. «È soltanto una bambina, Ruth» le mormora. Poi si gira verso di me. «Ma certo. Lui si chiama Flocke e io sono il signor Goldschmidt.»

Flocke scodinzola con tale forza che tutto il corpo ondeggia insieme alla coda.

«Come sei socievole.» Mi accuccio ridacchiando, mentre il cane mi appoggia le zampe anteriori sulle ginocchia e tenta di leccarmi le orecchie.

«Forse potrei portarlo io al parco per voi.» Sollevo la testa e osservo i signori Goldschmidt: sono davvero molto vecchi, con loro Flocke non può certo mettersi a correre. «Ci so fare coi cani. Giuro che starò attenta, non lo farò scappare né niente» aggiungo, alzandomi e cercando di apparire responsabile.

Stavolta è lei a prendere la parola. «No che non puoi.» Ha un tono severo e acido, come se avesse appena succhiato una fetta di limone. «Figurarsi, dopo quel che è successo!»

Arretro di un passo. Forse i bambini non le piacciono.

«Così la spaventi, Ruth. Andiamo, dai.» Il vecchio tira la moglie per un braccio, ma lei non si muove e gli occhi scuri si stringono in due fessure serpentine.

«Tuo padre» mi sibila, «è lui che li ha cacciati. Con quelle accuse campate per aria. E la campagna del suo giornale. Roba da criminali... tutte bugie e falsità...»

«Ruth, per favore!» Il signor Goldschmidt le scrolla il braccio ma lei è inarrestabile, trema tutta e mi aggredisce a parole.

«I Drucker erano gente ricca e perbene. Lavoratori indefessi. Cose che suscitano invidia, vero? L'invidia di chi si sente inferiore. E adesso eccolo lì, seduto come un pascià nella casa che ha rubato!»

«*Ruth!*» Il signor Goldschmidt ha alzato la voce, adesso. Si volta verso di me. «Chiedo scusa per quel che ha detto mia moglie, stamattina è fuori di sé...»

Solo che ormai ho capito che è una strega e sto già correndo via come il vento, prima che possa avvelenarmi con la sua saliva. Non mi fermo finché non sono di nuovo al sicuro all'interno del cancello di ferro, col cuore che galoppa nel petto come un purosangue.

Fuori è parcheggiata una macchina e nell'ingresso trovo una ragazza fasciata come una salsiccia in un vestito marrone aderentissimo. Ha le guance paffute, il naso schiacciato e all'insù e le labbra più carnose che abbia mai visto. Porta i capelli castani con sfumature bionde raccolti in due trecce, tirate e arrotolate in cima alla testa tanto da arrossarle la pelle sopra le orecchie. Mi guarda con aria sorpresa.

«Ciao» dice poi in tono gentile. «Sono Fräulein Müller. E tu devi essere Herta, giusto?»

Papà, grande quanto un orso ed elegantissimo nell'uniforme delle Schutzstaffeln, emerge dal suo studio. Consegna alla signorina Müller una cartellina sottile.

«Ciao, pulcino. Purtroppo devo assentarmi un paio di giorni. Devo andare a Berlino per impegni con le SS.» Mi abbraccia, attirandomi contro il suo torace. La pesante fibbia della cintura pettorale mi preme contro la guancia. «Tua madre dov'è? Hélène!» Sento la voce rimbombargli nel petto. «Hélène, *Hélène*!»

«Franz?» Vestito morbido e cappello di paglia a tesa larga in testa, mamma entra leggera dal giardino posteriore. In una mano stringe un mazzo di fiori e nell'altra le forbici. Dietro di lei c'è Karl. «Come mai a casa così presto?» Anche lei è sorpresa.

«Ah, eccoti. Hélène, ti presento Hilda Müller, la mia nuova segretaria.» La ragazza sorride e annuisce a mia madre. «Mi hanno convocato d'urgenza a Berlino. Altri guai con i comunisti.» Sospira. «Ma entro stasera devo anche finire l'editoriale della settimana per il *Leipziger*. Fräulein Müller mi accompagnerà per aiutarmi.» Si ferma di colpo, passandosi una mano sulla faccia e massaggiandosi gli occhi con i polpastrelli. Povero papà, il doppio lavoro lo consuma.

«Starai da *Oma* Annamaria?» gli chiede Karl.

«No, se posso evitare» risponde di getto nostro padre. «Voglio dire» aggiunge poi, «che andrò senz'altro a trovare mia madre, se mi resterà il tempo, ma molto probabilmente non ce la farò.» Si gira verso la mamma. «Ti chiamo in serata» dice, prendendole le mani e baciandola sulla guancia. «Ciao, *Schnuffel*» aggiunge, rivolto a me. «Comportati bene.»

«Sì, papà.» Scruto il suo faccione incorniciato di capelli chiari ben lisciati all'indietro. Cerco tenerezza nei suoi occhi pallidi e spero che lui nei miei veda solo bontà, ma sta già controllando l'orologio.

«Dobbiamo andare.» Si rivolge a Karl: «Sarai tu l'uomo di casa, giovanotto. Abbi cura di tua madre e tua sorella.»

Dalla porta guardiamo il papà e Fräulein Müller montare sulla macchina nera e lucida che li aspetta. Lei ha la gonna così stretta che le si arriccia sulle cosce, scoprendole il didietro grosso e tondo che ondeggia come quello di un'oca.

«Mamma» dico non appena sono partiti, «i Goldschmidt, i nostri dirimpettai, mi hanno detto che papà ha rubato questa casa. Ma come si fa a rubare una casa?»

Lei si volta di scatto a fissarmi. «Cos'hanno detto? Perché parlavi con loro?»

«Hanno un cagnolino, volevo accarezzarlo. Possiamo prenderne uno anche noi, adesso che abitiamo qui?»

«Non devi parlare con certa gente.»

«Volevo solo accarezzare il cane.»

«Sì, ma sono *ebrei*, Hetty.»

A quella parola sento un brivido lungo la schiena. E io come facevo a saperlo? Karl arriccia il naso. «Bastardi schifosi» commenta.

«Non sanno far altro che diffondere bugie e cattiverie» prosegue mia madre, la voce ferma. La osservo disporre i fiori in un vaso che poi riempie d'acqua. «Nient'altro, solo quello. È importante che tu non gli rivolga più la parola. Sono tempi difficili, per questo papà si fa in quattro per le SS e il giornale. Devono proteggere Hitler e impedire che nascano partiti contro di lui. Devi imparare a sceglierti bene gli amici, Hetty. Lega solo con *bravi* tedeschi come noi. Capito?»

«Sì, mamma.»

La seguo di nuovo in giardino perché non voglio restare da sola. Vado a guardare intorno ai cespugli e tra le bordure di fiori: sembra tutto tranquillo, ma percepisco il male che aleggia oltre la cancellata e rabbrividisco. Allora immagino un grande cane da guardia che sorveglia il giardino, e mi basta per sentirmi al sicuro.

8 ottobre 1933

Bussano alla porta d'ingresso.

«Chi sarà mai a quest'ora di domenica mattina?» esclama mia madre. Alta e flessuosa, avvolta nello chiffon color pesca, scende con grazia le scale sistemandosi dietro l'orecchio una ciocca di capelli sfuggita alla massa scura dello chignon.

Sono io ad aprire. Sulla soglia c'è Walter, mani in tasca. Spalanco il pesante portone e inspiro ergendomi in tutta la mia statura.

Da piccolo Walter sembrava uno di quei cherubini biondi e paffuti che aleggiano tra le nubi dei quadri di Maria col Bambino. Oggi, a quattordici anni, nonostante i riccioli biondi e gli occhi azzurri, non ha più niente di paffuto ed è lungo e sottile come un puledro quasi adulto. Un ragazzo quasi uomo.

«Karl!» esclama mia madre. Stringe il liscio pomello di legno della balaustra delle scale come se temesse di perdere la presa.

«Buongiorno, signora Heinrich» la saluta educatamente Walter, entrando. «Volevo sapere se Karl c'è e se è libero.»

«Sali» gli grida mio fratello, mentre la sua faccia sorridente compare in cima alle scale. «Ci mettiamo nella mia stanza.»

«Ciao, Walter» dico io.

Lui si china a slacciarsi le scarpe, senza dar segno di accorgersi di me.

«Ti va di venire nella casa sull'albero?» oso proporre. Ma lui corre su per le scale a raggiungere Karl.

Papà esce dallo studio. Le mani piantate sui fianchi, lo guarda salire accigliato. «Di nuovo quel ragazzo» mormora, lanciando un'occhiata alla mamma. «Non gliel'hai detto, vero?»

«Ti prego, Franz» sospira lei, e tutto il suo corpo sembra afflosciarsi. «Non ricominciare.»

«Solo perché una volta ha salvato...» Mio padre mi guarda e io so che sta pensando alla volta in cui ho rischiato di annegare. «Non mi piace.» Si gira e la porta dello studio si richiude con un colpo secco e deciso.

Io e mia madre restiamo a fissarci nell'ingresso, mentre dita invisibili mi corrono su per la schiena.

«Perché Walter non gli piace?» le sussurro.

Lei sospira. «Va' a lavarti le mani e la faccia. Oggi andiamo in visita alla casa dei veterani.»

«Ma...»

«Solo un paio d'ore. Ti farà bene.»

«Devo proprio?»

«Sì» mi risponde lei, ferma. «Il lavoro per la comunità è... sacro. Ci avvicina al Führer. Prendersi cura degli altri è una cosa importantissima.»

«Io preferirei stare a giocare con Karl e Walter.»

«Le signorine come te devono imparare il concetto di *obbedienza*» risponde seccamente.

Mi avvio su per le scale con un nodo che mi stringe lo stomaco.

La casa dei veterani è in Hallische Strasse, ma non dà direttamente sulla strada. L'edificio risale a qualche secolo fa, in passato ospitava un ospedale ma oggi è un ospizio per i soldati coraggiosi gravemente feriti mentre combattevano per il nostro paese: una casa degli eroi. Ha un bel parco e un'ampia terrazza su un lato, con una fila di carrozzelle. Gli uomini se ne stanno lì seduti così in silenzio, osservando senza fiatare il prato e le aiuole, che potrebbero sembrare già morti.

Mamma sale a passo risoluto i gradini e suona al portone. Viene ad aprirci un'infermiera dall'aria linda che ci precede in un atrio profumato di candeggina e cera per il legno. Si presenta come Lisel. Dalla cuffietta bianca le spuntano i capelli biondi.

«Heil Hitler. Che piacere rivederla, Frau Heinrich» dice.

«Heil Hitler. Questa è Herta, mia figlia.»

«Siete state gentili a venire. Ai nostri ospiti fa sempre un gran piacere, Frau Heinrich.»

Seguiamo Lisel lungo un corridoio buio, oltre una corsia in cui lancio un'occhiata. Vedo otto letti di ferro, tutti ordinatamente rifatti e vuoti. Gli occupanti, ci spiega lei, sono in sala giorno. Cerco di non inalare troppo a fondo: sotto l'odore di varechina si insinua un puzzo di urina e di qualche cos'altro di sgradevole.

«Alcuni nostri ospiti sono eroi di guerra, Herta, persone rimaste senza parenti ma che meritano di avere un posto comodo e decoroso dove trascorrere i loro ultimi giorni» riprende Lisel.

«Certo» convengo io, annuendo.

«Se lo meritano, certo, però ci servono più fondi. Facciamo molta fatica...» aggiunge l'infermiera con aria più seria.

«Io sto organizzando un pranzo con raccolta fondi» la informa allora mia madre in tono entusiasta. «E mio marito potrebbe dare visibilità alla vostra causa sul *Leipziger*.»

Lisel sorride. «Siamo davvero fortunati ad avere una benefattrice come tua mamma» mi dice, «così dedita al bene degli altri.»

Io guardo sorpresa mia madre. Per me è la mamma e basta, ma evidentemente c'è dell'altro.

Nel salone, tre anziani ex combattenti sostano disposti a semicerchio sulle loro carrozzelle di legno e vimini. So che non dovrei fissarli, ma non riesco a trattenermi. Ce n'è uno che mi fa trasalire: gli manca mezza faccia e il resto è un informe ammasso di carne. Nel punto in cui dovrebbe trovarsi la bocca ha un piccolo buco, ma la guancia è una specie di voragine e l'unico occhio che gli rimane protrude fiero, bianco e lattiginoso dalla fossa carnosa. Mi fa pensare ai resti di un pollo straziato e rosicchiato.

Sento lo stomaco contrarsi in preda alla nausea, ma mia madre mi afferra per un braccio e mi scuote con forza.

Tiro un respiro profondo: sarà il caso di non essere troppo impressionabile, se voglio diventare medico.

In confronto al primo, gli altri due soldati sono più facili da guardare, anche se a uno manca una gamba dall'anca in giù e all'altro ne rimane una e mezzo e un braccio solo.

Osservo mia madre ferma al centro del tetro salone, circondata da questo circo degli orrori, e di colpo mi sembra la creatura più bella del mondo. Per un attimo le brillano gli occhi e il sorriso è incantevole, mentre nel suo radioso vestito color pesca sparge all'intorno pennellate di colore e si rivolge con dolcezza ai pazienti.

Arrivano tè al limone e pasticcini. Lisel somministra da bere all'uomo straziato, inserendogli una cannuccia nel buco al posto della bocca; quando la ritira, ne fuoriesce un fiotto che gli gocciola sulla camicia, scivolando lungo la carne chiazzata di quello che dovrebbe essere un mento. Dopo averlo asciugato, viene a sedersi accanto a me.

«Che cosa è successo a queste persone?» le sussurro.

«Ferite dai bombardamenti. C'è anche chi sta peggio di loro.» Lisel fa una pausa. «La guerra è una cosa orribile.»

«Non ci avevo mai pensato davvero.»

«E perché avresti dovuto? Sei soltanto una bambina. Magari la prossima volta puoi fermarti e leggere qualcosa per loro. Tua madre mi ha detto che sei bravissima. Li faresti contenti, sai? Avere una ragazzina così bella che ogni tanto viene a ravvivare questo posto...»

Lancio un'occhiata alla mamma, che mi sorride. Sapere che parla bene di me mi riempie di piacere e calore.

«Ma certo» dico in tutta sincerità. «Mi piacerebbe molto.»

L'infermiera mi dà una pacca leggera sul ginocchio e si alza per tornare ad asciugare la faccia del poveretto e offrirgli un po' d'acqua.

Più tardi ci congediamo. Ferma sul portone, Lisel ci guarda sventolare la mano. Finalmente torno a respirare aria fresca e devo controllarmi per non mettermi a correre.

«Quegli uomini avevano delle ferite sconvolgenti» dico a mia madre.

«E questi sono i fortunati, che godono di buone cure e assistenza.»

Camminiamo lentamente, godendoci il sole del tardo pomeriggio. Intorno a me tutto sembra più nitido e prezioso di prima. Non avevo mai apprezzato abbastanza la bellezza dei rami tesi di un albero o del canto dolce e puro degli uccelli, e nemmeno la perfezione delle mie gambe e delle mie braccia. Sento più che mai di voler diventare un medico per farli stare *meglio*, e mi riprometto di darci dentro più che posso a scuola.

Per favore, fa' che non ci siano altre guerre. Abbi cura di noi, di mamma, papà, Karl e me.

«Non ci saranno altre guerre, vero?»

«Speriamo di no. Siamo fortunati ad avere Hitler, perché lui ama la pace e vuole che l'Europa viva in armonia. Purtroppo non si può dire lo stesso di altri paesi. Pensa al male che ci hanno fatto alla fine dell'ultima guerra, imponendoci tutte quelle riparazioni. Pensa ai feriti, ai disoccupati, alla povertà. Ci tormentano. Vogliono farci soffrire fino a costringerci a dire "Basta!" e a lottare per riavere quanto ci appartiene di diritto.»

«Ma chi? Chi sono questi *loro*?»

«I nostri nemici, Hetty. Sono in tanti a volerci annientare. A volerci uccidere, menomare, spogliare di tutto quanto ci è più caro. Vogliono distruggere il nostro stile di vita.»

La paura allunga le sue dita sottili sulla mia pelle.

«Sì, ma *chi sono* questi nemici?»

Mia madre mi stringe la mano.

«Oh, sono molti e di ogni tipo. Però dietro a tutto ci sono gli ebrei. Vogliono conquistare il mondo per il loro esclusivo tornaconto. Ma non devi preoccuparti, tesoro» mi dice con la sua voce solare, «con Hitler al comando della nuova Germania non abbiamo nulla da temere. A quelli che vogliono farci del male verrà una gran tremarella!»

11 ottobre 1933

«Scusa, oggi non posso» dico a Freda l'ebrea quando a ginnastica mi chiede di fare coppia con lei. Vedo le sue spalle incurvarsi per la delusione, e in preda al senso di colpa perlustro il cortile con lo sguardo, in cerca di un'altra compagna libera per evitare di ritrovarmi comunque con lei. Gerda scuote la testa e prende per mano Ava, nel caso mi illudessi.

«Ehi, ti va di fare gli esercizi con me, oggi?»

Mi giro ed ecco Erna, alta e snella nella tunica bianca della divisa, un sorriso che le balena fugace sulle labbra.

«D'accordo.» Mi fingo disinvolta, ma mentre prendiamo posizione insieme sento il cuore pulsarmi nelle orecchie.

Meglio che Erna non venga a scoprire dove abitavo prima. E che alla mia vecchia scuola avevo un solo amico: Tomas. La mia famiglia si sta facendo strada nel mondo, e questo è tutto ciò che importa.

«Ragazze!» Fräulein Sauber richiama la nostra attenzione battendo le mani. «Ascoltatemi bene e seguite le mie istruzioni. Prendete i bastoni e insieme alla vostra compagna fate gli esercizi che vi ho insegnato la settimana scorsa. Cercate di sollevare al massimo le braccia e di muovere con grazia gambe e piedi. La vostra compagna vi segnalerà eventuali errori. E adesso ogni coppia si cerchi uno spazio per lavorare.»

Noi ci mettiamo vicino alla gradinata posteriore della scuola.

«Forza» esordisce Erna con un lampo negli occhi, «fammi vedere un bel salto. E non scordarti di tenere il bastone ben sollevato e di alzarti sulle punte!» Imita la voce acuta di Fräulein Sauber e di colpo mi ritrovo a ridere, mentre facciamo dondolare e mulinare i nostri bastoni puntando le dita dei piedi con movenze esagerate. Con Erna al mio fianco, se anche mi arrivasse un rimprovero da quella gallina strozzata di una professoressa non me ne importerebbe nulla.

Ogni tanto lancio un'occhiata a Freda, che si esercita da sola nell'angolo in fondo al cortile. Ha l'aria triste e sola, ma non devo compatirla perché non è una di noi. Perciò mi sforzo di non guardarla più.

«Un, due, tre... Heil!» Erna si piazza il bastone per traverso sopra il labbro superiore e tende il braccio destro in un rigido saluto.

«Erna!» È davvero spudorata, ma rido così tanto che mi fanno male le guance.

«Ragazze!» Mi produco a mia volta in un vocione alla Kreitz, buttando in fuori la pancia e allargando le braccia. «Prendete nota di questo autore di cui non dovete imparare nulla! È un grande, è un genio ed è proibito!»

Alla vista di Erna che ridacchia per la mia imitazione mi sento invadere dallo stesso senso di avvolgente benessere che mi dà una bella cioccolata calda. Di colpo, tutto diventa possibile e a portata di mano. Per averlo mi basta allungare il braccio.

La lezione finisce troppo presto ed è ora di rientrare.

Stavolta mi siedo sulla stessa panca di Erna. Infilata tra le varie lezioni, adesso ogni giorno abbiamo anche una nuova materia: vita del Führer. Frau Schmidt ci spiega che dobbiamo imparare tutto di Adolf Hitler, delle sue lotte, del suo coraggio e della sua forza d'animo. A Frau Schmidt si inumidiscono gli occhi mentre parla di quanto questo eroe ha sofferto e della sua saggezza. Quando avremo imparato a conoscerlo a fondo, dice, lo ammireremo e lo ameremo come lei.

Poi intoniamo forte l'*Horst Wessel Lied* e intanto io guardo fuori dalla finestra. Le classi più avanti di noi stanno facendo l'intervallo. Individuo Karl: al centro della folla, ride gettando indietro la testa. Mi viene da sorridere, poi sposto lo sguardo su una figura solitaria, seduta in disparte su una panchina, con le gambe accavallate e un piede che dondola pigramente avanti e indietro. Tiene la testa bionda piegata su un libro. Walter. Che buffo! Mentre Karl e amici si mettono in mostra sfidandosi a vicenda, lui fa l'esatto opposto e si isola con i suoi libri. Nel vederlo mi si allarga il cuore.

Terminato l'inno, passiamo al nostro canto di ringraziamento quotidiano:

Führer, mio Führer che Dio mi ha donato,
a lungo proteggi e custodisci la mia vita!
Hai tratto la Germania dallo stato di bisogno
e ora ti ringrazio per il pane di ogni giorno.
Resta con me a lungo, non mi lasciare.
Führer, mio Führer, mia fede, mia luce.
Heil, mein Führer.

Quando io e Karl rincasiamo sotto un acquazzone, nostra madre è fuori per la raccolta fondi.

«Andate ad asciugarvi e scendete a mangiare con me e Ingrid» ci dice Bertha, apparecchiando per quattro nella cucina col pavimento di pietra.

Salgo in camera per cambiarmi. Quando abitavamo nell'appartamento era tutto diverso. Di solito c'eravamo soltanto io, Karl e la mamma, perché papà era spesso via per lavoro. Eravamo un piccolo nucleo di tre persone, mangiavamo insieme e io e mio fratello condividevamo anche la camera da letto. Andavamo a fare la spesa con la mamma e la aiutavamo a cucinare. Lei ci cantava canzoni in francese e ci raccontava di quando da piccola, prima di venire in Germania, abitava in Francia. Allora era molto più indaffarata, perché non avevamo una cuoca e una domestica, eppure stranamente sembrava avere più tempo per noi. Adesso corre di qua e di là per le sue opere di beneficenza e per andare a trovare le amiche, e ci lascia nelle mani di Bertha. Certe volte sembra quasi dimenticarsi della nostra esistenza.

Accendo la nuova radio che papà mi ha regalato e che ho messo sul mio scrittoio. Stanno ritrasmettendo il discorso che ieri sera il dottor Gross, a capo dell'Ufficio per la politica razziale del partito nazista, ha rivolto alla gioventù tedesca. Io e Karl ci siamo seduti ad ascoltarlo da cima a fondo prima di cena.

«... la scienza ci insegna che i tratti ereditari sono più importanti delle influenze ambientali esterne...» Mi levo la gonna e la camicetta fradicie. «... quando noi non ci saremo più, la nostra eredità continuerà a vivere nei nostri figli e nei figli dei nostri figli. Se comprendiamo questo, riusciamo a scorgere il grande fiume di sangue che ci viene incontro attraverso i secoli e che costituisce l'autentico popolo tedesco. Ogni generazione è un'onda che si alza e si abbassa, sostituita da quella successiva, e ogni singolo individuo è una goccia di questo fiume. Diversamente dai cosiddetti progressisti, non ci consideriamo il centro del mondo.» Tiro fuori una camicia, una gonna e un maglione puliti e me li infilo. «... questa consapevolezza ci rende modesti. Diversamente dai cosiddetti progressisti, che si comportano come se le loro fossero tutte conquiste personali, sappiamo che i traguardi raggiunti non si devono alle nostre capacità personali, ma alla nostra eredità. Siamo fieri di portare e custodire il sangue tedesco...»

Spengo la radio. So come prosegue il discorso. Ogni razza è diversa. Educare la razza negra non basta per farla diventare superiore a quella nordica. Mentre scendo le scale mi sembra di avvertire la forza pura e preziosa del buon sangue tedesco che, almeno dalla parte di papà, mi scorre nelle vene.

Bertha ci serve scodelle fumanti di gulasch accompagnate da un grosso e morbido canederlo. Proprio mentre stiamo finendo, dalla soglia fa capolino la testa bagnata e luccicante di Walter.

«Oh» gli sorride Bertha. «Arrivi giusto in tempo per una fetta di *Pflaumenkuchen*. Hai seguito il profumo? Entra, non startene lì sulla porta» lo rimbrotta, sparecchiando i nostri piatti.

Lui va a sedersi vicino a Karl. Io mi liscio i capelli e raddrizzo la schiena.

«Hai fatto il tema di storia?» chiede a mio fratello.

«No, ci penserò stasera. Com'è che era, esattamente?»

«"In che misura puoi tracciare un parallelo tra il simbolismo della lotta e dell'eroismo nel poema medievale *I Nibelunghi* e l'attuale lotta del popolo tedesco?"» Walter dà un morso alla torta di prugne. «Mmm, è squisita, Bertha.»

Bertha è raggiante. Io appoggio la testa alla parete e immagino che ci sia anche Erna, e che tutti e quattro – Walter, Karl, Erna e io – ce ne stiamo qui a scambiarci confidenze e pettegolezzi sulla scuola. Io sto raccontando una cosa che è successa e loro tre mi fissano annuendo, ascoltando e sorridendo al mio divertente aneddoto.

«Allora, vieni?»

«Eh?»

«Ti ho chiesto se vuoi venire con noi nella casa sull'albero.» Walter mi guarda con aria trepidante. «Ho portato delle caramelle mou» aggiunge, sventolandomi un sacchetto di carta sotto il naso.

Balzo su dalla sedia e seguo i ragazzi fino alla porta posteriore che dà sul giardino. Ha smesso di piovere e inalo l'odore intenso della terra bagnata. Dopo averli guardati arrampicarsi su per la scaletta, afferro i pioli scivolosi e li imito, dandomi una spinta attraverso la botola fra il tronco e il ramo principale dell'albero e rotolando sul pavimento della casa. Quando tiro su anche le gambe, la gonna mi si arrotola fino alle cosce e io mi affretto a tirarla giù. Walter però non se n'è accorto.

Va alla finestrella e lancia un'occhiata fuori.

«Siamo altissimi» commenta, girandosi a spiarci con un sorriso. «Secondo voi un canguro riesce a saltare più in alto di una casa?»

Karl fa una smorfia. «Scommetto che è una delle tue battutacce.»

«Ma va', figurati se un canguro può saltare più in alto di una casa» dico io, pensando al nostro tetto.

«Certo che sì» esclama allora Walter. «È la casa che non può saltare!»

Karl emette una specie di grugnito, a me invece scappa da ridere e Walter mi fa l'occhiolino. Poi torna a guardare fuori.

«Da qui si vede fino al parco Rosental... Ahia!» Tira via di scatto la mano dal davanzale, fissandosi un dito.

Balzo in piedi. «Fammi vedere.» Una scheggia di legno gli disegna una diagonale scura sul morbido cuscinetto in cima all'indice, troppo profonda per uscire senza l'aiuto di un qualche strumento. «Vado a prendere le mie pinzette.»

Mentre mi precipito giù per la scala, sento Karl ridere. «Sta' attento che adesso ti amputa il dito. Ha questa fissa assurda che vuol fare il medico...»

In camera afferro la mia valigetta del pronto soccorso. Quando abitavamo nella casa vecchia e andavo a zonzo con Tomas per le vie della città me la portavo sempre dietro, a tracolla, e mi guardavo intorno in cerca di creature bisognose di assistenza: un cane randagio che Tomas teneva fermo (magari rimediando anche un morso) mentre io gli curavo le parti rognose con il borace, o un ragno gambalunga a cui provavo a riattaccare le zampe con la colla, ma che alla fine moriva lo stesso.

Torno nella casa sull'albero e con le pinzette estraggo abilmente la scheggia dal dito di Walter, dopodiché glielo strizzo facendo sanguinare il forellino per essere certa di avere rimosso ogni residuo di legno. Poi gli tampono la ferita con lo iodio e gli dico di stare attento a non infettarsi.

Karl ha steso una coperta sul pavimento. Se ne sta su un fianco, il gomito appoggiato a terra, reggendosi la testa con una mano.

«Riesce persino a *leggere* testi di medicina» commenta guardandomi. «Da morir di noia.»

«Non è vero.»

«Comunque» sospira, «lo sai che adesso le donne non possono diventare dottori?»

«Sì che possono!»

«Se non ci credi, chiedilo a papà. Per quanto la cosa non ti piaccia, Hetty, sei una *femmina* e dovresti cominciare a comportarti di conseguenza.»

Anche se non usa un tono antipatico, mentre rimetto via il flacone di iodio e richiudo la valigetta mi sento avvampare di rabbia. Avverto gli occhi di entrambi su di me mentre lotto con fibbie e cinghiette. *Le donne non possono diventare dottori.* Sarà vero? È come se dentro mi si spalancasse un buco.

«Be', molte grazie, dottoressa Heinrich» dice Walter nel silenzio, «mai rinunciare a un sogno.» Le sue parole mi arrivano come una medicina e per la seconda volta mi fa l'occhiolino. «Vorrei ripagarla del disturbo» prosegue, rovistando nel sacchetto di carta e tirando fuori un bel pezzo di mou.

«È il più grosso. Tutto per te, piccola Hetty.» Mi porge con un sorriso il pezzo appiccicoso, facendomi galoppare il cuore.

«Grazie.» Lo prendo e mi siedo con la schiena contro la parete.

Infilo la caramella in bocca, masticando il boccone dorato, ma è davvero enorme e preme contro la guancia rifiutando di farsi più piccolo. Dall'angolo delle labbra mi sfugge un po' di saliva, che subito asciugo con la manica.

«Che eleganza!» ride Karl.

Anche Walter si mette a ridere. «To', prendine ancora.»

Ma io stringo la bocca e faccio segno di no, arrossendo.

«Urrà!» torna a ridere mio fratello. «Abbiamo trovato il modo di farla stare zitta. Complimenti, amico!»

Mi sento un nodo in gola e mi alzo di scatto, precipitandomi giù per la scaletta prima di scoppiare a piangere.

La risata dei due ragazzi mi segue fino alla porta di casa e ogni visione consolante del mio futuro si frantuma in un milione di schegge colorate.

10 febbraio 1934

Augustusplatz è piena come un uovo. La grande piazza, trasformata in un set cinematografico, è irriconoscibile. E da quassù, dalla speciale tribuna riservata ai dignitari locali e alle loro famiglie, mi sento proprio come una stella del cinema in attesa di andare incontro agli obiettivi dei fotografi.

In preda a un brivido, mi stringo nella stola di pelliccia. Luci potenti e accecanti inondano la distesa della piazza e le enormi bandiere con la svastica che pendono dagli alti edifici perimetrali. Sotto la nostra tribuna i cineoperatori si rilassano fumando di fianco ai loro treppiedi, pestando forte i piedi sul selciato e scuotendo le braccia nei cappotti mentre aspettano il clou dell'evento. Osservo le facce pallide nella folla che guarda verso l'alto e le migliaia di mani che agitano minuscole bandierine.

La mamma stringe forte la mia. «Adesso tocca a Karl» mi sussurra.

Lo vedo farsi avanti, serissimo nell'uniforme. Nella sinistra regge la bandiera e la destra è puntata verso il cielo, con tre dita tese come una freccia verso il paradiso. Tiene il mento sollevato e guarda fisso davanti a sé, senza battere ciglio.

«Adolf Hitler» intona con voce ferma, «tu sei il nostro grande Führer. Il tuo nome fa tremare i nemici. Venga il tuo Reich. Soltanto la tua volontà sia legge sulla Terra. Facci udire la tua voce quotidiana e comandaci attraverso i tuoi capi, a cui obbediremo con la nostra stessa vita. Lo giuriamo! Heil Hitler!»

Mi si serra la gola e sento una vampata di calore levarsi dal profondo dell'anima. Karl, il più caro dei fratelli, capelli scuri e occhi scuri, bellissimo, oggi è entrato nella Hitlerjugend. Adesso appartiene a Hitler.

Riceve l'ambito coltello e torna nelle file della sua *Schar*, l'unità composta da circa sessanta giovani. Poi esce un altro ragazzo che ripete il giuramento. Quando anche l'ultima recluta è stata iniziata, i ragazzi se ne vanno marciando e raggiungono le altre unità in testa alla folla.

I cineoperatori controllano le loro apparecchiature. Un uomo sale sul palco per verificare il funzionamento dell'unico microfono, posto al centro, e da qualche parte arriva un forte crepitio. Siamo tutti in impaziente attesa.

Un'attesa che però si protrae e pian piano mi intorpidisce le dita di mani e piedi. Cerco di muoverle, di battere le mani e soffiarci sopra, ma non serve a niente.

Finalmente la banda attacca la fanfara di Franz Liszt, la folla è percorsa da un mormorio e di colpo mille teste si voltano quasi all'unisono. Lungo un lato della piazza vedo avanzare lentamente la Mercedes nera scoperta. All'improvviso mi scordo del freddo e del sedile impietosamente duro. È proprio lui. Il più grande di tutti. Il nuovo padre di mio fratello.

L'automobile si ferma davanti al palco e il Führer sale i gradini, passandomi così vicino che potrei allungare una mano e toccarlo. Papà ha un sorriso enorme e applaude con energia. Piccolo e agile, Herr Hitler è un uomo affascinante. Indossa un abito marrone e una fascia con la svastica al braccio. Ha i capelli bruni, come i miei, elegantemente riportati di lato.

Per qualche secondo osserva la folla. Poi leva un pugno verso il cielo e infine se lo porta al petto. La gente impazzisce. «*Sieg Heil! Sieg Heil! Sieg Heil!*» grida, finché il Führer solleva entrambe le mani e tutti tacciono di colpo senza che debba pronunciare una sola parola.

«Heil, mia gioventù tedesca!» esordisce infine. «È nostra

intenzione far durare il Reich fino al prossimo millennio. Gioiamo quindi nella certezza che il futuro è completamente nelle nostre mani!»

La mamma mi si aggrappa alla mano così forte da farmi male. Ha le lacrime. Il Führer fa una pausa, guardandosi intorno. I suoi occhi, dell'azzurro più intenso che esista, si soffermano sul nostro gruppetto di dignitari locali e, per un istante, indugiano nei miei.

Mi manca il respiro e mi gira la testa.

«In voi, miei giovani» dice, continuando a guardarmi, «non devono esistere cedimenti. Voglio una gioventù dura, dominante, impavida, crudele. Una gioventù che faccia tremare il mondo. Capace di sopportare il dolore. Senza la minima debolezza o mitezza.»

Perché si rivolge proprio a me? Non riesco neanche più a sentire le sue parole perché ho uno strano rimbombo nelle orecchie e la vista improvvisamente appannata. Vedo la sua bocca muoversi e le sue mani gesticolare; un ciuffo si stacca dalla massa dei capelli e gli spiove sulla fronte.

Adesso il suo sguardo si stacca per posarsi sulle migliaia di persone sotto di noi, ma è bastato quel contatto per accendermi una piccola fiamma bianca e rovente nell'anima. Lui mi ha scelta.

Si è accorto che sono speciale. Che posso aspirare alla grandezza!

«È così che creerò il Nuovo Ordine» sta dicendo adesso, mentre spruzzi di saliva gli escono dalle labbra e il corpo trema in preda alla forza del discorso. «È così che la vittoria sarà nostra!»

Le parole gli rotolano fuori e montano in un'ondata tonante che travolge l'intera piazza. Parla di un futuro meraviglioso, senza più povertà né divisioni di classe. Soltanto un'unica, grande nazione che tutto il mondo ci invidierà.

«Un mondo che un giorno sarete *voi* a guidare, miei giovani tedeschi» e così dicendo indica la formazione dei ragazzi della Hitlerjugend.

È una calamita che mi attira a sé. Impossibile resistergli. Quando conclude il suo discorso, ho gli occhi colmi di lacrime.

Siamo uniti, noi tedeschi.

Insieme contro il mondo.

Mi sembra di aleggiare sopra la tribuna e la folla. Sopra la stessa Augustusplatz e la grande città di Lipsia. Sopra la Germania intera. Su, su, sempre più su. Mi innalzo fino a riuscire a osservare tutta la Terra così come deve vederla Dio, il globo che con gli altri pianeti ruota nello spazio e nel tempo intorno al sole, e proprio al centro di tutto eccola, questa nazione benedetta con le sue fitte distese di foreste, i fertili campi coltivati e i laghi brulicanti di pesci; e poi ancora le sue fabbriche e le sue miniere e il suo esercito. Ne vedo il popolo intero: buono, infaticabile e onesto, a lungo vessato ma ora pronto a risorgere unito e ad affrontare il resto del mondo. A dimostrargli chi siamo davvero e a riprendere ciò che di diritto ci appartiene. Una potenza, una forza che, come la gravità, non si può contrastare.

La banda riattacca a suonare, ma il rullo di tamburi adesso ricorda un'antica danza guerriera. Mi batte e mi pulsa nel corpo mentre il nostro grande Führer abbandona la piazza e rimonta sulla sua automobile come un imperatore romano sulla biga. Alle sue spalle, un esercito di tedofori. Le luci sono state abbassate e nell'improvvisa oscurità le fiamme sembrano scorrere come un fiume di fuoco al centro della Augustusplatz.

Io e la mamma rientriamo a piedi nella serata buia e gelida. Papà doveva tornare in ufficio e Karl è rimasto con i suoi nuovi camerati.

«Quando potrò entrare anch'io nella Hitlerjugend, mamma?» le chiedo, il mio fiato denso come fumo sotto la luce dei lampioni. Questa cerimonia mi ha impresso un segno profondo nell'anima, una specie di impronta. Sento che Lui mi ha chiamata e che devo rispondergli. Vuole che *io* faccia la mia parte nel glorioso futuro della Germania.

«Non essere sciocca» mi riprende mia madre. «La Gioventù hitleriana è solo per i ragazzi.»

«Sì, ma c'è anche la sezione femminile, la Jungmädelbund.»

«Papà non approva certe cose.»

«Perché no?»

«Perché le ragazze si devono concentrare sui lavori domestici.»

«Ma a me non interessano. Io voglio partecipare ai campi e fare le gare e cantare le canzoni e marciare come farà Karl. E poi ho *dodici anni*!»

«E papà direbbe che è una ragione in più a sfavore.»

«Ma non è giusto! Tutte le mie amiche stanno entrando nella Jungmädelbund. Cosa penseranno di me?»

«Oh, non esagerare.» La mamma si stringe nelle spalle esili. «Sono in molti a pensare che non siano cose adatte alle ragazze. Persino Herr Himmler dice che l'idea che le ragazze si mettano a marciare con lo zaino e l'uniforme è assurda e disgustosa. Sbrigati, Hetty, dai.»

Ma io continuo a camminarle svogliatamente dietro fino a casa.

Non puoi impedirmelo. Troverò il modo.

Salgo le scale e mi preparo ad andare a letto.

Mi fa male tutto il corpo per la stanchezza, eppure non riesco a dormire. Sento Karl rientrare e la voce soffocata della mamma all'ingresso.

«Tesoro mio! Siamo orgogliosissimi... Sei un ragazzo eccezionale! Farai strada nella vita, lo so.»

La porta della camera di mio fratello sbatte e io sento i passi leggeri di nostra madre che va nella sua. Di colpo è come se un peso calasse su tutta la casa, mentre il mio letto si trasforma in un impossibile intrico di coperte e lenzuola. Mi butto uno scialle di lana sulle spalle e vado a rincantucciarmi nella mia postazione alla finestra, scrutando la via buia.

Tutto è immobile e silenzioso, i rami del ciliegio sono un'incisione sulla tavola del cielo e solo qualche batuffolo di nuvola transita davanti alla luna. Più calma, mi appoggio agli scuri di legno e mi giro cercando di scorgere nell'oscurità il ritratto di Hitler appeso sopra il caminetto. Le vaghe allusioni della mamma ai nemici mi spaventano: Lui, invece, mi dà coraggio. Che entri o no nella Gioventù hitleriana, sono sicura che qualcosa di importante mi aspetta nel nostro nuovo e grande Reich. A Lui non importa se sono una ragazza, e nessuno, né la mamma, né il papà, né Karl, potrà fermarmi.

C'è un pensiero che un po' mi preoccupa, però. Fino a oggi non ho mai dubitato che il mio destino fosse fare il dottore, ma se Karl avesse ragione? Torno con la memoria alla cerimonia, all'attimo in cui i miei occhi hanno incontrato quelli del Führer quando ha rivolto le sue parole, le sue incredibili parole, *proprio a me*. E di colpo so. So cosa devo fare.

Corro alla libreria e prendo il diario che Karl mi ha regalato tanto tempo fa. Poi, nella luce lunare, scrivo:

> Mio Hitler, ti consegno la mia vita. Rendi chiaro che cosa hai in serbo per me, perché d'ora in avanti tutto quello che farò sarà per te e per te soltanto. Sarai orgoglioso di avermi come figlia. Oh, mio grandissimo Führer...

Mi sveglio di soprassalto, le gambe rannicchiate e rigide sotto di me. Lo scialle mi è scivolato giù e il freddo mi penetra nelle ossa. Dalla via sale il ronzio di un motore. Lancio un'occhiata fuori. Papà!

Quando scende dall'auto alzo la mano per picchiare sui vetri, ma poi mi blocco perché se scoprisse che sono ancora sveglia si arrabbierebbe.

Lui fa il giro della macchina e spalanca la portiera. Una seconda figura scende, una donna con il volto nascosto dal cappello. Insieme si avviano lungo il marciapiede e vanno a fermarsi proprio sotto il lampione. Papà si gira verso di lei. Le circonda adagio la vita con le braccia, tirandola a sé. Lei inclina la testa e, nel bagliore, riconosco con chiarezza la faccia tonda e chiara di Hilda Müller. Chiude gli occhi e apre la bocca: un cerchio di labbra rosso e carnoso. Il bacio è lungo e lento.

Incollata alla finestra, non riesco a distogliere lo sguardo. E quando finalmente il bacio si conclude, Fräulein Müller rimonta in macchina e parte. Per un attimo papà resta a osservarla mentre si allontana, con le mani infilate in tasca; poi si gira verso casa. Il cancello di ferro si richiude cigolando alle sue spalle.

Mi sveglio con la testa che pulsa nella luce piena del mattino: stanotte, prima di rimettermi a letto, mi sono dimenticata di chiudere gli scuri. Quando scendo di sotto mi accorgo che sono in ritardo per la colazione. La mamma è già uscita. Di colpo mi coglie un nuovo pensiero: devo raccontarle quello che ho visto? La sola idea mi fa orrore. Bertha mi scalda un po' di latte e mi offre un vassoio con pane e salumi.

«Buongiorno, dormigliona» mi fa Karl, entrando in cucina.

«Devo dirti una cosa» gli bisbiglio quando Bertha torna al lavello. «Da soli.»

«Va bene. Nella casetta?» Inarca le sopracciglia.

Sull'albero ci piazziamo per terra con una coperta avvolta intorno alle spalle e ci dividiamo il pane e i salumi. Nonostante la temperatura, nell'intimità del nostro nido segreto si sta bene.

«Secondo te devo dirlo alla mamma?» gli chiedo, dopo avergli raccontato ciò che ho visto.

Lui scuote la testa. «Te lo sei sognato, Hetty. È la tua immaginazione.»

«Ti dico che ero sveglia, Karl. Li ho visti. È stato orribile.»

«Non essere ridicola. Era tardissimo, ti sei addormentata alla finestra e hai fatto un brutto sogno, tutto qui. E poi, perché mai papà dovrebbe voler baciare Fräulein Müller? Col didietro che si ritrova sembra una mucca.» Gli scappa anche da ridere. «*Muuu*» fa, gonfiando le guance e strabuzzando gli occhi.

Forse ha ragione. Magari me li sono sognati. All'improvviso immagino una mucca pezzata bianca e marrone con la facciona rotonda di Fräulein Müller e due grosse trecce al posto delle orecchie.

«*Muuu*» gli rispondo, ridacchiando a mia volta.

«*Muuu*, Herr Heinrich, che ne dice di un bacio?» Karl ghigna arricciando le labbra proprio come una mucca quando annusa l'aria.

Io ho le lacrime e lui ne approfitta per darmi un paio di gomitate nelle costole.

«Visto? Ti rendi conto di che razza di stupidata è?»

Alla base dell'albero compare la testa chiara di Ingrid.

«C'è Walter Keller che chiede di lei» grida a Karl.

E subito il cuore comincia a battermi all'impazzata.

Vedo la fronte di mio fratello incresparsi. Mi aspetto che getti via la coperta e si precipiti giù, interrompendo la nostra chiacchierata segreta. Invece resta completamente immobile.

«Digli che non ci sono» grida di rimando a Ingrid. E, di fronte alla mia espressione attonita, spiega: «Tra poco devo uscire. Devo vedermi con i miei amici della Gioventù.» La sua faccia, da seria che era, si apre in un sorriso e mi spinge sul pavimento polveroso della nostra casetta, facendomi il solletico sotto le ascelle.

«Smettila! Non voglio! Non mi va questo gioco» mi ribello, allontanandolo.

«Ehi, che c'è adesso?»

«Perché hai mandato via Walter?»

Karl mi dà un colpo sulla spalla e si tira a sedere.

«E a te che te ne importa?» ribatte in tono scontroso. «Era mio amico, mica tuo. Adesso ho degli amici nuovi, non ho nessun bisogno di lui.»

Quindi si alza e scende la scala di corda.

«Ci si vede più tardi, Topolina.»

Resto lì seduta per un bel po', con le gambe che penzolano dal buco e si raffreddano sempre di più.

Significa che non vedrò più Walter? Ma com'è possibile?

Be', Karl, solo perché hai dei nuovi amici non vuol dire che tu debba perdere per forza quelli vecchi. Io i miei me li voglio tenere, perché gli amici sono preziosi. Come gioielli.

11 febbraio 1934

Le strade grigie di Lipsia sono nascoste da uno spesso strato di bianco immacolato. Creste delicate delineano ogni singolo ramo del ciliegio, come nel mondo di zucchero candito dello *Schiaccianoci e il re dei topi*. È il primo giorno delle vacanze invernali e Tomas, vestito leggero per queste temperature, saltella su un piede e sull'altro davanti al portone. Ha le labbra bluastre.

«Perché non esci un po' con me? Ultimamente non ti vedo quasi più.» Arriccia il naso, spingendo in su gli occhiali.

«Ho un sacco di compiti da fare» gli rispondo, aggrappandomi allo stipite. Per un faccino tanto sottile ha occhi enormi e anche leggermente sporgenti, come quelli di un gufo. Alle mie spalle sento il tepore di casa mia e Bertha che prepara biscotti: dalla cucina arriva profumo di zucchero caldo e cannella.

«Potremmo andare al parco a fare un pupazzo di neve.» Il fiato gli esce in un ventaglio e sale a spirale sopra la sua testa, e a me viene in mente Karl che ha scaricato Walter e il mio giuramento di non farlo mai con i miei amici.

«Va bene» dico, e quando sorride i suoi occhi diventano una fessura.

Mi infilo scarponi, cappotto e un paio di guanti caldi. Poi penso alle mani nude di Tomas e al lieve sentore di muffa che lo avvolge perennemente, come un sottile odore di sudore, di sporco e di miseria. Ma una volta anche noi eravamo poveri, quindi non devo criticarlo per questo. Prendo un altro paio di guanti e un berretto di lana.

«Usa questi.» Glieli offro. «Non importa anche se non me li restituisci.»

«Grazie, Hetty» mormora lui, abbassando lo sguardo. Si calca il berretto sulle orecchie e mette i guanti. «Adesso sono caldo come una patata nel forno» commenta, battendo le mani e rivolgendomi un altro timido sorriso.

Dal basso cielo di granito cadono pacifici fiocchi di neve che vanno a depositarsi sui mucchi spalati contro le recinzioni. Attraversiamo la Pfaffendorfer Strasse e ci dirigiamo verso i grandi cancelli di ferro all'ingresso del Rosental. Sulla tempia di Tomas noto il largo segno gialloverdognolo, simile a una mela ammaccata, di un vecchio livido e mi chiedo se sia pesto e ammaccato anche dentro.

«Mio padre ha perso il lavoro» mi dice, mentre avanziamo prendendo a calci la neve intonsa.

«Oh, no. Ma ne avrà un altro, no?»

«E dove lo trovi?» Tomas passa la mano guantata su una ringhiera, facendo impennare la neve finché, in fondo, non cade. «Ci siamo dovuti trasferire insieme alla famiglia di mio zio, sopra il suo negozio di ciabattino sulla Hallische Strasse. Non ce la facevamo più a pagare l'affitto, perciò ci hanno sbattuti fuori.»

«Potrebbe entrare nella Sturmabteilung» dico, ripensando al fatto che non molto tempo fa papà parlava di un grosso arruolamento nelle SA. «Le camicie brune hanno sempre bisogno di uomini» gli spiego in tono sicuro.

Tomas emette una risata strozzata. «Sì, piuttosto che entrare nelle SA muore di fame. Non vuole avere niente a che fare con quei *criminali.*» Lo dice in tono davvero feroce. «Anche se portano l'uniforme e girano armati come un vero esercito.» Il pensiero delle armi sembra averlo intristito.

Abbiamo un problema con Röhm, ricordo di aver sentito dire a papà. *Due milioni di affamati fuori controllo. Dovremo prendere provvedimenti...*

«E tua madre cosa pensa che dovrebbe fare?»

«A lei non interessa, basta che porti a casa il pane. E in questo momento non lo fa. Se ne sta lì stravaccato come un buono a nulla» sospira Tomas.

Superiamo gli alti pilastri di pietra all'ingresso del parco. La grande distesa del Rosental si perde in lontananza, così bianca e accecante da fare male agli occhi.

«Ma scusa, non trova niente neanche in fabbrica?»

Tomas scuote la testa. «Te l'ho detto, non ci sono posti. Tu sì che sei fortunata a essere... Accidenti, è bella alta la neve, eh?» Si avventura a zompi fuori dal sentiero, sprofondando fino al bordo degli scarponi.

Ci mettiamo a correre, inciampiamo, poi ridendo raccogliamo bracciate di quella polvere candida e vaporosa.

A un certo punto sento un sibilo e una palla di neve colpisce con violenza Tomas alla base della nuca, mozzandogli il fiato. Annaspa con le mani per togliersi il cuneo di neve e ghiaccio incastrato tra la pelle nuda e il colletto del cappotto leggero, ma un secondo proiettile lo centra in pieno sul lato della testa.

«Ahia!» Tomas si sfrega il punto colpito mentre, lanciando grida bellicose, quattro ragazzi sbucano dai cespugli e ci bersagliano con palle di neve mista a ghiaia. Riconosco i fratelli Brandt della nostra vecchia scuola. Se la sono sempre presa con Tomas, figurarsi se non avevamo la fortuna di incontrarli adesso.

I ragazzi lo circondano, allontanandomi a gomitate. Mi ritrovo così all'esterno del cerchio, da dove li sento ringhiare a bassa voce. Uno gli tira raffiche di neve contro le ginocchia nude e a quel punto mi sale una rabbia incontenibile. Quattro contro uno: non è giusto!

«Ehi, Tom Tom, povero piccolino!» gli fa Ernst Brandt. «Il papà non lo lascia entrare nella Hitlerjugend.» Anche gli altri ridono.

«Non sono un piscialletto, stupido» si ribella Tomas, caricando Ernst e cercando di rompere l'accerchiamento con una spallata.

Ma Ernst gli è subito addosso, tra le grida d'incoraggiamento degli altri. È grosso due volte Tomas e io non ci vedo più dalla rabbia verso questi bulli che lo prendono sempre di mira, smilzo com'è. Mi sembra di tornare indietro di mesi, quando nella via dietro il nostro vecchio palazzo eravamo in due ad affrontare i disgraziati che puntualmente si divertivano a picchiarlo.

E così mi getto al collo di Ernst, affondandogli le unghie nella carne morbida della gola. Finiamo tutti e tre a terra, e da sotto di me Ernst allunga un braccio all'indietro cercando di acciuffarmi. Tenta di disarcionarmi con urlo poderoso, ma io mi avvento contro la sua faccia.

«SMETTETELA IMMEDIATAMENTE!» grida in quel momento una voce di donna. Sento due mani afferrarmi per le spalle, staccarmi da Ernst e voltarmi.

«Fräulein Herta! Fare a botte con i ragazzi come una bestiolina! Dovrebbe vergognarsi.» Bertha ha le guance imporporate e gli occhi che sembrano schizzarle fuori dalle orbite. «Che cosa penserebbe sua madre?» Solleva e riabbassa il petto emettendo nuvole di fiato simili agli sbuffi del grande bollitore nero che abbiamo in cucina.

Ernst e Tomas si separano, rimettendosi lentamente in piedi, tutti coperti di neve. Gli altri tre fratelli Brandt se ne stanno muti e fissano Bertha a bocca spalancata.

Lei, alla vista di Ernst, ha un sussulto. La sua faccia è coperta di graffi e io mi guardo le unghie sporche di terra e sangue, mentre Tomas brancola nella neve fino a localizzare gli occhiali ormai rotti, per poi infilarseli al contrario.

«Guardi un po' cos'ha combinato a questo ragazzo, Fräulein Herta!» esclama Bertha. «Gli ha fatto sanguinare la faccia!»

«Ma è stato lui a cominciare. Ha aggredito Tomas e io volevo solo aiutarlo. Quelli lì» dico, indicando gli altri fratelli, «avrebbero fatto altrettanto se non fossi... Tutti contro uno!»

Bertha guarda Tomas. «È vero?» gli chiede in tono brusco.

Lui annuisce, gli occhi incollati a terra.

Senza dire una parola, Ernst si tampona col fazzoletto la guancia sanguinante.

«Complimenti anche a voi, proprio una bella impresa accapigliarvi con una ragazza» li rimbrotta, fissando tutti e quattro. «Tornatevene a casa, svelti, prima che vi prenda a ceffoni.»

Ernst gonfia il petto e si allontana a testa alta, seguito a ruota dai fratelli.

«Sei penoso» sussurra a Tomas, passandogli di fianco. «Ti fai difendere da *una femmina*.» E sputa sulla neve.

Bertha lo osserva a braccia conserte, poi si gira verso di me e il suo sguardo si ammorbidisce. «Brava, Fräulein, ha avuto il coraggio di battersi per un amico. Ma è stata anche una sciocchezza, perché lei è una signorina e le signorine non fanno a botte. Fine del discorso. E adesso a casa con me.»

Così ce ne torniamo a passo lento verso la grande dimora in Fritzschestrasse; da lì, Tomas proseguirà fino al suo appartamentino sopra la bottega dello zio in Hallische Strasse. La nostra è un'amicizia improbabile, nata tanto tempo fa per mancanza di alternative.

«Grazie» mormora, quando arriviamo al mio cancello.

«Figurati.»

«Ci vediamo domani?»

«Forse... Ciao, Tomas.»

«Ciao, Hetty.»

Salgo i gradini due a due e mi chiudo la porta alle spalle. Poi resto appoggiata lì per un momento, consapevole che lui è ancora fermo davanti al cancello e fissa il punto dove fino a un attimo fa c'ero io.

Nella speranza di vedermi ricomparire.

20 aprile 1934

«Buon compleanno» dico sottovoce al ritratto del Führer, mentre in punta di piedi vado ad aprire gli scuri per far entrare il sole del mattino. Il ciliegio è un'esplosione di fiori dalle punte rosa che mi ricordano lo zucchero filato. Spalanco la finestra per sentire gli uccellini, poi torno ad arrampicarmi sul letto e a rannicchiarmi sotto le coperte ancora calde. Dopo un po' mi tiro a sedere contro i cuscini e incrocio lo sguardo di Hitler che mi osserva dalla parete di fronte.

Un colpo alla porta mi fa trasalire.

«Sbrigati, Hetty, o farai tardi a scuola!» mi urla Karl.

«Mi sto vestendo. Arrivo.» Mio malgrado, esco dal letto.

Dabbasso stanno già facendo tutti colazione, mentre la radio trasmette il notiziario del mattino.

«... Hermann Göring affiderà oggi l'amministrazione della polizia segreta prussiana, la Gestapo, al Reichsführer Heinrich Himmler...»

La mamma guarda il papà. «Tu ne eri al corrente?»

Lui inarca un sopracciglio e per un attimo smette di masticare, concentrandosi sul notiziario. «... in Austria, ottantun oppositori del governo sono stati incarcerati a Wöllersdorf...» L'interesse però è già svanito e spegne la radio.

«Il comunicato di Goebbels di stamattina non diceva niente. È avvenuto tutto in gran segreto.»

Io mi verso del latte caldo, poi prendo qualche fetta di

pane *Pumpernickel* e di salame e vado a sedermi vicino alla mamma.

«Adesso la situazione si farà interessante» prosegue papà. «Mi chiedo quale sarà la prossima mossa di Göring.» Un'occhiata all'orologio. «È tardi, devo mandare un giornalista a Berlino per la notizia. Se ci sbrighiamo, riusciremo a pubblicare qualcosa sull'edizione di domani.» Si appoggia allo schienale. «Ne sono certo: sarà un cambiamento decisivo. Nelle strade regna il caos fomentato dai cospiratori ebrei e dai criminali comunisti, ma Himmler e Heydrich li metteranno in riga. È un'ottima notizia davvero, Hélène. Ogni singolo cittadino tedesco dovrebbe impegnarsi per il bene del Reich, e su questi uomini si può contare.»

Quindi si asciuga la bocca col tovagliolo e spinge indietro la sedia. «Adesso devo andare.» Bacia la mamma e, uscendo, mi scompiglia leggermente i capelli.

«Che voleva dire?» chiede Karl dopo che se n'è andato. «Quale caos nelle strade?»

Guardo fuori dalla finestra. La Fritzschestrasse è immersa nella calma e nella pace. Forse i problemi sono a Berlino, o a Halle, o a Monaco. Spero che non arrivino fino alle rispettabili vie di Gohlis.

«La gente ha fame, Karl» dice la mamma, con la fronte aggrottata. «Anche se da quando Hitler è salito al potere le cose vanno meglio, molti sono ancora senza lavoro e chi ha fame e niente da fare diventa una fonte di guai. Peggio ancora, presta orecchio alle menzogne e alle vuote promesse dei nostri nemici. Ci sono problemi che covano da anni sotto la cenere e non si possono risolvere in un attimo. Occorre pazienza. Solo che qualcuno è troppo stupido per fidarsi, mentre altri semplicemente tramano nell'ombra. Un leader forte è ciò che ci serve adesso, e per fortuna l'abbiamo.»

Fisso il cibo nel piatto. *Grazie, Hitler, per aver fatto in modo che io non sia tra gli affamati.*

«Ma papà è in pericolo?» chiedo, vagamente consapevole del ruolo speciale che riveste nelle SS: protegge Hitler e il partito. Me lo vedo che affronta dei criminali per le strade di Lipsia, da solo contro tutti, come è successo a Tomas.

«No, perché?» si affretta a rispondere mia madre. «Però ha un compito importante con il giornale e deve fare in modo che la gente di questa città distingua la verità dalle menzogne di chi semina dubbi e maldicenze» aggiunge in tono fermo.

«Ma cos'è che fa *esattamente* quando si mette l'uniforme delle Schutzstaffeln?»

La mamma sorride. «È un alto funzionario, Hetty, fa un sacco di lavoro amministrativo e organizzativo. Bene, adesso basta, voi due, o farete tardi a scuola e farete tardare anche me: oggi mi aspettano i miei cari vecchi soldati.»

Butto giù il resto del latte e seguo Karl nell'ingresso per prendere il cappotto e la cartella.

«Ciao, mamma» le dico, baciandola sulla guancia.

«Muoviti, Topolina» mi fa Karl, tenendomi aperta la porta. «A te bado io. Lo farò sempre.»

Alla fine della mattinata aspetto Erna nell'atrio della scuola. Dalle classi esce una marea di studenti che in corridoio si mescolano per correre fuori, al sole. Tra loro c'è anche Walter, che cammina in disparte rispetto al resto dei gruppetti vocianti. Cerco di attirare la sua attenzione, ma tiene la testa bassa. Quando mi passa vicino provo come una stretta al petto. Vorrei allungare una mano e toccargli la spalla, chiedergli cosa è successo tra lui e Karl, ma il mio braccio resta inerte lungo il fianco e l'occasione è già sfumata.

Fuori, invece, c'è Tomas ad aspettarmi al varco. Quando ci viene incontro, Erna mi dà una gomitatina.

«Chi è?» mi fa, ridacchiando. «Il tuo spasimante?»

«Non fare la scema. È Tomas, un mio ex compagno» le sussurro, attenta a non farmi sentire. Tomas ha l'aria sporca e trasandata, come una vecchia monetina consumata in mezzo ad altre nuove di zecca. Avrei voglia di prendere Erna e scappare via, ma è troppo tardi.

«Ciao, Tomas, ex compagno di Hetty» gli dice lei con un sorriso affettato, mentre io rallento il passo.

«Ciao.» Tomas ci scruta incerto. Poi si spinge gli occhiali sul naso che cola.

Erna si volta dall'altra parte, issandosi la cartella sulla spalla e salutandomi con la mano. «Ci si vede domani, Hetty» dice, e mi lascia lì da sola con lui.

Riprendo a camminare decisa verso casa, con Tomas che mi trotta dietro.

«Come stai?» mi chiede.

«Bene. Tu?»

Fa spallucce.

Poi mi sovviene lo scambio di stamattina a colazione e mi ammorbidisco un po'. «Tuo padre ha trovato lavoro?»

«No.»

«Potrebbe fare il poliziotto. O lavorare per il partito.»

«Mai e poi mai... Piuttosto morirebbe.»

«Ma perché, scusa? Mi sembra una cosa stupida.»

«Perché è comunista e odia i nazisti.»

Mi blocco sui miei passi. Le parole di Tomas si sollevano nel vento primaverile che ci arruffa i capelli e restano lì, pesanti e sconvolgenti.

«Lo dici per finta.»

«No.» Riprendiamo a camminare, lui strascicando le scarpe troppo grandi. «Fa delle riunioni a casa di mio zio insieme a un tizio polacco, Bajek, e ad altri con cui lavorava in fabbrica. Ho origliato dalla porta.»

«E che cosa si dicevano?» Gli scivolo accanto, abbassando la voce fino a un sussurro.

«Parlano di questo e di quello e delle sofferenze che hanno passato. Dei nazionalsocialisti che vanno in giro a molestare la gente. Del fatto che c'è il divieto di assembramento, ma che non si lasceranno fermare. Bajek. Bajek è il più importante di tutti.»

«I comunisti sono *traditori*» gli sibilo.

«Lo *so*...» mi fa lui di rimando.

A scuola stiamo studiando gli anni della giovinezza di Hitler. Voleva fare l'artista e ha lottato molto con i suoi; se avesse avuto una vita più facile, forse adesso non sarebbe dov'è. Ci hanno insegnato che negli anni Venti ha sofferto tantissimo, l'hanno processato e imprigionato per alto tradimento, ma queste vicissitudini l'hanno soltanto reso più forte. Anche se il suo ideale per il popolo tedesco sembrava impossibile da realizzare, lui ha continuato a difenderlo e a combattere e alla fine ha vinto. Dobbiamo fare tutti come il Führer e combattere, anche a costo di rimetterci la vita. Rivedo il suo ritratto. *Aiutami*. Ha un'espressione solenne, ma poi mi strizza un occhio azzurro. *Bambina mia,* mi dice la sua bella voce piena, *devi fare la cosa giusta. È tua responsabilità diventare una leader e indicare la strada agli altri. Dillo anche a Tomas che io mi sono opposto alla volontà dei miei genitori. Nessuna debolezza, Herta. Devi essere impavida in tutto ciò che fai...*

La visione svanisce ma mi lascia la pelle d'oca. Dunque è *questo* che ha in serbo per me: diventare non dottoressa, ma una condottiera che indica la strada verso la giustizia. Ho davanti a me le immagini dei corpi dei soldati straziati dal nemico, e so cosa devo fare.

«Vieni con me, Tomas, i miei non diranno niente. Puoi mangiare e stare da noi anche tutto il pomeriggio, se ti va.»

«Sul serio?» Gli brillano gli occhi.

«Sul serio, sì.»

Davanti a noi avanzano due figure ingobbite provenienti da Berggartenstrasse: un vecchio appoggiato al bastone e una vecchia appesa al suo braccio. Alla vista di Flocke che gli zampetta al fianco, più nero del nero, mi prende un colpo.

Li indico a Tomas, bisbigliando: «Quelli sono *ebrei*.» Lui si guarda intorno e arriccia il naso schifato.

«Avviciniamoci ancora un po'» mi fa, con un lampo negli occhi che non gli avevo mai visto prima. Poi, qualche passo più in là, esclama: «C'è una strana puzza da queste parti!»

I Goldschmidt si fermano e ci guardano arrivare.

«Di' qualcosa anche tu» mi incalza Tomas.

Apro la bocca per farlo, ma non mi esce niente. Mi sembrano tutti e due così vecchi e fragili.

«E dai! Fagli vedere chi siamo.» Tomas si gira a sputare per terra. Il grumo bianco atterra sul marciapiede tra noi e loro e io sento montare un conato.

Ma Tomas mi rifila un'altra gomitata.

Stavolta riesco a dire qualcosa. «È la puzza dei maiali.» La mia voce, però, resta un sussurro.

«Più forte» mi incita Tomas. Ormai ci dividono solo un paio di metri. Mi viene in mente che la signora Goldschmidt era stata sgarbata con me, mi aveva insultata e non mi aveva permesso di portare a spasso Flocke. Perciò se lo merita. Cerco di non guardare in faccia suo marito.

«Porci ebrei» dico, con voce più ferma di prima. La vecchia si mette a tremare e Tomas sghignazza. Io mi faccio coraggio. «Che schifo! Chi è che vorrebbe vivere con dei maiali?» Se evito di incrociare il loro sguardo diventa tutto più facile, le parole escono come vomito rancido e soffocante. «Nei porcili: i maiali devono stare nei *porcili,* non nelle case!»

Sono come in preda a un'ebbrezza che mi fa correre via insieme a Tomas, e ridendo forte attraversiamo la strada.

Ma nel passare accanto alla faccia avvizzita del signor Goldschmidt e alla mano tremante della moglie sul suo braccio mi assale di nuovo un senso di nausea.

Non puoi essere una guida se non credi in quello che fai. La voce di Hitler mi riecheggia nelle orecchie. Perciò raddrizzo le spalle e annuisco. Ha ragione: bando alle debolezze, ho una missione da compiere e posso compierla solo io.

Siamo uno accanto all'altra nello studio di papà. Strizzo la mano di Tomas per fargli coraggio. Lui se ne sta lì, come paralizzato.

Mi guardo attorno nella stanza e per la prima volta la vedo come deve sembrare a lui adesso: la scrivania enorme, col piano di pelle; la grande poltrona di papà e le librerie a soffitto, stracolme di incartamenti e documenti autorevoli; e papà in persona, con i capelli biondi riportati all'indietro, imponente nella sua uniforme nera.

«Dunque?» Solleva un sopracciglio, sbirciandoci da sopra le lunette da lettura. L'aria è satura di fumo stantio di sigaretta e dell'aroma pungente del whisky.

Tomas è letteralmente ammutolito e io temo che abbia cambiato idea, o che papà si spazientisca e ci butti fuori.

Nessun cedimento. Una gioventù che faccia tremare il mondo.

«Papà...» La voce mi esce più forte di quel che mi aspettavo. «Ti ricordi Tomas? Deve denunciare una cosa, ma ha paura e non sa con chi parlarne, così ho pensato che forse potevi ascoltarlo tu.»

Papà mette giù la penna e si appoggia allo schienale.

«Parla pure, ragazzo.»

Tomas si schiarisce la voce e finalmente ritrova la voce. «Riguarda... mio padre. Cioè, in realtà questo polacco, ecco. Bajek. Credo sia un comunista.»

Papà si raddrizza sulla poltrona e Tomas mi lancia un'occhiata. Io annuisco.

«Che cosa te lo fa pensare, figliolo?»

«L'ho sentito. E ha tirato dentro anche mio padre. E poi ho trovato dei volantini...»

«Che volantini?»

«Propaganda.»

Sorrido a Tomas. Sta andando benissimo.

«Fanno dei discorsi... dicono che Hitler è un idiota. Che presto la gente se ne accorgerà. Parlano di gente che conoscono, discutono da che parte stanno.»

«E ricordi dei nomi?»

«Credo. Qualcuno.» Tomas si agita di fianco a me. «A volte, quando sono fuori a giocare coi miei fratelli, rientro per origliare. Parlano della vittoria dei lavoratori, della rivoluzione e delle ingiustizie da parte dei ricchi, cose così. Non mi ricordo tanto bene...»

«Non preoccuparti.» Papà spinge un foglio di carta verso di lui e gli porge una penna. «Scrivimi quei nomi, piuttosto.»

Lo guardiamo mentre ne butta giù un paio, si ferma a pensare un attimo e poi ne aggiunge altri due.

«So soltanto questi» dice infine a mio padre.

Lui si alza dalla poltrona, fa il giro della scrivania e viene a stringergli la mano.

«Hai fatto la cosa giusta, ragazzo. Sarai ricompensato per questo. A che grado della Gioventù appartieni?»

«I miei non mi hanno lasciato entrare» dice allora Tomas, chinando la testa per la vergogna.

«Che cosa? Devi entrare immediatamente, invece!» Papà è esterrefatto e scandalizzato. Lo guardo male, ma lui non mi presta la minima attenzione.

«Mi occupo io della cosa. Che ne dici di diventare portabandiera? È un grande onore, sai? Tu sei un degno figlio della Germania, hai compiuto un atto di coraggio. Non farne parola con i tuoi, mi raccomando. Che resti fra noi. Mi occuperò io di tutto, intesi? Complimenti, ragazzo.»

«E a lui cosa succederà? A mio padre?» chiede Tomas con voce flebile. «Lo arresterete?»

«Ma certo che no. Non ascoltare le voci che girano. Metteremo tuo padre sotto protezione, per la sua stessa sicurezza. Lo sai cosa significa?»

Tomas fa segno di no con la testa.

«Significa che per proteggerlo dovremo allontanarlo. Per prenderci cura di lui. La Germania ha molti nemici, Tomas, bisogna tenere gli occhi aperti. Occhi e orecchie. Sempre. Qualsiasi cosa, anche la più piccola, va denunciata. È tuo dovere. D'ora in poi potrai rivolgerti a me o ai tuoi superiori della Hitlerjugend.» Papà torna alla sua poltrona. «E adesso, non preoccuparti di niente. Provvederemo noi a tuo padre. Mi raccomando, non una parola: mantenere il silenzio è importantissimo.»

Poi si gira verso di me, sorride e mi fa l'occhiolino. «Ben fatto, Herta, ragazza mia. Anche tu stai crescendo, *Schnuffel*, sono fiero di te.»

Parole stupende. Forse dopo quel che è successo oggi rivedrà le sue posizioni sull'ala femminile della Gioventù.

«Ora andate» riprende in tono brusco. «Devo fare delle telefonate. Tomas, per un po' è meglio se resti qui con Herta. Puoi fermarti per cena.»

Sorrido alla faccia pallida e tirata del mio amico. Finalmente potrà entrare nella Gioventù hitleriana e suo padre verrà protetto dal male del comunismo. Forse la Gestapo gli troverà anche un lavoro.

È andato tutto molto meglio del previsto.

19 agosto 1934

«Guarda!» Erna mi indica il recinto delle scimmie. «Siamo fortunate!»

Appoggiamo le biciclette vicino a una panchina, nel punto in cui il parco Rosental confina con lo zoo. Un gruppetto di creature grigie dal muso schiacciato siede lungo un lato della gabbia, appollaiato su dei pali di legno. Una si lascia penzolare giù fino a una piattaforma dove sono sparsi dei frutti e, afferrato un pezzo di mela, lo stringe forte nel pugno, si riarrampica sul palo e va a sedersi smangiucchiandolo, mentre le altre stridono e chiacchierano come un crocchio di vecchie pettegole.

Davanti a noi dei bambini giocano al sole caldo di agosto sulla distesa piatta ed erbosa del parco e alcuni cani si rincorrono in tondo. Tiro fuori dalla borsa due fette di *Linzertorte* avvolte in carta marrone e ne offro una a Erna. Sediamo mangiando in silenzio.

Due scimmie se ne stanno in disparte controllandosi il pelo e spidocchiandosi a vicenda. Di quando in quando interrompono i loro movimenti tranquilli per agguantare di scatto una pulce o un pidocchio e infilarselo in bocca.

«Pensa se lo facessero anche le persone» ridacchia Erna, dandomi di gomito. «Pensa se lo facessi *tu* con il tuo fidanzato, il giorno che ne avrai uno.»

Per poco non sputo un boccone di briciole e marmellata.

«Erna! Per favore...»

Lei si gira a guardarmi con aria maliziosa. «O hai già in mente qualcuno?»

«Non essere assurda. Abbiamo solo dodici anni.»

«*Io* ne ho quasi tredici. E comunque: che mi dici di Karl?»

«In che senso?»

«È bello in un modo pazzesco.»

«Karl?» Mi scappa da ridere. «Ma se quasi non si lava e non si cambia praticamente mai maglia e mutande!» Qualcosa mi si agita dentro, un serpente che fa saettare la lingua. Mi lecco con attenzione la marmellata dalle dita. «Le grandi battaglie. Gli aerei. E il calcio» scandisco contando. «Ecco le uniche cose che gli piacciono.»

Studio il profilo di Erna che mastica osservando le scimmie. Seguo la curva delicata del naso, degli zigomi alti, ammiro la sua pelle liscia e chiara come il latte. Anche lei è di una bellezza incredibile.

Ma a Karl le ragazze non interessano.

Fa un sospiro sonoro e appallottola la carta.

«Ho parlato di te a mio padre» dice, rigirandosela tra le mani. «Mi ha detto che non dobbiamo essere amiche.»

«E perché no?» La fisso sorpresa.

«A non piacergli non sei tu» aggiunge in tutta fretta, «ma tuo papà.»

«Ma se non lo conosce neanche!»

«Forse non dovrei dirlo» conclude, schiacciando la pallina, «però si sbaglia. Io *voglio* essere tua amica, e lui può dire quello che vuole ma non cambierà niente. Sarai sempre la mia migliore amica, vero, Hetty?»

Fingo di non essere particolarmente lusingata, come se sentirmi dire che sono la Migliore Amica di qualcuno fosse il mio pane quotidiano. «Ma certo.» Non riesco a trattenere il sorriso. «Sempre semprissimo.»

Ci sediamo e per un po' restiamo felici in silenzio.

«Perché mio padre non gli piace?»

«No, guarda, lascia proprio perdere.»

«È che non dovrebbe giudicare una persona che non conosce neanche.» Mi fa strano pensare che si parli di papà in casa degli altri.

Erna fa un sospiro. «C'entra col modo in cui ha preso in mano il giornale» dice d'un fiato, «ma forse non ha capito niente.»

Di colpo vedo la faccia rugosa e da vecchia strega della signora Goldschmidt. *Tuo padre... li ha cacciati... quelle accuse campate per aria...*

Invidia, aveva detto lui. Ecco cos'era.

«Sono solo pettegolezzi e bugie. La gente è invidiosa del successo di mio padre, tutto qui.»

Incontro lo sguardo di Erna e lei lo distoglie.

«Sì, sarà per quello.» Con la punta di una scarpa fa un buco nella ghiaia. «Mio padre ascolta sempre con un orecchio solo.»

«Dovrebbe stare più attento, allora.»

Le scimmie hanno mangiato quasi tutta la frutta e stanno giocando a inseguirsi di palo in palo. La coppia che si spidocchiava va a rifugiarsi saltando nel recinto coperto.

«Io entro nella Jungmädel» riprende Erna. «Vieni anche tu?»

«No, mio padre non mi lascia. Dice che la Gioventù hitleriana è roba da maschi.»

«Ma ci stanno entrando tutte. Sicura che non puoi convincerlo?»

«Non lo conosci: quando si ficca in testa una cosa, non gli fai più cambiare idea.»

Forse tra le Jungmädel troverà una nuova Migliore Amica. Osservo la distesa piatta e verde del parco che si estende verso i boschi in lontananza e improvvisamente il sole mi scotta sulla pelle e mi ferisce gli occhi. Avverto anche un principio di mal di testa nella zona delle tempie.

Erna mi tocca piano il braccio, fissandomi intensamente.

«Ti prego, non dire a tuo padre che cosa ha detto il mio» mi sussurra.

«Ma no, certo che non glielo dico.»

«Posso fidarmi di te, vero, Hetty?»

La guardo dritto negli occhi felini. «Sono la tua migliore amica, Erna. Puoi fidarti di me finché vivrò. Te lo giuro.»

10 settembre 1934

«Hai sentito che hanno cacciato Kreitz?» Quello di Erna è un bisbiglio.

«Quando?»

«Venerdì. E anche degli altri professori.»

Annuisce in direzione degli insegnanti schierati in abiti solenni nell'atrio dove ci troviamo radunati. È vero: là in mezzo si vedono facce decisamente nuove.

«Silenzio!» tuona Herr Hofmann. «Fate silenzio. Vi presento il nuovo insegnante di scienze: Herr Metzger, prego.»

Un tipo giovane e magro, in completo marrone e cravatta a farfallino, avanza a passo deciso verso il centro del palco. Ha la faccia rotonda e lucida e sul mento ruvido e arrossato spiccano dei foruncoletti bianchi. Non può essere molto più vecchio di Karl.

Tira una cordicella che srotola un grande striscione bianco appeso alla parete. Sopra, a grosse lettere nere, è scritta una poesia:

Conserva puro il sangue.
Non è soltanto tuo:
arriva da lontano,
lontano arriverà.

Contiene mille antenati
e tutto il futuro racchiude.

Conserva puro l'abito
della tua immortalità.

«Eugenetica: la meravigliosa scienza della razza e dei geni» esordisce Metzger con voce mielosa e delicata. «L'evoluzione umana è alle soglie di una nuova era. La possibilità di una razza superiore, esente dal crimine, dalle malattie ereditarie e dalla pazzia, è a portata di mano. Ecco l'essenza del progresso scientifico.»

Sotto i suoi piedi le assi scricchiolano, mentre lui fa avanti e indietro sul palco. I capelli chiari sono lisciati con la brillantina e i suoi occhi azzurri luccicano.

«Il risultato? Il migliore dei popoli: composto dagli individui più sani, più coraggiosi, più belli, intelligenti e robusti. L'apoteosi della teoria di Darwin. Un popolo superiore in tutti i sensi e destinato a espandere la propria influenza in tutto il mondo. *Questa* è la visione su cui la scienza si fonda. E chi non sogna un mondo del genere?» Si interrompe per studiare le nostre facce. Io unisco le ginocchia e raddrizzo la schiena sulla sedia.

«Mica male il prof, non ti pare?» mi sussurra Erna all'orecchio.

«*Shhh.*»

«D'accordo, pupilla dei professori» ridacchia lei.

Le do una gomitata nelle costole.

Metzger parla di proiezioni demografiche e di quanto costi alla società sostenere un numero crescente di individui disabili, per non parlare dei malati di mente, degli epilettici e dei ritardati. Ci mostra le varie razze e il posto che occupano su una scala evolutiva darwiniana: la razza nordica in cima, quella ebrea sotto a tutte le altre. Fortunatamente i francesi non sono molto più in basso dei tedeschi. Grazie al cielo, la mamma viene dai dintorni di Parigi, perché la popolazione del Sud della Francia è stata contaminata da quella del Nord dell'Africa e dal punto di vista razziale non può più considerarsi pura.

Nell'atrio fa caldo e il professor Metzger si toglie la giacca. Erna è attentissima, quell'informalità la fa ridere.

«È fondamentale» prosegue Metzger, «che gli ariani si riproducano solo con altri ariani. Mescolarsi ad altre razze farà crollare la civiltà occidentale, così come è capitato alle antiche civiltà dei greci e dei romani. Per chi soffre di malattie ereditarie è indispensabile la sterilizzazione. Non sono i singoli a essere *colpevoli*, e tuttavia non si può permettere che trasmettano le loro... *debolezze* alle generazioni future. Si tratta di una verità importantissima per il bene dell'umanità intera.»

Penso al modo in cui certe volte Hitler mi parla nella testa, alla sua chiarezza, e con una fitta di angoscia torno a chiedermi se sono pazza. Dicono che se senti le voci... Comincio a sudare, ho la schiena appiccicaticcia.

La sterilizzazione è dolorosa? Fisso il ritratto di Hitler che domina sulla grande parete alle spalle dello schieramento di insegnanti seduti.

Sono pazza?

No, Herta. Io ti ho scelto.

Ma sono una ragazza!

Le ragazze servono, Herta. I ragazzi combatteranno per vincere la guerra, ma le ragazze... voi sarete le future madri e le madri vanno onorate. Adorate. Perché senza madri, senza ragazze, non possiamo vincere.

Anche la fronte è madida di sudore. Lancio un'occhiata a Erna ma lei è tutta concentrata sul signor Metzger, lo segue ipnotizzata mentre passeggia avanti e indietro di fronte alla nostra panca. Il silenzio che regna nell'atrio è snervante. Non un fruscio, non un sussulto.

Il professore consulta un pezzo di carta che estrae di tasca. «Freda Federmann, Walter Keller. Venite qui, per piacere.»

Walter Keller.

Il tempo rallenta, mentre alle mie spalle Freda si alza. Mi giro e vedo Walter scavalcare le ginocchia dei suoi compagni, verso le ultime file. Karl siede in fondo e i nostri sguardi si incrociano. Non riesco a decifrare la sua espressione.

Osservo Walter avanzare lentamente fino al centro del grande atrio, bello e diritto nel vestito scuro con cravatta. Dalle lunghe finestre penetra la luce del sole e nei suoi raggi brilla un milione di particelle di polvere infinitesimali. Walter le attraversa e nella sua scia la polvere sale turbinando verso l'alto, prima di ricompattarsi e tornare a scendere lentamente nelle schegge diagonali di luce.

Metzger torreggia al di sopra di Freda. Tiene in mano qualcosa che non riesco a distinguere bene.

«Un'ebrea» dice in un soffio, e l'atrio è percorso da un brivido. Inaspettate e raggelanti, le sue parole hanno un suono sinistro e mi danno un brivido lungo la schiena.

«Osservate i capelli neri e crespi» mormora il professore. La voce è un sibilo che gli esce dalla bocca per poi insinuarsi ovunque. Si china su Freda come se avesse davanti un esemplare dello zoo: sembrano quasi soli, Metzger si comporta come se si fosse scordato della presenza di tutti noi.

Arriva anche Walter, alto come il professore. Gli si avvicina a passo lento e deliberato e va a mettersi di fianco a Freda. Mi sento il cervello quasi paralizzato dalla confusione.

«Non mi piace» mormora Erna.

«Ma cosa ci fa lì Walter?»

Lei scuote la testa e non dice niente.

Metzger non sembra quasi accorgersi del suo arrivo. Solleva lo strumento che stringe in mano: adesso vedo che si tratta di un compasso. Lo fa oscillare davanti alla faccia di Freda.

«Ha gli occhi troppo vicini» annuncia infine. «Chiaro segno di una natura intelligente ma infida.»

Nessuno osa fiatare. Mi sento in bocca uno strano sapore.

«Notate il naso grosso, sproporzionato? Se guardate bene, vedrete che somiglia a un nove rovesciato: un classico tratto ebreo.»

Metzger sposta lentamente il compasso sui lineamenti di Freda. Labbra troppo sottili. Orecchie troppo a sventola. Capelli troppo crespi. Sul volto di Freda cominciano a scendere lacrime silenziose. Trema. Una lacrima cade sul pavimento. Poi un'altra.

Walter le si fa più vicino. A confronto con i tratti ebrei di

Freda, lui è biondo e perfetto e ha gli occhi azzurri. Di colpo capisco perché è stato chiamato. È proprio un confronto quello che il professore vuole fare: un paragone tra un ariano e un'ebrea.

Osservo Walter prenderle la mano e stringergliela. Restano lì così, mano nella mano, finché Metzger, col suo compasso, non li divide.

«E adesso osservate il suo corpo fragile, troppo piccolo. Gli ebrei sono inadatti allo sport. La ragazza è pigra di natura.» Le parole gli escono accompagnate da schizzi di saliva, che colpiscono Freda facendola sobbalzare.

Lui fa un passo indietro. «Nelle sue scarpe» dice indicandole, «trovereste piedi grossi, piatti e brutti che la rendono goffa e le impediscono di correre agilmente.»

Non riesco più a sopportare l'espressione sul volto di Freda. Abbasso lo sguardo sulle mani che tengo intrecciate sulle ginocchia.

«Perché non la pianta?» sento Erna mormorare quasi tra sé. «Ha già detto abbastanza...»

Cogliendo un lampo di movimento, risollevo lo sguardo: Metzger si è girato di scatto e ora afferra Walter per la spalla, raddrizzandogli la testa. Con aria disgustata, gli punta contro un dito come fosse un quarto di bue appeso a un gancio del macellaio. «Questo ebreo» ringhia, «porta impressi dentro di sé migliaia di anni di sotterfugi e slealtà. Tutto ciò che gli importa è farsi largo, e pur di riuscirci passerebbe sul cadavere di chiunque. È marcio fino al midollo, pronto a ingannare e...»

L'atrio comincia a girarmi intorno e mille aghi mi trafiggono il collo. *Non può essere.*

«NO!» grido con voce strozzata. Numerose teste si voltano a guardarmi, poi con altrettanta rapidità tornano a girarsi verso il palco.

Vorrei urlare: «NON È VERO!» ma non ci riesco. L'impulso è di scappare lontano, lontanissimo. Invece la panca di legno rimane ben salda sotto di me e mi ritrovo a fissare paralizzata la scena.

Concentrato com'è su Walter, il professore ci mette un po' a rendersi conto di quel che nel frattempo è successo. L'odore è forte e inconfondibile. Un rigagnolo di urina corre lungo l'interno delle gambe di Freda, impregnandole le calze e formando una pozza intorno alle sue scarpe. Alle mie spalle sento diffondersi un'ondata di risate represse.

«Santo Dio!» esclama Erna.

Accorgendosi di avere l'orlo dei pantaloni bagnato dagli schizzi di urina di Freda, Metzger lascia andare la spalla di Walter come fosse un tizzone rovente.

«Andatevene!» dice con voce bassa e vibrante di rabbia. «E non datevi la pena di tornare.»

Walter passa un braccio intorno alle spalle tremanti di Freda, che barcolla verso l'uscita lasciandosi dietro una scia di impronte bagnate. L'anta del portone sbatte e loro non ci sono più...

Dopo un attimo di silenzio, Herr Hofmann balza in piedi.

«Mio caro Herr Metzger...» Gli dice qualcosa che non sentiamo e il professore parte all'inseguimento di Freda e Walter. «Voi due» riprende quindi il preside, indicando due ragazze sedute al capo opposto della prima fila, «andate a prendere un secchio e uno spazzolone e pulite questa roba. Tutti gli altri tornino in classe.»

Uscendo dall'atrio mi sento confusa. La mente rifiuta di accettare quel che ho appena visto. Com'è possibile che Walter sia un ebreo? Il meraviglioso Walter, il ragazzo che mi ha salvato la vita, è uno sporco ebreo puzzolente? No, non è possibile, dev'esserci un errore. Lui non ha niente degli ebrei. Poi però mi tornano in mente le parole di papà: «Di nuovo quel ragazzo», e l'espressione contrariata di quando lo trovava a casa nostra.

Chiacchierando eccitate, le mie compagne premono per girare a sinistra, verso la nostra classe. A destra, il pesante portone è socchiuso. Walter e Freda lo hanno varcato solo pochi secondi fa. Una sottile striscia di luce buca l'oscurità del corridoio.

«Hetty?» La voce di Erna mi arriva da lontano. «Hetty!» Ha un'espressione corrucciata e severa. «Non pensarci neanche. Sai in che guai finiresti?»

Ma la sua faccia sfuma, mentre sento le mani forti di Walter strapparmi dalle grinfie dei mostri del lago e rivedo i suoi teneri occhi azzurri e il suo sorriso dolcissimo. Di colpo sto correndo a precipizio nel corridoio, apro con una spinta il portone e sono fuori, nella luce accecante.

Taglio per la discesa erbosa di Nordplatz. E li vedo, nei pressi dell'angolo della chiesa.

«WALTER!» grido. Tiene Freda per mano ed è chino verso di lei nell'atto di dirle qualcosa. Lei sta cercando di soffocare i singhiozzi. «WALTER!»

Si voltano entrambi e mi guardano a bocca aperta.

Li raggiungo ansimando.

Che ci faccio qui?

«Volevo solo dirvi che...»

Freda ha gli occhi gonfi e arrossati. La gonna e le calze mostrano chiazze scure e, da vicino, si sente la puzza.

Guardo Walter in faccia e sento le lacrime salirmi agli occhi: come può essere un ebreo? Come facevo a non saperlo, stupida che sono? Finalmente capisco perché Karl non lo invita più da noi.

«Torna a scuola, Hetty» mi dice lui, in tono piatto. «Non dovresti stare qui.»

«Non mi interessa. Non mi interessa se sei ebreo. Io sarò sempre tua amica. *Sempre semprissimo*.»

Mi volto prima che possa ribattere e torno indietro di corsa, attraversando Nordplatz in direzione della scuola.

Hitler sta cercando di parlarmi, ma io non voglio ascoltarlo.

Ecco. L'ho detto. Le mie parole sono libere e aleggiano nell'aria fresca della Nordplatz.

Anche se volessi, ormai non potrei più rimangiarmele.

SECONDA PARTE

31 maggio 1937

Apro lentamente gli occhi, uno per volta. Girandomi sulla schiena, distendo gambe e braccia per sgranchirmi e urto con un piede qualcosa di duro e caldo in fondo al letto.

«Kuschi.» Sorrido alla forma nera raggomitolata. «Che ci fai qui? Se ti scopre la mamma...»

Il cane solleva la testa, mi guarda e batte la coda sulla coperta. Poi sbadiglia e si rimette a dormire.

«Che faccia tosta» rido, chinandomi ad accarezzarne il pelo ispido. Dev'essere scappato dalla cucina quando Ingrid è scesa, stamattina presto. «Tu sì che mi vuoi bene, vero, Kuschi Muschi?» Ha il respiro dolce e regolare, quel che gli è successo l'anno scorso non ha lasciato nessuno strascico.

«Flocke» chiamo piano. Mi chiedo cosa ricordi della sua vita precedente. Quando apre gli occhi, sospiro. «Be', non va bene, capito? Andiamo a fare colazione, dai.»

Mi lavo e mi vesto. Quando la supero, la porta di Karl rimane ostinatamente chiusa.

Cosa insolita, in sala da pranzo c'è anche papà. Ormai si assenta sempre più spesso, gli incarichi delle SS consumano le sue notti e si prolungano anche di giorno. Sembra immerso nei pensieri e stringe la mano della mamma, posata sul lucido tavolo di noce, disegnandole con il pollice morbidi cerchi sul dorso. Le dice qualcosa in tono sommesso e lei getta la testa indietro ridendo, i capelli che le scivolano lungo la schiena. Mi fermo sulla porta, il pavimento scricchiola sotto i miei piedi.

Papà alza di scatto gli occhi, lasciando andare la mano della mamma come fosse un segreto vergognoso.

«Oh, buongiorno, signorina.» Si versa del caffè dall'alta caraffa col beccuccio lungo ed elegante, a collo di giraffa.

«Prima giornata di vacanza, eh?» Mi fa l'occhiolino. «Spero tu abbia programmi degni di questo nome.»

«Sì, ho un sacco di impegni con la Lega delle ragazze tedesche. Più il campo estivo, naturalmente. E poi vedrò le mie amiche, aiuterò la mamma, cose così.»

Bofonchia qualcosa, guardandomi spalmare bianco *Frischkäse* su una fetta di pane scuro di segale.

«Potresti anche passare l'estate lavorando in qualche fattoria, come la ragazza dei Käfer, i nostri vicini» butta lì.

«Franz!» esclama la mamma. «Che idee ti vengono? Lo sai che metà di quelle ragazze tornano a casa incinte dei giovani della Hitlerjugend. Che pensata infelice!»

«Non ti preoccupare, mamma, non ho la minima intenzione di passare l'estate così. Senza nulla togliere al valore del lavoro. Ma il campo estivo mi basta e avanza. Preferisco venire ad aiutarti alla casa dei veterani.»

Papà annuisce.

«Quegli uomini ti adorano, Hetty» dice mia madre. «Ma anche tu dovresti concederti una vacanza, Franz. Lavori troppo.»

Lui torna a stringerle la mano. «Lo so, Hélène, e non hai idea di quanto vorrei portarvi via tutti e tre, ma in questo momento mi è impossibile. C'è troppa tensione in giro e non posso abbandonare il giornale.»

«In che senso c'è troppa tensione in giro?» chiede lei, accendendosi una sigaretta e appoggiandosi allo schienale della sedia, la testa inclinata di lato.

«Qui a Lipsia abbiamo troppi stranieri» risponde secco papà. «Dobbiamo fare qualcosa. Rubano ai tedeschi il lavoro, le case, il *cibo* e portano vizi e maleducazione. Puzzano, e...» Mi guarda. «... e anche peggio.» Si agita sulla sedia. «E poi la guerra che incombe: pensa alla situazione in Spagna! Proprio stamattina abbiamo dovuto mettere in atto delle rappresaglie in risposta agli attacchi alle nostre navi. Non voglio pensare a dove rischiamo di arrivare.»

«Davvero credi che potrebbe scoppiare un'*altra* guerra?» La mamma scrolla la testa, corrucciata.

«In Inghilterra c'è un nuovo primo ministro, ma è folle illudersi che lui o altri leader possano parteggiare per gli interessi tedeschi. Si dice che sia un uomo debole, malleabile. Chi vivrà vedrà.»

La mamma sbuffa fuori il fumo da un angolo della bocca, io lo allontano sventolando una mano.

Guerra. Una parola così piccola per una cosa inimmaginabilmente grande. Penso a Karl che ha deciso di entrare nella nuova aviazione tedesca e sento l'aria nella stanza gelarsi.

«Se dovessimo arrivare a quel punto, sono certo che la vittoria sarà comunque rapida e netta, Hélène. Nel frattempo, però, io devo concentrarmi su questa città.» Anche lui ha la fronte corrucciata. «Se terremo fede ai nostri principi, il futuro sarà roseo. Nessun cedimento, devo sfruttare il *Leipziger* per promuovere la nostra causa.»

«E come?» gli chiedo io.

«Un giornale, *Schnuffel,* è un'arma potente. Naturalmente il nostro Goebbels ci guida con i suoi comunicati stampa quotidiani, ma è nostro dovere forgiare l'opinione delle masse e far sì che i valori e gli interessi della nostra patria restino sempre al centro dell'attenzione.»

Mastico il mio pane e formaggio. A scuola stiamo studiando il *Mein Kampf*. Tutti sanno che alla fine dell'ultima guerra gli ebrei hanno accoltellato alle spalle l'esercito tedesco, e con l'aiuto del nuovo libro di Fink, *La questione ebraica nelle scuole,* adesso sono capace di riconoscere un ebreo anche solo dai lineamenti. Se ne incontro uno, attraverso la strada come fanno tutti, e comunque non li guardo mai negli occhi.

«Tutte cose che non cambiano certo se ti prendi qualche giorno per andare in spiaggia, Franz. Senza contare che sei il capo: certamente avrai qualcuno in grado di mandare avanti le cose in tua assenza, no?»

Mio padre si stringe nelle spalle. «Ho nominato Josef Heiden caporedattore appena due settimane fa, non posso ancora mollarlo lì da solo. E poi ho sempre più da fare con le SS...» Si interrompe un istante. «Se Karl non fosse così preso dai suoi alianti, quest'estate potrei farlo venire con me al *Leipziger*. Sarebbe un ottimo acquisto. Pensa a quanti incarichi potrei affidargli in futuro, cose che non lascerei in mano a nessun altro.»

«Magari riuscissi a convincerlo a lavorare con te quest'estate, prima che parta! Non so cosa darei perché cambiasse idea. Mi sento male solo a pensarci.»

«No, ormai la Luftwaffe ha predisposto tutto» dice papà, scuotendo la testa. «Queste sono esperienze di volo fondamentali per poter passare in seguito a un impegno più serio. E poi lui è determinato. Credo che al *Leipziger* ci tornerà da solo a tempo debito. Ormai è un uomo, Hélène, deve trovare la sua strada. Adesso vuole fare la sua parte per il Reich ed è semplicemente giusto e naturale che sia così.» Finisce la sua tazza di caffè.

«Anch'io voglio fare la mia parte» mi scappa detto. «Potrei venirci io al giornale quest'estate, no? Lo sai che imparo in fretta.»

Papà mi guarda socchiudendo gli occhi. Nella luce del sole, la sua pelle appare molle e inflaccidita dalla stanchezza.

«È un'offerta gentile, Herta» dice lentamente, «ma il tuo posto è qui, con tua madre, per aiutarla nelle sue opere di beneficenza. Ed è più importante per te imparare a gestire una casa che comprendere come funziona un giornale.»

«Ma, papà...»

Lui spinge indietro la sedia, chiudendo il discorso.

«E adesso devo andare.»

Si china a depositare un piccolo bacio sulla guancia alla mamma e me ne stampa uno in fronte. Lei lo rincorre fuori proprio mentre entra Karl, non rasato e con gli occhi pieni di sonno. Stringo i pugni sotto il tavolo.

«Ciao, Topolina» mi saluta lui, lasciandosi pesantemente cadere sulla sedia di fronte. «Per caso ho interrotto qualcosa?»

«No, in realtà no» sospiro. «La solita discussione. Papà ti vuole al giornale con lui e mamma preferirebbe che non entrassi nella Luftwaffe.»

Karl prende del pane e canticchiando tra sé ci spalma sopra il burro e due strati di *Leberwurst*.

«Come mai così allegro?» Servo il tè a entrambi, tuffo una fetta di limone in ogni tazza e nella mia aggiungo due cucchiaini di zucchero.

«Perché sono elettrizzato!» Fa un gran sorriso e addenta il pane con il pâté. «La scuola è finita e tra qualche settimana sarò già nella Luftwaffe.»

«Sei così ansioso di andartene?»

Provo a immaginarmi la vita senza di lui. Il suo posto vuoto a tavola, i pavimenti che non scricchiolano più sotto i suoi passi. Niente più *noi*.

«Mi mancherai da morire.»

«È giusto. Anche tu mancherai a me, Topolina, solo che...»

«La pianti di chiamarmi così?»

«Come? Topolina?»

«Sì, proprio.»

«No.»

«Oh, *Arschloch*.»

«Guarda che dico alla mamma che hai detto una parolaccia» mi fa il verso lui sfoderando una vocetta acuta, e scoppiamo a ridere.

«Dico sul serio, sai. Perché vuoi arruolarti? Papà potrebbe farti entrare in un attimo nelle SS e un giorno il *Leipziger* sarà tuo. Saresti un ottimo giornalista... col tuo fascino, riusciresti a far parlare chiunque.»

«E tu?» mi risponde, chinandosi verso di me con gli occhi che gli luccicano e la faccia tutta animata. «Riesci a immaginare niente di più eccitante di essere un pilota? La Luftwaffe ce la invidieranno in tutto il mondo, e io sono qui, proprio qui, dove tutto comincia. Perché mai dovrei volermene andare in giro con quelle camicie nere? Non per mancare di rispetto a nostro padre, è solo che senza volare non sarebbe vita, per me. Al mondo non c'è niente di paragonabile, e dopo tutte le estati passate sugli alianti adesso ho una fame incontenibile, insaziabile!»

«Mi sembra una cosa pericolosissima.»

«E tu mi sembri la mamma. È un brivido magnifico, nient'altro. La nostra flotta aerea è la più avanzata al mondo. Quando dovranno fare i conti con la Luftwaffe, le altre nazioni si arrenderanno in un attimo. Magari un giorno riuscirò a portare lassù anche te, Topolina. Ti farà impazzire.»

Lo osservo mentre mastica e con una mano si ravvia i capelli. Il bicipite si gonfia sotto la manica corta. È diventato un uomo senza che me ne accorgessi e adesso deve spiccare letteralmente il volo e completare la trasformazione, staccarsi dalla presenza dominante di papà e dalle proteste della mamma. Forse anche da me... Un pensiero che mi procura un dolore fisico, e per un attimo capisco ciò che prova nostra madre.

«E dai, Hetty, su col morale» mi fa lui, di colpo serio e premuroso. «Cerchiamo di goderci al massimo la nostra ultima estate insieme, eh? Ti prometto che ci divertiremo.»

25 luglio 1937

Nella volta cerulea non ci sono quasi nuvole. Un'allodola volteggia sopra la mia testa, minuscolo puntolino nero contro il sole. Il suo canto, puro e forte, si alza e si abbassa travolgendomi con la sua gioia dolce.

L'orlo della gonna si impiglia nei lunghi fili d'erba. Lo sollevo e guardo bene dove metto i piedi, attenta a evitare i cardi e le ortiche nascosti tra il foraggio rigoglioso. Kuschi mi fa strada, simile a un delfino tra le onde, la sua direzione rivelata unicamente dallo scompiglio delle cime verdi e dalla coda che di tanto in tanto fa capolino.

«Andiamo in riva al fiume, Kuschi Muschi» gli grido. «Là si cammina meglio.»

Raggiunta la cima dell'argine mi fermo a riprendere fiato. Non sono ancora le sette ma il sole è già caldo e annuncia un'altra giornata afosa. Seguiamo il sentiero lungo l'Elster Bianco, che si snoda di fronte a noi nell'ampia distesa di orti. Cammino adagio, passando accanto ad alberi da frutto e file di cavoletti di Bruxelles, sostegni per fagioli di Spagna e piante di pomodori. In lontananza il basso rombo di un motore e un clangore di macchinari che giunge da un punto imprecisato al di là degli orti.

«Hetty? Santo cielo, sei proprio tu?»

La voce mi fa trasalire.

Un ragazzo di statura media mi viene incontro da dietro

un prugno. Ha un fisico atletico ed è elegante nei pantaloni scuri sormontati da una camicia chiara. Al braccio ha un cesto colmo di frutta e verdura. Mi scruta da sotto la tesa larga del cappello, la faccia in ombra.

«Sì, sei proprio tu!» esclama.

Kuschi, che stava inseguendo chissà quale traccia odorosa poco più in là, si precipita verso di lui abbaiando furiosamente. Il ragazzo si leva il cappello scoprendo una massa di riccioli biondi e si guarda intorno.

«*Shhh!*» intima a Kuschi, usando il copricapo a mo' di scudo. «Zitto, o qualcuno ti sentirà.»

Sono proprio i capelli a tradirlo. È cambiato ma non del tutto, come uno schizzo ora rifinito alla perfezione, le linee sviluppate grazie a sapienti ed elaborati colpi di pennello.

«*Walter?*»

Di colpo ho di nuovo undici anni e mi sto mangiando con gli occhi l'amico di mio fratello, sperando che si accorga di me.

Mi si avvicina, l'espressione incerta, un sorriso appena accennato. Dall'ultima volta che ci siamo visti sono passati più di tre anni. Da *quel* giorno.

«Vieni, togliamoci di qui» dice. «Qualcuno potrebbe aver sentito il cane.»

Copre il cesto con la mano libera e corre verso il cancelletto per uscire dagli orti.

«Perché?» gli grido, guardandomi intorno. «I cani non possono entrare?»

«Meglio non aspettare per scoprirlo» risponde, allungando il passo dopo una breve esitazione.

Lo seguo anch'io di corsa, con Kuschi che salta e mi mordicchia le caviglie, felice di questo nuovo gioco. Riusciamo a non inciampargli addosso, superiamo il cancello e ci fermiamo solo dopo aver raggiunto un filare di alberi in corrispondenza del quale il terreno si arrampica di nuovo sull'argine ripido. Dalla parte opposta, vicinissimo al fiume, corre il sentiero principale, mentre da questo lato c'è una stradina poco frequentata che porta verso la Trachenbergstrasse, si ricongiunge alla Hallische Strasse e da lì prosegue ancora verso casa mia. Imbocchiamo il sentiero, finalmente al riparo da sguardi indiscreti, e Kuschi va immediatamente a tuffarsi.

A Walter ridono gli occhi. Si accomoda il cesto nell'incavo del braccio e intanto mi osserva.

«Ehi» esclama, «com'è cresciuta la mia piccola Hetty!»

Sotto il suo sguardo sento lo stomaco fare le capriole e le guance arrossire.

«Be'...» Io invece non riesco a guardarlo. «Sei cresciuto anche tu.»

E sei un ebreo.

Mi turbinano dentro pensieri informi che rifiutano di tradursi in parole. Cogliendo il mio imbarazzo, anche Walter ammutolisce.

Poi Kuschi esce come un'esplosione dal fiume, si scrolla l'acqua di dosso e mi corre incontro, bagnato fradicio, per strusciarsi contro il mio polpaccio. Lancio un urlo e scuoto l'orlo della gonna.

«È un cane bellissimo» commenta Walter.

Si accoccola ad accarezzargli il fianco. Kuschi gli scodinzola in faccia con energia incontenibile e Walter arriccia il naso traballando all'indietro; allora Kuschi gli lecca un orecchio come fosse un bel bocconcino di carne e lui si mette a ridere.

«Accipicchia, che tipetto!»

Non dovrei parlare con un ebreo.

Ma questo è *Walter.*

Mi sento la bocca asciutta. «Una volta era dei Goldschmidt» borbotto, dopo essermi passata la lingua sulle labbra. «Vivevano di fronte a noi, dall'altra parte della strada. Ebrei... Ma un giorno se ne sono andati e l'hanno abbandonato. L'ho trovato in mezzo alla neve che tremava, mezzo morto di fame.» Ripenso a quel giorno. Papà non voleva in casa un cane appartenuto a degli ebrei ma alla fine aveva ceduto, a patto che gli cambiassi il nome. «Come si può essere tanto crudeli?»

Walter accarezza Kuschi senza rispondere.

Dentro di me è come se all'improvviso qualcosa si aprisse,

come se scattasse una molla: sensazioni rimaste a lungo sommerse esplodono in un flusso di parole e incerte emozioni.

«Cos'è successo, Walter? Voglio dire, dove sei finito dopo quel giorno?»

Lui mi lancia un'occhiata e leva una mano in direzione dell'argine. «Perché non ci sediamo un momento? Ci sono così tante cose che vorrei dirti.»

Non devi sederti con un ebreo. La voce di Hitler, del professor Metzger, di papà...? Ormai non le distinguo più, si mescolano insieme fino a confondersi. Mi guardo intorno: la stradina vuota, il fiume con la sua sponda erbosa, e più in là gli orti che si stendono fino all'orizzonte. Non c'è anima viva – ma se arrivasse qualcuno?

A Walter rifulge lo sguardo. È cambiato, adesso ha una mascella da uomo e un velo di barba sulle guance, ma gli occhi azzurri non hanno perso l'antico calore. Un alito di vento gli scompiglia i capelli sulla fronte e io stringo il guinzaglio di Kuschi che mi penzola tra le mani. Mi sento sopraffare da una forza invisibile, ed eccomi seduta accanto a lui... non troppo vicino. Raccolgo le ginocchia al petto e mi abbraccio le gambe.

«Il modo in cui hai reagito quel giorno, quello che hai detto...» La voce di Walter è bassa e morbida. «Sei stata molto coraggiosa. E generosa.»

«La fuga da scuola mi è costata un sacco di guai, ma in quel momento non potevo fare altro» dico alle mie ginocchia.

In quel momento no. Adesso, però, sono più grande. Più saggia. In questi ultimi tre anni ho compreso la minaccia, il pericolo rappresentato dalla razza ebrea. Oggi sono consapevole del carattere, dell'*essenza* degli ebrei. Ma non glielo dico.

«Mi dispiace. Non ho mai avuto l'occasione di ringraziarti.»

«Non ce n'è bisogno.»

Dalla stradina arriva un rumore: ruote di bicicletta. Stringo ancora più forte il guinzaglio. La bici passa e se ne va.

«No, Hetty, è stato davvero un gesto coraggioso uscire così di corsa per rincorrere me e Freda. Soprattutto dopo che Karl mi aveva tagliato fuori. Per me...» fa un respiro profondo, «... ha significato moltissimo.»

Che mi importa, adesso? Ero soltanto una bambina. Allora non mi rendevo conto di quello che facevo. Non potevo accettare che Walter fosse un ebreo. Ma lo è.

«Voglio dire» riprende lui, «soprattutto per la famiglia da cui vieni. Dev'essere difficile. Pensarla in modo diverso.» I nostri sguardi si incontrano e di nuovo mi prende quella sensazione, quella scarica elettrica nelle vene. «La pensi ancora così? In modo diverso?» mi chiede piano.

I suoi occhi mi risucchiano e mi ritrovo ad annuire.

Herta Heinrich. Non dimenticare chi sei. Chi serve Adolf Hitler, serve la Germania. Chi serve la Germania, serve Dio.

Distolgo lo sguardo, con le mani che mi tremano.

«Ma cosa ti è successo poi?» gli domando, in preda alla curiosità. «Non ti ho più visto, e nemmeno Freda.»

Walter sospira e strappa qualche filo d'erba, passandoselo tra le dita. «Siamo andati via. Qualcuno aveva scritto QUI CI SONO EBREI sul portone di casa e il padrone disse che dovevamo andarcene, che non voleva rischiare di rimetterci le finestre. Aumentò l'affitto e non potevamo più permettercelo. Non è che gli affari vadano tanto bene, per mio padre.»

«Ma non è un avvocato?» gli chiedo. In famiglia erano solo loro tre: Walter, sua madre e suo padre. Una volta l'avevo anche conosciuto. In confronto al mio era più piccolo, basso e magro, e aveva un modo pacato di parlare. Gli piacevano i libri. Quel giorno stava leggendo. «Bella perdita di tempo» aveva commentato mio padre. Adesso però mi chiedo se si riferisse alla lettura o alla sua professione . All'epoca mi dispiacque per Walter. Senza fratelli né sorelle, e con due genitori così tranquilli, era ovvio che gli piacesse tanto stare con me e Karl.

«Lo era. Nel 1933 gli hanno impedito di esercitare e da allora lavora per mio zio Josef, che commercia in pellicce a Brühl. Ci lavoro anch'io, nel magazzino. Non è proprio il massimo, ma non ho alternative. È una lotta. Nessuno vuole avere a che fare con gli ebrei e le banche non ci concedono prestiti.

Abbiamo quel che resta di una ditta di esportazioni, ma ci si campa a stento.»

«E dopo il Gymnasium che scuola hai fatto? Sei andato all'università?»

«Io?» Walter scuote la testa e si mette a ridere. «Per quelli come me non ci sono possibilità, Hetty. Sono andato alla scuola ebraica, la Ephraim Carlebach. Io ho finito, ma Freda la frequenta ancora. Come ebreo non potevo fare l'*Abitur*, quindi niente maturità. Viviamo a casa di mia nonna, sulla Hindenburgstrasse, insieme a Josef, a sua moglie e ai tre figli. È una casa spaziosa e fortunatamente di proprietà di mia nonna, per cui non dobbiamo pagare l'affitto. In tutto risparmiamo le spese di tre case.»

Mi giro a guardarlo e ripenso ai ritratti nel libro di Fink: Walter non somiglia a nessuno di quei disegni. Comunque sia, se un tempo lo consideravo quasi parte della nostra famiglia, adesso è un estraneo.

Odora di diverso.

Di *ebreo*.

Un sentore che mi respinge e seduce allo stesso tempo.

Tra noi si allunga un silenzio imbarazzato e spinoso. Lo sguardo mi cade sul cesto traboccante di frutta ai suoi piedi.

«Avete un orto?» gli chiedo. Un argomento innocuo.

Lui fa timidamente segno di no.

«Mica è facile, di questi tempi. Se non riusciamo a guadagnarci da vivere, come facciamo a mangiare?»

«Quindi quella roba l'hai *rubata*?»

«Solo un pezzo di ogni cosa, per riempire un po' lo stomaco. Non se ne accorgeranno neanche.»

«Ma i proprietari di quegli orti lavorano sodo, sono persone oneste, non dei ricconi. Perché pensi di meritarti quel che è loro?»

«Secondo te, tanto per cominciare, noi meritavamo di ritrovarci in questa situazione?» ribatte lui. Si vede bene che vorrebbe continuare, ma poi si trattiene.

Dunque è questa la fine che ha fatto. Una piccola avversità, ed eccolo trasformato in ladro. Come volevasi dimostrare, è la sua natura. L'aspetto può ingannare, il sangue no.

Non dovrei stare qui con lui.

Mi sento addosso il peso dei suoi occhi. Ho la gola chiusa e davanti a me danza l'immagine di un tanghero riccioluto e dal naso adunco che importuna una graziosa ragazza innocente.

«È stato bello vederti, ma adesso devo rientrare per la colazione.» Mi rimetto precipitosamente in piedi. «Vieni, Kuschi, torniamo a casa.»

«Aspetta, Hetty. Per favore.»

I capelli gli spiovono sulla fronte e i suoi occhi hanno il colore del mare tropicale. È bello e disperato.

Certo che se doveva succedere qualcosa di brutto, ormai sarebbe già accaduto. Di nuovo mi chiedo come mai non assomigli minimamente a quegli spaventosi ritratti di ebrei dello *Stürmer*: è un contrasto stridente e ridicolo.

Così torno a sedermi e Kuschi si accuccia caldo e umido contro le mie gambe.

«Mi dispiace che pensi male di me. Il fatto è che per noi la vita qui è diventata davvero insopportabile. Non sai quanto mi piacerebbe andarmene dalla Germania, come hanno già fatto in tanti» dice Walter, lo sguardo puntato sugli alberi dall'altra parte del fiume. «Ma mio padre si rifiuta. Dice che Hitler dovrà passare sul suo cadavere prima di portargli via ciò per cui la nostra famiglia ha lavorato sodo.»

Lo osservo attentamente. Ma non è vero il contrario? Sono gli ebrei ad aver rubato al popolo di noi grandi lavoratori tedeschi.

«Ho spedito lettere in tutta Europa sperando che da qualche parte mi accettassero come apprendista, ma non ho avuto fortuna. A quanto pare, non c'è più un posto dove gli ebrei siano i benvenuti.»

Questo discorso comincia a darmi il mal di testa. La gente non fa che parlare di come liberarsi degli ebrei ladri e cospiratori, ma nessuno dice mai dove dovrebbero andare esattamente, a parte in Palestina. Fisso il cesto, a corto di parole.

«Dispiace anche a me per te, Walter, ma... rubare?»

«Hetty...» Mi sfiora la mano, ed è come ricevere una scarica elettrica. Poi mi guarda dritto negli occhi. «Il panettiere non ci vende più il pane. Il fruttivendolo non ci lascia entrare. Li hai visti anche tu i cartelli fuori dai negozi, no? GLI EBREI NON POSSONO ENTRARE. I cani sì, ma noi no. Non voglio la tua pietà, mi piacerebbe solo che vedessi le cose per come stanno. La verità è che non ce la facciamo più.»

«Ma ci sono anche i negozi ebrei. E i grandi magazzini. Di quelli cosa mi dici?»

«Sì, certo, ma la maggior parte è stata confiscata ai proprietari ebrei, oppure chiusa. Se ci vado, rischio di essere arrestato dalle maledette SA.» La sua mascella è serrata, ha un'espressione furibonda e gli scappa una risata amara. «E tu riprendi *me* perché ho rubato un po' di verdura?»

La sua rabbia mi colpisce come un pugno nello stomaco, facendomi quasi ritrarre.

«Scusa.» Allunga la mano verso di me. «Non volevo... Santo cielo, se c'è una persona che non vorrei pensasse male di me sei proprio tu.» E all'improvviso ecco il Walter che mi ha salvato la vita, aperto e onesto: arrabbiato non con me, ma con la vita. «Dobbiamo sperare che questo momento passi e che si ritorni allo stato... di normalità.»

Non può essere così grave appropriarsi di un qualche frutto o di un po' di verdura se non ti mettono in condizione di comprarli, mi sussurra una vocina. Che subito zittisco.

«Adesso però devo andare davvero» dico in un silenzio penoso. Fa sempre più caldo e accanto a me Kuschi ansima piano.

«Ma certo.» Walter si guarda intorno, poi dà un'occhiata al cesto. «Anch'io. E questo dà abbastanza nell'occhio.»

Torniamo verso il ponte ad arco, dove prenderemo strade diverse: io diretta a Gohlis, di là dal fiume, e Walter a destra, in direzione della casa di sua nonna sulla Hindenburgstrasse. Sono insolitamente consapevole del mio corpo: delle mie gambe corte, dei capelli arruffati, delle braccia sottili, dello spessore della lingua nella mia bocca, di una strana sensibilità a fior di pelle.

«Karl come sta?» mi chiede di colpo Walter. «Avrà dato anche lui l'*Abitur* e starà preparandosi per l'università, giusto?»

«Sì. È andato bene, ma in realtà ha deciso di entrare nella Luftwaffe.» Non riesco a nascondere l'orgoglio.

«Pilota! Be', sarà sicuramente bravissimo.»

«Nella Flieger-Hitlerjugend ha raggiunto un grado molto alto. La Luftwaffe l'ha reclutato apposta.»

«Ricordi quando da piccoli giocavamo a indiani e cowboy, Hetty? Litigavamo sempre su chi doveva avere la pistola e chi l'arco e le frecce.» Scuote la testa sorridendo.

«Tu mi facevi sempre fare la squaw-infermiera. Ti strofinavo i piedi e ti curavo le ferite di guerra, e poi ti preparavo la cena con le torte di fango!»

«E com'erano buone!» ride lui.

Raggiungiamo il ponte. Apre la bocca per dire qualcosa, ma all'ultimo si ricrede. Restiamo a guardarci, imbarazzati. Il silenzio si protrae. Senza distogliere gli occhi, Walter allunga la mano verso la mia e me la stringe con aria solenne. Un contatto che mi procura un brivido di trasgressiva eccitazione, e che vorrei prolungare.

«Be', è stato molto bello rivederti. Mi dispiace che le cose stiano così, ma ti auguro buona fortuna. Addio, Hetty.» Sorride e sventola adagio la mano, poi si volta, si rimette il cappello e si allontana.

Il tempo di fare tre passi.

«Aspetta!» gli grido. «Quando ci rivediamo?» E già me ne sono pentita.

Walter si ferma e si gira.

«Davvero vuoi rivedermi?»

«Soltanto se lo vuoi anche tu. Lo so che forse non è una buona idea.»

«L'hai detto.»

«Cioè, non dovremmo.»

«Poco ma sicuro.» Si appoggia contro il muro del ponte, infilandosi la mano libera in tasca e incrociando le gambe. «Sarebbe molto pericoloso. Soprattutto per me. Un bastardo di un ebreo beccato con una bella ragazza tedesca? Poco tempo fa, sono andati a prendere un tizio che conosco a casa e l'hanno picchiato perché era stato troppo gentile con la figlia di un ispettore delle tasse.»

Una bella ragazza tedesca...

Davvero è così che mi vede?

«Ma per te vale la pena di correre il rischio» prosegue con un largo sorriso. «Che ne dici di trovarci domenica prossima, alle sette di mattina, qui al ponte?»

«Sarò al campo con la Lega delle ragazze. I miei non volevano che ci entrassi, ma in dicembre è diventato obbligatorio per tutte le ariane e così hanno dovuto.»

«Tra due settimane, allora?»

«Tra due settimane, sì.»

«Ma non farne parola con nessuno.» Mi agita un dito davanti in maniera eloquente, la faccia tutta seria.

Annuisco e mi allontano rapida lungo il ponticello, verso la città che lentamente si sveglia.

«Andiamo, Kuschi» chiamo, lanciando un'occhiata dietro di me. Walter se ne va per la sua strada, spalle larghe e cesto al fianco, ma quando anche lui si gira e vede che lo sto guardando mi sorride. Riprendo a camminare, con il cuore che mi fa le capriole nel petto e una sensazione di grande leggerezza che mi accompagna fino alla Fritzschestrasse.

3 agosto 1937

Dietro di me i passi di Erna scricchiolano sul sentiero sassoso.

«Non è magnifico?» dice. Ha il volto imperlato di sudore ma le trecce sono ancora perfette, l'uniforme in ordine.

Il sentiero costellato di macigni si inerpica ripido. In realtà la magnificenza di questi monti bavaresi comincia a sbiadire un po', dopo ore di cammino sotto la calura. Io stessa sento l'odore pungente del mio sudore e mi passo il fazzoletto sul collo, scompigliando ciocche umidicce di capelli crespi sfuggiti alle mie, di trecce.

«Ho i piedi a pezzi» le rispondo. «Questi scarponi nuovi! Avrei dovuto portarli un po' per abituarmi prima di usarli» aggiungo, una smorfia di dolore a ogni passo.

«Temprano lo spirito. Rafforzano il carattere.»

«Il mio carattere se la cavava benissimo anche *senza* vesciche, grazie.» Sono sull'orlo delle lacrime.

Erna si lancia un'occhiata alle spalle, ma le altre ragazze della Schar ci seguono alla spicciolata e le guide ci precedono, quindi il mio momento di debolezza non ha testimoni. «E dai, Hetty, ormai siamo quasi arrivate. Un ultimo sforzo e pianteremo il campo. Ricordati che Herr Hitler ci vuole sempre in forma, piene di energia e di salute.»

«Quando arriviamo voglio solo buttarmi per terra e riposare.»

«Sei buffa, Hetty» ride Erna.

«Non scherzo mica!» A ogni passo, gli scarponi mi sfregano sulla pelle viva dei talloni.

«Mi sembri una vecchietta lagnosa. E sorridi un po'! Fräulein Ackermann sarà già in cima: se ci dai dentro e le fai un bel sorriso, magari ti premia anche con un distintivo!»

Seguo la schiena robusta di Erna che avanza risoluta per lo stretto sentiero. Ho la lingua incollata al palato e il mio alito non dev'essere molto più gradevole del mio umore. Come già in passato, Erna sembra leggermi nel pensiero e comincia a cantare con voce cristallina la *Wanderlied der Jugend.*

Quando insieme marciamo cantando le vecchie canzoni
che riecheggiano nelle foreste
sappiamo che ce la faremo: noi portiamo un tempo nuovo...

È una melodia allegra che mi solleva il morale e i piedi riprendono a muoversi al ritmo di questa canzone così familiare.

Foglie di betulla e verdi semi.
L'antica madre terra con gesti supplichevoli
tende all'umanità le sue mani colme, per farla diventare sua.

Finalmente superiamo l'ultimo tratto in salita e conquistiamo la vetta, ansimanti e sudate.

«Ottimo lavoro, voi due.» Fräulein Ackermann ci accoglie con aria raggiante. «Vi aspetta una sorpresa, e voglio darvi un indizio: è fresca e bagnata!»

«Una cascata» dice Erna sorridendo, mentre la lasciamo ad aspettare il resto delle ragazze.

Il campo si trova su un crinale ampio e piatto. L'erba cresce qua e là tra i sassi e il terreno digrada verso un'ampia pozza. Erna ha ragione: ad alimentarla è una bella cascata.

Alla spicciolata ci raggiungono anche le altre. Piantiamo le nostre tende nella zona più pianeggiante, dopo aver estratto le pietre particolarmente aguzze, quindi scaviamo un buco per la latrina e andiamo a prendere l'acqua per cucinare.

«Resilienti. Forti. Indipendenti. Ragazze degne di diventare le madri della razza padrona. Ecco che cosa si aspetta da voi il nostro Führer.» Terminato il lavoro, la signorina Ackermann ci riunisce, impolverate e stanche, per istruirci ancora. «E non dimenticate mai le regole della BDM: purezza, pulizia, virtù, obbedienza e remissività. E adesso andate a fare un tuffo sotto la cascata, ve lo siete meritato!»

Dice bene: una brava ragazza tedesca non fa mai domande e non si lamenta, ma agisce per il bene della comunità. Le ragazze devono essere alte, forti e belle senza ricorrere a trucchi ed espedienti. Dobbiamo avere un aspetto pulito e curare l'igiene personale. Dobbiamo essere modeste e pudiche. Soprattutto, una ragazza deve sempre mettere gli uomini prima di sé e sostenerli nei loro sforzi. Per quanto stanche siamo, per quanto possiamo avere lavorato, i loro bisogni vengono prima dei nostri.

Il nostro dovere è servire il Führer, la Germania e i nostri futuri mariti. I ragazzi imparano a governare e a essere leader, noi dobbiamo essere remissive. La pressione è forte, non posso seguire la mia strada personale.

E non posso nemmeno fingere che la mia *essenza* profonda non stia lentamente venendo risucchiata.

Prendiamo gli asciugamani e corriamo giù per la discesa sassosa, seguendo il rumore della cascata.

Fare la cosa giusta implica il sacrificio di sé. Rinunciare a quello che desideri per il bene di tutti.

Scuoto la testa per liberarmi di Lui. Lui, che sempre vive nella mia mente, il Führer che tutto vede – le mie paure più nascoste, le mie speranze e i miei sogni. E certi pensieri che ho da domenica scorsa vorrei proprio che invece non li vedesse.

«Guardati intorno, Hetty. Siamo davvero in cima al mondo» mi dice Erna.

Siamo circondate da montagne velate di foschia e da vallate verdi e profonde. Centinaia e centinaia di metri sotto di noi, scorgo la curva nera e lucida di un bacino con un lago. Sopra, rocce aguzze puntano verso il cielo e sottili strisce di nuvole bianche galleggiano pigramente nell'azzurro.

È la terra degli dèi. Il paesaggio ha un effetto quasi purificante.

«Sublime» le concedo.

«E adesso andiamo a farci una nuotata» risponde lei dirigendosi verso la pozza, le trecce ramate trafitte da scaglie d'oro, la schiena lunga e le spalle forti. Erna è il sole, una sfera meravigliosa e dorata con una forza d'attrazione irresistibile. Vicino a lei non sono che un minuscolo pianeta in ombra, risucchiato nella sua orbita e geloso del suo potere. Eppure non riesco a fare a meno di volerle bene, di amare la sua sincerità e purezza, il suo spirito positivo.

È infinitamente migliore di me.

Vorrei tanto dirle di Walter, chiedere il suo consiglio. Mancano solo quattro giorni al nostro prossimo incontro al ponte.

... Un bastardo di un ebreo con una bella ragazza tedesca... Rivedo ancora le sue labbra mentre lo dice, i suoi occhi che mi scrutano.

Ma non posso. Non posso confidarmi con lei, né con nessuno. Ho promesso. Anche se faccio una gran fatica. Erna è sempre al centro dell'attenzione dei ragazzi, io mai. Walter però non è un ragazzo qualunque: è bello, e soprattutto è coraggioso. Potrebbe incarnare l'ideale ariano. Sarebbe così facile dimenticare chi è veramente...

Fingo che non sia ebreo e ci immagino insieme, le nostre due figure illuminate come in un film. Il suo sguardo ha un'intensità straordinaria, poi la sua bocca è sulla mia. «Ti prego, Hetty, dimmi che mi vuoi» mi dice. «Non ho mai provato nulla di simile per una ragazza.» Le sue mani mi circondano i fianchi, poi cominciano a scendere. «Ti prego, Walter, fermati. Io non sono una di *quelle*.» E, naturalmente, lui si ferma, perché mi ama, ma poi...

«Hetty! Che diavolo aspetti? Qui si sta benissimo!»

Erna è già in acqua, i capelli lucidi e scuri sotto gli spruzzi della cascata.

«Arrivo!» Mi tolgo gli scarponi e scivolo fuori dalla gonna. Le altre fanno lo stesso e saltano in acqua indossando solo la biancheria intima. Urlano, emettono gridolini, chiacchierano e ridono. Io scruto le profondità scure della pozza. Adesso sei una nuotatrice provetta, mi dico, togliendomi il foulard, sbottonando la camicetta e levandomi le calze di lana, per poi ripiegare il tutto con cura e cercare un posto dove appoggiarlo sulla roccia. *Non hai niente da temere.*

Sono qui, seminuda, minuscola e indifesa, a un passo dall'acqua. Avverto calore sotto le piante dei piedi, il granito mi ricorda le assi del pontile di tanti anni fa. Sento il terrore attanagliarmi, le gambe cedere, ma non posso mostrare la mia paura a nessuno. Chiudo gli occhi e spicco il salto, lanciandomi verso il centro della pozza.

Il contatto improvviso con l'acqua gelida mi toglie il respiro come tanto tempo fa, e intanto sprofondo sempre di più. Mi ridistendo, cerco di combattere il panico e scalcio freneticamente per tornare a galla.

Riemergo e mi riempio avidamente i polmoni d'aria, senza smettere di scalciare con le gambe. Mi sembra di sentire ancora quelle mani forti che mi spingevano verso la superficie, lontano dallo spaventoso abisso liquido.

«Ehi!» grida una voce dall'alto. «Togliti da lì sotto!» Alzo lo sguardo: Erna siede insieme ad altre tre ragazze su uno sperone di roccia rasente la cascata, pronta a buttarsi. Mi allontano a nuoto e resto a guardarle mentre si lanciano nel vuoto e cadono con un tonfo nella piscina naturale. L'acqua le inghiotte, lasciando al loro posto schiumanti bollicine. Un attimo dopo eccole riemergere in superficie. Si strofinano gli occhi, ridendo e ansimando. Non hanno nessuna paura, loro, e di colpo odio la mia.

Faccio il morto, fissando il cielo azzurro, e mi sforzo di non pensare alla terrificante massa d'acqua che mi separa dal fondale e mi lambisce la testa penetrandomi nelle orecchie. Il freddo rende insensibili i miei arti dolenti e regala sollievo al corpo. Cosa darei per restarmene a mollo in una bella vasca, per poi lasciarmi cadere nuda tra le braccia di Walter...

Diavolo, che razza di pensieri depravati sono questi? *Dammi forza, o Führer, perché riesca a scacciare il male dalla mia mente.* Il cuore mi batte come un forsennato.

La personificazione del diavolo come simbolo di ogni male si incarna nelle forme vive dell'ebreo. Le parole di Hitler mi vibrano nel cervello. *Difendendo me stessa dall'ebreo, difendo l'opera stessa del Signore.*

Ma è difficilissimo. Visioni inconfessabili si affacciano all'improvviso nella mia mente, sporche e sbagliate.

Cerco di concentrarmi sulle nuvole bianche che fluttuano alte sopra di me, finché un guizzo lontano cattura la mia attenzione: tre punti neri che volano bassi e veloci in formazione a V. Aerei caccia, forse diretti verso il conflitto in Spagna. Nell'infinita pace montana, la sola idea è surreale. E la guerra ancora più grande a cui spesso allude papà? Una guerra proprio qui, in Germania, e in tutto il mondo. Per soffocare le ambizioni degli ebrei. Un nodo mi serra lo stomaco.

«Erna» chiamo in tono urgente. «Devo parlarti di una cosa. Personale.» Lancio un'occhiata alla frotta di ragazze che sguazzano nell'acqua.

«Certo. Dai, usciamo e asciughiamoci. Non so tu, ma io sto congelando.»

Andiamo ad asciugarci e a rivestirci in fretta, nel tardo sole pomeridiano.

«Allora, Hetty, cos'è che ti preoccupa? L'avevo notato che non eri in te.»

Mi accerto che nessun'altra possa sentirci: quasi tutte le ragazze stanno ancora facendo il bagno e le altre si sono già vestite e stanno tornando al campo. Il momento è ideale.

«È che io...»

Ripenso alla promessa fatta a Walter di non parlarne con nessuno. Erna è una delle nostre guide BDM. Questo significa che, anche se non *volesse* fare rapporto, ne avrebbe il *dovere*. E, conoscendo quant'è rigorosa, considererebbe Walter alla stregua di chiunque altro.

Lo vedrebbe come il nemico.

«Hetty?»

«Sì, scusa. Cioè, non importa. Io... ho cambiato idea, davvero.»

Erna stende il telo bagnato, la sottoveste e le mutandine ad asciugare su una roccia calda.

«Come vuoi, vedi tu.» Dalla voce sembra offesa. «Se cambi idea *di nuovo*, sai dove trovarmi. Vado a occuparmi dei preparativi per la cena.»

Si dirige verso il campo senza aspettarmi.

O grande Führer, dammi la forza di resistere alla tentazione. Sono pentita dei miei pensieri depravati. Mostrami la strada e io la seguirò. Ovunque mi porti.

Domenica non andrò all'appuntamento. Frequentare un ebreo va contro ogni legge e principio della nazione. Se ci trovassero insieme, Walter rischierebbe di finire in uno dei temuti campi di concentramento, o addirittura di comparire davanti al plotone d'esecuzione. E io voglio essere buona, sincera e pura. I pensieri che ho nutrito finora sono detestabili, mi fanno schifo. Non voglio più saperne.

Più tardi, la sera, ci riuniamo intorno al falò a cantare. Lo faccio con passione, a voce spiegata, abbandonandomi anima e corpo alla musica, escludendo ogni pensiero e lasciandomi invadere solo dal ritmo e dalle parole. Quando intoniamo l'ultima canzone mi sento ormai ripulita, purificata. Piena di slancio a diventare una persona migliore e a lasciarmi alle spalle le debolezze del passato. Per sempre.

Restiamo uniti e solidali sotto la nostra brillante bandiera.
Qui formiamo un unico popolo.
Nessuno camminerà più da solo.
Restiamo pronti a servire Dio, il Führer e il sangue,
saldi nella fede e felici del lavoro che svolgiamo.
Vogliamo essere uniti: Germania, tu splenderai per sempre,
nella tua luce vivida si specchia il nostro onore.

7 agosto 1937

Erna abita all'ultimo piano di un palazzo nei pressi della Kirchplatz, in un appartamento non grande ma arioso e pieno di luce.

«Sono così contenta che tu sia potuta venire!» Mi prende per mano e mi trascina su per le scale verso la sua stanza. Il soffitto spiove ai due lati e al centro si aprono quattro piccole finestre affacciate sotto i cornicioni. Lancio un'occhiata al panorama che domina le cime degli alberi, i tetti e i comignoli di Lipsia.

Erna si lascia cadere sul letto, appoggiata su un gomito, i capelli castani che le scendono come una tenda sulla schiena. Mi guarda raggiante.

«Sono innamorata, Hetty!» annuncia, le guance imporporate. «Da morire. Non l'ho detto a nessuno, ma con te non posso tacere!»

«E chi è il fortunato?» Sento il cuore accelerare i battiti, mentre gli occhi azzurri di Walter mi passano davanti.

«Si chiama Kurt. Abita dalla parte opposta di Lipsia. È un gran bocconcino! Ha maniere impeccabili e... è ricco!»

«Caspita, sembra proprio perfetto. Non è che ha qualche amico?»

Erna ride. «Chissà, magari. Ma non dirlo a nessuno, Hetty, ti prego. Nessuno deve saperlo.»

«Perché? Che problema c'è?»

«Ai miei verrebbe un colpo. Sono molto all'antica e io ho solo quindici anni. Non approverebbero che vada in giro da sola con un ragazzo. Che è pure più grande di me: lui ne ha diciotto.» Sospira. «Sono così felice, Hetty. È la cosa più bella che mi sia mai capitata.»

Certo. E cose del genere capitano sempre a te.

Quando esaurisce le lodi al suo perfettissimo Kurt, scendiamo a informare suo padre, un ometto piccolo e tondo seduto in soggiorno, che usciremo per raggiungere delle amiche in città. Lui sta bevendo un caffè e legge il giornale, non il *Leipziger* ma il *Völkischer Beobachter*, un'edizione nazionale del mattino. Erna evita di precisare che gli amici sono ragazzi della Gioventù hitleriana, benché quello siano: semplici amici. La prima pagina del quotidiano è dedicata alle celebrazioni per il settecentesimo anniversario della città di Berlino e per metà è occupata da fotografie delle parate e degli spiegamenti del potente esercito tedesco. Il padre di Erna non alza neanche lo sguardo.

«Senti qui, Erna» le dice con una risatina, passandosi una mano sul cranio liscio e pelato. Legge a voce alta un trafiletto su un gruppo di uomini di un posto chiamato Worcestershire, in Inghilterra, che sono arrivati a Berlino per una partita di un gioco chiamato "cricket". «La squadra inglese accusa i tedeschi di non essersi comportati in maniera sportiva e critica la furbizia germanica» dice poi, corrugando la fronte, «ma non ha perso l'occasione per approfittare dei piaceri offerti dalla famosa vita notturna berlinese.»

«Papà» esclama Erna, «non dovresti parlare così!»

Lui la ignora e finisce l'articolo del giornale aperto al di sopra della sua pancia prominente. Non sembra essersi accorto della mia presenza. «Che cosa credevamo?» commenta quindi. «Di fare amicizia con gli inglesi grazie a una partita di cricket, una birra e una prostituta di Berlino? La follia dei nostri leader sfida ogni buonsenso!»

Parole così scioccanti da paralizzarmi sulla porta.

«Papà!» ci riprova Erna.

Ma Herr Bäcker tira dritto. «Del resto, se metti il paese in mano a una combriccola di pazzi ubriaconi, stupidi e scellerati che hanno fallito in tutto nella vita, che altro puoi aspettarti? Rovina e disastro, solo questo!»

Erna ha gli occhi sgranati per la paura. «Basta, papà! Smettila, ti prego.»

«Nazisti maledetti. Maledetto Hitler!» esclama con rabbia il signor Bäcker, rivolgendosi al giornale e scuotendolo vigorosamente.

«*Papà!*» La voce di Erna è come una sferzata. Finalmente lui si decide a sollevare lo sguardo. Di colpo mi vede, ferma davanti a lui nella mia uniforme della BDM. «Non dovresti parlare così» ripete Erna, a voce più bassa stavolta, indicandomi con un cenno della testa. «Ti ricordi di Hetty, la mia amica?»

«Ehm...» Si schiarisce la voce e fa per ripiegare il giornale. «Io...» Mi scruta con gli occhi socchiusi, come se fossi una visione sfocata, poi fa una risatina nervosa. «Sei una compagna di scuola di Erna, dico bene?»

«Sì, Herr Bäcker» rispondo pacata, ma il mio cuore è come impazzito e comincio a sudare.

Chi è quest'uomo che dice cose tanto orribili e meschine? È così che si presenta il nemico? Non un rosso bolscevico che promuove la causa della rivoluzione comunista. Non un ricco cospiratore ebreo con il naso adunco e gli occhietti porcini. No, è una persona normalissima, borghese, come tante. Il padre della mia migliore amica. In quante altre case, dietro quante altre porte chiuse si darà voce a simili opinioni? In che modo possiamo sperare di riuscire a sconfiggere la perfidia di gente ignorante come questa?

«Chiedo scusa, Helga, a volte la lingua mi gioca strani scherzi.»

«Hetty» lo corregge Erna. «Hetty *Heinrich*.»

«Hetty Heinrich» ripete lui lentamente, accigliato. Stringe più forte il giornale tra le mani. «Fa' finta di non avermi neanche sentito, Hetty. Sono soltanto... non dico mica sul serio, vero, Erna?»

«No, papà.» La voce della mia amica tradisce tutta la sua vergogna.

Segue un silenzio impacciato, durante il quale il signor Bäcker finisce di lisciare e piegare il giornale.

«Noi usciamo, papà. Torniamo per l'ora di pranzo, in tempo per la riunione pomeridiana della Lega» dice Erna, spingendomi fuori dalla stanza.

Per strada la sua faccia è pallida e preoccupata. «Mio padre non diceva sul serio, davvero. È vecchio e strambo, credo che la maggior parte delle volte non sappia bene cosa gli esce dalla bocca.» L'atmosfera tra noi è tesa. Camminiamo adagio, all'unisono. Tacco, punta, tacco, punta, le suole di gomma delle nostre scarpe atterrano silenziose sul selciato.

«Non ti preoccupare, Erna. Non devi spiegarmi niente.»

... La follia dei nostri leader. Nazisti maledetti. Maledetto Hitler. Quelle parole continuano a frullarmi per la testa. È così che Erna è cresciuta? Ascoltando discorsi simili? Perché non me l'ha mai detto?

«È un vecchio stupido, ecco cosa» esplode alla fine. Mi fermo di colpo: ha la faccia rossa e gonfia, per la rabbia o l'umiliazione. Forse a causa di entrambe. Sta di fatto che non l'avevo mai sentita parlare così di nessuno, men che meno di suo padre. Povera Erna. «Hetty» mi dice poi, girandosi verso di me con aria supplichevole, «lo so che tu, cioè, che *noi* abbiamo il dovere di denunciare discorsi del genere, ma...»

Come può, proprio lei, Erna l'Invidiabile, la Perfetta, non dire *niente*! Ripenso a Tomas e al coraggio che ha avuto nel denunciare il suo, di padre. Forse, se Erna non ha il fegato di farlo, tocca a me. Non mi costerebbe eccessiva fatica e papà ne sarebbe fiero. Me lo immagino già mentre racconta a Karl e alla mamma che sono una vera figlia del Reich. Ma il sogno di gloria si spegne subito, al pensiero che perderei per sempre la mia amica Erna e che, senza di lei, la mia vita sarebbe triste e vuota.

Le poso una mano sul braccio. «Non dirò una parola.»

«Non diceva sul serio...»

«Le opinioni di tuo padre resteranno al sicuro con me. Te lo giuro» aggiungo, strizzandole il braccio.

Vedo il suo viso rilassarsi e aprirsi in un sorriso fugace.

Non diciamo altro e riprendiamo a camminare in silenzio fino alla fermata del tram, dove aspettano già un uomo e una donna. Sento che tra noi il rapporto di potere è cambiato. Non è più la ragazza perfetta. Mi ha nascosto delle cose. Le simpatie di suo padre chiaramente non vanno a Hitler e lei non me ne ha mai fatto parola. Quindi non è così pura di cuore come pensavo. Questo ci rende uguali? Mi domando quanti altri segreti conserviamo dentro di noi, verità insidiose celate come ferite purulente capaci di oscurarci il cuore e di allontanarci dalla purezza sincera a cui dovrebbe aspirare ogni brava ragazza tedesca.

Forse è proprio *per questo* che continua a essere mia amica. Perché non è troppo brava per me.

Perdonami, Führer. So cosa dovrei fare, ma questa è Erna ed è la mia amica del cuore. Non posso ferirla. Immagino i penetranti occhi azzurri di Hitler che mi fissano, indagando la mia anima e vedendo che le mie intenzioni sono buone.

Non temere, mi risponde infine, *quest'uomo non vale niente. Ho nemici ben più grandi da combattere. Insieme li sconfiggeremo tutti.*

A un tavolino fuori dal Coffe Baum, sulla Kleine Fleischergasse, ci troviamo con Tomas e tre suoi amici della Hitlerjugend. Il tempo è ancora mite e ce ne stiamo seduti a osservare la gente di Lipsia che passa sulla viuzza di acciottolato. Una cameriera con un vassoio ci porta acqua, caffè bollente in cuccume d'argento, latte caldo e zucchero.

Erna ha preso posto di fianco a me. È silenziosa e chiusa in se stessa. Avverto tutta la sua fragilità, la fiducia che ripone nella mia promessa. *Wissen ist Macht*: la conoscenza è potere. Una sensazione nuova, un capovolgimento totale. Stamattina sono io quella brillante, quella che chiacchiera e ride. E i ragazzi si godono la *mia* compagnia.

«Ho iniziato l'apprendistato in fabbrica» annuncia pigramente Tomas, nella sua parlata strascicata. «Neanche due settimane e vomiterei già dalla noia. Chiedo scusa» aggiunge poi, guardandomi. «Da quattordici giorni non faccio altro che spazzare per terra, le macchine utensili le ho viste col cannocchiale. Altri tre anni, e finalmente sarò libero di entrare nella Wehrmacht. Non vedo l'ora. Spero solo di riuscirci in tempo per la guerra. Con la fortuna di merda che mi ritrovo, nel frattempo sarà già cominciata e finita.»

Tutti i ragazzi sognano di combattere per la Germania.

«Dai, non può durare. Mica spazzerai pavimenti per tre anni, no? Non sarebbe neanche un apprendistato» dico, ignorando generosamente la sua seconda uscita poco fine. Inevitabile, immagino, considerato che adesso in fabbrica frequenta di sicuro operai sboccati.

«Gli piace farti partire dal fondo, così hai la sensazione di salire e migliorare. Come dire, dal buco del cesso all'asse... E comunque mica devo rimanerci per tutta la vita. Ho le mie ambizioni, io. Nell'esercito mi distinguerò.»

«Hai saputo di Kreitz?» se ne esce all'improvviso Erna.

Scuoto la testa. Ricordo bene il nostro vecchio insegnante di letteratura. «Non lo sentivo nominare da una vita. Era un nostro professore» spiego ai ragazzi. «L'hanno cacciato da scuola anni fa. Le sue lezioni erano divertenti, interessanti, adesso di professori così non ce ne sono più.»

«Si è suicidato» esclama Erna senza riuscire a trattenersi. «Si è appeso per il collo!» Si afferra la gola e mima l'espressione da morto del professor Kreitz.

«Ma è terribile! E perché l'avrebbe fatto?» Me lo rivedo ancora, tutto entusiasta con la camicia che gli penzola dai pantaloni. Perché decidere di suicidarsi?

«Non trovava lavoro. A quanto pare, lui e la moglie stavano morendo di fame. Le SS lo cercavano per via delle sue posizioni politiche *sospette*.» Ha lo sguardo allarmato.

«Che tristezza» rispondo allora, scegliendo le parole con cura. «Mi stava così simpatico.»

Hermann, un ragazzo dalla pelle giallastra e butterata, si stringe nelle spalle. «Sento di un sacco di gente che in questo periodo si fa fuori. Ebrei, soprattutto. Vogliono evitare una fine peggiore. Ma cosa c'è di peggio che uccidersi?» Beve un sorso d'acqua e mi guarda. Il silenzio è sgradevole.

«Le SS devono fare il loro lavoro e ci riescono alla grande» borbotta Tomas. «Io posso parlare per esperienza diretta, no? Meglio non andare a ficcare troppo il naso.»

Lo guardiamo sorpresi.

«Scusate, non intendevo...» fa Hermann.

«E comunque» aggiunge Tomas, in tono burbero, «chi se ne frega se degli ebrei o qualche altro essere inutile la fanno finita? Meno porci in circolazione, no?» Lancia un'occhiata all'orologio sul muro dell'alto edificio di fronte. «Dobbiamo andare. Non possiamo arrivare in ritardo alla riunione.»

Anche gli altri si alzano con gran rumore di sedie e si preparano ad andare.

Gli occhi di Tomas indugiano su di me un attimo più del necessario, poi si gira e io lo guardo allontanarsi con gli amici in direzione della fermata del tram in Marktplatz. Povero Tomas. È cresciuto, ma è sempre goffo e magro, ben distante dall'ideale ariano. Ma se in passato era sempre pronto a difendermi, oggi sembra difendersi *da me* proprio come un tempo facevo io con lui.

«Ha una cotta per te» commenta Erna, seguendolo con gli occhi. «Complimenti!» Per la prima volta da quando siamo arrivate la sento ridacchiare. «Fidanzatini segreti, eh?» Mi dà un leggero colpo con il gomito, ma io le allontano con rabbia il braccio, sentendomi avvampare.

«Devo andare anch'io» dico, voltandomi. «Pranzo a casa, prima di venire alla riunione. Scusami, Erna, preferisco prendere il tram anziché camminare.»

Mi dirigo in fretta verso la fermata, con addosso la strana sensazione di essermi sgonfiata come un pallone. È una specie di irritazione, un moto di fastidio. Sarà per la partenza imminente di Karl. O per quanto ho scoperto sul padre di Erna. O per la notizia del professor Kreitz. O forse per la presa in giro sul fatto che Tomas e io siamo fidanzatini. O magari per la scelta che ho fatto: domattina non andrò all'appuntamento con Walter. Forse è solo colpa di questo caldo infernale.

Il tram è pieno di operai in tuta che tornano a casa sudati alla fine del turno e attraversano il centro diretti in stazione. Arrivano dalle fabbriche e dai magazzini di Plagwitz e Lindenau. Mi strizzo in un minuscolo spazio vicino alla porta e trattengo il respiro, il naso infilato sotto l'ascella di un tizio grasso e peloso aggrappato a una delle maniglie a soffitto.

«Ehi, signorina!» grida una voce dall'interno della carrozza. «Qui c'è un posto di fianco al finestrino, accanto a me. Gradisce?»

«Grazie, sono solo un paio di fermate» rispondo educatamente. È un tipo abbastanza giovane, con l'aria viscida e uno sguardo vorace.

«Prego. Faccia come preferisce.» La voce, venata di rabbia, tradisce un secco accento berlinese. In questi ultimi tempi a Lipsia si sentono sempre più aspre cadenze prussiane che, in confronto al sassone più morbido e leggero, feriscono quasi i timpani. Come papà ha recentemente scritto sul *Leipziger*, l'industria e la ricchezza fiorenti di Lipsia attirano la gente più diversa dai posti più disparati, persone che sentono odore di prosperità e lavoro sicuro ma che portano con sé depravazione, crimine e malattie.

Forse avrei fatto meglio a tornare a piedi.

«Le ragazze non sono più come una volta» si lamenta a gran voce il tipo, rivolto a un altro passeggero in piedi. «Si credono chissà chi, adesso che indossano un'uniforme. Ragazze in uniforme, poi? Bah, assurdo!»

L'altro mi lancia un'occhiata. Io mi guardo i piedi e mi sento arrossire. La gonna blu della BDM ondeggia mentre il tram fa una curva. Gli uomini ridono, e un terzo interviene. «BDM... non sta per *Bund Deutscher Mädel*, sta per *Bubi Drück Mich*!»

Pupe da strapazzo. Ma come si permettono?

«Vieni qui a farti dare una strapazzatina, che ne dici?» propone ridacchiando il primo tipo, quello con l'accento di Berlino.

«No, ho sentito dire che sta per *Bund Deutscher Milchkühe*!» dice qualcun altro. Lega delle mucche da latte tedesche. Adesso è mezzo tram a ridere. L'indignazione mi brucia nel petto, ma sono prigioniera qui dentro insieme a questi uomini meschini e orrendi. Guardo fuori dal finestrino, cercando di ricordare quanto manca alla prossima fermata e felice di trovarmi tutto sommato abbastanza vicino alle porte da poter scendere di corsa. È con persone del genere che lavora Tomas? Dio, fa' che non diventi come loro.

«Le ragazze di oggi! Ieri sera, per esempio. Un gruppetto in un bar, da sole, senza un uomo. Io gentilmente offro un drink a una, e quella mi ride in faccia! Solo perché indossa un'uniforme. E anche le altre si mettono a ridere. Ma chi diavolo si credono di essere: principessine? Naaa, sono volgari troiette» fa di nuovo il tipo di Berlino. «Ehi» torna a gridarmi, «cercati un marito, anziché andartene in giro in quella stupida uniforme nazista!»

Ho una gran voglia di rispondergli male, di rimetterlo al suo posto con una frase stile: «Non ti sposerei nemmeno se fossi l'ultimo uomo sulla faccia della Terra», ma non oso. Mi limito a fissarmi i piedi, sperando che il tram si dia una mossa in modo da poter scendere al più presto.

«Sentite un po', voi!» esordisce il grassone peloso che ho di fianco. «Datevi una regolata e lasciate in pace questa ragazza, capito?» Si gira, inclinando il suo testone rotondo verso di me. Puzza di birra e sigarette. «Tutto a posto, bambina?»

Annuisco, follemente grata a questa specie di gorilla per avermi difesa. Intanto il tram comincia a rallentare.

«Scendo qui» dico a bassa voce, perché gli altri non sentano. «Grazie.»

Non appena le porte si aprono salto giù, sollevata nel constatare che nessuno mi segue. Inspiro una lunga boccata d'aria fresca, un vero regalo dopo il puzzo di birra e sudore maschile che aleggiava nel tram. Mi sento le gambe molli e in cerca di un sostegno mi attacco alle sbarre di una cancellata di ferro.

Quando alzo lo sguardo, mi accorgo di trovarmi all'ingresso di un piccolo cimitero ebraico. Alcune lapidi sono insozzate da scritte. SPORCO EBREO si legge su una. Un'altra è stata distrutta. Una terza dice: L'UNICO EBREO BUONO È UN EBREO MORTO!, e quella accanto: VERSARE SANGUE EBREO: L'UNICO MODO PER RISOLVERE IL PROBLEMA. Sento i peli drizzarmisi sul collo.

Ripenso alle voci su una cospirazione degli ebrei, sul fatto che non si sa cosa tramino e per quando. Perché è così che fanno: lavorano in subdola segretezza, servendosi dei governi stranieri e dei movimenti rivoluzionari. Dividendo e destabilizzando. Infiltrandosi per mezzo di manovre in tutte le sfere della vita del paese. Un brivido mi corre lungo la schiena. Ma Hitler ci condurrà alla *vittoria*. Deve. Assolutamente.

Mi allontano rapidamente dall'atmosfera inquietante che regna tra le lapidi.

E, mentre cammino, un'immagine di Walter mi compare davanti. I suoi riccioli biondi e morbidi. I suoi calorosi occhi azzurri. Il suo sorriso. Così educato e gentile in confronto ai trogloditi sul tram, che peraltro hanno il coraggio di definirsi *tedeschi*.

Walter non è un ebreo *normale*. Non può essere.

Di sicuro non fa parte di questa cospirazione sionista internazionale.

E poi, dove sono gli occhi sfuggenti e il naso adunco?

Lui è premuroso, bello e divertente.

Forse non è un ebreo, forse è un *Mischling*, un meticcio con una parte di sangue ariano. Il che spiegherebbe tutto. Forse nemmeno lui sa di esserlo.

Svolto nella Fritzschestrasse e all'improvviso sento scorrermi nelle vene il germe della ribellione. Domani *andrò* all'appuntamento. Solo per salutarlo e dirgli che non potremo più vederci. La volta scorsa non è successo niente di terribile e nessuno verrà mai a saperlo.

Senza contare che non presentarmi sarebbe sgarbato.

E io sono stata educata bene.

8 agosto 1937

Mi trovo su un roccione alto e stretto. Alle mie spalle ho un campo lussureggiante d'erba e fiori spontanei. Davanti a me il masso scende vertiginosamente in una conca verde smeraldo. Sui ripidi pendii ai lati della valle si stagliano densi tratti di conifere e sul fondo si snoda il nastro argentato di un fiume che luccica al sole.

Sulla sponda c'è una figura minuscola. Sventola le braccia levate sopra la testa, incitandomi a scendere e a raggiungerla.

Walter.

Il vento mi scompiglia i capelli e il sole mi scalda il viso. L'aria è satura del profumo inebriante della libertà. Chiudo gli occhi e mi sporgo in avanti fino a non poter più cambiare idea. Comincio a scendere, dapprima lentamente, poi sempre più veloce, mentre tutt'intorno a me l'aria ruggisce. Il mio corpo si inarca, ma qualcosa non va. Apro gli occhi e davanti a me c'è Karl, mi viene incontro su un aliante, mi blocca la strada...

Mi sveglio di soprassalto e mi tiro a sedere, spiando le lancette dell'orologio sulla mensola del camino, ma sono soltanto le cinque e trentacinque. Allora mi lascio ricadere sul cuscino, il sogno ancora vivido. Non è troppo tardi: potrei restarmene qui e tutto rimarrebbe com'è. Oppure posso andare, e ogni cosa cambierà.

Comportati da brava ragazza, mantieniti pura nel corpo e nella mente e non imboccare la via del male. Resta umile. Agisci soltanto per il bene degli altri. Ecco cosa mi direbbe *Lui*. Sdraiata a letto, aspetto di udire la sua voce. Niente. Sollevo i cuscini, li sprimaccio, mi ci riappoggio e guardo il ritratto di Hitler sopra il caminetto. Nel filo di luce che filtra dalle fessure degli scuri ancora chiusi, mi appare sfocato e indistinto. Ancora niente.

La mia mente è vuota. Deserta. Silenziosa. Meravigliosamente silenziosa. Mi sta accordando il permesso? Insomma, che male può esserci? È soltanto una passeggiata con un vecchio amico. Nient'altro.

Naturalmente arrivo in anticipo. Parecchio in anticipo. Che cosa penserà Walter? Che sono troppo smaniosa? Spero che la gonna lunga con la camicetta abbottonata fino al collo e il maglione informe lo convincano altrimenti. Dio non voglia che possa scoprire i veri pensieri che mi sono passati per la testa.

Lancio un bastone a Kuschi e lui lo riporta indietro, me lo deposita davanti ai piedi e uggiola finché non lo tiro di nuovo. Stavolta finisce nel fiume e il cane si tuffa, nuotando con energia controcorrente per agguantarlo prima che venga trascinato via. L'acqua non gli fa la minima paura.

Dalla stradina, un rumore: un ciottolo che rotola sull'asfalto, calciato da qualcuno.

È lui. Arriva di buon passo, con le mani in tasca e il cappello calcato sulla fronte. Alza la testa e mi sorride.

Un milione di farfalle si levano in volo nel mio stomaco.

«Sei venuta» mi dice.

«Anche tu.»

Ridiamo, e tutto sembra sciogliersi. Il nodo che avevo dentro, l'aria intorno a noi, gli alberi e le siepi di cespugli, la via, il ponte: ogni cosa si stempera e scorre, calda e delicata, come vernice fresca sulla tela.

«Camminiamo un po'» propone Walter, e insieme ci avviamo lungo il sentiero. Seguiamo il fiume tagliando per un bosco da cui, al di là di un fitto intrico di rami che segna il confine cittadino, si intravedono i tetti sparsi delle case. Da qui il fiume si allarga in un'ampia distesa di campi coltivati. A ogni passo mettiamo sempre più distanza tra noi e Lipsia e io avverto una crescente sensazione di libertà.

«Com'è andato il campo estivo?» mi domanda.

«Bene.» Non sono certa di quanto possa raccontare della Lega delle ragazze tedesche a un estraneo, un potenziale nemico del Reich, per di più. Dopo un po' il ritmo dei nostri passi si armonizza.

«Non mi sembri molto entusiasta» ride lui. «Ma la cosa non mi sorprende.»

«Perché no?» Decido di stare al gioco.

«Perché sei sempre stata diversa. Diversa e speciale, dico. Come quel giorno tremendo in cui hai rincorso me e Freda...»

«È stato tanto tempo fa, Walter» gli dico in un sussurro. «Siamo cambiati.»

Lui prosegue come se non avesse sentito. «Ti ho sempre ammirata per questo, sai? Per la tua autonomia di pensiero, il tuo spirito, la tua passione. Per come sognavi di diventare medico anche se era impossibile. Sapevo che eri intelligente, che mettevi in discussione le cose. Di certo non una che segue ciecamente le regole.» Fa una pausa. «Tra tutte le persone che conosco, sei quella che riesce a cogliere la verità dietro la retorica.»

Lo guardo. Le sue parole mi fanno avvampare. Nessuno mi ha mai parlato in modo tanto aperto. E in bocca a lui, difetti come l'autonomia di pensiero e la messa in discussione delle regole sembrano quasi delle *qualità*.

«Come facevi ad accorgerti di tutte queste cose se non eri per niente interessato a me?» gli chiedo.

«E chi l'ha detto che non ero interessato a te?»

«Sembrava che non mi vedessi neanche.»

Lui scuote il capo e sorride. «Be', qui sì che ti sbagli di grosso, signorina Herta» mi dice, facendomi l'occhiolino. «Ti osservavo molto più di quanto non immagineresti.»

Adesso sto decisamente arrossendo.

«Insomma, che farai una volta finita la scuola?» mi domanda poi, cambiando argomento.

«Mi piacerebbe andare all'università.» Sospiro. «Solo che mio padre non vuole. E in questo momento per una ragazza è complicatissimo e mi occorrerebbe la sua approvazione. Quindi ho dovuto abbandonare il mio vecchio stupido sogno di diventare dottoressa. Come vorrei essere nata maschio.»

«Io ti preferisco così.» Il suo sguardo mi fa ardere la pelle. «E comunque credo che saresti un ottimo medico» aggiunge.

«Come fai a saperlo, scusa? Non mi vedi da quando avevo dodici anni...»

Le raccomandazioni del professor Metzger mi balenano davanti: dovrei diffidare di questi complimenti? Sta cercando di raggirarmi?

«Le persone non cambiano» dice Walter, «non nel profondo. Sotto sotto sei sempre la stessa, ne sono certo. Comunque sia, la vuoi sapere la cosa che mi piaceva *tantissimo* di te?» Di nuovo quel sorriso.

«Dimmi.»

«Che ridevi a tutte le mie battute, per quanto sceme... e certe lo erano veramente. Così ti sei conquistata un posto speciale nel mio cuore.»

Sorrido. «E le fai ancora, le tue battute sceme?»

«Ovvio!» Mi lancia un'occhiata divertita. «La sai quella del cane che inseguiva la gente in bicicletta?»

Faccio segno di no.

«Be', alla fine hanno dovuto portargli via la bici.»

«Ah ah» rido io, «vedo che non sono migliorate, no. Quindi anche tu sei lo stesso di una volta?»

«Nel modo più assoluto.»

«E... ti spogli fino alle mutande davanti alle ragazze prima di buttarti nel lago? E te la prendi e pesti i piedi quando non ti lasciano recitare la parte del cowboy col fucile ma devi accontentarti di fare l'indiano con l'arco e le frecce?»

«Puoi scommetterci. E non c'è niente di strano, cara signorina Herta» esclama lui, dandomi un buffetto scherzoso sul braccio. «Lo sanno tutti che è molto meglio essere un cowboy armato a dovere. Per il resto, sei stata una ragazza molto fortunata a vedermi in mutande!»

Sentendo di essere ormai paonazza, inizio a correre. «Facciamo a chi arriva prima a quell'albero» gli grido senza girarmi.

Kuschi abbaia tutto eccitato e si lancia precedendomi sul sentiero. Io mi concentro sul traguardo e ci do dentro con le gambe, ma alle mie spalle sento avvicinarsi i passi di Walter. In un attimo mi ha superata e accelera ancora, arrivando alla meta con largo vantaggio. Tanto valeva che continuassi a camminare.

Si ferma vicino all'albero, le mani sui fianchi, il petto che si solleva e si abbassa. «Se non ricordo male» mi dice, «nella corsa non mi hai mai battuto.»

«E tu evidentemente non hai ancora imparato quando è il caso di lasciar vincere una ragazza!»

«Se lo avessi fatto, non avresti apprezzato comunque.»

È tutto come quando avevamo undici anni.

Lo supero senza fermarmi e lui è costretto a raggiungermi. «Vedi? Ecco la dimostrazione di quel che dicevo prima. Le persone credono di cambiare, ma non è così.»

Ha ragione, naturalmente. Se mi avesse lasciato vincere mi sarei sentita presa in giro. Gli do un colpetto amichevole e, senza neanche sapere bene perché, ci ritroviamo di nuovo a ridere. In fondo sono persino contenta che abbia vinto lui: dopotutto, è il maschio.

Sempre costeggiando il fiume attraversiamo un campo di frumento quasi maturo. Le spighe ci arrivano ai fianchi e crescono fino al limitare del sentiero. Kuschi ci si tuffa inseguendo chissà cosa, e dopo essere sparito nella distesa gialla riemerge un po' più avanti con la lingua penzoloni.

In giro non c'è anima viva e alle nostre spalle la città è lontana. La presenza di Walter mi confonde: è tutto così facile, e insieme così pericoloso... Come avere di fianco una tigre splendida e rara. Sembra docile, e sono ipnotizzata dalla sua bellezza, ma so che ha il potere di distruggermi.

«È vero quello che dicono?» gli domando sommessamente. «Questa cospirazione internazionale dei sionisti che vogliono conquistare il mondo?»

«Be', se anche fosse, di sicuro io non c'entro. Né nessuno di quelli che conosco.»

Rido della mia stessa stupidità: nel caso, mica verrebbe a dirmelo.

«Insomma, Hetty, non crederai davvero a simili falsità?» Mi guarda con aria preoccupata.

Prima di rispondergli, peso bene le parole. Magari Walter è diverso, ma dagli *altri* come lui bisogna difendersi.

«Abbiamo sofferto molto. Intendo noi tedeschi, da quando a Versailles ci hanno puniti provocando tutta questa povertà e queste privazioni.»

«Tu dici "noi tedeschi"» ribatte, strappando una spiga di frumento per poi sgranarla e lasciarsela scivolare tra le mani mentre camminiamo. «Ma non ti rendi conto che anch'io sono tedesco? Che altro? Anzi, lo sono più di te!»

«Che cosa significa, scusa?»

«Che tua madre è francese. La mia famiglia vive in Germania da generazioni e io sono sempre stato orgoglioso di essere tedesco. Mio padre è stato decorato con la Croce di ferro per il coraggio dimostrato durante la guerra al fianco della Germania. E come lo ripagano? Togliendogli la cittadinanza e il pane per campare! Siamo *stranieri* in patria.» Ha gli occhi sgranati e gesticola con foga. «Ti spiace ricordarmi se per caso anche tuo padre ha ricevuto una medaglia al valore?»

«No. È stato coraggioso, però, anche se si sono dimenticati di dargli una medaglia. Colpa di un errore.»

«Davvero? Be', comunque adesso se la cava bene, mi pare. A noi, invece, hanno chiuso la ditta e distrutto la vita. Prova a immaginarti come dev'essere. Provaci, per un attimo solo. Immagina se il tuo paese volesse liberarsi di te: sei una fedele cittadina tedesca, ma non hai più un posto dove andare.»

Satana è abile e ci sa fare con le parole. Non credere a tutto quello che ti dice.

«In che senso vi hanno tolto la cittadinanza e il pane per campare? Stai farneticando.» Immagino come reagirebbe papà se sentisse certe cose.

Walter fa un respiro profondo. «Ci hanno levato il passaporto, Hetty. Adesso per andarcene dovremmo pagare una tassa sull'espatrio.»

«Cioè?»

«Cioè dovremmo corrispondere al governo una somma enorme, cedendogli la nostra casa e tutto ciò che possediamo.» Walter mi parla in tono lento e paziente, come se fossi una bambina piccola. «Verremmo tassati in base al valore che la nostra impresa di famiglia aveva nel 1930, e cioè dieci o venti volte di più di adesso. Se sei ebreo, oggi le banche ti concedono prestiti, quando lo fanno, chiedendoti interessi cinque volte superiori a quelli di chiunque altro. E nessuno compra più da noi, a parte qualche cliente affezionato, in genere straniero. Ci hanno strangolati e portati alla bancarotta. Se in questi ultimi anni mio padre e mio zio hanno tenuto duro, è solo per pura determinazione a non lasciarsi schiacciare.»

«Secondo me la stai prendendo troppo sul personale» mi sento rispondere. «I nazisti hanno salvato la nazione. Forse dimentichi in che stato penoso ci trovavamo dopo la guerra. Non puoi certo incolpare il partito, quando sono stati gli ebrei a spingere per un trattato di pace che ci ha condannati alla miseria...»

«Davvero credi che un manipolo di ebrei cospiratori abbia forzato la mano ai governi su quegli accordi?» Stavolta è Walter ad accalorarsi. Si sta arrabbiando, ho stuzzicato la tigre. «Secondo il nostro Führer, gli ebrei sono gli istigatori che si nascondono dietro la tirannide del capitalismo *e* del comunismo, due ideologie tra loro opposte. Come mai? Prova a chiedertelo, Hetty. Gli ebrei dietro a ogni male, eh? Be', è molto facile incolpare noi di tutto quello che non va. E naturalmente la gente crede a quello che vuole credere, con o senza prove.»

Le sue parole fanno male e mi colpiscono con forza. Però è ingiusto. *Noi* non siamo certo responsabili della sfortuna della *sua* famiglia.

«Be', mio padre non ha nessuna colpa. La gente è sempre stata invidiosa del suo successo.»

Walter si blocca sui suoi passi e mi fissa negli occhi. «Tu non sai niente, vero?»

«Di cosa?»

«Di come siete entrati in possesso della vostra casa.»

«Cosa stai dicendo? Cosa c'entra?»

E adesso eccolo lì, seduto come un pascià nella casa che ha rubato.

Non era così che doveva andare, stamattina.

«*Davvero* non sai?» mi ripete.

«Ma che cosa?» gli grido. «Se sai qualcosa tu, dimmelo! Perché te la prendi con me per una cosa di cui non sono a conoscenza?»

«Mi dispiace, scusa. Pensavo...»

«Ti prego, dimmelo» ripeto io, più calma.

Wissen ist Macht. La conoscenza è potere.

Riprendiamo a camminare lungo il sentiero polveroso.

Lui fa un altro respiro profondo. «I vecchi proprietari della casa dove adesso abitate erano ebrei, conoscenti della mia famiglia. Erano molto più ricchi e noti di noi e tuo padre lavorava sotto il signor Drucker. Il *Leipziger* era suo, ma ai nazionalsocialisti non va a genio che gli ebrei abbiano in mano dei giornali. Perciò alcune persone, tra cui tuo padre e il sindaco, misero in piedi delle accuse per diffamare Drucker e cacciarlo. Accuse false, naturalmente. Il caso finì in tribunale, nelle mani del giudice Fuchs, grande sostenitore del partito nazista, che ovviamente fu molto felice di emettere una sentenza a sfavore di Drucker.»

«Le *tue* sì che sono accuse terribili!» esclamo inorridita. «Perché mai dovrei crederti?»

«Non sei obbligata a farlo. Ma purtroppo, per quanto scomoda, è la verità.» I suoi occhi sono sinceri, la loro espressione dura. Davvero è questa la verità? O è quella che hanno fatto credere *a lui*?

Lascio vagare lo sguardo sul campo di frumento e mi torna in mente il giorno del trasloco. I mobili bellissimi, le opere d'arte, i cristalli e l'argenteria lasciati nella casa. E, come quando i tasselli di un rompicapo scivolano al loro posto, ecco emergere il quadro: perché mai abbandonare oggetti tanto cari?

«E che ne è stato allora dei Drucker?» chiedo. «Dove sono, adesso?»

«Non ne ho idea. Immagino abbiano lasciato il paese.»

«Ma tu come fai a sapere tutte queste cose?»

«Il giorno in cui mio padre mi ha raccontato quel che era successo è stato il primo in cui ho provato paura. E vergogna.»

«Vergogna?»

«Perché anch'io volevo essere come tutti gli altri. Come Karl, volevo entrare nella Gioventù hitleriana e fare la mia parte. Non capivo perché mai ne venissi escluso.»

Lo fisso dritto negli occhi. Vorrei credergli.

E allo stesso tempo no. Non vorrei credergli per niente.

Qualcosa mi si agita nel petto e desidero che Walter taccia. «La tua è solo una versione distorta della verità. Papà è arrivato dove è arrivato grazie al suo impegno e al suo lavoro. Non è un... una specie di criminale approfittatore. Sono certa che ti sbagli, Walter. Ti hanno rifilato un sacco di menzogne.»

«E perché mai dovrei raccontarti cose tanto gravi se fossero bugie, Hetty? Non ho niente da guadagnarci, semmai il contrario. Rifletti.»

Osservo il fiume che scorre tra le sponde erbose.

«Tu più di chiunque altro saprai dove mandano quelli che osano criticare le autorità» aggiunge. «Nei campi di concentramento. Senza un processo vero o equo. Ai lavori forzati, in condizioni tremende e per un tempo indefinito. Gira persino voce che i prigionieri vengano giustiziati, e di sicuro ti sparano se cerchi di scappare. Di recente le SS hanno aperto un nuovo campo non molto lontano da qui, dalle parti di Weimar. Perché dovrei rischiare tanto per raccontarti delle falsità? Basterebbe che tu aprissi bocca con tuo padre e io...»

«Oh, Walter, ma non lo farei mai» esclamo. «Però non so

granché di questi campi, papà raramente parla di certe cose. Con me, almeno.»

Dal bordo della distesa di frumento sbuca Kuschi, che viene a sfregarmi il naso nel palmo della mano. Gli gratto le orecchie mentre si affianca a noi e prende il passo, poi eccolo ripartire di corsa e sparire di nuovo nella messe di spighe ondeggianti.

«Ma perché non hai detto niente, se lo sapevi da così tanto tempo?» chiedo a Walter. «Perché hai continuato a essere amico di Karl e a venire a trovarci?»

Sospira. «Perché sono stato un idiota. Ai miei mica lo dicevo che venivo da voi, altrimenti si sarebbero arrabbiati moltissimo. Ma mi vergognavo così tanto di essere ebreo che non lo confidavo a nessuno, e credo che nemmeno Karl se ne fosse reso conto. Fino a un certo punto, quantomeno. Vedi, non sembro l'ebreo degli stereotipi, perciò immagino non avesse alcun motivo per sospettare di me. Da parte mia volevo solo essere come tutti gli altri ragazzi tedeschi, normali e patriottici. Secondo me capì solo quando lui entrò nella Hitlerjugend e io no. Un giorno mi tolse l'amicizia e basta, senza spiegarmi niente.» Serra le labbra e sferra un calcio a un sasso. «Tanto, non ne aveva bisogno.»

Per un po' proseguiamo in silenzio. Penso alla nostra grande casa, di cui sono sempre andata orgogliosa. E a papà. Papà, che mi chiama *Schnuffel* e mi vuole bene. Papà, che non perde occasione per ricordarci quanto in alto è riuscito ad arrivare nella vita. E che il duro e onesto lavoro frutta grandi ricompense. O che la Germania sarà un grande paese, quando gli ebrei egoisti e disonesti saranno spazzati via insieme a tutte le loro bassezze di razza inferiore e straniera.

Eppure, se ne sta lì *seduto nella casa che ha rubato*: possibile?

Walter lancia un'occhiata all'orologio. «Sarà meglio che torniamo» dice. «Non che ne abbia voglia, ma...»

Siamo arrivati in fondo al campo, dove il sentiero si inoltra nella penombra dei boschi.

«Sì, anche se nemmeno io...»

Ci giriamo e ritorniamo sui nostri passi. Kuschi ci supera; dal collare gli spuntano lunghi pezzi di spighe, buffe fronde gialle che ballonzolano al ritmo della sua corsa. Ci ritroviamo a ridere, ogni tensione è scomparsa. L'atmosfera è nuovamente rilassata e intorno a noi l'aria mattutina trasporta i canti degli uccelli e il profumo dolce e maturo dell'estate che finisce.

Arrivati al ponte ci fermiamo uno di fronte all'altra. Le mie dita corrono avanti e indietro sulla superficie ruvida del muro di pietra.

«Bene, allora ci salutiamo» mormora Walter. «È stato bello rivederti.»

«Sì. È orribile che...» Finalmente riesco a guardarlo in faccia.

I suoi meravigliosi occhi azzurri.

Mi sento quasi girare la testa.

«Stringiamoci la mano e speriamo di poter prima o poi essere di nuovo amici.» La sua è forte e calda e devo lottare contro l'istinto di avvicinarmi per inalare il suo profumo. Stringersi la mano è un gesto troppo formale.

«Walter» esordisco, tornando a fissare i nostri piedi che si guardano sul sentiero sterrato, «Dio solo sa che cosa pensi di me, e mi rendo conto che è una sciocchezza e una follia, che è sbagliato, ma non possiamo rivederci ancora, qui, come oggi? Che male può fare?»

«Hetty...»

Occhi accoglienti come una casa.

«Sarebbe un segreto. Io non l'ho detto a nessuno. Lo so che per te può essere pericoloso, ma non lo direi mai a nessuno, te lo giuro. Per favore, Walter.»

Lui distoglie lo sguardo, scuotendo il capo.

Segue un lungo silenzio.

Alla fine riprende: «Non so cosa darei per vederti ancora, Hetty, vorrei poterlo fare tutti i giorni. Da quando ci siamo incontrati, due settimane fa, non ho fatto altro che pensarti. Ma non è possibile. Tuo padre è un alto funzionario delle SS, porca miseria, non ti permetterei mai di cacciarti in situazioni pericolose. E per quanto riguarda me, se ci beccassero insieme sarei finito. Interrompiamo adesso, prima di ritrovarci in qualcosa... qualcosa da cui sarebbe troppo difficile uscire.»

È una coltellata al cuore.

Torna a prendermi la mano, e questa volta mi sfiora delicatamente il dorso con le labbra.

Un gesto così educato.

Così all'antica.

Non so perché, ma gli si addice perfettamente.

«D'accordo» dico, ritirandola. «Ma se dovessi cambiare idea, sappi che d'ora in poi porterò Kuschi a spasso ogni domenica mattina prestissimo, anche d'inverno.»

Mi guarda con un sorriso triste. «Arrivederci, Hetty.»

Mi volto rapida e attraverso il ponte senza più girarmi, confortata dalla sola presenza di Kuschi al mio fianco. E per tutta la strada monotona e grigia che mi riporta a casa sento il tocco delle labbra di Walter sulla mia pelle.

8 settembre 1937

Vorrei tanto raccontare a qualcuno quello che è successo, ma non posso. Troppo pericoloso, bisogna che resti un segreto. Devo trovare il modo di occupare la mente. Osservo i titoli sulla libreria di fronte al mio posticino alla finestra. Il *Mein Kampf,* naturalmente; il mio libro delle canzoni della Lega delle ragazze tedesche; e *Volk ohne Raum,* ancora intonso. Dovrei leggerlo, solo che è lungo più di mille pagine. Contiene il semplice messaggio che i tedeschi, il popolo più onesto e operoso del mondo, non hanno abbastanza spazio per vivere in modo civile e decoroso. Serve più terra. Un impero, per dirla tutta. Sono sicura che l'autore avrebbe potuto trasmettere lo stesso messaggio in metà o persino in un quarto delle pagine. Comunque, sulla libreria ci sono anche una raccolta di poesie di Agnes Miegel e diversi numeri della rivista mensile *Die Frau* che mi ha passato la mamma, oltre ad alcuni libri di scuola.

Annidato lì in mezzo, vedo il diario che Karl mi aveva regalato il giorno dell'incidente al lago. Lo tiro giù dalla mensola. Ci ho scritto una sola volta, tre anni fa, quando mi sono votata alla causa di Hitler. Rileggo le mie parole appassionate e per un istante ho l'impulso di strappare la pagina. Ma alla fine la giro e ne inauguro una nuova, a cui affido i miei sentimenti di oggi:

Non ce l'abbiamo fatta a restare lontani. Mi hai detto che non dovevamo rivederci e due domeniche più tardi eccoti di nuovo lì, al ponte. Per un attimo ho pensato fosse un miraggio, uno scherzo della mia immaginazione. Ma quando ti ho toccato il braccio eri solido, reale, perfetto. La settimana scorsa, mentre tutti qui a casa dormivano ancora, ho preparato gli ingredienti per un picnic e siamo andati insieme a fare colazione nei campi. Grazie a Dio, Ingrid e Bertha avevano la domenica libera! Faceva caldo e ci siamo seduti tra le balle odorose di fieno appena tagliato, io e te soli, nascosti alla vista di chiunque. Per un po' è stato quasi possibile immaginarci del tutto spensierati. Abbiamo parlato tantissimo, ma non di politica, da quella giriamo alla larga: di tutto il resto. Sono colpita da quante cose abbiamo in comune, e andiamo entrambi pazzi per gli asparagi, i crauti e il *Bregenwurst*. Io non ci credevo che mangiavi carne di maiale, ma dici che i tuoi non sono religiosi. Nemmeno noi, del resto. Pensavo anche che in quanto ebreo fossi molto diverso ma, come dici anche tu, sei più tedesco di me. E nonostante tutti dicano che gli ebrei non possono essere tedeschi, adesso non ne sono più tanto convinta. Fino a oggi avevo sentito sempre e solo una campana, ed è così strano ascoltare la tua versione, quando racconti della vostra storia di sofferenze e privazioni. Sai un sacco di cose che io ignoro. Citi poesie e conosci i filosofi (non solo quelli tedeschi), hai letto libri che non ho mai sentito nominare e che parlano di cose e di posti che nemmeno sapevo esistessero. Racconti di pittori come Klee e Kokoschka e di scrittori come Kafka e Mann. Tutto di te per me è nuovo e interessante ed esotico e straordinario.

Dopo mangiato, hai piegato la tua giacca in un cuscino e ti sei sdraiato a occhi chiusi, con le braccia conserte sul petto. Ti ho guardato mentre ti addormentavi, il torace che si alzava e si abbassava dolcemente. Il sole giocava sulla tua pelle. Avrei potuto restare lì a osservarti per tutto il giorno, ma all'improvviso ti sei svegliato, hai spalancato gli occhi ed eri di nuovo teso. Poi, a malincuore, abbiamo preso atto che era il momento di tornare a casa.

«Signorina Herta?» Un colpo alla porta. È Ingrid.

Chiudo il diario e lo nascondo tra i cuscini del divanetto nel vano della finestra.

«Avanti» dico, fingendo di guardare fuori.

Lei apre e si ferma sulla porta, lanciandomi una delle sue occhiate. Quella insolente. Quella che non oserebbe mai rivolgere a papà o alla mamma o anche solo a Karl. Mi domando se per caso non abbia intuito che nascondo qualcosa. Ha un'aria da vipera: faccia sottile, occhietti tondi e una lingua che si passa rapidamente sulle labbra in una specie di tic nervoso.

«Che c'è, Ingrid?»

«Non si è accorta che è ora di pranzo? Sua madre mi ha mandata a controllare che vada tutto bene.»

«Non ho sentito il gong» le rispondo, senza muovermi da dove sono. «Di' pure a mia madre che scendo subito. Il tempo di lavarmi le mani» aggiungo, facendole segno di andare.

«Come vuole» mi fa lei in tono secco, e si ritira.

Sposto il diario sotto il materasso, spingendolo fin dove arriva il mio braccio. Non posso certo rischiare che qualcuno scopra i miei segreti più intimi.

Dopo cena Karl va in città per un ballo organizzato dal suo gruppo della Gioventù hitleriana e noi ci trasferiamo in salotto, dove la mamma beve un caffè forte e papà centellina il suo cognac.

Io mi piazzo all'estremità opposta del divano. Dalla poltrona dove siede papà, sotto la lampada, si sollevano riccioli di fumo di sigaro. Mentre fuma, una sottile nuvola si diffonde per tutta la stanza. L'aroma nauseante mi punge il naso e la gola, facendomi tossire.

«Sto per avviare una nuova rubrica con il *Leipziger*» annuncia, allungando le gambe e distendendo la pancia mentre si sistema più comodamente contro lo schienale. «La chiamerò *La crociata morale*!» aggiunge, disegnando un ampio arco con il braccio. «Mentre Hitler è impegnato a espandere la nostra nazione oltreconfine, noi non possiamo lasciare che all'interno il nemico ne approfitti e continui a corrompere il nostro stile di vita.»

«Era ora che qualcuno facesse qualcosa contro questi individui abietti» mormora la mamma.

«Io a Lipsia non ne ho mai visti» mi intrometto. In realtà ripenso a quei trogloditi sul tram, ma non lo dico: papà potrebbe vietarmi di andare in giro da sola.

«Musica e arte clandestina... prostituzione, letteratura immorale. Non sono certo problemi solo di Berlino» prosegue mia madre.

«Ma come, anche qui *a Lipsia*?» esclamo.

«Altroché! Qui vige un chiaro disprezzo per la legge» dice papà. «La polizia locale sa bene cosa succede in giro, eppure non fa niente. Si limita a riferire ai funzionari del partito o alla municipalità. Scrivono una lettera, poi un'altra, in un inconcludente botta e risposta, e alla fine nessun provvedimento.»

«E il sindaco Schultz che cosa ne pensa?» Di nuovo mia madre.

«Su questo, io e lui la vediamo allo stesso modo. Servono azioni. Azioni concrete e *decisive*.»

«Per cosa, papà?»

Un tiro al sigaro. «Contro la depravazione morale» mi risponde, emettendo uno sbuffo di fumo. «Ormai Lipsia è la quarta città della Germania, una metropoli sempre più grande in cui arrivano lavoratori da tutto il paese. Più un numero esorbitante di polacchi, russi, slavi ed ebrei. E tutti contravvengono apertamente alle nostre leggi, corrompono le nostre ragazze, si ubriacano vergognosamente. Giusto questa settimana hanno arrestato un ebreo che nuotava nella piscina comunale.»

«Ed è una cosa tanto brutta?» Le parole mi escono da sole dalla bocca e i miei si girano a guardarmi. Cerco di farmi piccola piccola sul divano e trattengo il respiro. Il sorriso di Walter. I suoi occhi. *Sporco ebreo*. È questo che è? Qualcuno ha forse notato che il suo lerciume e il suo odore mi sono rimasti appiccicati addosso? Perché dovrebbe essergli impedito di nuotare nella nostra stessa piscina o di passeggiare nello stesso parco?

«Vogliamo che Lipsia rimanga un luogo sicuro in cui puoi andartene a spasso da sola.» Papà agita il bicchiere nella mia direzione. «Ti abbiamo sempre concesso molta libertà, forse anche troppa. Te ne esci per conto tuo per portare quel cane al Rosental...»

«Ma non c'è nessun pericolo, papà.»

«Herta» mi fa lui, guardandomi con aria serissima, «hai idea di quanti ebrei vivano ancora nella nostra zona?»

Scuoto la testa.

«*Duemila!* Soltanto a Gohlis. Con le loro voci sguaiate e le loro pessime abitudini. Nonostante tutti i nostri tentativi per scacciarli, resistono. Come i parassiti.»

«E a me non hanno mai fatto niente» vorrei gridargli io. Nessuno ha mai tentato di abbordarmi. Anzi, a quanto mi è dato di vedere se ne vanno in giro pensando agli affari loro come tutti gli altri.

«Ma come possiamo essere certi che continuerai a essere al sicuro?» insiste papà. «A Berlino sono riusciti a espellerli dai *loro* parchi, quindi non vedo perché non dovremmo farlo anche qui. Dopotutto» conclude, inspirando una boccata e battendosi l'indice sul petto, «*io* sono riuscito a porre fine allo strapotere degli ebrei sulla stampa, problema ben più grave, dunque troverò anche il modo di cacciarli dai nostri parchi e di garantire che la polizia compia il suo dovere.»

Sì, e gli hai anche rubato la casa.

Questa casa.

«Insomma, quindi che cosa pensi di fare, in definitiva?» chiede la mamma, guardandolo con aria concentrata.

«Ogni settimana scriverò un pezzo sul giornale per gettare luce su questi problemi. Ricorderò ai miei lettori che esistono delle leggi. Magari ne metterò a fuoco ogni volta una diversa. Li inviterò a scrivere per denunciare comportamenti e problemi a cui le autorità non riescono a far fronte. Come questo» dice, picchiando sul quotidiano dove campeggia il titolo *Ebrei disturbano quiete cittadina per tenere raduni religiosi in lavanderia chiusa!* «Incoraggerò ogni buon tedesco a restare con occhi e orecchie aperti, a vigilare sui possibili episodi di corruzione e sui comportamenti antigermanici e a denunciarli. Sarà cura dei nostri giornalisti investigare.» Sorride. «Otto Schultz è rimasto molto favorevolmente colpito dalla mia iniziativa. Mercoledì prossimo siamo invitati a un cocktail, Hélène. Ci saranno funzionari del partito provenienti da tutta la Sassonia.»

«Ma che splendida notizia, Franz.»

«Si presenteranno a frotte» ribadisce papà, tronfio. «Soprattutto le donne. Eh, le donne, con le loro piccole invidie e gelosie... Dovresti vedere le lettere che ricevo. Molte contengono ben più che un qualche granello di verità, ma non tutte. E investigare tiene impegnati gli uomini.»

Al pensiero che qualcuno possa denunciare me e Walter al giornale di papà mi si chiude lo stomaco.

«In realtà» dice la mamma, versandosi altro caffè dalla cuccuma, «avrei anch'io un progetto di cui parlarti, Franz. Spero tu possa aiutarmi. Tu e anche Otto Schultz, visto che ti ammira tanto...» Lui la invita a proseguire con un cenno della testa. «Qualche tempo fa parlavo con l'Unione delle madri di Lipsia e sembra proprio che ci siano troppi... figli indesiderati. Ottimi bambini ariani, probabilmente nati dagli incontri estivi tra ragazzine acerbe e i membri della Hitlerjugend.» Scuote il capo. «Insomma, bambini di sangue puro, che meriterebbero di essere allevati come si conviene, alla *tedesca,* anziché essere abbandonati al caso e finire magari in famiglie poco raccomandabili.» Fa una piccola pausa per prendere fiato. «Orfanotrofi statali sono in via di costruzione in città come Monaco, per esempio, e pensavo che anche noi dovremmo creare una casa di accoglienza per i figli del Führer qui a Lipsia. Potremmo anche dotarla di una scuola, il tutto sotto il controllo delle SS per garantire il rispetto delle corrette procedure. Che ne dici, Franz?» Le brillano gli occhi dall'emozione. «La casa dei veterani ormai è ben avviata, ho bisogno di un progetto nuovo. Cosa c'è di meglio dell'infanzia? I bambini sono il futuro del Reich.»

Papà annuisce in segno di approvazione. «Ottima idea. Naturalmente occorrerà verificare la purezza razziale di ogni bambino. Mercoledì potremo parlarne con Schultz.»

Non voglio sentire altro. L'unica cosa che desidero è andarmene a letto, al buio, e lasciar fuori tutto il resto dalla mia mente. Voglio restare da sola per pensare in tutta libertà a Walter e basta. Questo soltanto desidero: pensare a lui.

19 settembre 1937

Nella grigia luce dell'alba, sul ponte, aspetto. Cade una pioggia insistente e in men che non si dica io e Kuschi ci ritroviamo bagnati fradici. Alzo il bavero del cappotto e mi stringo la cintura in vita. Lui mi guarda con occhi tristi e a testa bassa, la coda infilata tra le gambe. La pioggia non gli piace e stavolta avrebbe preferito starsene raggomitolato nella sua cesta.

«Perdonami» gli dico, accarezzandolo tra le orecchie, «ma sei la mia copertura.» Mi dà una leccatina poco convinta alla mano.

Quando Walter arriva, stiamo tremando. Mi bacia sulla guancia e mi scosta una ciocca di capelli umidi dagli occhi.

«Avete un'aria terribile.»

«Adesso che sei arrivato stiamo meglio.»

Quando sorride, tutti i dubbi che da ieri sera mi affollano la mente svaniscono.

«Cerchiamo un posto all'asciutto. Hai bisogno di scaldarti...» Aggrotta la fronte, pensoso. «In fondo al nostro campo c'è quel vecchio fienile, potremmo ripararci là. In una giornata del genere, chi vuoi che ci sia?»

Il pensiero di Walter che mi riscalda è un sollievo e di colpo non mi importa più di essere zuppa fino alle ossa. Come riesce a farmi sentire così leggera, frivola, elettrizzata? È una parte di me di cui ignoravo persino l'esistenza.

Imbocchiamo il sentiero lungo il fiume. Intorno a noi, mentre la luce del mattino aumenta d'intensità, gli alberi e i campi appaiono più nitidi grazie al filtro luccicante della pioggia. Tutto sembra più bello che mai e devo controllarmi per non mettermi a cantare.

Raggiunto il fienile, Walter apre la porta con una spinta e io mi ritrovo a esitare sulla soglia: all'interno c'è un odore umido, di muffa, e ci si vede a malapena. In un angolo distinguo delle vecchie balle di fieno e di fronte alcuni rugginosi macchinari agricoli.

«Tranquilla, Hetty, non voglio... approfittarmi di te, se è questo che ti preoccupa» mi dice dolcemente Walter. «Nel senso che non dobbiamo entrare per forza. Pensavo solo che sarebbe bello togliersi dalla pioggia.»

«Oh!» Abbasso lo sguardo, mortificata all'idea che abbia potuto pensare che io pensassi... «No, mi fido di te.»

«Bene.»

Lo seguo all'interno. "Approfittarsi": è così che si dice? E se invece lo volessi anch'io? Le immagini di noi che mi frullano per la testa sono una cosa normale? Forse non dovrei volerlo, non come lo desiderano i ragazzi.

Walter si arrampica sul fieno e distende il cappotto. Poi si china verso di me e mi porge la mano, aiutandomi a salire. Kuschi resta di sotto a uggiolare.

«Oh, povero cane... Forza, vieni anche tu!» gli dice allora, picchiando con la mano sul fieno lì accanto, e con tre salti anche Kuschi è su che si rannicchia al suo fianco. Io mi avvicino a Walter dall'altro lato e lui mi passa un braccio intorno alla vita, stringendomi a sé. «Rilassati.» Lo sento sorridere. «Stai abbastanza calda?»

«Sì.» Gli appoggio la testa sulla spalla.

«Ehi» mi fa dopo un attimo, «non avrei mai pensato che starsene seduti su del vecchio fieno ammuffito in una stalla umida che sta per crollare potesse somigliare così tanto al paradiso. E invece... Ma con te *tutto* diventa paradiso.»

Rido. «Smettila di prendermi in giro!»

«No, no, è la verità. Con te mi dimentico chi sono davvero.»

«In che senso?»

Intorno a noi l'aria è immobile. Respiriamo all'unisono, in completa armonia.

«Non so da che parte cominciare» dice.

Gli prendo la mano. «Dall'inizio?»

«Mi manca il nostro vecchio appartamento» attacca allora. «Mi manca *casa*.»

Ricordo la prima volta che andai da lui, non molto tempo dopo il quasi annegamento. Rispetto al nostro misero appartamentino, dove il puzzo proveniente dal gabinetto esterno era tale che arrivava fino alla strada, l'abitazione in cui viveva Walter mi era sembrata un palazzo. Dietro la facciata bianca e ben tenuta regnava un'eleganza allora per me inimmaginabile. Da figlio unico e amatissimo, Walter era naturalmente destinato al Gymnasium. Era diventato amico di Karl perché alla Volksschule erano stati i due alunni migliori, ma se papà non avesse fatto carriera nel giornale e non avesse potuto pagare le tasse scolastiche, la loro amicizia avrebbe rischiato di esaurirsi lì.

A casa sua c'era un'atmosfera calda e accogliente. Ricordo ancora Frau Keller, minuta e graziosa, con i suoi occhi azzurri e i capelli chiari lunghi fino alle spalle e ordinatamente arricciati secondo la moda. Nel soggiorno dal soffitto alto mi ero seduta sul bordo di una grande poltrona e temevo di poter rompere qualcosa anche solo toccandolo. Frau Keller aveva persino la domestica, che su un vassoio floreale ci aveva portato una bibita e delicati biscotti al limone. Seduta al pianoforte, la madre di Walter suonava ridendo un'allegra melodia, le dita che danzavano sui tasti. A un certo punto mi aveva chiesto se mi andasse di suonare qualcosa ma io, troppo timida, avevo sprofondato la faccia sul petto della mamma, nascondendo gli occhi. Poi avevo seguito i ragazzi nella stanza di Walter, con le mensole piene di libri, il letto ben fatto, i mobili antichi e l'alta pendola che ticchettava nel silenzio del corridoio.

«Voglio dire, amo tantissimo mia nonna e la mia famiglia

allargata» dice adesso, «ma non abbiamo più i nostri spazi. E per sopravvivere dobbiamo affittare delle camere. Ormai è l'unica fonte di guadagno, visto che la ditta è ferma. Perciò divido una stanzetta con i miei tre cugini, che sono piccoli e spesso fastidiosi e rumorosi. Non è colpa loro, ma si fa fatica. E mia nonna è sempre tesa perché ci tiene che tutto sia *perfetto* per gli affittuari, che tra l'altro non siamo neanche mai sicuri di come la pensino. Per la maggior parte sono persone perbene, ma ne basta una che va a lamentarsi e... Quindi raramente siamo liberi di parlare nella nostra stessa casa, e a volte si crea una tensione insopportabile.»

«Be', certo dev'essere... difficile.»

«Mio padre ormai è l'ombra di se stesso. Si è rattrappito, è invecchiato. Sembra essersi arreso. Certe volte lo odio per non averci portato via quando era ancora possibile.»

«E perché adesso no? Perché non andate a cercare un posto dove si vive meglio?»

Dall'espressione che fa, per un attimo temo che scoppi a piangere. Invece si riprende. «Impossibile. È assolutamente troppo tardi, nessun paese accetta più gli ebrei, dicono tutti di averne già troppi. E poi, come ti ho già spiegato, non possiamo permetterci la tassa d'espatrio. Anche se avessimo un visto per emigrare, dovremmo sborsare un sacco di soldi per il rilascio dei passaporti, e noi i soldi non li abbiamo.»

«E tua madre? Come se la cava?»

«Adesso è lei la più forte. Non molla, nonostante mio padre abbia perso ogni energia. E anche mia nonna. Senza di loro non so dove saremmo a quest'ora. Tutti sperano e pregano che le cose vadano meglio, ma in realtà infilano la testa nella sabbia. Sarebbe più importante guardare in faccia la realtà, perché la situazione non farà che peggiorare.»

«Mi sembra già abbastanza terribile così, Walter» gli dico, stringendogli le dita della mano stesa accanto alla mia. «Come può peggiorare ancora?»

«In sempre più luoghi pubblici ci vietano l'ingresso e parlano anche di confinare gli ebrei in poche case, in una zona precisa della città, una specie di ghetto medievale.» Fa una smorfia. «La gente si domanda come abbiamo fatto ad arrivare a questo punto nel giro di pochi anni, ma è perché l'abbiamo lasciato accadere. Ce ne siamo stati lì fermi a guardare, senza che nessuno avesse il coraggio di opporsi, di dire di no e lottare.»

Mi sovviene quello che ha detto papà a proposito degli ebrei che vivono ancora a Gohlis. Del fatto che resistono, come parassiti. E sento la rabbia esplodermi dentro: queste sono *persone* come noi, non topi. Restiamo ad ascoltare la pioggia battente sul tetto del fienile.

«Mi arrivano lettere da amici che stanno a Londra o a New York» riprende Walter. «Raccontano di tutte le cose che possono fare là. E io, invece? Che futuro ho davanti, io?» Si gira preoccupato verso di me. «Oh, Hetty, se solo potessimo partire domani, imbarcarci su un piroscafo per New York! Se solo fosse possibile!»

«E poi?» sussurro.

Walter gesticola nell'aria. «Potremmo andare a vivere in un grattacielo alto due o trecento metri, con una bella vista su Central Park. O Broadway. Io lavorerei in un piccolo ufficio, anziché in un vecchio e sporco magazzino.» Fa una pausa. «E potremmo andare al cinema e al ristorante, a teatro e in biblioteca. *Insieme*. Là non esistono divieti. Puoi comprare i libri che vuoi, ascoltare la musica che vuoi e vedere i film che vuoi. Puoi fare qualsiasi lavoro, ebreo o gentile, nero o bianco.»

«Sul serio?»

«Sul serio.»

«Quindi potrei fare il medico. Ce le hanno le dottoresse, loro?»

«Probabile. Sicuro, anzi.»

«E anche tu potresti frequentare l'università?»

«Certo. Ti dirò di più: potremmo frequentarla insieme, alla luce del sole, anziché nasconderci in fienili vecchi e puzzolenti.»

Sorridiamo al pensiero.

Un posto dove potrei diventare medico.

Peccato che abbia rinunciato da anni a questo sogno.

La porta del fienile scricchiola e noi trasaliamo. Poi scricchiola di nuovo, ma ci siamo soltanto noi. Noi, la pioggia e il vento. Ci guardiamo sorridendo.

Provo a immaginare la vita in una città come New York. Da come la descrive Walter sembrerebbe affascinante, ma se in realtà fosse più che altro... inquietante? Con tanta libertà, come fanno lì a controllare le persone? A impedire che i criminali seminino il male?

Forse Walter trascorre troppo tempo insieme a gente triste e cupa. Da quel che ho capito, non fa che aggirarsi ai margini della società. Devo assolutamente fargli capire che la Germania non è così male, che è anche un posto pieno di vita, in crescita, e che a parte avercela con gli ebrei o con gli stranieri, in generale Adolf Hitler ha a cuore *il bene* di questo paese. Spiegargli che sta facendo anche cose buone.

«Non possiamo trasferirci a New York» dico lentamente, «ma potremmo prendere un treno e andare da qualche parte dove non ci conoscono. Potremmo entrare nei negozi insieme, passeggiare al parco. Nessuno sospetterebbe che...»

Lui mi fissa in un modo che mi disorienta. Sono stata troppo diretta io o sarebbe troppo rischioso comunque? Per qualche istante tace.

«Sai, Hetty, hai ragione. Passeggiare con te per la campagna è bello, ma sarebbe bello anche fare qualcos'altro. Sono stufo di nascondermi nell'ombra. Perché non ce ne andiamo in città?»

«Questo sì che sarebbe pericoloso, Walter» sospiro. «Potrebbero vederci.»

«Però sarebbe difficile, no? Soprattutto adesso che a Lipsia c'è la fiera. In questi giorni in città ci saranno duecentomila visitatori. Tutti quelli che conosco sono oberati di lavoro.»

«E tutti quelli che conosco io in questo periodo *evitano* di andare in centro...»

«Esatto!»

«Ma... lo stesso, perché rischiare di essere visti anche se la probabilità è minima?»

Lo guardo negli occhi supplichevoli. Mi sembra un tale azzardo.

«Senti, c'è una cosa che voglio darti» mi dice titubante. «Uscendo allo scoperto non daremmo nell'occhio, nessuno sospetterebbe che un ebreo possa andarsene tranquillamente a spasso con una tedesca. Ci ignorerebbero, credimi.»

Scuoto la testa. «No, davvero, meglio di no.»

«Eviteremo qualunque posto che possa essere frequentato da persone che conosci, te lo prometto. Per una volta sarà bello cambiare.» Mi sorride. «Non correrei un rischio simile se pensassi che potrebbero vederci» insiste. «Almeno per un giorno potrò portare fuori la mia ragazza, no?»

La mia ragazza.

«Magari sabato prossimo» mi sento dire.

«Non vai a scuola?»

«Ormai il sabato ci vado di rado. Preferiscono che stiamo con le ragazze della Lega. C'è in programma una gita, ma saranno circa seicento e io non sono una guida, quindi non se ne accorgeranno nemmeno se manco. Dirò a Erna di raccontare che mi sono fatta male a un piede.»

«Fantastico.» Annuisce. «Sai, cerco di reagire come posso, e anche se è un gesto minimo mi fa sentire bene. Molto bene. Ehi» mi fa poi, dandomi una gomitata, «ti va di sentire l'ultima?»

«Eccome no» sospiro.

«Questa è un po' forte, quindi non raccontarla a tuo padre, d'accordo?»

«Promesso!»

«Allora, due tizi si incontrano. "Sono felice di vedere che sei di nuovo fuori" fa il primo. "Com'era il campo di concentramento?" "Fantastico" risponde il secondo. "Colazione a letto, a scelta caffè o cioccolata e a mezzogiorno primo, secondo e dolce. Nel pomeriggio si giocava e poi pausa con caffè e torta. Poi un sonnellino e dopo cena un film." Il primo rimane di stucco. “Ma che bellezza! Strano, però, perché recentemente ho parlato con Meyer, sai, anche lui c’è stato e mi ha raccontato tutta un’altra storia.” Il secondo tizio annuisce con aria grave. “Be’, certo. Infatti è per questo che l’hanno rimandato al campo!”» Walter mi guarda sorridendo.

«Davvero ti sembra divertente?» Lo fisso incredula.

«Be’» mi risponde lui, «per apprezzare l’umorismo nero degli ebrei ci vuole un po’.»

Mi abbraccia forte, facendomi il solletico sui fianchi, così adesso anch’io rido con lui. Cogliendo l’atmosfera di leggerezza, anche a Kuschi vien voglia di giocare e si mette ad abbaiare e a saltellare, nella speranza che ci rimettiamo presto in movimento.

20 settembre 1937

Nell'ingresso sono appoggiate due valigie.

Il momento è arrivato così in fretta. Troppo in fretta.

Karl compare in cima alle scale. Sfoggia un lungo pastrano grigio con la cintura stretta intorno alla vita sottile, una bella cravatta, l'aquila, un tocco di rosso, il suo sorriso contagioso e gli occhi nocciola che brillano con fervore sotto l'elegante berretto della Luftwaffe.

Non riesco a sopportare l'idea che parta.

Dal salotto arrivano le *Rapsodie ungheresi* di Liszt. Nel tentativo di tenersi su di morale, la mamma ha alzato il volume al massimo.

Karl scende le scale di corsa, portandosi un dito alle labbra.

«Non rovinare la sorpresa, Topolina» mi dice strizzandomi l'occhio. «Voglio farle fare una bella giravolta.» Ingrid mi si ferma accanto e gli lancia sguardi pieni di ammirazione.

«Ciao, mamma» grido io, al di sopra della musica. «Sono tornata da scuola.»

Lei mi raggiunge, snella e bellissima. È vestita di verde smeraldo e si è messa il rossetto rosso fuoco che non oserebbe mai esibire in pubblico. Gli orecchini le brillano tra i capelli e nell'incavo della gola il pendente di diamante è luce pura.

«Sei stupenda, mamma» le dico, ma lei non mi sente e non mi vede neanche. Ha occhi solo per Karl e, nel ritrovarselo davanti così, si porta la mano alla bocca mentre le vengono le lacrime. Poi spalanca le braccia e con un singhiozzo fa un passo verso di lui per stringerlo a sé.

Più tardi, quando è rientrato anche papà, pranziamo in silenzio, accompagnati solo dal tintinnio dei coltelli sui piatti di porcellana e dal rumore dei bicchieri quando vengono riappoggiati sul tavolo. Bertha ha preparato la ricetta preferita di Karl: pollo fritto con cipolle e patate arrosto.

Non riesco a credere che sia il nostro ultimo pasto insieme. D'ora in avanti, pranzi e cene saranno senza di lui. Anche la scuola sarà senza di lui. E così la casa troppo grande, riecheggiante e vuota.

La casa *rubata*.

Le pareti mi opprimono, cupe. Chissà se Karl sa in che modo papà è entrato in possesso di queste quattro mura. Chissà se gli interessa. In fondo, non è stato proprio lui a voltare le spalle al suo amico? O forse non aveva scelta. Forse doveva rinunciare a lui e basta.

Rimesto nel piatto il pollo unto e le patate. Il solo odore mi dà la nausea. Spingo le patate da una parte e senza farmi notare passo qualche boccone di carne a Kuschi, sdraiato di fianco alla mia sedia, che subito batte la coda per terra in segno di gratitudine. Gli accarezzo il pelo morbido sulla testa.

«Herta.» La voce di papà buca il silenzio. «Mi auguro tu non stia dando da mangiare di nascosto a quel cane.»

«No, mi stavo grattando una gamba» gli rispondo, rivolgendo a Karl uno sguardo implorante. Lui si gira immediatamente verso nostro padre: dopo tutti questi anni, è diventato un campione nel distrarlo.

«Secondo te fra quanto mi faranno volare?» gli chiede.

«Oh, non ho idea delle procedure interne della Luftwaffe, ma di sicuro dovrai farti largo partendo dal gradino più basso. All'inizio vorranno sicuramente temprarti un po': fino a oggi hai avuto una vita privilegiata, ragazzo mio. Ora dovranno trasformarti in un uomo.»

«Ma che dici? Ho già dimostrato chi sono nella Hitlerjugend. Non ti danno certo il grado di *Oberscharführer* se sei un pappamolla.»

Papà fa segno di sì col testone e si appoggia allo schienale pulendo il piatto con un pezzo di pane. Poi suona la campanella posata sul tavolo.

«Vero ma, credimi, non hai ancora visto niente del mondo, figliolo. La Gioventù hitleriana era un gioco: adesso comincerai a fare sul serio. Presto ci sarà una guerra e ti ritroverai a dover mostrare più fegato di quanto avresti mai creduto possibile. La strada per la vittoria passa dalla determinazione spietata. Qualsiasi cedimento significa sconfitta, e la sconfitta non è nemmeno pensabile.» Prende uno stuzzicadenti di legno dal contenitore al centro della tavola.

Quando Ingrid entra in sala da pranzo, torniamo a zittirci. Lei impila i piatti ed esce.

«Be'» ricomincia a quel punto mia madre, senza rinunciare alla sua falsa gaiezza, «vediamo di non spaventare il ragazzo prima ancora che cominci, eh?»

«Non sono affatto spaventato» dice Karl, lo sguardo fisso su nostro padre. «Sono un uomo molto più di quanto tu non creda, e sarai orgoglioso di me. Vedrai.»

Papà sembra scettico e per un momento le spalle di Karl sembrano incurvarsi.

«Anch'io voglio fare la mia parte» intervengo. «Karl, ricordi quanto desideravo diventare medico da piccola?» Karl sorride e annuisce. «Ecco, stavo pensando... se davvero ci sarà una guerra avremo più che mai bisogno di dottori per curare i feriti, no?» Di colpo mi guardano tutti e tre. «Perciò» proseguo, nonostante mi tremi la voce, «forse potrei andare a studiare medicina all'estero.»

Papà serra le labbra e mamma inarca le sopracciglia. Nessuno fiata.

«In altri paesi è una cosa possibile e io ho buoni voti...»

«Non essere ridicola, Herta» mi interrompe mia madre. «La cosa è assolutamente fuori discussione.»

«Quel che Hetty intende...» fa Karl.

«Ma perché no?» sbotto io, mentre alla frustrazione si aggiunge una rabbia che non riesco a reprimere. «Voglio fare qualcosa di *importante*.»

«La cosa *importante*» ribatte papà in tono caustico, riducendoci tutti al silenzio, «è che impari a stare calma e al tuo posto. Mia figlia non dovrà mai lavorare, figurarsi viaggiare all'estero. Ti troveremo un marito degno, ma prima devi imparare a tenere a freno la lingua, o nessun uomo ti vorrà.»

«Ma...»

«*Hetty!*» L'occhiata della mamma è molto eloquente.

Nella stanza l'atmosfera si è fatta pesante e irrespirabile. Potrei davvero scappare con Walter. Via da questa casa soffocante da cui anche Karl sta uscendo e via da mio padre, dalla sua crociata morale e dalle sue mani grosse e grasse che mi attanagliano fino a spremermi fuori l'anima.

«E ora un brindisi!» esclama lui alzando il bicchiere di vino, rosso come il sangue sotto il lampadario. «A Karl e all'inizio della sua carriera nella Luftwaffe.»

«A Karl e all'aeronautica» gli fa eco la mamma, sollevando il calice, ed entrambi sorseggiano il vino senza mai staccare gli occhi dal figlio.

Più tardi Karl esce per andare a salutare un amico. Secondo la mamma ha un amore segreto, ma io so che non può essere. Me lo avrebbe detto. Ci siamo sempre confidati tutto.

Tranne una cosa.

Salgo nella mia camera, tiro fuori il diario da sotto il materasso e mi rannicchio alla finestra aspettando che Karl ritorni. Disegno semplicemente un cuore rosso infranto. Infranto dalla solitudine. Ancora provata dalla conversazione di poco fa, non riesco a trovare le forze per scrivere niente. Tra il mondo possibile dipinto dal pennello ottimista di Walter e quello che conosco *io* c'è in mezzo il mare.

Oh, mio Führer, dammi la forza per distinguere quel che è giusto da quel che è sbagliato. Il bene dal male. Aiutami, ti prego.

L'individualismo è una cosa stupida e ostinata. La sua voce mi rimbomba nel cervello. *È una strada che porta alla rovina. Tutti devono obbedire agli ordini. Io sono stato soldato semplice per sei anni e non ho mai risposto male. Ciascuno di noi deve lottare per la propria causa. Se la Germania sarà sempre nel tuo cuore e ti conserverai pura nell'anima, non avrai mai dubbi su cosa devi fare.*

Fisso il suo ritratto. Di solito mi calma, ma oggi no. È come se un minuscolo frammento della mia anima si fosse staccato e se ne volasse leggero insieme a Walter: un frammento che di certo non tornerà mai indietro. Perché quella parte di me non obbedirà mai. Ecco, l'ho compreso.

Un paio d'ore più tardi sento Karl rientrare e in punta di piedi lo raggiungo nella sua stanza. Non mi va di dormire sapendo che domattina appena alzato partirà. Gli sento addosso odore di birra e mi chiedo quando abbia cominciato a bere. Sdraiata sul suo letto, lo osservo prendere il pennello e il rasoio da barba, la sveglia, i libri e la carta per scrivere e riporli ordinatamente in una valigetta.

«Be', eccoci qui» dice, venendo a sedersi sul letto con me. «Mi mancherai, Topolina.»

«Anche tu mi mancherai. Mi raccomando, sta' attento.»

«Oh, non devi preoccuparti per me, *Schatz*.» Quando mi chiama "tesoro" mi viene sempre da sorridere. «Sono io che mi preoccupo per la mia sorellina.» Mi stuzzica le costole per farmi il solletico.

«Ma davvero sarà tremendo come diceva papà? Questa cosa che devono temprarti?» Non voglio che Karl cambi, desidero che rimanga così com'è. Gentile. Protettivo. Affettuosamente dispettoso. Tutte le cose che un fratello maggiore dev'essere. Ho paura di come potrebbe diventare.

«No, figurati. Lo sai com'è papà. Pensa sempre che gli altri siano molli, non come *ai suoi tempi*, durante la guerra...»

«Sì, hai ragione. Speriamo che i tuoi superiori della Luftwaffe non siano come lui, allora.»

«Dio non voglia!» Karl leva gli occhi al cielo e scoppia a ridere. Il suo fiato di birra non mi piace. «Adesso non dovresti andare a dormire?» mi dice, dandomi qualche pacca gentile sulla mano.

«Non ho ancora sonno. Senti, Karl, devo chiederti una cosa.» Deglutisco.

«Forza, spara.»

«Ma tu ci pensi mai a Walter Keller? Voglio dire, non senti mai la sua mancanza?»

Lo vedo irrigidirsi.

«No. Perché mai dovrei?»

«Be', eravate così amici. Inseparabili, no? Di sicuro un po' ti...»

«È passato un sacco di tempo. Allora ero un bambino, non avevo idea che fosse un...» Gli si spegne la voce e lo vedo torcersi le mani.

«Ebreo» finisco per lui. «E conta così tanto? Il fatto che sia ebreo, dico.»

«Scherzi, vero?» Mi guarda con aria dura. «Ehi, cosa ti passa per la testa? Perché lo tiri fuori proprio adesso?»

Si alza e va verso la valigia. La solleva, poi la rimette giù e si dirige alla finestra, dandomi le spalle. «Non è che l'hai visto, Hetty?»

«No!»

«E allora perché mi fai queste domande?»

«Così, me lo chiedevo, ecco tutto.» Cambio strada. «E questa casa? Lo sapevi che... Voglio dire, ho sentito delle voci su come papà l'ha trovata. La conosci questa storia?»

Si gira a guardarmi a braccia conserte.

«Che voci hai sentito? Con chi hai parlato?»

«Con nessuno.»

«E se non hai parlato con nessuno come hai fatto a sentire delle voci?»

«È stato a scuola, chiacchiere da ragazze.»

«E che accidenti dicevano, si può sapere?» Torna a sedersi vicino a me sul letto.

«Tipo che qui ci viveva un ebreo e che papà l'ha trascinato in tribunale con delle accuse false che c'entravano col giornale, e poi gli ha anche portato via la casa. È vero, Karl?»

Di colpo il suo viso si rilassa. «Ah, *quelle* chiacchiere. Roba vecchia!» Ride. «La parte sull'ebreo è vera, certo, anche il fatto che l'ha denunciato. Ma le accuse non erano false. Che assurdità. Proprio scemenze da ebrei. Del resto, sono stati cacciati da tutte le posizioni di potere che occupavano e quindi è normale che siano arrabbiati. Ci si libera dei loro brutti nasi a uncino, e loro cosa fanno? Si vendicano alla maniera dei codardi, con chiacchiere e menzogne. Non credere a una parola di quello che dicono, Topolina. Su, sei molto più intelligente, tu!»

A sentire lui sembra tutto così logico. Ma a me pare che ogni storia abbia sempre almeno due versioni, e quale sarà quella giusta?

«Dai un po' di tregua alla tua bella testolina. Non ne vale davvero la pena, sai? Hanno proprio un bel coraggio a parlare così di papà. Forse la prossima volta saprai metterle al loro posto, eh?»

«Sì, forse hai ragione. Va bene, senti, adesso vado a letto.» Gli sorrido. Tra noi fluttua un velo di segreti: luminoso e semitrasparente, ma pur sempre una barriera.

«Ci vediamo domattina, *Schatz*» mi dice Karl, e io lo lascio qui a dormire per l'ultima notte nella sua camera di ragazzo.

Tornata nella mia, spengo la luce e mi infilo nel letto in preda a un malessere che mi dà i brividi. Mi rimbocco bene le coperte lungo i fianchi, tirandomele fin sotto il mento.

Lui non ha alcun motivo per sospettare di me.

25 settembre 1937

Per andare in centro prendiamo il tram e ci sediamo nei pressi delle porte, vicini vicini sulla panca di legno, la mia gamba contro la sua. Nella tasca della gonna ho i Reichsmark che stavo risparmiando dal giorno del mio compleanno. Walter mi passa un braccio intorno alle spalle facendomi trasalire: non sarà troppo azzardato? Lancio uno sguardo all'intorno, ma la maggior parte dei passeggeri fissa con espressione vuota fuori dal finestrino, ciascuno perso nel proprio universo.

Alla fine, nella stalla umida e deserta Walter è riuscito a convincermi, ma adesso che siamo qui non mi sento più così sicura.

«Sei... bellissima» mi dice, e come sempre mi sento invadere dall'emozione. Il suo alito mi solletica l'orecchio.

Dietro di noi sento un'anziana donna sbuffare insofferente alle sue scandalose attenzioni e d'istinto mi allontano da lui, il cuore tanto agitato da darmi quasi la nausea.

«Rilassati» mi sussurra Walter, attirandomi di nuovo a sé.

La donna sbuffa ancora più forte.

Lui si china dalla mia parte, le sue labbra mi sfiorano i capelli. «Sta' al gioco. Dalle la sensazione di apprezzare, altrimenti si insospettirà. Ti prego.» Parla così piano che quasi non capisco cosa dice.

A fatica mi giro a guardarlo, obbligandomi a sorridere. Le nostre teste sono vicinissime e per un attimo penso che le nostre bocche possano congiungersi. La donna picchia con il bastone sul corrimano del nostro schienale, ma dopo un primo sussulto Walter si mette a ridere e mi abbraccia con decisione.

«I giovani d'oggi!» sentiamo sbottare la nostra vicina. «Non sanno più cos'è l'educazione.»

Io sono in fibrillazione. Che cosa stiamo facendo? Come fa Walter a restare così calmo? Si è messo a guardare fuori dal finestrino e intanto fischietta un motivetto battendosi piano la mano sulla coscia. L'altra invece tiene la mia e ha il palmo sudato. Ordino a me stessa di ostentare naturalezza, come avevamo concordato. Indosso l'uniforme della BDM e nessuno può sospettare di questo bel ragazzo biondo che mi accompagna. Ciononostante ho i nervi a fior di pelle.

In Hindenburgstrasse, non lontano dalla Casa delle nazioni, saltiamo giù dal tram e io faccio un breve respiro di sollievo. Davanti a noi lo stabile gigantesco che ospita la fiera è decorato dalle bandiere di tutti i paesi e fiancheggiato da alti pali in cima ai quali palpitano le svastiche. È una bella giornata e la piazza antistante brulica di visitatori. Ci sono tavoli e sedie all'aperto e cameriere in lunghi grembiuli bianchi si spostano tra gli avventori reggendo vassoi carichi di boccali di birra, pretzel e salsicce.

Non appena il tram si allontana sferragliando, Walter mi prende per le braccia. «Mi raccomando, Hetty, comportati come se lo facessi tutti i giorni. Soltanto così non attireremo l'attenzione. E ricordati che meritiamo di stare insieme, proprio come chiunque altro. O no?» Mascella ferma, espressione determinata.

«Sì. Sì, certo. È che... non immaginavo di sentirmi così nervosa. Tu come fai a restare calmo?»

«Be', io...» Per un attimo la sua espressione mi fa temere che stia per mettersi a piangere. «Questa è la *mia* città, tu sei la *mia* ragazza, e io dovrei avere diritto come tutti gli altri di andarmene in giro alla luce del sole con te. Ci ho pensato molto, sai, e ho capito di aver passato troppo tempo a nascondermi. Questa è la cosa giusta da fare, invece: sfidare un gigantesco muro di disperazione. Se ti ho al mio fianco posso farcela, Hetty. Sei tu a darmi questa forza.»

Siamo fermi in mezzo al viavai di gente, ma sento unicamente le sue dita strette intorno alle mie braccia e un grande silenzio, come se fossimo soli al centro di questa città piena di sconosciuti, in un'invisibile oasi di pace.

Il cuore rallenta la sua corsa. «Andrà tutto bene» gli dico, annuendo.

«Sì. Andrà tutto bene.» Mi lascia e sorride. «Ehi, sto morendo di fame, perché non mangiamo qualcosa?»

«Non troveremo niente.» Mi guardo intorno nella piazza. Non c'è un tavolo libero.

«Sembra che tutti siano andati a mangiare adesso» commenta Walter. «Vieni, cerchiamoci un posto più tranquillo.»

Ci dirigiamo verso sud, aprendoci un varco tra la folla e superando i grandi edifici della nuova sede del governo e dei tribunali. Imbocchiamo viuzze secondarie mai viste prima, più tranquille, più povere, che mi rammentano la via dove abitavo una volta. Per strada giocano dei bambini, molti senza nemmeno le scarpe. Una vecchia siede su uno sgabello davanti a un portone, pelando le patate. Un uomo spinge una carriola e bussa alle porte cercando, senza riuscirci, di vendere casalinghi. Cani macilenti annusano i canalini di scolo.

«È l'ora di farsi una risata» dice Walter. Si lancia un'occhiata alle spalle, poi comincia a raccontare sottovoce: «C'è Hitler che va in visita in un manicomio. Gli internati se ne stanno tutti per bene in fila e mentre li passa in rassegna scopre questo tizio che non fa il saluto. "Perché non saluti come tutti gli altri?" gli abbaia. "Mein Führer" risponde quello, "non sono mica matto, sono un infermiere!"»

Soffoco una risatina amara. «Davvero, Walter, non dovresti fare certe battute. Se ti sentono finisci difilato in un campo.»

«Certe volte un po' di umorismo è l'unica cosa che ti salva» ribatte lui.

Svoltiamo in una via più larga e trafficata. Sul marciapiede opposto ecco Salamander, un grande magazzino.

«Magari dentro c'è anche un caffè» dico.

Proviamo. Appena oltre le porte girevoli un cartello riporta la pianta del magazzino e insieme controlliamo i vari dipartimenti: come volevasi dimostrare, a pianoterra c'è un caffè. Una commessa ci indica la direzione e attraversiamo la zona dedicata a tende e tappeti. In giro si vede poca gente.

Mi sforzo di ignorare la sensazione inquietante che qualcuno ci stia seguendo.

«Hetty?» Walter mi scruta in viso. «Tutto bene, sì?»

«Sto bene, sto bene» gli dico, guardandomi alle spalle.

«Sicura?»

«Assolutamente.»

Gli rivolgo un sorriso forzato.

«Meglio così» fa lui. Mi prende la mano e me la stringe per un attimo, la sua pelle calda e morbida sulla mia.

Il caffè ha file di tavolini quadrati con tovaglie rosso fuoco e allegre stampe appese alle pareti. Da una parte c'è il banco, le cui vetrine sono piene di torte e pasticcini deliziosi. Troviamo un paio di tavoli vuoti e ne scegliamo uno vicino alla vetrina.

Io ordino una *Kartoffelsuppe* e Walter il gulasch.

«Allora, Fräulein» mi sussurra, non appena la cameriera si allontana, «sei contenta della giornata che ci aspetta?»

Si sporge sul tavolo, inondandomi con il suo sorriso. Seppellisco le mie paure e mi chiedo cos'abbia in mente. La testa ribolle di immagini: il suo cappotto steso sotto un albero e noi che ci baciamo; noi a braccetto che guardiamo le vetrine, ridendo e scherzando; un salto in un museo, magari, o addirittura alla fiera. La giornata si allunga all'infinito, colma di stuzzicanti possibilità.

«Dove mi porterai?» Ricambio il suo sorriso.

«Te l'avevo detto che volevo darti una cosa. Ti piacerà» risponde lui, e intanto si sfrega le mani pregustando la sorpresa.

La cameriera ritorna con le nostre bevande: due bicchieri di succo di mela ghiacciato. Intorno a noi sentiamo il chiacchiericcio degli altri tavoli, ma nessuno ci degna di uno sguardo. Walter mi osserva da sopra il bicchiere.

«Dimmelo, dai! Cos'è che mi devi dare?»

«No, no, è una sorpresa. Devi avere pazienza» mi fa, strizzandomi l'occhio.

Riecco la cameriera con la mia ciotola fumante di minestra di patate, il gulasch di Walter e le crespelle. La minestra è deliziosamente saporita, piccante e condita con cubetti di salsiccia e pancetta. Mangiamo in silenzio.

Alla fine appoggio il cucchiaio nel piatto vuoto e, mentre anche Walter finisce, lancio un paio di occhiate agli altri avventori. C'è una famiglia rumorosa, una coppia che si guarda con aria sognante, poi due signore immerse in pettegolezzi e, al tavolo accanto, davanti alla vetrina, una madre con la figlia e forse... Mi si mozza il respiro. Torno a guardare le due signore. Una mi sembra vagamente familiare: per caso la conosco? Non potrebbe essere un'amica della mamma? Forse una di quelle che fanno beneficenza con lei. Mi avrà vista?

«Andiamo? Chiediamo il conto» dico a Walter, passandogli frettolosamente alcune monete.

«Grazie.» Lui le fa scivolare verso di sé con aria mortificata.

«Sbrigati» lo incalzo.

«Ehi, tutto bene?» Mi guarda preoccupato, e intanto richiama l'attenzione di una cameriera.

«Benissimo, ma non voglio perdere tempo qui» gli rispondo, stampandomi un sorriso in faccia.

Le signore stanno discutendo più animatamente, ora. Scuotono la testa e gesticolano, cosa che per fortuna le distrae da tutto il resto.

Walter conta le monete per pagare e lo seguo fuori dal caffè. Lungo le vie strette e affollate del centro storico torno finalmente a respirare. E mi sento anche un po' stupida per essermi agitata così facilmente. In realtà vorrei essere in campagna, tra i campi e i boschi, dove non corriamo il rischio di essere visti da nessuno. Ci dirigiamo verso il viale esterno che un tempo corrispondeva alle vecchie mura cittadine. L'aria è frizzante ma c'è il sole e Lipsia risplende di una calda sfumatura ambrata tipica dell'autunno.

«Ti ho mai detto che sei bellissima?» Passeggiamo a braccetto e Walter mi sorride.

«Spesso» gli rispondo. Perché non abbassa un po' la voce?

Attraversiamo i binari del tram e lo stradone trafficato, buttandoci nella Gottschedstrasse, una tranquilla via secondaria di alti palazzi. Sul marciapiede sporgono le tende parasole di alcuni negozi e a un angolo, di fronte a un imponente edificio di tre piani con un enorme portone di ferro simile a una chiesa, ci fermiamo. I finestroni sono illuminati.

«Che cosa...» esordisco, ma il mio sguardo si posa sulla grande stella d'oro di Davide sul muro di fianco al portone.

«La nostra sinagoga» dice Walter.

Arretro istintivamente di un passo.

«Perché mi hai portata qui?» Lo fisso incredula.

«Va tutto bene» mi fa lui, «non devi entrare. Solo che qui dentro è nascosta la cosa che volevo darti.»

«Non è una buona idea, Walter.»

«Perché no? Non sai nemmeno cos'è.»

Perché no? Per un milione di ragioni, solo che non mi vengono le parole. Lancio un'occhiata per la via. E se mi beccassero davanti a una *sinagoga*?

«Walter...»

«Facciamo così: tu mi aspetti qui. Giuro che ci metto un attimo.» Ha un'espressione trepidante. Sale con slancio i quattro gradini e bussa al portone, girandosi a guardarmi con un sorriso. Io vado a confondermi con il muro del palazzo di fronte e un attimo dopo un uomo apre la porta e Walter sparisce all'interno.

Resto a fissare il portone di ferro. Cosa succederà là dietro? Preghiere strane ed esotiche, riti stravaganti in lingue sconosciute? O forse culti demoniaci e trame malefiche? Mi sento pulsare la testa e i secondi si trasformano in minuti, rendendo insopportabile l'attesa. Non so quante volte controllo la strada. Potrei scappare, ma i miei piedi non si muovono.

D'un tratto un uomo in cappotto e cappello svolta l'angolo, gettandomi nel panico. Cosa faccio adesso? Di sicuro, ferma qui davanti a questo *posto*, do nell'occhio. Mi stacco dal muro e m'incammino lentamente verso di lui, per poi attraversare la strada e incrociarlo a testa bassa. Qualche altro passo e oso girarmi per controllare. È sparito. Riprendo fiato e, sempre lentamente, torno in direzione della sinagoga.

Grazie al cielo, Walter ricompare da dietro il portone di ferro.

«Perdonami! Il rabbino era in vena di chiacchiere... Ecco qui.» Mi corre incontro dai gradini, sorridente, e mi mette in mano un libro. «So quanto ti era piaciuto *La metamorfosi*: spero che questi racconti ti piacciano altrettanto.»

Mi ritrovo a fissare la copertina marrone screziata e coi bordi un po' sgualciti, con sopra stampato BETRACHTUNG, FRANZ KAFKA.

«È una rara prima edizione» mi dice in tono orgoglioso.

«Ma... cosa me ne faccio? Pensa se a casa qualcuno la trova, o mi vede leggerla. Come posso portare con me una cosa del genere, Walter? Senza contare che rischierei anche di perderla!» Gli tendo il libro, come per restituirglielo. È come se stringessi un oggetto pericoloso, un candelotto di dinamite pronto a esplodere. «Ti prego, riprendilo» gli sussurro.

«E dai, Hetty! Ho rischiato... ho *mentito* al rabbino, gli ho detto che era per un parente malato. Credevo che ti avrebbe fatto piacere... Sono sicuro che in camera tua troverai un posto dove nasconderlo. Leggere ti piaceva e questi libri ormai sono introvabili.»

«*Illegali*, Walter. *Illegali*, non introvabili.»

«Va bene, d'accordo. Ma ne hanno distrutti così tanti...»

«Lo so, e da parte tua è gentile e...» Ha un'aria talmente delusa, eppure ancora speranzosa, che sento qualcosa sciogliermisi dentro.

Mi porto il libro al petto, poi lo faccio scivolare in tasca.

«Scusami. Non volevo sembrarti ingrata.» Lo prendo per mano e ci allontaniamo dalla sinagoga. «Lo terrò con molta cura, promesso. Sei così premuroso con me.»

«Ti darei il mondo intero, se potessi» mi dice con voce tenera.

Poi si ferma e mi spinge delicatamente verso il muro di una

casa, e un attimo dopo le sue braccia mi circondano la vita. Per la prima volta mi dà un bacio vero. Lento, languido, finché tutto sfuma e a me non importa più di niente, tranne che di lui.

Nella nicchia alla finestra, contemplo il libro di Kafka tra le mie mani. *Betrachtung.* Meditazione. Riuscirò a trovare il coraggio di leggerlo? Potrei anche limitarmi a sfogliarlo e poi liberarmene. È come se Walter non capisse veramente. Altrimenti non mi avrebbe consegnato un simile fardello.

Sentendo bussare alla porta, nascondo in fretta il libro dietro la schiena e vedo apparire la faccia di Ingrid. Mi sembra che il suo sguardo indugi sulla stanza più del solito. Le sue guance sono soffuse di un lieve rossore.

«Sono venuta a preparare il fuoco» mi dice, «così può cambiarsi prima di scendere per la cena...»

Si inginocchia davanti al caminetto, spazzando la cenere di ieri in un secchio.

«Sua madre mi ha detto che non dovrò occuparmene ancora per molto» prosegue in tono allegro.

«E come mai?»

«Herr Heinrich ha ordinato una caldaia speciale che riscalderà tutta la casa» mi informa. «È la novità del momento. Per quelli che se la possono permettere, almeno.»

Mette da parte il secchio e comincia ad appallottolare fogli di giornale che sistema sulla graticola.

«Se lo immagina? Riscaldamento automatico in tutte le stanze! Tranne la nostra, immagino» aggiunge poi.

«Qui fa molto più freddo che nel vecchio appartamento» commento io, lanciando un'occhiata in direzione dei rami spogli del ciliegio. È quasi sera.

Sopra alla carta Ingrid dispone dei rametti.

«Be', ma anche se il corpo ha freddo lei avrà il cuore caldo.»

«Come, scusa?» La fisso mentre se ne sta lì piegata, i noduli delle vertebre che le disegnano un crinale ossuto al di sotto del vestito nero. Piazza i rametti con cura, tutt'intorno ai bordi della graticola.

«Non c'è niente che riscaldi il cuore come l'amore.»

Mi sento afferrare dagli artigli gelidi della paura.

«Non capisco a cosa ti riferisci.»

«Mi riferisco» fa lei, raddrizzando la schiena e voltandosi a guardarmi con uno strano sorriso all'ingiù, «a quel bel ragazzo con cui l'ho vista oggi pomeriggio al Salamander, giusto?»

Un battito. Due battiti.

«Ti sbagli» rispondo io. Ci fissiamo dritto negli occhi. «Oggi pomeriggio non ero al Salamander. Perché mai dovrei andare in un posto del genere?»

«Curioso» fa lei, aggrottando la fronte. «Avrei proprio giurato che fosse lei.»

«Forse era qualcuna che mi *assomiglia*. C'è una mia vecchia compagna di scuola, Freda: potrebbe essere lei. Abbiamo gli stessi capelli. Forse l'hai scambiata per me.»

Stringo forte il libro. Ingrid si volta di nuovo verso il caminetto, accende un fiammifero, mette le mani a coppa intorno alla fiamma e dà fuoco alle palle di carta.

Io mi sforzo di respirare normalmente, ma ho un tale peso sul petto che temo di soffocare.

«Ero in campagna con le ragazze della Lega» le dico, anche se io stessa mi accorgo di quanto sia debole come scusa.

Ingrid se ne sta accoccolata a controllare che le fiamme attacchino sulla carta e sui rametti, e di lì a poco il fuoco comincia a scoppiettare.

Allora si alza, raccoglie il secchio e le sue cose e si gira di nuovo a guardarmi.

«Si vede che mi sono sbagliata, Fräulein. Perdoni la mia stupidità. E mi chiami, se il fuoco si estingue: stasera c'è vento e ho fatto molta fatica con quello dabbasso.»

«Certo. Grazie.»

Ci sorridiamo, ma senza calore.

Lei esce e io resto sola con i miei pensieri. Ho immagini terrificanti di quello che può avere visto. Si ricorderà di Walter? Sono anni che non viene più da noi, e nel frattempo è cambiato parecchio. E poi, anche se l'avesse riconosciuto, probabilmente nemmeno sa che è un ebreo. Mi arrovello cercando di richiamare alla memoria possibili conversazioni qui in casa sulle sue origini, ma sono troppo confusa. Non è che magari ci ha seguiti e mi ha visto fuori dalla sinagoga, o addirittura ci ha visti mentre ci baciavamo? Altrimenti perché avrebbe usato la parola "amore"? Era così evidente? Cammino avanti e indietro per la stanza, pensando a cosa accadrebbe se si mettesse a fare domande o lo dicesse alla mamma. Forse dovevo risponderle in un altro modo? In ogni caso, ormai è troppo tardi. Non mi resta che tener fede a questa versione: è lei che si è confusa, la sua parola contro la mia. Infilo il libro sotto il materasso, lo spingo in fondo vicino al diario.

Poco tempo fa, durante una lezione il professor Metzger si è detto sollevato per l'entrata in vigore della legge per la protezione del sangue e dell'onore tedeschi, emanata nel 1935. Servirà a salvare la Germania dall'avvelenamento del sangue per colpa del batterio ebraico. Prima che nel 1933 il Führer prendesse il potere, il corpo del nostro popolo era gravemente ammalato, ma finalmente l'infezione delle nostre membra e delle nostre menti sarà curata e potremo riconquistare la salute razziale. La punizione per gli ebrei e i tedeschi che intrattengono rapporti è durissima. La contaminazione razziale è un crimine orrendo.

Oh, Walter, che cosa abbiamo fatto?

10 ottobre 1937

Ho un mal di testa tremendo. Un grosso serpente nero si è insinuato nel mio cranio e mi stritola il cervello facendomi quasi gridare di dolore. La situazione è peggiorata nel corso della mattinata, così alla fine mi arrendo e vado a sdraiarmi a letto saltando il pranzo.

Oggi avevo appuntamento con Walter vicino al ponte, ma per tutta la notte la conversazione con Ingrid non ha fatto altro che girarmi per la testa e così me ne è mancato il coraggio.

Al pensiero che se ne sia tornato nella Hindenburgstrasse senza sapere come mai non mi sono presentata mi sento un nodo in gola. Sarà preoccupatissimo. O magari penserà che dopo la nostra audace uscita non voglio più vederlo e la settimana prossima sarà lui a non venire al ponte. Mi giro e mi rigiro, appisolandomi e risvegliandomi.

Accidenti al mal di testa e anche a Ingrid. Dopo un paio d'ore, il dolore ridotto a una pulsazione sorda, scendo e trovo la mamma nel salottino. All'inizio, dopo la partenza di Karl, era diventata assente, come se mio fratello andandosene avesse portato con sé un pezzo di lei. Cominciavo a temere che qualcosa non funzionasse più.

Per superare l'assenza si è gettata con rinnovato vigore nel progetto della casa di accoglienza per l'infanzia. Siede allo scrittoio, la testa china sul foglio e il pennino che scorre veloce mentre verga lettere per il partito, il sindaco e i giornali. Dalla radio che papà ha appena installato accanto al grammofono arriva una voce straniera e concitata. Certe mattine, dopo che lui esce, la mamma si sintonizza su un'emittente francese e ascolta con un sorriso che le increspa le labbra, come in questo momento. Attraverso la stanza e spengo la radio.

«Perché?» mi fa lei, girandosi di scatto e lanciandomi un'occhiata risentita, come se l'avessi strappata a un bel sogno.

«Se papà ti scopre si arrabbierà e te lo proibirà.»

«Ma non rientrerà da Berlino prima di stasera.» Sospira. «Gli tocca lavorare anche di domenica, purtroppo.» Inarca la schiena stiracchiando le braccia, come se sedesse lì da troppe ore.

«Ingrid dov'è?» Guardo la porta, nel caso stesse cincischiando nei pressi.

«Le ho dato una giornata libera. Ma cosa c'entra Ingrid, adesso?»

Sospiro sollevata. Almeno per ora, il libro è al sicuro sotto il materasso. «Perché oggi non facciamo qualcosa insieme? Potremmo uscire. Un po' d'aria ci farebbe bene.» Lei lancia uno sguardo alle sue lettere.

«Devo finire queste... Magari più tardi.» Mi accenna un sorriso. «Con un progetto simile abbiamo un mucchio di lavoro e un sacco di formalità burocratiche da sbrigare. E poi bisogna cercare i bambini. Occorre fare le cose a modo.»

«In che senso cercare i bambini? Se sono orfani ve li porteranno, no?»

«Volevo dire cercare quelli *giusti*, selezionare i desiderabili da... dalla massa degli altri. Stanno mettendo a punto dei test, delle prove fisiche, per verificarne la purezza. Sono molto attenti a tutto: sessantadue controlli diversi da eseguire su ciascun orfano. Un lavoro rigorosissimo. Ma questo significa che per trovare i bambini adatti dobbiamo andare a cercarli anche lontano.»

«E quelli che non superano i test?»

La mamma mi lancia un'occhiata vacua. «Be', quelli... vanno in altri posti. Oh» esclama poi, girandosi tutta dalla mia parte, «quasi me ne dimenticavo. Oggi è venuto a cercarti quel ragazzo. Gli ho detto che di solito la domenica mattina vai a portare il cane al parco, ma che oggi non ti sentivi bene.»

«Quale ragazzo?» le domando, sentendomi mancare il fiato. Walter è venuto a cercarmi? Certo ha corso un bel rischio e... No, non può aver fatto una cosa del genere.

«Ma sì, quel tuo vecchio compagno della Volksschule, come si chiamava? Quel povero ragazzo sfortunato» aggiunge, sventolando una mano.

«Ah, vuoi dire Tomas.» Che delusione. Quanto sono stupida! Walter non verrebbe mai a chiedere di me qui.

«Esatto, Tomas. Che cosa gli è successo dopo... dopo quella brutta faccenda?»

«Intendi la storia di suo padre? Suo zio ha cacciato di casa la madre con tutti e sette i figli. Adesso vivono a Plagwitz. Tomas ha dovuto mollare la scuola e cercarsi un lavoro. Se non altro, sta facendo un apprendistato.»

«Be', comunque si è dato una ripulita, evidentemente riesce a lavarsi e a fare pasti decenti, adesso. Me lo ricordo così denutrito.»

Non Walter.

Soltanto Tomas.

È davvero una delusione cocente. Il pennino di mia madre torna a grattare sulla carta. Raggiungo il divano e mi ci lascio sprofondare, rannicchiando le gambe sotto di me.

«Ti manca tanto Karl?» le chiedo.

Lei sospira. «Se mi avessero tagliato via il braccio destro, me ne accorgerei di meno» dice in tono triste. «Senza di lui la casa è così silenziosa e vuota.» Poi mi sorride. «Grazie a Dio ci sei ancora tu qui con me.»

Questa intimità inattesa mi scalda come un piatto di minestra calda in una sera d'inverno. Ripenso a com'erano le cose prima che ci trasferissimo qui. Prima che mia madre si tuffasse a capofitto nelle sue opere caritatevoli, diventando un satellite di papà e una specie di fantasma per me.

«Comunque sia, sono passaggi inevitabili. Prepariamo i

nostri figli ad andarsene liberi per il mondo, quando viene il giorno. È questo l'obiettivo.»

«E le vostre figlie?»

«Loro non ci abbandonano mai del tutto» ride lei. «Possono vivere in case diverse, ma ci restano sempre vicine per condividere i nipoti e prendersi cura di noi nella vecchiaia.»

«E se un giorno volessi andare a lavorare da un'altra parte? O sposare un uomo che vive lontano, come hai fatto tu?»

«Non succederà. E poi, perché dovresti volere una cosa del genere?» mi fa lei di rimando, la fronte lievemente aggrottata.

«Perché mi piacerebbe viaggiare, e fare qualcosa di più interessante e importante che limitarmi a sposarmi e a mettere al mondo dei figli.»

Mia madre mi scocca un'occhiata tagliente. «E cosa c'è di più importante per una donna di sposarsi e avere dei figli? Senza contare che tuo padre vuole che la smetti con questa idea balzana di lavorare. Una ragazza come te non è fatta per lavorare, e tantomeno per andarsene in giro per il mondo.»

«E *tu*, mamma? Tu che cosa vorresti per me? Che mi sposassi e ti sfornassi una nidiata di nipotini?»

«Vorrei che fossi felice, Hetty» risponde lei, guardando il giardino cosparso di foglie oltre la finestra. «Ma quel che penso io, o quel che pensi o desideri tu, non conta. Ciò che conta è che tu compia il tuo dovere. Come ciascuna di noi. Innanzitutto verso il Führer, poi verso tuo padre e, un giorno, verso tuo marito. Hai quasi sedici anni, Hetty, non dovrei essere qui a spiegarti ancora certe cose.» Le studio il profilo, mentre continua a guardare fuori dalla finestra. Sempre così impeccabile, elegante e raffinata, raramente dice quello che pensa davvero. È quasi assurdo immaginare che possa essere una persona autonoma, con pensieri e opinioni diversi da quelli di papà.

Cosa nasconde? Riuscirò mai a trovare una crepa nella sua armatura? A trovare la *vera* mamma?

«Sei dolce, Hetty.» Torna a rivolgere lo sguardo su di me. «Una ragazza intelligente e posata, ma che deve ancora imparare tante cose. A tenere a freno la lingua, per esempio, e la tua natura impetuosa. Di questi tempi non sono qualità apprezzate in una donna. Ma quanto saresti piaciuta alla mia cara *maman*!» Sorride al ricordo della povera *Oma* Fabienne.

«Raccontami della tua infanzia in Francia» la supplico. «Quando la nonna era ancora viva e tu eri piccola.»

Ma lei scuote la testa. «Un'altra volta, Hetty. Adesso ho troppo da fare.» Si gira verso le sue lettere, e la nostra conversazione è conclusa.

Papà telefona per avvertire che prenderà il treno delle quattro e arriverà a Lipsia poco dopo le cinque e mezzo. Poi chiama anche Tomas, per chiedermi come sto e se ho voglia di andare al cinema con lui.

Ma io decido di fare una passeggiata fino alla *Hauptbahnhof* per aspettare mio padre.

Dalle parti della stazione i marciapiedi sono affollatissimi di gente che mi intralcia il passo, e quando alla fine arrivo nell'atrio principale vedo sul tabellone che il treno di papà è già arrivato da cinque minuti. Scruto i volti delle persone che sciamano dai binari, ma in questa calca è impossibile trovare qualcuno.

Così ci rinuncio e mi avvio verso l'uscita, seguendo il flusso di persone che adagio si dirigono verso il centro. Davanti ai magazzini Breuninger mi fermo un attimo per allacciarmi una stringa. In vetrina ci sono i nuovi capi invernali: i colori sono un po' tristi, grigi e blu scuro, ma lo stile non è male, con linee pulite ed essenziali, vita stretta e cinture.

Quando mi tiro su e mi giro, papà è a pochi metri da me e mi guarda con un sorriso. Sembra così felice! Senza la minima traccia dello stress e della preoccupazione che gli segnano sempre il viso è quasi irriconoscibile. Ma non è me che ha visto: sta guardando una donna che mi dà le spalle. Apro la bocca per chiamarlo, ma all'improvviso lo vedo sollevare le mani e cingerla in un abbraccio. Rimangono lì così, stretti l'uno all'altra, le fronti che si toccano.

Sento il suo nome che mi si blocca in gola e mi faccio piccola piccola contro la vetrina. La visione diventa sfocata, i rumori si confondono e sfumano. Resta soltanto papà abbracciato a quella donna. Poi lei si sposta leggermente, rivelando ciò che ancora non avevo notato: una bambina di forse due o tre anni, a cavalcioni sull'anca, che mi guarda da sopra la spalla della madre. Ha enormi occhi azzurri e riccioli biondi fini come seta a incorniciarle il faccino angelico.

Papà dice qualcosa alla donna, qualcosa che non sento, poi rivolge l'attenzione alla bimba. Lei stacca lo sguardo da me e incontra il suo. Mio padre la stringe teneramente a sé.

Strano che abbia questo impulso: i bambini non lo hanno mai interessato. Di lui ricordo al massimo qualche abbraccio frettoloso.

La piccola gli butta al collo le braccia grassottelle e ridendo gli dice qualcosa all'orecchio. Un gesto di grande confidenza, per una bambina. Come se lo conoscesse.

E di colpo capisco. L'epifania dura una frazione di secondo, ed è terribile. Mi porto una mano alla bocca per impedirmi di urlare.

La donna indossa una gonna nera aderente e sebbene non la veda in faccia adesso so chi è. Sono le natiche tonde a tradirla.

Non mi ero mai chiesta perché Fräulein Müller fosse sparita alla stessa velocità con cui era comparsa, sostituita da una segretaria di mezza età, con occhiali e chignon grigio.

Fräulein Müller era incinta di papà.

Sento arrivare un conato. Lo soffoco.

No, no, no!

Non sopporto oltre questa vista. Mi volto in preda alla rabbia, prima che si accorgano di me, e mi unisco al flusso di persone dirette dalla parte opposta.

Estranei, sconosciuti puzzolenti che mi si stringono addosso. Mi manca l'aria. Mi sento quasi svenire. Sgomito per scendere dal marciapiede e allontanarmi il più in fretta possibile, riuscendo per miracolo a riemergere sulla strada. Intorno a me, clacson che strombazzano e veicoli che sterzano.

Schivo un cavallo e mi ritrovo sulla traiettoria di un ciclista, che mi lancia improperi. Mi sento incombere addosso anche i palazzi. Vedo solo quegli occhi grandi che mi fissano e la bambina che si accoccola contenta tra le braccia di papà. Non posso tornare a casa. Che succede adesso? La mamma starà tremendamente in pena e nel non trovarmi papà si arrabbierà, ma non mi importa: non posso tornare a casa e guardarlo negli occhi. Non dopo quello che ho appena scoperto.

E la mamma!

Povera mamma.

Possibile che sappia già?

Devo dirglielo io?

Cammino alla cieca, senza sapere dove andare o cosa fare. Percorro vicoli e strade, supero chiese, negozi, scuole e caseggiati. La luce del giorno comincia a calare e adesso sono i lampioni a illuminare il mio vagabondare senza meta. Il tempo è un concetto privo di senso. L'ombra lunga dell'affettuosità di mio padre verso quel fagottino sconosciuto si stende ovunque guardi.

Alla fine, esausta, mi asciugo le lacrime e lentamente riprendo la via di casa.

«Si può sapere dove ti eri cacciata?» Mia madre piange, ha gli occhi rossi e gonfi.

«Ho incontrato un'amica» farfuglio. «Siamo andate da lei. Scusa, ho perso il senso del tempo.»

«Ma dove avevi la testa, Hetty?» Adesso grida, torcendosi le mani disperata. «Sparire così con quello che succede in giro?»

Che cosa posso dirle? Come diavolo mettere insieme le parole per raccontarle la scena a cui ho assistito?

Il viso di Vati è chiazzato di rosso. «Finora ci siamo fidati e ti abbiamo lasciata scorrazzare per la città insieme ai tuoi amici, ma se questa è l'influenza che esercitano su di te saremo costretti a intervenire. E in fretta. Niente più uscite con chi ti pare. Sei avvertita, signorina.»

Ti odio. Spero che me lo legga negli occhi.

L'immagine della bimba bionda e ricciola è scolpita nella mia memoria. Mia sorella! Una parola quasi aliena per me. *Schwester.*

«Scusa, papà.»

«Ti meriteresti due schiaffi per aver fatto preoccupare così tua madre» continua lui. «Va' in camera tua. Non voglio rivederti fino a domattina.»

Ma con piacere. Neanche io voglio rivederti fino a domattina. Mi fai schifo. E se io *meriterei due schiaffi per aver fatto preoccupare la mamma, che cosa meriteresti* tu *per la tua infedeltà?*

Mi giro e in silenzio salgo nella mia stanza, dove tiro fuori il diario da sotto il materasso.

> Non posso raccontare alla mamma quello che ho visto. La ucciderebbe. Distruggerebbe tutto. È chiaro che non dovrà mai saperlo. Mai e poi mai. Come vorrei che Karl fosse qui! Me lo immagino che mi si avvicina con i suoi occhi buoni e mi dice: «Non preoccuparti, Topolina, ci penso io a papà.» Ma Karl è a centinaia di chilometri e io sono sola.

È Walter a prendermi tra le braccia e a sussurrarmi all'orecchio che sistemerà lui le cose. «Molla i tuoi» mi dice accorato. «Andiamo a vivere in America.» Io esco da questa casa per l'ultima volta, per qualche motivo indosso la divisa della Luftwaffe. La mamma si rifiuta di salutarmi e papà è felice di non avermi più tra i piedi. Quando mi giro per lanciarmi un ultimo sguardo alle spalle, lui è seduto sul divano e trastulla l'angioletto dorato sulle ginocchia. Soltanto la piccola si accorge che me ne sto andando, e negli occhi azzurri come il ghiaccio ha un'espressione vittoriosa.

Mi sveglio di colpo, mentre la visione svanisce. Sono seduta sul letto, tutta rigida e infreddolita, il diario aperto sul pavimento. Mi gira la testa per la stanchezza e mi sento pulsare le tempie. Raccolgo il diario, lo chiudo e lo rimetto via, infilandomi sotto le coperte senza neanche cambiarmi.

Solo che adesso sono sveglia come un grillo e a occhi spalancati osservo l'oscurità contrarsi ed espandersi intorno a me. Nello stomaco, un sasso di pietà per la mamma e una lastra di disgusto per mio padre. E intanto le pareti della casa pulsano al ritmo martellante del mio cuore.

12 ottobre 1937

Sono in classe, ultima fila; stiamo leggendo il *Mein Kampf*. Frau Schmidt ci tiene tantissimo, soprattutto da quando metà del corpo docenti della scuola è stato licenziato perché utilizzava testi antigermanici. Anche l'anno scorso l'abbiamo studiato, ma adesso stiamo ricominciando daccapo. Un libro lungo e lento già alla prima lettura, che diventa soporifero alla seconda, ma la professoressa insiste a farcelo ripassare capitolo per capitolo.

E senza nemmeno più preoccuparsi di stimolare la discussione. Anzi, fortunatamente salta qualche brano, per citarne altri a voce alta: «"Se pensiamo come abbia maltrattato la massa nel corso dei secoli, come l'abbia schiacciata e dissanguata senza pietà; se pensiamo anche come il popolo abbia iniziato lentamente a odiarlo e, alla fine, ravvisi nella sua esistenza nient'altro che una punizione divina per gli altri popoli; ebbene, capiamo quanto sia difficile un cambiamento del genere per l'ebreo."» Tira dritto, senza nemmeno controllare se stiamo seguendo con attenzione.

«"Il giovane ebreo dai capelli neri spia per ore, col sorriso satanico stampato in viso, l'inconsapevole ragazza, che disonora col suo sangue e deruba quindi al suo popolo. Egli cerca con tutti i mezzi di rovinare le basi razziali del popolo da soggiogare..."»

Ogni volta che pronuncia la parola "ebreo", il bel viso di Walter mi si para davanti.

Possibile che sotto la sua pelle di pesca si nasconda Satana?

«E se non ha i capelli neri, Frau Schmidt?» chiedo, quando la professoressa annuisce alla mia mano alzata.

L'intera classe si volta verso di me.

«Non credo di capire la tua domanda, Herta.» Lei fa una pausa, togliendosi gli occhiali.

«Intendo dire: se un ebreo è biondo e non sembra per niente ebreo, ma lo è?»

Mi guarda disorientata, come se non sapesse bene cosa rispondere.

«Se sembra un ariano» insisto io, «e magari si comporta nello stesso modo? Mettiamo che sia educato e gentile e coraggioso. Che creda nella Germania proprio come noi. In quel caso rappresenta sempre un pericolo?»

Nessuno osa fiatare.

Ho trenta paia d'occhi incollate addosso.

«Come ti salta in mente di fare una domanda del genere?» La voce della professoressa è tesa, le guance imporporate. «Perché, ovviamente, la risposta la conosci già, dico bene? Non fa alcuna differenza, l'aspetto di un ebreo. Il suo vero carattere lo tradirà sempre, al di là delle apparenze. Il suo sangue sarà sempre inferiore. La sua mente non potrà essere che distorta e agirà sempre e solo per il proprio tornaconto, che sia biondo o moro.» Si aggrappa al bordo della cattedra con tale forza da farsi venire le nocche bianche. «Spero di averti risposto in maniera abbastanza chiara, Herta» aggiunge quindi, rinfilandosi gli occhiali.

Ha paura che la stia mettendo alla prova. Sa benissimo chi è mio padre e teme che possa denunciarla. Di questi tempi un insegnante ha molto più da perdere di uno studente.

«Certo. È stata chiarissima. Molte grazie.»

Erna mi assesta una gomitata nel fianco.

«Che bisogno c'era?» mi fa, e io mi stringo nelle spalle perché non lo so tanto bene neanch'io.

Dopo la scuola, rientro a casa, filo in camera e tiro fuori il diario dal suo nascondiglio. All'interno delle due copertine a motivi geometrici posso esprimermi con la massima sincerità. È l'unico amico di cui possa veramente fidarmi.

Oh, Karl, quanto mi manchi! Senza di te qui è tutto diverso. L'aria che si respira in casa è immobile, come se la tua assenza l'avesse privata di ogni calore e movimento. Certe volte se un'asse del pavimento scricchiola o avverto il fruscio di una tenda nella brezza penso che sia tu. Invece non c'è nessuno. Forse sono i fantasmi dei suoi vecchi abitanti intrappolati qui, con la loro tristezza che trasuda dai muri per contagiare le nostre vite. Ti prego, torna presto...

In corridoio suona il telefono.

«Vieni al cinema a vedere *Unternehmen Michael*?» La voce di Tomas mi arriva ovattata dall'altro capo del filo.

«Veramente non sono tanto dell'umore.»

«Ti prego, Hetty. Ho già chiesto a Erna e ha accettato. È un film di guerra» aggiunge, come se questo potesse tentarmi.

In effetti, potrebbe distrarmi dal pensiero della bambina e di quell'orrenda rubamariti, così come da quello di Walter e del povero Kafka che ancora giace non letto sotto il mio materasso.

Erna e Tomas mi aspettano davanti al cinema.

«Forza, lumaca!» mi grida Erna, sventolando una mano verso di me non appena scendo dal tram. «Tra cinque minuti comincia.»

Prendiamo posto nelle file centrali. Le luci si abbassano e con loro le voci. Sopra le nostre teste il raggio di luce bianca del proiettore taglia l'oscurità illuminando il grande schermo, avvolto da nuvole di fumo di sigaretta.

Mi accomodo nella poltrona fra Tomas ed Erna, mentre il cinegiornale parte con un ronzio. Tomas si sporge verso di me e il suo gomito sfiora il mio sul bracciolo di velluto che ci divide. Gli lancio un'occhiata, ma lui sembra tutto concentrato su un servizio dedicato alla *Festliches Nürnberg,* Norimberga in festa. Anche la sua testa sfiora quasi la mia ed è inclinata in modo tale che, attraverso le lenti dei suoi occhiali, le migliaia di soldati in marcia sullo schermo mi appaiono grottescamente distorti.

Quando si gira verso di me avverto l'intensità del suo sguardo; poi la sua bocca mi sussurra all'orecchio: «Con tutti questi soldati, è un miracolo che in Germania resti ancora qualche civile.» Il suo alito caldo mi si appiccica alla pelle.

Mi sposto, cercando di concentrarmi a mia volta sul raduno di Norimberga. Scorrono immagini di enormi miniere di ferro e carbone, di fabbriche che sfornano automobili scintillanti, vestiti, apparecchiature e altro materiale elettronico. La potenza della Germania. L'inesorabile avanzata del popolo tedesco. Il mondo intero, proclama la voce fuori campo, ci invidia. La folla in estasi, e un Hitler sorridente e orgoglioso che annuncia al mondo il suo unico desiderio: la pace per l'Europa. Poi il rombo percussivo di centinaia di migliaia di scarponi in marcia. *Pace?* Penso a quei poveracci nella casa dei veterani. Assisto alla sfilata di carri armati e cannoni, al passaggio delle squadriglie della Luftwaffe in ordinata formazione. E al pensiero di Karl avverto un tuffo al cuore. Il raduno si conclude con pattinatori, danze popolari e una parata notturna con torce infuocate. Il pubblico in sala esplode in spontanee manifestazioni di giubilo, applaude e grida: «Heil Hitler!»

Nella semioscurità Tomas sorride e sull'onda dell'entusiasmo generale mi si fa ancora più vicino. «Se scoppia la guerra, spero soltanto di riuscire a partecipare anch'io prima che finisca.»

«Ma perché tutti parlano di guerra, se Hitler dice di volere solo la pace?» gli bisbiglio.

«Perché dobbiamo dimostrare a quei bastardi di che pasta siamo fatti!» Tomas indica lo schermo, ora tornato bianco. «Quei maledetti devono capirla che Hitler non scherza. E l'unico modo perché lo comprendano è combattere, perciò per arrivare alla pace bisogna prima passare per la guerra, chiaro?» Mi guarda di sbieco.

«Il Führer saprà senz'altro quello che fa» commento io, continuando a pensare a Karl, così vulnerabile là in cielo dentro una scatola di metallo con le ali.

«Infatti! Non c'è nessuno come lui, è Dio in terra. E naturalmente ha già pronto un grande piano.»

«Be', speriamo che vincere le guerre gli riesca meglio che scrivere libri» commento allora, abbassando la voce per non farmi sentire da orecchie indiscrete. Grazie al cielo Tomas ride della mia battuta, e in quel momento si riaccendono le luci.

Dopo le scene da Norimberga, il film non sa quasi di niente. La mia mente divaga. Adesso papà sarà con la sua altra figlia? Mentre io sono qui, forse le sta facendo il solletico e lei ride deliziata. Me lo vedo che guarda trasognato la madre, sfiorandole teneramente la guancia con una mano, lodandola per avergli dato questa bella bambina, e sento montare un conato di bile. Il cinema non mi protegge dai miei pensieri. Ovunque vada, quella visione mi perseguita e non ho modo di sfuggirle. Non avrò mai tregua. Mentre mi agito in preda all'insofferenza, di colpo mi accorgo che Tomas mi ha preso la mano. La allontano con garbo.

Se solo al posto suo ci fosse Walter con me, a stringermi la mano... Pura fantasia, perché naturalmente qui non può entrare.

Quando usciamo, fuori sta calando la sera. Andiamo a sederci su una panchina di fronte alla *Thomaskirche*. Dall'interno dell'antica chiesa, di là dalla piazza acciottolata, arrivano le note acute del coro di voci bianche.

«Mio padre è morto» annuncia all'improvviso Tomas, in un tono piatto che spezza il gradevole silenzio in cui tutti e tre eravamo sprofondati. È come se un fulmine mi trafiggesse.

«Di cosa?» chiede Erna, sconcertata.

«È caduto da una finestra della prigione» risponde Tomas, senza un filo di emozione. «Stava pulendo i vetri, era al quarto piano. Dev'essersi sporto troppo.»

«Ma è terribile» esclama Erna. «Mi dispiace tantissimo, davvero.»

«Be', a me no» ribatte prontamente Tomas. «Mi metteva in grande imbarazzo. Non aveva fatto la guerra. Era un comunista e un oppositore del nazismo. Era un traditore, ecco la verità. Ha avuto quel che i traditori si meritano.» Sembra infervorato e gli occhiali gli sono scivolati a metà naso, come gli succedeva da piccolo.

Erna lo guarda sgranando gli occhi. «Ma non puoi essere contento della morte di tuo padre!»

«Non sono *contento*, certo che no. Ma se l'è voluta lui, era un egoista che ha fatto soffrire tutti quanti. Non ha mai portato a casa un salario decente e adesso ci tocca vivere in una topaia di Plagwitz, con mia madre che sgobba per due come una schiava in quella fabbrica maledetta, mentre noi mangiamo quel che troviamo e respiriamo aria schifosa. Tu non lo conoscevi, Erna, non puoi saperlo. Hetty invece capisce benissimo. Vero, Hetty? Senza di lui staremo meglio, tutto qui.»

Mi sento profondamente a disagio, ma se non avessi trascinato Tomas da papà, di sicuro prima o poi lo avrebbe fatto qualcun altro e tutti loro avrebbero rischiato di pagarne le conseguenze. Quindi, in pratica, alla fine li ho aiutati.

«Abbiamo fatto la cosa *giusta*, Tomas» gli dico piano. «Lo so che per te non è stato facile, ma sei un eroe.»

Erna ci guarda a turno.

«Certo» dice alla fine. «Però ho sentito che a volte queste morti in prigione non sono così accidentali come sembrano. Corrono voci orribili su quel che succede nei campi di prigionia.»

Non voglio prestare orecchio a quello che ho già sentito da Walter.

«A che voci ti riferisci?» chiedo però, senza riuscire a nascondere del tutto l'irritazione. Erna si sarà lasciata influenzare dai discorsi del padre, ne sono sicura. Non può ignorarli completamente. Forse la mia perfetta amica sta diventando un po' meno perfetta? Ho fatto male a non riferire a papà le posizioni del signor Bäcker?

Per un attimo il volto di Erna si rannuvola. Poi risponde:

«Non sto dicendo che chi ha sbagliato non deve andare in prigione. È solo che... che molti di quelli che sono stati messi in "custodia protettiva" per le loro idee politiche sono stati trasferiti nei campi e pare che là dentro le condizioni siano pessime. Ogni volta che la data del rilascio si avvicina, viene rimandata, oppure si verifica una morte misteriosa. Se uno prova a scappare, ci lascia la pelle.»

«E a te chi l'ha detto?»

Erna chiude la bocca e scuote leggermente il capo.

«Non dovresti ascoltare certe sciocchezze. Lo sai...» La fisso dritto negli occhi.

«È difficile distinguere la verità dalle voci» dice allora lei, cauta. «Ma di sicuro la famiglia di Tomas ha il diritto di sapere com'è andata. Mi suona strano...»

«Ma tu che ne sai?» la rintuzzo io. «Non vorrai peggiorare la situazione già difficile di Tomas.»

«Non importa, Hetty.» Tomas ha l'aria pensosa. «Sai quante voci girano! Non devi dar retta a tutto quello che senti, Erna. Quei bastardi dei nemici del Reich cercano solo di fomentare il disordine.»

Per un attimo Erna tace. «Be', in ogni caso mi dispiace, Tomas.»

Continuiamo a sedere in silenzio, rimuginando sulla notizia. Sembra passata una vita da quando io e Tomas, a dodici anni, ci presentammo nello studio di papà. Quante cose sono cambiate nel frattempo! E il piccolo Tomas magro come un chiodo sta diventando un uomo.

Attraverso i rami di un platano osservo le luci colorate che filtrano dalle alte finestre della chiesa di San Tommaso, mentre le voci dei bambini, dolci come il miele, dopo un incredibile crescendo si interrompono di colpo. Nella piazza non si sente più alcun suono.

Io ed Erna salutiamo Tomas e nelle vie illuminate dai lampioni ci avviamo verso casa tenendoci per mano, riconciliate dopo gli ultimi dissapori. Comincia a piovere. Le gocce, dapprima leggere, si fanno sempre più pesanti e decise a inzupparci. Aleggia un odore grasso, terroso. Le automobili sfrecciano nelle pozzanghere e le luci creano riflessi sui marciapiedi neri e bagnati. «Qui sta cambiando tutto, ma io vorrei tornare indietro» dico di getto, ripensando a com'era semplice la vita una volta, prima di dover pesare ogni parola, prima che la famiglia di Walter fosse costretta a nascondersi nell'ombra. Prima di scoprire di papà e della bambina.

Erna ci riflette per qualche secondo. «Quindi non credi che ci aspetti un futuro luminoso, Hetty?»

«In questo momento non si direbbe proprio.» Fino a che punto posso espormi? Non avrei voluto mostrarmi così dura nei confronti del padre di Tomas. Forse ho reso diffidente anche Erna?

«Perché no?» mi fa lei in tono falsamente leggero. «Abbiamo un sacco di cose a cui guardare. Il concerto alla *Gewandhaus*. Il ballo della Lega delle ragazze tedesche. E che ne dici di un bacio con un bell'ufficiale della Wehrmacht?» Mi guarda con aria complice. «Che altro può volere una ragazza?»

E così mi ritrovo a sorridere nonostante la malinconia che mi è calata addosso.

«Sul serio, Hetty, che c'è che non va?»

«Oh, niente. Forse è solo che mi manca Karl, tutto qui.»

«Be', è normale. Come se la passa?»

«Bene, credo. Non è che mi scriva molto.»

«Non vedrai l'ora che torni in licenza.»

«Chissà quando succederà.»

«A Natale, no? Ha detto così...» Erna si blocca a metà della frase.

«Come?»

«Voglio dire, immagino che per Natale verrà, no?» Parla in modo concitato, mangiandosi quasi le parole, ma ha rallentato il passo e, persino nell'oscurità e sotto la pioggia, mi è chiaro che sta arrossendo.

«Hai appena detto: "A Natale, no? Ha detto così..."» Cala una specie di velo e anch'io mi blocco. Intorno a me è tutto ovattato, come se fossi lontanissima e non mi arrivassero più i rumori. Poi, mentre il velo torna a sollevarsi, capisco. Capisco tutto. Come ho fatto a non rendermene conto? O magari lo intuivo già, ma non volevo saperlo.

«Hetty...»

«Come puoi sapere quando torna Karl se io lo ignoro?» le chiedo in una sorta di ringhio. Mi gocciolano i capelli, ho la giacca impregnata di pioggia e mi sento le spalle umide.

«Perché me l'ha scritto in una lettera.»

«Una lettera? Quante te ne ha scritte?»

«Non saprei.»

«Tre. Ecco quante ne ha scritte *a me* da quando è partito. Tre. A te ne ha scritte di più o di meno, Erna?»

«Di più» mormora lei. «Mi dispiace, Hetty. Sapevo che avrei dovuto dirtelo, ma Karl pensava che potessi rimanerci male e così sono stata zitta. Adesso capisco che è stato uno sbaglio.»

«Non osare dare la colpa a Karl!»

Ci fissiamo nell'oscurità piovosa.

«Non gli sto dando la colpa...»

«E perché tenermelo nascosto? Perché Karl avrebbe dovuto volere così? Noi ci diciamo tutto! Io e te ci diciamo tutto!»

«Sì, appunto. E infatti te l'avrei detto, giuro. È che non riuscivo mai a trovare il momento giusto.»

«Sei ridicola, Erna. Una ridicola codarda.»

Dunque l'idea è stata sua. Karl non mi avrebbe mai nascosto una cosa del genere. Invece è stata lei a convincerlo. Me la immagino che gli bisbiglia all'orecchio, me li vedo che ridono alle mie spalle. Ha fatto di tutto per allontanarlo da me. La mia *migliore amica*! Ha allontanato da me mio fratello!

«E così sei la sua ragazza?» Mi sforzo di restare calma.

«Sì.»

La sua risposta è una stilettata al cuore. Karl è *mio*. Io sono la sua Topolina. Lui non mi ha detto niente. *Lei* non mi ha raccontato nulla. Mi hanno esclusa. Non vogliono che entri in questa *cosa*.

«Da quanto tempo?»

«Non da tanto. Qualche mese, non di più.»

«Qualche mese! Ma davvero non ti è mai venuto in mente di dirmelo? E Kurt, allora? Era tutta una messinscena, giusto? Se penso che mi hai anche pregata di non dirlo ai tuoi, accidenti! E la nostra amicizia? Conta così poco? Volevi soltanto usarmi per arrivare a Karl.» La mia bocca vomita rabbia e amarezza nella pioggia.

Papà. Karl. Erna.

Tre delle persone più importanti della mia vita, tutte e tre che mi tradiscono.

«Mi dispiace.» Erna ha i capelli incollati alla testa, la faccia lucida e bagnata, il tono implorante. «Non volevo farti stare così male. Te l'avremmo detto, ma all'inizio non sembrava una storia importante, Karl doveva partire e non credevamo che tra noi potesse durare. Invece dopo il campo estivo è diventata una cosa più seria, solo che il momento giusto non si presentava mai...»

«Così hai deciso di inventarti una bugia su un ragazzo inesistente. Perché, Erna? Perché non raccontarmi subito la verità?»

«Non lo so. Sono stata stupida. Non volevo mentirti, Hetty, devi credermi. Avevo solo paura che questa storia rovinasse la nostra amicizia.»

«Invece l'ha rovinata adesso, non ti pare?»

La guardo. Accoglie le mie parole cattive quasi a testa china. La sto ferendo e provo soddisfazione, è il bersaglio più facile su cui sfogare la mia rabbia. Con papà e Karl non posso, ma con Erna? Con l'ottima e perfettissima Erna? Con lei sì che posso prendermela.

Peccato che neanche tu sia stata così sincera.

Che c'entra? È un'altra storia.

Walter deve restare un segreto per il suo stesso bene.

Una situazione completamente diversa.

«Vattene, Erna» dico alla fine. «Lasciami in pace. Vi odio tutti e due, ma soprattutto te. Sei solo una sporca bugiarda!»

Mi giro e corro via, sotto la pioggia battente. Mi fa male il petto e sono bagnata fradicia, ma niente riesce a far tacere il fiume di voci che mi scroscia nella testa.

Che cosa hai fatto?
TU sei quella nel torto, per esserti innamorata di un ebreo.
PAPÀ è spregevole, con la sua seconda famiglia segreta.
Hai perso l'amica migliore che avessi mai avuto.
Hetty Heinrich, al mondo non esiste pazza peggiore di te.

14 ottobre 1937

Ovunque vada, c'è anche Erna. A scuola. Alla Lega. Mi osserva con occhi da cucciolo triste. Ma io non cedo. Non sono pronta a perdonarla. Anzi, più ci penso, più la mia certezza aumenta. Immagino che papà tornerà a essere fiero di me, anche se ormai non me ne importa molto. E poi, Erna se lo merita. Senza contare che è una bella assicurazione, nel caso Ingrid parlasse. Se faccio quello che ho in mente, non le crederanno mai. Non ci sarà alcun dubbio sulle mie posizioni.

Domani a Lipsia ci sarà un grande raduno e devo prepararmi. Devo sentirmi pulita dentro. Meritevole della stima del Führer.

Papà lavora da casa. Premo l'orecchio sulla porta chiusa del suo studio: silenzio assoluto.

«Entra» mi risponde la sua voce, quando busso piano.

«Potrei parlarti un momento, papà? Non ci vorrà molto.»

È un uomo impegnato. Doppio lavoro e doppia *famiglia*. Non c'è da stupirsi che abbia l'aria così stanca.

«Ma certo, signorina Herta.» Mi guarda sorridendo e mi fa segno di accomodarmi sulla sedia davanti alla sua scrivania, poi spegne la sigaretta pigiando il mozzicone nel posacenere già colmo. Nonostante la finestra aperta, mentre inspiro profondamente l'aria è satura di fumo che mi fa bruciare la gola. «Qualcosa ti turba?» mi chiede lui.

Lo fisso per un attimo senza rispondere. Il suo faccione

tondo, gli occhi chiarissimi così familiari. Vorrei gridargli: «Tu, la tua squallidissima Fräulein Müller e quella bambina: ecco cosa mi turba! È lei la tua nuova *Schnuffel*?»

«Un po'» dico invece. «Da qualche tempo ho un pensiero che mi assilla.»

Il fatto è che sono corrotta nell'anima. Sento il marcio crescermi nelle ossa e straripparmi nelle vene. Ma questo gesto mi purificherà e mi rimetterà sulla retta via. La via del dovere, della correttezza e dell'impegno. La via di Hitler per l'altruismo.

Mi schiarisco la voce. «Si tratta di un'amica, Erna, e di suo padre. Ho sentito una cosa che mi preoccupa.» Le parole mi escono senza sforzo.

«Va' avanti.»

«È...» Un'ombra balena nella stanza. Il corpo del padre di Tomas che cade dalla finestra di una prigione. Un incidente? Nessuno lo saprà mai.

«Mi dispiace di essere sempre troppo preso per ascoltarti, Herta, ma tu vieni tranquillamente ogni volta che ne hai bisogno» sta dicendo mio padre. «Senza le brave ragazze come te, Herr Himmler e il nostro amato Führer dove sarebbero, eh?» Altro sorriso caloroso e incoraggiante.

Il fantasma di Walter mi supplica di non fare la cosa giusta.

Maledetto Hitler. L'esclamazione del signor Bäcker mi risuona nella mente.

«Ho sentito...»

«Che cosa, *Schnuffel*? Che cos'è che hai sentito?»

«Li ho sentiti dire che...» Gli occhi verdi di Erna mi guardano. *Puoi fidarti di me finché vivrò.* Deglutisco, lacerata. Papà mi fissa aspettando che parli.

Mi assale una ridda di immagini: io ed Erna nel cortile della scuola, sdraiate sul suo letto a chiacchierare, in marcia con la Lega, vicine vicine nella nostra tenda al campo estivo, intente a condividere sogni e speranze. E Walter. Il meraviglioso Walter, ebreo.

Papà comincia a dare segni d'impazienza. Con un sospiro infastidito, lascia cadere la penna sul foglio che ha davanti.

«Hai sentito cosa?» ripete.

Raddrizzo la schiena. Una promessa è una promessa, Erna. Mi avrai anche tradita, ma io non ti ripagherò con la stessa moneta.

«Scusa, papà... Li ho sentiti dire che non riescono a procurarsi dei biglietti in prima fila per la festa annuale della Gioventù hitleriana, ecco.» Sento la fronte imperlarsi di sudore. «Herr Bäcker è un grandissimo ammiratore del Führer e per lui sarebbe il massimo se tu potessi, non so, muovere qualche pedina, magari...»

L'espressione di papà cambia di colpo. «Tutto qui?»

Così su due piedi non mi è venuto niente di meglio.

«Ma puoi?»

«No, Herta. La prima fila è riservata agli uomini importanti e alle loro famiglie.»

«Che peccato.»

«E così è un grande ammiratore del Führer, eh? E sua figlia Erna? Sento parlare bene di lei. Visto che ci passi tanto tempo insieme, ho chiesto informazioni a tuo fratello, e mi ha detto che è una ragazza molto stimata nel giro della Hitlerjugend. Brava, figliola, sono queste le persone che devi frequentare. Insomma, vedrò se riesco a procurargli un invito per il ricevimento serale. Ci penso io, ti farò sapere.»

«Grazie, papà. Te ne saranno immensamente grati.»

«Sì, sì, ma niente promesse. C'è altro?»

«No, nulla.»

«Allora bisogna che mi lasci continuare con il lavoro. Ho diverse cose urgenti da sbrigare.» Mi congeda con un cenno della mano, ritornando alle sue carte. Resto a guardargli per un attimo la sommità della testa china sulla scrivania, mentre raccoglie la penna e ricomincia a scrivere.

Hai fallito, Herta Heinrich. Sei caduta in basso come un verme, metti i tuoi interessi davanti a quelli della patria. Che ne è della fedeltà che mi avevi dichiarato un tempo? Mi hai tradito?

Come sempre mi succede quando sono a disagio, avverto la nausea montarmi nello stomaco. Il marcio rischia di rimanere dov'è, ma l'unico modo per liberarmene una volta per tutte mi terrorizza.

La mamma è andata in visita a un orfanotrofio di Burghausen. Spera che il rifugio e la scuola gestiti dalle SS possano servirle da modello per la sua impresa. Papà è chiuso a lavorare nello studio e in casa non c'è nessun altro. Avverto più che mai l'assenza di Karl.

In preda a un senso di inquietudine, mi sposto nel giardino d'inverno. Fuori i colori dell'estate sono spariti e il grande albero ha perso le foglie, lasciando esposta la struttura della casa tra i rami, dove ormai non vado più. Per un attimo mi prende una voglia struggente di rivedere Erna. Dovrei andare a chiederle scusa, ripulirmi la coscienza e raccontarle di Walter. Ma non ce la faccio, non sono abbastanza coraggiosa. Invece prendo la copia del *Leipziger* dal tavolo e comincio a sfogliarla, nella speranza di distrarmi un po'.

Il duca e la duchessa di Windsor in tour nel nostro paese!

Il sogno di Volkswagen, la nuova industria automobilistica:
un'auto per ogni tedesco!

Delegazione inglese in visita a Lipsia per ammirare la velocità
e l'estensione della rete autostradale

Poi:

Celebre attrice tedesca finisce in carcere con accusa
di *Rassenschande*

Dora Heck, famosa e apprezzata attrice, è stata processata e condannata con l'accusa infamante di profanazione della razza. Accade di rado che una donna venga condannata per questo crimine antigermanico, perché sono in genere vittime di stupro o di coercizione sessuale. In questo caso l'attrice, che i nostri giornalisti ritengono vicina ad alcuni dei più alti gradi del partito, si era recata a Londra con la scusa di promuovere il suo ultimo film; pedinata da funzionari della Gestapo che erano sulle sue tracce dopo la segnalazione di un cittadino insospettito, è stata colta mentre intratteneva rapporti sessuali con un ebreo tedesco residente a Londra. Al suo ritorno è stata arrestata, processata e condannata. Prima di essere condotta in carcere, Fräulein Heck è stata portata per le vie del centro con la testa completamente rasata per fungere da monito alle altre donne.

Santo cielo! Il panico mi attanaglia e mollo il giornale come se mi avesse morsicato una mano. Certo, noi non abbiamo intrattenuto *rapporti sessuali*, però ci siamo baciati. Vale lo stesso? Mi sa proprio di sì. Cosa succederebbe se papà lo scoprisse? Se Ingrid mettesse la Gestapo sulle mie tracce?

Non mi resta davvero altra scelta, e non posso perdere un minuto.

Mio padre e mia madre, fulgidi nei loro abiti da sera, attendono all'ingresso che la macchina venga a prenderli. La mamma è tornata entusiasta dalla visita alla casa per l'infanzia. Sventola un libro intitolato *Allevare il bambino tedesco ideale: una guida per le madri moderne*.

«Pieno di ottimi consigli per temprare la generazione a venire. Sarà utilissimo con i miei orfani» dice. «Non aspettarci in piedi, Hetty. Dopo la cena con il giudice Fuchs andremo all'opera.» Indossati guanti, cappello, la stola di pelliccia e le scarpe, i miei escono lasciandosi dietro una vaga scia di colonia al tabacco ed essenza fiorita.

In camera tiro fuori Kafka da sotto il materasso e resto a contemplarne la copertina: una volta questo libro mi avrebbe procurato grande piacere, lo avrei letto avidamente. Adesso lo sfioro con dita incerte, sfoglio la prima pagina e quando ci provo mi accorgo di non riuscire a concentrarmi. È come se le parole si confondessero fra loro. Devo liberarmene. Subito. Lo chiudo di scatto e me lo infilo in tasca.

Scendo in cucina per prendere Kuschi, il mio eterno alibi. Ingrid è lì che blatera.

«L'ho visto coi miei occhi, Bertha, te lo giuro su Dio!» La sua voce tradisce indignazione. Bertha invece le risponde pacata, quasi mormorando, perciò non sento cosa dice. «Bisogna assolutamente fare qualcosa. Insomma...»

Entro nella stanza prima che possa aggiungere altro e alla mia vista ha un sussulto.

«Bisogna fare qualcosa a proposito di che?» le domando. Ingrid siede al tavolo con i piedi appoggiati a una sedia e una tazza in mano, Bertha invece è al lavello che strofina le patate.

«Scusi.» Lentamente, quasi con aria di sfida, tira giù i piedi dalla sedia. «Non intendevo mancare di rispetto.»

«Cos'è che stavi dicendo?» insisto io. «Non volevo interromperti.»

Arrossendo guarda Bertha in cerca di aiuto, ma l'altra fa spallucce e torna alle sue faccende.

«Niente, solo una voce stupida che ho sentito dai pescivendoli, Fräulein. Di questi tempi la gente parla. Tutti spiano tutti, non sai mai chi denuncerà chi. Basta avere un conticino in sospeso. E come fa uno a dimostrare che non ha fatto nulla di male?»

Furente, attraverso la cucina per andare a prendere il guinzaglio di Kuschi attaccato a un chiodo e con mani tremanti glielo infilo.

«Se si rispetta la legge, nessuno deve preoccuparsi di nulla. Solo le persone che hanno qualcosa da nascondere hanno anche motivo di temere» dico infine, guardandola dritto negli occhi. «Vado a fare un giro con il cane. Non so fra quanto rientro.»

«Adesso, col buio?» reagisce Ingrid.

«Oh, Fräulein Herta, non credo che suo padre approverebbe» aggiunge Bertha.

«Mi terrò sulle strade illuminate di Gohlis» le rispondo in tono fermo. «Che cosa può succedermi di male in un quartiere rispettabile come questo?»

Non ho certo bisogno del permesso di una cuoca o di una domestica per uscire di casa.

Mi avvio a passo veloce. Non riesco a resistere alla sua forza di attrazione: Walter è come una calamita. Andrò nel posto in cui vive, camminerò sui marciapiedi dove cammina anche lui, respirerò la sua stessa aria, dolorosamente consapevole di ciò che devo fare. Le zampe di Kuschi ticchettano al mio fianco.

Superiamo il ponticello di pietra, il fiume scorre sotto i miei piedi. Mi fermo un attimo per sporgermi dal parapetto a inalare il suo odore freddo e umido. L'acqua salta e gorgoglia intorno alle arcate antiche e mi gira la testa, tanto che per una frazione di secondo temo di poter essere inghiottita dalle sue profondità. Poi mi allontano di scatto riprendendo il viottolo buio, desiderosa solo di tornare sulle strade principali, con il loro traffico e le loro luci.

L'estremità nord di Hindenburgstrasse è un vialone alberato e movimentato, con imponenti edifici su entrambi i lati. Passo adagio davanti a una fila di negozi: una merceria, una drogheria, un caffè e una macelleria. Sono tutti chiusi, tranne il caffè e un fiorista in fondo, dove un uomo e un ragazzo in grembiule stanno smantellando i fiori esposti per riportarli all'interno.

«Purtroppo oggi questo è tutto quel che posso offrirti» dice l'uomo a qualcun altro in negozio. «Magari domani mi avanzerà qualcosa in più, se vuoi ripassare.»

I due si tolgono dalla porta e un tizio con un cappello calato sulla fronte esce stringendo in mano un mazzo di lillà avvolto in carta marrone, per poi allontanarsi a larghi passi coi fiori infilati sotto il braccio.

Nella strada, tutto si fa immobile.

Il marciapiede mi trema sotto i piedi.

Non può essere.

«Walter?»

Lui si gira, sgranando gli occhi per la sorpresa. Mi passano davanti fugaci visioni di Ingrid, della Gestapo. Non ero pronta all'eventualità di incontrarlo. Meglio scappare? No. Anch'io mi ritrovo a guardarlo paralizzata nello spazio e nel tempo, mentre mi viene incontro.

«Hetty! Come... come hai fatto a trovarmi?» Mi sembra trattenuto, esitante.

«Non credevo di riuscire davvero a rivederti...»

«Cioè?»

«Quante probabilità c'erano?» gli sussurro.

Tra noi c'è una specie di imbarazzo. Fa un passo indietro, si appoggia con una spalla al muro.

«Perché domenica non sei venuta?» mi chiede dopo un momento.

«Volevo. Ma dalla settimana scorsa sono successe talmente tante cose.» Mi blocco. Siamo così esposti alla vista, qui, su questa strada. «Senti, non c'è un posto dove possiamo parlare? Parlare seriamente? Vorrei dirti una cosa.» Ripenso alla mia determinazione iniziale, ma in presenza di Walter è come se mi mancasse la terra sotto i piedi e tutto diventasse scivoloso.

Annuisce e si stacca dal muro. «Sì, conosco un posto. Dalla mia amica Lena: i suoi hanno un caffè. Di lei possiamo fidarci completamente» aggiunge, girandosi e avviandosi a passo svelto.

Lo seguo. In capo a due o tre svolte, eccoci in uno squallido vicolo di vecchie case fatiscenti con un caffè dall'aria altrettanto fatiscente a un incrocio. Walter spinge la porta facendo tintinnare una campanella. Io lego Kuschi a un lampione ed entro.

Un tizio solitario siede fumando a uno dei tavoli, la testa sprofondata in un giornale. L'unica altra persona nel locale è una ragazza dalla pelle scura, di origini razziali sospette, che serve dietro il banco. Walter mi fa segno di prendere posto di fronte a lui a un tavolino.

«Buonasera, Lena» dice sorridendo alla ragazza. «Due tè, per favore.»

«Subito.»

Walter lancia un'occhiata al tizio che fuma e si sporge sul

tavolo, il volto più rilassato, ora. «Dimmi perché non sei venuta domenica.»

«Da Salamander temevo che ci avessero visti, e adesso ne ho la certezza.»

«Chi?» La voce resta calma, ma il suo corpo è già teso.

«La nostra domestica, Ingrid.»

«Merda.»

«Già.» Ci fissiamo in silenzio.

«Non credo si ricordi di te. E anche se fosse, non sa che sei un...» Non riesco a dirlo.

Di nuovo, cerco di appellarmi alla decisione che ho preso. Devo farlo. Adesso.

«Walter» dico, facendo un respiro. «Io... credo che dovremmo darci un taglio.»

La sua espressione è un colpo al cuore. Distolgo lo sguardo, lacerata. *Non vacillare.*

Gli racconto la storia che ho letto sul *Leipziger*, quella dell'attrice.

Walter non dice niente ma si tormenta le mani.

«È troppo pericoloso, per tutti e due.» Pesco Kafka dalla tasca. «E ti chiedo scusa, ma questo non riesco a leggerlo.»

«Hetty...»

Tira il libro verso di sé e contrariato se lo rimette in tasca. Poi mi guarda, e i suoi occhi tradiscono tutto il dolore che prova. Gli sfioro la mano appoggiata sul tavolo, mentre immagino già un futuro senza le nostre domeniche mattina insieme, senza il calore delle sue dita intrecciate alle mie, senza il contatto delle sue labbra o il suo profumo. Un futuro che, insieme agli eventi della settimana appena trascorsa – prima papà, poi Erna e Karl –, diventa improvvisamente un peso insopportabile che mi schiaccia.

Lena si avvicina con un vassoio e io ritiro la mano. Appoggia le tazze e la teiera sul tavolo, i suoi occhi scuri mi sbirciano per un attimo, poi si ritira nuovamente dietro il bancone. Comincia a pulirlo con particolare cura nella zona vicino a dove sediamo. Walter si accorge che la guardo.

«Ti giuro che di lei puoi fidarti ciecamente. Ha da perderci quanto me e te, non fiaterebbe con anima viva.»

Rilassandomi un po', ci riprovo. «Vedi, Walter, io non lo voglio assolutamente ma...»

Mi fissa e mi versa il tè.

Un gesto così semplice, tuttavia non ho mai visto papà farlo per la mamma. Guardo le sue mani che si muovono, forti eppure delicate.

Bevo un sorso e i miei occhi incontrano i suoi al di sopra della tazza.

È nervoso. «Il fatto è» inizia con voce rotta, «che ci hanno già portato via così tanto. Così tanto. Con te credevo di aver trovato un po' di felicità. Alla faccia dei nazisti, mi sono detto, io mi innamoro di chi voglio. Come osano considerarmi inferiore con le loro leggi odiose? Come osano decidere che non sono degno di te, se sei tu la prima a non pensarlo?» Si appoggia allo schienale. «E invece, a quanto pare, hanno vinto loro...»

«Mi dispiace» sussurro.

È come se ogni energia lo avesse abbandonato. Come se tutta la voglia di lottare fosse svanita. Cerco qualcosa da dire, un modo per rompere questo silenzio.

«Ho scoperto che mio padre ha un'amante. Che hanno fatto un figlio insieme. Una bambina.»

Walter riappoggia la tazza.

«Ma è orribile.»

«Li ho visti.»

Lui allunga una mano ad accarezzare la mia, una volta sola, con i polpastrelli, poi la lascia scivolare sul tavolo. «Quei bastardi del partito! Hanno tutti delle amanti!»

Le sue parole mi colpiscono come un pugno nello stomaco.

«Cosa c'entra questo col fatto che è nazista? Non scordarti che lo sono anch'io, Walter Keller!»

È come se una creatura aliena si fosse impossessata della mia mente, costringendomi a parlare così.

Walter mi fissa incredulo. «Non capisco. Ma da che parte stai?»

«Da che parte sto? Non è questione di parti. Io sono dalla *nostra* parte. La tua. Cioè... insomma, non lo so.»

Mi guardo intorno. Il tizio se n'è andato lasciando il giornale piegato sul tavolo. Non ci sono altri avventori.

«Oggi sono andata da papà. Pensavo che se Ingrid scoprisse chi sei e se lo lasciasse sfuggire, sarebbe la sua parola contro la mia, giusto? Mio padre non deve nutrire il minimo dubbio sulla mia lealtà, perciò ho deciso di dirgli che una volta ho sentito il padre di Erna inveire contro Hitler, solo per...»

«Hetty! Ma cosa ti salta in mente? Non vorrai trasformarmi in una scusa per un gesto tanto spregevole!»

«*Shhh!*»

Anche lui lancia un'occhiata intorno. Lena è ancora dietro il banco e il caffè è vuoto.

«Non l'ho fatto» gli sussurro, sporgendomi verso di lui. «Volevo solo che lo sapessi.»

Non è così che doveva andare. Volevo chiudere con Walter, non mettere a nudo la mia anima e litigare con lui. Ma chi sono io, esattamente? Una nazista *e* una che simpatizza per gli ebrei? È possibile una cosa del genere? E vale solo per Walter o per tutti loro? Cominciano a pulsarmi le tempie.

«Non capisco.» Una strana smorfia gli deforma i lineamenti. «Ti definisci nazista, eppure sembri felice di stare con me, di sapere come la penso io sui nazisti, di baciarmi. Poi però li difendi. Ti ho forse fraintesa completamente, Hetty?» C'è un fuoco che arde nei suoi occhi, adesso. «Hai intenzione di andare a riferire a tuo padre anche le *mie* opinioni?»

«Ma certo che no!»

«E io come faccio a crederti? Perché dovresti fare un'eccezione per me?»

Una febbre mi brucia dentro.

«Non mi hai fraintesa, Walter. La verità è che, e voglio essere sincera al massimo con te...» Appoggio la mano sulla sua, ma lui la tira via. «La verità è che non sono d'accordo con tutto quello che dice Hitler. Ma se ci pensi ci sono anche un sacco di cose che hanno senso. Mettere il bene comune davanti alla gratificazione personale, sentire che la nazione e il nostro futuro sono la cosa più importante. Il fatto che Hitler sia "sposato alla Germania" non ne è la massima dimostrazione? Nessuna divisione in classi, prosperità per tutti, legge e ordine: non sono tutte cose buone? Sedare il caos, eliminare alla radice malattie e disagio mentale e controllarli con la scienza, per renderci migliori e garantire il nostro progresso. Come possono essere sbagliate queste cose? E poi, è il primo uomo della storia a riconoscere l'uguaglianza della donna, a dire che la maternità e il ruolo domestico sono professioni di prim'ordine.»

«Ma queste sono soltanto parole, Hetty: parole ambigue che ingannano e manipolano. Guarda a quello che fa e alle conseguenze delle sue azioni, anziché ascoltare il suo veleno. Pensaci. È tutto troppo semplice!»

«Non lo so!» vorrei urlargli. «Non lo so! Non so più niente!»

«Pensa a quel che succede in realtà» incalza lui. «A tutta questa paura, alla delazione, al sospetto anche tra persone amiche. Non c'è più libertà. Libertà di parlare, pensare, sentire. Lui vuole controllare tutto. Insulta le "masse" mettendo in discussione la loro intelligenza. Ragiona solo in termini di sopraffazione, costrizione, divisione, coercizione. E voi donne? Oh, certo, lui le celebra, le donne! Parla del vostro ruolo decisivo nel Reich millenario, e poi l'unico compito che vi spetta è quello di madri e angeli del focolare. Perché ovviamente non ci si aspetta che usiate il cervello. Anzi, meglio se non ce l'avete proprio, un cervello. E tu, Hetty, con la tua intelligenza, la tua perspicacia e il tuo spirito indipendente, sarai un tesoro sprecato.»

«Smettila!» Mi scoppia la testa, le pulsazioni alle tempie si sono trasformate in tuoni. «Basta, smettila.» Me la stringo tra le mani.

Walter mi guarda. Aspetta. È ancora arrabbiato con me.

«Non voglio più sentire niente» dico. «Me ne vado.»

Mi afferra le mani. «Immagina come sarebbe vivere in un paese libero. Un paese dove nessuno sta lì a controllare se i tuoi pensieri sono antigermanici. Dove puoi dire quello che vuoi.»

«Sarebbe il caos completo» controbatto. «Le strade sarebbero piene di violenza, come lo erano da noi prima che il Führer...»

La porta si apre ed entra un'anziana coppia. Walter e io ci paralizziamo.

«Buonasera, mia cara Lena» dice la donna con gli occhiali, togliendosi il cappello. «Siamo venuti per una bella fetta del tuo *Apfelstrudel*, se ce n'è.»

«Ma certo. Sedetevi dove preferite» risponde Lena, lanciandoci una rapida occhiata.

Walter torna a riempire le nostre tazze. Il tè ormai è tiepido.

«Non deve per forza essere così» riprende a voce bassa. «Potresti essere ciò che vuoi, ebrea o non ebrea. Diventare una scienziata. Un avvocato. Un dottore. Frequentare chi ti pare. Sposare chi desideri.»

Le sue parole sono seducenti, proprio come quelle di Hitler. Parole diverse che promettono cose diverse. Mi sento come una farfalla in balia del vento.

«Non sono mai andata da nessuna parte, non ho idea di come sarebbe. E tu?»

«No.» Walter scuote il capo, lasciandosi ricadere contro lo schienale.

Chi ha ragione? E chi ha torto?

Lena si ripresenta al nostro tavolo.

«Desiderate altro?» C'è preoccupazione nei suoi occhi.

«No, grazie. Siamo a posto così, Lena» risponde Walter, senza staccare lo sguardo da me.

E io non lo stacco da lui, dai suoi occhi meravigliosi. Ancora più seducenti delle sue parole. Mi attirano in maniera irresistibile, ma *devo* resistere. Devo dire basta a tutto questo prima di gettare per sempre la spugna.

«È ora che vada.» Spingo la mia tazza al centro del tavolo e mi alzo.

Mi sforzo di guardarlo per quello che è: non un ragazzo normale, ma un ebreo che ha tentato di sedurmi.

«Certo» è l'unica cosa che dice lui, passandosi una mano nella chioma ribelle.

«Domenica non credo di venire. È meglio così.»

«Certo» ripete Walter, senza più incontrare il mio sguardo. «Come dici tu, è meglio così.»

3 novembre 1937

Prima di andare a dormire scrivo qualcosa sul mio diario:

> Lo so che non dovrebbe importarmene. Probabilmente non ti rivedrò mai più, ma non sopporto l'idea che tu possa pensare male di me. Perché mi brucia così tanto? Sei un ebreo. Non hai nessun diritto nei miei confronti e valgo più di quanto tu varrai mai. Sei un maledetto ebreo che vede solo le cose dalla sua prospettiva. Ma coi tuoi modi subdoli e insidiosi ti sei insinuato nel mio cuore e nella mia anima. Nella mia testa. Non riesco a pensare ad altro che a te e a quanto vorrei rivederti, ma so che non succederà più. Continui a mettere in dubbio tutto quello che so e mi spingi a pensare a cose a cui non dovrei pensare. Prima sì che ero felice, sapevo distinguere ciò che è giusto da ciò che è sbagliato. Adesso tutto è confuso e incerto. Vorrei tanto odiarti per questo, Walter Keller, ma non ci riesco. Non è che mi sono innamorata? È così che ci si sente?

Quando arrivo alla riunione pomeridiana della Lega delle ragazze tedesche la prima persona che vedo è Erna. Sta arrotolando delle bende e subito distoglie lo sguardo. Mi toccherà fare la prima mossa. Ma cosa le dico? «Amica mia, mi sei mancata da morire, che razza di stupida sono stata. E ti ho anche nascosto una cosa molto più grave di quella che tu hai nascosto a me. Mi perdoni?»

«Ciao, Erna. Come stai?»

Lei mi guarda. Gli occhi verdi sono meno vivaci del solito, il volto più pallido che mai.

«Oh, Hetty...» Si guarda intorno, abbassando la voce. «Mi sei mancata così tanto. Mi hai perdonata?»

«Se io ho perdonato *te*?»

«Mi dispiace di non averti parlato di Karl.»

«Ma sono io, Erna, quella che dovrebbe scusarsi! Ho reagito in modo del tutto esagerato, sono stata così sciocca...»

Lei scuote la testa, gli occhi umidi di lacrime.

Penso a quanto poco ci è mancato che denunciassi suo padre, e lo stomaco mi si chiude all'istante.

Erna sistema le bende arrotolate e abbassa il coperchio della scatola, poi si asciuga gli occhi e io mi accorgo che le tremano le mani.

Lacrime le rotolano sulle guance di porcellana.

«Nessuno è perfetto, Erna...»

Lei fa una risata roca e si soffia il naso.

«Tranne te, Hetty.» Si fa scivolare di nuovo in tasca il fazzoletto. «Tu sei molto vicina alla perfezione.»

«Io? Non hai idea di quanto ne sia lontana, invece!»

«Non è vero.» I suoi occhi verdi mi studiano. «Non fai mai niente di sbagliato. Sei intelligente, bella e coraggiosa. Difendi i tuoi amici anche quando si comportano male e tutti ti adorano. Non mi merito un'amica come te.»

«Oh, Erna, se solo sapessi. Non sono affatto quella che credi...»

«In che senso?»

«Be', se te lo confido mi giuri che...»

«Ma certo che giuro!»

La sala però si sta riempiendo. Troppe orecchie e troppo vicine. Mi batte forte il cuore. Muoio dalla voglia di raccontarle di Walter, ma qui è troppo rischioso. E poi, dato che non lo rivedrò più, è superfluo che ne parli. Forse lo farò un giorno, quando smetterò di soffrirne. Magari ci faremo sopra due risate. Un giorno.

«Non qui» dico infine. «E non adesso. Non adesso.»

«Hetty...»

Fräulein Ackermann compare sulla porta e il brusio si spegne.

«Heil Hitler» la salutiamo.

«Heil Hitler» risponde lei, sorridendo soddisfatta mentre apre la valigetta del primo soccorso.

Domenica mattina mi sveglio prima dell'alba. La casa sembra respirare insieme ai suoi occupanti addormentati. Non andrò all'appuntamento con Walter, quindi che senso ha starmene qui con gli occhi spalancati? Mi giro e rigiro nel letto, ma il sonno mi ha ormai abbandonata. Tanto vale che porti fuori il cane.

In punta di piedi raggiungo Kuschi. Le stanze sono gelide e, dopo aver indossato cappotto, guanti e cappello, sgusciamo fuori nell'oscurità. A decidere è lui: tirando forte al guinzaglio, mi porta in direzione del fiume. Io ci provo a fargli cambiare percorso, ma alla fine, visto che tanto Walter non ci sarà comunque, mi arrendo.

Il cielo a oriente sta già cominciando a schiarire quando raggiungiamo il ponte. Mi fermo a spiare il fiume scuro che scorre, come ho già fatto tante volte, ma un movimento sulla strada mi fa trasalire, mentre Kuschi si agita e dimena la coda.

Questione di pochi secondi e lui arriva, le spalle ingobbite nel giaccone, il rumore di passi confuso con il gorgoglio dell'acqua. Ci fissiamo nella luce fioca del primo mattino.

«Credevo non venissi.»

«E allora perché sei qui, signorina Herta?» Ha un tono vagamente divertito, tanta sicurezza mi irrita.

«Sto portando a spasso il cane.»

«Ma certo, che domande. Con tutti i posti che ci sono a Lipsia, potevi portarlo solo qui...»

«Qua mi piace. E tu? Come mai da queste parti?»

«Io sono venuto per vedere te.»

Mi si avvicina e si sporge dal parapetto. Per un attimo desidero che mi passi un braccio intorno alle spalle, ma non lo fa.

«Cosa ti ha indotto a pensare che mi avresti trovata?»

«Un'intuizione.» Walter mi guarda sorridendo. Sento il suo alito caldo sul viso.

«E come mai ti credi tanto intelligente, Walter Keller? Sei un bell'arrogante a pensare che voglia passare il mio tempo con te.»

Scuote la testa e torna a scrutare il fiume. «Non ne ero affatto certo: mi sono dato una possibilità, tutto qui. Ma sicuramente mi fa piacere vedere che sei venuta, inutile negarlo. Com'è inutile negare che mi sento attratto da te, che stare insieme mi piace nonostante le nostre differenze e tutti i pericoli. Anzi, *amo* stare con te. Ma se mi guardi negli occhi, adesso, e mi dici che non vuoi rivedermi mai più, giuro che me ne vado e che non tornerò più a infastidirti.»

Si gira verso di me. Io mi preparo per dirgli proprio questo: «Lasciami in pace. Non ho bisogno di te. Sei pericoloso e voglio che tu esca dalla mia vita.» *Dammi la forza, mio Führer.*

Ma le parole mi vengono meno.

Siamo vicinissimi e ci guardiamo in silenzio, l'acqua che vortica sotto di noi.

«Non ce la fai, eh?» mi sussurra. Di nuovo con quella sfumatura divertita.

Ho il cuore in subbuglio e vorrei picchiarlo. Prenderlo a pugni sul petto. Ma vorrei anche qualcos'altro: infilarmi sotto la sua pelle e arrivare a conoscerlo tutto.

Perciò non dico niente.

Un movimento quasi impercettibile ed ecco che le sue labbra, calde e più leggere dell'aria, sfiorano le mie. Mi paralizzo e tutto sembra paralizzarsi intorno a me. Un attimo dopo Walter mi sta baciando, mi sta baciando *davvero*. La sua lingua penetra fra le mie labbra, le sue braccia mi stringono e io mi smarrisco in lui e nel presente.

Poi, memore del mio voto, mi stacco.

«Scusa» dice, «non dovevo.»
«No. Non dovevi.»
«Ti prometto che...»
«Però... mi è piaciuto. Mi piace quando mi baci. Solo che non possiamo...»
«Sì, invece. Approfittiamo di ogni occasione, finché ne abbiamo la possibilità. Chi può dire cosa accadrà in futuro?» Mi afferra le mani. «Forse dovremmo scappare insieme. Non riesco e non voglio ignorare il bisogno di stare con te, perciò approfittiamone e viviamo nel peccato.»
Mi scappa da ridere. Non farà sul serio?
«Sta schiarendo.» Si guarda intorno. «Presto ci sarà gente... andiamocene.»
Ci allontaniamo dal ponte e imbocchiamo il sentiero tra il fiume e l'argine. È stretto, per un po' siamo costretti a procedere in fila indiana. Poi si allarga e Walter mi si affianca prendendomi la mano. Il nostro passo si armonizza con naturalezza, come se camminassimo insieme da mille anni.
«Mi dispiace per l'altro giorno» gli dico. «Non volevo litigare e detesto l'idea che tu possa pensare male di me. È così difficile capire che idea farsi di... qualsiasi cosa.»
«Anche a me dispiace. Ero arrabbiato. È già tutto così complicato e io me la sono presa con te, ma non dovevo. Non è colpa tua. Comunque non potrei mai pensare male di te.» Per un po' proseguiamo in silenzio. «Ricordi il giorno in cui ti ripescai dal lago, quando ancora non eri capace di nuotare?» mi chiede all'improvviso.
«Il giorno in cui mi salvasti la vita, intendi. E come potrei scordarlo?»
«Be', eri piccola.» Ride.
«Sì, ma non per questo dimentichi di aver rischiato di morire, Walter, e nemmeno la persona che ti ha salvata.»
«Io me lo ricordo come fosse ieri. L'ho rivissuto così spesso!»
«In che senso?»
Lui distoglie lo sguardo, quasi imbarazzato.
«L'ho sognato per tanto tempo. In realtà erano incubi. So-

gnavo di non riuscire a salvarti. Venivo a cercarti sott'acqua, sempre più giù, ma non c'eri. Oppure riuscivo a prenderti ma continuavi a scivolarmi tra le dita e io ti vedevo affondare mentre mi guardavi con le braccia tese, e ormai ero troppo lontano per raggiungerti.»

«Ma è terribile, Walter! Perché non me l'hai mai detto?»

Sorride. «Be', perché era da idioti. Infatti *ti ho* salvata. Credo significhi soltanto che ci tengo tantissimo a te. Che ci tenevo già allora.»

Gli circondo la vita con un braccio, stringendolo forte.

«E io che pensavo non ti accorgessi nemmeno della mia esistenza.»

Nell'aria regna un profondo senso di pace.

«L'altro giorno avevi ragione» dico, sospirando. Una confessione. «A proposito del signor Bäcker, intendo. Naturalmente non avrebbe dovuto dire quel che ha detto, ma ho fatto bene a tenermelo per me.»

Stavolta è lui a stringermi a sé. «Quando ho pensato che l'avessi denunciato non potevo crederci. E infatti il dubbio non avrebbe dovuto neanche sfiorarmi.» Sorride di nuovo. «Perché lo so che non faresti mai una cosa tanto orribile.»

Kuschi parte di scatto per inseguire un coniglio o chissà che altro nel bosco, la sua sagoma nera saetta tra gli alberi. Di colpo vedo l'ombra del padre di Tomas schiantarsi a terra.

Non puoi sapere che in realtà l'ho già fatto.

A quale parte di me dovrei restare fedele?

Verso il margine dei campi, gli alberi cominciano a diradarsi. Attraversiamo un tratto di sentiero illuminato e anche il viso di Walter è illuminato, i suoi occhi sono colmi di speranza.

Perché al mondo non esistiamo soltanto io e lui? Come Adamo ed Eva. Per ricominciare da zero.

«Davvero pensi che potremmo?»

«Che potremmo cosa?»

«Scappare insieme.»

L'idea sembra divertirlo.

«Dove andremmo?»

«A Parigi o a New York. In Svizzera. Non sarebbe poi così importante, basterebbe essere insieme. Insieme sul serio.»

«Potremmo stare in qualche albergo elegante.»

«O in una pensione accogliente.»

«O affittare un appartamento chic sugli Champs-Élysées.»

«Ti porterei la colazione a letto e farei fortuna scrivendo poesie d'amore.» Ridiamo al pensiero.

«Dovremmo portare anche Kuschi» dico dopo un attimo. «Non me ne andrei mai senza di lui.»

«Certo, perché no? Secondo te parla francese?»

Gli punzecchio il fianco per fargli il solletico e lui mi avvolge nel suo abbraccio.

«Se scappassimo insieme, Hetty Heinrich, non ti lascerei mai più andare via. Neanche per un minuto.»

Al ponte ci salutiamo e lancio un'occhiata all'orologio. Sono già quasi le dieci, accidenti! Corro per tutta la strada fino a casa, e svoltato l'angolo all'altezza del vecchio appartamento di Walter rallento per riprendere fiato. Soltanto allora noto la figura tutta braccia e gambe appoggiata all'inferriata sotto i rami del ciliegio: Tomas. Che cosa ci fa qui?

Nel vedermi si illumina. «Ah, eccoti! Speravo di beccarti prima che uscissi. Mi piacerebbe fare un giro con te, oggi... se ti va, eh.» Il pomo d'Adamo gli sale e scende mentre deglutisce emozionato.

«Dovremo rimandare... ho già fatto una lunga camminata stamattina.»

«Ehi, hai le guance tutte rosse.» Si avvicina per guardarmi meglio.

«Ho corso» gli rispondo di getto. «È tardi, se non mi spiccio finisco nei guai.»

«Possiamo anche starcene a chiacchierare un po'. Non è necessario andare in giro... Potremmo sederci in un caffè o...»

«Un'altra volta, Tomas. Oggi non ce la faccio proprio. Che ne dici della settimana prossima?»

Senza lasciargli neanche il tempo di rispondere, tiro Kuschi oltre il cancello e salgo i gradini di casa. Tomas resta imbambolato sul marciapiede a guardarmi mentre chiudo la porta.

Come ogni azione, ogni pensiero ha sempre almeno due facce, solo che vogliamo vederne soltanto una. Tu però sei l'unico a mostrarmi che ne esiste un'altra. E magari un'altra ancora. E ancora una. Mi fai vedere un mondo diverso da quello che ho sempre immaginato e da quello che mi hanno sempre descritto. Lo so che scherzavi quando parlavi di scappare insieme, ma continuo a ripensarci. Una volta mi hai chiesto di immaginare la vita in un paese libero, dove potrei essere tutto quello che voglio. Mi viene facilissimo. Immagino le vie di una città straniera, le case, la gente e il modo in cui si comporta. Ma, soprattutto, mi vedo a vivere con te, mio adorato Walter. In un posto dove nessuno sa che sei ebreo e, soprattutto, dove a nessuno interessa. Non importa se ce ne andiamo in giro mano nella mano, se sediamo allo stesso tavolo, guardiamo gli stessi film o balliamo insieme, liberi e disinvolti. Davvero sarebbe così sbagliato? E non riesco a trattenermi dall'immaginare di vivere con te nel peccato, facendo tutto quello che fanno le persone che si amano. Un'idea meravigliosa e spaventosa allo stesso tempo. Ma so che non succederà mai, perciò mi limito a scriverlo qui, nel mio diario che soltanto io posso leggere.

19 dicembre 1937

Affondo le mani nelle tasche del cappotto foderate di pelliccia e allungo il passo verso il luogo del nostro appuntamento. Manca poco al giorno più breve dell'anno ed è ancora praticamente buio. Un vento pungente mi scompiglia i capelli e mi morde la faccia.

Lui è lì che aspetta, ingobbito nel giaccone davanti al basso muretto del ponte. Non appena lo raggiungo, mi abbraccia.

Poi mi fa posto sotto la giacca: così stretta a lui mi sento al caldo e al sicuro. Mi bacia delicatamente sulle labbra.

«Ho visto sorgere il sole» mi fa, indicando con la mano il leggerissimo bagliore nel cielo alle sue spalle. Le nostre facce sono così vicine che sento il suo alito dal vago aroma mentolato. «Quanto sei bella» sussurra, guardandomi negli occhi.

Al mio fianco, Kuschi comincia a uggiolare. Smette e dopo un attimo riprende, più forte. Mi stacco da Walter e mi chino ad accarezzargli la testa.

«Andiamo» mi fa lui, tenendo aperta la giacca. «Così si sfoga correndo in libertà. Tu, invece, torna qui dentro con me.»

Slego il guinzaglio e Kuschi parte di gran carriera alla volta del fiume, scodinzolando felice. Ai cani basta poco per sentirsi bene.

Se solo valesse anche per noi umani.

Camminiamo fianco a fianco, abbracciati. Il campo di frumento di fronte a noi è spoglio, scura terra invernale che giace inerte in increspature ghiacciate, aspettando che la primavera arrivi a scaldarla e a risvegliare la vita addormentata nelle sue profondità. Oltre il campo, esili scheletri di betulle formano un bosco apparentemente infinito e il profilo di Kuschi si muove fondendosi e scomparendo sullo sfondo di solchi neri.

Poi Walter mi bacia e il mondo non esiste più.

Resta soltanto il suo corpo contro il mio. La terra gelata sotto i miei piedi. La fodera liscia del suo giaccone sul dorso delle mie mani.

A trarmi dall'incanto del suo abbraccio è qualcosa di simile a un colpo di tosse.

«Cos'è stato?» sussurro.

«Eh?»

«Ho sentito un rumore.» Sono pietrificata dalla paura.

Walter si lancia un'occhiata alle spalle. Intorno a noi tutto è immobile.

«Io non ho sentito niente.» Torna a girarsi.

Scruto il paesaggio. La riva erbosa. Il sentiero vuoto. Il filare di alberi. Tratteniamo il respiro.

Crac. Lo schiocco inconfondibile di un ramo spezzato. Poi un movimento dalla parte dell'acqua.

Di colpo Kuschi arriva di corsa dal campo. Abbaia furiosamente e scompare oltre l'argine.

Walter ha gli occhi sgranati.

«Chi c'è?» grida.

Nessuna risposta. Non sento neanche più abbaiare, soltanto il vento che agita le foglie morenti sulla cima degli alberi e il fiume che scorre dietro di noi.

«Resta qui» gli bisbiglio e con la gola serrata risalgo l'argine. Di là corre la stradina. Alla vista di una figura alta e dinoccolata che si allontana svelta nella giacca scura col bavero alzato, mi sento cedere le ginocchia. Kuschi le salta intorno giocosamente. Non è uno sconosciuto.

Un fiotto di bile mi risale l'esofago.

«E levati, stupido cane bastardo!» La figura si piega per allontanarlo di malo modo. Kuschi fa un mezzo ruzzolone, ma poi si rialza e ci riprova, credendolo forse un gioco. Il ragazzo si raddrizza e si guarda alle spalle. E i nostri occhi si incontrano.

«Tomas» mormoro con voce roca, ma ovviamente lui non mi sente.

Grida ancora qualcosa contro Kuschi e prova ad allungargli un calcio, poi si gira e si mette a correre, la giacca che gli svolazza ai fianchi.

Torno incespicando verso il punto in cui Walter fa nervosamente avanti e indietro.

«Era Tomas. Ci ha visti!»

Lui ha la faccia pallida e tirata. «Siamo finiti. Tutti e due.»

«No, no. Tomas non oserebbe mai...» Cerco di convincere me stessa e anche Walter.

«Non so cosa succederà a te, Hetty, ma di sicuro io finirò in prigione.»

«Adesso non esagerare» gli dico, ma la verità è che mi manca il respiro.

«Secondo te esagero? Non credo proprio.» Si avvia verso il ponte con la mascella contratta. Poi si gira con aria rabbiosa. «Se c'è una persona che dovrebbe sapere cosa succede agli ebrei colpevoli di aver sedotto una tedesca, quella sei tu. E non far finta di niente!»

«Ehi, aspetta!» Non riesco quasi a stargli dietro.

Al ponte è più agitato che mai. «Mi dispiace, Hetty, sono stato imperdonabile. Avrei dovuto fare molta più attenzione. Ora devo andare a casa. Ho bisogno di riflettere.»

«Ti prego, cerca di non preoccuparti troppo. Sistemerò io le cose. Tomas è un amico. Vedrai.»

Voglio richiamare Kuschi, che se ne sta impalato sull'argine con la coda tra le gambe, ma ho perso la voce.

Con tutte le persone che esistono al mondo, perché proprio Tomas?

Porto a casa Kuschi ed esco di nuovo, diretta a un tram rosso e giallo che lambisce cigolando il centro di Lipsia per poi superare gli imponenti edifici del governo. Nella zona dei tribunali scendo e proseguo su un altro diretto a est, nel sudiciume della zona industriale di Plagwitz. Il panorama è costellato da interminabili file di cupi palazzi e da qualche albero sparso tra incolti spiazzi erbosi, e al di sopra dei caseggiati torreggiano le ciminiere di mattoni rossi e gli alti tetti delle fabbriche.

Alla fermata tiro fuori dalla tasca la cartina con l'indirizzo scarabocchiato in un angolo: controllo la strada. Tomas non abita lontano e presto individuo l'isolato dalle parti di Karl-Heine-Strasse, identico ad altri che lo circondano, all'altezza di una fabbrica a due piani. Dai cancelli di ferro presidiati da guardie delle SA esce un camion, poi la sbarra torna ad abbassarsi.

Mi volto a guardare le case. Da ciascun piccolo riquadro di finestra pende una bandiera con la svastica e, per la prima volta, in quelle svolazzanti strisce bianche, rosse e nere leggo una minaccia anziché una promessa. Rabbrividendo, spingo il portone ed entro nell'atrio tenebroso.

Il custode, un vecchio raggrinzito dallo sguardo opaco, mi indirizza al terzo piano del palazzo, appartamento undici. Salgo lentamente le scale, dove aleggia un fetore di urina e fumo di sigaretta.

Davanti alla porta numero undici esito. Dal legno scuro si staccano scaglie di sbiadita vernice rossa. Dopo aver stretto la mano in un pugno, finalmente mi decido a bussare.

Nell'attesa il silenzio si fa più pesante.

Poi la porta si schiude appena. Un ragazzino mi spia dall'interno.

«C'è Tomas?»

La testa scompare e l'uscio si spalanca. Sulla soglia di una stanza in penombra si staglia la figura di Tomas. I fratelli mi osservano con occhi grandi e curiosi.

Tomas sembra irradiare rabbia.

«Posso spiegarti» gli dico. «Perché non parliamo?»

Lui si scrolla nelle spalle fissandomi con odio.

«Ti prego.»

«Non c'è niente da spiegare. Ho visto coi miei occhi quel che c'era da vedere.» Incrocia le braccia sul petto. «Sono rimasto a guardarvi a lungo.»

Dal corridoio arriva un odore nauseante.

«Davvero, andiamo da qualche parte a parlare» lo supplico. «Qui non posso.» Immagino le orecchie incollate ai muri sottili degli appartamenti confinanti.

Tomas si gira e, senza aggiungere una parola, mi precede giù per le scale. I miei pensieri si accavallano: la mano di Tomas sulla mia al cinema; i suoi occhi nocciola che, come quelli di un gufo, mi scrutano senza tregua attraverso le lenti sporche; le sporadiche visite a casa mia; l'amicizia tenera e incrollabile. Conosce tutti i miei movimenti. Le mie passeggiate domenicali con Kuschi di primo mattino. Che stupidi siamo stati a non cambiare mai la nostra routine.

Giunti in strada, Tomas si avvia in direzione della fermata del tram. Un camion passa rombando e un gruppetto di donne emerge chiacchierando dai cancelli della fabbrica, disperdendosi nella via al termine del turno di lavoro.

Di' qualcosa. Qualunque cosa.

Di colpo Tomas si gira a guardarmi. Le lenti ingrandiscono la collera che alberga nei suoi occhi. «Che accidenti combini, eh, Hetty? Credevo che... Merda, non importa quello che pensavo.» Riparte a passo spedito.

Superiamo un altro fatiscente isolato di case. A pianterreno c'è una finestra rotta e una tendina lurida e stracciata freme tristemente al vento. Accelero il passo per raggiungerlo.

«Invece importa, Tomas» dico, cercando di restargli affiancata. «Vedi, Walter è un vecchio amico di mio fratello, tra noi non c'è niente. Non è successo niente, non succederà...»

«So *esattamente* chi è. E so che deve averti dato di volta il cervello.»

«Non volevo, io...»

«Però ti è piaciuto, non è così, Hetty? Ti è piaciuto quel bacio. E io ho visto la splendida Hetty baciare uno sporco ebreo. Mi fai *schifo*» mi sibila. «Ma quanto sei sprofondata in basso?»

Per un attimo temo che stia per picchiarmi e arretro. Poi lascia ricadere i pugni lungo i fianchi e mi allontano di un altro passo. Ho la fronte sudata.

Sii coraggiosa.

«L'hai... detto a qualcuno?»

Ma lui si limita a fissarmi con aria ostile, le guance imporporate.

«Che cosa hai intenzione di fare?» lo incalzo.

«È solo questo che t'importa, vero?» insinua lui. «Proprio non capisci?»

Sferra un calcio a un cestino dei rifiuti con forza tale da farlo atterrare rumorosamente in mezzo alla strada, dove le cartacce proseguono rotolando la loro corsa sull'asfalto.

«Stammi lontana, Hetty Heinrich. Vattene, e prega perché non riveda mai più la tua faccia. Non hai idea di quello che hai fatto. Non te lo immagini neanche!»

Parte di corsa, sfrecciando per la via ed evitando una macchina e una bicicletta prima di sparire dietro l'angolo.

Io mi accascio sul marciapiede, la schiena incollata al sudicio muro di mattoni. Come mi sono ridotta? Tomas ha ragione. Ho abbandonato la retta via ed ecco in che stato mi ritrovo ora. Ma è troppo tardi. Non posso tornare indietro. Ormai siamo condannati. Finalmente lascio spazio alle lacrime, e nell'autocommiserazione trovo un po' di sollievo. Forse, dopotutto, scappare non è un'idea poi così cattiva.

20 dicembre 1937

Intontita dalla mancanza di sonno, frugo nel cassetto in cerca di un paio di calze pesanti. Devo trovare il modo per far sapere a Walter del mio disastroso incontro con Tomas. Forse è il caso di andare al caffè e chiedere a Lena dove abita.

Qualcuno bussa alla porta.

«Sì? Sei tu, mamma?»

Ingrid infila dentro la testa.

«Ho un messaggio per lei.» Mi porge una piccola busta sigillata.

«Grazie, Ingrid.» La prendo come se fosse del tutto normale per me ricevere messaggi in questo modo alle sette del mattino e la appoggio con indifferenza sul comodino.

La domestica si attarda sulla porta, spiando la busta. «Il ragazzo che l'ha portata sta aspettando. Ha detto che forse voleva rispondergli subito.» Inclina la testa e mi fissa con malcelata curiosità.

Sentendomi arrossire, mi giro dall'altra parte.

«D'accordo. Allora la leggo» dico con noncuranza, strappando la busta con le dita che mi tremano. Continuo a dare la schiena a Ingrid, impedendole di sbirciare.

> Mia adorata,
> sono così disperato che non potevo attendere oltre. Spero che questo non ti renda tutto ancora più difficile. Mi dispiace di es-

sermi arrabbiato con te ieri. Ero talmente spaventato che ho reagito d'impulso. Spero tu possa perdonarmi. Sono molto in pensiero per entrambi. Com'è andata con il nostro amico? Possiamo vederci domattina in qualche posto sicuro, per decidere il da farsi? Alla stazione, magari? Ce la faresti a raggiungermi lì alle sei? Avremmo un po' di tempo per noi. Potremmo persino saltare su un treno per allontanarci dagli sguardi indiscreti. Fammi sapere cosa ne pensi.
Con tutto il mio amore,

W

P.S. Il messaggero è un ragazzino fidato: è il figlio di Lena.

Appallottolo il biglietto e me lo infilo nella tasca della vestaglia.

«Sì, in effetti preferisco rispondere, Ingrid. Solo un attimo.»

Butto giù due righe frettolose.

Mio carissimo,
ho provato a far ragionare il nostro amico, ma vuole metterci nei guai. Temo sia per me sia per te. Naturalmente ti perdono. Avevi ragione a essere agitato e arrabbiato. Sì, incontriamoci domani mattina alle sei alla stazione. Verrò con denaro e provviste.
A domani, baci

Chiudo la busta e, dopo averci pensato un istante, sul davanti scrivo "Lena".

Quando gliela consegno, Ingrid non sta nella pelle dalla curiosità. La palpa come se potesse indovinarne il contenuto con i polpastrelli.

«È soltanto un messaggio per una compagna di scuola» le dico. Non mi piace il luccichio che ha negli occhi.

«Ma certo, signorina Herta» fa lei, compita. «Lo do subito al ragazzo.» E se ne va senza nemmeno nascondere un sorrisetto.

Dopo che è uscita resto un attimo imbambolata a guardare la porta, poi corro alla finestra in preda alla paranoia: sul serio il messaggero sta ancora aspettando? Sì. Tempo qualche secondo, e la figuretta di un ragazzino sugli undici o dodici anni passa sotto il ciliegio ed esce dal cancello. In mano stringe qualcosa di bianco, ma il nodo di paura che mi attanaglia lo stomaco resta.

«Ehilà, ciao! C'è nessuno? Sono tornato.» La voce di Karl riecheggia nell'ingresso. Per terra, il mio diario aperto, la penna e uno sbaffo d'inchiostro sul tappeto: devo essermi addormentata senza accorgermene.

Scendo a precipizio dal divanetto, infilo il diario sotto il materasso e corro giù. Mia madre mi ha preceduta.

«Stavo facendo il mio riposino pomeridiano» dice, lisciandosi il vestito. «Che gioia rivederti, finalmente! Adesso sì che possiamo festeggiare il Natale... Tuo padre non ho idea di dove sia... una commissione misteriosa. Ma che importa? Conta solo che tu sia arrivato!» Lo guarda raggiante e lui la bacia, poi si gira verso di me.

«Ah, la mia Topolina! Mi sei mancata. Ti trovo un po' arruffata, eh, cosa hai fatto ai capelli?» Mi spettina affettuosamente e ride.

«Taci! Anch'io mi ero addormentata, e adesso guarda...»

«Be', la mamma però non è così in disordine.»

«Karl...»

«Massì, massì, *Schatz,* ti sto solo prendendo un po' in giro. Sei bella come sempre. Ehi, ho una gran sete.» Si toglie il cappotto e lo butta sull'attaccapanni. «Ingrid, mi porti una birra?»

Lo seguiamo in salotto, dove il fuoco scoppietta nel camino. Io mi rannicchio sul divano accanto a lui mentre beve.

«L'*Hauptmann* Winkler è terrificante» racconta. «Certe volte alle cinque del mattino irrompe nelle camerate e vuole trovare i letti già perfettamente rifatti, gli stivali tirati a lucido e le uniformi immacolate. Ci dà pochi secondi per vestirci e prepararci, dopodiché si mette ad abbaiare ordini e domande tecniche sugli *Junker* e i *Messerschnitt,* oppure sulle tempistiche e gli aspetti più oscuri del volo o del combattimento mentre sei lì ancora rimbambito di sonno.»

«Sembra proprio un tipo simpatico!»

«Ma con Kunz, Wolfy e Greg, i miei camerati più stretti, ci copriamo le spalle. È indispensabile, con l'*Hauptmann* Winkler.» Finisce la sua birra. «È bello essere di nuovo a casa.» Sorride alla mamma e tende il bicchiere a Ingrid perché glielo riempia ancora.

Insonnolita e al calduccio accanto al caminetto, sento la sua voce lambirmi come l'acqua in una vasca, ma mi basta ripensare un attimo a Tomas ed ecco che mi si torce lo stomaco. Lo immagino mentre dice a mio padre, magari proprio in questo momento: «Herr Heinrich, ho motivo di ritenere che sua figlia abbia una relazione illegittima con un ebreo...»

«Hetty?»

«Eh?»

Karl mi sta osservando. «Ho detto: vuoi venire con me a bere qualcosa stasera insieme a Stefan, Frank, Claus e gli altri? Ci sarà anche Erna. Potremmo passare dal mercatino di Natale. Che ne dici?»

«Scusami, ero... sarebbe magnifico. Sì, certo, Karl.»

«Bene.» Si stiracchia e si alza. «Allora vado a disfare la valigia e a lavarmi.»

Dopo che è uscito, io e mamma restiamo a guardarci sorridendo. È davvero bello riaverlo con noi, ma nemmeno la sua presenza riesce ad allentare del tutto la presa della paura che minaccia di strangolarmi.

Più tardi vado in camera sua. Mio fratello se ne sta sdraiato sul letto con in mano una bottiglia di birra mezzo vuota.

Mi siedo ai suoi piedi e lui si sposta per farmi spazio.

«Allora, com'è *davvero* nella Luftwaffe? Voglio solo la verità, non la versione edulcorata per la mamma. È come te la sognavi prima di partire?»

«Oh, Hetty... sì e no, ecco. Volare è un'esperienza indescrivibile: soltanto io e il mio apparecchio, lassù.» Indica il cielo buio fuori dalla finestra. «La sensazione di potere che ti dà governarlo e sentirlo rispondere... E risponde eccome! La velocità, le manovre... In confronto l'aliante sembra un gioco per bambini, anche se soltanto adesso capisco quanto mi sia servito. Ho imparato tantissimo sul vento, le correnti, il meteo, la fisica. Tutta roba preziosissima.»

«Ma...?»

Lo vedo deglutire, a disagio. «Il fatto è che è molto dura. E siccome vengo da un Gymnasium, i miei superiori sono convinti che sia soltanto un *Arschloch* saccentello e mi puniscono continuamente. Per...» Si blocca, le labbra hanno un tremito ma lui richiude la bocca e non aggiunge altro.

«Karl?»

«Sto bene, tranquilla. Passerà. Adesso ho anche due amici decenti che mi coprono le spalle, come ti dicevo. E la settimana scorsa Winkler mi ha preso in disparte per farfugliarmi suo malgrado che sono un pilota nato. Devo solo... devo solo entrare nelle sue grazie, tutto qui. Ma ci sto lavorando, ce la farò.»

Sembra che qualche ricordo doloroso gli stia attraversando la mente.

«Sicuro di stare bene?» gli chiedo, sfiorandogli un ginocchio.

«Sì, sì. Certo. E qui, invece? Come sono andate le cose a casa? Voglio sapere tutto» mi dice sorridendo.

Quanto vorrei potergli raccontare di Walter e Tomas e chiedergli un consiglio. Una volta forse l'avrei fatto, ma adesso non oso. Senza contare che mi sembra avere già abbastanza problemi per conto suo.

«Allora?» mi sprona lui. «È ancora quella faccenda con Erna, eh? Quella di cui mi scrivevi... Eri parecchio turbata.»

«Scusa, sono stata sciocca» gli rispondo, abbracciandomi le ginocchia. Lo osservo con attenzione per capire se è arrabbiato con me, ma lui sorride e mi dà una pacca affettuosa sulle gambe.

«Erna era inconsolabile. Pensava di averti perso per sempre come amica.»

«Che stupida sono stata.»

«Tipico di te, *Schatz*, parli senza riflettere. Ti garantisco che non volevamo affatto ferirti. Semplicemente era... complicato. Non volevamo farla più grande di quello che era, soprattutto perché poteva anche non continuare, con me in partenza per la Luftwaffe e tutte le difficoltà del caso. Ma poi è diventata una storia seria e io non potevo rischiare che mamma e papà venissero a saperlo e lo dicessero ai genitori di Erna. Loro non le avrebbero mai permesso di avere un ragazzo. Capisci? Non ce l'avevamo con te.»

«Adesso lo so.»

«Quindi avete fatto pace?»

«Sì.»

«Fantastico. Ne sono felice. Sono davvero innamorato cotto, sai?»

«Bene.» In realtà non riesco a guardarlo negli occhi. Vorrei tanto potergli parlare anch'io così di Walter.

«Hetty?»

«Sì.»

«C'è qualcos'altro, vero? Ti conosco troppo bene. Non puoi nascondermi niente, Topolina.»

Be', invece qualcosa gli ho nascosto. Qualcosa di enorme.

Sospiro e gli parlo dell'altro pensiero che mi avvelena la mente: papà, Fräulein Müller e la bambina. Lui mi ascolta in silenzio, serissimo.

Poi fissa con aria assente il cielo scuro oltre la finestra e, scuotendo lentamente la testa, dice: «Hai visto soltanto papà che la salutava e che abbracciava una bimba. Magari erano anni che non si incontravano. Magari si sono incrociati per caso e lei gli stava mostrando la figlia.»

«So bene cosa ho visto, Karl, e non era questo.»

«Tu sai quello che hai *creduto* di vedere. Ma probabilmente gli hai dato un significato che non c'era nel modo più assoluto.»

«Si può sapere perché non ti fidi mai? Oltretutto questo dimostra che quello che avevo visto tanti anni fa dalla finestra era vero...»

«Non dimostra niente, se non che hai un'immaginazione particolarmente fervida che continua a tenerti in scacco. Tutto qui.»

«Karl...» Mi sento montare dentro un'ondata di calore e ho una gran voglia di dargli uno schiaffo per costringerlo ad ascoltarmi.

«E va bene. Fingiamo per un attimo che tu abbia ragione. Che tu abbia visto davvero quello che credi. E allora? Papà ha un'amante. Sai che roba! Quanti uomini hanno delle amanti, soprattutto se occupano una certa posizione? Prendi Himmler: è la vita. Anzi, dagli uomini di successo ce lo si aspetta. Papà non lascerebbe mai la mamma, di questo sono sicuro. E se si comporta in modo discreto, che problema c'è?»

Le sue parole mi lasciano di stucco. Lo guardo a bocca aperta. Il fatto che papà abbia un'amante e una figlia illegittima non è un problema? Lo pensa davvero?

«Ma cosa dici?» Mi va di traverso la saliva. Gli mollo un calcio col piede nudo. «E se al posto di una bambina fosse stato un bambino? Un maschio? Ti avrebbe dato più fastidio pensare che forse ha un altro figlio?» Inspiro a fondo. «Magari è anche così e ne ha già uno. Allora? Come la prenderesti?»

«Sei ridicola, Hetty. E non è vero.»

«Come fai a saperlo?»

«Santo cielo, ma che ti prende?» Trangugia una sorsata di birra.

«Che *mi* prende, Karl? E a te? Cosa ti è successo?»

«Senti, non mi va di stare ad ascoltare altre scemenze del genere» taglia corto, alzandosi.

«Ah, quindi ti basta negare, giusto?»

«È ora di prepararsi per andare in città» dice, ignorando la mia domanda. «Se ti va ancora, puoi sempre venire.» Detto ciò, esce dalla stanza.

Resto a fissare la porta per un bel po', mentre mi salgono le lacrime. Perché è tanto duro? Non è questo il Karl che conosco. Prima della sua partenza ero così preoccupata che potesse cambiare, e infatti è proprio quel che è successo. Mi sento come lacerata dentro. Papà ha la sua amante e una bambina. Karl ha Erna. Io non posso frequentare Walter alla luce del sole e la mamma è così assorbita dal progetto della nuova scuola che non sta quasi mai a casa, e quando c'è ha la testa sempre sprofondata in qualche scartoffia. Senza contare che è l'ultima persona con cui potrei affrontare la questione.

In vita mia non mi sono mai sentita così sola.

21 dicembre 1937

Mi alzo molto prima dell'alba. Infilo nello zaino due cambi di vestiti e l'impermeabile, poi scendo in punta di piedi tenendo le scarpe in mano.

In cucina accendo la luce. Kuschi dorme raggomitolato nella sua cesta. Apre un occhio e dimena la coda.

«Rimettiti a dormire, mio piccolo Kuschi» gli dico, facendogli i grattini sul collo.

Prelevo un po' di soldi dal vaso delle spese domestiche a uso esclusivo di Bertha e infilo anche quelli nello zaino, sperando non sia troppo scrupolosa nel tener traccia delle uscite. Poi prendo il pane dal cestino e comincio ad affettarlo.

La porta cigola. Figurarsi se proprio stamattina Ingrid non si alzava prima del solito! Mi giro per salutarla, preparandomi a dare una spiegazione, ma non è lei: è Karl, fermo sulla porta, spettinato, negli stessi vestiti di ieri. Persino da dove sono gli sento addosso puzza di fumo e liquore.

Si appoggia allo stipite e mi guarda con aria beffarda.

«Dove pensavi di andartene a quest'ora?» Parole farfugliate in tono accusatorio.

Mi giro di nuovo, la mente in affanno. Mi metto a spalmare il burro sulle fette.

«Sto facendo i panini per la Lega. E *tu* dove sei stato?»

«Non sono affari tuoi.»

«Non eri con Erna, ieri sera?»

«L'ho riportata a casa presto, per non far preoccupare i suoi. Poi sono andato con degli amici a farmi un altro paio di bicchieri.»

«Un paio? Una decina almeno» ribatto, caustica. «Chissà come reagirebbe Erna nel vederti conciato così.» Affetto il formaggio e lo metto sul pane.

Lui mi raggiunge sbandando e si appoggia al banco. «Lei mi ama, che ti piaccia o no.» Da vicino gli vedo anche gli occhi, offuscati e iniettati di sangue.

«Faresti meglio ad andare a letto» gli dico. «Due o tre ore di sonno, prima che la mamma ti veda. Sai come sarebbe contento il tuo *Hauptmann* Winkler? Non durerai molto nella Luftwaffe se vai avanti così.»

«Non sai neanche di che cosa parli» mi fa lui. «Vivi come una principessina viziata. Io ho sempre cercato di proteggerti, di vegliare sulla mia sorellina... e tu che fai? Critichi a destra e a sinistra seminando disprezzo...»

«Ma cosa dici? Va' a letto, Karl, sei ubriaco.»

«Oh, no, non me ne vado proprio da nessuna parte se non mi dici che cosa trami.»

«Non tramo proprio niente, guarda.»

«Gira voce che tu abbia un fidanzato segreto.»

Il coltello mi sfugge di mano, sbattendo rumorosamente sull'asse. Lo raccolgo.

Taglio altro burro e, ordinando alle dita di continuare a muoversi, cerco di spalmarlo, ma è troppo duro e il pane si sbriciola. «Chi te l'ha detto?»

«Non importa chi, non è questo il punto. Il punto è...» Mi sventola un indice sotto il naso. «Il punto è il motivo per cui è segreto. Eh? Dopo tutti i guai da cui ti ho tirato fuori, un po' di sincerità me la devi.»

«Ma non c'è nessunissimo segreto. Nessun fidanzato.»

Karl prende un bicchiere e lo riempie d'acqua, beve d'un fiato e torna a riempirlo.

«Risposta sbagliata, Topolina» dice poi. «No, bisogna proprio che mi dici come stanno le cose.» Tira fuori una sedia dal tavolo e ci si accomoda con aria gongolante. «Abbiamo tutta la mattina a disposizione, no? Io non devo andare da nessuna parte.»

Forse non è ubriaco come mi era sembrato. Ma fino a che punto sa? Avvolgo i panini in un foglio di carta di giornale. In ogni caso, è evidente che tra noi si è insinuata una diffidenza che prima non c'era.

«Qualsiasi cosa tu abbia sentito dire, Karl, non è vera e basta. Non ho fidanzati. Chiedi pure a Erna, a mamma o a papà. Lo sai che non me lo permetterebbero neanche.»

Sistemo i panini in cima a tutto nello zaino.

«Non crederai davvero che ti lasci andare?» risponde. «Ancora non mi hai spiegato perché stai preparando quei panini alle cinque di mattina.»

«Te l'ho detto, sono per la Lega. Una... un'iniziativa natalizia, per i bisognosi. Visto che ero sveglia e non riuscivo a riprendere sonno, mi sono detta che tanto valeva scendere a farli adesso.»

«E brava la mia sorellina Hetty. Solo che... due panini avvolti in carta di giornale? Niente di così festoso, mi pare. Su, non sono mica scemo.» Distende le braccia e intreccia le mani dietro la testa. «Guarda, con papà non farò parola dei tuoi incontri segreti della domenica mattina, ma in cambio tu devi promettermi una cosa.»

È come se qualcosa mi esplodesse nel petto. Allora sa! Accidenti a Tomas!

Mi chino per tirare i lacci dello zaino, che mi sfuggono tra le dita, e cerco di nascondere le lacrime. «Sarebbe?»

«Molla il colpo e non rivederlo mai più. Oppure sarò costretto a fare quel che devo. E di sicuro smetterò di proteggerti.» Il tono si è indurito. In assenza di risposta, riprende: «Se infrangerai la promessa, verrò a saperlo. Ho i miei informatori.» Mi sfrego gli occhi, inspiro a fondo e mi raddrizzo.

«Non vado da nessuna parte stamattina, Karl, e non ho idea di cosa tu stia parlando. Non ho fidanzati e non intendo averne *mai*. Non ho nessuna voglia di sposarmi. Un giorno diventerò una dottoressa e me ne andrò lontano, molto lontano da qui. Adesso me ne torno nella mia stanza e ti consiglio di fare lo stesso. Datti una rassettata e levati quell'odore di dosso.»

Mentre gli passo di fianco, mi afferra per un braccio e mi costringe a girarmi.

«Perché correre un rischio simile?» mi dice. Sembra di nuovo lucido e il suo tono si è fatto implorante. «Non scherzare col fuoco, Topolina. Certe cose possono solo finire... in un disastro.»

Mi libero dalla sua stretta ed esco dalla cucina.

Una volta in camera mi butto sul letto e comincio a prendere a pugni il cuscino, mentre le lacrime scorrono copiose bagnando le coperte. Immagino Walter che mi aspetta invano alla stazione, i nostri piani in fumo. Ma per lui la situazione è troppo pericolosa e qualunque cosa gli accadesse sarebbe colpa mia. All'improvviso mi viene un'idea e rovisto nel cassetto in cerca di carta e penna. Quando Bertha e Ingrid si alzeranno, troverò un modo per far recapitare una lettera.

Lena,
lo so che non ci conosciamo quasi, ma spero tu voglia ugualmente considerarmi tua amica. Ho bisogno del tuo aiuto e non so a chi altri rivolgermi. Il nostro comune amico è in grave pericolo. Non posso andare a trovarlo di persona per paura di peggiorare le cose, tuttavia ti sarei estremamente grata se potessi avvisarlo tu. È per questo che stamattina non ho potuto presentarmi all'appuntamento. Ti prego, digli che non posso esporlo al rischio di vederci ancora, sicuramente non adesso. Digli che è per il suo bene e che tengo tantissimo a lui.
Con gratitudine,

Herta

29 gennaio 1938

Ingobbito nel cappotto liso, Tomas si alita sulle mani per evitare che diventino cianotiche. La terra è coperta di neve. L'inverno non finisce mai, o così sembra.

«Non ce li hai dei guanti?» Ormai ha le dita violacee.

Evita di guardarmi negli occhi. «Me li sono scordati sul tram. Ero agitato. Sai com'è, all'idea di vederti...»

«Tomas... Va bene, intanto andiamo a procurarti dei guanti» sospiro io. «Te ne comprerò un paio, in fondo te li devo. Non eri obbligato a venire, ma sono contenta che tu l'abbia fatto.» Lo precedo in direzione dei grandi magazzini Breuninger. Devo assolutamente trovare il modo di farmi largo nella sua testa. Tomas è un figlio di Hitler: non può fingere di non avere visto quello che ha visto.

Da quando Lena mi ha riscritto dicendo che il messaggio era stato consegnato, non ho più avuto contatti con Walter. Non oso. Mi ero anche preparata un discorso, nel caso papà avesse fatto domande, ma non ce n'è stato bisogno. A quanto pare Karl ha mantenuto la parola: io ho rinunciato ai miei incontri domenicali e lui ha tenuto la bocca chiusa. È tornato alla Luftwaffe e da allora mi ha scritto soltanto una volta. Una lettera amichevole, simpatica, ma tra le righe percepisco una nuova distanza tra noi.

ABBIGLIAMENTO MASCHILE, SECONDO PIANO leggo sul cartello all'ingresso.

Saliamo in ascensore, senza dire niente. Al banco dei guanti Tomas si prende tutto il tempo per decidere, provando i vari modelli che la commessa gli propone.

«Credo che sceglierò questi» dice infine, indicando un paio di muffole in pelle foderate di montone. Sono i più costosi, ma non batto ciglio e dico alla commessa di metterli sul conto di papà. A lui dirò che mi sono fatta un regalo di compleanno, scusa perfettamente credibile visto che ho compiuto sedici anni appena una settimana fa.

«E adesso» esclama Tomas, uscendo per strada e sventolando i guanti nuovi, «permettimi di offrirti un caffè.»

«Ma certo. Con piacere.»

In un angolo appartato di una sala da tè, dalle parti della Nikolaistrasse, prendiamo posto uno di fronte all'altra a un piccolo tavolo di legno. Alto com'è, Tomas se ne sta tutto chino e tamburella con le dita finché non arriva la cameriera.

Il caffè che ci viene servito è amaro e bollente. Aggiungo due zollette di zucchero e mescolo, sorridendo a Tomas e cercando un punto da cui partire. Le parole da usare.

«Ti perdono» esordisce lui d'un tratto, guardandomi finalmente negli occhi.

«In che senso?»

«Nel senso che, se quel che hai detto è vero e ci darai un taglio con quell'*Arschloch*, posso perdonarti.»

Si appoggia allo schienale come se si fosse tolto un gran peso dalle spalle, ma la mascella resta contratta e le sue dita nervose.

«Non l'ho più visto, no.» Mi sporgo verso di lui come per sottolineare la mia affermazione. «E non lo rivedrò più. Sul serio. Mi dispiace molto, non volevo ferirti. Proprio tu, Tomas.» Appoggio la mia mano sulla sua, per un attimo soltanto, e la sento fremere.

Aggrotta la fronte. «Il pensiero non ha smesso di tormentarmi, Hetty, mi sembrava di vivere un incubo. Credevo di impazzire. Ma adesso lo so. Mi sbagliavo, non è stata colpa tua:

ti ha raggirata, ora lo capisco.» Ha la faccia lucida. «Ti ha ingannata... ti ha costretta a innamorarti di lui, è così che fanno quei porci.»

«Tomas...» Lotto per trattenere la rabbia che le sue parole mi provocano. Tutto questo odio nei confronti di Walter. Vorrei dirgli che è stata una mia libera scelta, che Walter non mi ha affatto ingannata e che non lo farebbe mai, che tutta questa storia degli ebrei infidi e crudeli è un'assurdità inventata di sana pianta. Ma qualcosa me lo impedisce. Devo soppesare ogni possibile conseguenza di tutto ciò che dico e non posso rischiare di confessargli i miei veri sentimenti.

«No, aspetta.» Ora anche la punta della sua scarpa batte ritmicamente sul pavimento. «Devo essere sicuro che tu non sia più sotto il suo incantesimo... che ti sia liberata davvero della sua influenza. Solo così potrò dimenticare quel che ho visto. Ed evitare di metterti in difficoltà.»

«Più di quanto tu non abbia già fatto spifferando tutto a Karl?» mi trovo a ribattere. *Calma, Hetty. Respira.* «Voglio dire, ne avevi tutto il diritto, ma di certo mi hai complicato la vita. Con Karl.»

«In che senso, spifferando tutto a Karl?» La scarpa smette di battere. «Io mica gli ho detto niente.»

«No?»

«No, Hetty, non ne ho parlato con nessuno. Giuro.»

«Oh...» La mia mente galoppa impazzita. Cerco di ricordare i particolari di quell'orribile scambio in cucina. Karl non ha mai fatto il nome di Walter, io nemmeno. Forse allora *non* sa. Se Tomas non gli ha detto niente, forse sta solo tirando a indovinare e il mio "fidanzato segreto" potrebbe essere chiunque.

«Cioè, naturalmente dovrei riferirglielo e vorrei farlo. Mi piacerebbe proprio veder punito quel bastardo maledetto, ma questo significherebbe automaticamente mettere nei guai anche te» conclude con una smorfia.

«Senti, Tomas, perché non ci dimentichiamo tutta questa storia? In fondo è stato solo uno stupido bacio, un attimo di debolezza. Non so cosa mi abbia preso, ma prometto che non succederà più.»

«Proprio così, Hetty, proprio così.» Annuisce al ritmo della scarpa che ha ripreso a battere sotto il tavolo. «Questa cosa mi ha perseguitato, non sopportavo l'idea che... Avevo anche pensato di denunciarlo in maniera anonima, capisci? Di scrivere al giornale, di raccontare quel che avevo visto, ma ovviamente lui avrebbe negato.» Torna a sporgersi verso di me. «Avrebbe mentito e fatto di tutto per salvarsi, compreso tirare in ballo *te*. E non potevo correre un rischio simile.»

Ci fissiamo senza dire nulla. Le pupille dei suoi occhi nocciola sono tonde ed enormi, ingrandite, come sempre, dalle lenti degli occhiali. Sono atterrita: come rispondergli? «Grazie» riesco finalmente a farfugliare, poi bevo un sorso di caffè sperando che lui non noti il tremore delle mie mani. Una nuova paura ha preso ad agitarsi in me.

«Insomma, cambiamo argomento» dice a quel punto. Mi guarda con un'espressione diversa. «Volevo dirti, Hetty» attacca in tono animato, «che mi sono arruolato nella *Heer*. Una volta finito l'apprendistato, entrerò nell'esercito come meccanico. Ne hanno un gran bisogno e io avrò il lavoro assicurato per tutta la vita. Che ne pensi, eh?»

«Mi sembra fantastico. Fantastico, davvero.» Gli sorrido da sopra la tazza.

Ma se non sei stato tu a dire a Karl dei miei appuntamenti segreti, allora chi?

10 febbraio 1938

La neve se n'è andata, ma durante la notte una densa coltre di nebbia si è stesa su Lipsia. Alle prime luci dell'alba esco per andare a scuola, immergendomi nell'umidità buia. I rumori della vita quotidiana sono ovattati, i fari delle auto ridotti a luci fioche e lo scalpito degli zoccoli di un cavallo risuona stranamente staccato dalla sagoma scura e fantasmatica che lentamente sbuca dal chiarore della foschia.

Sarebbe facile lasciarmi sopraffare dall'immaginazione. A ogni rumore trasalisco e mi giro, ma gli spiriti maligni e gli assassini restano nascosti nell'atmosfera nebulosa. Mi stringo ancora di più nel cappotto e attraverso a passo svelto la Kirchplatz, imboccando Gohliser Strasse. Alle mie spalle un tram sferraglia sulla curva, sovrastando ogni altro suono, così quando una figura sbuca inaspettatamente dall'antro di un portone mi ritrovo a gridare per lo spavento.

«Zitta, accidenti!» sibila la figura avvolta in sciarpa e giaccone, un cappello calato sulla fronte. «Sono io.»

Walter mi afferra per un braccio e mi trascina veloce sul marciapiede. Il tram si allontana. Dei passanti ci superano a testa bassa, cercando di ripararsi dall'umidità; attraversiamo prima della Nordplatz e Walter mi guida in direzione di Prendelstrasse.

«Dove mi porti? Tra dieci minuti devo essere a scuola!»

Come non detto: stiamo andando dalla parte opposta.

«Niente scuola» mi fa lui in tono fermo. «Oggi passerai la giornata allo zoo con me.»

«Ma è assurdo! E se chiamano i miei? Perché sei venuto a cercarmi? Lo sai che non possiamo vederci! È successo qualcosa?»

Lo guardo, ma l'unica cosa che vedo è un pezzetto roseo e chiaro di guancia tra la sciarpa nera e il cappello di feltro grigio.

«Te lo dirò quando sarà il momento.» Finalmente è lui a girarsi verso di me, e finalmente scorgo il luccichio azzurro dei suoi occhi e mi sento mancare dall'emozione.

«Se non mi presento a scuola si insospettiranno. Non sono come le mie compagne che hanno smesso di andarci, non sarebbe da me. È *pericoloso*, Walter.»

Lui mi riagguanta per il braccio e di nuovo attraversiamo. Qualche metro più in là c'è una cabina del telefono.

«Entra. Chiama la scuola. Fa' finta di essere tua madre e di': "Oggi Herta non si sente bene, tornerà domani."»

«Ma non ci riesco!»

«Sì che ci riesci.»

Il suo sguardo è irremovibile e finisco per aprire la porta della cabina. Lui mi mette in mano qualche moneta.

Sollevo il ricevitore con la bocca asciutta, inserisco le monete e chiedo al centralinista di passarmi la segreteria del Gymnasium.

Di là dalla porta Walter annuisce e mi sorride incoraggiante, le mani in tasca.

Sento un trillo e un *clic*. «Buongiorno» dice una voce severa. Poi silenzio. All'altro capo del filo aspettano la mia risposta. Fisso il pavimento sudicio della cabina.

«Buongiorno» dico infine, con voce innaturalmente bassa. Mi sforzo di imitare la pronuncia dolce della mamma in certe parole, sperando in qualche provvidenziale disturbo di linea. «Volevo informarla che mia figlia Herta Heinrich oggi non si sente bene. Credo abbia un po' di febbre, quindi non verrà a scuola.»

«Grazie per averci informati, Frau Heinrich» mi risponde la segretaria. «Le auguro di rimettersi presto.»

«Grazie. Buona giornata.»

Un altro *clic* e riaggancio. Non posso credere di aver fatto una cosa tanto spudorata.

«Ha funzionato!»

Mi getto ridendo tra le braccia di Walter. Abbiamo davanti una mattinata intera tutta per noi e nessuno verrà a saperlo. Al riparo di alcuni cespugli disordinati davanti allo zoo, non riusciamo a smettere di baciarci.

«Mi rendi più coraggiosa di quel che sono» gli dico. «Quanto mi sei mancato!»

«Anche tu mi sei mancata, Hetty, e mi metti addosso una smania che non ho mai provato in vita mia. L'amore ci fa fare cose incredibili.»

Rido e il mio fiato resta sospeso nell'aria, congelato. *Amore.* Walter mi guarda ed è come se ci capissimo profondamente senza bisogno di parlare. Se me lo chiedesse lo seguirei ovunque, anche in capo al mondo.

Lo zoo sta aprendo. Walter paga l'ingresso ed entriamo nel giardino ancora deserto, stringendoci l'uno all'altra mentre percorriamo il vialetto centrale.

«Ero così preoccupata, senza tue notizie.» Lo sbircio di traverso.

«Ma se sei stata tu a dirmi di non farmi vivo. Ero sicuro che sarebbero venuti a cercarmi, non osavo mettere piede fuori. Mia madre si è infuriata quando le ho detto che mi vedevo con una ragazza tedesca. Ovviamente non potevo raccontarle che eri tu. Per un paio di giorni mi ha persino nascosto in soffitta, sono rimasto chiuso lì tormentandomi al pensiero di quello che poteva succedere a te. Ma alla fine non è arrivato nessuno e a poco a poco ho ripreso a scendere e a uscire. Per quanto incredibile, evidentemente Tomas non ci ha denunciati» dice, e ci stringiamo ancora di più in cerca di calore. «Dopo qualche settimana mi sono spinto in punta di piedi, come un criminale, fin dalle tue parti, sperando di vederti. Un paio di volte ti ho vista andare e venire da scuola. Era tremendo non poterti né parlare né toccare. Due mesi senza di te sono stati una vera tortura, e quando non ne ho potuto più ho deciso di correre il rischio.»

«Sono così felice che tu l'abbia fatto» gli sussurro. «Tomas non ha mai detto niente perché credo che abbia una cotta per me.»

«Sei perspicace, eh?» mi fa lui, strizzandomi l'occhio.

«Comunque dobbiamo stare lo stesso attentissimi.»

«Certo.» Walter torna serio. «Se in passato siamo stati avventati, adesso saremo più furbi e cambieremo posto e orario dei nostri appuntamenti. Possiamo usare Lena. Di lei ci si può fidare al cento per cento. Ha tenuto la bocca chiusa anche con mio padre e mia madre. Sa che i miei mi impedirebbero di vederti.»

«Ma non corre un bel rischio anche lei? Perché lo fa?»

«Non sei l'unica ad avere ammiratori, sai?» Altra strizzatina d'occhio.

Ma quando ripenso alle parole d'avvertimento di Karl mi coglie un brivido e mi volto a guardarmi alle spalle nella nebbia piena di ombre informi.

Ai due lati del vialetto ci sono delle voliere. In una sta appollaiato un gufo dall'aria spettinata, in un'altra ci sono dei piccoli uccelli; in quella più grande, invece, degli esemplari acquatici zampettano lungo il bordo di una pozza scavata nel cemento. Torno a lanciarmi un'occhiata alle spalle.

«Rilassati, Hetty. Non c'è nessuno. Tomas non ha preso iniziative e noi siamo al sicuro» mi dice Walter, passando un braccio sotto il mio. Annuisco, ma non riesco a scrollarmi di dosso la sensazione che qualcuno ci spii non visto nella nebbia.

Proseguiamo in silenzio addentrandoci nello zoo, oltre i recinti delle lontre e dei castori. Le uniche altre presenze sono quelle dei guardiani che distribuiscono la colazione agli ospiti affamati.

Osserviamo una coppia di enormi bisonti capelloni fermi nei pressi del recinto e intenti a mangiare fieno, poi continuiamo lungo il vialetto serpeggiante fino a dove due imponenti grizzly fanno avanti e indietro senza neanche scambiarsi un'occhiata: silenziosi sulle zampe grandi come vassoi, protendono il naso umido e appuntito fiutando l'aria. Sono davvero creature magnifiche e mi fa pena vederle qui, quando dovrebbero scorrazzare libere in una foresta.

La nebbia comincia a diradarsi e un raggio di sole penetra nella coltre donandole un riflesso ambrato. Forse Walter ha ragione. Qui siamo veramente soli e dovrei approfittare dell'occasione per godermi il più possibile la sua presenza.

Lo guardo negli occhi e gli sorrido, mentre tutta la tensione svapora e si allontana nella nebbia.

«Sai» mi dice, mentre gli orsi proseguono imperterriti la loro marcia nel recinto, «quando sorridi sei la creatura più bella del mondo.»

Gli faccio il solletico. «Non prenderti gioco di me.»

«Non mi sto prendendo gioco di te, è la verità. Lo penso spessissimo, ma non te l'avevo mai confessato. Però se non te le dico adesso, queste cose...»

«*Shhh.*» Gli poso un dito sulle labbra. «Non dire che potresti non... Niente, non dirlo e basta.»

«D'accordo. Ma se ho voglia di spiegarti che per me sei importantissima e bellissima non puoi impedirmi di farlo.»

Davanti all'intensità del suo sguardo mi sento arrossire.

«E tu, peraltro, sentiti libera di dirmi in qualunque momento che magnifico ragazzo sono io» prosegue, «e quanto apprezzi la mia impagabile compagnia e come ti piacciono le mie barzellette!» Ridacchio e riprendiamo a camminare. «Anzi, mi sa che è proprio il momento giusto per raccontarti l'ultima.» Un attimo di pausa, poi: «Göring ha appiccicato una freccia in fondo alla fila di medaglie che ha sul petto. Dice: "Continua sul retro..."»

«Sono veramente una peggio dell'altra!»

Lui sorride. «Lo so, è un modo per tirare avanti.»

Si guarda attorno un istante, poi mi trascina dietro il tronco di un grande albero, dove nessuno può vederci. Mi passa un braccio intorno alla vita e ricominciamo a baciarci, i nostri corpi che diventano uno solo, il suo turgore che cresce contro di me. È strabiliante e terribile, questo potere che possiedo.

Ma, se dovessi concedermi a lui, tutta la magia, il mistero, la smania finirebbero? Il fatto è che dopo tutto questo tempo voglio solo che lui mi desideri più di qualunque altra persona o cosa al mondo. E quando il bacio si conclude restiamo lì per un'eternità, le fronti che si toccano, i nostri respiri che si uniscono nell'aria fredda.

«Ci pensi mai di... *farlo*?» gli sussurro.

«Stai scherzando, vero? La domanda è se ogni tanto *non* ci penso...» Mi stringe a sé. «Tu vorresti?»

L'aria è immobile e silenziosa. Dalle foglie bagnate cadono gocce d'acqua.

«Non so...» Invece lo so eccome. Lo voglio disperatamente.

L'idea aleggia sopra di noi, immensa nella sua portata, un pensiero penetrante quanto la nebbia eppure più leggero dell'aria. L'immagine impossibile della sua pelle nuda sulla mia, delle sue mani che mi sfiorano, di me che mi arrendo a lui.

Il nostro sangue che si mescola.

«Non importa, Hetty, non dobbiamo farlo per forza. Non ti spingerei mai verso qualcosa che non vuoi.»

Dopodiché non ne parliamo più. Semplicemente, lui mi abbraccia e io lo faccio mio a ogni respiro.

13 maggio 1938

Lo so, dovrei darci un taglio. Quel giorno, allo zoo, sono stata debole: avrei dovuto farlo allora, perché adesso diventa sempre più difficile. Ma ogni volta che sgattaiolo a uno dei nostri appuntamenti ho il terrore che ci vedano. Tomas non mi darebbe una seconda possibilità e ormai mi cerca regolarmente, più o meno una volta al mese, per un film o una passeggiata. Certe volte mi invento delle scuse, ma di solito no. Per non metterti nei guai. Fortuna che in fabbrica fa dei turni lunghi, perciò ha ben poche giornate libere. Però, Walter, ho il terrore che prima o poi ci vedano insieme di nuovo. Oggi no. Oggi è stata una giornata meravigliosa, calda, soleggiata, con fiori dappertutto. È stato un bene che mamma e papà fossero alla festa di compleanno del sindaco Otto Schultz, perché così abbiamo potuto andarcene all'Auenwald, dove nessuno dei nostri conoscenti poteva scovarci. Mi hai detto che mi ami, che vorresti trascorrere il resto della tua vita con me. E poi ci siamo baciati. Avrei potuto andare avanti tutto il giorno senza mai stancarmi. Ma adesso il cuore mi duole per la nostalgia.

Sollevo l'asse di legno sul fondo dell'armadio e infilo il diario nel mio nuovo nascondiglio: qui è più al sicuro. Poi rimetto a posto l'asse e la copro con una pila di lenzuola e di coperte. È tardo pomeriggio e i miei non sono ancora rientrati dalla festa.

Nel salottino trovo una copia del *Leipziger*, che sfoglio soffermandomi su alcune notizie di politica interna circa l'azzeramento della disoccupazione e i successi industriali del paese.

Salto gli editoriali e la rubrica settimanale di papà, *La crociata morale del Leipziger*. C'è un pezzo sulla cattura di alcuni noti "asociali", colpevoli della più abietta degradazione morale. Ricordo di aver sentito dire a papà che sono stati mandati nel campo di concentramento di Buchenwald, ma questo termine raramente si usa, e solo bisbigliando, come se il fatto di pronunciarlo a voce alta potesse portare sfortuna. Sono luoghi remoti, nascosti alla vista, e questo ne aumenta l'aura di mistero e paura.

Papà sostiene che siano voci messe in circolazione da articoli falsi della stampa estera, storie che si dice provengano da ex detenuti scappati. Propaganda straniera, afferma, tesa solo a istigare odio nei confronti del popolo tedesco. Adesso però mi chiedo se... Ripenso al padre di Tomas e provo un senso di sgomento, perché ormai tutto mi sembra possibile. Dopo quello che mi ha raccontato Walter, non posso fare a meno di chiedermelo: e se fossero vere anche queste storie?

Rimetto giù il giornale. Un paio d'anni fa papà aveva portato me e Karl in redazione. Non vedeva l'ora di mostrare a mio fratello quanto fosse meraviglioso quel posto e di convincerlo a prenderne in mano le redini, prima o poi. Noi eravamo rimasti incantati ad ammirare l'andirivieni dei giornalisti e ad ascoltare i telefoni che squillavano e la gente che gridava da una parte all'altra della sala. Papà ci aveva spiegato la rapidità con cui era necessario scrivere gli articoli e scegliere le foto per ogni edizione. Avevamo guardato le enormi macchine tipografiche in moto, la precisione con cui i tipi di metallo venivano disposti nelle gabbie, lettera dopo lettera, parola dopo parola, frase dopo frase, pagina dopo pagina. La fatica, le condizioni di lavoro, il sudore, la polvere, il calore e la passione: avevamo chiesto a nostro padre il perché di tanto sforzo, se la gente si limitava quasi sempre a dare un'occhiata ai titoli, per poi buttare il giornale.

Lui aveva reagito con stupore. «Questo è lo strumento più prezioso che abbiamo!» ci aveva risposto tutto infervorato. «Con queste parole d'inchiostro possiamo letteralmente forgiare la nostra nazione. Una notizia in sé non è niente: la *notizia* è potere confezionato in un messaggio che viene diffuso e ripetuto. Grazie a questo giornale» aveva dichiarato, gli occhi che gli luccicavano d'orgoglio, «*io* ho il potere di far circolare per il mondo quello che voglio e nel modo in cui voglio che le masse lo comprendano. Non capite quale *autorità* mi conferisce tutto questo?»

Ma Karl era rimasto della sua idea, diventare pilota, e io non avevo capito quello che aveva voluto dirci... fino a oggi. Adesso penso a cosa significa per Walter. A cosa significa per tutti i "nemici" del Reich. A cosa significa per *me*, che sono innamorata di Walter e che so che ogni minuto trascorso insieme può costargli l'arresto. Quante altre coppie ci sono come noi? Costrette in questa situazione solo per i genitori che si ritrovano? Un'ingiustizia che mi fa montare una rabbia incredibile. Io non ci trovo proprio *niente* di inferiore in Walter. E in nessuno di loro. Loro, *noi*, siamo soltanto persone. E finalmente vedo il giornale di papà per quello che è: non un contenitore di notizie, ma uno strumento di manipolazione del pensiero e della mente.

«Se non saranno qui in fretta, l'arrosto diventerà un pezzo di carbone e se la prenderanno con me» borbotta Bertha a Ingrid. In sala da pranzo la tavola è apparecchiata. Ingrid ha fatto decantare il vino e, a causa del delizioso profumo di maiale arrosto che arriva dalla cucina, il mio stomaco borbotta.

«Meglio se viene un po' croccante» dico. «Però sto morendo. Non possiamo cominciare noi?»

«Nemmeno per scherzo. Cosa direbbe sua madre?» Bertha mi guarda con le mani piantate sui fianchi e l'aria seria.

«Ha consumato molte energie oggi, Fräulein Herta?» mi fa Ingrid con una smorfia ironica.

«Perché?» Mi sento avvampare. «Sono andata a fare un picnic con la mia amica Erna...»

«Ah, è così che lo chiama...»

«Ingrid!» si intromette Bertha. «Va' a svuotare i vasi dei fiori nell'ingresso, in soggiorno e in sala da pranzo. E poi ordinane di freschi. Anzi, meglio ancora, fai una corsa dal fiorista, sarà ancora aperto, e comprane degli altri.» Si gira infastidita e comincia a fregare il piano del buffet con spazzola e acqua insaponata.

Vorrei abbracciarla per aver rimesso Ingrid al suo posto.

«Ormai non c'è più rispetto» commenta, non appena Ingrid esce dalla stanza. «Ogni ordine è sovvertito. Ai bei vecchi tempi era tutto chiaro: genitori e figli, padroni e servi, capi e operai. Classi alte e inferiori. Adesso, tutto rimescolato!» Passa a pulire i fornelli, versando acqua sui ferri ancora caldi e facendoli sfrigolare. Frega di buona lena, dondolando, premendo sulla spazzola con entrambe le mani. «Tutti che dicono agli altri cosa fare e che cercano di scavalcarli. I figli che danno ordini ai genitori, i servi ai padroni. Non va mica bene così.» Tira su col naso, tanto che mi domando se non stia piangendo.

«Non ho fatto niente di male oggi, Bertha...»

Lei si gira lentamente. «Io non voglio neanche sapere dov'era o con chi, signorina» mi dice. Negli occhi sgranati, nelle spalle contratte, leggo che ha paura. «Quello che fa nel suo tempo libero sono affari suoi e di nessun altro. Ingrid farebbe bene a tenerlo a mente, ma crede di essere più furba di tutti solo perché Karl le dà retta...»

«Karl?»

Ingrid.

Bertha mi fissa con aria affranta.

«Ha una gran linguaccia, quella» riprende. «Spera di ricevere favori e complimenti. Vuole farsi notare. E ci prova spettegolando. Ma io glielo dico» dichiara, agitando la spazzola per poi lasciarla ricadere nel lavello, «qui finisce male per qualcuno. E temo che sarà proprio Ingrid quel qualcuno. Io glielo ripeto sempre di cucirsi la bocca.» Scuote la testa. «Non dovrebbe...»

Ma prima che riesca a terminare la frase, il portone di casa si spalanca e le voci di mamma e papà riempiono l'ingresso. Bertha riprende subito a darsi da fare, preparandosi a servire la cena, e lascia cadere l'argomento.

Io la osservo e mi chiedo da che parte stia. Con Hitler e la patria? Con la famiglia per cui lavora così sodo, cioè noi? O con la sua gente, chiunque e ovunque sia? O forse, e a questo pensiero mi sento rizzare i peli sul collo, Bertha nutre una segreta simpatia verso gli esclusi da questa rivoluzione ariana?

7 ottobre 1938

Camminiamo separati, a qualche decina di metri di distanza, e oltrepassiamo lo svettante edificio in stile classico dell'università, antico di secoli, solido e sicuro. Levo la faccia verso il sole: una brezza leggera la accarezza. Mi lancio un'occhiata alle spalle. Lui è sul marciapiede opposto e mi rivolge un impercettibile cenno del capo. Ogni volta è la stessa scarica di adrenalina: paura ed eccitazione in egual misura.

Entro nel piccolo parco alle spalle degli edifici universitari, un luogo proibito agli ebrei, e ringrazio i capelli biondi e gli occhi azzurri di Walter. Passa un ragazzo in bicicletta, con una borsa di libri che gli picchia contro la coscia, e a una certa distanza cammina un vecchio con il bastone. In giro non si vede nessun altro: più al sicuro di così non potremmo essere. Mi siedo con la schiena appoggiata al tronco massiccio di un albero e nel giro di un paio di minuti lui mi raggiunge e mi si siede accanto.

«Ehilà, buongiorno.» Mi protendo a dargli un rapido bacio. «Posso restare un'ora al massimo.»

«Tutto qui?» È visibilmente abbattuto.

«Mi dispiace. La settimana prossima avrò più tempo.»

«No, non è questo...» Gli viene meno la voce. Ha l'aria disperata.

«Che c'è, Walter?» Gli poso una mano sulla spalla.

Lui mi guarda, a disagio.

«Ma come, neanche una barzellettina, oggi?» Gli accarezzo il braccio.

Lui fa segno di no. È pallido come un lenzuolo. «Devo dirti una cosa.»

«Che cosa?»

Si schiarisce la voce. «Alla fine, qualche settimana fa mio padre ha accettato il fatto che per noi la vita qui è diventata impossibile e che Hitler ci porterà via tutto sia che restiamo, sia che ce ne andiamo. Così ha deciso che dobbiamo partire a qualunque costo. Non ha fatto altro che correre da un'ambasciata all'altra ed è stato in fila per ore cercando di procurarsi visti per tutti. Ma, come immaginavo, è già troppo tardi. Saremmo dovuti partire anni fa. Adesso nessun paese vuole più ebrei, come se fossimo dei delinquenti o dei parassiti.» Parole che mi fanno male. «Siamo bloccati qui» riprende. «A meno che...»

«A meno che?»

«C'è un modo soltanto, ma... non sono sicuro di riuscire ad accettarlo.» Sospira.

«Perché? Devi!» Mentre lo dico provo una stretta al cuore; ma la cosa più importante è che Walter si metta in salvo, quindi se esiste un modo per farlo è soltanto una buona notizia. I suoi occhi però evitano i miei.

«Dovrei andarmene da solo» dice con voce piatta. «Abbandonare i miei genitori, mia nonna, tutta la mia famiglia.» Serra i pugni. «E quel che è peggio è che non posso immaginare di vivere senza di te.»

«Non capisco. Perché l'unica maniera è che tu parta da solo?»

Lui fa un respiro profondo. «In Inghilterra abbiamo dei buoni amici: lui è medico, hanno lasciato la Germania nel 1933. Hanno anche una figlia, di un anno più grande di me, Anna.»

«E possono aiutarti?»

«Dicono che potrei ottenere il visto...» Fa una pausa, più in difficoltà che mai. «Che potrei ottenere il visto se dichiarassi di essere un parente, e che potrebbero provvedere al mio mantenimento.»

«Ma tu non sei un parente, giusto? Quindi come...»

«Accidenti, Hetty!» Alza gli occhi al cielo, poi finalmente mi guarda e scopro che sono pieni di lacrime. «Dovrei fidanzarmi con Anna. È l'unico modo!»

Lo fisso, incredula.

«Ma *senza sposarla,* giusto? Abbiamo solo diciannove anni e...»

«No, Hetty, invece *dovrei* sposarla. In Inghilterra sono davvero scrupolosi nei controlli e il vantaggio sarebbe che loro sono una famiglia molto rispettabile. Il padre di Anna è un eccellente dottore e lei... be', ecco, è una ragazza adorabile, ma non è *te*. E l'ultima cosa che voglio al mondo è sposare qualcuno che non sia tu, Hetty.»

Improvvisamente mi sento spossata. «Voglio dire, sarebbe anche un bel sacrificio da chiedere a lei. Non ho idea se... se abbia un altro. È davvero gentile da parte sua offrirsi di aiutarmi.»

Gentile da parte sua? Cosa darei per essere al posto suo! Mi sento offuscata. Non mi escono le parole.

Walter continua a parlare, con voce incerta, come per riempire il silenzio. «È il tipo di ragazza che i miei sarebbero felici di vedermi sposare anche se non ci trovassimo in questa...»

Mi allontano da lui di scatto, mentre la rabbia mi monta dentro violenta e improvvisa.

«Hetty, non credere neanche per un secondo che sia facile!» esclama Walter in tono fermo, prendendomi le mani. «Oltre a lasciarti qui e a dover sposare una persona che non mi interessa minimamente, dovrei abbandonare i miei... e in vista di quale futuro? Mi sento lacerato. Gli ho detto che non volevo, che preferivo restare e vedere come andava a finire qui, ma i miei non ne hanno voluto sapere. Il fatto che mi si presenti una possibilità di farmi una vita è l'unica cosa che li tiene ancora in piedi.» Le lacrime gli scorrono libere sulle guance, adesso. È la prima volta che vedo un uomo piangere.

Annuisco, mentre un nodo mi serra la gola, e gli stringo la mano nella mia. Non abbiamo mai avuto speranze, noi due insieme.

«Ti amo, Hetty, e ti amerò sempre. Ma sembra proprio che non possa esistere un "noi". Non fino in fondo. Non qui.»

«E io che mi ero fatta tutte queste fantasie di poter stare con te, un giorno» gli rispondo. «Di andare a vivere in un altro posto, lontano da qui, dove a nessuno importa chi o che cosa siamo. E invece...»

«Lo so.»

Comincia a colarmi il naso e Walter mi dà il suo fazzoletto. Lo uso per asciugarmi, quindi me lo infilo in tasca. Qualcosa di suo da tenere.

«Quando?»

«Non c'è ancora niente di fissato. Non ho ancora ottenuto un visto dall'Inghilterra, né un permesso per partire, perché prima dobbiamo pagare quella maledetta tassa d'espatrio e non abbiamo soldi, perciò non so. Ma potrebbe essere questione di qualche settimana. Fino ad allora, cerchiamo di vederci il più possibile.»

Lo guardo e sono io che piango, adesso, mentre mi sforzo di metabolizzare quello che mi ha appena detto.

«Ma ormai è tutto diverso.» Finalmente l'enormità della cosa mi appare chiara. «Sposerai un'altra!»

«Non saprà mai di noi.»

Qualcosa crolla, implode. Un urlo silenzioso.

Walter mi tira a sé. «Mi dispiace da morire. Lo sai che se avessi un'alternativa non lo farei mai. Ma così non può andare avanti, giusto?» Lo allontano da me e gli picchio una mano sul petto. Vorrei mettermi a urlare. Prenderlo a botte. Fargli sentire tutto il dolore che provo. «Meglio chiudere subito.»

Mi alzo di scatto, arretrando.

«Davvero è questo che desideri?»

Viene verso di me, cerca di stringermi tra le braccia ma io mi divincolo.

«No, Walter, ovvio che no. Non vorrei niente di tutto questo. Ma così dev'essere, e dunque...» Sto cercando di non crollare completamente. «Devo andare. Ti auguro una vita fortunata in Inghilterra. E con Anna.»

«Hetty... non è giusto! Hetty!»

Faccio per allontanarmi.

«Non può finire così! In questo modo!» Mi rincorre. «Hetty...»

«È meglio per tutti. Io non... Ti prego, Walter, lasciami andare.»

A ogni passo sento il suo sguardo su di me, mentre me ne vado in silenzio. Sono scioccata.

Lascio il parco senza nemmeno voltarmi, ripercorro velocemente la via tra gli edifici dell'università che proiettano un'ombra scura davanti ai miei piedi. Dovrei tornare a casa ma non sopporto l'idea, perciò continuo a camminare finché Walter non esce dal mio campo visivo, e io dal suo. A quel punto mi appoggio a un muro e scoppio in singhiozzi potenti e profondi, come se mi avessero appena detto che la mia vita è arrivata al capolinea. E in un certo senso è proprio così.

Incurante dell'ora, mi aggiro a lungo per le strade di Lipsia. Un conto è dover arrendersi all'idea che Walter debba andare a vivere altrove. Ma questo. *Questo?* Walter che sposa una ragazza di nome Anna.

Come potrò mai accettarlo?

Qualcosa non va.

Una sensazione nell'aria che mi fa rizzare i peli sulle braccia quando alla fine rimetto piede in casa. Ingrid viene subito ad accogliermi, la faccia contratta in una smorfia, l'espressione tesa.

«Dio sia lodato, signorina Herta! I suoi genitori la stanno aspettando in salotto, deve raggiungerli immediatamente.» Resta lì impalata mentre mi tolgo le scarpe. Non c'è traccia del ghigno che ha di solito, il suo tono non è sgarbato.

Mi precipito in salotto, dove trovo papà in piedi alla finestra, la sua figura stagliata contro la luce. La mamma invece siede sul divano. Solleva il viso rigato di lacrime e mi guarda con gli occhi rossi e gonfi.

«Oh, Hetty!» Si porta una mano alla bocca, emettendo uno straziante singhiozzo.

«Mi dispiace di aver fatto tardi. Non volevo farvi stare in ansia...»

«Non importa. Ora, non importa.» Papà scuote la testa e mi viene incontro, pallidissimo.

I singhiozzi della mamma continuano. Non avrà scoperto di Hilda Müller e della bambina? O forse è morta *Oma*? Certo non può essere Walter, no?

«Si tratta di Karl...» Non riesce nemmeno a terminare la frase. Mi rivolge uno sguardo disperato.

«Karl?»

«C'è stato un incidente.» Nella mano inerte al suo fianco, un telegramma. «È... è morto.»

Attraverso il sottilissimo foglio di carta marrone del telegramma intravedo il contorno della maestosa aquila della Luftwaffe, le lettere irregolari che compongono le parole del testo. Una notizia. Ecco una semplice, immodificabile notizia.

La visione mi si offusca e un ronzio simile a quello di uno sciame d'api mi riempie le orecchie.

«Non può essere.» Inspiro profondamente. «Mamma?»

A diciannove anni non si muore. Non si muore ancora traboccanti di energia e di vita. Non si muore quando si è belli e forti come mio fratello Karl.

C'è sicuramente un errore. *Deve* esserci.

Invece mia madre continua a singhiozzare imperterrita, la mano davanti alla bocca, in preda a un tremore violento. Papà la raggiunge e le passa un braccio intorno alle spalle. Non reggo la vista della sua faccia cascante e dei suoi occhi scavati.

«Per favore...» dico.

«È vero, Hetty» riesce a farfugliare la mamma. «Karl è morto.»

«Tuo fratello...» riprende mio padre, ma poi tace e scuote la testa.

Mi assale una sensazione di torpore generale.

Sono sul divano che fisso mio padre sperando mi dica qualcosa che possa farmi stare meglio.

Da piccola, era la persona più forte che conoscessi. Aveva tutto sotto controllo e io mi sentivo protetta e al sicuro. Nel mio mondo era potente come una divinità. Adesso, invece, mi appare come accartocciato. Davanti alla morte è impotente come chiunque.

«Cos'è successo?» riesco a domandare.

Papà lascia ricadere il braccio e si piega in avanti, come se gli mancassero le forze per reggersi. Si appoggia con i gomiti alle ginocchia.

«Non Karl» sospira la mamma, tamponandosi gli occhi con un fazzoletto già bagnato. «Non il mio ragazzo. Chiunque, ma non lui...»

«Che accidenti è successo, si può sapere?» Di colpo la mia rabbia esplode. «Perché non parlate?»

Qualcuno mi mette una tazza e un piattino tra le mani.

«Beva un po', la aiuterà.» È la voce di Bertha, dolce e premurosa. «Forza, su.»

Faccio come mi viene detto, ma la mano mi trema così tanto che non riesco quasi a portarmi la tazza alle labbra.

«Pochi minuti fa ho parlato con l'*Hauptmann* Winkler» attacca mio padre, la voce tremula come quella di un vecchio. Butta giù una sorsata di whisky o di brandy, qualsiasi cosa ci sia nel bicchiere che Bertha gli porge. Poi annuisce alla mamma, invitandola a fare altrettanto. Lei obbedisce e le viene da tossire.

«Stava facendo delle normalissime esercitazioni, preparandosi per un esame in manovre acrobatiche» continua mio padre, i lineamenti cascanti incurvati come sotto un peso enorme. «Doveva imparare a governare un apparecchio alle alte velocità. Stamattina il tempo era buono, il cielo sereno, solo un po' di vento, ma Karl aveva già volato in condizioni peggiori. Tutto procedeva bene, ma a dieci minuti dal decollo ha calcolato male la velocità di una picchiata, così ha detto Winkler, e non è riuscito a riprendere il controllo in tempo. Si è schiantato al suolo.» Papà fa un lungo respiro. «Ha riportato ferite multiple, soprattutto alla testa, ed è arrivato in ospedale in coma. Ma i medici non sono riusciti a salvargli la vita.»

«Si è schiantato...» Ripeto le parole di papà per cercare di elaborarle. Ho ancora quel ronzio nelle orecchie, e un senso di pressione crescente nel petto.

«Ma perché era lassù da solo?» chiede la mamma, con voce stridula. «Era inesperto, no? Che razza di idea hanno avuto di mandarlo da solo?»

«Calma, tesoro, non ti agitare di più.» Papà le passa la mano grossa come una zampa sul ginocchio esile. «Volava già da un anno ed era un apparecchio monoposto. Un Heinkel HE 51. Winkler ha detto che l'aveva pilotato spesso e che aveva sempre impressionato positivamente i superiori. Un futuro radioso brutalmente interrotto. L'unica consolazione è pensare che, se anche fosse sopravvissuto, le conseguenze delle ferite sarebbero state talmente gravi da rendergli la vita impossibile, quindi ha detto che forse è stato meglio così.»

«*Meglio così?*» La mamma ha uno sguardo selvaggio. «Chi diavolo crede di essere per sapere che cosa sarebbe stato meglio per nostro figlio?» grida. «Karl è morto per colpa sua, ma crede di sapere cos'era meglio per lui? Probabilmente avrà anche detto ai medici di interrompere i tentativi di salvarlo. Magari gli ha ordinato di lasciarlo morire...»

«Hélène! Non esagerare! Winkler era devastato, si capiva benissimo dalla voce. Che voglia poteva avere di perdere in un incidente stupido e gratuito uno dei suoi allievi più promettenti? Nessuna!»

«Oh, Franz, come faccio?» Gli occhi le si riempiono di nuovo di lacrime. «Non il mio Karl...»

Lentamente, papà si alza. Sembra privo di forze.

«Chiamo il dottore, ti darà un sedativo» dice, dirigendosi a fatica verso la porta. «Occupati tu di lei, Herta.»

Mi sposto a sedere accanto alla mamma, facendo scivolare una mano nella sua. È inerte e delicata come la zampa di un uccellino. Gliela stringo, ma non reagisce. I suoi occhi fissano il vuoto, le lacrime continuano a sgorgare.

«Ci penserò io a te, mamma» le dico, cercando di non pensare al corpo di Karl sdraiato su un lettino in una gelida camera mortuaria.

E intanto sento la pressione nel petto farsi ancora più forte e minacciare di spremermi fuori tutta l'aria dai polmoni, per poi strizzarmi il cuore sino a far cessare ogni battito.

Karl e io siamo nella casa sull'albero. Sento il suo profumo fresco mescolato all'odore della sua pelle, caldo e dolce come il grano. Sorride e gli angoli della bocca si arricciano rivelando la dentatura candida. Gli occhi di un nocciola intenso accennano appena a socchiudersi e il viso è abbronzato e luminoso. Quando si volta leggermente, gli scorgo la peluria morbida alla base del collo.

«Giochiamo ai soldati romani» dice, consegnandomi una spada di legno. «Chi vince diventa imperatore e gli altri devono obbedire ai suoi ordini per il resto della giornata.»

«Non è giusto» protesto io, mettendo il broncio.

«Perché no?» Mi sorride: lo sa benissimo il motivo, ma vuole costringermi a confessarlo.

«Perché vinci *sempre* tu. Sei più grande.»

«Allora combatti con più energia e in modo più furbo. È il più furbo che vince» mi risponde, saltando su e toccandomi con la punta della sua spada.

Cerco di colpirlo anch'io ma non ci arrivo, perché Karl è al comando del suo bombardiere. Io siedo alle sue spalle, anche se non sembra rendersene conto. Provo a gridare il suo nome, ad avvisarlo, ma dalla bocca non mi esce nessun suono. L'aereo balla violentemente e lui si sforza di mantenere il controllo. Scossoni. Ondeggiamenti. Perdiamo velocemente quota. I motori rombano. Io urlo, in silenzio. C'è puzza di olio, benzina e metallo rovente. E anche di qualcos'altro: sudore e presenza della morte. Il suolo si avvicina a tutta velocità, poi l'impatto spaventoso e un clangore di lamiere accartocciate.

Mi sveglio di soprassalto e resto a fissare il buio con gli occhi sgranati, il respiro accelerato.

Poi accendo la lampada sul comodino e controllo l'ora: le tre e un quarto di notte.

Karl è morto. L'ultimo scambio che abbiamo avuto traboccava di accuse e sfiducia. Quando eravamo piccoli, occupava il centro del mio universo. Quand'è che le cose hanno cominciato ad andare storte? Come farò a convivere con il ricordo delle nostre ultime parole?

Sento le lacrime scorrermi lungo le tempie e scivolare sul cuscino. La stanza è immersa nel silenzio, sembra che anche il tempo si sia fermato e il mondo abbia smesso di girare.

Ma sulla cappa del camino l'orologio continua a ticchettare.

Mi giro verso il punto dove è appeso il ritratto di Hitler, che mi guarda con aria compiaciuta al di sopra dei baffetti.

Sei stato tu. Come hai potuto lasciare che accadesse al mio meraviglioso e adorato fratello?

Lui mi fissa con occhi duri, neri, arroganti.

È la punizione che ti spetta, amante degli ebrei. La colpa è solo tua, per aver fraternizzato col nemico. Hai scelto la strada sbagliata. Hai scelto il male e questo è il prezzo.

Ma Karl era un tuo figlio perfetto. Per te ha sacrificato tutto quello che aveva. Il suo amore, la sua vita. Non come me. Perché non hai ucciso me al suo posto?

Sappiamo bene cosa succede a chi stringe un patto col diavolo... Le sue labbra sono piegate in un sorriso sardonico.

Mi sento invadere da un'ondata di calore e all'improvviso la sua vista mi è insopportabile. Ho fatto la mia scelta. Non importa se Walter partirà e sposerà questa Anna. Non importa se non lo rivedrò mai più. Lui mi ha insegnato cose che prima non comprendevo e che oggi finalmente ho capito. *Tu mi hai mentito, Herr Hitler. E Karl è morto. Non sei che un* bastardo.

Mi alzo e corro a rimuovere il ritratto dal muro, strappando via anche il chiodo e un pezzo d'intonaco. Lo getto per terra e calpesto il Führer, spaccando la cornice e infierendo sulla sua testa, premendogli i talloni sugli occhi.

Ti odio. Ti odio. Ti odio!

Ormai ne sono sicura. Non è stato Dio a mandarlo sulla terra – è stato il diavolo.

Poi nascondo il ritratto sfregiato dietro l'armadio.

8 ottobre 1938

Il mattino seguente papà si chiude nello studio a telefonare, e grazie al sedativo prescritto dal dottore mamma dorme fino a tardi. Io siedo nella nicchia alla finestra in compagnia di Kuschi. Se ne sta raggomitolato al mio fianco, il pelo nero e spettinato contro le mie cosce, una presenza consolante.

Per quanto mi sembri strano, per strada la vita continua come prima. Passano le macchine. Poi un ragazzo in bicicletta. Una coppia cammina a braccetto lungo il marciapiede. Lei ha i capelli lunghi fino alle spalle e arricciati sulle punte, di una sfumatura più chiara di quelli di Erna.

Erna.

Erna. Mi si chiude lo stomaco. Devo metterla al corrente dell'accaduto.

Qualcuno bussa piano alla porta. Ingrid. Ha la faccia pallida e tirata.

«Posso portarle qualcosa, Fräulein?» mi chiede. «Non ha fatto colazione...»

«Non ho fame.»

«Capisco. È un tale shock.»

Mi viene vicino e per un attimo penso che voglia allungare un braccio per toccarmi, invece si limita a torcersi le mani fino a farsi venire le nocche bianche.

«È la cosa peggiore che potesse accadere» dico.

«Lo so. Mi dispiace moltissimo. Nel senso che anche io e Bertha siamo molto turbate, ecco.»

La scruto negli occhi grigio chiaro, cercando di leggerle nell'anima, ma sono impenetrabili come l'acciaio. Mi sento avvampare di rabbia. Chi si crede di essere, coi suoi commentini ironici e i modi furtivi, con le sue smorfie civettuole quando c'era Karl? È stata lei a dirgli di Walter? Pensa di sapere cosa provo? Come si permette? «Perché mai dovrebbe dispiacerti?»

Lei arretra di un passo.

«Chiedo scusa, non intendevo offendere...» Arrossisce.

«Non hai risposto alla mia domanda» la incalzo, impietosa. «Perché mai dovrebbe importarti tanto?»

«Karl è sempre stato gentile con me» balbetta lei. «È... voglio dire, era... così bello, e così gentile. Ma soprattutto sapeva ascoltare. Mi dedicava del tempo, parlava, come se ci tenesse, voleva conoscermi...»

«E *quanto* ti conosceva?»

«Non capisco» dice Ingrid scuotendo la testa con espressione sofferente. «Sta insinuando qualcosa?» Il rossore si fa più violento.

Mi alzo e mi piazzo proprio davanti al suo naso.

«Niente. Non sto insinuando un bel niente.»

Ci fissiamo.

«Non mi va di mangiare» le dico, girandomi. «Voglio solo essere lasciata in pace.»

«Desideravo essere d'aiuto» replica lei secca. «Tutto qui.»

Quando sento la porta richiudersi torno al mio posto, dove riprendo ad accarezzare Kuschi. Dovrei parlare con papà e farla licenziare per avermi spiata. Ma cosa succederebbe, se davvero sapesse quello che ho fatto? Papà come reagirebbe, se andasse a riferirglielo?

Wissen ist Macht. Contro di lei non ho nessuna arma.

Appoggio la testa allo scuro. Esausta, chiudo gli occhi.

Ho perso mio fratello. La vita non sarà più la stessa.

Nell'aria del tardo pomeriggio avverto una punta di freddo che mi accompagna fino a casa di Erna. L'autunno è arrivato senza che me ne accorgessi. O forse questo gelo viene da dentro. La fame si fa sentire, non ho mangiato niente da stamattina.

Erna mi accoglie sorridente sul portone.

«Oh, Erna!» Le afferro le mani per impedire alle mie di tremare. «Purtroppo devo darti una notizia terribile.»

«Che cosa? Cos'è successo?»

Mi abbraccia e i suoi occhi caldi e verdi frugano nei miei, mentre scoppio a piangere. Il peso che mi grava sul petto si estende al resto del corpo, imprimendo in ogni singola cellula la consapevolezza che Karl non farà mai ritorno a casa.

«Vieni, entra» mi dice Erna, e insieme saliamo le quattro rampe di scale che portano al suo appartamento.

Prima che apra la porta mi giro verso di lei. Immagino che i suoi non sappiano nulla della relazione che aveva con mio fratello.

«Riguarda Karl» balbetto. «Ha avuto un incidente.»

Nella penombra del ballatoio, il bianco dei suoi occhi sembra farsi ancora più grande.

«È morto ieri mattina.»

«Oh, mio Dio» bisbiglia. «No, non può essere...» La sua incredulità è pari alla mia.

Entriamo nella sua casa spaziosa e saliamo gli stretti gradini che conducono alla camera in mansarda.

«Dimmi quando è successo esattamente» mi supplica, gli occhi colmi di lacrime.

Non conosco certi dettagli e le ultime ventiquattr'ore sono state estremamente confuse, ma le riporto quel che abbiamo saputo dall'*Hauptmann* Winkler.

Con gli occhi umidi, Erna si lascia cadere sul letto rigirandosi il fazzoletto tra le mani. «Oh, Hetty...» Allarga le braccia e ci stringiamo forte per sostenerci a vicenda.

«Mi dispiace anche per te, Erna, so quanto tenevate l'uno all'altra.»

Ci sdraiamo vicine sul letto, la mia testa sulla sua spalla, i suoi capelli ramati che formano un ventaglio tutt'intorno.

«È irreale» dice lei, dopo un lungo silenzio. «Irreale.»

«Mia madre dà la colpa a Winkler, mio padre agli ebrei e grida vendetta.»

«Gli ebrei? Ma perché, scusa?»

«Perché per colpa loro abbiamo dovuto istituire le nostre forze armate. Non certo una reazione razionale» sospiro, «ma con qualcuno deve prendersela.»

Evito di dirle che trovo questi discorsi rivoltanti. E che vedere la mamma ridotta a uno straccio mi fa venire una gran voglia di prenderla per le spalle e scuoterla. Così come evito di dirle che, sinceramente, non so come faremo tutti quanti a tirare avanti adesso.

12 ottobre 1938

Più gente arriva, più mi sento sola. Più parenti si aggiungono, più evidente si fa l'assenza di Karl. Era lui l'anima di ogni festa, lui a infondere vita alle occasioni più insulse e noiose. Tutti si aggirano bisbigliando, come se parlare a voce alta o sorridere potesse recare offesa al defunto: una cosa che mi fa impazzire. Ricordo com'era un tempo, quando eravamo piccoli, quando tutti e tre – io, Karl e Walter – eravamo liberi di giocare insieme senza preoccupazioni. Prima di imparare cosa sono la morte, l'angoscia e l'amore proibito. Se solo potessimo tornare indietro!

Chiudo il diario e lo rimetto nel nascondiglio. È metà pomeriggio e i miei riposano. Gli ultimi giorni sono trascorsi in un viavai indistinto di visitatori indesiderati e preparativi per il funerale, e siamo tutti distrutti. La casa brulica di lontani parenti: come a Natale, ma senza allegria. Questa settimana le scuole sono chiuse per le vacanze autunnali, ma io sono giustificata anche per la prossima.

In punta di piedi attraverso la casa silenziosa fino alla cucina, dove Bertha farcisce il pollo per la cena di stasera.

«Mia cara Fräulein Hetty» mi dice, «negli ultimi due giorni non l'ho praticamente vista. Come sta?»

«Non benissimo.»

«Venga, si metta qui seduta. Ho preparato biscotti e *Apfelkuchen*. Deve mangiare. Tenersi in forze. Ah, che cosa orribile» sospira.

Dopo essersi lavata le mani posa la grande torta sul tavolo e ne taglia due fette. Poi, sempre sospirando, si lascia cadere pesantemente sulla sedia.

«Non voglio certo lamentarmi, ma sant'Iddio, con tutta questa gente che va e viene... Io e Ingrid non abbiamo un attimo di pace.»

«Se ne andranno dopo il funerale» dico, spilluzzicando qualche briciola. La torta di mele è insieme dolce e speziata. «Poi vedrai che ci sarà una calma mortale.»

«Che spreco. Una vita così giovane.» Bertha scuote il capo. «E se penso a quanti altri ragazzi faranno la stessa fine... Avremmo dovuto imparare qualcosa dall'ultima guerra, invece no, eccoci qui a inviare i nostri figli in Spagna e Dio sa dove.»

«Tu hai perso qualcuno nel conflitto, Bertha?»

«Può dirlo forte. Due fratelli e il mio promesso sposo.»

«Oh, mi dispiace tantissimo. Non lo sapevo.»

«Ma certo, come poteva? Se glielo dico è solo perché immagino come si sente.»

«Il suo promesso sposo, dunque?»

«Sì. Nel 1915, quando ci fidanzammo, non ero molto più grande di lei. Lui aveva ventun anni, figlio di un contadino. Un ragazzo buono, ma con un luccichio malizioso negli occhi. Le sembrerà strano, ma ai tempi ero piuttosto carina, sa.» Sorride al ricordo. «Non fece mai ritorno. Disperso, caduto in missione: così dissero. Io continuai a sperare che un giorno sarebbe rientrato dalla porta come niente fosse. Non mi sarebbe importato neanche se fosse tornato sordo, cieco o senza una gamba. O anche tutte e tre le cose insieme. Volevo solo rivederlo.»

Allungo una mano sul tavolo a stringere la sua. Lei mi rivolge un sorriso triste.

«Oh, ormai è passato tanto di quel tempo. Comunque alla fine non tornò, e neanche i miei fratelli.»

«E tu hai incontrato un altro?»

«No.» Scuote la testa e sospira ancora. «Dopo la guerra al mio paese non c'erano più abbastanza uomini per tutte le ragazze. I morti erano stati tantissimi. E comunque a me non interessava neanche, ero disperata per lui, così quando i miei mi suggerirono di andare a servizio non ci pensai su due volte. Finii a Halle, ma poi la famiglia per cui lavoravo si trasferì a Lipsia, e io con loro.»

«Dove stavi?» le chiedo per gentilezza.

Prendo anche una piccola forchettata di torta, che però mi si pianta sullo stomaco come un sasso.

«Qui» risponde lei, molto semplicemente. «Con la famiglia che abitava in questa casa prima di voi.»

«I Drucker?» La guardo sorpresa. «Lavoravi per gli ebrei che vivevano qui?»

La testa grigia di Bertha annuisce, ma lo sguardo si abbassa.

«Non sapevo neanche questo.»

«No» conviene lei a voce bassa. «Immagino di no.»

«Ma... cioè, come...» Mi giro per controllare che non ci sia nessuno nei paraggi. «Com'erano?»

«Sono rimasta con loro anni e anni.» Esita.

Ci fissiamo a vicenda, cercando di capire quanta libertà possiamo prenderci.

«Ascolta» riattacco io, «ho sentito cosa si dice in giro. Sul modo in cui mio padre ha avuto la casa. Ma di loro non so niente. Come faccio a capire chi ha ragione e chi ha torto?»

«È stata una faccenda molto brutta» mi sussurra Bertha. «Erano persone buone, ma io non mi intendo di politica e preferisco non mettere il naso in certe cose. È meglio così. Ed è quello che cerco di fare entrare nella zucca anche a Ingrid, ma lei niente, non vuole dar retta alle vecchie come me. Ha la testa piena di questa nuova Germania e crede che solo i giovani contino. È sicura di stare dalla parte della ragione, qualunque essa sia, ha un debole per le chiacchiere e cerca sempre di entrare nelle grazie di... certa gente.» Mi osserva intensamente. «Lei invece è una persona come non se ne incontrano spesso,

Fräulein Hetty: resta fedele a quelli a cui vuole bene. E non da oggi... È sempre stata dalla parte dei più deboli. Anche se si tratta... di gente con cui non dovrebbe mescolarsi, ecco, se capisce quello che intendo. Questo la rende coraggiosa, mica come noialtri. Ma è anche una cosa pericolosa.»

«In che senso, Bertha? Ingrid ha riferito qualcosa?» Il cuore ha raddoppiato i battiti.

Bertha tira su col naso, poi se lo asciuga e si tampona la bocca col fazzoletto. Il suo piatto è vuoto.

«Secondo Ingrid lei ha un innamorato ed è una cosa seria. Ma non mi ha raccontato né quanto sa davvero né come ne è venuta a conoscenza. Ha detto solo che una volta ha avuto la prova tangibile dei suoi sospetti e che si trattava di qualcosa di sensazionale. Credo di sapere chi sia il giovanotto. Per ora ne ha parlato solo con me e Karl, ma non ci penserebbe due volte a farvi finire nei pasticci. Le ho già detto di non impicciarsi, ma a lei non importa, non mi riconosce alcuna autorità. Stia attenta, Fräulein, le dico solo questo.»

Ingrid ci ha visti quel giorno da Salamander, ma resta pur sempre la sua parola contro la mia. Una prova invece è qualcosa di più. Ma una prova di cosa? Ho la mente in subbuglio. Si riferirà alle lettere che ci scambiamo via Lena? A Tomas? A qualche altro posto in cui potrebbe averci visti? E il ritratto del Führer? Figurarsi se non si è accorta che è sparito. Magari ha visto i pezzi dietro l'armadio. Nel caso, dirò a papà che è caduto e si è rotto e gliene chiederò un altro. Poi il cuore perde un colpo: *il diario*. E se l'avesse trovato? Il solo pensiero delle sue dita che sfogliano quelle pagine, dei suoi occhi che leggono avidamente i miei più reconditi segreti, mi fa venire voglia di urlare.

Riappoggio la forchetta, non ho più voglia di fingermi affamata. «Ma... e *tu* come lo sai?»

Bertha stropiccia l'orlo della tovaglia. «Vi ho visti insieme qualche settimana fa alla fermata del tram. L'ho riconosciuto subito. Non si dimentichi che un tempo frequentava spesso questa casa, e io ho sempre avuto un debole per lui. Si capiva benissimo da come vi guardavate che eravate persi l'uno per l'altra, e in un certo senso mi ha fatto tornare a quand'ero giovane.»

Per la prima volta mi ritrovo a osservarla con attenzione. Bertha è sempre stata qui, come i mobili di questa casa, e io non le ho mai rivolto più di un'occhiata fugace. Invece eccola, paffuta e morbida e dolce e semplice. Sa così tante cose e non ne ha mai fatto parola con nessuno. Leggo nei suoi occhi stanchezza e preoccupazione, come se il peso di questi segreti fosse eccessivo. E vengo investita da un'improvvisa ondata di affetto.

«Grazie, Bertha. Una volta mi ha salvato la vita, ma sono passati tanti anni. Questo lo sapevi?»

Fa segno di no con la testa.

«Comunque non c'è più ragione di preoccuparsi, perché se ne andrà dalla Germania. Anzi, potrebbe anche essere già partito...»

Bertha annuisce lentamente. Stavolta è lei ad appoggiare la mano sulla mia.

«Stia attenta lo stesso, Fräulein Herta. Considerato chi è suo padre, frequentare certe persone...» Esita. «Le cose potrebbero mettersi molto male, soprattutto per lui.»

«Come ho detto, non c'è più da preoccuparsi. Non fa più parte della mia vita.» Ma mentre pronuncio queste parole, provo un dolore fisico insopportabile. «Bene, vado a portare fuori Kuschi» dico, spingendo indietro la sedia.

Attacco il guinzaglio e, uscendo dalla porta posteriore, rivolgo un piccolo cenno della mano a Bertha. Lei, ancora seduta al tavolo, ricambia.

Ritrovarmi all'aperto, sotto le raffiche di vento che mi sferzano e mi pungono le mani e il viso, mi dà una bella sensazione. Forse mi aiuterà anche a rimettere un po' d'ordine tra i pensieri caotici e a lenire il dolore che ormai ha preso dimora nella mia anima come un ospite caparbio e indesiderato.

23 ottobre 1928

Dopo il funerale la mamma va a Weimar da sua sorella Adèle.

«Ha bisogno di qualcuno che la accudisca» mi comunica papà in tono fermo. «In questo momento non è in grado di occuparsi di nessuno e mettere un po' di distanza dagli sguardi dei curiosi e dai pettegolezzi la aiuterà a riprendersi.»

«Ma potrei pensarci io a lei, papà. Potremmo andare a Weimar insieme.»

«No, tu resti qui a Lipsia. Oggi pomeriggio arriva *Oma* Annamaria, sarà lei a prendersi cura di te e a sorvegliare l'andamento della casa. Domani andrai a scuola, la vita deve tornare alla normalità.»

«Ma non esiste più, la normalità.» Mi sento male alla sola idea che mia nonna paterna, così rigida e prussiana, con le sue guance scavate e la schiena dritta come un fuso, sempre vestita di nero dalla testa ai piedi, sostituirà la presenza morbida e profumata della mamma.

«Una normalità nuova. Dobbiamo essere forti, Herta. Per tua madre e per la patria.» Ha lo sguardo perso nel vuoto, come se vedesse già tutte le cose grandi che lo aspettano. «E ora bisogna che mi rimetta al lavoro. È il modo migliore per tenersi in piedi.» Si dirige verso lo studio. «Potrei anche dovermi assentare per parecchio tempo, quindi vedi di non creare problemi a *Oma*.»

Comodo, eh? Allontanare la mamma per andare a cercare sollievo dalla tua amante!

Sono lì che mi chiedo cosa ne sarà di me, quando bussano. Gli ospiti non sono ancora finiti.

Ma sulla porta c'è Tomas che stringe un mazzo di rose gialle. Lo faccio entrare e dispongo i fiori in un vaso. Sono allegri, pieni di speranza come la primavera.

Andiamo ad accomodarci in salotto, dove sediamo l'uno di fronte all'altra. In quella poltrona sembra a disagio. Ha i capelli lisciati all'indietro, gli occhiali puliti e la giacca migliore.

«Grazie per essere venuto. È gentile da parte tua.»

«Volevo farlo appena ho saputo, ma non è facile. I turni sono lunghi. E poi non ero sicuro che ti avrebbe fatto piacere.»

Anche lui, come tutti, bisbiglia. Questa cosa mi soffoca, non la sopporto, è come se trasformasse l'aria in acqua, rendendola irrespirabile.

«Merda, una vera botta di sfortuna. Che razza di peccato.» Parole che pronuncia in tono brutale, a denti stretti. Un cambiamento di registro repentino, che mi fa sorridere.

«Gradisci un caffè?»

«Sì, grazie.»

Suono la campanella e chiedo a Ingrid di portarne una cuccuma. Lei ci squadra con una certa insistenza. Per caso leggo un pizzico di sorpresa nei suoi occhi? Forse dovrei invitare Tomas più spesso.

«Sembri a pezzi. Sei dimagrita» mi dice lui, studiandomi.

«Be', non è facile dormire. E neanche mangiare.»

«Ma certo. E tua madre come sta?»

«Inconsolabile. È andata da sua sorella a Weimar, si fermerà lì per un po'. E io avrò il piacere di stare qui con mia nonna, invece, la madre di mio padre. Una donna severissima.»

«Mi dispiace molto, Hetty. Davvero. Insomma, se c'è qualcosa che posso fare per te, devi solo chiedere.»

È quel che mi dicono tutti. Ma che cosa potrebbero mai fare?

«È bello rivederti, Tomas» gli rispondo. E lo penso veramente.

Appena arrivata, *Oma* va a fare il suo riposino pomeridiano e io indosso l'uniforme della Lega. Ho i palmi delle mani appiccicosi e le dita faticano intorno ai bottoni. Lo so che non dovrei andare, ma il bisogno mi divora. La voce di Karl mi risuona forte e chiara nella testa. *Stagli alla larga, Topolina. Alla larga.*

«Non preoccuparti, Karl» gli rispondo nella stanza vuota. «Tanto sta per andarsene. Questa è l'ultima volta che lo vedrò. Promesso.»

Sono diretta al magazzino dello zio di Walter. Il quartiere di Brühl è pieno di gente che rientra al lavoro dopo la pausa pranzo. Imponenti palazzi di pietra fiancheggiano l'arteria principale della zona degli affari ebraica. O di quella che una volta lo era. Molti grandi magazzini, pelliccerie e studi legali hanno cambiato proprietario e il quartiere si sta arianizzando. La ditta dello zio di Walter, la Keller & Co., Pellicciai dal 1878, si trova al numero ventiquattro ed è una delle poche attività che non hanno cambiato gestione.

Mi fermo sul marciapiede, al lato opposto della strada, e guardo la gente che passa davanti al portone del palazzo, senza riconoscere nessuno. Poi attraverso e provo a spingere la maniglia di ferro. Il portone è chiuso. Spiando dai vetri scorgo un piccolo corridoio pavimentato di mattonelle che sbuca verso il fondo dell'edificio, dove si intravede la gabbia di ferro di un ascensore. Le luci sono tutte spente. Non sembra esserci anima viva.

Mi spingo fino all'angolo della strada, trovo l'ingresso di un passaggio coperto e lo imbocco. A metà, in una rientranza del palazzo, c'è una porta: immagino sia quella del magazzino. Inspiro a fondo e provo. Stavolta la maniglia cede e l'uscio si apre senza opporre resistenza su una stanza fiocamente illuminata.

«Ehilà, c'è nessuno?» chiamo, ferma sulla soglia. «C'è nessuno?»

La porta si spalanca del tutto e... lui è lì, proprio davanti a me.

«Hetty!» Ha la faccia pallida e tesa.

«Sono venuta per farti le mie scuse. Mi sono comportata malissimo...»

«Non devi scusarti di niente. La colpa è soltanto mia.» Lancia un'occhiata alle mie spalle, nel passaggio buio.

«Mi fai entrare?»

«Svelta.» Solleva un braccio e io ci passo sotto. Poi richiude la porta, palesemente a disagio. «Sono qui solo per un inventario» mi informa, «ma non è un posto sicuro.»

Ci metto un po' ad abituarmi all'oscurità del magazzino. Da una parte distinguo delle balle non meglio identificate che arrivano fino al soffitto; dall'altra, delle file di sagome penzolanti e scure. C'è un odore strano, stucchevole, e l'aria è immobile, come congelata.

«Dovevo vederti.»

«Oh, Hetty, restarti lontano è stata una tortura! Ho voglia di raccontarti ogni cosa che succede, anche la più piccola. Ogni idea, ogni sensazione, ogni dubbio... vorrei condividere tutto con te.»

«Lo so...»

«Ho provato anche a cercarti.»

«Davvero?»

«L'altro giorno, sì, all'uscita di scuola, ma non ti ho vista. Allora sono passato davanti a casa tua, ma mi è parso che ci fosse un gran viavai di gente.»

«Non c'ero. A scuola, intendo. Walter, è successa una cosa orribile. Erano giorni che volevo vederti, sperando contro ogni ragionevolezza che tu fossi ancora qui.»

«Vieni, raccontami tutto...» Mi posa una mano tra le scapole, guidandomi verso un ufficio illuminato in fondo al magazzino.

«Pelli di coniglio» mi spiega mentre passiamo accanto alle balle, «per i berretti.»

Poi indica le sagome che penzolano dai ganci a soffitto e nella penombra mi accorgo che hanno la testa e la coda, persino le zampe sono ancora attaccate.

«Questo è il pellame grezzo. Volpi argentee e visoni. Una volta trattate, diventeranno giacche e cappotti.»

L'odore è insopportabile, punge in gola e mi fa girare la testa.

«Che cos'è questa puzza?» chiedo, coprendomi bocca e naso con le mani.

Lui ridacchia, più rilassato. «Naftalina» dice, «per uccidere le tarme che altrimenti distruggerebbero le pelli.»

«Ma come fai a resistere?»

«Dopo un po' ti abitui, adesso non la noto neanche più.» Si gira verso le file di carcasse. «Non sono belle?» Passa una mano sulla pelliccia tra il bianco e l'argento delle volpi. «Vorrei poterti vestire da capo a piedi con una di queste.»

Guardo la creatura morta che ho davanti e cerco di immaginarla drappeggiata sul mio corpo. Le quattro zampette penzolano tristi e l'interno della pelle è macchiato di rosso, là dove è stata strappata via dalla carne. Gli occhi sono di un bianco vitreo e lattiginoso.

Rabbrividisco.

Walter mi tira a sé. «Racconta, dunque. Cos'è successo?» Ha l'aria seria. «Sembri esausta, Hetty. Dimmi tutto.»

«Karl...» Cominciano a scorrermi le lacrime, che annegano la faccia di Walter fino a dissolverla.

Nel piccolo ufficio dalle pareti di vetro ci stringiamo le mani posate sulla scrivania, circondati da questo magazzino pieno di animali morti. La naftalina e lo sforzo di ripetere la storia di Karl mi hanno fatto venire un gran mal di testa, e anche se Walter mi stringe è come se fosse lontanissimo. Ci separa questo tavolo, quando vorrei essere fra le sue braccia.

«Mi dispiace» dice alla fine. «Un vero colpo per tutti voi.»

In realtà sembra come distaccato. C'è qualcosa di duro nella sua bocca e nel suo sguardo. Non è la reazione che mi aspettavo. Forse ha accettato la prospettiva di dover sposare Anna. Anzi, magari non vede l'ora. Oppure è segretamente felice della morte di Karl. Ritiro le mie mani dalle sue.

«Sto parlando di mio *fratello*, Walter, non so nemmeno se

riuscirò ad andare avanti senza di lui.» Come posso fargli capire? «Quel mattino, mentre io e te discutevamo dei tuoi piani per l'Inghilterra con la tua futura moglie» riprendo, in tono rancoroso, «Karl veniva portato d'urgenza in ospedale, in fin di vita. Ma a te non importa proprio niente se è vivo o morto, giusto?» Sento come un fuoco alla base della nuca. Un calore che risale in un'ondata bollente fino a uscirmi dalla bocca. «Sei solo un menefreghista bastardo! Che idiota sono stata a venire fin qui, convinta che mi avresti capita!»

«Mi importa eccome, Hetty. E mi dispiace vederti così sconvolta.»

Fa per riprendermi la mano, ma io mi metto a braccia conserte.

«Ma che lui sia morto non ti importa, invece, dico bene?» gli grido.

«Abbassa la voce o ci sentiranno.» Si alza un po', sporgendosi al di sopra della scrivania. «Karl mi ha ripudiato e mi ha trattato come un lurido zerbino.» Ha le labbra piegate all'ingiù, l'intero viso tirato come la pelle di un tamburo. «Avrebbe potuto essere come te e continuare a considerarmi in quanto *essere umano*. Perciò sì, in tutta sincerità mi sono sentito ferito e arrabbiato, e più di quanto riusciresti mai a immaginare. Ma non certo fino ad augurargli la morte. E sono addolorato per la tua perdita. Le cose stanno così, che altro posso dirti?»

«Tu proprio non capisci cosa significa per noi, eh?» Vorrei prenderlo e scuoterlo. Fargli *sentire* quello che provo io. «Karl non aveva scelta. *Doveva* ripudiarti. Non ti rendi conto che ormai non importa più quello che le persone pensano realmente? È così che dobbiamo apparire. Perché credi che per noi sia più facile che per voi?»

Walter si raddrizza. «Allora sei veramente cieca, Hetty Heinrich. La gente vede quello che vuole vedere. Tutti abbiamo fatto una scelta, ognuno di noi. Su come trattare gli altri. La tua l'hai fatta, no? Ebbene, Karl ha scelto in modo diverso.» Ha i lineamenti di pietra, gli occhi rabbiosi, le sue parole sono taglienti.

«Ti odio, Walter Keller» singhiozzo. «Ti odio.»

Dovrei alzarmi, adesso. Andarmene. Sbattere la porta. Non cercarlo mai più. Invece ho i piedi incollati per terra e me ne sto lì seduta a singhiozzare col cuore a pezzi, disperata come mai nella vita.

«Non lo pensi» mi dice infine Walter. «So che non lo pensi davvero.»

Segue una pausa, una specie di sbandamento. Poi, non so come, mi ritrovo in piedi tra le sue braccia, a piangere tutte le lacrime del mondo. «*Shhh*» mi sussurra dolcemente all'orecchio, accarezzandomi la schiena.

«Scusami. Non volevo, non volevo» gli dico. E glielo ripeto all'infinito, perché è la cosa che più mi lacera adesso.

«Scusami anche tu. Lo sai che non vorrei mai farti del male. Ti amo, Hetty Heinrich.»

Crolliamo insieme sulla sedia e lentamente tutto si calma. Non riusciamo a parlare, ma le parole non servono. Mi bacia i capelli, il collo, la guancia. Poi mi bacia sulla bocca e io sento il desiderio esplodermi dentro.

D'un tratto, da qualche parte al piano superiore, si sentono sbattere forte delle porte. Ci guardiamo. Nel giro di pochi secondi, altri colpi e un suono attutito di passi.

«Un raid!» Il bisbiglio di Walter è quasi inudibile.

«Perché?»

«Con la scusa delle tasse. Sbrigati, potrebbero scendere.»

Mi prende per mano, portandomi nel magazzino.

«Perché non scappiamo?»

«Fuori sarà pieno di Gestapo. Sbrigati!»

Mi trascina verso un angolo buio. Le balle formano un muro altissimo ma dietro, tra le cataste di pelli e la parete, c'è un'intercapedine angusta in cui ci infiliamo appiattendoci.

Sentiamo la porta che dà sull'esterno aprirsi con violenza. Grida. Passi secchi. Siamo paralizzati dal terrore. Con una mano Walter mi sprona a non fermarmi e centimetro dopo centimetro, strisciando tra le pelli e la parete, arriviamo in fondo all'intercapedine, dove regna il buio pesto. Con un pizzico di fortuna, la luce delle torce non penetrerà fino a noi.

«E se ci scoprono?» sussurro a Walter.

«*Shhh*. Non pensare, taci e basta.»

La fessura è davvero strettissima, sento la parete dura contro la schiena e la massa incombente delle balle davanti e sopra di me. Walter è al mio fianco. Un calpestare di stivali sul pavimento. Un ordine abbaiato con forza. L'oscurità è impenetrabile e i miei occhi spalancati si sforzano di intercettare il minimo chiarore, senza riuscirci. Più vicino, adesso, qualcuno grida. Mi sento soffocare. Sono stravolta dal terrore. La mano di Walter cerca la mia.

«Calma, va tutto bene.»

Qualcosa di metallo gratta sul cemento. Passi. Vicini. Vicinissimi. Aguzzo le orecchie e cerco di smettere di tremare, di ignorare il rombo assordante del mio cuore, di non ansimare.

Gli uomini sono nell'ufficio, aprono e sbattono porte e cassetti. Devono essere in due. Un'altra porta viene spalancata con violenza, stavolta all'interno del magazzino. Altri passi secchi e voci. Walter si irrigidisce.

«Papà e mio zio Josef» bisbiglia.

Mi schiaccio contro il muro nel tentativo di guadagnare un po' d'aria tra la faccia e le balle di pelli di coniglio e sento l'intonaco grezzo contro la schiena. Se solo ci risucchiasse fino a farci sparire.

«Lasciate fuori mio figlio.» La voce del padre di Walter risuona cristallina. «Lui non c'entra niente. Se dovete prendere qualcuno, prendete me. Lui lasciatelo stare, è soltanto un ragazzo.»

«Quanti anni ha?» ruggisce una voce.

«Diciannove.»

«Abbastanza grande da distinguere ciò che è giusto da ciò che è sbagliato. Siete tutti e tre in arresto.»

«Ma perché?» La voce si fa supplichevole. «Davvero, non c'è bisogno di...» Dev'essere Josef.

Rumore di scompiglio, una specie di sospiro e poi un grido.

«In ginocchio, sporchi ebrei!»

«Non capisco... abbiamo pagato tutto quel che c'era da pagare, ed era tanto!» Di nuovo Josef.

«Taci!» Il tono dell'uomo della Gestapo è vibrante, basso e minaccioso. «Tuo figlio dov'è? Intanto, questa roba è confiscata...»

«No!» grida il padre di Walter. «Non abbiamo altro! Controllate i registri... Lì, è tutto scritto, lì!» Lo immagino indicare l'ufficio a vetri.

«Come ti permetti!» La voce del tizio della Gestapo trema. Ascoltando attentamente riesco a cogliere ogni minima sfumatura, ogni emozione che trapela dalle sue parole. «Mi stai dando del bugiardo?» Una frase carica di minaccia.

«Veramente non...»

Una sferzata simile all'esplosione di un'arma da fuoco. Il rumore di qualcosa di solido, di metallico forse, che intercetta la carne. Un urlo, poi Josef che grida: «Maledetti! Che bisogno c'era...»

«Zitto, ebreo schifoso!» Un colpo, un altro urlo.

All'improvviso sento Walter agitarsi. «Li ammazzano, devo fare qualcosa!»

«No, fermati: cosa credi di ottenere?» gli sussurro, aggrappandomi disperatamente al suo braccio. «Uccideranno anche noi!»

Un gemito.

«È vivo! Walter...»

Lui esita, teso, pronto a scattare. Adesso lo stringo con entrambe le mani. Non posso lasciarlo andare.

«Dov'è il ragazzo?» Un'altra voce.

«A casa, credo.» La voce di Josef è ferma ma in qualche modo anche suadente.

Dal basso, arrivano altri gemiti. Il padre di Walter dev'essere finito a terra.

«Avete già noi, a cosa vi serve?»

«Per interrogarlo su un'altra faccenda. C'è un'accusa pesante a suo carico.»

Io e Walter ci stringiamo forte le mani. Ingrid deve aver

fatto la sua soffiata alla Gestapo: per quale altra ragione potrebbero volerlo, sennò?

«Perquisite il magazzino» abbaia qualcuno. «Tu, vai a cercarlo a casa.»

Sento Walter tremare al mio fianco.

Signore, lo so che ho peccato e che mi sono comportata male in un sacco di circostanze, ma ti prego, ti prego, se mi ascolti ti giuro che cambierò. Riprenderò ad andare in chiesa e non ti dimenticherò più. Ma fa' che non ci scoprano. Ti scongiuro, Signore, fa' che non ci scoprano.

Non pregavo Dio da quando ero bambina, ma adesso lo faccio. Che altro mi resta? Mi sento le gambe così molli che se non ci fossero il muro e le pelli non mi reggerei in piedi.

Gli uomini della Gestapo si aggirano pesantemente per il magazzino, pestando gli stivali e sbraitando. Intravedo i lampi di luce delle torce. I passi si avvicinano, ma stranamente, miracolosamente – *grazie, Signore, se davvero ci sei non mi dimenticherò di te* – non trovano l'intercapedine tra le balle di pellame e il muro.

Alla fine se ne vanno veloci come sono arrivati. Le luci vengono spente e una chiave gira nella serratura, mentre una pesante coltre di silenzio cala sul magazzino. Adagio, tremando, strisciamo fuori dal nostro nascondiglio.

Walter comincia a singhiozzare. Io gli passo un braccio intorno alle spalle. «Andiamocene di qui» dico.

«E come?» mi chiede lui, sottovoce. «Mi stanno cercando.»

È chiaro che a casa non può tornare. Per un po' dovrà sparire.

E io so esattamente dove nasconderlo.

L'oscurità è fitta e densa come melassa. Sono ferma sul pianerottolo con le orecchie tese. La serata è trascorsa con tormentosa lentezza, tra la cena, il caffè e le innumerevoli pause di silenzio che hanno inframmezzato la conversazione rarefatta di mia nonna e mio padre. Intorno a me la casa scricchiola e respira, sembra quasi che mi osservi. Resto immobile a lungo, in ascolto, controllando se da sotto le porte filtra luce. Tutto è immerso nella calma.

Con movimenti accorti e silenziosi raccolgo delle coperte e poi delle provviste in cucina, dopodiché mi richiudo alle spalle la porta posteriore e porto tutto nella casa sull'albero.

«Walter?» chiamo piano dalla base del tronco.

«Sono qui.»

Sento un peso sollevarsi dal cuore.

Dopo tutti questi anni, la casetta è ancora un buon riparo. Nonostante la polvere, i segni di abbandono e il nido di uccelli che ospita, tiene la pioggia e il legno rimane solido. Mentre gli preparo un giaciglio con le coperte, Walter resta seduto stringendosi le ginocchia al petto. Di quando in quando ha un tremito, e non parla. Non mangia, preferendo conservare quello che gli ho portato per domani.

«Cerca di dormire, mi raccomando» gli dico alla fine.

«E come faccio? Non ho idea di cosa stia succedendo a mio padre e a mio zio, e neanche alla mia povera mamma. Sarà impazzita di terrore. E se finissero per trovarmi, Hetty?»

«Non gli verrebbe mai in mente di venire a cercarti qui. Per qualche giorno sarà il posto più sicuro, credimi.»

«Ti credo. Ma...» Nel buio cerca la mia mano. «... Non posso restare a lungo.» Me la stringe. «Non pensi che dovresti rientrare, adesso?»

«Non ancora. Intendo sfruttare al massimo ogni minuto a nostra disposizione. Rientrerò prima che faccia luce, non mi va di lasciarti qui da solo. Non ora.»

Lui non aggiunge altro e insieme ci sdraiamo sulla morbida trapunta che ci fa da materasso. Lentamente il tremore diminuisce, per poi cessare completamente. Ci stringiamo in cerca di conforto e calore, mentre il vento agita i rami dell'albero gigante facendoli grattare contro le pareti della casa di legno come se volessero entrare e separarci.

Ma nel nostro tiepido bozzolo di piume e coperte sulla grande quercia, lontani dalla follia che sconvolge la città e il nostro disgraziato paese, abbiamo la sensazione di stare al sicuro. Strizzo gli occhi e infilo la testa nell'incavo del collo di Walter. Il suo profumo è inebriante. Non possono portarmelo via! Non glielo permetterò! Vorrei tanto poterlo salvare da qualunque cosa gli riservi il futuro.

Siamo sdraiati su un fianco, ci guardiamo e dopo un po' lui si solleva e le nostre labbra si uniscono in un bacio pieno di tristezza e desolazione. Poi avverto in me il desiderio, e i suoi sentimenti sembrano rispecchiare i miei. È questo l'amore? Sapere quello che prova l'altro senza doverselo dire a voce alta? Le sue dita cominciano a esplorare il mio corpo sotto i vestiti.

«Devo smettere?» mi chiede ripetutamente, la voce bassa, il suo alito un soffio nel mio orecchio. «Non dovremmo...»

Fermati. Adesso. Prima che sia troppo tardi.

«No, non dovremmo.» Sono sull'orlo di un precipizio: vacillo pericolosamente e so che dovrei tirarmi indietro, ma opporre resistenza è impossibile. Non voglio. Non voglio resistere. «Non smettere, no» riesco finalmente a mormorare. «Non voglio che tu smetta mai.»

Tutte le volte che ho immaginato questo momento, ed è accaduto spesso, di notte, da sola nella mia stanza, non ho mai pensato che potesse succedere qui, in una capanna buia e piena di spifferi, appollaiata tra i rami di un albero del mio giardino. Era sempre su un letto a baldacchino, dove mi sdraiavo come una stella del cinema avvolta in abiti di seta, con i capelli sparsi sul cuscino. Faceva tutto lui, mi istruiva e io gli obbedivo, ma mi restava la paura di sbagliare qualcosa o di non piacergli sotto i vestiti. Dopo giacevamo abbracciati, la mia testa sul suo petto, e sorridevamo traboccando d'amore e felicità.

E invece? La realtà non poteva essere più distante dalle mie fantasie. Un pezzo di me si allontana per osservarmi da fuori, mentre mi trasformo in un'altra persona. Una donna che non si vergogna della propria nudità, il cui corpo sembra sapere già tutto e che non ha paura di esplorare quello di un uomo non solo con le mani, ma con ogni centimetro di pelle, offrendosi a lui nel modo più intimo. Perché, diversamente da quello che accadeva nei miei sogni a occhi aperti, questa non è una mera interazione meccanica tra parti fisiche; è qualcosa di molto più bello e nobile di un goffo intreccio di membra, umori, odori, sangue, dolore e piacere. È l'unione dei nostri spiriti che finalmente celebrano il nostro amore, quel profondo desiderio reciproco che, dopo mesi di attesa, è arrivato a traboccare.

Rimaniamo sdraiati senza parlare, ma più vicini di quanto non siamo mai stati. Il suo cuore batte forte e veloce contro il mio orecchio e le sue dita mi percorrono la schiena nuda: un tocco lieve e stuzzicante come quello di una piuma. Non ho nessuna voglia di muovermi, di rovinare il momento. Sprofondo e riemergo dal sonno per diverse ore, o almeno così mi sembra.«Devo andare» gli mormoro infine all'orecchio.

«Non voglio.» Mi stringe più forte.

«Devo...»

Manca ancora un bel po' all'alba. Controvoglia mi stacco dal suo calore e torno in punta di piedi nella mia camera. Ho le gambe appiccicose. Mi sentiranno l'odore addosso. Il sesso. Capiranno...

Da sola, a letto, tento di prendere sonno ma è impossibile. Continuo a rivivere il tutto nella mia mente. Mi sento dentro un'energia che mi tiene su di giri, tanto che potrei anche non addormentarmi mai più. Che cosa ho combinato?

Tiro fuori il diario e comincio a scrivere per ingannare il tempo, mentre la notte avanza inesorabile verso il giorno. Mettere nero su bianco quello che provo è un rischio, ma è l'unico modo per calmare un po' l'agitazione che regna nel mio cervello. Troverò un nuovo nascondiglio dove a Ingrid non verrebbe mai in mente di andare a cercare.

E adesso che cosa pensi di me? Dopo quello che abbiamo fatto? Per la legge, abbiamo commesso peccato. Tra tutti i peccati, il peggiore. Ripenso ai nostri corpi: al nostro sudore e al nostro sangue, ormai mescolati per sempre. Tornare indietro non si può. Sono rovinata e dannata, ma una cosa tanto naturale e perfetta può essere davvero un peccato? No. Non è possibile. Walter è il ragazzo migliore, il più delicato e gentile che conosca. Tra le sue braccia sono più al sicuro che in qualunque altro posto. Sono loro a sbagliarsi, non noi.

3 novembre 1938

«Oggi pomeriggio vieni alla raccolta fondi della Lega, Hetty» mi dice Erna alla fine delle lezioni. «Ti farà bene cambiare aria» aggiunge, studiandomi con attenzione, «concederti una sosta. Anche a me manca tantissimo, lo sai. Non passiamo un po' di tempo insieme da...»

«Lo so, ma è tornata mia madre e devo occuparmi di lei. Ci rifaremo presto, te lo prometto.»

Mi rivolge un sorriso triste e io mi affretto verso casa.

La mamma è tornata ieri. Magra e terribilmente spigolosa, sembra potersi rompere solo a guardarla. Nuove ciocche grigie fanno capolino nel suo chignon lucido e scuro, gli occhi sono spenti come gli abiti che indossa. Mi sorride e mi abbraccia. Dice che è bello essere di nuovo a casa. È qui, ma non per davvero. La mamma che era un tempo è sepolta insieme a Karl al cimitero.

Dopo pranzo andiamo insieme a braccetto dai fioristi all'angolo di Hallische Strasse, con Kuschi che zampetta tranquillo al nostro fianco.

Dopo avere osservato a lungo il campionario di fiori colorati, mamma ancora non riesce a scegliere.

«Che ne dici di questi?» le propongo, indicando dei fiordalisi. Blu: il suo colore preferito. Fiordalisi: i fiori che le piacciono di più.

«Troppo allegri.» Scuote la testa.

Mi guardo intorno. Esiste forse un fiore che non lo sia?

«Posso darvi una mano, signore?» Il proprietario del negozio ci viene incontro sorridendoci radioso da sotto i baffi impomatati.

Mamma lo incenerisce con un'occhiata.

«Sto cercando qualcosa di adatto per la tomba di mio figlio.»

Parole che mi fanno trasalire.

L'uomo spegne istantaneamente il sorriso e abbassa la testa, assumendo un'aria di circostanza.

«Dolentissimo» dice. «Lasciate che vi aiuti lo stesso.»

Con mano sicura compone un mazzo pescando da vari secchielli. Minuscole gipsofile, rose bianche, ramoscelli di salice bianco, pallidi gigli spolverati di rosa. Li avvolge in carta marrone e li consegna alla mamma.

«Proprio così. Questo sì che va bene» dice lei.

Sempre a braccetto ci dirigiamo verso il cimitero e li depositiamo sulla tomba di Karl.

«Ecco qui» commenta, contemplando il mazzo chiaro e perfetto sulla terra scura ancora fresca.

È un peccato che debbano appassire e morire anche loro.

Andiamo a sederci sulla panchina sotto i rami generosi di un abete bianco e lasciamo vagare lo sguardo sulla distesa di tombe in direzione della chiesa. Lontane note d'organo ci raggiungono, mescolate al vento che canta tra gli alberi.

«Anche a me manca tanto» dico.

Mia madre mi stringe forte la mano e comincia a singhiozzare, il corpo intero scosso dal dolore della perdita.

«Mamma» riprendo, dopo che ha versato tutte le sue lacrime, «io dovrei andare a una raccolta fondi per la BDM.»

Lei mi guarda con espressione vaga. «Certo. Certo. Vai. Io mi trattengo ancora un po'.» Mi rivolge un flebile sorriso e torna a girarsi verso la tomba di Karl.

Mi allontano a passi leggeri.

Uscita dal cimitero affretto l'andatura, puntando verso i boschi vicino al fiume. Mi manca quasi il respiro. Starà bene? Verrà come ha promesso? Ordino alle mie gambe di accelerare. Sembrano fatte di gelatina. E se invece al mio arrivo scattasse una trappola? Di colpo immagino i boschi brulicanti di uomini della Gestapo pronti ad arrestarmi per aver contaminato il sangue tedesco. Mi attacco al corrimano per affrontare meglio le salite e le discese del marciapiede, che infine prosegue in piano.

Una donna mi incrocia lanciandomi un'occhiata strana. Lascio andare il corrimano e proseguo, rallentando un po' il passo, ma incerta nell'equilibrio. Avrà intuito che sono stata con un ebreo? E non una volta, ma per ben tre notti di seguito! Mi guardo alle spalle, ma la donna si allontana in fretta, la testa china nel vento.

In tasca ho il biglietto che lui ha lasciato da Lena al caffè dopo aver passato qualche giorno nella casa sull'albero, la settimana scorsa. Lo stringo come se la mia vita dipendesse da questo pezzo di carta.

> Mia adorata,
> quanto mi manchi! Non passa secondo che non pensi a te e alle notti trascorse insieme. Mi sento tremendamente in colpa per aver vissuto attimi di simile beatitudine in mezzo a tanta angoscia. Non vedo l'ora di raccontarti che cosa è successo, ma non possiamo incontrarci alla luce del sole. Meglio il bosco. Ti aspetto domani alle tre e mezzo appena fuori dal sentiero, all'altezza del nostro posto del picnic. Spero tu abbia capito.
>
> Tuo W

Quando, come nel ricordo di un'altra vita, arrivo alla curva del fiume dove un tempo ci eravamo seduti al sole caldo dell'estate, lui è già lì al riparo degli alberi, il cappello calato sulla fronte.

«Grazie a Dio sei arrivata.» Mi viene incontro per salutarmi.

«Anche tu. Avevo così paura che ti arrestassero al tuo ritorno a casa.»

«Non ancora, no. Sto facendo di tutto per evitarlo.»

Mi prende la mano e ci inoltriamo nel fitto degli alberi. Il sottobosco è intricato ed è difficile farsi largo. Walter calpesta rovi e scosta i rami che mi intralciano il passo.

Cade una pioggerellina leggera ed è meglio così: in giro ci sarà meno gente che passeggia.

Ci fermiamo in una piccola radura, dove finalmente riesco a guardarlo in faccia: è pallido e stanco.

«Ti prego, racconta... cos'è successo a tuo padre e tuo zio?»

«La Gestapo li ha trattenuti per due giorni, poi li ha lasciati andare.»

«Ma è fantastico!»

Scuote la testa. «Che siano tornati a casa, sì. Ma a quale prezzo! Li hanno picchiati e interrogati senza sosta per due giorni e due notti, privandoli del sonno e del cibo. Li hanno spezzati. Alla fine erano così deboli che hanno accettato di firmare e cedere la ditta al partito nazionalsocialista pur di essere rilasciati. Ed entro la fine dell'anno dovranno anche pagare una multa salatissima.»

«Oh, no. Dio, mi dispiace così tanto.» Una notizia davvero tremenda. Mi sento invadere da un senso di profonda vergogna al solo pensiero di far parte di tutto questo. «Ma con quale accusa?»

«Frode al fisco! Una menzogna. Hanno deciso loro il valore della ditta, che in realtà è sull'orlo della bancarotta, e hanno imposto tasse basate su profitti inesistenti. Poi ci hanno accusati di non aver pagato il dovuto per cifre di gran lunga superiori alle scorte e al patrimonio netto messi insieme. Una follia. Josef e mio padre non hanno più strumenti per opporsi, quei bastardi hanno ottenuto quel che volevano. Forse adesso ci lasceranno in pace. Mio padre continua a scrivere ai suoi contatti in tutta Europa, ma dalla conferenza di Evian, quest'estate, nessun paese accoglie nuovi rifugiati. Nemmeno la Palestina. Teme che presto i nazisti si prenderanno anche la casa di mia nonna, e non avremo più un tetto sopra la testa.»

A questo punto del racconto è come se qualcosa dentro di lui gettasse la spugna, rassegnato al peggio che sta per arrivare.

E ancora una volta ho un nodo alla gola.

«E tu? Non sono venuti a cercarti?» La mia voce è un sussurro. Il modo in cui si muove e abbassa lo sguardo mi fa sprofondare nella paura. Mi si avvicina, prendendomi la mano.

«Sei stata bravissima a nascondermi.» Sta chiaramente facendo fatica a mantenere un tono leggero. «Sì, sono venuti a cercare anche me. Ma per adesso non sono tornati.»

«Ma perché? Con quale scusa?» Mi stringo forte a lui.

«Con un'accusa gravissima, Hetty.» Ha un attimo di esitazione. «Sono stato denunciato per *Rassenschande*.»

«No!»

«Significa che qualcuno ci spia.»

«Dev'essere Ingrid. Dev'essere lei, Bertha mi ha anche avvisata...»

«In che senso?»

«Secondo lei, Ingrid sospettava che avessi una relazione. Sosteneva di avere le prove di qualcosa di "sensazionale".»

«Be', ricordo che ti sembrava ci avesse visti, ma da qui a...»

«Non ne sono certa, e il fatto di essere insieme in un locale di per sé non è un reato. No, secondo me si tratta di qualcosa di più... Non vorrei che avesse trovato il mio diario.»

«Hetty, non mi dirai che hai scritto della nostra storia?» Mi guarda inorridito. «E che hai fatto il mio nome?»

«Sì» sussurro.

Con un gemito, si prende la testa tra le mani.

«Mi dispiace tanto.»

«Di tutte le sciocchezze...»

«Lo distruggo, giuro che lo distruggo!»

«Quindi non l'ha preso?»

«No! All'inizio lo nascondevo sotto il materasso, ma poi ho trovato un posto molto più sicuro e lì non può averlo trovato.»

«No, certo, altrimenti mi avrebbero già arrestato.» Si mordicchia le unghie, pensieroso. «Quindi non dispongono di alcuna prova e la persona che mi ha denunciato, per il momento, non ha fatto il tuo nome. Se vogliono processarmi per contaminazione della razza non possono perseguire la controparte, cioè te, in quanto dovresti fornire la prova della contaminazione dimostrandoti coinvolta. E tu non puoi comprometterti. Credo sia il motivo per cui questa persona ha ritirato la denuncia. Per adesso, almeno. Quindi non hanno prove su cui basare l'accusa. Forse sperano di beccarci insieme. O forse temono le conseguenze se venisse infangato il nome della tua famiglia. Ma se mettessero le mani sul diario, dove c'è la prova di tutto...» Walter mi fissa con gli occhi sgranati. «Devi assolutamente bruciarlo, Hetty, sì. Altrimenti possono denunciare e processare anche te, lo capisci? Ti prego, giurami che lo farai!»

«Giuro...»

Lottando contro il panico, osservo i rami anneriti dall'acqua e le foglie fradicie degli alberi da cui si spande un sentore di terra marcescente, stantio e dolciastro. E il senso di minaccia torna a opprimermi, insinuandosi silenziosamente nel bosco e stringendosi sempre più intorno a Walter.

Lo abbraccio disperata.

«Devi andartene, Walter. *Adesso.* Parti per l'Inghilterra, ti scongiuro.»

Lui annuisce, serrandomi tra le braccia. «Il padre di Anna è riuscito a procurarmi un visto garantendo per me e per la mia capacità di mantenere me stesso e mia moglie.» Una parola che è una stilettata. «È stato davvero generoso, ha anche già fissato il mese in cui si terrà il matrimonio, come prova incontestabile delle nostre intenzioni: marzo dell'anno prossimo.»

«Marzo dell'anno prossimo» ripeto io, lasciando che per un istante la mia mente si proietti al di là di due o tre giorni al massimo. E *per me* quale futuro ha in serbo la Germania, senza Walter e senza Karl? Un tempo che si stende come una foresta senza confini: tetro, vuoto, desolato. Così dev'essere, lo so, ma la dura realtà è veleno amaro nella mia bocca. «Voglio che ti metta in salvo, Walter, lo voglio davvero. Ma non sopporto il pensiero di te e...»

«Lo so, nemmeno io. Mi dispiace moltissimo, Hetty.» Si stacca da me, sprofondando la faccia tra le mani. «Non esistono parole adatte...» Rialza la testa, con gli occhi umidi, e appoggia le mani sulle mie spalle. Mi rivolge uno sguardo che esprime tutta la sua frustrazione. «Mi sento un traditore a lasciare qui te e i miei. Non so cosa darei per portarti con me e non appena sarò a Londra farò di tutto perché loro mi seguano in Inghilterra. Ci darò dentro ventiquattr'ore al giorno, se necessario, anche perché l'unico modo per resistere è affrontarla come una missione di salvataggio.»

Gli appoggio la testa sul petto.

«Ho già mosso i primi passi» riprende. «Ho contattato dei conoscenti di Josef e abbiamo registrato una ditta, la Keller & Co. di Londra. Gli inglesi sono affamati di nuove imprese commerciali: portano posti di lavoro e prosperità anche per loro. Se riesco a far partire tutto velocemente e a convincerli che la presenza di papà e di zio Josef è indispensabile per la gestione del tutto, potrebbe funzionare.» Ma mi basta guardarlo per capire che non ci crede nemmeno lui.

Ripenso a Ingrid e alla Gestapo.

«Quando potrai partire?»

«Non so. Dobbiamo ancora pagare la tassa per l'espatrio, è questa la fregatura. Mia madre sta provando a impegnare i quadri e i mobili più preziosi, pur di tenersi la casa. L'affitto delle stanze è rimasto la nostra unica fonte di guadagno, senza quella finiremmo tutti quanti sul lastrico.»

Restiamo in silenzio, persi nelle nostre elucubrazioni.

«Quanto mi piacerebbe venire con te» sussurro, girandomi a guardarlo. «Che dici, Walter: potrei? Come faccio a restare qui senza di te? Come faccio, in mezzo a questa...» Mi mancano le parole. «... in mezzo a questa *cosa* nazista, se non ci credo più? Se *vedo* chiaramente che la realtà è atroce e completamente sbagliata?»

I suoi occhi sono pieni di dolore.

«Se anche riuscissi a procurarti un visto, cosa impossibile, non staremmo comunque insieme. Io posso andare e restare in Inghilterra *solo* in quanto marito di Anna. Dovrò registrarmi come straniero e mi daranno il permesso di soggiorno per dodici mesi, e ogni anno dovrò giustificare la mia presenza per ottenere il rinnovo del visto. Senza l'appoggio del padre di Anna mi rispedirebbero immediatamente indietro, e questa è l'unica speranza che ho di salvare il resto della mia famiglia. Non credo che sarebbe disposto a tanto se mi seguissi. Senza contare che nemmeno tu saresti al sicuro: la Gestapo ti troverebbe e te la farebbe pagare. Non vedono l'ora di poter additare qualcuno come esempio eclatante di comportamento antigermanico e antinazista.»

Mi sento circondata dalle presenze cupe degli alberi, le nuvole sono basse e un'atmosfera tetra pervade questo luogo deserto. Lui fa per baciarmi, ma io mi giro dall'altra parte.

«Hetty... guardami, ti prego.»

Il nodo che ho in gola è enorme. «Mi mancherai da morire» farfuglio alla fine.

«Spero che un giorno tutta questa follia terminerà. Se avremo fortuna, l'Inghilterra, l'America e il resto del mondo occidentale combatteranno per la libertà. Di sicuro Hitler non si fermerà qui, questo è certo, ma chissà cos'altro deve ancora succedere. Dobbiamo sperare. Adesso è il momento di mordersi la lingua e fingere di obbedire, come hai sempre fatto. Nessuno può sapere come la pensi davvero: devi soltanto salvarti e non tradire ciò in cui credi.» Mi asciuga piano le lacrime con la punta delle dita. «Io ti amerò per sempre, Hetty, ogni singolo giorno per tutta la vita che mi rimane. Non scordarlo mai, se dovesse accadere il peggio.» Gli si spezza la voce. Non c'è altro da dire.

Più tardi a cena mia madre non tocca cibo, mentre mio padre mangia di gusto. Io cincischio davanti ai bocconi unti di carne di maiale. Me ne basta un assaggio per sentire lo stomaco che si rivolta.

Ingrid ci serve dei dolci assortiti e un bicchierino di vino da dessert. Ne butto giù metà, usandolo per ripulirmi la bocca, poi la osservo con attenzione, cercando di capire. È stata lei?

Evita con cura di incrociare il mio sguardo.

Papà invece si schiarisce la voce. «Tua madre e io abbiamo

parlato» dice. I suoi occhi slavati e arrossati sono seri. Trasuda stanchezza da ogni poro. L'ombra della morte di Karl ci avvolge tutti come un sudario. «Presto finirai la scuola e abbiamo deciso quale sarà il tuo prossimo passo.»

«Voglio andare all'università. Lo sapete. Voglio diventare medico...»

«Abbiamo già fatto questo discorso» taglia corto mio padre, «ed è impossibile.»

«Potrei andare all'estero.»

Fa una smorfia schifata. «L'università è fuori discussione. Frequenterai la scuola di economia domestica.»

«Che cosa?» grido. «Non voglio! Mi insegnerebbero soltanto a ricamare, a fare conversazione ai ricevimenti o a organizzare una cena per dodici. Non ho nessuna intenzione di sposarmi, io...»

«Non ti permettere di parlare così a tuo padre!» mi riprende mia madre. «Sei di una maleducazione inaccettabile.»

Sotto i loro sguardi mi ammutolisco, ma dentro avvampo di rabbia.

«Hai goduto di troppa libertà, signorina, e ti ha dato alla testa. Ti ricordo» rincara mio padre, abbassando minacciosamente la voce, «che alla lunga i desideri egoistici portano alla morte della civiltà. Prima viene il dovere. Prima e sopra a tutto. Sposarsi presto è la cosa giusta, argina la naturale inclinazione alla riottosità e al capriccio.»

«Io non... Cosa vuol dire, "troppa libertà"? Dov'è che ho sbagliato, scusa?» Nessuno dei due mi risponde. «Conosco i miei doveri, e non capisco...»

«Il tuo *dovere* è sposarti e dare dei figli al nostro Führer per il futuro del paese. Questo e nient'altro.» Papà ha la faccia irata e paonazza. «Tuo fratello ha compiuto il suo, era pronto a dare *la vita* per il Reich. E tu? Te ne vai in giro interessata solo a divertirti, a coltivare sogni folli... viaggi, università, lavori e altre idiozie assolutamente *ridicole*!» Picchia il pugno sul tavolo, facendo sobbalzare me e la mamma.

«Sei scappata di mano a tua madre» prosegue. «Non ti biasimo di certo, Hélène, visto quel che è successo, ma per una ragazza della tua età non è bene godere di libertà simili, Herta. Sempre fuori a fare chissà cosa in compagnia di chissà chi, e ora non c'è neanche più tuo fratello a tenerti d'occhio.»

Mi giro in cerca di Ingrid, pronta a trafiggerla con lo sguardo, ma se n'è andata. Sento il sangue pulsarmi alle tempie. Non possono impedirmi di uscire. Non so cosa darei per poter ribattere con quello che so su di lui.

«Perdonami, Franz, non dovrebbe...»

Ingrid rientra per sparecchiare i resti del dessert.

«Caffè?» chiede, allegra e soddisfatta, come se fosse rimasta in ascolto dietro la porta.

«In salotto, per favore, Ingrid.»

Lei esce di nuovo, senza premurarsi di chiudere.

Papà si pulisce la bocca col tovagliolo. «Tua cugina Eva ha appena terminato un'ottima scuola a Halle. Oppure potresti andare a Dresda, o a Berlino.»

La scuola di economia domestica!

«Vorrei prima dare la maturità, papà» obietto, sforzandomi di tenere salda la voce. «Per favore. Vado bene... dovrei uscire con ottimi voti.»

«La maturità è una perdita di tempo, soprattutto per le ragazze. Se proprio ci tieni a lavorare, potrai studiare da maestra anche là. Questo tua madre e io potremmo accettarlo.»

Appoggia la mano sopra la sua, che riposa pallida e inerte sul tavolo. Sorride a lei, poi a me, ogni rabbia evaporata. Adesso la sua espressione dice: «Come vedi, sono indulgente e di buon cuore, ma non cedo agli isterismi o alla debolezza di carattere delle donne.» Anche io li guardo. Mia madre si è richiusa in se stessa e io sono sola. Se Karl fosse ancora qui, saprebbe cosa dire. Riuscirebbe a farli ragionare.

Mi lascio ricadere all'indietro contro lo schienale. Inutile discutere: non mi ascolterebbero. Di lì a poco si mettono a parlare d'altro. Intorno a me l'aria è opprimente, mi schiaccia e mi soffoca. Queste quattro mura sono un carcere, ormai mi è chiarissimo: una prigione compatta e impenetrabile.

Alla scuola di economia domestica non ci vado, papà. Semplicemente, non ci vado.

In camera sposto le coperte nel mio armadio e con mani tremanti sollevo l'asse sconnessa, poi le infilo nel buco sottostante, dove sfiorano il diario. *Grazie, Signore. Grazie, grazie, grazie.* Lo tiro fuori e contemplo il patchwork di colori della copertina. Ricordo come fosse ieri il giorno in cui Karl si era seduto sul mio letto in attesa trepidante della mia reazione, e il modo in cui gli brillavano gli occhi nel capire quanto piacere mi avesse procurato quel regalo.

Immagino di bruciarlo, di guardare le pagine accartocciarsi e annerirsi nel fuoco. La copertina si sfalderebbe completamente in cenere o nel caminetto ne resterebbero tracce che domattina Ingrid potrebbe trovare?

Ci passo sopra la mano più volte, accarezzandolo come fosse un adorato animale domestico. Un giorno sarò vecchia e non avrò altro che i miei ricordi. E quando la memoria svanirà, cosa potrà tenerli ancora vivi? Se dimenticassi tutto?

Ripongo con cura il diario in una federa, lo rimetto nel buco e lascio ricadere l'asse del pavimento. Se Ingrid non l'ha ancora scoperto, difficilmente lo troverà prima che Walter lasci il paese per sempre. E io farò in modo che ciò non accada.

7 novembre 1938

Il portiere chiama l'appartamento di Erna mentre io aspetto fuori nell'aria fredda e umida. L'odore delle foglie in putrefazione si mescola a quello di legna bruciata.

«Sono così contenta di vederti!» La chioma color rame e oro di Erna e il suo sorriso mi vengono incontro.

«Mi serve il tuo aiuto» esordisco non appena mi raggiunge sul marciapiede. Se rimando, rischio di perdere il coraggio.

Erna infila il braccio sotto il mio e ci avviamo insieme.

«Spara» mi invita allegramente.

«Ne sarai scioccata. Probabilmente non mi vorrai più vedere.»

«Accipicchia, la cosa si fa interessante. Dimmi tutto...»

«No, Erna, parlo sul serio. Non devi assolutamente dirlo a *nessuno*. Mi hai sentita?»

«Va bene, va bene! Non c'è bisogno che mi aggredisci. Giuro che non ne farò parola con nessuno.»

«Promesso?»

«Ho detto che lo giuro! Santo cielo, Hetty, di che si tratta?»

Inspiro a fondo.

«Mi... mi sono innamorata di uno. Voglio dire, innamorata per davvero. Molto innamorata.»

Espiro. Il mio alito è un ruscello di vapore che scorre nell'aria invernale.

«Ma è fantastico!» Sorride, poi aggrotta la fronte. «Una cosa un po' improvvisa, però, dopo Karl, no?» Mi sembra imbarazzata. «Cioè, scusa, non intendevo dire che non devi. Anzi, è bene che ti distrai un po'...»

«Non è una cosa improvvisa. Va avanti da più di un anno.»

«Eh? Un anno?» Si blocca sui suoi passi. «E perché non me ne hai parlato prima?»

Continuo a camminare e lei si affretta a raggiungermi.

«Lo so cosa penserai, dopo che sono stata così dura con te e Karl. Come amica mi sono comportata malissimo e, credimi, mi sento indegna. Ma c'erano ottime ragioni per cui non potevo parlarne.» Non riesco nemmeno a guardarla. A testa bassa, lo sguardo fisso sul marciapiede bagnato, cammino tra mucchi di foglie fradicie.

«Sì. Sì, come amica ti sei comportata davvero male. In modo imperdonabile.» Mi dà una gomitata e si mette a ridere. «Dai, scherzi a parte, dimmi chi è. Dimmelo adesso e ti perdonerò per tutto.»

Facciamo ancora qualche passo. *Raccontaglielo adesso.*

Altro respiro profondo. «È un ebreo, Erna. Mi sono innamorata di un ebreo.»

«Ti sei...? Ah, certo, sì! Oh, Hetty, che matta che sei.»

«No, Erna, è la verità. Si chiama Walter Keller. Forse ti ricordi quel giorno, a scuola, quando lui e Freda...?» Erna non sorride più, ora, ma annuisce. «Tanto tempo fa era amico di Karl, per questo lo conoscevo. L'anno scorso l'ho incontrato per caso mentre portavo a spasso Kuschi. Ci ho provato a stargli lontana, ma era impossibile. È che come lui non c'è nessuno, Erna. Nessuno. Non ho potuto resistere, mi sono innamorata di lui e lui di me. È come se fossimo fatti l'uno per l'altra, anche se non è così.»

Puntiamo verso Nordplatz. La grande piazza verde con la sua bella chiesa slanciata è davanti a noi. Ora che ho cominciato a parlare, sono un fiume in piena.

«Ho provato un sacco di volte a smettere di vederlo, e lo stesso vale per lui, ma non c'è stato niente da fare. Se ci scoprissero, e in un paio di occasioni è quasi successo, sarebbe un disastro per entrambi. Il mio crimine non sarebbe da meno del suo. Ma lo amo da morire, Erna.»

Sento il suo sguardo su di me. «E perché adesso me lo vieni a raccontare?»

«Qualcuno ha sporto denuncia. Potrebbe essere stata la nostra domestica, che forse ci ha visti insieme. Mi tiene d'occhio, Erna, e devo stare attentissima. Insomma, lui è accusato di contaminazione della razza. Ha un visto per andare in Inghilterra, ma solo se là si sposerà.»

«Oh, Gesù.»

«Però» riattacco io senza esitare, «non può partire senza passaporto e senza pagare la tassa sull'espatrio. Devo aiutarlo, Erna. E mi serve un'alleata.»

Lei scuote la testa. «Be', hai detto poco.»

Ci fermiamo nei pressi della chiesa; non distante da lì, tanto tempo fa mi sono dichiarata a Walter.

Finalmente trovo il coraggio di guardare la mia amica negli occhi. Lei mi fissa a sua volta, sconvolta e pallida.

«Allora, che cosa pensi di me adesso?» le chiedo, spiando quelle due pozze verdi dove la sua anima, cristallina e pura, arriva forse a incontrare la mia, torbida e sporca.

Per qualche secondo non dice niente. «Che non riesco a crederci» commenta infine.

«Hai promesso che non lo dirai a nessuno...»

«No, Hetty, no! Mai!» Mi afferra le mani. «Ti voglio bene, razza di sciocchina. E per questa cosa te ne voglio ancora di più. Più di quanto te ne abbia mai voluto.»

Di colpo mi sento invadere dalla spossatezza. Sono stanchissima e ho le gambe di piombo, come se confessare questo segreto mi avesse finalmente autorizzata a riconoscerne tutto il peso.

«Vedi, Hetty» riattacca Erna, abbassando gli occhi, «anch'io devo farti una confessione.»

«Cioè?»

«E avrei dovuto fartela prima. Mio padre non è un vecchio pazzo che straparla. A volte può sembrare così, certo, ma in verità è molto di più. È un antinazista incallito, odia Hitler e tutti i valori che difende. In famiglia lo odiamo tutti.» Un'occhiata alla piazza, la voce che si abbassa in un sussurro. «Qui in città abbiamo formato una piccola rete. Piccolissima, anzi. Non siamo in grado di cambiare le cose, la gente ha troppa paura.»

Scuoto la testa nel tentativo di schiarirmi le idee e di valutare con lucidità tutte le implicazioni di ciò che mi sta dicendo. «Per questo mio padre ha voluto che entrassi nella Lega delle ragazze tedesche e mi ha incoraggiato anche a distinguermi: per evitare sospetti. È convinto che la Gestapo ci tenga d'occhio.»

«Ma Karl? Perché uscivi con lui?»

«Questa è la seconda parte della mia confessione. Naturalmente mi piaceva: era così dolce e bello. Però non lo *amavo*. Non nel modo in cui lui amava me. È stato così buono che adesso mi vergogno anche un po', ma temevo per mio padre. Sai, può essere... diciamo indiscreto, e io ero preoccupata. Pensavo che la mia relazione con Karl in qualche modo lo avrebbe protetto, che sarebbe stato meno nel mirino...»

La terra mi trema sotto i piedi. Intorno a me tutto gira.

Esiste qualcuno che sia davvero come appare?

«La vicinanza con Karl e la tua famiglia è stata utile» prosegue Erna, ma le sue parole mi ronzano in testa senza che le senta davvero. Ci ha usati. Ha usato me e Karl per i suoi fini personali. Ecco cosa sono io per lei: una cosa utile, niente di più. Mi ero sempre chiesta per quale ragione una persona affascinante, sofisticata e fine come lei potesse volermi per amica.

Be', adesso è tutto chiaro.

«Ma non credere che la nostra amicizia sia stata determinata da mio padre.» Sembra quasi avermi letto nel pensiero. «Non è così, Hetty. Ti ho scelta molto prima di cominciare a capire queste faccende. È la verità.»

Davvero? Sollevo lo sguardo sull'alto campanile, che si arrampica fino alla punta sottile e scura sotto il basso cielo grigio ardesia. Un tempo credevo in Dio. Mi consideravo benedetta da lui e sapevo qual era il mio posto nel suo universo. Ma il disprezzo dei miei mi ha allontanata dalla religione e sono cresciuta con una fede incrollabile in Hitler e nella giustizia assoluta e insindacabile del nostro grande nuovo Reich. Poi, però, Walter ed Erna mi hanno mandato tremendamente in crisi. Karl non c'è più e il modello di tedesco perfetto non esiste. Dov'è finita dunque la mia fede? Non ho più niente. Sono allo sbando.

«Faremo tardi a scuola» dico infine. Incapace di elaborare i miei sentimenti ingarbugliati, non so che altro aggiungere.

«Hetty.» Erna mi prende la mano e me la stringe. «Se ti racconto queste cose è per dimostrarti che il tuo segreto con me è al sicuro. Sono disposta a tutto per aiutarti. Non ti giudico, e spero che neanche tu lo faccia con me. Karl e io non l'abbiamo mai... fatto. Lui diceva che preferiva aspettare, che io non ero *quel genere* di ragazza e che un giorno sperava di potermi sposare. Diceva che di quelle poteva trovarne quante voleva, ma che preferiva passare il suo tempo con me. Perciò non ho fatto nulla che potesse ferirlo e lui non ha mai saputo che i suoi sentimenti non erano del tutto ricambiati. Non ha mai sofferto. Nemmeno un po'.»

Forse è vero.

Forse Karl si toglieva i suoi sfizi con Ingrid.

Mi mordo la lingua e riprendiamo a dirigerci di buon passo verso la scuola.

Oh, Erna, spero proprio di non aver commesso un errore fatale aprendoti il mio cuore. Sul serio hai sempre odiato i nazisti? Se ripenso alle riunioni della Lega, a scuola, alle volte che c'era anche Karl, tu eri sempre quella che cantava più forte e che faceva il saluto con più energia. Per le ragazze più giovani eri una guida perfetta, come solo una perfetta tedesca poteva esserlo. Come potevi risultare tanto convincente, se davvero non ci credevi? O sei l'attrice più brava del mondo? Nel primo caso, come faccio a fidarmi di te e a sapere che non correrai subito a denunciare me e Walter? Nel secondo proverei sollievo, d'accordo, ma potrei contare sulla nostra amicizia? Comunque sia, per tutto questo tempo hai mentito. E solo il futuro potrà dire dove stava la verità.

8 novembre 1938

Infuria un temporale spaventoso. Raffiche di pioggia si infrangono contro le finestre e l'acqua scende in rivoletti lungo i vetri. I rami nudi del ciliegio si incurvano in modo impressionante e frustano con violenza le cancellate di ferro. Le porte tremano e sbattono nel vento, tutta la casa cigola e geme.

Mamma è in salotto e in quel fracasso beve il caffè e ascolta la radio.

«Vado a scuola» annuncio dalla soglia mentre mi abbottono il cappotto.

«Che giornata» commenta lei, guardando gli alberi oscillare sotto le folate. «E non mi riferisco certo solo al tempo, ma a questa storia tremenda di Parigi.»

«Quale storia? Cos'è successo?»

«Non hai sentito il radiogiornale, stamattina? Franz mi ha detto che non è prudente uscire. Almeno per un po'.»

«Perché?» domando, entrando nella stanza e posando la cartella. «Ma io non devo andare a scuola?»

«È corso a una riunione straordinaria delle SS» continua lei, ignorandomi. «Non ne verrà fuori nulla di buono.»

«Nulla di buono da cosa? Smettila di parlare per enigmi, mamma!»

Indica con un cenno del capo i giornali sul tavolino. «Leggi tu stessa» dice, le spalle voltate alla finestra e alla furia della natura che si sta scatenando fuori.

Io sprofondo nel divano e apro il giornale, poi leggo la prima pagina.

8 novembre 1938

Dal nostro corrispondente a Parigi

Eroico diplomatico tedesco in lotta per la vita a Parigi!

In seguito al tentato omicidio compiuto ieri da un ebreo polacco, la vita di Ernst vom Rath è appesa a un filo. Giace in ospedale in attesa dell'arrivo dei migliori medici del Führer, già partiti alla volta di Parigi nella speranza di salvarlo. L'intelligente e giovane diplomatico è stato colpito da cinque pallottole sparate a distanza ravvicinata da Herschel Grynszpan, riuscito a intrufolarsi con una scusa nell'ambasciata tedesca. Grynszpan è stato arrestato sulla scena del crimine e ha già confessato. Si ritiene che la canaglia avesse intenzione di uccidere l'ambasciatore, il conte Johannes von Welczeck.
Vom Rath è un promettente avvocato. Un portavoce dell'ambasciata l'ha descritto come un onesto e talentuoso lavoratore con una carriera luminosa davanti, un giovane di cui la famiglia e il paese sono orgogliosi. Pare che Grynszpan covasse intenzioni malvagie e abbia agito per disprezzo e vendetta. Questo orrendo delitto è l'ennesima, agghiacciante prova che nessun tedesco, ovunque si trovi nel mondo, è davvero al sicuro dall'onnipresente minaccia degli ebrei, pronti a cogliere qualunque occasione per fare del male ai nostri connazionali.

L'articolo mi sembra un po' sensazionalistico. Ripenso alle parole di papà sul giornale e sul rapporto tra notizie e verità.

«Tu credi sia vero?»

«Ma certo che sì. Perché non dovrebbe?»

«Una mia amica dice che non bisogna sempre prestare fede a tutto quello che si legge sui giornali.»

«Be', meglio che tu dica alla tua amica di ragionare con la

testa. Come osa anche solo insinuare una cosa del genere?» Ha l'espressione di chi è stato insultato personalmente. «Perché mettere in dubbio le opinioni di tuo padre su ciò che va pubblicato per via delle stupide osservazioni di una presunta amica?»

Lo difenderebbe a qualunque costo, e lui non merita certo tanta devozione. Sento la rabbia formarmi un nodo nella pancia.

«Vado a scuola, allora?» riprendo, cambiando argomento.

«Non vedo perché no» risponde mia madre con voce sottile. «Papà non ha detto che non devi andarci.» Si protende verso di me, socchiude gli occhi e abbassa la voce. «Questo è solo l'inizio. La cospirazione degli ebrei...» Ha gli occhi di una pazza, le pupille sono enormi pozze nere di follia. Con mani tremanti estrae una sigaretta dal pacchetto sul tavolino e se la infila tra le labbra. «Sono anni che architettano i loro piani e tramano.» Si interrompe per accenderla, poi agita il fiammifero per spegnerlo e lo lascia cadere nel posacenere.

«Che tramano cosa?»

«La rivoluzione! Vogliono dominare il mondo, e questo è solo l'inizio.»

«Non è possibile che tu creda seriamente... mamma, dai! Non può essere vero.»

«Sono serissima, invece.» La voce è rotta dall'emozione. Fa un lungo tiro dalla sigaretta e il gesto sembra calmarla, poi fissa un punto imprecisato nello spazio.

«Mamma?»

Sembra riscuotersi. Aspira un'altra boccata e soffia un pennacchio di fumo dall'angolo delle labbra serrate. Ora gli zigomi sporgono, troppo alti, e la pelle tesa le dà un aspetto quasi emaciato.

«Se devo andare a scuola è meglio che scappi. Sono già in ritardo» dico, raccogliendo la cartella. Devo allontanarmi il più possibile dalle sue parole traboccanti d'odio.

Lei annuisce, si riempie la tazza di caffè e nel farlo ne rovescia un po' sul piattino.

«Sì, ma poi torna subito a casa. Dopo le riunioni papà ne saprà di più. Una cosa è certa: gli ebrei avranno quel che si meritano. Si pentiranno di essere nati.»

Frau Schmidt parla di letteratura, che in genere è la mia materia preferita, ma non ce la faccio a concentrarmi. Riesco solo a pensare alla mamma e alla nostra strana conversazione. Il mio cervello guizza da un'immagine all'altra. Un tedesco indifeso e innocente viene colpito sui gradini di un edificio di Parigi, il sangue gli schizza dal petto. Una folla di ebrei cala sulla nostra città come un'invasione di ratti fetidi e malvagi, Walter è tra loro e mi guarda con un ghigno perché ho ceduto al suo fascino. Sono ingannata e rovinata per sempre. Ma vedo anche tutte le bugie meschine dell'ultimo periodo e Walter, il ragazzo che amo, trascinato fuori casa dalla Gestapo nonostante non abbia fatto nulla, poi gettato in prigione e lasciato lì a marcire.

Mi sudano le mani. Il cuore mi batte fortissimo. Osservo il viso dell'insegnante, la sua bocca si muove ma io non sento nulla; la sua mano scrive alla lavagna, ma io non riesco a dare un senso alle parole che leggo.

Alla fine della lezione Frau Schmidt ci chiede di consegnare i compiti a casa. Li ha fatti meno della metà della classe.

«Mi scusi, professoressa, sono stata troppo occupata con le attività per la Lega delle ragazze tedesche, non ho avuto tempo» le dico anch'io, quando tende la mano per prendere i miei.

Lei trasalisce per la sorpresa.

«Non è da te, Herta» mi rimprovera.

«Non ho potuto fare diversamente.» La guardo dritto in faccia. «La Lega è più importante dei compiti.»

Lei non si azzarda a smentirmi e per un istante ci fissiamo negli occhi. Poi annuisce, stringe le labbra e passa alla prossima compagna.

Sulla porta mi faccio largo nella folla che chiacchiera tra la classe e il corridoio, in cerca di una criniera rossa con sfumature oro. La marea delle ragazze mi trasporta fino alla palestra, dove si dividono in gruppetti schermandosi dalle gocce d'acqua.

Lei mi aspetta già. Ignoriamo la pioggia e scendiamo di corsa i gradini che portano al campo giochi deserto. Mentre cammino rasente al muro per evitare di infradiciarmi, scopro che non riesco a guardarla negli occhi.

«Riguardo a ieri... a quel che ti ho detto su Karl...» Erna si interrompe. «Perdonami, non volevo sconvolgerti.»

«In effetti ci sei riuscita.»

«E la cosa di Walter: anche quella è stata un bello shock. Stanotte non sono quasi riuscita a dormire.»

«Nemmeno io.»

«Hetty...»

«Il fatto è, Erna» e finalmente riesco a trovare il coraggio di guardarla negli occhi verdi pieni di pagliuzze, «che quando scopri che qualcuno non è come credevi, poi è difficile fidarsi. È difficile continuare come prima.»

«Esatto!» All'improvviso il volto di Erna si anima. «Io mi fiderei di te anche in punto di morte, Hetty. Avresti potuto denunciare mio padre: hai sentito quello che ha detto, ma non hai fatto niente. Adesso so cosa provi per Walter e cosa pensi del trattamento riservato ai non ariani, e questo ci rende più vicine. Forse potresti dare un contributo alla lotta contro...»

«Oh, Erna, vorrei tanto aiutarti. Vorrei farlo davvero, ma... non saprei come. Papà sta salendo nella gerarchia del partito e la mamma lo sostiene in tutto e per tutto. O almeno lo faceva. Adesso, dopo Karl, è distrutta e non sono sicura che riuscirà mai a riprendersi. E poi Walter dice che dovrei volare basso e non correre rischi, perché con un po' di fortuna tutto questo un giorno sarà finito e potremo stare di nuovo insieme. Non so, cosa diamine possiamo fare noi due ragazze, senza soldi né potere?»

«Ma non capisci che hai già fatto tanto? È incredibile. Hai osato pensare in maniera diversa.»

«Non è incredibile, Erna, mi sono solo innamorata, tutto

qui. Se non fosse stato per Walter non so cosa sarebbe successo. Forse sarei ancora la fervente seguace di un tempo e non avrei mai osato pensare in modo diverso. Sarei ancora convinta di essere destinata alla grandezza in quanto figlia di Hitler. O no?» Le tempie mi pulsano forte.

«Non ha importanza. Quel che conta è solo il presente. Tu puoi aiutarci con la resistenza. Col peggiorare della situazione, sempre più gente entrerà nel movimento. Vedrai.» Mi posa la mano su un braccio. «Tuo padre deve avere delle informazioni. Tu avrai sicuramente sentito o visto delle cose.»

«Mi stai chiedendo di *spiare* mio padre?»

Il suo sguardo si fa severo. «Vuoi aiutare Walter e la sua famiglia e migliaia di altri come loro? Sempre più ebrei e oppositori politici vengono rinchiusi nei campi senza neanche essere processati. I nazisti ne costruiscono senza sosta, vogliono costringere gli ebrei, tutti quanti, ad abbandonare le loro case e a entrare nei ghetti. E non finisce qui. La loro promessa di pace e prosperità è una bugia: in realtà ci stanno spingendo verso la guerra. Hitler vuole soltanto il suo impero. Dove andremo a finire se non facciamo qualcosa? È il nostro futuro, Hetty. Siamo noi i giovani, siamo noi che dobbiamo opporci.»

Io annuisco, stordita. Penso a Bertha, a Lena e alle tante persone che non condividono la visione di Hitler ma hanno troppa paura per dire o fare qualcosa. Sono stata così cieca, ho tenuto la testa sotto la sabbia e ho creduto a tutte le promesse. Perché *volevo* crederci.

Erna mi fissa e aspetta che dica qualcosa.

«Va bene... Farò quel che posso. Ci proverò.» Penso alla mamma e alla strana conversazione di stamattina. «Che ne pensi della vicenda Vom Rath?»

«Mio padre dice che Grynszpan l'ha fatto per rabbia, dopo l'espulsione degli ebrei polacchi dalla Germania. Soltanto da Lipsia se ne sono dovuti andare almeno in duemila. Pare che siano stati costretti ad alzarsi all'alba e siano stati caricati su dei treni diretti oltrefrontiera, solo che la Polonia non li vuole e così sono rimasti intrappolati lungo il confine senza sapere dove andare. Tra loro ci sono i suoi genitori, per questo ha agito così. Non sto dicendo che ha fatto bene, ma forse è per questo che era così arrabbiato.»

«Come fa tuo padre a sapere certe cose?»

«Ha le sue fonti» dice Erna, strizzandomi l'occhio. «Magari è solo tanto rumore per nulla. Se ne parlerà per un paio di giorni, o fino a quando i giornali non si riempiranno di qualche altro scandalo.»

Ricordo l'avvertimento di papà sul fatto che la situazione non è sicura.

«Non ne sarei così certa, credo si stia preparando qualcosa di grosso, Erna. Cercherò di scoprire di cosa si tratta.»

«Grazie, Hetty. Sei una vera amica, lo sai?»

Ci scambiamo un fiacco sorriso e rientriamo a scuola.

Per la prima volta da quando sono al Gymnasium, mia madre viene a prendermi a scuola, così mi torna in mente quando da piccola la trovavo ogni giorno davanti ai cancelli della Volksschule ad aspettare me e Karl.

Procediamo a braccetto lungo la via che porta in centro.

«A casa mi sentivo inquieta» esordisce. «Ho pensato che potevamo andare a pranzo al Fürstenhof Hotel. Così, tanto per cambiare. A proposito, ha chiamato Tomas, voleva sapere se domenica pomeriggio ti va di fare una passeggiata. Per caso ha qualche mira nei tuoi confronti?»

«No, mamma. È solo un amico, tutto qui.»

A passeggiare così sembra una giornata come tutte le altre. Al Fürstenhof i camerieri, seri e impassibili, in nero e con grembiuli bianchi e immacolati legati intorno alla vita, ci servono affettati freddi e insalata seguiti da dolci delicati e tazze finissime di caffè forte. Un pianista suona morbide melodie di Bach e la clientela si rilassa a tavolini ben apparecchiati e distanziati, in nome della discrezione, intorno alle alte felci del caffè con la sua cupola di vetro.

Mia madre mangia di gusto e riesce persino a ordinare uno strudel per dessert. È più calma di stamattina.

«Papà ti ha detto niente delle sue riunioni?» le chiedo.

Si sporge verso di me, i suoi occhi sono sgranati. «Oggi ha parlato *direttamente* con Herr Himmler. Ormai si sta muovendo a livelli altissimi.»

«In che senso?»

«Be', io non me ne intendo di politica, ma sicuramente se queste persone così importanti gli danno retta e si fidano di lui...» Si guarda intorno e sussurra. «Forse lo aspetta una promozione. Potremmo trasferirci a Monaco o a Berlino.» Torna a raddrizzarsi. «Sai, Herta, forse è proprio di questo che ho bisogno. Un ambiente diverso, un posto nuovo. Questa città, la nostra casa... ci sono troppi ricordi di Karl. È così difficile...» Le trema la voce. «È così difficile voltare pagina.»

«E io? Che ne sarà di me?»

«Be'» risponde lei in tono allegro, «presto finirai il Gymnasium e andrai alla scuola di economia domestica. Magari ti sposerai e forse per un po' lavorerai anche. Insomma, tu stessa mi hai detto che ti sarebbe piaciuto viaggiare. Non c'è nulla che ci trattenga qui, no?»

«Immagino tu abbia ragione» mormoro, chiedendomi vagamente se anche Fraülein Müller e la bambina si trasferiranno. Poi ripenso a Erna e alla resistenza. Voglio davvero aiutarla. Fare di più. Con la promozione di papà forse avrò accesso a informazioni che potranno tornare utili a Herr Bäcker, ma devo essere pronta a carpirle. E come diavolo posso riuscirci se cambiamo città? Ma tutto questo riguarda il futuro e io ho già trascorso troppo tempo a sognare ciò che potrebbe riservarmi: se voglio lasciare un segno, devo agire ora. Giro il caffè nella tazza.

Usciamo dal Fürstenhof e ci infiliamo nelle strade piene di gente che fa spese e di venditori ambulanti e operai diretti a casa per la cena. La notizia riportata dai giornali di stamattina è ovunque. Gli articoli sono stati incollati frettolosamente ai tabelloni, i titoli dei quotidiani balzano all'occhio dalle rastrelliere degli edicolanti.

Vom Rath continua a lottare!

Eroe tedesco rifiuta di arrendersi!

Ebreo efferato sparge il sangue di un connazionale coraggioso
e si vanta del proprio crimine!

«E questa storia?» chiedo. «Papà che ne pensa?»

«Al telefono non mi ha detto niente, ma non possiamo aspettarci che scenda nei particolari di importanti affari di stato.»

In realtà si tratta di un episodio isolato in un paese straniero, montato ad arte per aumentare le vendite dei giornali, ma non riesco a togliermi di dosso una sensazione sgradevole.

«Vado a riposare» annuncia mia madre quando arriviamo a casa. «Continuo a non dormire bene e sono stanchissima.» Mi rivolge un sorriso spossato.

Seduta sulla panca dell'ingresso, la ascolto salire piano le scale. Poi un *clic* lontano: ha chiuso la porta. Il silenzio si posa sulla casa come un mantello.

D'un tratto sento un fruscio. Mi avvicino di soppiatto alla porta dello studio e mi accorgo che è socchiusa. Sbirciando dalla fessura scorgo mio padre seduto a testa china alla scrivania, con in mano un fascio di fogli.

A un certo punto li mette giù e resta come imbambolato, quindi si schiarisce la voce e prende il telefono.

«Centralino, mi passi l'*Obergruppenführer* Heydrich, per favore. La linea privata.» Una pausa. «Sì, aspettava la mia telefonata. Gli dica che è l'*Obersturmbannführer* Heinrich. È importante.»

Un'altra pausa, più lunga.

«Ah.» Raddrizza la schiena e alza la voce. «Grazie di avere risposto, *Obergruppenführer*. Heil Hitler.» Ha un tono deferente, non l'ho mai sentito esprimersi così. «Sì. Le faccio rapporto, come richiesto. Tutte le unità locali sono pronte ad agire. Abbiamo informato la polizia, il sindaco, i vigili del fuoco. Attendiamo un suo ordine.»

Tace di nuovo. Il suo sguardo guizza qua e là. Mi avrà visto qui, dietro la fessura? Lentamente mi sposto di lato, col respiro corto, e incollo l'orecchio alla porta.

«Ma certo» sta dicendo lui. «No, decisamente non ha funzionato... Ma certo, è necessario cambiare strategia... in effetti è il catalizzatore perfetto... come dice lei, il popolo tedesco è maturo. Mi creda, noi siamo prontissimi: gli uomini non stanno più nella pelle. Quegli ebrei devono rendersi conto di quanto li odiamo... Certo, non appena impartirà l'ordine.»

Mi sembra qualcosa di più di tanto rumore per nulla.

Un brivido mi corre lungo la schiena.

Walter. Devo andare da lui. Devo avvertirlo che qualcosa di terribile sta per succedere.

9 novembre 1938

A scuola, durante l'intervallo, racconto a Erna della conversazione che ho origliato ieri.

«Devo trovare il modo di avvertire Walter.»

«Ma cosa voleva dire?» domanda lei. «Il popolo tedesco è maturo per far cosa?» Mi guarda, gli occhi pieni di paura. «Bisogna che lo riferisca a mio padre.»

«Non lo so, cercherò di scoprire di più. Devo andare al caffè a consegnare un messaggio per Walter, ma mia madre vorrà che oggi pomeriggio resti a casa.»

«Dille che vieni a cena da me. Invece potrai andare a cercare Walter.»

«Sicura?»

«Ci penso io a coprirti, se per qualche motivo dovesse voler controllare. A cosa servono le amiche, sennò?» Mi sorride.

Più tardi, mentre la mamma fa il solito sonnellino pomeridiano, mando Ingrid a comprarmi della stoffa e del filo robusto per il ricamo che devo fare per la scuola. Anche Bertha decide di ritirarsi in camera per riposare. La casa è immersa nel silenzio: un'occasione che non posso lasciarmi scappare.

In punta di piedi entro nello studio di papà e nel silenzio assordante tendo le orecchie, premendo la schiena contro la porta chiusa. Poi mi avvicino alla scrivania. Da quando ci siamo trasferiti qui, questo è diventato il suo tempio, in cui lui solo può entrare. Sento un fremito lungo la nuca.

Sta scendendo la sera e nella stanza regna la penombra. Accendo la lampada, che subito proietta un cerchio di calda luce gialla sull'impeccabile scrittoio di papà. Davanti alla sedia c'è il grande quadrato di carta assorbente rilegato in pelle, in cima al quale è appoggiata la boccetta d'inchiostro; lì accanto, un posacenere di marmo, la sua penna stilografica e alcuni vassoi di legno nei quali sono impilati dei fogli.

Tiro con molta cautela il primo cassetto della vecchia scrivania di rovere, che scricchiolando si apre. Mi irrigidisco. In corridoio non sento passi. La porta non si spalanca.

Espiro. Inspiro. Svuoto di nuovo i polmoni.

Nel cassetto trovo parecchie lettere personali. Su una riconosco lo splendido corsivo di *Oma*, e il timbro postale di Berlino. Sotto quel mucchio di corrispondenza c'è una pila di buste ripiegate, su cui spicca una grafia femminile: sicuramente quella di Hilda Müller. Le dita mi prudono dalla voglia di aprire quelle piccole buste e leggere i disgustosi segreti che contengono, ma al tempo stesso preferisco non sapere. Richiudo piano il cassetto: sono solo una distrazione, non quello che sto cercando. Devo concentrarmi, per il bene di Walter.

Passo al cassetto successivo. Carta assorbente di riserva, carta da lettere e buste. L'ultimo cassetto è vuoto. Sospiro e alzo lo sguardo. Sulla parete immersa nell'ombra di fronte alla scrivania sono incorniciati i numerosi riconoscimenti ricevuti da papà. C'è anche il certificato di iscrizione al partito nazista, tessera numero 3245. E, sopra, il ritratto di Hitler. Ci guardiamo fisso negli occhi.

Una volta ti volevo bene.

Ha occhi di un nero penetrante. Nella testa mi echeggia la sua voce, limpida e profonda. *Hai peccato nella maniera peggiore possibile. Ne pagherai il prezzo. La tua condanna sarà delle più implacabili...*

Basta, BASTA! Mi tappo le orecchie e chiudo gli occhi.

Dopo essere sprofondata nella grande poltrona di mio padre, lentamente li riapro e mi concentro sui fogli dentro i vassoi. I primi due sono memorandum per i dipendenti del giornale: riguardano gli orari da rispettare e il codice etico dei giornalisti. Poi c'è la ricevuta del meccanico per la macchina. Il resto è un miscuglio di corrispondenza professionale e altre ricevute.

Passo al secondo vassoio. In cima giace una lettera con la scritta A TUTTI I COMANDANTI DELLE SS REGIONALI E LOCALI: TOP SECRET. CON LA MASSIMA URGENZA. Riporta la data di oggi, 9 novembre 1938, ed è firmata da Herr Fischer, capo della Gestapo di Lipsia. La prendo.

> Le operazioni contro gli ebrei, in particolare contro le sinagoghe, inizieranno in tempi brevissimi. Non dovrà esserci alcuna interferenza. Sarà necessario prepararsi all'arresto di venti-trentamila ebrei in tutta la Germania, con precedenza accordata ai più ricchi. Se durante le operazioni un ebreo verrà trovato in possesso di armi, andranno adottate misure severissime. Nel corso della notte verranno diramate altre direttive. Per lo svolgimento delle operazioni potrà rendersi necessario l'intervento delle SS. Si dovrà provvedere al più presto ad arrestare quanti più ebrei possibile per internarli nelle prigioni esistenti in ogni distretto, con priorità ai soggetti facoltosi. Per il momento saranno incarcerati soltanto i maschi sani e andranno contattati i campi di concentramento di pertinenza, al fine di predisporre il tempestivo ricevimento degli arrestati.

La stanza inizia a vorticarmi intorno. Ma che razza di ordini sono questi? Rimetto con attenzione fogli e vassoi nell'ordine corretto, le mani che mi tremano.

Da venti a trentamila! Le dimensioni di un esercito. Un esercito di ebrei sta per attaccare Lipsia? Qualcosa però non mi torna. Riprendo in mano il comunicato e lo rileggo. *Operazioni... contro le sinagoghe... con precedenza ai più ricchi... se un ebreo verrà trovato in possesso di armi sarà necessario adottare misure severissime.*

Non ha senso. Mi sembra di avere il cervello rallentato. Operazioni contro le sinagoghe? Questo non è un ordine per difendersi da una minaccia. Ancora una volta mi interrogo sui campi di concentramento, luoghi pieni di ombre che nella mia mente prendono prima le sembianze di prigioni medievali, piene di desolazione, per poi trasformarsi nel modello romano, con squadre di schiavi legati insieme grazie a delle corde e frustati se non sgobbano abbastanza. I racconti delle condizioni atroci che vigono là dentro sono sempre prontamente smentiti ed etichettati come propaganda disfattista. Proprio l'altro giorno, alla radio, dicevano che la Germania ha preso l'invenzione dei campi dagli inglesi, che durante le guerre boere vi rinchiudevano donne e bambini. Almeno i nostri sono riservati solo agli uomini. Ma quale sarà la verità?

Devo andare subito da Erna e poi trovare Walter. Sto per rimettere il foglio nel vassoio, quando la porta dello studio si spalanca.

«Franz?» La voce è impastata di sonno. «*Herta?*»

«Mamma!» Rimetto rapidamente la lettera al suo posto e balzo in piedi.

«Che cosa ci fai qui? Ho visto la luce sotto la porta...»

Mi affretto a trovare una scusa. «Cercavo... l'indirizzo di *Oma*. Pensavo di scriverle. Ultimamente sono stata molto pigra.»

«Non ti aspetterai che ti creda?» replica lei, ormai del tutto sveglia. «Avresti potuto chiederlo a me. Perché stai ficcando il naso nello studio di tuo padre?»

«Va bene, va bene. Scusami. Stavo solo cercando di scoprire che cosa succede. Mi avevi detto che c'era in ballo qualcosa di grosso e volevo capire meglio. Non avrei dovuto. Ti prego, non dirlo a papà.»

La mamma entra.

«Hai detto bene, non dovresti essere qui. Tuo padre si arrabbierebbe moltissimo. Qui dentro custodisce documenti importanti e segreti, io non mi sognerei mai di venire a curiosarci. Non ci si comporta così, Hetty. Cosa ti è saltato in mente?»

«Mi dispiace. Prometto che non succederà più.» Spengo la luce, mi allontano dalla scrivania e le vado incontro. «Ti prego, perdonami, sono stata sciocca e ficcanaso.»

«No, non posso fare finta di niente.» Ha la schiena dritta come un fuso, si vede benissimo che non ha alcuna intenzione di cedere.

«Volevo soltanto capire che cosa succede. Per favore, mamma...»

«Va' in camera tua e restaci finché tuo padre non rientra.»

Mi scorta fuori dallo studio.

«Mamma, ti prego, non sono più una bambina. Ho sedici anni! E stasera dovevo andare a cena da Erna.»

«Non osare contraddirmi! Non vai da nessuna parte. Tuo padre si occuperà di te quando tornerà a casa. E non prendere in considerazione nemmeno per un secondo l'idea di sfidarmi.» Trema di rabbia e la sua bocca è una linea dura e sottile.

Con la faccia paonazza salgo a passi pesanti le scale e mi sbatto alle spalle la porta della camera. Non può trattarmi come una bambina e farmi prigioniera in casa mia. Come si permette?

Alla finestra guardo i rami più alti del ciliegio, ormai spogli, dalla parte di Fritzschestrasse. Il fantasma di Walter cammina verso casa nostra, le mani nelle tasche dei calzoncini, la cartella buttata su una spalla: andrà a scuola insieme a Karl. *Arrestare quanti più ebrei possibile... in ogni distretto.* Come siamo arrivati a questo? Non posso starmene seduta qui e lasciare che accada. Devo andare da lui.

Spalanco la finestra e mi arrampico sul davanzale. Da lì arrivo facilmente a toccare le punte dei rami, che però si piegano alla minima pressione: non possono certo reggere il mio peso. Richiudo la finestra gridando di rabbia e coi pugni mi asciugo le lacrime inutili.

«Fraülein Herta?» È la voce di Bertha. «Cosa succede?» Socchiude la porta. «Posso...?»

«Oh, Bertha!» Mi precipito a trascinarla dentro. «Una cosa terribile!» sussurro, abbracciandola come fosse mia madre. Lei si irrigidisce tutta; poi, lentamente e con dolcezza, mi circonda la schiena con le braccia e mi accarezza tra le scapole come farebbe con una bimba piccola.

«Su, su» mi consola. Il suo corpo è tiepido e solido contro il mio. Mi sciolgo per il sollievo.

Dopo un po' mi prende delicatamente per le spalle e mi allontana. «Allora, che succede?» mi chiede, studiandomi in viso. Io lancio un'occhiata alla porta; a voce bassa le spiego in due parole che la mamma mi ha colta in flagrante nello studio di papà. Le riassumo anche l'ordine sconvolgente di Herr Himmler e le dico che devo assolutamente uscire per avvertire Walter e la sua famiglia di quanto si prepara.

Bertha scuote la testa, mordendosi il labbro. «Lei non può fare niente, Fraülein» dice dopo una pausa. «È troppo pericoloso perché si lasci coinvolgere. Deve obbedire ai suoi genitori, ci sono in ballo cose troppo grosse.»

Ha ragione. Ma se un'azione del genere, per quanto insignificante, potesse aiutare la famiglia di Walter, allora non mi posso sottrarre. Lui per me lo farebbe, lo so.

Niente più lacrime, adesso, sono di nuovo calma.

«Ho un piano, Bertha» dico lentamente, guardandola fisso negli occhi agitati. «Mi servono solo due piccolissimi favori. Ti prego, puoi aiutarmi?»

Butto giù un messaggio.

> Mia cara Erna,
> la questione di cui abbiamo parlato ieri è molto, molto più grande di quel che pensavamo. Bisogna avvertire tutti che questa notte accadranno cose tremende. Nessuno deve opporre resistenza. Spero che tuo padre possa fare qualcosa. Per ora non posso dire altro. Spero che tu capisca.
>
> La tua Herta

Bertha mi promette di consegnarlo e, pur con estrema riluttanza, acconsente anche alla mia seconda richiesta.

Quando papà torna a casa mi fa scendere per ricevere la mia punizione. È seduto nel suo studio; si versa un whisky e lo beve in un paio di sorsate. Poi riempie di nuovo il bicchiere.

«Non so proprio cosa ti sia preso, Herta. Agitare tua madre in questo modo. Sfidare me. Ti do una sola possibilità: cosa bolle in pentola?»

«Niente, papà.» Lo guardo negli occhi e lui li distoglie. È agitato e nervoso. Si mette a camminare per lo studio. «Mi dispiace di aver sbirciato le tue carte. Ho sbagliato, ma la mamma mi aveva detto che stava per succedere qualcosa di grosso. Nessuno mi spiega mai niente, così ho deciso di scoprirlo da sola.»

Lui si gira di scatto verso di me: è furibondo e paonazzo.

«Quello che hai fatto è imperdonabile. In questa stanza ci sono dei segreti di stato.»

Penso al mucchietto di lettere ben legate insieme con un nastro. *E anche personali*, vorrei dirgli.

«Sai, mi è arrivata una voce» aggiunge. «Una diceria di sicuro, che però mi ha molto turbato. Finora mi ero rifiutato di crederci, ma se fosse vera...»

Il telefono sulla scrivania squilla.

«Che cosa? Quale diceria?» Mi preparo alle accuse.

Ma mio padre fissa l'apparecchio che squilla, solleva di scatto la cornetta, ascolta tutto concentrato e borbotta: «Parto immediatamente. Sarò lì tra un quarto d'ora... Adesso non ho tempo per te» mi comunica dopo aver riagganciato. «La situazione si evolve troppo rapidamente, ne parliamo domattina. Nel frattempo, ti proibisco di rimettere piede nel mio studio e di uscire da questa casa finché non avremo chiarito.» L'espressione è serissima. «Vom Rath ha perso la sua lotta per la vita. La nostra nazione è stata attaccata e dobbiamo agire perché non accada di peggio.»

Mi si torce lo stomaco al pensiero di Walter.

Lo seguo nell'ingresso, dove mamma ci aspetta.

«Fa' attenzione, Franz. Per favore, stasera sta' molto attento» gli dice con voce tremula.

«Il Führer mi ha scelto per portare a termine un compito» risponde lui, infilandosi il cappotto. «Se Herr Himmler si fida di me, devi fidarti anche tu. Non aspettarmi in piedi» aggiunge, quindi esce di casa a passo deciso lasciandosi alle spalle un vago aroma di liquore.

Io e mia madre ci scambiamo un'occhiata.

«È tutto pronto, Frau Heinrich» annuncia Bertha, ferma sulla soglia della sala da pranzo. «Vuole che serva la minestra?»

Dopo una cena in cui Kuschi resta sdraiato ai miei piedi come per proteggermi, io e la mamma ci trasferiamo in salotto. Lei lavora a maglia con piglio aggressivo, le labbra strette, la fronte aggrottata. Io tengo in mano un libro, ma non riesco a concentrarmi sulle parole che ho davanti. Sono sicura che Bertha non mi tradirà. A ogni minuto che passa, però, ciò che sta accadendo per le strade di Lipsia, di qualunque cosa si tratti, rischia di mettere in pericolo Walter.

Non riesco a stare seduta immobile, quindi vado alla finestra e osservo la strada buia e vuota nella vana speranza di scorgerlo là fuori, sotto il ciliegio, appoggiato con aria indifferente al tronco, il cappello calato sugli occhi. Naturalmente non c'è, quindi ritorno ad appollaiarmi sul bordo del divano. La casa sembra sempre più vuota. Tutte quelle stanze piene di oggetti preziosissimi e delle ombre spettrali degli inquilini da tempo andati. I ferri di mia madre ticchettano sempre più forte, finché quasi non le urlo di smettere.

Bertha entra con il caffè e i suoi occhi indugiano a lungo nei miei. Ha la fronte solcata da una ruga. La sua espressione mi conferma che non mi tradirà, ma è come se ogni fibra del suo corpo si opponesse alla mia richiesta. Appoggia con cura le tazzine sul tavolo.

«Stasera ho detto a Ingrid di andare dai suoi» spiega a mia madre. «Non mi è per niente d'aiuto, me la ritrovo sempre tra i piedi e di cattivo umore. Lo sa com'è fatta, no?»

«D'accordo, Bertha» sospira lei, senza alzare lo sguardo.

«Stavo pensando» continua Bertha, lanciandomi un'altra occhiata, «che forse potrebbe aiutarmi Hetty a costruire la casetta di pan di zenzero per il giorno di San Nicola e Ruprecht. Che ne dice?»

Finalmente la mamma stacca gli occhi dal lavoro a maglia.

«Sì» risponde alla fine. «Le faccende domestiche le faranno bene. Herta, sii buona, prima di andare in cucina metti qualcosa sul grammofono. Un po' di Wagner, magari. Mi sembra appropriato per la serata.»

«Sì, mamma.» Tiro fuori un disco e calo la puntina sul solco con dita tremanti. Lei si accomoda meglio in poltrona e con la mano mi fa cenno di andarmene.

Seguo Bertha in cucina. Lei si assicura di aver chiuso bene la porta alle mie spalle.

«Che Dio mi aiuti, non so perché lo sto facendo...» comincia a bassa voce, mentre la fronte le si imperla di sudore. «Vada ad avvertire quel ragazzo. Tra un'ora circa andrò a riprendere le tazzine e le dirò che è immersa nella farina fino ai gomiti. Questo le darà un po' più di tempo. A un certo punto però sua madre verrà qui per assicurarsi che vada a dormire, perciò è meglio che la trovi. Sto rischiando la pelle, spero che se ne renda conto» aggiunge in tono secco.

«Nessun ripensamento, Bertha?»

«Fuori di qui, per l'amor del cielo, prima che cambi idea. È meglio che torni nel giro di un'ora, due al massimo, altrimenti la spello viva!» Si asciuga i palmi sul grembiule e respirando affannosamente tira fuori dall'armadietto la grande ciotola da impasti, la farina e il burro.

Non me lo faccio ripetere due volte. Sfreccio fuori dalla porta posteriore chiedendomi quale sia il primo posto dove andare a cercare Walter.

Inizio dal caffè. Lena sta prendendo un'ordinazione a uno dei tavolini. Quando entro a precipizio mi guarda, mi riconosce e sgrana gli occhi.

«Vieni con me» dice, passandomi vicina con in mano un vassoio. Non c'è nemmeno bisogno di fingere. Mi fa strada dietro il bancone e attraverso un cucinino dov'è al lavoro una signora anziana, probabilmente sua madre. In un angolo c'è una radio da cui esce la voce di Zarah Leander che canta «*Eine*

Frau Wird erst schön durch die Liebe». Seguo Lena sul retro, in un minuscolo salotto. Un ragazzino di undici o dodici anni coi capelli scuri sta facendo i compiti seduto a un tavolo, circondato da libri. Dev'essere suo figlio, quello che ha fatto da messaggero tra me e Walter.

«Non è qui...» comincia lei.

«Credi che sia a casa? Devo assolutamente trovarlo, potrebbe essere in pericolo.» Mi trema la voce e Lena annuisce.

«Mando mio figlio a chiamarlo» dice. Si china su di lui e gli accarezza dolcemente una spalla, sussurrandogli qualcosa all'orecchio. Il ragazzo annuisce solerte, lascia cadere la matita e schizza fuori dalla porta posteriore. «Nessuno baderà a un ragazzino. È più sicuro così, piuttosto che ci vada tu da sola.» Lena scuote la testa sospirando. «Scusami, ma devo tornare di là. Tu rimani pure.»

«Grazie.» Mi siedo sullo stretto divano verde appoggiato alla parete in fondo. Di fronte al caminetto annerito è steso un tappeto frusto e dalla porta che si richiude entra una corrente d'aria. Dalla cucina sento arrivare un fracasso di pentole e padelle e i gorgheggi della cantante, insieme alle scariche elettrostatiche della radio. Forse Lena ha anche un marito. Dove sarà? Mi sembra troppo giovane per essere sposata, o anche per avere un figlio. Fino a questo momento per me era soltanto una ragazza, una persona a cui passare dei messaggi. Ma, come molta altra gente normale, dev'essere terrorizzata per suo figlio e per sua madre che sgobba in cucina. Forse dovrei raccontarle quel che so? In fondo glielo devo, perché lei ha spedito suo figlio in giro per me. Che sia in pericolo anche lui? Mi rimprovero per la mia ridicola paranoia. Chi potrà mai fare del male a un ragazzino?

Dopo la canzone è la volta di un bollettino. Non riesco a distinguere le parole e tra i ronzii e il frastuono della cucina la voce blatera incomprensibile. Mi esamino l'unghia spezzata del pollice; accavallo le gambe e poi cambio di nuovo posizione.

Un'altra corrente d'aria: il ragazzo è tornato, il respiro affannoso come se avesse corso. Mi alzo. Credevo che avrebbe portato con sé Walter, ma lui scuote la testa.

Sulla soglia compare l'anziana signora con in mano un cucchiaio di legno. Alcune ciocche di capelli grigi le sono sfuggite dallo chignon. Il ragazzino va a sussurrarle qualcosa all'orecchio, lei fa segno di sì e gli posa una mano sulla spalla.

«Dice che Walter non era a casa. È andato in città con lo zio e il padre. Ci sono stati dei disordini, alcuni negozi ebrei sono stati presi di mira da gruppi di giovani e loro sono andati ad aiutare gli amici a difendere le loro proprietà.» Scuote la testa, serrando le labbra.

«Credo che il peggio debba ancora arrivare» dico. «State attenti, tutti quanti. Forse la cosa migliore è che andiate subito a casa.» Non oso dire di più.

Col cuore in gola, prendo un tram diretto in centro. Il tempo passa inesorabile, devo aver sprecato una ventina di minuti buoni. Fuori dal vano illuminato a giorno i marciapiedi scuri sembrano stranamente silenziosi.

Ti prego, Dio, se esisti fa' che lo trovi e che sia vivo.

Il tram si insinua nelle strade più affollate ai margini della città vecchia. In lontananza sento delle grida. Che sia già iniziato tutto? Quattro operai saltano a bordo e vengono a fermarsi vicino al mio sedile. Parlottano in modo rozzo.

«Allora che succede, Wilhelm? Sai niente?»

«Disordini.» L'uomo tira su con il naso e si stringe nelle spalle.

Un altro dice qualcosa che non afferro, ma intorno a lui ridono. Colgo la parola "ebreo" e mi si accappona la pelle. Quando il tram affronta stridendo una curva, non sento più niente. In cima al Brühl si ferma. Forse dovrei scendere qui? Potrebbe essere ovunque. Alla fine decido di aspettare. Gli operai smontano e il tram prosegue verso il Dittrichring.

Salto giù alla fermata successiva. La strada è affollata e io punto verso la Thomaskirche incrociando una folla di giovani che procedono in direzione opposta, verso Gottschedstrasse.

D'impulso li seguo. L'aria diventa opprimente. Mi brucia la gola e sento un peso nel petto.

Fumo!

All'angolo tra Gottschedstrasse e Zentralstrasse e mi fermo. Sono davanti all'edificio dove mi ha portato Walter la prima volta che siamo venuti in città insieme. Ricordo di essere rimasta ad aspettarlo davanti alla sinagoga, in preda alla rabbia e alla vergogna. Rivedo il suo viso orgoglioso ed eccitato, pieno d'amore, mentre mi regalava il volume di Kafka che si era nascosto sotto la giacca, e a quel punto mi sfugge un singhiozzo. Qualcuno si gira e mi guarda.

Sulla pelle nuda avverto un calore violento e a bocca aperta guardo le fiamme che inghiottono la sinagoga e si allungano verso il cielo scoppiettando e ruggendo. Il fuoco consuma l'intero edificio, fuoriuscendo dalle finestre e da sotto il tetto. A distanza di sicurezza, una folla si è radunata a osservare lo spettacolo. Di fronte è parcheggiato un camion dei vigili del fuoco e i pompieri se ne stanno a contemplare l'inferno pigramente appoggiati all'autopompa.

«Perché non intervengono?» chiedo all'uomo accanto a me.

«Non salveranno la sinagoga» risponde lui, «ma devono stare qui nel caso il fuoco tocchi delle proprietà tedesche.»

«Ma... e se là dentro ci fosse qualcuno?» insisto, con il petto che mi si stringe. Il rabbino, per esempio! «Non dovremmo fare qualcosa?»

L'uomo mi liquida con un gesto. «Accomodati» sbuffa.

Che ne sarà del libro di Kafka? Walter me lo ha regalato con tanto amore, io l'ho rifiutato e ora rischia di svanire tra le fiamme. Non riesco a sopportare l'idea.

Sgattaiolo dietro la folla che contempla lo spettacolo. Su un lato della sinagoga in fiamme giace un mucchio di libri e di carte: due uomini hanno dato fuoco anche a quello, mentre un gruppetto osserva la scena in un silenzio desolato. L'unico a parlare è un bambino: «Perché bruciano le nostre cose? Quelle sono le nostre cose!»

Nessuno gli risponde.

Mi volto e attraverso di corsa il centro storico di Lipsia. Lì nulla è cambiato. Potrebbe essere una serata come tante, con la gente che passeggia, entra ed esce da bar e ristoranti. Come osano, maledetti bastardi indifferenti? Corro ancora più forte, mentre il petto minaccia di esplodermi.

In cima al Brühl rallento e inspiro a grandi boccate ansimanti. Ci sono dei gruppetti di uomini, sento delle urla e dei suoni strani.

Imbocco la via tenendomi rasente ai muri, ma presto rinuncio: il punto più sicuro è il centro della strada. L'aria è piena di fumo soffocante e brigate di uomini e ragazzi sfondano le vetrine dei negozi, abbattono porte e saccheggiano urlando. Non guardano nemmeno quel che afferrano, qualsiasi cosa va bene, basta riempirsi le mani. Gridano in preda all'esaltazione. I marciapiedi scintillano di schegge di vetro e la polizia se ne sta a braccia conserte senza nemmeno tentare di ostacolare questa follia.

Da un passaggio coperto all'angolo con una sartoria emergono due tizi. Le vetrine del negozio sono state sfondate e una combriccola di ragazzi di non più di quattordici anni sta portando via mucchi di stoffe. I due tizi gettano un grido e si precipitano a salvare le loro cose. Mi appiattisco contro il muro, raggelata dalla paura, mentre altri uomini mi sfrecciano accanto, finché una folla circonda i due nascondendoli alla vista.

Queste persone, non più padri né fratelli né figli, sono belve che fiutano l'odore del sangue, del potere, del caos. Lo smalto della civiltà si è scheggiato e rivela la reale natura dell'uomo: una bestia feroce e selvaggia.

Osservo paralizzata la scena. Ero quasi pronta a ritrovarmi davanti un esercito di ebrei impegnati in scontri con i nazionalsocialisti, ma di certo non avevo previsto tutto questo. Qui vedo solo teppismo, una violenza sfrenata e un'arroganza devastatrice.

Dovrei andarmene. Non è un posto sicuro e Walter non può essere in zona.

Mi giro per tornare sui miei passi ma poco più avanti, sulla destra, ecco l'insegna Keller & Co. È stupido e improbabile che lui si trovi lì, ma non so dove altro dirigermi, perciò mi inoltro lentamente nella strada stretta e affollata. Un'altra vetrina in frantumi. Grida di giubilo. L'aria è piena di fumo bollente e soffocante.

Che diavolo ci faccio qui?

Sì, sembra davvero di stare all'inferno, in mezzo a gente esaltata dalla violenza e dalla distruzione. Ho la nausea. Dovrei fare dietrofront e tornare a casa. Povera Bertha, sta rischiando per me tutto quello che ha. E anche se trovassi Walter, cosa potrei fare?

Poi qualcosa cattura la mia attenzione. Qualcuno. La sua figura, il modo in cui si protende in avanti, hanno un che di familiare. Guardo meglio.

Tomas.

Tomas, ma non nell'uniforme di quando è in servizio per la Gioventù hitleriana. Un Tomas pieno di furia, che impugna un piccone. È con un gruppo di ragazzi della sua età, alcuni più giovani: la sua Schar. Ma perché indossano tutti abiti civili? Lo vedo urlare qualcosa e al suo ordine la folla attacca la vetrina di un grande magazzino. Di colpo si gira, come se avesse sentito che lo sto osservando. Mi grida qualcosa che non capisco. Resto inchiodata lì, allora lui lascia cadere il piccone e corre verso di me.

«Hetty! Cosa ci fai qui? Vattene a casa, qui non sei al sicuro.»

Annuisco intontita.

«Tuo padre sa che sei in città?»

«No! Cioè, sì. Io... ero con degli amici, ho sentito questa confusione e sono venuta a vedere...»

«Forza, ti riaccompagno io.» Mi passa un braccio intorno alle spalle e si avvia. Io mi lascio condurre ma a un tratto mi sento debolissima, come se non riuscissi più a reggermi in piedi.

«Perché sei qui, Tomas? Che cosa succede? Perché non sei in uniforme?»

«Ordini» mi sussurra, guardandomi con aria cospiratrice. «Siamo chiamati a una scelta, Hetty: distruggere o essere distrutti. Devo tornare dai miei, ma prima ti accompagno a casa, o almeno ti metto su un tram.»

Frammenti di vetro scricchiolano sotto i nostri piedi. Ho la gola in fiamme e mi bruciano gli occhi. A sinistra sento delle grida. Due tizi malvestiti trascinano un anziano in giacca e cravatta lontano dalla porta del suo negozio e lo spingono in strada, proprio davanti a noi.

«Maledetti! Siate maledetti!» urla il vecchio, opponendo resistenza. Riesce a divincolare un braccio e con velocità fulminea sferra un pugno in faccia a uno degli aggressori.

«Stupido bastardo!» urla l'uomo colpito, e insieme al compagno inizia a picchiarlo. Sotto le percosse il vecchio grida con voce acuta e disperata. Sono grida animali che mi penetrano in profondità. L'anziano è a terra, si contorce sul marciapiede, mentre i suoi aggressori infieriscono su di lui.

«Non guardare» mi sussurra Tomas all'orecchio, ma è più forte di me.

Le urla sono state sostituite dai gemiti.

Lo stanno ammazzando a calci.

«Basta» grido, «basta! Fa' qualcosa!» Mi volto verso Tomas ma lui rimane lì impalato, senza reagire. «Santo cielo, lo ammazzano!» urlo. Intorno a me tutto diventa nero tranne, al centro, un'immagine rosso vivo del vecchio e dei due uomini che continuano a pestarlo: è come se osservassi la scena attraverso l'obiettivo di una macchina fotografica. Mi getto verso di loro.

Due braccia forti mi trattengono. Mi divincolo, urlo. Gli uomini non si fermano, continuano a picchiarlo finché l'uomo non geme più.

«Lascia stare, Hetty, vieni via» mi bisbiglia Tomas all'orecchio, stringendomi le braccia così forte da farmi male.

Finalmente i due uomini la smettono. Ansimanti, mi guardano.

«Portala via di qui» dicono a Tomas. «Può creare problemi. Questo non è posto per una ragazza.» E se ne vanno lasciando il cadavere inerte, contorto e insanguinato, lì sulla strada, tra lo sporco, i vetri, la devastazione.

Tomas mi trascina via con fare deciso, mi costringe ad allontanarmi dal morto, mi spinge via da quell'inferno.

Andiamo ad aspettare il tram e alla fermata tutto sembra come al solito: la pensilina di legno, il lampione che proietta la sua misera luce. Lontano dall'orrore che imperversa sul Brühl, qui regna uno strano silenzio. Vorrei poter dimenticare quel che ho appena visto, ma so con assoluta certezza che non sarà così. La volontà di ammazzare un essere umano. Le disperate grida d'aiuto della vittima che si contorceva nell'agonia. Continuo a rivedere la scena, senza più percepire quello che ho intorno.

Non ho fatto niente. Sono rimasta a guardare mentre la vita lo abbandonava. Non gli ho nemmeno offerto un po' di conforto negli ultimi istanti di tormento. Che razza di persona sono diventata? Una complice?

E Walter? Se fosse stato il corpo di Walter quello preso a calci, massacrato e abbandonato in una canaletta di scolo? Un gemito mi sorge dal profondo: non sono riuscita a trovarlo!

Tomas mi guarda. «Tutto bene?»

«Benissimo» mento, serrando i denti per impedire che si mettano a battere.

Ho perso il senso del tempo. Controllo l'orologio e, stupefatta, mi rendo conto che è passata soltanto un'ora. Posso ancora tornare a casa in tempo e fare contenta Bertha.

Un tram svolta l'angolo, i fari trafiggono il buio mentre avanza lentamente verso di noi.

«Grazie per esserti preso cura di me, Tomas. Sto benissimo, davvero.»

«Devo tornare, adesso.» Guarda verso il Brühl. «Ma voglio essere sicuro che arriverai a casa sana e salva.»

«Sto benissimo, ti ho detto» insisto, sforzandomi di sorridere. «Sarò a casa in cinque minuti.»

Il tram si ferma con uno stridio metallico.

«Tomas.» Faccio appello a tutta la mia volontà per guardarlo dritto negli occhi, senza cedimenti. «Grazie per quello che hai fatto, me la caverò senza problemi. Torna al tuo dovere.» Sempre costringendomi a sorridere, salto sul mezzo e lo saluto con la mano. «Va'!» esclamo in tono leggero. «Ci vediamo presto, te lo prometto.»

Resto a guardarlo mentre il tram si allontana. Se ne sta lì piantato a gambe leggermente divaricate, lacerato tra il richiamo del dovere e il desiderio di condurmi al sicuro. Finalmente alza la mano e poi si volta per andarsene.

Allora un'ondata di nausea e vertigini mi travolge. Mi accascio su una panca di legno e appoggio la testa alle ginocchia.

Walter. Ti prego, devi essere vivo.

Non riesco a smettere di tremare. Rivedo quel corpo deformato, gli schizzi di sangue. La testa schiacciata, il viso premuto contro il selciato. Forse aveva una moglie. Dei figli. Dei nipoti. Persone che lo amavano, che lo chiamavano con un soprannome, che ridevano con lui. Adesso non più.

Il viso dell'uomo si trasforma in quello di Walter. Mi viene da vomitare. Non riesco a controllarmi e a metà di Hindenburgstrasse scendo dal tram e do di stomaco lungo il ciglio della strada. Quando ho finito non mi sento affatto meglio. Ancora tremante, proseguo lungo la strada principale verso la zona dove Walter mi ha detto che si trova la casa di sua nonna. Forse ce l'ha fatta a rientrare sano e salvo.

Qui c'è più silenzio che in centro, ma nell'aria sento lo stesso odore di bruciato. È come se nel cuore della nostra civilissima città fosse scoppiata la guerra e ho la sensazione di aggirarmi in un incubo da cui non riesco a svegliarmi.

Davanti a me divampa un altro incendio. Difficile dirlo, ma potrebbe essere la casa di Walter. Per strada è parcheggiato un camion dei vigili del fuoco, che come al solito se ne stanno a guardare.

Guardo la facciata elegante, le fiamme che avvolgono il palazzo ruggendo dall'interno, e il peso che ho nel petto aumenta: dalle descrizioni di Walter sono ormai certa che questa è casa sua.

Mi faccio largo tra la folla che contempla a bocca aperta lo spettacolo.

«E la gente che abitava qui?» domando a una donna che osserva la scena con i due figli piccoli.

«Sono scappati fuori squittendo come ratti da un fienile in fiamme» risponde lei con una smorfia, l'espressione acida come le sue parole. «Quell'idiota di Schloss» e agita una mano verso il negozio del fruttivendolo di fronte, «ha fatto entrare la donna. Gli uomini sono stati arrestati dalla Gestapo.»

«Gli uomini? Quali uomini? Dove li hanno portati?»

Sono forse arrivata troppo tardi? Inghiotto la bile amara che mi è salita alla bocca.

«Mah, per stanotte li hanno spediti non so dove. Comunque era ora» aggiunge, tirando su col naso. «Sono mesi che protestiamo. Degli ebrei in mezzo a tanta brava gente, come se niente fosse... Dio solo sa cos'avrebbero potuto fare ai nostri bambini. Vivere nella paura è una cosa orribile. Gliel'ho spiegato, a Schloss, anche se lui non mi ascolta: gliel'ho detto che si sta mettendo nei guai.»

Torno indietro sgomitando tra la folla e attraverso la strada di corsa, dirigendomi verso il fruttivendolo. «Maledetta strega!» sbotto. Spero che quella donna orrenda si sbagli. Spero che non abbiano preso Walter.

Herr Schloss è in piedi sulla soglia angusta di fianco al negozio e parlamenta con un gruppetto di giovani arrabbiati.

«Se nasconde quella feccia in casa sua si mette al loro livello» gli sta dicendo uno.

«Li faccia uscire» rincara un altro.

«Sono soltanto donne e bambini spaventati a morte. Non ci penso proprio a spedirli qui fuori ad affrontare voialtri» ribatte Schloss in tono deciso.

«Allora sfonderemo le vetrine e ce li prenderemo da soli» fa il primo ragazzo, brandendo una mazza di legno.

«Per carità di Dio!» esclama Schloss alzando le mani. «Cercate di essere ragionevoli, non avete motivo di prendervela con queste povere anime. Non ho nessuna voglia particolare di tenerle qui, che discorsi, ma gli sta bruciando la casa e stanotte non sanno dove andare.» Indica l'edificio in fiamme. «Domani li rimanderò per la loro strada ma adesso basta, ragazzi, forza.»

I giovani si scambiano occhiate.

«Domani mattina per prima cosa se ne andranno, vi do la mia parola» ripete deciso Herr Schloss.

«Sarà meglio per lei» grugnisce uno dei ragazzi. «Torneremo qui molto presto, Schloss, e se non li avrà cacciati si aspetti il peggio.» Si gira e si allontana, seguito dagli altri.

Schloss fa un passo indietro per chiudere la porta, ma io mi precipito per impedirglielo.

«La prego!» Infilo il piede nella fessura. «La prego! Voglio aiutare.»

Lui mi afferra per un braccio e mi tira dentro, poi richiude la porta e mi fissa a occhi sgranati.

«Sono un'amica di Walter Keller» gli spiego. «È qui? Walter è qui?»

In cima alle scale compare una donna. È la madre di Walter. La riconosco all'istante, ma è più magra, anziana e smunta di come la ricordavo. Scende le scale lentamente, ha i vestiti macchiati e sporchi. Sta piangendo e le lacrime le disegnano striature chiare sulle guance coperte di fuliggine. Un'altra donna più grassa la segue con tre bambini. Che siano la zia e i cugini di Walter?

«Eccomi, Herr Schloss» dice con voce fioca. «Lei chi è?» E mi scruta.

«Sono Herta Heinrich.»

La donna si ritrae.

«Una volta Walter era molto amico di mio fratello» mi affretto ad aggiungere. «Qualche mese fa ci siamo incontrati di nuovo per caso.»

«Lo so» risponde lei in tono ostile. «Me l'ha detto. E ricordo com'era turbato...»

«Frau Keller, non ho intenzione di trovare delle giustificazioni per la mia famiglia. Ma quello che conta è Walter. Sta bene?»

Lei scuote la testa. «Li hanno portati via tutti.» Ha le guance scavate e le labbra tirate, sembra un cane rabbioso messo all'angolo. «Mio marito, mio figlio e il fratello di mio marito. Li hanno presi in custodia le SS, ma stavolta hanno detto che domattina li trasferiranno tutti nel campo di concentramento di Buchenwald.»

La notte diventa più nera. L'ho tradito. Il mondo sembra inclinarsi, mi aggrappo al corrimano per sorreggermi.

«Ho cercato di entrare nel quartier generale della Gestapo, ma mi hanno cacciata. Non hanno fatto niente di male» grida, portandosi angosciata le mani al viso. «Il mio Walter! Doveva partire per l'Inghilterra e iniziare una nuova vita, sposarsi e avere una possibilità di essere felice. E adesso? Come farò a tirarli fuori di là?»

Esausta, mi siedo sull'ultimo gradino. «Non lo so.» Sento di non avere più forze. Sarei dovuta venire prima, avrei dovuto trovare un modo dopo aver letto quell'ordine spaventoso. Mi porto le mani alla faccia. Con l'occhio della mente vedo Walter, il suo sorriso, le sue iridi. Riesco quasi a sentire il suo odore, le sue mani dolci e tiepide.

«I bambini sono terrorizzati» sta dicendo Frau Keller. La guardo. «Non sappiamo dove andare, tranne domattina alla Casa degli ebrei. Non ci è rimasto niente, solo i vestiti che abbiamo addosso. Anche se Walter fosse ancora libero, non sapremmo più come pagargli la tassa per l'espatrio, quindi non potrebbe partire. Tutto quello che avevamo non esiste più.» Le trema la voce e i bambini cominciano a piangere.

Restano lì in piedi a fissarmi con quegli occhi impazziti e disperati.

«Mi dispiace tanto» mormoro. Non mi sono mai sentita così impotente.

Guardo l'orologio. Mi occorre un istante per dare un senso alla posizione delle lancette: sono fuori da più di due ore. Quando riuscirò ad arrivare a casa ne saranno passate quasi tre.

«Adesso devo andare.»

Nel silenzio generale passo accanto a Herr Schloss, che mi apre la porta.

«Io non sono come mio padre» dico, uscendo. «Neanche un po'.»

Apro la porta sul retro cercando di non fare il minimo rumore. Il passaggio è immerso nell'ombra e per un attimo penso che, con un po' di fortuna, saranno già tutti a letto. Ma in fondo al corridoio si staglia una figura e la voce acuta e sonora di mia madre perfora il silenzio.

«Dove DIAVOLO sei stata?»

Mi si avventa contro e mi afferra per le spalle con le lunghe dita sottili, scuotendomi con forza sorprendente e urlandomi in faccia.

«Stupida, stupida ragazzina! Ti avevamo proibito di uscire. Ho telefonato a tutte le persone che mi sono venute in mente, ma nessuno sapeva dov'eri» ansima furibonda. «Ho lasciato un messaggio telefonico a tuo padre, stavo quasi per chiamare la polizia!»

Ci spostiamo nell'ingresso ed è a quel punto che vedo Bertha, il viso turbato e rigato di lacrime, le mani che tremano. Sento la vergogna travolgermi.

«Mi dispiace» dico con voce roca.

È come se avessi la bocca foderata di carta vetrata. Crollo sulla panca. Walter non c'è più e io ho distrutto la vita di Bertha. Provo una fitta di paura per lei e anche per me, al pensiero di quando papà scoprirà tutto.

«Guarda in che stato sei, coperta dalla testa ai piedi di fuliggine e fango. E quello è sangue? Hetty, puzzi di... fumo! Dove sei stata?»

Mi molla uno schiaffo che mi fa bruciare la guancia. Istintivamente, porto la mano al punto colpito.

«Hetty?» La rabbia nella voce di mia madre si vena di preoccupazione.

«Ho bisogno di un po' d'acqua.»

«Bertha, per favore.» Si china mettendomi le mani sulle ginocchia e accovacciandosi per guardarmi in faccia. Ma io non voglio guardarla. «Non capisco» dice. «Perché mi punisci così? Ho già perso un figlio, non posso perdere anche te.» E mi stringe forte.

Bertha mi porge un bicchiere d'acqua, che bevo a grandi sorsi. È fresca e dissetante, sciacqua via il sapore amaro che sentivo in gola. Poi mi dà uno strofinaccio umido e tiepido per pulirmi il viso.

«Puoi andare» le dice mia madre in tono freddo. «Con te parliamo domani. Questa sera non ce la faccio.»

«Sì, Frau Heinrich.» Bertha si dirige verso le scale.

«Che cosa ti ha detto?» le chiedo quando la cuoca è scomparsa.

«Che ti ha mandato a chiedere in prestito un po' di zenzero da Frau Weber qui di fronte, perché noi l'avevamo finito, e poi non sei tornata. Stava morendo di paura. Ma non avrebbe mai dovuto mandarti fuori. Solo perché non c'era Ingrid... ha osato trattarti come una cameriera!»

«Non è vero» ribatto subito, «sta solo cercando di proteggermi. Le ho mentito. Ho fatto finta che fosse finito lo zenzero e l'ho implorata di farmi uscire. Lei non voleva, ma avevo bisogno di una scusa. Lei non c'entra, mamma, è tutta colpa mia.»

«Ma perché?» Si rialza, sconvolta. «Papà ha ragione, ormai sei fuori controllo. È per via di Karl... avrei dovuto fare più attenzione.»

«No, mamma, tu non c'entri.» Torco lo strofinaccio tra le mani. «Odio dover restare rinchiusa in questa casa: io voglio partecipare alla lotta per la Germania! Non è giusto che siano solo i maschi a divertirsi.»

Lei mi guarda disgustata.

«Tutto qui? È per questo che sei scappata? Hai messo Bertha nei guai perché vuoi combattere come uno stupido maschio? Papà ti aveva proibito di uscire e tu hai contravvenuto ai suoi ordini, Herta. Ma che diavolo ti ha preso?» I suoi occhi tornano a riempirsi di rabbia. «Va' a lavarti come si deve e poi fila a letto. Quando tornerà, sarà tuo padre a decidere che provvedimenti prendere per entrambe.»

Mi chiudo in bagno e mi strofino fino a farmi bruciare la pelle. L'enormità degli eventi della serata mi colpisce di nuovo con la forza di un'onda gigantesca. La morte di quell'uomo, la violenza e la distruzione per tutta Lipsia... E alla fine non ho fatto niente per aiutare Walter, anzi, forse ho addirittura peggiorato la situazione. Ripenso alla disperazione sul volto di sua madre e dei cuginetti. E se papà scopre dove sono stata? Per non parlare della povera Bertha: che ne sarà di lei? In ogni caso sarà tutta colpa mia, che rovino tutto quello che tocco. Scoppio in una risata. Una volta credevo di essere stata prescelta per fare grandi cose. Di essere migliore. Che sciocca! Le persone, le persone buone come Bertha e Walter, hanno rischiato tanto per me e in cambio, con incredibile stupidità, le ho deluse proprio nel momento in cui avevano più bisogno del mio aiuto.

Più tardi sgattaiolo all'ultimo piano. Da sotto la porta di Bertha filtra una lama di luce. Busso piano. Una pausa, poi la porta si schiude e nella fessura compare il suo viso.

«Mi dispiace terribilmente» sussurro.

«Sì» risponde lei in tono secco.

«L'hanno portato in un campo di concentramento.»

«Allora dispiace anche a me.»

Ci scambiamo uno sguardo.

«Vada a letto, Fraülein Herta.»

Forse non riuscirò mai più a dormire. Sono ossessionata dalle immagini di questa sera. Com'è possibile fare cose del genere ai propri simili? La natura è crudele, ma questa brutalità appartiene soltanto al genere umano. Qualunque sia la nostra religione, la nostra razza, il luogo da cui proveniamo, qualunque sia il colore dei nostri capelli o dei nostri occhi, la forma del nostro naso o le dimensioni dei nostri piedi, siamo tutte persone. Persone che provano dolore, gioia, amore, angoscia. Che hanno speranze e sogni, famiglie, amici e affetti. Come possono certi individui non accorgersene e trattare gli altri come fossero soltanto oggetti da calpestare? E tu, Walter? Ogni volta che chiudo gli occhi vedo soltanto te, percosso a morte e abbandonato, ferito e massacrato sulla terra dura e fredda. Ti scongiuro, dimmi che sei vivo!

10 novembre 1938

Dormo un sonno agitato e intermittente. Ogni minimo suono mi sveglia e mi fa battere forte il cuore, perché potrebbe essere papà che rincasa. Ma quando spunta l'alba capisco che non tornerà. Penso a quella lettera piena d'odio sulla sua scrivania. *Operazioni contro gli ebrei... prepararsi all'arresto... campi di concentramento.* Naturalmente avrà trascorso la notte fuori per controllare che i suoi ordini venissero eseguiti, che i maschi ebrei finissero in prigione e quanti opponevano resistenza fossero uccisi a colpi di pistola. O, peggio ancora, presi a calci e picchiati a morte prima di essere abbandonati ormai irriconoscibili per le strade.

Rabbrividisco e mi rigiro, chiudo forte gli occhi e mi tappo le orecchie con le mani per tagliare fuori il mondo. Ma il mio cervello continua a lavorare.

Se papà non è rientrato, dove può essere? Mi metto a sedere, perfettamente sveglia e di colpo lucida nonostante la mancanza di sonno.

Stiamo facendo colazione quando Ingrid entra a precipizio nella stanza legandosi il grembiule. «Mi scuso per il ritardo di stamattina, Frau Heinrich» comincia, affannata. «L'autobus non è arrivato puntuale e mentre attraversavamo la città ci sono stati un sacco di problemi. Non ho avuto nemmeno il tempo di mangiare» aggiunge con un sorriso, le guance arrossate e i capelli arruffati. «Per fortuna non devo fare quella strada tutti i giorni. Stare qui è molto più facile.»

Mamma la invita a fare colazione con noi, a volte capita quando mio padre non c'è.

«Oh, grazie mille, è davvero gentilissima!» Si riempie un piatto con quello che Bertha ha disposto sulla credenza e si siede. Bertha, dal canto suo, non si fa vedere. Le guance di Ingrid sono ancora arrossate e i suoi occhi guizzano qua e là, in preda a una grande eccitazione.

«Avete sentito che cos'è successo ieri sera?» chiede. Non aspetta risposta. «Sull'autobus ne parlavano tutti. Hanno radunato gli uomini, le donne e i bambini ebrei di Gohlis e li hanno condotti qui, vicino allo zoo, poi li hanno spinti giù per le scale che portano al fiume! Non riesco proprio a immaginarlo: di novembre, e di notte!» Sospira e addenta una fetta di pane imburrato. «Li hanno costretti a entrare in acqua come un gregge di pecore e ce li hanno tenuti per ore!»

«Mio Dio» commenta la mamma, e si versa dell'altro caffè. Poi spegne nel posacenere quel che rimane della sigaretta e ne accende un'altra.

«Certi dicevano che se lo meritavano di morire di freddo in un fiume sporco, per tutto il male che hanno fatto al mondo.» Ingrid addenta un altro boccone di pane, mentre i suoi occhi si fissano su di me.

«E com'è finita?» domanda mia madre.

«Naturalmente rischiavano di congelare. Così, dopo averli tenuti lì per un po', hanno lasciato tornare a casa le donne e i bambini. Dicono che gli uomini li porteranno in un campo. Ma ve lo immaginate? Radunare quella gente e costringerla a entrare nel fiume! Chi ci avrebbe mai pensato, eh?»

«Davvero» mormora la mamma. Si alza e accende la radio, che comincia a sfrigolare.

«Ho anche sentito» e Ingrid si piega verso di me con aria cospiratrice, «che chiunque venga sorpreso a fraternizzare o ad aiutare uno di quelli finirà in un campo! Ci pensa, Fraülein Herta?»

«Io...»

Ma per fortuna la voce alla radio soffoca tutti gli altri rumori.

«... la pazienza del popolo tedesco è ormai esaurita. Gli eventi della notte scorsa non sono stati né organizzati né preparati, ma si sono verificati spontaneamente in tutte le città della Germania. Sono stati gli ebrei a istigare quest'ondata di violenze. Il popolo tedesco, che da tempo sopporta, si è limitato a reagire. Gli ebrei hanno commesso un errore tremendo, un errore che costerà loro molto caro. Pagheranno per tutti i danni che hanno provocato. Dovranno rifondere un miliardo di marchi. Il settore assicurativo dovrà risarcire sei miliardi di marchi per la distruzione di negozi, sinagoghe e case, ma non un solo centesimo finirà nelle loro tasche criminali. In ventimila resteranno in carcere per riflettere sulle loro malefatte.»

Ho sentito abbastanza.

«Vado a scuola» annuncio.

«Dopo torna difilato a casa, Hetty, mi hai sentita?»

«Sì, mamma. Prometto.»

Afferro la cartella, mi infilo il cappotto e corro fuori.

Dalla mia postazione sul marciapiede opposto, alle sette e cinquantacinque vedo la bionda addetta alla reception, avvolta in una pelliccia, aprire le porte della redazione del *Leipziger Tageszeitung*. Le luci del pianoterra lampeggiano e si accendono. Dopo qualche minuto cominciano ad arrivare gli impiegati, che si salutano e si affrettano a entrare.

Cinque minuti più tardi entro anch'io. La giovane mi fissa con i suoi grandi occhi azzurri. Si sta ancora sistemando alla scrivania di fronte all'ingresso.

«Buongiorno» dico in tono allegro.

«Posso aiutarla?»

«Sì, cerco mio padre.»

Lei mi rivolge un sorriso indulgente.

«E suo padre sarebbe?»

«Herr Heinrich.»

«Oh!» Cambia espressione. «Mi scusi, Fraülein Heinrich, ma credo che non sia ancora arrivato.» Tutta rossa, telefona nell'ufficio di papà.

«Mi dispiace» dice dopo qualche istante, «proprio come pensavo. Non c'è.»

«Ne è sicura?»

«Ho appena parlato con la sua segretaria.»

Posa la cornetta e mi rivolge un sorriso nervoso. «Ha lasciato detto che non rientrerà fino all'ora di pranzo.» Esita. «Mi perdoni, ma lei non viene da casa?»

«Sì, ma...» Mi guardo intorno, poi mi sporgo a sussurrarle: «È fuori per questioni che riguardano le SS. La prego, mi faccia parlare direttamente con la sua segretaria. È un'emergenza» aggiungo.

«Ma certo.» E impugna di nuovo il telefono.

Se ho ragione, papà deve aver chiesto a qualcuno di coprirlo, ed è la sua assistente a filtrargli le telefonate.

La segretaria compare, occhialuta e di mezza età. Ci spostiamo su un lato dell'ingresso, lontano dalle orecchie della ragazza.

«Devo rintracciare mio padre» dico subito. «È successa una cosa grave.»

«In questo momento non so dove si trovi. Posso chiamare un'auto che la riaccompagni a casa, Fraülein Heinrich, se questo può aiutarla.» Ha una voce dolce e gentile.

«Senta» insisto, sempre sussurrando ma con una certa urgenza, «so tutto della sua amante e non m'importa. Ho solo bisogno di trovarlo il prima possibile. È molto importante. Mi dia l'indirizzo della Fraülein, per piacere.»

La donna si irrigidisce e mi fissa.

«Non dirò che è stata lei a darmelo, non la metterò nei guai. Ho solo bisogno di vedere mio padre. È molto importante.»

Lei continua a fissarmi e a un tratto mi coglie il panico: che abbia commesso uno spaventoso errore? Le sue labbra formano una linea diritta e sottile.

«Schmiedestrasse numero diciassette, appartamento tre. Di fronte a König Albert Park, verso Plagwitz.»

Faccio un respiro.

Il primo ostacolo è stato superato, ma mi aspetta il prossimo, quello più grande. Devo essere forte.

Posso farcela. Per Walter.

Arrivo davanti all'ingresso di un condominio nuovo fiammante, in una strada piena di edifici simili e anonimi. Non c'è custode, ma fuori dal portone hanno installato uno di quei nuovi congegni per citofonare. Inspiro a fondo e premo il campanello dell'appartamento tre. Sento un ronzio e, dopo una pausa, una voce. «Sì? Chi è?»

La *sua* voce.

«Buongiorno, Fraülein Müller. Sono Herta Heinrich. Sono venuta per parlare con mio padre.»

Un'altra pausa. Decisamente lunga.

«È un'emergenza» aggiungo nel silenzio sfrigolante.

«Non è qui» risponde in tono secco. «Non so perché pensi...»

«Ma deve arrivare, vero? Posso aspettarlo da lei, per favore?»

Altra pausa. Mi appoggio al portone con i palmi allargati. Sento un crepitio e la porta si apre.

Grazie.

«Primo piano» fa lei dal citofono.

Hilda Müller mi attende sulla porta. È proprio come la ricordavo: gli stessi capelli castano chiaro raccolti in strette trecce arrotolate sulla testa, piccole orecchie rosa e labbra tumide. È giovane. Molto giovane, in confronto a papà. Avrà all'incirca venticinque anni, sicuramente è più vicina alla mia età che alla sua. Ci fissiamo negli occhi per qualche istante, poi mi fa cenno di entrare.

«Suo padre... è fuori da stanotte. Ma sta per tornare.»

L'appartamento è più grande di quanto mi aspettavo. Luminoso, ordinato e arredato in maniera semplice e moderna. Senza tutte le anticaglie di cui è piena casa nostra. Seguo la florida figura di Fraülein Müller fino al salotto. Che cosa ci vedrà mio padre in questa donna? A parte la giovinezza, impallidisce al confronto con l'eleganza della mamma.

Mi siedo sul bordo di un divano fantasia mentre lei resta in piedi lì accanto senza guardarmi. L'imbarazzo è pesante e palpabile.

«Potrei avere un bicchiere d'acqua, per favore, Fraülein Müller?» chiedo alla fine.

«Ma certo, avrei dovuto offrirglielo io. Mi dia del tu, la prego.» E si precipita in cucina.

È strano, su di me il suo nervosismo ha l'effetto opposto: d'un tratto mi sento calma e padrona della situazione. Dopotutto è lei ad aver sbagliato, non io. È come se fossi io l'adulta e lei la bambina capricciosa.

Hilda torna con l'acqua. Bevo.

«Avevi davvero sete» mi dice con un sorrisetto. «Ne vuoi ancora?»

Prima che possa rispondere, una bimba con una larga camicia da notte rosa compare sulla porta. I capelli biondi, fini e ricci, le formano una nuvola cremosa intorno al viso. Si strofina gli occhi come se si fosse appena svegliata. È più grande di come la ricordavo da quel giorno alla stazione, deve avere tre o quattro anni. Nonostante la bruttezza della madre, però, è straordinariamente carina.

La bambina si ferma e mi guarda con occhi sgranati e diffidenti.

«Chi è questa signora, mamma?» chiede, senza perdermi di vista.

Hilda si siede e se la issa sulle ginocchia.

«Questa è Herta» dice, scostandole dolcemente i capelli dal viso. «È venuta a trovarci. Le ho detto che poteva aspettare con noi finché...» Mi lancia un'occhiata. «Finché non arriva Herr Heinrich.»

La bambina trasalisce. «Sta arrivando papà?»

È come una scossa elettrica.

L'ha chiamato papà.

La piccola si gira a guardare la madre. Hilda annuisce e fissa il tappeto, a disagio sotto il mio sguardo severo.

«Urrà!» esclama la bambina, poi si gira verso di me e dice:

«Ciao, sono Sophie. Sai giocare a ripiglino? Mi piace tanto ma non sono molto brava. L'ho appena imparato. Vuoi giocare con me? È divertente.» Si divincola per scendere dalle ginocchia della madre e corre a prendere un pezzo di spago, poi torna con un gran sorriso.

Io scuoto la testa. «Scusami, non so come si fa.»

«Te lo insegno io» esclama lei tutta allegra.

Mi si piazza davanti e agita lo spago nell'aria.

«Veramente non ho voglia di giocare» insisto, decisa.

«Sophie, non disturbare Herta» dice Hilda. «Non tutti hanno voglia di giocare la mattina presto. Vado a preparare un po' di caffè» aggiunge, scomparendo in cucina.

Sophie comincia a saltellare da un piede all'altro agitando lo spago a mo' di bandiera.

«Giochiamo a qualcos'altro, se non ti va ripiglino?»

«Non voglio giocare a niente, Sophie. Scusami.»

Lei si acciglia e poi, continuando a saltellare, va a posare lo spago su una libreria dall'altra parte della stanza.

La osservo. Nella mia testa questa bambina era un fantasma, un diavolo, uno spirito, ma adesso si è concretizzata, è qui, nella stessa stanza in cui sono io, e parla con me, sorride e vuole giocare. Ha un nome. Sophie. In altre circostanze potrei anche trovarla carina. Persino affascinante.

È tua sorella!

Ma io non voglio una sorella.

Devo decidere esattamente che cosa dire a mio padre quando arriverà, solo che in questo momento non riesco a pensare lucidamente. Sophie chiacchiera tra sé, con una bambola in una mano e un cane di pezza nell'altra, imbastendo una conversazione immaginaria. Provo a capire se ha qualcosa di me o di Karl. Forse una somiglianza intorno agli occhi. Poi cerco dei segni di malvagità, ma questa bambina in carne e ossa non ha nulla dello spettro che mi ha ossessionato finora: quello era un parto della mia fantasia.

E in fondo, proprio come me, non ha nessuna colpa rispetto all'errore che hanno commesso i suoi genitori.

«No, no, cane cattivo» sta dicendo, «se scappi ancora dovrò punirti e non ti darò il permesso di giocare con i tuoi amici nel parco.»

Poi alza gli occhi e vede che la sto osservando.

«A te piacciono i cani, Herta?» mi chiede con un sorriso.

«Io...» Il citofono squilla forte e trasaliamo entrambe. Subito ricompare Hilda, che mi guarda con occhi nervosi.

«Papà!» urla Sophie piena di gioia, gettando via la bambola e il cagnolino e precipitandosi verso l'ingresso.

Io e Hilda restiamo in piedi, rigide, mentre la sagoma possente di mio padre si delinea sulla soglia. Ci fissa senza una parola, a occhi spalancati, mentre Sophie allunga le braccia verso di lui.

«Papà!» Lo tira per la mano. «Questa è Herta. È molto simpatica e voglio insegnarle a giocare a ripiglino.»

Osservo il viso di papà alla ricerca di segnali di orrore, rabbia o vergogna.

Ma non vedo nulla. La sua faccia è inespressiva come un foglio di carta intonso.

È semplicemente stanco. E vecchio.

Hilda si mette il cappello e prende il cestino.

«Vieni, Sophie, andiamo dal panettiere. Al ritorno possiamo fermarci a dar da mangiare alle anatre, se facciamo in fretta» dice alla figlia, che adesso è tutta ben vestita.

Quando gli passa accanto, papà le lancia un'occhiata, uno sguardo privato e intimo. Sento un brivido lungo la spina dorsale. Certo hanno una bella intesa, questi due: non ho mai visto papà guardare così la mamma.

Finalmente restiamo soli.

«Come mi hai trovato, Herta?» mi chiede non appena la porta d'ingresso si chiude. «Come facevi a saperlo?» Sprofonda nel divano e si preme due dita alla radice del naso. «È questo che stavi cercando nel mio studio?»

Resto in piedi e reprimo l'impulso di fargli fisicamente del male, di assecondare la rabbia che mi striscia nelle vene al pensiero di come soffrirebbe la mamma se fosse qui ora e dovesse assistere a queste allegre scenette domestiche con Hilda e Sophie.

«Lo so da molto tempo» rispondo. «Una volta ti ho visto con Fraülein Müller e la bambina. Ti ho visto e... be', ho capito.»

«Povera Herta.» Mi guarda. «Non è stato il modo ideale per scoprirlo. Avrei sempre voluto dirtelo, e anche a Karl, naturalmente, quando fosse arrivato il momento. Voglio che instauri un rapporto con la tua sorellastra. E Hilda è di nuovo incinta. Nessuno potrà mai sostituire Karl, ma per te sarà una buona cosa avere degli altri fratelli.»

Karl è morto e Hilda è di nuovo incinta. *E tu pensi che questa per me sia una buona cosa?*

Incrocio le braccia sul petto e mantengo le distanze, cercando di controllare il fuoco che ho dentro.

«Vieni» mi dice lui in tono stanco. «Siediti.» E dà un paio di colpetti al cuscino accanto a sé.

Resto dove sono.

«Ho bisogno che tu faccia una cosa, papà. Per me.» Il tono è secco. «Ieri notte sono state arrestate molte persone. Molti ebrei.»

«E allora?»

«Hanno arrestato anche dei miei amici» continuo, con il cuore che mi batte forte. «Voglio che li aiuti. Walter Keller. È un amico di Karl di... prima, e anche suo padre e suo zio sono stati portati a Buchenwald. Devi farli uscire.»

Papà mi fissa.

«Ma come diavolo fai a sapere...» La voce gli muore in gola. Riesco quasi a vedere il suo cervello che macina nella scatola cranica. «Perché vorresti che facessi una cosa del genere?» mi chiede in tono caustico.

«Perché era un amico di Karl. Ma soprattutto perché quella volta che ho rischiato di annegare mi ha salvata. Una buona azione ne chiama un'altra.» Finalmente sorrido.

Papà raddrizza la schiena e si gira a guardarmi. Apre la

bocca ma poi la richiude e scuote la testa. Sembra non riuscire a tradurre i pensieri in parole.

«Ho tollerato fin troppo che quel ragazzo frequentasse casa nostra... Hélène è stata troppo tenera...» La sua espressione è cambiata, ha il viso velato da un'ombra. «Che cosa rappresenta lui per te?» dice in tono basso e minaccioso. «Karl aveva cercato di avvertirmi. Adesso capisco...» Di colpo sembra distrarsi. Il suo sguardo corre alla finestra, poi torna di scatto a me. «Ingrid. Mi ha detto di avere presentato una denuncia alla Gestapo. Ma il giorno seguente l'ha ritirata. Ha detto che aveva troppa paura... Si trattava di te e di quel ragazzo?»

Quella serpe maligna.

«Tra noi non c'è niente» replico sicura. «Karl e Ingrid hanno frainteso. Però l'ho incontrato un paio di volte, questo sì. E sono andata a dirgli di Karl...»

«E perché diavolo hai fatto una cosa del genere?»

«Perché erano stati grandi amici. Perché pensavo che volesse sapere.»

«È stata la cosa più assurda, idiota e pericolosa che potessi fare! Stupida ragazza!» Tutta la dolcezza è scomparsa. Papà salta in piedi, rigido di rabbia.

«Mi dispiace...»

«Ti dispiacerà eccome! Te lo immagini se si venisse a sapere?» Inizia a camminare avanti e indietro. «Mia figlia che fraternizza con un ebreo? In ballo c'è la *mia* reputazione!» Si punta il dito contro il petto. «Come puoi essere stata così stupida?» Accelera il passo. «Maledetti ebrei schifosi! Quel ragazzo ti ha fatto perdere la testa. Sapevo che godevi di troppa libertà, era esattamente ciò che temevo. Lasciare uscire quelle carogne?» È sudato e grigiastro, gli si è deformata la faccia. «Scordatelo! Quel ragazzo può marcire all'inferno!»

Cerco di respirare adagio, attenta a non pronunciare a voce alta le parole che urlano dentro la mia testa: «Ti sbagli! La carogna sei tu e non loro! Come puoi parlare così di due esseri umani?» Ripenso all'avvertimento di Walter. Non devo rivelare ciò che penso davvero.

«Ha un visto per l'Inghilterra. Se lo lasci libero e gli paghi la tassa per l'espatrio, se ne andrà. Quella famiglia non ha più nulla. La loro casa è andata in fumo...»

Continua a fare avanti e indietro e trema di rabbia. «Dovrà passare sul mio cadavere!»

Va tutto per il verso sbagliato, sto perdendo il controllo.

Si ferma vicino alla finestra e guarda le case sul lato opposto della strada.

«Lo sai che presto Ingrid se ne andrà?» mi dice in tono improvvisamente calmo e tranquillo.

«Eh?»

«Sì, dopo Natale. Con la mia benedizione. Vuole dare il suo contributo al Reich.»

«Cosa c'entra Ingrid adesso?»

«Andrà in una casa *Lebensborn*, la fonte della vita. Lo sai che cos'è?»

Scuoto la testa. Non provo alcun desiderio di parlare di quella carogna di Ingrid, anche se mi farebbe molto piacere se scomparisse da casa nostra.

«È un programma sponsorizzato dallo stato che serve a fornire al Führer bambini ariani. I bambini saranno cresciuti con un solo scopo: combattere la guerra di Hitler contro gli ebrei. Ingrid ha superato tutti i test medici e genealogici: hanno stabilito che ha sangue puro e non è portatrice di malattie ereditarie. Si è dimostrata di buon carattere. Verrà accoppiata a un ufficiale delle SS, un esemplare altrettanto valido. Insieme faranno un bambino a cui lei rinuncerà alla nascita e che verrà allevato come un figlio del Führer, insieme a molti altri come lui. Sta facendo una cosa meravigliosa, altruista, per il bene del paese. Naturalmente quando avrà finito sarà di nuovo la benvenuta nella nostra famiglia, se vorrà lavorare ancora per noi, oppure potrà sposarsi. La scelta spetterà a lei.»

Sento una stretta allo stomaco.

«Perché mi stai raccontando tutto questo?»

Mio padre si avvicina.

«Forse, Herta, dovresti valutare la possibilità di entrare nello stesso programma. Purtroppo non hai il colore di capelli ideale, né la statura, ma magari per mia figlia faranno un'eccezione.»

Deglutisco la bile che mi si è raccolta in bocca.

«Sono troppo giovane! Non puoi costringermi!»

Lui sorride. Un sorriso che non gli arriva agli occhi.

«Stai cercando di spaventarmi, papà?»

Non risponde e io mi giro dall'altra parte. Le sue parole mi rimbombano nella testa, facendomi traboccare di rabbia.

La sua *reputazione*.

«Perché hai Hilda e Sophie? La mamma non è abbastanza per te? Io non sono abbastanza per te?»

«Non dire sciocchezze, Herta. Qui non si tratta né di te né della mamma. Amo moltissimo tua madre e non dovrà mai, mai sapere di Hilda. I suoi nervi non reggerebbero, soprattutto dopo Karl... Ma certe volte un uomo ha bisogno di qualcosa di più. Tu sei giovane, non puoi capire, ma noi uomini... Abbiamo delle esigenze. Esigenze che le donne semplicemente non hanno.»

Tu non hai la minima idea delle mie esigenze, vigliacco! E nemmeno di quelle delle altre donne, visto che non sei una di loro.

«E la Germania ha bisogno di bambini» continua. «Di un sacco di bambini. Un uomo ha il dovere di generarne il più possibile, e con il sangue giusto. Per tua madre è troppo tardi, ma Hilda è giovane e speriamo che possa averne molti altri. Tanti figli maschi. So che per te è un duro colpo, ma forse un giorno capirai.»

Lo guardo dritto negli occhi. «Hai ragione, papà. La mamma ne resterebbe sconvolta. Sarebbe distrutta, se lo scoprisse. Ma con me il tuo segreto è al sicuro.»

Lui riesce a rivolgermi un sorriso fiacco.

«Ti prometto che non racconterò ad anima viva della tua amante e dell'altra tua figlia se farai in modo che Walter, suo padre e suo zio siano rilasciati.»

«Ti ho già detto che è fuori discussione.»

«E poi, se qualcuno lo scoprisse, che figura faresti riguardo alla crociata morale che hai lanciato sul *Leipziger*? Se venisse fuori che tua figlia ha mischiato il suo sangue con quello di un ebreo, sarebbe un problema, giusto? La cosa potrebbe alimentare quelle false dicerie...»

Gli occhi di papà mi scavano dentro, piccoli e glaciali, pallidi e umidi. Ma non mi lascerò piegare.

«È un ricatto» dice alla fine, arrossendo fino ai capelli. «Tu, mia figlia, mi ricatti. Allora quel giovane ebreo rappresenta qualcosa per te!»

Quanto vorrei raccontargli la verità, solo per vedere la sua espressione sconvolta e disgustata.

«No.» Sto molto attenta a come parlo, uso ogni forza residua per mantenere ferma la voce. Non posso rivelare il tormento che ho dentro. «È fidanzato con una ragazza inglese, devono sposarsi. Ma quel che dico io non conta, vero? Se hai intenzione di punirmi e mandarmi in questo... in questo Lebensborn, che scelta mi rimane? Devo proteggermi. Non vorranno una donna con il sangue impuro. E se questo significa raccontare tutto alla mamma e al mondo intero, e mentire su me stessa, lo farò.»

«Lo sai che cosa ti succederà, Herta? Se penseranno che hai avuto dei rapporti con quel ragazzo? Ti raperanno a zero e ti faranno sfilare per tutta la città. Ti sbatteranno in galera e butteranno via la chiave. È questo che vuoi?»

«Ma certo che no.» Digrigno i denti e stringo i pugni. «Ma non farebbe bene nemmeno a te, vero, papà? Soprattutto adesso che mamma spera tanto in una tua promozione. In fondo ti chiedo una piccola cosa: falli rilasciare, e fa' in modo che la sua famiglia riesca a uscire dalla Germania. Poi tutto questo sarà dimenticato.»

Papà si aggira per la stanza come un animale in gabbia, senza mai smettere di guardarmi negli occhi. È incertezza quella che vedo dietro il grigio pallido delle iridi, dietro le pupille minuscole e nerissime? Paura? Qualcosa si agita, non c'è dubbio. Una debolezza. Sta per capitolare. Faccio un passo verso di lui.

«Per il padre e lo zio non farò niente» dice infine. «Senza visto, non posso giustificarne il rilascio. Se riuscissi a far liberare il ragazzo...» Il suo viso si increspa per il ribrezzo. «Se dovessi riuscirci, allora tu terrai chiusa quella maledetta boccaccia e non dirai mai una parola di tutto questo, di Hilda o Sophie, a nessuno, mai. Ci siamo capiti?» conclude in tono perfido.

Rilasso i pugni.

«Hai la mia parola.»

«E se lo faccio uscire starai lontano da quell'ebreo. Se stavolta dovessi disobbedirmi, Herta, non ti proteggerò più. Non ti sosterrò e non vorrò più avere niente a che fare con te. Tanto» dice fissandomi con uno sguardo di pura cattiveria, «alla fine li prenderemo. Li prenderemo tutti.»

Scendo le scale lentamente, tremando. Esco dall'edificio e vedo Hilda e Sophie che stanno tornando, mano nella mano. Sophie saltella accanto alla madre.

Mentre la supero mi monta dentro una rabbia improvvisa. «Come fai a sopportarlo?» le dico. Le parole mi escono di bocca prima che riesca a pesarle. «Come fai a stare con un uomo che appartiene a un'altra?»

Lei mi guarda con occhi tristi. «Non mi aspetto che tu capisca o che mi perdoni» dice a bassa voce. «Ma... ci amiamo molto.»

E con queste parole stringe più forte la mano della bambina e sale a testa alta le scale del palazzo.

17 novembre 1938

So che dovrei distruggere questo diario, ma non ci riesco. Forse un giorno sarà la causa della mia morte, ma per ora, non so perché, mi fa sentire più vicina a Karl e a te, mio adorato Walter. Sono giorni che quasi non vedo papà. Quando succede, mi lascia chiaramente intuire quanto è arrabbiato con me e si rifiuta di stare nella stessa stanza, come se gli bastasse vedermi per provare disgusto. E non sapere se davvero mi aiuterà è un'agonia. Ce la metto tutta e non gli chiedo nulla per non innervosirlo di più. Una volta la mamma mi ha chiesto se avevamo litigato. Le ho risposto che era stato soltanto uno scambio di opinioni sulla scuola di economia domestica, e lei non ha fatto altre domande. È così concentrata sul suo lutto che non si accorge della tensione tra noi. Domenica mattina Erna, Tomas e io siamo andati al cinema a vedere il cinegiornale. Se non altro papà non me l'ha proibito. Tomas è gentile e attento, fa di tutto perché io stia bene, dopo quello che mi è toccato vedere quella sera. Ma io sono piena di nausea e ribrezzo. Non capisco come una nazione che si definisce civile possa comportarsi in maniera tanto crudele e violenta. Non capisco come il nostro grande stato tedesco, i cui governanti parlano di onestà, verità, moralità e pace, possa mentire così clamorosamente al suo popolo. Ma ho l'impressione di essere quasi l'unica a pensarla in questo modo.

Dopo giorni d'attesa, finalmente papà mi convoca nel suo studio. Resto in piedi davanti alla scrivania come un'allieva che attende il verdetto del preside. Lui non mi guarda negli occhi e la cena mi pesa nello stomaco.

«Ho sistemato tutto» dice in tono piatto.

«Nel... nel senso che rilasceranno Walter?» gli chiedo, appoggiandomi alla scrivania per sostenermi.

Si è acceso un sigaro e sbuffa un lungo pennacchio di fumo dolciastro e stucchevole.

«Ho dovuto ricorrere a qualche conoscenza» continua in tono amaro, «ma ho scoperto che i campi sono strapieni. Chi ha un visto d'espatrio deve lasciare subito il paese. Questo significa che il tuo sporco ebreo se ne può andare, ma non suo padre, e nemmeno suo zio.»

Ci guardiamo negli occhi. Non c'è amore. Lui si controlla bene, ma avverto la rabbia che gli ribolle sottopelle.

«Deve andarsene prima della fine del mese» continua. «In questo mi è stato utile il mio amico, il giudice Fuchs. Gli abbiamo fatto avere le carte necessarie, il passaporto e la deposizione che conferma il pagamento della tassa.» Scrolla il sigaro nel posacenere e beve un sorso dal suo bicchiere di whisky. «Fortunatamente per te, Fuchs mi doveva un favore. Non molto tempo fa ho tenuto il suo nome lontano dai giornali, uno sfortunato incidente con un ragazzo che avrebbe gravemente danneggiato la sua carriera. Ma di errori ne facciamo tutti, no?»

Aspira un paio di boccate, senza staccare gli occhi dai miei.

«Grazie, papà, io non...»

«Siediti.»

Mi lascio cadere nella poltrona aggrappandomi con mani tremanti ai braccioli.

«Gli unici tedeschi puniti per le azioni compiute durante i disordini sono gli uomini delle SS che hanno violentato donne ebree. Lo sapevi?»

Scuoto la testa. Si protende verso di me, tutto rosso in faccia.

«Perché» continua, «hanno commesso un crimine peggiore dell'omicidio. E sai qual è?»

Lo fisso scuotendo la testa.

«No? Allora te lo dirò io: hanno infranto la legge inviolabile che vieta i rapporti sessuali tra ariani ed ebrei. Hanno messo in pericolo la cosa più sacra che abbiamo: la purezza della razza. E non c'è nulla di più importante della purezza del nostro sangue. È per questo che siamo qui, è per questo che combattiamo ogni giorno. È la nostra arma più preziosa e loro hanno osato minacciarne la sacra inviolabilità! Quegli uomini sono stati espulsi dal partito nazionalsocialista. E questo è soltanto l'inizio della loro punizione, stupidi idioti traditori!» Spegne il sigaro schiacciandolo con forza nel posacenere.

«Che ne sarà invece degli assassini?»

«Sono stati rilasciati. Naturalmente obbedivano a degli ordini.»

Aspetto che continui a parlare, ma lui tace. Altro sorso di whisky.

«Perché mi racconti queste cose?»

«Oh, io credo tu sappia il perché. Noi ci capiamo, vero?» Sorride, ed è un sorriso vittorioso. Crede di leggermi dentro. È un avvertimento ed è convinto che non lo ignorerò.

Per un attimo tra noi aleggia Karl. *Sta' attenta, Topolina. Io non posso più proteggerti.*

Le guance mi scottano.

«Sì, papà» dico. «Noi ci capiamo.»

«È cosa fatta» annuncio più tardi a Erna. Non temono più che possa sgattaiolare fuori per andare a trovare un ebreo, quindi mi è stato permesso di tornare a partecipare alle riunioni della BDM. Agli occhi di mia madre e mio padre, Erna ha una reputazione immacolata e la considerano ancora capace di esercitare su di me un'influenza positiva. Se solo sapessero la verità.

«Oh, grazie a Dio» risponde stringendomi la mano. «Non riesco a credere che ci sei riuscita davvero.»

Siamo nel salotto di Fraülein Ackermann e aspettiamo che

arrivino le altre. La riunione di stasera riguarda i preparativi per il concerto prenatalizio: alla musica penseranno la banda della nostra Schar e quella della Schar della Hitlerjugend locale. È sempre più elettrizzante quando ci riuniamo con i gruppi maschili, qualsiasi opportunità di incontrare membri dell'altro sesso è accolta con entusiasmo. Il brusio, interrotto da qualche esplosione di risatine, riempie la stanza. Io ed Erna siamo in piedi accanto alla finestra, lontane dalle altre.

«Però da adesso in poi dovrò camminare sulle uova» le dico. «Papà non si fiderà mai più di me.»

Lei annuisce. «Quand'è che esce Walter?»

«Tra un paio di giorni, ma mi hanno proibito di vederlo.»

«Ovviamente.»

«Invece ci andrò.»

«Ma certo.» Erna sorride. «Sarò ben felice di coprirti.»

Mi si forma un groppo in gola. «Grazie.»

Fraülein Ackermann entra con un vassoio di panini e delle caraffe di succo. «Possiamo iniziare, ci siamo quasi tutte.» Passa in rassegna il gruppo con lo sguardo. «Venite a sedervi qui, voi due» ci dice con un cenno. «Qui sul tappeto c'è spazio.» Obbedienti, prendiamo posto insieme alle altre.

«Cominceremo con una canzone» annuncia la Ackermann quando ci siamo sedute. Sfoglia le pagine di *Wir Mädel Singen!* «E per la precisione con *Volk ans Gewehr.*» Si sente un fruscio di carta e tante gole si schiariscono.

Vedi a est la luce dell'alba?
È un segno di libertà, là dalla parte del sole.
Restiamo insieme, vivi o morti, qualunque cosa accada.
Perché dubiti ancora?
Basta incertezze: nelle vene scorre ancora sangue tedesco.
Il nostro popolo alle armi!
Il nostro popolo alle armi!

Non riesco nemmeno ad articolare le parole. Smetto del tutto di cantare e la mia bocca si chiude fino a quando Erna non mi sferra una violenta gomitata nel fianco. Di malavoglia, riesco a unirmi al coro per l'ultima strofa:

Giovani e vecchi, uno dopo l'altro
abbracciate lo stendardo della svastica.
Cittadino o borghese, contadino o operaio,
tutti impugnano spada e martello per Hitler,
per la libertà, il lavoro e il pane.
Germania svegliati, smetti di soffrire!
Il nostro popolo alle armi!

Più tardi, mentre torniamo a casa insieme, le racconto del voto che ho pronunciato in quella stanza mentre fingevo di cantare.

«Quando Walter se ne sarà andato, voglio aiutare tuo padre con la resistenza. Ti prego, dimmi cosa posso fare.»

Lei mi prende sottobraccio.

«Visto quel che è successo, per te è troppo pericoloso.»

«Di me non m'importa. Non più.»

«Non ho molto da dirti. Non esiste un'organizzazione vera e propria a cui aderire. Avere più che qualche contatto secondario ormai è praticamente impossibile, la Gestapo ha orecchie ovunque. Non appena hanno un sospetto o sentono parlare di organizzazioni antigovernative, arrestano tutti. La gente ormai ha troppa paura.»

«E tuo padre allora cosa fa?»

«Anche lui ha pochi contatti. C'è una rete clandestina, ma per sicurezza nessuno sa chi ne fa parte, così se qualcuno viene arrestato non può denunciare gli altri. Da quel che ho capito si passano informazioni, cercano di aiutare chi può ad abbandonare la Germania, forniscono un rifugio e spiegano dove andare per essere al sicuro. Soprattutto i bambini.»

«Voglio dare una mano, Erna, come posso.»

E facciamo il resto della strada immerse in silenziosa riflessione.

22 novembre 1938

Mi sto affezionando a questo salottino pieno di spifferi sul retro del caffè, con il suo tappeto liso e il divano verde scolorito e consumato. È un luogo sicuro. Un rifugio in cui potrò incontrare Walter prima che domani lasci la Germania. Strano che qui, tra sconosciuti, mi senta protetta e sicura, mentre a casa mia ho l'impressione di essere in pericolo e vulnerabile.

Sbircio dalla finestra il piccolo cortile posteriore con la carbonaia, la latrina e i bidoni della spazzatura. Ascolto il dolce tintinnio della cucina e il basso ronzio delle voci nel locale. Il cuore mi batte forte, saldo.

Sto fissando il caminetto vuoto quando Felix, il figlio di Lena, entra silenzioso in cucina. Alle sue spalle c'è uno sconosciuto. Con una fitta di paura, mi chiedo chi sia. Non scorgo nulla di familiare nella figura magra e calva che mi ritrovo di fronte. Ha zigomi fin troppo prominenti, occhi cerchiati e la testa pelata è coperta di croste e cupi lividi viola. Una mano è avvolta in uno spesso strato di bende, le spalle sono spioventi. Forse è un vagabondo. Trovandolo istintivamente repellente, arretro di un passo.

Poi lo guardo negli occhi.

Che cosa ti hanno fatto?

«Non avrei mai creduto di rivederti» dice lo sconosciuto.

Faccio un passo avanti e gli tocco il viso. Sotto le mie dita le guance sono umide. Gli accarezzo la pelle ingrigita fino a sfiorare le punte dei capelli che stanno ricrescendo. Quei bellissimi riccioli biondi. Tagliati. Andati.

«No» sussurro. «No, no, no...»

Ci sediamo sul divano. Ci sono anche Lena, sua madre e Felix. Nel vedere Walter, Lena si è portata una mano alla bocca e ha soffocato un grido. Sua madre distribuisce bicchierini di un liquore forte. Io lo bevo d'un fiato e rabbrividisco, mentre il liquido potente mi scorre in gola.

«Dagli da mangiare» ordina la madre a Lena. «Non lo vedi che ha bisogno di mangiare?»

«No» dice lui con voce roca, «non voglio mangiare.» La mano gli trema mentre si porta il bicchierino alla bocca e lo svuota completamente. «Ancora, per favore.»

«Lena, va' a prendere il brandy per cucinare. Felix, tu vieni con me, al caffè hanno bisogno di noi.» Li fa uscire dalla stanza e rimaniamo soli.

«Walter, che cosa ti è successo?» sussurro. Desidero toccarlo ancora, ma ho paura che possa spezzarsi.

Scuote la testa. Ha gli occhi umidi ma sembra non accorgersene.

«Non è giusto» dice alla fine. «Non è giusto che io sia qui e loro ancora dentro... in quell'inferno.»

«Racconta.» Gli sfioro delicatamente un braccio.

Lui mi lancia un'occhiata e si passa una mano tremante sulla bocca. «Non ce la faccio. Non trovo le parole.»

«Mi dispiace tanto di aver dubitato della tua verità. Walter, mi dispiace tanto.» Gli prendo la mano non fasciata e la stringo dolcemente. Come ho potuto essere così cieca? Lo guardo, faticando a elaborare ciò che ho davanti. Walter è diventato l'ombra di quello che era dieci giorni fa. La gola mi si stringe, mentre un'ondata di emozioni mi sommerge. *Come hanno potuto fargli questo?*

«Ci ho provato» comincio. «Ho provato a farli uscire, tuo padre e tuo zio.» Ma è una frase che suona così fiacca, così inutile.

«Lo so. Lo so che sei stata tu a salvarmi. Hai amici importanti, mi hanno detto prima di liberarmi. Grazie. Questo però non gli ha impedito di darmi un'ultima lezione.» Solleva la camicia e mi mostra il corpo ferito e pieno di lividi. «Venticinque frustate, per augurarmi buon viaggio.»

«Gesù santo.» Mi mordo il pugno.

Lena torna con la bottiglia di brandy da cucina. Gli riempie il bicchiere per tre quarti e se ne va subito, le guance tirate, gli occhi pieni di orrore.

«Che cosa hai fatto alla mano?»

Non risponde. Continua a buttar giù grandi sorsate di brandy. Sulla fronte gli compaiono delle goccioline di sudore. Lentamente il liquore sembra calmarlo. Il respiro si fa più regolare, il tremito si placa.

L'immagine di Walter si offusca sotto le lacrime, che mi scendono sulle guance in un fiume di vergogna e pietà.

«Il campo...» Scuote la testa.

«Raccontami tutto. Ti prego.»

Guarda la grossa benda che gli copre la mano sinistra. Beve un altro sorso di brandy e poi comincia a parlare a voce bassa e piatta, quasi irriconoscibile.

«Il giorno che sono arrivato, l'11 novembre, ci hanno trasportato con dei camion all'ingresso del campo. Ci hanno fatto saltare giù e per raggiungere il cancello abbiamo dovuto correre tra due file di SS armate di mazze e sbarre di ferro che al nostro passaggio ci picchiavano. Al cancello c'è stato un ingorgo, cercavano tutti di entrare per sfuggire alle guardie. Per un attimo mi sono appoggiato con la mano al muro, in modo da mantenere l'equilibrio mentre gli altri mi spintonavano. Uno di quei bastardi me l'ha colpita con una sbarra di ferro e tutta la forza che aveva. Mi ha spezzato tre dita. Spappolate. La punta del mignolo era ridotta a una specie di poltiglia, un dolore indescrivibile. Sono svenuto e finito per terra, ma mi hanno picchiato finché non sono riuscito a rialzarmi.» Ha la voce di un vecchio.

«Ma perché? Hanno perso la testa. Sicuramente quando i

loro superiori...» Penso all'ordine che ho visto sulla scrivania di papà e al pestaggio a cui ho assistito per strada, e trattengo le mie parole di incredulità.

«I loro superiori... È stato proprio il comandante a ordinare tutto questo! Ci picchiavano di continuo.» Fatica a deglutire. Abbassa lo sguardo sul tappeto liso e la sua voce è poco più che un sussurro. «Il primo giorno... quando siamo arrivati... a un uomo hanno quasi staccato un orecchio a forza di botte. Ne hanno accecato un altro picchiandolo sull'occhio con una sbarra. Poi, quando siamo entrati, il campo non era grande abbastanza. In seguito ho saputo che vi hanno stipato diecimila dei nostri in poco più di due giorni. Non c'era spazio, siamo stati costretti a rimanere in piedi per il resto della giornata, e poi per tutta la notte, e anche il giorno dopo. Non ci hanno dato né cibo né acqua fino alla seconda sera. La gente stava male. Mio padre, mio zio... non so cosa ne sia stato di loro. Ci hanno separati prima ancora dell'arrivo, ci hanno caricati su camion diversi. Non ci hanno permesso di spostarci dal nostro gruppo. Se cercavamo di parlare o scappare ci picchiavano, o peggio.»

Si interrompe e butta giù un altro po' di liquore. Io gli strofino piano le braccia e le gambe, facendo attenzione a evitare i lividi e la mano praticamente maciullata.

«Il terzo giorno alcuni di noi sono stati rinchiusi in un alloggiamento, se possiamo definirlo così.» La voce comincia a impastarsi per l'alcol. «Era una stalla. Niente finestre, luce o riscaldamento, niente pavimento, solo fango gelato e puzzolente. Ne eravamo ricoperti. Per sdraiarci avevamo delle file di pancacci di legno, anzi, delle assi a quattro livelli, uno sopra l'altro. Nelle vicinanze non c'erano latrine. Faceva un freddo tremendo, Hetty, una cosa mai vista. Quando non eravamo nelle stalle, ci costringevano a stare fuori in fila. Ci radunavano, di notte ci facevano entrare e di giorno ci facevano uscire, come mandrie di bestiame. Anzi, peggio. Eravamo costretti a stare continuamente in piedi e ci assordavano per ventiquattr'ore al giorno con l'altoparlante... proclami su noi ebrei bastardi e maledetti, sul fatto che abbiamo imbrogliato gli ariani, che pagheremo tutto.»

Si ferma per bere un altro sorso. È un miracolo che sia vivo. Nella mente mi scorre una ridda di immagini: articoli del *Leipziger*; Herr Metzger che dal pulpito elenca i peccati degli ebrei; alcuni passaggi del *Mein Kampf*; gli avvertimenti della mamma contro la razza infame: *Hetty, sta' lontana da loro, frequenta soltanto le persone perbene come noi*; la violenza della notte dei disordini. Hitler che diffonde le sue parole di odio.

Ecco dove ha portato tutto questo.

Nella gola mi sale un conato di vomito, carico di senso di colpa.

«*Shhh*» gli dico. Non so perché. Forse perché non ci sono parole. Non riesco a trovare nulla che possa confortarlo. «*Shhh.*»

«Ci hanno umiliato fino in fondo» continua Walter. «Lo *Scharführer* delle SS responsabile della nostra sezione ha pensato che fosse divertente costringere parecchi di noi a condividere la zuppa di cavolo da una scodella di metallo senza cucchiai. Ci hanno costretti a stare prima in piedi e poi seduti per ore sul terreno umido, tutto il giorno, dalla mattina alla sera, e ci hanno rifiutato persino il permesso di andare in bagno. Dovevamo sederci, camminare, mangiare e dormire in mezzo al nostro piscio, ai nostri escrementi, ai nostri rifiuti! Hetty, mio padre non riuscirà mai a sopravvivere. Non è abbastanza forte. Io sono rimasto là dentro solo dieci giorni, e la persona che sono, quella che ero, è morta in quel campo. Ne sono consapevole. Questa persona, questo guscio che vedi ora...» Si percuote il petto. «Non so più chi sia.»

Dentro di me esplode la rabbia. Una furia cieca.

Gli prendo il viso tra le mani e lo guardo dritto negli occhi. «Io ti conosco» gli dico appassionatamente. «Lo so che sei buono e gentile, che sei una persona meravigliosa. Andrai in Inghilterra e continuerai a essere quella persona. Farai delle cose buone nella vita, lo so. Non puoi lasciare che ti sconfiggano. Non glielo devi permettere!»

Non sono sicura che mi creda, ma sono certa che, nel profondo, sia ancora lui, il mio Walter. Ferito, spaventato, traumatizzato, ma ancora lui. Non ho più bisogno di farmi convincere su chi di noi ha ragione. Nel nostro paese c'è qualcosa di profondamente e terribilmente sbagliato. L'ho visto con i miei occhi quella sera, il 9 novembre. Ne vedo i frutti oggi, in Walter. Uomini e donne normali, spazzati via da qualcosa di enorme e spaventoso, da un odio, da una paura dilagante che li spinge a commettere atti indicibili.

«Ho tanta paura di quello che accadrà alla mia famiglia» dice. «Alla mia povera mamma, ai miei cugini, a mia nonna. Non so nemmeno se mio padre e mio zio siano vivi. Là dentro è morta tanta gente.» Mi fissa con occhi da pazzo. «Nel campo. Due nella mia stalla, e li hanno lasciati lì, insieme ai vivi, anche se cominciavano a marcire.»

«Oh, Walter...»

«Devi aiutarli» insiste, cominciando ad agitarsi. «Devi fare tutto il possibile per tirarli fuori da quel campo, devi aiutarli ad andarsene, tutti. Devi farlo, Hetty.»

«Sì, Walter, li aiuterò.» Queste parole mi escono facilmente. Non sopporto di vederlo soffrire, di saperlo vittima senza poter fare nulla per lui. «Troverò il modo di tirarli fuori. Sta' tranquillo. Andrà tutto bene, te lo prometto. La situazione si calmerà, vedrai che il buonsenso avrà la meglio e che le cose si sistemeranno.» Cerco di rassicurarlo, ma so di essere completamente impotente davanti a una faccenda così enorme.

«No, Hetty» replica lui, scuotendo forte la testa. «Non andrà tutto bene. Non andrà più tutto bene. Tu non hai visto. Non hai visto quello che ho visto io.»

«No, è vero, ma ho visto abbastanza. Farò tutto quello che posso per aiutare la tua gente. Devi credermi. Te lo prometto, Walter. Te lo prometto.»

Le mie parole sembrano calmarlo. Finisce il brandy e tace, ma la sua mano tremante continua a stringere il bicchiere. Lo guardo. Ancora non riesco a credere che questa creatura provata sia tutto ciò che è rimasto del mio Walter.

«Grazie» dice alla fine. «So che lo farai. Domani parto per l'Inghilterra. Ho già preso il biglietto del treno. Mi sento morire al pensiero, ma almeno da lontano potrò cercare di aiutarli. È la loro unica possibilità.»

Ti senti morire anche al pensiero di lasciare me? Come vorrei poterti accompagnare. Venir via da questo posto. Fuggire lontano da mio padre, dalla sua amante e dai suoi piani. Lontano dalla mia vita che si sta disintegrando. Voglio soltanto stare con te. Guarirti, mio Walter adorato.

«Ti aiuterò come potrò» ripeto in un sussurro soffocato, tra le lacrime.

«Lo so.»

«Non sono coraggiosa. Il futuro mi terrorizza.» Deglutisco a fatica. «Non so nemmeno se ti rivedrò. È questa la cosa che mi fa più paura. Non riuscirei a sopportarlo, Walter, se...»

Finalmente mi tira a sé e mi prende dolcemente tra le braccia. Mi aggrappo a lui come se già adesso fossi in estremo pericolo.

«Non sappiamo che cosa ci riserva il futuro» mi sussurra all'orecchio. «Ma di una cosa sono certo: finché sarai viva, finché sarò vivo io, da qualche parte nel mondo, questa sarà una cosa buona. Un giorno troverai la felicità, non ho alcun dubbio. E tanto mi basta. Nel mio cuore ci sarà sempre un posto per te. Sempre. Tu mi hai salvato la vita, Hetty Heinrich, e io non lo dimenticherò mai.»

E tu l'hai salvata a me, Walter Keller: mi hai salvato allora come adesso. Mi hai aperto gli occhi e mi hai costretta a vedere.

23 novembre 1938

Gli sprofondo la faccia nel collo e mi abbandono per l'ultima volta alla dolcezza della sua pelle contro la mia guancia. È così magro che gli sento le costole attraverso i vestiti. Inalo il suo odore cercando di imprimerlo nella memoria. Le sue braccia mi avvolgono e restiamo così a lungo, con gli occhi chiusi, immersi in questa unione.

«Devo andare» dice infine Walter, staccandosi. «Mia madre e mia nonna aspettano sul binario, non posso sparire in bagno per troppo tempo.» Mi sorride.

Annuisco, ma la prospettiva di lasciarlo è insopportabile. Ci stringiamo al riparo da sguardi indiscreti nel luogo del nostro appuntamento, dietro la stazione, lontano dalla folla.

Non potevo non dirgli addio.

«Abbi cura di te» mi sussurra, guardandomi negli occhi.

Io ricaccio indietro le lacrime. «Anche tu» gli rispondo, aggrappata alla mano sana. «Ora vai.»

«Sì.» Interrompe il contatto e solleva la valigia. «Prometto che ti scriverò. Una volta sola, per farti sapere che sono arrivato sano e salvo.»

«All'indirizzo di Erna.»

«Certo. E non temere, andrà tutto bene.»

«Ricordati di farti curare la mano come si deve.»

«Sto andando nel posto giusto.»

Inspira a fondo e si allontana, girandosi solo una volta per mandarmi un bacio.

«Ti amo, Walter Keller» gli grido incurante del pericolo mentre aggira una colonna, e a quel punto lo seguo a distanza di sicurezza fino al binario dove il treno attende tra sbuffi di vapore.

Lo vedo abbracciare la madre e montare in carrozza, sbattere la porta e riaffacciarsi dal finestrino aperto, la testa rasata nascosta sotto il cappello. Sventola una mano alle due povere figure che si stringono sul marciapiede, mentre il capotreno lancia un fischio forte e acuto. Il motore ansima e il convoglio comincia lentamente a muoversi. Lo sguardo di Walter fruga tra la folla. Col pensiero gli ordino di trovarmi e lanciarmi un'ultima occhiata, perché non oso farmi notare con un cenno aperto, e proprio mentre il treno inizia ad allontanarsi ecco che quanto di più caro ho al mondo, i suoi occhi, mi scovano.

Almeno sarà al sicuro, il mio meraviglioso Walter dallo sguardo gentile e dal cuore buono. Si risanerà nel corpo, gli ricresceranno i capelli e le sue dita guariranno. Ma il senso di perdita, il saperlo su questo treno che si allontana, è devastante. È come se insieme a lui viaggiasse la speranza, che ora mi lascia qui da sola, in lutto, per accompagnare Walter fino a Monaco e poi oltreconfine, a Zurigo, e restare al suo fianco mentre comincerà la sua nuova vita in Inghilterra.

Con Anna.

Fino a questo momento non mi sono concessa di pensarci. L'unica cosa importante era che lui ce la facesse. Ma adesso, su questo binario deserto, una nuova immagine si fa largo dentro di me. Lui che le corre incontro, i loro sguardi persi l'uno negli occhi dell'altra, le dita che si stringono. Li osservo passeggiare insieme. Dormire insieme, nello stesso letto. Vedo le mani di Walter sul corpo di lei, intente a farle le cose che facevano a me. Li guardo ridere sotto la pioggia, perché a Londra piove sempre: le teste vicine, bisbigliano mentre vanno per negozi a fare acquisti per il matrimonio.

E all'improvviso sento di odiarla, quest'Anna priva di un volto che mi ha rubato il futuro.

Volto le spalle al binario e riprendo la via di casa. È un mattino freddo e umido che mi fa pensare a quanti sono ancora internati a Buchenwald, sulla collina gelida e solitaria di Ettersberg, e in questo preciso istante si ritrovano intirizziti e insensibili in fila, o seduti nel fango e nello sporco. Nelle tasche foderate di pelliccia del cappotto, invece, le mie mani sono bollenti, cosa che mi fa sentire subito in colpa. A Walter sono bastati pochi giorni per ridursi in uno stato pietoso: che ne sarà di tutti gli altri? E cosa posso fare io? Le autorità, il governo, la polizia, la legge: tutti dalla parte dei carcerieri. Indugio in assurde fantasie, come inviare lettere anonime ai governi stranieri chiedendo aiuto, o supplicare papà e i suoi sodali, o magari marciare in segno di protesta fino al quartier generale del partito. Ma nessuna di queste iniziative farebbe alcuna differenza. Anzi, finirei anch'io internata in un campo. Mi rendo conto di essere completamente inutile.

Una volta rientrata, dico a mia madre che non mi sentivo bene e non ce la facevo a restare a scuola. Lei mi accarezza sulla testa e mi consiglia di andare a sdraiarmi. Recupero il diario dal nascondiglio, dispongo i cuscini sul mio divanetto alla finestra e, con Kuschi al mio fianco, comincio a scrivere.

Prima che partissi ti ho fatto una promessa. Non la scorderò mai, però adesso so che non sarò in grado di mantenerla. Ho giurato di fare tutto ciò che era in mio potere per aiutare i tuoi familiari. Sei partito solo da qualche ora, ma come vedi sono già qui a confessarti la mia inaffidabilità. Perché non potrò aiutarli. Mio padre non sopporta neanche di vedermi: costringendolo ad aiutarti, per lui sono caduta tremendamente in basso. Non farà più niente per me, e se tornassi alla carica si limiterebbe a spedirmi in uno di quei centri Lebensborn dove si sfornano figli per il Führer. Cosa può fare dunque una ragazza che conta solamente sulle sue forze? Ho sentito dire che dai campi stanno rilasciando dei prigionieri, e con un po' di fortuna tuo padre e tuo zio saranno fra quelli. Quanto alle donne e ai bambini della tua famiglia, a parte implorare l'aiuto di Herr Bäcker, non ho la più pallida idea di cosa potrei fare. Se ripenso agli albori del Reich, alla speranza di un futuro magnifico, mi domando come abbiamo fatto in così pochi anni ad arrivare dove siamo ora. Perché nessuno si è reso conto davvero che stavamo scatenando un mostro. Un mostro che ha potuto crescere fino a trasformarsi in una forza incontrollabile, che nessuno ormai può fermare. Il fatto è questo: non sono la persona che tu credevi. E nemmeno quella che pensavo di essere io. Non sono affatto speciale, né mi ha mai atteso un grande destino. Sono soltanto me stessa, e infinitamente più piccola di quanto avrei mai creduto possibile.

TERZA PARTE

20 dicembre 1938

È un pomeriggio piuttosto freddo ed Erna è venuta a trovarmi.

«Come stai?» mi chiede, scrutandomi con attenzione.

«Indovina...» le rispondo con una stretta di spalle.

Al che lei sorride. «Ho una cosa per te.»

Mentre si sfila la busta dalla tasca, sento i battiti del cuore accelerare.

«È quello che penso?»

«Già.»

Me la porge.

«Grazie» sussurro, e la nascondo rapidamente nella tasca della gonna.

«Vieni a trovarmi presto» mi dice, abbottonandosi il cappotto. «Ti farebbe bene uscire di più.»

Vado a prendere Kuschi in cucina, indosso il cappotto pesante e, senza mai smettere di accarezzare la lettera in tasca, scendo fino alla zona degli orti vicino al fiume. Mi sembra un posto adatto per leggerla. Seduta sulla riva coperta di brina, estraggo la busta e la liscio con i polpastrelli. Davanti all'indirizzo di Erna, vergato nella nitida grafia di Walter, il cuore mi fa le capriole nel petto come se lo avessi di fronte in carne e ossa. Resto a contemplare quella scritta a lungo, prima di aprire finalmente la busta.

Mia adorata Hetty,
eccomi qui. Sono arrivato. E sono vivo, il che, immagino, è un bene. Ma sono anche intorpidito e svuotato. Ovviamente ho una tremenda nostalgia dei miei, ma dentro di me c'è un buco enorme a forma di Hetty che temo non si potrà mai colmare.
Ritrovarsi qui è strano, per non dire di peggio. Come sai, il mio inglese è fatto di quattro parole in croce e mi aspetta un battesimo di fuoco: dovrò imparare in fretta. In casa il tedesco è proibito e Anna e la sua famiglia parlano soltanto inglese, perché tali vogliono diventare. Però con me sono stati gentili e accoglienti. La primissima cosa che ha fatto il padre è stata occuparsi delle mie dita. Ho dovuto sottopormi a un intervento in cui mi hanno amputato quello distrutto, ma le altre due dita sono salve, anche se deformi. Quindi ho ancora la mano bendata. Dovrò imparare a fare tutto con quattro dita, ma poteva andarmi peggio.
Già ti sento che mi domandi come vanno le cose qui. Be', siamo in una piccola cittadina a sud di Londra. La gente si veste in modo un po' strano, con una frivolezza e una specie di incurante libertà che non mi aspettavo. Anche il modo di fare degli inglesi è strano, e devo sempre ricordarmi di non essere troppo retto e rigoroso. Si toccano anche molto di più di quanto non facciamo noi, scambiandosi pacche sulla schiena e grandi strette di mano, e poi annuiscono e sorridono in continuazione, ma credo che mi abituerò presto. In generale sono amichevoli; forse un po' diffidenti sulle prime, ma il fatto di non parlare la loro lingua è certamente un ostacolo e intendo superarlo in fretta. In verità mi sembra tutto tremendamente nuovo, insolito e disorientante, e anche se mi applico al massimo certi giorni mi sento un bambino che non sa da che parte girarsi. Mi sforzo di essere coraggioso, e il tuo pensiero mi sostiene.
Ho conosciuto un tizio molto generoso, Herr Gunther, un grosso nome locale nel campo delle pellicce. Mi sta aiutando negli scambi con gli uffici inglesi per quanto riguarda la mia ditta e nel progetto di fare arrivare i miei familiari. È giunto al punto di offrirmi aiuto finanziario e garantire per noi, attestando la nostra ottima reputazione. Ma non sai quanta gente sta chiedendo aiu-

to. Ogni settimana sono in migliaia a fare richiesta e per il momento il governo inglese ha dichiarato di non poter accettare altri rifugiati.
Io però ho sentito dire che offrono accoglienza ai bambini ebrei, fino a quando non potranno ricongiungersi con i genitori in Palestina o in Germania. Mia nonna, mia madre, mia zia e i suoi tre figli vivono nella Casa degli ebrei di Humboldstrasse, adesso, e stanno tutti nella stessa stanza. Mi chiedo se i miei cugini non avrebbero diritto di venire qui. Hanno quindici, dodici e otto anni, credo che il limite di età per questo *Kindertransport* verso l'Inghilterra sia di quattordici: forse potrebbero approfittarne solo in due? È orribile dividere così la nostra famiglia, ma chissà che tu non possa fare qualche ricerca per saperne di più, mia adorata Hetty.
Immagino anche ti stia chiedendo come va con Anna. Posso solo essere sincero: è una situazione imbarazzante e terribilmente penosa. Quando siamo da soli non so mai cosa dirle. Lei ripete che è per colpa di tutto quello che ho passato, e che va bene. Ma le cose stanno in un altro modo. Come dirle che il mio cuore ti appartiene? Non posso, naturalmente, perciò me ne sto zitto. Lei è così dolce e accomodante che non me la sento di trattarla male. Anzi, semmai mi sento in colpa perché mi rendo conto di non poter essere il marito che si meriterebbe. È come se fossi un attore in una strana commedia destinata a non finire mai; cerco di tenermi sempre occupato perché i momenti peggiori arrivano di notte, quando la mia mente è libera di vagare: è allora che il dolore si fa insopportabile e temo di non poter reggere.
E poi c'è una cosa che non sapevo se dirti o no, amore mio, ma non voglio avere segreti con te. Quindi ti comunico mio malgrado che il matrimonio è stato fissato per il 15 marzo. So che per questo soffrirai, ma ti scongiuro, mia dolce Hetty, cerca di essere felice. Non desidero altro. Per me hai fatto così tanto, sei stata così generosa! Devi cercare di essere felice con qualcun altro, e per questo mi domando se, come del resto ci eravamo ripromessi, non sia davvero meglio interrompere qualunque contatto.
Dimmi cosa ne pensi, amore mio. Non vedo l'ora di leggerti. Per

favore, scrivi all'indirizzo dell'ufficio postale che ti allego sotto. Anna non sa di te. Gliene parlerò, ma non adesso. Mi fa ancora troppo male. E usa lo stesso indirizzo anche in caso di emergenza. Spero non ce ne sarà mai bisogno, ma se ti arrivassero notizie importanti dei miei, almeno saprai dove comunicarmele.

La situazione migliorerà presto per entrambi, spero.

Con tutto il mio amore e la mia gratitudine,

Walter

La lettera è una pugnalata al cuore. Ormai sono il suo passato. E Anna il suo futuro.

Non tornerà mai. Non ci sentiremo più.

Leggo e rileggo le sue parole. Tocco la carta che ha toccato lui. Cerco di annusarla per scoprire se conserva almeno un'esile traccia del suo profumo. Ma non è così. Mi resta solo questo assaggio della sua nuova vita. E, una volta partiti i suoi, qui, nella sua città natale, di lui non resterà più nulla.

«Troppo tardi per il caffè e la torta!» esclama Bertha quando infine spingo la porta posteriore e rientro con Kuschi, sempre accarezzando la lettera nascosta in tasca.

«Tanto non ho fame» le rispondo, sganciando il guinzaglio.

Bertha prende lo strofinaccio e si mette ad asciugare le stoviglie appena lavate.

«Tutto a posto, signorina Herta?» mi chiede con l'aria di aver intuito qualcosa. I suoi occhi grigi tradiscono preoccupazione.

Combatto contro il nodo che mi serra la gola.

«Si sieda» mi ordina allora. «Le preparo una cioccolata calda.»

E così mi lascio cadere sulla panca al grande tavolo di quercia.

«Grazie, Bertha» farfuglio. La guardo versare il latte in una casseruola, prendere il cacao e dosarlo col cucchiaio in una ciotola, quindi aggiungere lo zucchero. Poi si appoggia ai fornelli, continuando a mescolare il latte. Se non altro pare che mio padre e mia madre abbiano perdonato almeno lei.

«Le manca, eh?» dice.

«Si vede così tanto? Mi ha scritto una lettera. A quanto sembra si sta abituando alla vita di Londra.»

«Be', è una bella cosa, non trova? Qui non aveva molte speranze.»

«Lo so. Si merita una vita degna di questo nome, dopo quel...»

Lei mi scocca un'occhiataccia.

«E anche lei, Fräulein. Anche lei se la merita.»

«Con tutti i rischi che ti ho fatto correre?»

«Tutto perdonato, signorina. Tutto dimenticato.» Toglie la casseruola dal fuoco e versa il latte fumante nella ciotola, sempre mescolando.

«Si sposerà. Deve, per ottenere il visto.»

Bertha dispone su un vassoio la ciotola, la zuccheriera e una tazza col piattino.

«Io ignoro un sacco di cose» dice lentamente, «ma di storie d'amore un pochino me ne intendo. E una cosa la so: non può restare attaccata a Walter per sempre. Se n'è andato. È salvo, ma se n'è andato. È ora che anche lei volti pagina e si trovi un altro.»

«Ma tu non l'hai fatto.»

Mi appoggia davanti il vassoio e mi fissa dritto negli occhi.

«Per questo so esattamente quel che deve fare *lei* adesso. È finita. Fortunatamente non ne avete pagato lo scotto: c'è di che essere grati. Ma lei è giovane, signorina Herta, e ha davanti un sacco di tempo.» Mi posa una mano sulla spalla, dà una strizzatina e torna allo scolapiatti per continuare le sue faccende.

Io verso la cioccolata bollente e resto a scaldarmi le mani con la tazza. Nel frattempo osservo Bertha con uno sguardo carico di gratitudine.

Dimenticati di lui. Va' avanti. Rifatti una vita normale.

Ci proverò, Bertha carissima. Ci proverò.

Più tardi, quando tutti dormono, mi sollevo a sedere nel letto e accendo la lampada sul comodino. Appoggiata ai cuscini, comincio a rispondere a Walter. Consegnerò la mia lettera a Erna perché gliela invii: non posso rischiare che quella serpe di Ingrid o chiunque altro riferisca a papà di avermi vista alle poste a spedire missive in Inghilterra.

Mio adorato,
sono così sollevata di sapere che sei arrivato sano e salvo e che, per quanto in modo strano e diverso, tu sia stato bene accolto oltremanica. Spero tanto che tu possa riuscire a vivere la vita che meriti e che l'Inghilterra non venga infettata dall'ideologia nazista.
Non trovo le parole per spiegarti quanto mi senta sola, ora che te ne sei andato. È come se mi avessero strappato il cuore dal petto. Mi hai fatto sorridere, quando scrivi del buco a forma di Hetty nella tua vita, perché anche io vivo con un buco a forma di Walter nella mia. E, viste le rispettive stazze, il mio è ovviamente più grande. E adesso mi sembra quasi di sentirti ridere.
Sinceramente, la consolazione più grande mi viene da Kuschi, ma anche Erna è una colonna e adesso che sei partito mi è concessa di nuovo un po' di libertà. Così ho ripreso a frequentare le interminabili riunioni della BDM e la scuola. Non sopporto quasi più la Lega, ma non ho altra scelta che andarci, quindi mi getterò a capofitto nello studio, sperando di ottenere la maturità con un voto che un domani mi permetta di andare a studiare all'estero. Mi piacerebbe ancora moltissimo diventare medico.
Volevo dirti che parlerò con i genitori di Erna per capire se si può fare qualcosa per aiutare i tuoi cugini a raggiungerti in Inghilterra, ma devo stare attenta a non destare sospetti perché papà non mi ha ancora perdonata.
Se solo fosse esistito un modo per andarcene tutti e due dalla Germania! Ma non c'era. Dunque, per quanto male mi faccia anche soltanto scriverlo, so che la cosa migliore è interrompere ogni contatto. Non voglio diventare un problema per te e la tua futura moglie. Quando penso a mio padre e alla sua amante segreta, sento che per la mamma sarebbe insopportabile scoprirlo, e siccome tu sei una persona buona e corretta mi rendo conto che non vorresti mai riservare lo stesso destino a tua moglie.

Devi iniziare una vita nuova con la tua Anna, e devi farlo come si conviene. Io non sarò mai "l'altra".
Quanto a me, non so se riuscirò a riprendermi da questa storia, ma ci proverò.
Sappi che non smetterò di pensarti neanche per un momento, fino alla fine dei miei giorni.
Con tutto il mio amore, ora e sempre.

Hetty

31 dicembre 1938

Tintinnio di flûte di champagne sul brusio di sottofondo. Basse risate. Musica al grammofono – Bruckner, credo. Nulla di inappropriato per una famiglia che ancora piange il suo primogenito, ma riunita per salutare l'anno nuovo. Solo parenti e amici stretti, presenze intime e confortanti.

Osservo gli invitati dalla mia postazione accanto al caminetto, con la schiena piacevolmente riscaldata dal fuoco vivace. *Oma*, vestita di nero, siede al centro della stanza nella poltrona di papà, sorbendo sherry con le caviglie gonfie appoggiate all'ottomana, mentre la mamma, con la sua chioma nera come la notte contro il bordeaux dell'abito e un sorriso tirato sul volto pallido, si muove tra gli ospiti. Ci sono zia Adèle, spumeggiante, e mia cugina Eva, piuttosto arcigna, insieme al fidanzato, un biondo ufficiale delle SS. Il sindaco Otto Schultz, la moglie e i tre figli grandi fanno crocchio con il giudice Fuchs e altri due tizi. Riconosco Josef, direttore del giornale, la segretaria di papà e alcune tra le amiche più intime della mamma accompagnate dai rispettivi mariti. Io potevo invitare due persone e così ho chiamato Erna e Tomas, che adesso si intrattengono con Eva, il suo futuro sposo e Adèle.

Io non ho voglia di parlare con nessuno. In mano stringo il bicchiere di champagne con cui festeggiare l'anno nuovo. Non ne ho ancora toccata una goccia.

Fulgido nel suo smoking di velluto, papà irrompe in sala.

«Amici, signori ospiti, occhio all'orologio! È il momento del discorso di Herr Goebbels.» Accende la radio, mentre qualcuno solleva il braccio del grammofono per silenziarlo. Il discorso è già iniziato.

«... 1938, un anno portentoso. Con l'*Anschluss* dell'Austria, ottanta milioni di tedeschi si sono uniti in un unico grande Reich: dieci milioni di persone ritornate in un solo, miracoloso anno. Sarebbe facile dimenticare quanto impossibili sarebbero parsi fino a poco tempo fa simili risultati, mentre adesso sembrano addirittura facili. I pochi che tra noi restano ancora scettici indicano con fare derisorio i piccoli e inevitabili problemi che di quando in quando sorgono. Questa minoranza, con i suoi soldi e la sua cultura, si fida più della propria fredda ragione che del cuore caldo e idealista delle masse. Questi scettici indugiano nel passato, si calano poco nel presente e non guardano affatto al futuro, mancando dell'immaginazione necessaria a scorgere la grandezza del nostro destino nazionale. Per questi individui deboli e tremebondi, i problemi sono qualcosa davanti a cui arrendersi anziché da dominare e superare. Noi non tenteremo neanche di convincerli, ma le masse non vogliono avere nulla a che fare con loro. In chiusura di questo grave e importantissimo anno, tutti possono gioire dei successi ottenuti e guardare con coraggio e certezza al 1939...»

D'un tratto, ecco Tomas al mio fianco. Mi sorride, poi si piega a sussurrarmi all'orecchio: «Per il 1939 io nutro speranze molto speciali...»

Allontano la faccia.

Lui beve champagne con una foga che mi fa pensare sia la sua prima volta. Gli restituisco il sorriso e lo vedo raddrizzarsi impettito con un'espressione di assoluto ottimismo dipinta in viso.

Il discorso è finito e papà batte due o tre volte le mani per richiamare l'attenzione generale.

«Come ben sapete tutti» attacca quindi, «questo è stato un anno difficile, specie per la mia amata moglie Hélène. Ma grazie al vostro sostegno, miei amici e miei cari, il peggio sembra passato. Ci auguriamo che il 1939 ci porti serenità sul piano personale e ci avviamo verso un anno di rinnovato coraggio e determinazione per proseguire in questa grande missione: la nostra famiglia conta ormai ben *ottanta milioni* di intrepidi cuori tedeschi che battono all'unisono, e insieme muoveremo verso il destino comune. Per la patria, Heil Hitler!»

Scoppia l'applauso e tutti brindano al futuro.

Io e Erna ci guardiamo e lei sa che in questo momento sto pensando a Walter. Come posso brindare alla patria che ha spalancato tra noi un oceano di disperazione? Erna manda Tomas in cerca di Ingrid per riempire di nuovo il bicchiere.

«Hetty» mi dice non appena lui si è allontanato, «sei pallida come un lenzuolo. Che ti succede?»

Evito di raccontarle del timore serpeggiante che si è insinuato in me negli ultimi giorni. Aspettavo qualcosa che non è arrivato. Ci spostiamo in un angolo più tranquillo della stanza, dove nessuno può sentirci.

«Due giorni fa» le dico, «sono andata al caffè di Lena e ho incontrato la madre di Walter. Gliel'avevo promesso...»

«Promesso cosa?» Erna accosta la testa, per ascoltare meglio.

«Che avrei cercato di tirare fuori suo padre e suo zio dal campo.»

«Ma non puoi, Hetty!»

«È stato terribile, Erna. *Lei* era in una condizione terribile. Mi ha supplicata e supplicata, piangendo, come se fossi la sua ultima e unica speranza. Ma se non sono stati ancora rilasciati, a questo punto dubito anche che siano vivi.»

«Non puoi farci niente, Hetty, niente! Che cosa si aspettava di...»

«Eccovi qui!» Tomas ci viene incontro barcollando e ficca in mano a Erna un calice pieno di champagne fino all'orlo, che subito trabocca. «Salute! Alla nostra!» Sorridendo, si porta con irruenza il bicchiere alle labbra.

«Sorseggialo lentamente, Tomas, ti prego» gli sibila Erna. «Non è mica birra. E ti spiacerebbe concederci qualche minuto da sole? Grazie.»

Il suo sguardo si sposta tra me e la mia amica, poi ci strizza l'occhio. «D'accordo. Ma guardate che torno.»

Sento un brivido corrermi per la schiena.

Si allontana in direzione dell'ufficiale di Eva, e io seguo quasi imbarazzata il suo passo sgraziato sottolineato da una risata volgare.

«Non avrei dovuto invitarlo.»

«È un bravo ragazzo» sorride Erna, liquidando la mia osservazione con un gesto della mano. «Stavi dicendo?»

«Ricordo la madre di Walter. Anni fa, molto tempo prima che venissimo ad abitare in questa casa, invitò me, la mamma e Karl per un tè. Avrò avuto sei o sette anni, ma me la rammento bene. Mi era sembrata così elegante. Non come mia madre: un'eleganza diversa. Una specie di disinvolta sicurezza in se stessa. Forse perché la mamma era sempre stata *vulnerabile*, ecco, dipendente in tutto e per tutto da papà. Lei, invece, così piccola e delicata, era un vulcano di energia. Be', la donna che ho incontrato al caffè di Lena, invece, era un'altra persona: disperata, debole, svuotata. Sporca e povera. Sai, ho pensato che se tratti una persona come un cane randagio, alla fine lo diventa.»

«È una cosa orribile, Hetty, davvero, ma tu non puoi farci niente. È un problema che va al di là delle tue forze.»

«No, non posso farci niente, me ne rendo conto, ma forse esiste un modo per aiutare i bambini. Nella sua lettera Walter parlava di questi treni speciali del Kindertransport, che li fanno arrivare in Inghilterra in attesa che i genitori trovino un posto sicuro dove andare. Pensi che tuo padre possa organizzare la cosa?»

«Non ne ho idea, glielo chiederò. Ma nel frattempo tu non fare e non dire niente, perché potresti compromettere tutto. Basta che tuo padre drizzi le orecchie...»

«Ma l'ho promesso a Walter. Come faccio a non provarci nemmeno? Pensa alle persone importanti che ci sono in questa stanza: parlano di imprese eroiche e grandi vittorie, ma questo non è l'unico aspetto della faccenda, no? Dovrei sfruttare l'occasione, parlare. Se non lo faccio io, allora chi? Non riuscirei mai a ripresentarmi a testa alta in quel caffè e a guardare in faccia quella donna per dirle che non posso farci niente.»

Erna spalanca gli occhi.

«Hetty, ti ha dato di volta il cervello? Se osi pronunciare anche solo una parola contro Hitler o il governo, sei finita. E con te molto probabilmente anche il nostro piccolo movimento di resistenza. Senza contare che firmeresti la condanna a morte per tutta la mia famiglia.»

Tomas ritorna e noi interrompiamo il discorso.

Ma io continuo a guardarmi intorno, a osservare gli ospiti e i miei genitori, e mi domando come sono arrivata a sentirmi un'estranea in questa sala.

Sono le tre e mezzo del mattino quando papà congeda gli ultimi invitati, Otto e famiglia. Il portone di casa si richiude e noi due restiamo seduti nell'ingresso, mentre intorno a noi cala il silenzio. La mamma è a letto già da un po'. Ingrid e Vera, la ragazza che presto la sostituirà, stanno terminando di riordinare il salotto.

«Be'» fa lui, «è ora di andare a dormire.»

Quando mi passa davanti, però, gli afferro il braccio.

«Papà...»

Lui ha un sussulto come se a toccarlo non fosse la mia mano ma una creatura schifosa. «Cosa?»

I consigli di Erna e di Bertha mi risuonano ancora in testa. Dovrei mettermi il cuore in pace. Dimenticarlo. Andare avanti. Ma le visioni di un Walter devastato e distrutto mi perseguitano. Il pensiero di quello che sta succedendo a quanti si trovano ancora in quel campo e di ciò che potrebbe accadere a sua madre non mi dà pace.

«Cosa?» mi abbaia di nuovo mio padre, la faccia dura e impaziente.

«Mi... mi dispiace. Spero tu possa perdonarmi per tutto.»

Vorrebbe essere un preambolo, ma in realtà mi accorgo da sola che suonano come le parole di una codarda.

«Sì, be', dipende da come ti comporterai d'ora in avanti.»

«Farò del mio meglio, papà.»

Lui raddrizza la schiena e mi guarda dritto negli occhi.

«Posso lasciarmi tutto alle spalle, ma dimenticare no. Da questo momento in poi basta andartene in giro per la città senza mettere al corrente tua madre dei tuoi spostamenti. E basta contatti... con gli indesiderabili. Sarai la figlia che mi merito. Niente di meno.»

«Sì, papà» sussurro.

«Vattene a letto, Herta.»

Inghiotto le parole che mi ero ripromessa di dirgli stasera e lo guardo mentre sale le scale con passo pesante. Al posto di una richiesta supplichevole, un nuovo piano comincia a prendere forma nella mia mente. Non mi farò piegare dalle sue minacce. Posso essere migliore di così.

8 gennaio 1939

Ecco, mi succede di nuovo. Quel nodo alla bocca dello stomaco. Mi impongo di scioglierlo, ma non riesco neanche a deglutire. Mi alzo e corro in bagno, dove vomito bile di un giallo acido nell'acqua trasparente della tazza. Poi, tremando, tiro lo sciacquone e mi rinfresco la faccia.

Nella luce cupa del primo mattino il mio volto riflesso nello specchio è di un pallore spettrale, gli occhi sono spenti e privi di vita. Nonostante il freddo, ho la fronte imperlata di sudore luccicante. Se gli ultimi giorni fanno testo, essermi liberata lo stomaco mi darà soltanto un sollievo temporaneo e presto la nausea ritornerà per accompagnarmi tutto il giorno.

In camera apro gli scuri e nell'alba grigia e nebbiosa osservo la strada vuota. Il ciliegio ha i rami spogli e rigidi: sembra quasi morto. Ma dentro, nel suo grande tronco, la vita è solo addormentata e attende il calore primaverile per inviare nuova linfa fino all'ultimo dei ramoscelli. Poi arriverà la fioritura.

1939. Anno nuovo. Speranza nuova. Vita nuova.

Ma il sollievo del sangue sulla biancheria intima continua a negarsi.

Ti prego, Signore, ti scongiuro: fa' che non sia incinta...

«Bertha dov'è?»

In cucina c'è soltanto la mamma, che mescola qualcosa in una padella sul fuoco.

«Andata.»
«Andata?»
«Certo. Dopo quel che ha combinato...»
«*Eh?* Ti prego, mamma, non mi dirai che l'avete licenziata?»
Lei non mi guarda nemmeno. La nausea si intensifica.

«Io e papà ne abbiamo parlato, ed è giusto potersi fidare dei propri collaboratori. Tradita la fiducia, non si torna indietro.»

«Ma perché? Non è stata colpa di Bertha, te l'ho già detto! Sono stata io! Perché non mi hai avvisata? Così non ho neanche potuto salutarla.»

«Avremmo provveduto anche prima, ma sotto Natale era impossibile reperire una sostituta. Perciò ci siamo accordati con lei in modo che rimanesse finché non avessimo trovato un'altra cuoca di nostro gusto» aggiunge mia madre, scodellando le uova dalla padella sul vassoio di portata. «Comincerà da lunedì, per noi si tratta di fare senza solo per pochi giorni. Una volta cucinavo» dice poi, quasi con sua stessa sorpresa. «Sono sicura di ricordarmi come si fa.» Prende il piatto ed esce dalla cucina. «La colazione è pronta» conclude.

Come ha osato papà liberarsi di lei in questo modo? È stata tutta colpa mia e non ho avuto nemmeno la possibilità di dire... Di dire cosa? E perché Bertha non mi ha avvisata, se lo sapeva già? L'idea che a un certo punto potesse non esserci più non mi ha neanche sfiorata: lei faceva parte di questa casa e della mia vita, soltanto adesso mi rendo conto di quanto fosse preziosa. La persona che la sostituirà chiacchiererà con Kuschi? Gli getterà qualche avanzo da mangiare? Ci sarà anche per me, solida e accogliente, con una fetta di torta, una tazza di caffè e un orecchio capace di ascoltare? Soltanto adesso mi rendo conto del vuoto lasciato dal suo affetto silenzioso, dalla sua gentilezza e dalla sua comprensione. E mi sento colpevole di un crimine orrendo.

«Dov'è andata?» Seguo mia madre in sala da pranzo. «Questo almeno dovresti dirmelo. Voglio scusarmi con lei e salutarla.»

«Credo abbia trovato un posto nella cucina di una pensione. Le abbiamo fornito ottime referenze e un mese di buonuscita. Viste le circostanze, direi che siamo stati fin troppo generosi. Ah, a proposito...» La vedo sfilarsi una busta di tasca, ma mentre il cuore mi balza in gola mi accorgo che la grafia è sconosciuta.

«Cos'è?»

«Da parte di Tomas» dice lei, girandomi le spalle per tornare in cucina.

Fräulein Hetty,
io ci ho provato a chiedertelo, ma il fatto è che mi manca il coraggio. Così ho pensato che una lettera era la cosa migliore per una come te. Mi piacerebbe molto che venissi a fare una passeggiata di un'ora con me domenica pomeriggio (domani) alle tre. So che ti piace andare a passeggio con il cane. Perché non porti anche me?
Sarei poi onorato se venissi al ballo organizzato fra tre sabati dalla mia Schar della Hitlerjugend. Ci saranno anche delle ragazze della BDM che conosci, tra cui Erna. Ma mi piacerebbe che tu fossi la mia accompagnatrice personale.
Con i miei sinceri auguri,

Tomas Köhler

Oh, Tomas, come faccio? Voglio la tua amicizia, ma niente di più. Come si fa a dirlo a un ragazzo senza offenderlo?

Penso all'esortazione di Walter a cercarmi un altro amore e al tenero consiglio di Bertha. In questo momento mi pare una cosa impossibile, ma forse dovrei provarci. Non con Tomas, naturalmente, ma magari al ballo potrei incontrare un'anima gentile. Come posso saperlo se non ci vado senza pregiudizi?

D'accordo, Tomas, domenica verrò a passeggio con te, e fra tre settimane ti accompagnerò al ballo.

Come amica, bada bene. Come semplice amica.

«Mi hanno convocato per una riunione a Monaco mercoledì» ci comunica papà dopo cena. «Ci siamo, Hélène.» Trasuda un'energia che non gli vedevo dai tempi in cui Karl era ancora vivo. «Mi promuoveranno a *Oberführer*.»

«Come fai a esserne certo?» sussurra mia madre.

«Una soffiata.»

«Oh, Franz, ma è una notizia magnifica!»

«Le file delle Schutzstaffeln si ingrossano così in fretta che chi ha dimostrato doti di leadership deve essere promosso per garantire in modo continuativo il mantenimento della disciplina e dell'autorità indiscussa.» Beve un sorso di caffè. «Io sono affidabile e dedito alla causa. Hanno visto come mi sono mosso durante i disordini di novembre e i nostri uomini si sono comportati in maniera esemplare.»

Sotto il tavolo, mi affondo le unghie nella pelle delle braccia fino a farmi male.

«Quindi dovremo trasferirci?» chiede la mamma.

«Per adesso no. Anzi, informalmente mi hanno detto che se nei prossimi sei mesi tutto andrà bene mi promuoveranno ulteriormente al rango di *Gruppenführer*. Pare che da quel grado in su si possa scalare la gerarchia non solo delle SS, ma anche della polizia. So che stanno pensando a me. In questo modo potremo controllare la situazione regionale dall'interno sia delle SS sia della polizia, dei servizi segreti e dell'amministrazione. Himmler ha avuto un'idea davvero brillante a rendere più efficiente il sistema, così le SS hanno autorità assoluta su tutte le altre agenzie, eliminando competizione e lotte intestine che rischierebbero di distrarci dai nostri importanti obiettivi finali.»

«È veramente magnifico, Franz. Anche se un po' ci speravo in un nuovo inizio da qualche altra parte.»

«Certo, dovrò rinunciare al giornale» prosegue mio padre, accigliato. «Ma i miei doveri di SS mi tengono troppo impegnato. Promuoverò Josef Heiden perché mi sostituisca. Di lui mi fido ciecamente e si dà già tantissimo da fare. Invece» dice poi, chinandosi verso mia madre e accarezzandole la mano, «stavo pensando che magari potremmo cercarci un posticino in campagna. Che ne dici? Per darci alla fuga ogni tanto. Un posto dove invitare anche gli amici. Che te ne pare? Per compensare un po' il fatto che restiamo qui.»

Immagino subito una graziosa casa rustica, con il fumo che esce dai comignoli, un grande giardino, magari qualche gallina e un cavallo o due. Ci porterà anche Hilda Müller e i suoi altri figli? Le sue due famiglie, a weekend alterni?

Sento lo stomaco contrarsi e un conato di vomito risalirmi l'esofago fino a farmi bruciare la gola, ma lo ricaccio giù.

«Vera? Sei tu?» chiama mia madre, udendo dei passi nell'ingresso.

«Sì. Le serve qualcosa, Frau Heinrich?» Vera compare sulla porta, con indosso il cappotto. «Ho dimenticato di passare in lavanderia nel pomeriggio.»

«Ah, bene. Sì, ho alcune lettere che dovresti spedirmi» dice la mamma, alzandosi e uscendo per andare a prenderle.

«Allora, che ne pensi, Herta? Il tuo papà che dà la scalata ai vertici...»

«Forse» dico, prima ancora di avere il tempo di rifletterci, «in una posizione del genere potrai riflettere bene su certe politiche contro gli ebrei.»

Accompagnato da uno scricchiolio della sedia, lui si sporge verso di me con occhi istantaneamente gelidi e duri come il vetro.

«Non osare *mai più* ripetere una cosa del genere» mi gracchia. «Non dimenticherò quello che hai fatto, ragazzina, né il tuo ricatto. Più ci penso e...» Si porta i pugni alla bocca. «Lasciati sfuggire una sola parola, e il rischio è che crolli tutto. La posta in gioco è senza precedenti.» Vorrebbe aggiungere qualcos'altro, ma la mamma rientra nella stanza e lui si riappoggia allo schienale. Senza più guardarmi.

E l'unica cosa che sento è il *pum pum pum* del mio cuore.

Il pomeriggio seguente, alle tre esatte, Tomas si presenta alla porta di casa cercandomi. Mentre usciamo, Ingrid segue me e Kuschi con una smorfia eloquente. Tra pochissimi giorni andrà nella sua nuova casa Lebensborn per essere fecondata dal seme di un perfetto esemplare di SS. Ergo, si sente superiore a me in ogni senso. Dal canto mio non vedo l'ora che se ne vada, portandosi via tutto quello che sa di me, e spero ardentemente che scelga di non tornare più.

Il parco Rosental è deserto. Io e Tomas passeggiamo preceduti da Kuschi che annusa il sentiero. Cadono radi fiocchi di neve, che non attaccano però sul fondo bagnato.

«Merda, che freddo» commenta Tomas, sprofondando il mento nel bavero rialzato. Per un attimo il fiato caldo gli appanna gli occhiali. «Scusa.»

«È gennaio, Tomas, che ti aspettavi?»

«Dico solo che non lo trovo piacevole, tutto qui» fa lui, stringendosi nelle spalle.

«A me non disturba.»

Poi mi guarda e gli si illumina la faccia.

«Ti è piaciuta la mia lettera? Ho pensato che potesse attirare la tua attenzione. Cioè, a te certe cose piacciono, no?»

«Sì, Tomas, ma non c'è bisogno che mi scrivi.»

«E... ci vieni al ballo?»

«Sì, ma...»

«Ecco, lo vedi? Ero così nervoso, invece se scrivo è più facile.»

«Non ti serve essere nervoso, Tomas, ci conosciamo da una vita.»

«Non in *quel* senso. E poi, voglio dire, non sono più com'ero da piccolo, no? Temo però che tu mi veda sempre così, come quel bambinetto insignificante.» Affretta il passo, infervorato.

«Ma io non ho mai pensato che fossi un bambinetto insignificante.»

«Io sì, però. Penoso. Le prendevo da tutti, invece adesso sono io quello che le dà. Sono forte, capisci, e quando questo stupido apprendistato finirà entrerò nell'esercito e ti farò vedere, Hetty, ti farò vedere cosa valgo. Di cosa sono capace. Sono ambizioso, sai, e non vedo l'ora di unirmi alla mischia.»

«Ti prego, Tomas, smettila. Non devi dimostrarmi proprio niente. Soprattutto dopo... insomma, dopo quella storia incresciosa con Walter.»

Dato che mi cammina davanti, non sono sicura che mi abbia sentita. Mi sono preparata accuratamente il discorso perché non voglio che nutra false speranze, ma adesso non mi guarda quasi, figurarsi se mi ascolta.

«Lo so che non sono il tuo tipo, non ancora. Ma vedrai che lo diventerò. Non avevo mai osato sognare... Insomma, i miracoli possono succedere, no? Pensa a quanti esempi ci sono! E so perfettamente di essere meglio di quegli idioti con un cervello di gallina con cui sono costretto ad avere a che fare in fabbrica. Meglio di tutti loro messi insieme, anzi! Dico davvero, Hetty, rimarresti scioccata a sentirli parlare. Le battute che fanno... cose di un tale cattivo gusto, e alcune sul Führer! Ormai hanno smesso di farle davanti a me, dopo che ho trascinato quel bastardo di Bruno davanti alle autorità, ma di nascosto continuano. Razza di imbecilli!»

Si interrompe per riprendere fiato.

«Tranquillo, Tomas, lo so che sei diverso. Non devi dimostrarmi niente.»

Lui scuote la testa.

«Sei gentile a dirlo, ma non basta. Devo fartelo *vedere*.»

«Non devi dimostrarmi niente perché noi siamo *amici*, Tomas» aggiungo in fretta. «Voglio dire, così come non ti senti in dovere di farlo con Erna o altre ragazze, non c'è bisogno che tu lo faccia neanche con me.»

Finalmente si blocca sui suoi passi e mi guarda davvero attraverso le lenti sporche degli occhiali. Il respiro è meno affannoso e annuisce, i pugni stretti, il corpo teso.

«Sì, Hetty, sì. Capisco. Amici benedetti dal cielo» mormora. «Non che creda a certe cose... E tua madre come sta?»

«Mah, bene.»

Avrà capito o no?

«Fantastico. Fantastico, sì.» Controlla l'orologio. «So che non vogliono che tu stia fuori troppo: torniamo?»

Siamo arrivati in fondo alla grande distesa erbosa. Davanti a noi il bosco e l'imbrunire che avanza. Ho un brivido involontario.

«Certo. Ti va di prendere qualcosa di caldo da noi?»

Annuisce con aria soddisfatta.

«Kuschi, andiamo! Si torna a casa!» chiamo.

In assenza di risposta restiamo lì ad aspettarlo, spiando fra i tronchi sottili e spogli.

«Kuschi!» grido, stavolta più forte.

Finalmente, ecco la sua sagoma spettinata che esce a precipizio dagli alberi a orecchie basse, come se avesse il diavolo alle calcagna.

Stare senza di te non diventa affatto più facile, amore mio, e non so se lo diventerà mai. Il giorno fatidico, quel 15 marzo in cui ti sposerai, si avvicina sempre di più. Certe volte vorrei che non mi avessi detto la data precisa. Leggo e rileggo la tua lettera, ormai la so a memoria, e a volte sento la determinazione venir meno e prendo in mano carta e penna per scriverti. Ma se lo faccio, non smetterò più. Perciò devo farmi forza e questo diario è il mio unico sfogo. So che sei in contatto con Erna: mi ha detto che sei preoccupato per me e che mi pensi sempre. Che ti basta sapere che sto bene. Le ho detto di dirti che sì, sto bene, che vado avanti, ma temo tu non ci creda. Il padre di Erna ha contattato un volontario inglese del Kindertransport che era qui, ma sono inondati di richieste di genitori disperati e per questa volta non è riuscito a trovare un passaggio. Mi sento così impotente e stanca. Come vorrei poter riavvolgere il tempo e tornare tra le tue braccia! Ci vedo passeggiare lungo il fiume, mentre Kuschi ci segue allegramente. Immagino tutto quello che mi diresti. Cose come: «Hetty, insieme possiamo fare qualunque cosa.» Invece la realtà è un'altra, e tu esisti solo nella mia mente. Un ricordo velato.

4 febbraio 1939

Quando io e Tomas arriviamo, la festa impazza. Due ragazzoni della Hitlerjugend controllano i nostri nomi su una lista all'ingresso, quindi ci fanno entrare.

Nella sala fumosa ci facciamo largo fino al bar. Il puzzo di sigaretta è quasi insopportabile e sento montare la nausea. In mezzo a un gruppetto di ragazze della Lega individuo Erna, che con la mano ci fa segno di raggiungerla. Tomas va a prendere due sherry. Io ne butto giù una sorsata nella speranza che il sapore dolce e medicinale mi aiuti a tamponare la nausea. Tutt'intorno a noi, teste che si voltano a guardare. Gli occhi indugiano su di me e, come al solito, si fermano su Erna, il capolavoro.

Nessuna meraviglia che Karl si fosse innamorato di lei. Povero Karl.

Erna sembra indifferente agli sguardi. Restiamo a osservare i ballerini, che ce la mettono tutta per fare i passi corretti: nessuna mossa osé all'americana, sotto gli occhi critici dei funzionari della Gestapo che bazzicano la sala. Dopo aver dato fondo allo sherry mi ritrovo con una sensazione di vaga euforia che mi fa stare meglio. Tomas mi sorride da qualche metro più in là: sta parlando con un ragazzo nell'uniforme grigioverde dell'esercito, il berretto un po' sbilenco sulla testa.

«Un altro?» mi chiede sillabando in silenzio.

«Sì, grazie» gli rispondo nello stesso modo.

Tomas e l'amico raggiungono me ed Erna con i drink. Il complesso attacca il pezzo successivo e la pista si riempie di nuovi danzatori.

«Concedimi questo ballo» dice Tomas, tendendomi la mano.

Mi fa scivolare un braccio intorno alla vita e si apre un varco tra la folla in direzione della pista. I nostri movimenti però sono fuori tempo e continuiamo a urtarci. Con Walter invece era tutto armonico, i nostri corpi si adattavano alla perfezione. Da sopra la sua spalla lancio un'occhiata a Erna, che ha la bocca vicinissima all'orecchio del bel soldatino, ora senza berretto e coi capelli arruffati. Intuisco gli occhi di Tomas che mi invitano a guardarlo in faccia, ma non ci riesco. Non mi va.

Comincio ad avvertire un senso di vertigine. Saranno i due sherry, l'aria impregnata di fumo, il pigia pigia di corpi sudati; saranno la musica, le chiacchiere e le risate. Fatto sta che di colpo il rumore diventa insopportabile.

«Ho bisogno di respirare» sussurro a Tomas, e nel timore di svenire mi appoggio a lui.

«Ma certo. Usciamo.» Mi afferra per la vita e intreccia il suo braccio al mio, guidandomi verso la porta. L'aria fresca mi colpisce in viso facendomi subito riprendere. Ci allontaniamo dalle coppiette che pomiciano appena fuori dall'uscita e andiamo ad appoggiarci di schiena al muro, dove inspiro a fondo mentre cominciano a schiarirmisi le idee.

«Grazie» dico a Tomas, sorridendogli.

«Perché non andiamo a cercarci un posto più tranquillo?» mi fa lui. «Non lo preferiresti anche tu?» Mi studia con espressione intensa.

Annuisco, felice di tornare a respirare e di sentirmi meglio. Lui mi porta per mano in un piccolo giardino dall'altra parte della strada, dove ci sediamo su una panchina fra due alberi. Qui, lontano dai lampioni e dal baccano del bar, è tutto così calmo e la luce è estremamente fioca.

Con mossa repentina Tomas si gira e mi spinge contro il bracciolo della panchina, tuffandosi su di me e forzandomi le labbra con la sua lingua invadente e brutale. Puzza di sigarette e birra. Il suo corpo è pesante e grosso e il bracciolo mi preme dolorosamente contro la schiena. Sono paralizzata dallo shock. Niente a che vedere con il tocco delicato e premuroso di Walter. Tomas è ispido e sgraziato, e sento la massa sempre più turgida nei suoi pantaloni strusciarsi contro la mia coscia.

Voglio che si stacchi da me. Mi sembra di soffocare, lotto con tutte le mie forze ma lui mi resiste e aumenta ancora la pressione. Poi mi infila una mano sotto il vestito e mi afferra un seno, allargandomi le gambe con un ginocchio. Sento montare il panico e cerco di sfilarmi la sua lingua di bocca girando la faccia di lato. Ho le braccia bloccate e mi fa male al seno. Provo a oppormi al suo peso che vuole divaricarmi le gambe, ma lui è troppo forte e riesce a sollevarmi il vestito insinuando una zampa su per la mia coscia. *No, no, no. Ti prego, non farmi questo.* Mi divincolo ancora di più, mentre lui armeggia con le mie mutande, palpandomi fino a graffiarmi nel tentativo disperato di abbassarmele.

Anch'io lotto come un animale inferocito e in preda al panico, e grido nella sua bocca. Lui continua a oppormi resistenza per una manciata di secondi, schiacciandomi ancora di più sotto il suo peso, poi di colpo mi lascia andare. Si stacca, torna a sedersi col respiro affannoso.

Ci guardiamo. Io mi rannicchio in me stessa, ginocchia al petto e braccia strette intorno ai polpacci, raggomitolata in una piccola palla compatta.

«Merda! E che cavolo.» Tomas si allontana strisciando sulla panchina.

«Perché non hai smesso? Mi hai fatto male» singhiozzo io.

E subito mi metto a pensare: che cosa posso aver detto o fatto per indurlo a credere di poter...?

Lui appoggia i gomiti alle ginocchia e si prende la testa tra le mani. Sta tremando. «Mi dispiace, Hetty, mi sono lasciato trasportare. Non volevo farti male.»

Io mi passo una mano sulla bocca.

È colpa mia?

«Merda, merda, merda! Ho bevuto troppo. Perdonami, per favore. Mi perdoni?»

«Non... non è niente, Tomas.»

«Maledizione! Mi piaci davvero. Insomma, se solo sapessi quanto mi piaci. Quanto ti amo, da quanto tempo. Non avrei dovuto saltarti addosso in quel modo.»

Adesso tremo tutta. Mi stringo ancora di più le braccia intorno alle gambe. No che non è stata colpa mia.

«Non provarci mai più.»

«Il fatto è che ci penso da una vita, Hetty, ma mi rendo conto di averla presa dalla parte sbagliata. Ho pensato che se non ci provavo adesso, non ci sarei mai riuscito, capisci?»

«Riuscito a fare cosa?» Mi rassetto il vestito. La schiena mi duole nel punto in cui mi ha premuta contro il bracciolo e mi fa male anche il seno. Vorrei tanto smetterla di tremare, vorrei tornare al bar, vorrei andarmene a casa.

Credevo di conoscerti, Tomas, ma evidentemente anche io mi sbagliavo.

«Sono stato un codardo, non trovavo mai il coraggio.»

«Di che diavolo parli? Pensavo che fossimo amici. *Soltanto* amici.»

«Così ci ho rimuginato tantissimo e ho capito che non ero stato abbastanza diretto. Dovevo *dimostrarti* quanto ti voglio, capisci, e credevo che certe cose piacessero anche a te. Insomma, dopo che ti ho visto con quel... quel porco bastardo!» Ha i pugni serrati e la mascella contratta. «Una scena che non smette di perseguitarmi, Hetty.»

Sento la rabbia montarmi in gola come bile.

«Ah, sì? Credevi che mi piacessero *quali* cose, Tomas? Per che genere di ragazza mi hai preso, eh? Come ti permetti di...»

Devo assolutamente andarmene. Tomas è pazzo. Mi alzo di scatto e mi allontano barcollando.

Lui mi si precipita dietro, agguantandomi per un braccio.

«Aspetta! Insomma, ho detto che mi dispiace. Avevo capito male. A quanto pare mi succede sempre, con le ragazze. È più forte di me, sono geloso: ti ho sempre voluta tantissimo, nessuna è come te. Però eri fuori dalla mia portata. In quella grande casa bellissima... Insomma, un'intoccabile, come una specie di angelo. Anche da bambini, tu eri già diversa. Quando gli altri se la prendevano con me, tu non gli davi corda, li ignoravi e restavi al mio fianco. Solo che lo facevi dall'alto in basso, come se io fossi da compatire. Sai che hanno smesso di mettermi sotto solo per merito tuo? Mi hai salvato, e io non potevo essere alla tua altezza. Ho fatto di tutto per impressionarti. Di tutto. Ma lo sapevo già di non avere una sola possibilità. Una ragazza come te non poteva volere uno come me.» Fa un respiro profondo, picchiando per terra con la punta della scarpa.

Mi gira la testa e mi sento di nuovo poco bene.

«Non è vero, Tomas» sospiro, improvvisamente sopraffatta dalla stanchezza. «Mi sei sempre piaciuto, ma come amico. E non ti ho mai compatito.»

«Poi... quel giorno terribile. Quando ti ho vista con *lui*.» Un'espressione di disgusto gli si dipinge in faccia. «Non ho mai dimenticato. Continuavo a rivedere quella scena senza riuscire a capire, senza poterla *sopportare*. E alla fine invece ho compreso: neanche tu sei così perfetta. Sei corrotta, come tutti noi. E quindi una possibilità l'avevo. Quell'ebreo ti ha fatto il lavaggio del cervello, lo so, ma proprio per questo potevo perdonarti. Non era colpa tua. Non l'ho detto mai a nessuno, ho tenuto la bocca chiusa. E sono stato paziente, molto paziente, quindi non ti sembra che adesso *meriti qualcosa* in cambio?»

Lo fisso incredula.

Non sarò mai la ricompensa di nessuno.

«E comunque la voglia di ammazzarlo di botte non mi è ancora passata» aggiunge, premendosi gli occhiali sul naso.

«Be', non potrai farlo. Ha lasciato la Germania, quindi non hai più nulla da temere» gli dico in tono freddo.

«Bene, tanto meglio.» Sospira sollevato, quindi mi afferra la mano e mi guarda tutto serio. «Mi dispiace per prima, davvero» ripete con voce leggermente impastata. «Non risuccederà.

Ma ti prego, Hetty, vuoi essere la mia ragazza? Impazzirò, se non potrò averti.»

Quando mi riaccompagna fino alla porta di casa, papà mi accoglie affabile.

«Sei tu, Herta?» lo sento chiamare dal salotto. L'unica cosa che desidero è salire in camera mia, infilarmi a letto e sprofondare nel nero oblio del sonno.

«Sì, papà. Sono tornata dal ballo.»

Qualunque cosa succeda, sii sempre fedele a te stessa. Sembrano le parole di Walter. Mi ci aggrappo come se fossero la fune che può trarmi in salvo da questo mare di disperazione.

In salotto siede un uomo che riconosco dalle foto sui giornali: Theo Gratz, capo della divisione di Lipsia della Gestapo. C'è anche il sindaco Otto, ma le altre due persone non so chi siano.

«Vieni avanti, Herta, mia cara. Non startene lì impalata, voglio mostrarti a questi simpatici signori!»

Le guance arrossate dall'alcol e dal cibo della serata, papà mi fa segno di raggiungerlo a braccia spalancate. Mentre mi avvicino, i quattro ospiti si alzano e mi rivolgono un cenno del capo. Papà mi passa un braccio intorno alle spalle.

«Ecco la mia deliziosa figliola» annuncia. «Diciassette anni, un fiorellino che sta per sbocciare.» Gli uomini ridacchiano. «Non è carina?» chiede, guardandosi intorno.

Vorrei scappare via, invece me ne sto lì in mezzo a loro, esposta come una giumenta al mercato, mentre quelli mi squadrano da capo a piedi.

Papà ride e mi dà un paio di buffetti sui capelli. «Un po' ribelle, ma la scuola di economia domestica saprà raddrizzarla e darle una calmata. Un giorno diventerà la brava moglie di qualcuno.»

Gli ospiti annuiscono e mi sorridono.

«La mamma dov'è?» chiedo in un sussurro.

«È andata a dormire» mi risponde lui, facendomi il verso. «E ci ha lasciati qui tra noi uomini» conclude in tono normale.

«Sì, e anch'io adesso è meglio che vada» annuncia Gratz, guardando l'orologio. «Domattina entro le nove devo spedire la mia relazione a Dresda. Possiamo concludere?»

«Ma certo.» Mio padre si fa subito serio. «Fila a letto, figliola. Ti aspetta il tuo sonno di bellezza.»

«Buonanotte, papà. Buonanotte» dico anche agli altri.

Nell'ingresso mi lascio cadere sulla panca per togliermi le scarpe. Sono piena di dolori e mi sembra di non averne le forze. Resto seduta a lungo fissandomi i piedi, con la schiena contro il muro, e attraverso la porta aperta ascolto i discorsi dei cinque uomini.

«... sono circa millecinquecento nei soli *Leipziger Meuten*. È chiaro che non abbiamo fatto abbastanza e che la resistenza si è estesa ad altre città della Sassonia. A Dresda lo sanno bene...» Credo sia la voce di Theo Gratz. Aguzzo le orecchie.

«E da dove operano queste sacche?» Questo invece è mio padre.

«Dai quartieri operai, soprattutto. Plagwitz e dintorni. Alcuni sono comunisti, altri semplici agitatori, quanto basta per destare preoccupazione. Il problema è che si tratta soprattutto di giovani che cercano la rissa con la Hitlerjugend, insultando e aggredendo.»

Un attimo di silenzio. Il cuore mi batte furiosamente. Non sarà per caso coinvolto anche Herr Bäcker? Certo non è giovane e non fa l'operaio, ma la cornice potrebbe essere quella. O si tratta di un altro gruppo di resistenza? Magari ce ne sono tanti, sparsi qua e là. Sento accendersi la scintilla della speranza: forse non tutto è perduto.

«Comunichiamo a Dresda di entrare in azione quanto prima.» Di nuovo mio padre. «Non possiamo permettere che il dissenso cresca. Dobbiamo usare la retorica marxista come scusa per la persecuzione e contrastarla senza pietà per sradicarla ed estinguerla per sempre. Occorre dare l'esempio... scoraggiare altri tentativi...»

Un mormorio di approvazione.

Qualcuno si schiarisce la voce. «Devo andare, Franz. Grazie per l'ospitalità...»

Mi levo rapidamente le scarpe scalciandole via e salgo le scale in punta di piedi, fino a dissolvermi nell'oscurità del piano di sopra.

5 febbraio 1939

La conversazione che ho origliato stanotte a proposito dei *Leipziger Meuten* continua a girarmi per la testa e nella chiara luce del mattino mi domando cosa fare.

Scendo dabbasso, con Kuschi che mi segue ovunque. Dovrei passare l'informazione al padre di Erna. Chissà se conosce i capi dei *Meuten*. Comunque vanno avvisati. L'agitazione cresce. Regna un'atmosfera terribilmente simile a quella che l'anno scorso ha preceduto la Notte dei cristalli.

Nel giardino d'inverno lo sguardo mi cade su una copia del *Leipziger* di due giorni fa, sul tavolino basso. Riporta il recente discorso di Hitler al Reichstag, a cui dedica più di una doppia pagina. Sprofondo in poltrona per leggerlo.

> Quando il mondo esterno insiste nell'affermare che la Germania minaccia altri popoli per mezzo di ricatti di ordine militare, si vogliono stravolgere i fatti. La Germania ha ristabilito il diritto all'autodeterminazione di dieci milioni di tedeschi senza ricorrere per nulla alla forza, contrariamente a quanto falsamente riportato dalla stampa straniera. Gli inglesi e le nazioni occidentali non devono intromettersi nelle questioni del nostro paese. Il Reich non rappresenta una minaccia per nessuno, semplicemente si è difeso dai tentativi di intervento da parte di altri... Non tollereremo simili intromissioni da parte degli stati occidentali...

> [...] Qual è la causa all'origine delle nostre disgrazie economiche? La sovrappopolazione del territorio, nient'altro! Il popolo tedesco sopravvive con 135 abitanti per chilometro quadrato, eppure negli ultimi quindici anni il resto del mondo non ha fatto che saccheggiarci. I tedeschi non sono nemici dell'Inghilterra, dell'America o della Francia, e desiderano vivere nella tranquillità e nella pace, mentre gli agitatori non ebrei insistono nell'aizzare questi popoli contro di noi... La Germania non si lascerà distogliere dall'intento di regolare i conti con gli ebrei. È uno spettacolo vergognoso assistere alle lacrime di pietà che l'intero mondo democratico versa per la sfortunata condizione dei poveri ebrei torturati, mentre al contempo asserisce di non poterli assolutamente accogliere! E queste potenze hanno una densità demografica che non supera le dieci persone per chilometro quadrato! Che importa se la Germania è stata tanto generosa da provvedere per secoli a questi individui, che sono una piaga sul piano sanitario e su quello politico? Oggi stiamo soltanto riparando i torti subiti dal popolo ebreo.
> [...] L'Europa non troverà pace finché non affronterà nel modo appropriato la questione ebraica. Negli anni della mia salita al potere sono stati soprattutto gli ebrei a farsi beffe della mia profezia secondo cui un giorno avrei assunto la guida di questa Germania e risolto il problema. Ebbene, sospetto che oggi le grasse risate di costoro gli si strozzino in gola.
> Ancora una volta sarò profeta: se la cospirazione ebraica internazionale farà scivolare l'umanità verso una nuova guerra mondiale, il risultato non sarà una bolscevizzazione della Terra e la vittoria degli ebrei, ma l'annientamento di quella razza in Europa.

Poso il giornale. E se scoppiasse davvero un'altra guerra? Se il conflitto arrivasse in Inghilterra e Walter non fosse più al sicuro neanche là? Se si diffondesse in tutto il mondo? Ripenso ai *Leipziger Meuten* e di colpo mi è tutto chiaro: se non lottiamo subito, qui e ora, allora questo morbo diventerà sempre più violento e supererà anche i confini dell'Europa. È venuto il momento di accantonare i miei problemi e la mia sicurezza per dimostrarmi all'altezza della promessa fatta a Walter.

Nell'uniforme scolastica, per prima cosa mi dirigo al caffè. Non vedo Lena da quel terribile giorno di dicembre dell'appuntamento con Frau Keller. Al mio ingresso la porta tintinna e lei solleva la testa guardandomi sorpresa.

«Hetty!» Mi viene incontro per salutarmi. Nel locale ci sono lavoratori che smontano dal turno o che si accingono a cominciarlo. Aleggia un odore di sudore, tabacco e sporcizia. «Vieni nel retro.»

La madre di Lena è all'opera in cucina. Sembra più vecchia dell'ultima volta che l'ho vista, più piegata e ingrigita. Il vestito le pende dalle spalle come svuotato. Anche Lena è magra, ha le guance scavate e scorgo rughe sulla fronte e intorno alla bocca che non le avevo mai notato.

«Come stai?» le domando. Le due donne si scambiano un'occhiata, poi la madre si concentra sui fornelli e mette un po' di pancetta e patate in una padella con una fettina di burro.

«Insomma» dice Lena, passandosi una mano sulla fronte, «tiriamo avanti.»

Annuisco. Segue una pausa imbarazzata.

«Ecco, speravo che potessi fare arrivare un messaggio a Frau Keller. E...» Ho una piccola esitazione, ma poi proseguo: «La cosa potrebbe interessare anche te. Per tuo figlio.»

Lei annuisce. «Cioè?»

«Gli inglesi stanno organizzando dei trasferimenti per i bambini, li sistemano in Inghilterra presso delle famiglie adottive finché non arriva il momento in cui possono riunirsi ai genitori. Una persona che conosco sta cercando dei posti su uno dei treni. È molto difficile, perché le richieste sono tantissime, ma ci sta provando per i piccoli Keller. Se vuoi, potrebbe aggiungere tuo figlio.»

Lena annuisce di nuovo. «Ne ho sentito parlare. E si dice anche che in America un politico sta cercando di mettere in piedi una cosa simile. Se ce la farà, potremo raddoppiare i numeri...» Il suo viso è una maschera di sofferenza. «Ma come siamo arrivati al punto di dover affidare i nostri amati figli a degli stranieri in paesi lontani?»

Commossa, le afferro le mani. «Non abbandonare mai la speranza, Lena. Dobbiamo lottare tutti insieme, come possiamo.»

Gli occhi le si riempiono di lacrime e distoglie lo sguardo, a disagio.

«Devo andare a lezione, adesso, ma cercherò di tornare presto. Con buone notizie, spero» aggiungo.

Esco dal caffè sentendomi molto più sollevata di quanto non accada da settimane. A scuola troverò il modo per riferire a Erna quello che ho sentito a proposito dei *Leipziger Meuten.* Suo padre saprà agire di conseguenza. Finalmente mi sento utile: non sarà molto, ma potrebbe già fare la differenza.

In fondo, *Wissen ist Macht.*

E raggiungo la fermata del tram sorridendo tra me e me.

1° marzo 1939

La nausea è passata. Non devo più preoccuparmi. Lo shock e il dolore possono bloccare il ciclo. L'ho sentito dire da qualche parte, e non soffrire di quei brutti crampi mensili è un vero sollievo.

Mentre raccolgo i libri di scuola, all'ingresso Kuschi si mette ad abbaiare come fa sempre quando arriva il postino. La mamma è in camera. Stranamente, per la prima volta dalla morte di Karl si è vestita per uscire e a quest'ora del mattino siede già alla toletta sistemandosi i capelli nel suo solito, ordinatissimo chignon.

«Buongiorno, mamma» le dico, senza riuscire a dissimulare lo stupore. «Hai un appuntamento?»

Lei mi sorride dallo specchio.

«È ora che mi dia una mossa e ricominci a occuparmi delle opere di carità. Ogni giorno che passa i bisogni dei bambini diventano più pressanti» mi risponde. «In verità devo usarmi violenza, Hetty, ma il dottore dice che è assolutamente necessario, o questa malinconia non mi lascerà più. E non sono affatto certa di poterci convivere per sempre» aggiunge, con un tremito nella voce.

Le poso una mano sulla spalla, stringendola con delicatezza.

«Credo che il dottore abbia ragione. Nulla potrà mai restituirti Karl, ma lui vorrebbe saperti felice.»

Lei annuisce e mi dà una pacca gentile sulla mano.

In quel momento bussano.

«Entra pure» dice la mamma, facendo scivolare un'ultima forcina tra i capelli e tastandosi lo chignon.

Vera compare nello spiraglio della porta. «Una lettera per Fraülein Herta» annuncia, porgendomi una busta. Riconosco subito la grafia di Tomas.

Cara Hetty,
non ti ho più vista né sentita da quella sera, ma non smetto di pensarti un attimo, giorno e notte. Speravo che mi scrivessi per calmare la mia agitazione e dirmi che hai perdonato completamente il mio errore. Mi auguravo che lo interpretassi come un complimento, la prova della passione che nutro per te e della forza dei miei sentimenti, rimasti identici nonostante il tuo silenzio. Sono stato troppo impulsivo e non ripeterò lo sbaglio. L'attesa ha qualcosa di sano e di buono e di antico, perciò ti aspetterò senza metterti fretta. Accetta soltanto di venire a fare una passeggiata con me domenica. Non hai niente da temere. Magari uno di questi giorni potremmo anche andare a vedere un film insieme.
Sempre tuo,

Tomas

Piego lentamente il foglio e lo rimetto nella busta. Mi basta immaginarmi con lui, mentre le nostre mani si stringono e le bocche si baciano, per sentirmi accapponare la pelle.

«Chi ti scrive?» mi chiede la mamma, fissandosi il cappello con uno spillone adorno di perle.

«Tomas.»

«E cosa dice?»

«Che vorrebbe fare una passeggiata con me domenica. Andare insieme al cinema. E diventare il mio fidanzato, cosa che io non voglio.»

«E allora scrivigli e diglielo. Si sarà sicuramente reso conto che per lui sei troppo.»

La guardo mentre si studia allo specchio, la chioma perfettamente ordinata sotto il cappello, l'abito inappuntabile, il ciondolo d'ambra appeso alla delicata catenella che le impreziosisce il collo flessuoso, e di colpo mi appare chiarissimo che noi donne viviamo in uno stato di impotenza. Lei, in balia di papà che è il sole al centro del suo universo, ma ama un'altra con cui fa dei figli; io, obbligata a uscire con un ragazzo che mi ha in pugno perché conosce i miei segreti. *Wissen ist Macht.* Non si scappa.

«Ma anche papà ti era *inferiore*, mamma, eppure l'hai sposato.»

«Non dire sciocchezze! Guarda dov'è arrivato nella vita.»

«Sì, ma era il figlio di un povero contadino, senza alcuna prospettiva.»

«Non quando l'ho conosciuto io. Allora faceva già il tirocinio al giornale, e a quanto pare ho scelto bene, no?»

«E quindi perché io non dovrei dare una possibilità a Tomas? Anche lui fa l'apprendista ed è ambizioso. A settembre entrerà nell'esercito, forse allora ti sembrerà più accettabile.»

«Herta...»

«Non ti preoccupare, gli dirò che siamo semplici amici, su questo sarò cristallina. Quindi posso uscire con lui?»

«Soltanto se prometti di mettere bene in chiaro le cose. In quel caso, che male può fare? Vi conoscete da così tanto...» Si alza e prende la borsetta.

«Grazie» sospiro. Riuscire a levarmelo di torno è più difficile di quanto credessi, ma troverò il modo. Forse ho solo bisogno di tempo. Le do un bacio sulla guancia e me ne vado.

Un vento tagliente mi congela la faccia mentre mi dirigo da Erna. La lettera di Tomas mi ha turbata: è evidente che non ha intenzione di lasciarmi in pace. Nonostante davanti alla mamma l'abbia difeso, il solo pensiero di ritrovarmi con lui dopo il suo maldestro e disperato assalto la sera del ballo mi dà il vomito. Ci è mancato pochissimo, ma lo stesso mi sento come se mi avesse violentata; ogni cellula del mio corpo mi grida di girargli alla larga. Il problema è che se lo rifiutassi potrebbe spifferare tutto su me e Walter e io non posso rischiare l'accusa di *Rassenschande*, non con tutto quello che Ingrid sa sul mio conto. È una spada di Damocle di cui forse non riuscirò mai a liberarmi.

«Sono preoccupata per te, Hetty» dice Erna, sbirciandomi di sottecchi mentre insieme ci incamminiamo nel vento verso la scuola. «Non sei la solita. Ti vedo pallida.»

«Papà non mi ha ancora perdonata. Credo che non gliene importerebbe neanche se non dovesse rivedermi mai più.»

«Suvvia, non esagerare. Di sicuro è preso dal suo nuovo ruolo. Un giorno dimenticherà tutta questa storia.»

«E tra quindici giorni Walter si sposa. Per me è un pensiero insopportabile...» Ricaccio indietro le lacrime.

«Ah, adesso sì che me la racconti giusta...»

Affrontiamo a braccetto e a testa bassa la discesa erbosa di Nordplatz, sotto la sferza gelida del vento.

«Hai bisogno di tirarti su il morale» mi dice, alzando la voce. «Devi uscire e innamorarti di qualcuno. La settimana scorsa, a quella marcia per la gioventù della Lega e della Hitlerjugend, ho conosciuto un tipo fantastico! Peccato che tu non ci fossi, avresti sicuramente fatto colpo. Un po' troppo basso e intellettuale per me, ma per te...»

Per la prima volta dopo un sacco di tempo mi ritrovo a ridere.

«Non ho bisogno di un nuovo amore, Erna, dico sul serio.»

«Oh, sì, invece. È il modo migliore per dimenticarne uno vecchio. Credimi, io ho esperienza nel campo.» Mi strizza l'occhio, sorridendo. «E poi è una copertura perfetta. Quale modo migliore per convincere tuo padre che ti sei rimessa in riga? Vieni al ballo dell'esercito sabato prossimo, dai. Fallo per me!»

«Ma non ne ho voglia.»

«Perché no?» Si ferma prima di arrivare a portata delle orecchie delle altre ragazze radunate davanti alla scuola. «Non ti capisco proprio.»

«È che... che in un certo senso esco già con Tomas» confesso alla fine.

«Che cosa? Vuoi scherzare!»

«No.»

«*Tomas!* Lo sapevo che era cotto di te, ma non pensavo che... Voglio dire, mi sta simpatico, eh, ma Hetty, tu puoi puntare molto più in alto...»

«Be', è stato convincente. Mi scrive. Ogni tanto la domenica pomeriggio portiamo a spasso Kuschi, e adesso vuole che andiamo al cinema insieme.»

«Non dirmi che ci hai già fatto qualcosa?»

«No, niente. Lui ci ha provato una volta, ma io gli ho fatto chiaramente capire che non volevo e d'ora in poi lui ha promesso di comportarsi da perfetto gentiluomo.»

«Sì, però se tu non ricambi i suoi sentimenti devi dirglielo.»

«Certo, lo so. Devo solo trovare il modo e il momento giusti.»

«Cerca di non rimandare troppo, perché queste cose diventano ogni giorno più difficili.»

Dovrei spiegarle il motivo che mi trattiene, il potere che Tomas esercita su di me, ma non lo faccio. Mi risponderebbe che sbaglio, o che potrei provare a ragionarci, ma quando si tratta di me e Tomas la razionalità sembra proprio non essere di casa. Prenderebbe come un affronto il fatto che con un ebreo sarei pronta a fare cose che con lui non farei mai, andrebbe su tutte le furie e poco ma sicuro cercherebbe di vendicarsi. E a quel punto non saprei più come metterlo a tacere.

Decido così di cambiare argomento.

«E che mi dici del Kindertransport? Ci sono novità?»

Erna si illumina. «Su questo versante si muove qualcosa, sì. Il governo inglese ha alzato il limite di età da quattordici a sedici anni, quindi probabilmente tra qualche settimana i cugini di Walter potrebbero partire insieme.» Poi torna di nuovo a rabbuiarsi. «Il problema è che la lista d'attesa è lunga. L'America ha bocciato l'idea di avviare un programma analogo. La cugina del presidente Roosevelt, moglie del commissario per l'immigrazione, ha detto che ventimila bambini incantevoli diventerebbero presto ventimila adulti sgradevoli.»

«Ma che cosa orribile.»

«Infatti. Purtroppo possiamo fare soltanto il possibile, Hetty. Cerchiamo di non lasciarci... coinvolgere eccessivamente.»

«In che senso, scusa? Tu sei già coinvolta.»

«Sì, ma solo in modo molto marginale. Ascolta, i *Meuten* sono stati brutalmente spezzati e i capibanda sbattuti in prigione: la situazione si fa sempre più difficile e pericolosa.»

Al ricordo dei discorsi di mio padre sui *Leipziger Meuten,* tutta la mia risolutezza interiore viene meno. Siamo impotenti. «Lo so, hai ragione.»

Lei mi dà una pacca leggera sul braccio e io la seguo verso il portone della scuola.

15 marzo 1939

Oggi è il giorno. Non so a che ora, ma che importa? Se soltanto riuscissi a non pensarci, a concentrarmi su altro... Alla mamma ho detto che mi sentivo la febbre e non avevo voglia di andare a scuola, tanto per lei se vado o no è uguale. Ormai le lezioni sembrano avere perso ogni importanza e mia madre è talmente presa da se stessa che nulla la tocca. La luce del mezzogiorno è intensa e proietta macchie di sole sul mio scendiletto. Mi giro sulla schiena e resto a fissare il soffitto, ma pensare ad altro è veramente impossibile.

Oggi l'amore della mia vita si sposa. Solo, non con me.

La mia mano vaga fino al mio ventre e si posa sulla sua morbida curva. Sento un lievissimo fremito sotto le mie dita. Ali di farfalla. Mi metto subito su un fianco, ma sono già sparite. Poi, lentamente, torno a girarmi e a posare di nuovo i polpastrelli appena sopra l'inguine. Il cuore mi si blocca: riecco le ali di farfalla. Una pulsazione infinitesimale sotto la pelle, come se un insetto intrappolato vi sbattesse freneticamente contro per liberarsi.

Qualcosa che Walter mi ha lasciato.

Resto paralizzata, con la mano sulla pancia e un ronzio nelle orecchie. A centinaia, forse migliaia di chilometri di distanza, Walter sta per sposarsi, e io porto in me il suo bambino.

Non posso più negare il gonfiore al seno e una particolare

rotondità del corpo. Dovrei essere al quarto mese e mezzo di gravidanza.

Con dita tremanti recupero la lettera di Walter dal suo nascondiglio tra le pagine del diario. A furia di maneggiarla, la carta è diventata più sottile e fragile. Torno a scrutare con attenzione l'indirizzo dell'ufficio postale in calce alla missiva, quello che mi ha detto di usare in caso di emergenza.

Non credo fosse a questo che stava pensando.

Immagino Walter per come dev'essere oggi, un ventenne a cui la vita si spalanca davanti. Nervoso? Eccitato? Triste per l'assenza dei suoi? Mi dedicherà almeno un pensiero? E poi c'è Anna, questa ragazza senza volto di cui non so niente e che cammina verso il futuro al fianco del più perfetto degli esseri umani. Sicuramente avrà un vestito bellissimo, i capelli ben acconciati, sarà radiosa e indicibilmente felice, il suo ventre piatto e vuoto. Ma per quanto tempo ancora? E quando sarà lei ad avvertire questo battito di vita nuova e scoprirà una gioia immensa, accanto a sé avrà lui.

Mi sento travolgere dall'odio. E dalla paura.

Mi trascino fuori dal letto e mi vesto lentamente. Non ne ho la minima voglia e mi sento debolissima. Mi infilo gli abiti con cura, indosso una gonna leggermente più larga di quella che avrei scelto fino a qualche tempo fa, per mascherare la rotondità della pancia.

E adesso come diavolo faccio?

«Perché oggi non sei venuta a scuola?»

Erna è sui gradini di casa e mi guarda corrucciata.

«Non mi sento tanto bene, tutto qui.»

«Non hai avvisato nessuno, ma sta' tranquilla. Ti ho coperta io.»

«Tanto non gli interessa neanche se ci sono o no.»

«Magari hai ragione, chissà. Mi fai entrare, Hetty, o dobbiamo star qui a parlare sui gradini?»

Spalanco del tutto la porta e insieme saliamo in camera mia.

Non appena ci richiudiamo l'uscio alle spalle, scoppio

a piangere. Le cateratte dell'autocommiserazione si sono aperte.

«Ehi, che succede? Hetty, per favore, dimmi qualcosa.»

Le braccia di Erna mi stringono, ma piango così forte che non riesco a spiccicare parola: scuoto la testa e basta.

«Ti prego, Hetty, dimmi cosa c'è.»

«È...»

Ma come faccio a dirglielo? La vergogna, l'orrore di questo feto ebreo nel mio ventre, prova definitiva del crimine commesso, un reato peggiore dell'omicidio: la contaminazione del mio sangue puro.

«*Shhh.* Suvvia, di qualunque cosa si tratti non può essere tanto grave.» Si sforza di ridere e mi guida verso il divano nella nicchia della finestra, accarezzandomi i capelli.

Un po' alla volta il mio corpo smette di tremare e le lacrime si asciugano, ma sono così sfinita che non mi riesce quasi di mettere insieme le parole.

«Oggi si è sposato» le dico.

«Oh, Hetty...»

«E io devo liberarmi di Tomas. Domenica abbiamo un appuntamento ma non posso pensare di rivederlo. Solo che ho paura, Erna, paura che di fronte a un mio rifiuto lui andrà a raccontare a tutti che una volta mi ha visto baciare Walter. Non te l'avevo mai detto, ma è così che mi tiene in pugno.»

«Per questo uscivi con lui? Perché avevi paura che ti mettesse in difficoltà? Oh, Hetty, ma non lo farà. Non oserebbe mai. E poi Walter ormai è in un altro paese e sarebbe soltanto la sua parola contro la tua.» Ci manca poco che si metta a ridere. «Dai, non mi sembra niente di così drammatico. A chi crederebbero di più tra voi? Lo so che sei sconvolta per Walter, ma ormai è acqua passata e devi andare avanti. Hai anche perso tuo fratello, e con Tomas che ti alita sul collo diventa tutto troppo, no?»

Si raddrizza.

«Faremo così!» esclama in torno fermo. «Adesso ci leviamo di torno questo Tomas, almeno per un po'. E quando si arruolerà nell'*Heer* non dovrai più preoccupartene.»

«Ma come?» Mi asciugo gli occhi e soffio il naso. La testa mi pulsa.

«A Tomas ci penso io. Gli dirò che sei ancora sconvolta per la perdita di Karl e che per qualche settimana deve lasciarti in pace. Anzi, no, per qualche mese. Mi sembra un modo delicato per scaricarlo, non ti pare?»

Annuisco piano. In effetti mi darebbe il tempo e lo spazio per pensare a come affrontare il problema vero. Magari si risolverà da solo. Succede, no? Si chiama aborto spontaneo, ne parlano spesso. Potrebbe capitare anche a me, e a quel punto si aggiusterebbe tutto. Molto meglio se nel frattempo non frequento Tomas, perché con le occhiate insistenti che mi lancia non ci metterebbe molto ad accorgersene.

E capirebbe immediatamente chi è il padre.

«Grazie, Erna, sei una vera amica.»

«Ma figurati.» Mi dà una strizzatina alla mano. «È solo che voglio vederti di nuovo sorridere, Hetty.»

Dopo che se n'è andata, torno a sedermi alla finestra con il mio diario. La morbida imbottitura del divano ha ormai assunto una forma familiare intorno alle mie spalle e sotto le gambe. Kuschi viene a raggomitolarmisi contro con un balzo e frusta i cuscini con la coda. Gli accarezzo il pelo setoso, poi comincio a scrivere.

> Lo so che ormai sei sposato, ma io non smetterò mai di pensarti, mio adorato Walter. Sarebbe impossibile, perché sei diventato parte di me e sempre lo sarai, anche fra mille anni. Oggi è stata una tortura, e non occorre che ti spieghi perché. Adesso che tutto si è compiuto, però, sento una specie di calma strana, rassegnata: mentre la tua vita comincia, è come se la mia fosse in qualche modo finita. In ogni caso mi auguro che tu sia felice, dico sul serio, e soprattutto sono così contenta di saperti sano e salvo. Ecco perché ho preso la mia decisione. Non te lo dirò mai. Quello che è successo resterà un segreto perché così sarà meglio per te, ed è questo che conta, soltanto questo. L'amore che pro-

vo nei tuoi confronti non ha niente di egoistico. Quanto a me, pregherò ogni giorno che questo problema sparisca da sé. Perché in caso contrario sarò condannata. Forse la sera in cui Tomas ha perso il controllo sarebbe stato meglio che fosse andato fino in fondo: almeno avrei avuto una scusa con cui spiegare tutto questo. Ma è troppo tardi. Assolutamente troppo tardi. Nessuno può aiutarmi. E dunque ti prego, Signore, se esisti, rendimi le cose facili. Fa' che questo problema si risolva da solo.

16 marzo 1939

«Devo finire un progetto di scienze per il professor Metzger» dico alla bibliotecaria durante una pausa tra le lezioni. Lei annuisce e mi accompagna attraverso la sala deserta fino alla sezione giusta.

«Su quale argomento, di preciso?» mi chiede.

«Malattie ereditarie e aborto» butto lì in tono casuale.

Lei preleva alcuni libri dagli scaffali e li porta al tavolone centrale.

«Dovrebbero bastare. Nel caso, ce ne sono ancora due o tre che potrebbero servirti.»

«Grazie.» Le sorrido, risucchiando in dentro la pancia più che posso.

La donna torna alla sua scrivania, proprio dirimpetto a me, e riprende a catalogare una grossa pila di testi.

Comincio a sfogliare i manuali di scienze. Non trovo niente che possa davvero aiutarmi. A quanto pare abortire è piuttosto facile se la madre è portatrice di una malattia ereditaria o se appartiene a una razza debole. Altrimenti è quasi impossibile. Osservo le immagini raccapriccianti delle procedure: fili di metallo, cateteri, veleni, e la complicanza piuttosto comune di un'emorragia spesso mortale. Mi ritrovo così con una mano a proteggermi istintivamente la pancia.

Poi alzo lo sguardo e vedo che la bibliotecaria mi sta fissando.

«Hai trovato quello che cercavi?»

«Sì» rispondo. «Grazie mille, molto utile.» Richiudo i libri.

Tornata in classe, la voce di Frau Schmidt mi ronza nella testa senza che io riesca a capire una sola parola di quel che dice. La vista di quelle illustrazioni mi ha dato un forte senso di nausea, ma c'è anche dell'altro: all'improvviso ho capito che non voglio liberarmi della vita che mi cresce dentro, ma proteggerla.

«Forza, Hetty, sbrigati!» mi grida Erna, tendendo una mano per prendere il testimone e cominciando a correre sul posto.

Mi obbligo ad accelerare. Normalmente non ho difficoltà a superare Gerda ed Eva, ma oggi mi sento le gambe di piombo e non ce la faccio proprio. All'uscita della curva della pista sono l'ultima e boccheggio in cerca d'aria. È come se non riuscissi a respirare bene. Incespico buttandomi in avanti e ficco il testimone in mano a Erna. Lei lo prende e schizza via, correndo a larghe falcate verso il traguardo e riguadagnando terreno sulle ragazze che la precedono.

Io ho la testa ovattata, mi ronzano le orecchie e la vista mi si appanna fino a che tutto diventa nero e...

«Herta? Herta? Chiama l'infermeria!»

Qualcuno mi regge il capo e mi gira su un fianco.

Istintivamente mi raggomitolo in una palla. Un dolore martellante alla testa mi fa gemere.

Qualcuno mi tocca la spalla, tirandomi.

«Via» farfuglio. «Lasciatemi in pace.» Batto la mano per terra e mi raggomitolo ancora di più per nascondere la pancia.

«Hetty, tutto bene? Mi senti, Hetty?» La voce di Erna è lontana.

«È svenuta!»

«Sta bene?»

«Non le era mai successo!»

«Spostatevi, lasciatela respirare!» tuona una voce. «Herta Heinrich, riesci a sentirmi?»

Sbatto le palpebre e mi ritrovo la faccia dell'infermiera della scuola a due centimetri dal naso. Richiudo gli occhi. *No, ti prego, no. Se ne accorgerà.*

«Sì» mi sento dire. «Sto bene.»

Faccio appello a tutte le mie forze e mi tiro a sedere. Ho il cuore in gola e sono scossa da un tremore incontrollabile.

«Per favore, non agitatevi» dico al crocchio che si è formato intorno a me. «Non so cosa sia successo, ho avuto solo un...»

«Testa tra le ginocchia» mi ordina l'infermiera.

Obbedisco, tirando le gambe verso la pancia per nasconderla dagli sguardi altrui. Ma quello dell'infermiera sembra perforarmi.

«È quel periodo del mese, eh?» continua, in tono sbrigativo.

«Sì, dev'essere quello» annuisco, il cuore che non rallenta la sua corsa. Pian piano il senso di vertigine si placa e lentamente risollevo la testa.

Qualcuno mi porge dell'acqua e un biscotto. Non mi ero resa conto di avere la bocca così asciutta.

«Va molto meglio, adesso» dico dopo aver bevuto un sorso, e in effetti è vero.

«I soliti problemi delle ragazze» commenta ancora l'infermiera, impietosa. «Va' a casa a riposarti, e non farti rivedere finché non ti sarai rimessa.»

«La accompagno io» interviene Erna, aiutandomi ad alzarmi. «Scusa, ti ho anche spronata per farti andare più forte, non immaginavo...»

«Che discorsi, è ovvio, non potevi saperlo.»

Lei mi sta fissando la pancia, e solo in questo momento mi accorgo di tenermela con entrambe le mani. Le lascio subito ricadere lungo i fianchi, con aria colpevole.

«Hai i crampi?» mi sussurra lei.

Annuisco e stringo le labbra per impedirmi di piangere.

«È un segno di buona fertilità. I crampi, dico» aggiunge l'infermiera.

«Forza, andiamo a casa.» Erna mi prende sottobraccio.

Le altre ragazze sembrano perdere interesse e si allontanano alla spicciolata.

Io mi appoggio alla mia amica e lentamente torniamo verso la scuola.

Me la sono cavata per il rotto della cuffia, ma quanto potrò fingere ancora prima che qualcuno faccia la diagnosi corretta? Il peso del disastro incombente mi schiaccia. Mi sembra di essere sepolta viva. E per quanto forte gratti con le unghie, da qualunque parte mi giri non vedo vie d'uscita.

11 aprile 1939

Cara Hetty,
non ti va che ti stia addosso, lo so. Erna mi ha detto che hai bisogno di spazio e di tempo e io ho cercato di darteli per un mese intero. Ma nel frattempo ho capito che startene lì chiusa in casa tutta triste non può farti bene. Il modo migliore per riprenderti dalla morte di tuo fratello è distrarti facendo cose che ti rendono felice. Perciò ti chiedo di uscire con me domenica prossima. Ho messo da parte un po' di soldi e voglio portarti fuori a pranzo. Non accetto rifiuti. So che posso renderti felice, Hetty. E lo farò.
Tuo devoto

Tomas

Appallottolo la lettera e me la infilo in tasca mentre salgo le scale diretta in camera. Mi sbatto la porta alle spalle e armeggio disperatamente con i ganci sulla parte posteriore della gonna, che però restano saldamente chiusi perché le dita continuano a scivolare. Devo fare un bel respiro. Calmarmi. Slacciarli uno per uno. Li ho applicati io un paio di settimane fa, quando i bottoni hanno cominciato a non arrivare più agli occhielli.

Finalmente, ecco il sollievo. Lascio cadere la gonna sul pavimento e mi sbottono la camicetta, liberando la pancia: dopo un'intera giornata di contenimento forzato a scuola, è indolenzita. Poi abbasso lo sguardo sulla sua sporgenza. Scorgo i segni rossi impressi nel punto in cui fino a poco fa premeva l'elastico. Cinque mesi e mezzo. Ormai li sento continuamente: non si tratta più di un fremito, ma dei calcetti vigorosi e distinti di due piedini. Non riuscirò a nascondere ancora a lungo la gravidanza.

Sento scorrere le lacrime. Ne ho già versate tante, ma non risolvono niente. Me le asciugo con i pugni, facendomi male alle guance con le nocche, ma non m'importa. Me lo merito.

Raggiungo a gambe nude la mia nicchia alla finestra, appoggio la schiena a un cuscino e allungo i piedi davanti a me. Il ciliegio è di nuovo in piena fioritura, così carico di fiori bianchi venati di rosa che la punta delicata di alcuni rami sembra piegarsi sotto il loro peso. Vorrei tanto poter essere quest'albero e che mi fossero risparmiate le angosce umane. Lui vive, beatamente ignaro di quel che provo, così come degli scarponi tedeschi che attraversano marciando l'Europa orientale. Papà dice che la guerra è ormai inevitabile. Una guerra per annientare gli ebrei.

Mi si strizza la pancia. È una minaccia alla vita che prende a muoversi in me... Un *Mischling*, un bastardo mezzosangue ebreo, considerato una cosa così abominevole che verrebbe a trovarsi fin dal primo giorno in gravissimo pericolo, e la cui esistenza potrebbe significare la fine della mia. Ripenso a Hilda Müller, a quanto l'ho disprezzata per il suo scarso senso morale e per essere una rubamariti. Be', adesso sono come lei. Anzi, peggio. Perché sullo sfondo non c'è nemmeno un padre in grado di offrirmi amore e un tetto sulla testa. Anche se lei deve dividerlo con la mamma, almeno ha una parte di papà.

Vorrei tanto che Walter fosse qui. Strizzo gli occhi cercando intensamente di raffigurarmelo. Vedo il suo viso, i suoi capelli, il suo sorriso... sento il tocco della sua mano, il profumo della sua pelle. Mi abbandono tra le sue braccia. Galleggio in un turbine d'acqua, ma non ho paura. Finalmente, dopo tutta questa solitudine, non ho più paura...

Mi accorgo a stento della porta che scricchiola, e quando

mi giro la mamma è già entrata. Mi viene incontro dicendomi qualcosa, tutto accade come al rallentatore.

«Ti ho chiamata tre volte, perché non rispondi?» Si ferma di colpo. Mi fissa, osserva il mio pancione nudo e tondo.

D'un tratto ritorno in me e ogni cosa riprende a fluire a velocità normale. Tiro su le ginocchia di scatto e le abbraccio per nascondere il mio segreto. Ma è troppo tardi. La mamma se ne sta piantata lì, immobile come una statua, la bocca in procinto di dire qualcosa che non vuole uscire, gli occhi sgranati, non un battito di ciglia.

L'aria si fa elettrica. Il tempo si ferma.

«Herta?» Il mio nome è un rauco sussurro. «Sei... Sei finita... nei guai?»

Di colpo è come se qualcosa si sciogliesse. Come l'acqua quando togli il tappo, ecco che tutto il mio dolore si ritrova a sgorgare libero e copioso, accompagnato dalle lacrime.

«Sì. Sì, sono nei guai... In guai terribili.»

Finalmente qualcuno sa. E il sollievo è indicibile.

Siedo con le gambe raccolte sotto di me, nell'abbraccio della vestaglia e dei cuscini della grande poltrona del salotto, le mani che stringono una tazza di cioccolata calda e profumata di latte.

Vera e Margot, la nostra nuova cuoca, sanno soltanto che non sto bene. Ostentano entrambe un'espressione preoccupata, ma in realtà non gliene frega niente. Mica come a Bertha. Oh, quanto mi manca la mia Bertha.

La mamma misura a larghi passi la stanza, lo sguardo che si sposta inquieto, mentre le ciocche dei capelli di solito in perfetto ordine le ricadono libere e morbide sulle orecchie. Sotto il vestito aderente, il suo girovita mi sembra incredibilmente sottile e la gonna dal taglio squisito ondeggia a ogni passo, accarezzandole le cosce lunghe e snelle. Non riesco proprio a immaginarmela incinta. Per ben due volte.

Mentre passa, afferra sigarette e fiammiferi dal tavolino. Si muove a scatti. Riprende a camminare per la stanza, leggermente piegata in avanti, tenendo sollevato il braccio con la sigaretta e cingendosi la vita con l'altro. Non la vedevo così agitata da quel terribile giorno di ottobre che ha devastato la nostra famiglia.

Si ferma davanti a me e si siede sul bordo del divano.

«Santo cielo, Herta, mi spieghi *perché*? Dopo tutto quello che abbiamo passato! Come hai potuto farci anche *questo*?»

«Mi dispiace...»

«Sei una stupida. Una povera ragazza stupida!» Picchia con il polso sul bracciolo del divano. «Non ti ho certo educata perché un giorno...»

«Mi dispiace, mamma» ripeto tra le lacrime, «mi dispiace davvero.»

«Ti dispiacerà eccome.» Mi parla in tono duro. «Adesso dovrà sposarti. Lo sa, lui, che dovrà sposarti?»

«Chi?» sussurro.

«Il padre, sia maledetto» mi sibila. «Chi altri? Un vero peccato, Herta, avresti potuto ambire a molto di più. Tomas, perché non può che essere lui, non è certo quel che io e tuo padre avevamo in mente per te. Papà sarà delusissimo. Ma ormai è troppo tardi. Così potrai scordarti qualsiasi lavoro e anche il tuo bel diploma. Te ne rendi conto, vero?» Si porta le mani tremanti alla bocca, aspirando forte la sigaretta e socchiudendo gli occhi.

«Non so chi è il padre» dico piano.

«Che cosa?» Si raddrizza e mi guarda come se fossi impazzita. «Gesù santissimo, come puoi non saperlo? Con quanti altri sei stata, razza di sgualdrinella che non sei altro?» La sua voce si è fatta acuta, quasi isterica.

«Non volevo dire questo. So chi è. È che non voglio dirlo.»

«E questo cosa significa?»

«Oh, mamma, come vorrei poterlo...»

«Bene! E farai meglio a scrivere e avvisare il colpevole, chiunque sia. E subito, anche. Gli verrà di sicuro un colpo. D'altronde» aggiunge con una risata nervosa, «prima di fare certe cose avrebbe dovuto riflettere sulle conseguenze, dico bene? Gli uomini! Idioti anche loro, mai che ci pensino per tempo. Ho ragione o no? Hanno in testa sempre e solo *una* cosa.» Scuote la testa.

Io sprofondo la faccia tra le mani.

«Devi dirmelo, Herta. Dimmi chi è il padre.»

«Non posso.»

«Non essere ridicola, Hetty. Questa è una cosa seria. Devi dirmelo e devi sposarlo!»

«Non capisci. Non posso. Non posso!»

Mi fissa.

«*Chi diavolo è?*» grida all'improvviso, sporgendosi verso di me con la faccia paonazza. «Hai idea di come reagirà tuo padre quando lo scoprirà?»

Sta per picchiarmi. Mi sposto. Non l'ho mai vista così arrabbiata. Ci guardiamo negli occhi, poi caccia un urlo di frustrazione e si alza di scatto, tornando a muoversi per la stanza.

Io guardo per terra. I motivi geometrici del tappeto tremano e si confondono. Rosso ruggine. Verde oliva. Arancione. Beige...

«Per favore, Hetty. Se non me lo dici non posso aiutarti. Ti prego...» Dalla rabbia è passata alla supplica.

«Non posso, mamma.»

«Almeno spiegami *perché* non puoi.»

Sollevo gli occhi per incontrare i suoi. Scrollo la testa, mentre le lacrime riprendono a scorrere. Poi un'espressione orripilata le cala come un'ombra sul viso.

«Oh, Herta» esclama, «non sarà un uomo sposato?»

«No, mamma.»

Invece sì.

Mi sento gelare il sangue nelle vene. In questo preciso istante papà, che fino a domenica resterà a Dresda, potrebbe trovarsi con la sua amante e il loro ultimo nato, anziché in missione ufficiale con le SS come crede la mamma.

Menzogna su menzogna su menzogna. Le bugie si sommano e crescono formando un castello di sabbia umida e compatta, fino al giorno in cui la sabbia si asciugherà e la costruzione crollerà rovinosamente.

16 aprile 1939

Quando a metà mattina rincaso dalla passeggiata domenicale con Kuschi, le loro voci mi giungono innaturalmente alterate dalla sala da pranzo. La porta è socchiusa e io mi fermo a origliare.

«Davvero, Franz, non ho idea di chi sia il colpevole. E sono scioccata dal suo comportamento. Non riesco a immaginare per quale ragione si ostini a non fare il suo nome. Sembra quasi volerlo proteggere. Probabilmente è sposato...» Pausa. «Ma è colpa mia, avrei dovuto seguirla più da vicino. Solo che ero sconvolta dalla perdita di Karl...» Le si spezza la voce.

«No, Hélène, non è colpa tua. Io un'idea del perché non voglia nominarlo ce l'ho eccome.» Il tono di papà mi dà la nausea.

«Tu sai chi è?»

«Sì, ed è molto peggio di quanto immagini.»

«Ti prego, Franz, dimmelo! Che cosa può esserci di peggio di un uomo sposato?»

Lui emette una specie di grugnito. Serro le palpebre. Mi sembra di precipitare in caduta libera e devo appoggiarmi al muro: sono in preda al terrore. L'immagine di Walter si materializza nella mia mente e con la sua presenza mi restituisce la calma, la forza per reggermi in piedi.

«Dimmelo, ti scongiuro!»

«È quell'ebreo» sussurra papà in tono minaccioso. «Quel

bastardo che un tempo frequentava la nostra casa. Siamo stati gentili e tolleranti con lui, ed ecco con che moneta ci ha ripagato!» Mamma ha un sussulto e l'immagine di Walter svanisce. Riapro gli occhi. «Karl mi aveva avvisato, ma Herta giurava che non era vero. Ho persino aiutato quello schifoso a espatriare. Se fosse qui lo ucciderei con le mie mani. Non posso nemmeno pensare che abbia violato mia figlia. È... è...»

Dopo aver fatto un respiro profondo, spalanco la porta.

Mi fissano entrambi: mia madre, una bambola di pezza con gli occhi di fuori, e mio padre.

Oh, papà, proprio tu, con le tue bugie e i tuoi inganni. Puoi anche non riconoscerlo, ma io e te siamo uguali.

Sostengo a testa alta il suo sguardo che sprizza odio. La sua ira mi colpisce con la forza di un uragano.

«Razza di schifosa, sporca... Come hai potuto fare una cosa del genere? Mi fai orrore! Mi dai la nausea! Ci hai rovinati... Rovinati!» Mi vomita addosso parole incomprensibili, poi si lancia verso di me e io arretro, ma troppo lentamente, e il suo schiaffo mi colpisce così forte da farmi perdere l'equilibrio. Cado. Cado e batto la tempia contro l'angolo del tavolo, atterrando carponi e rotolando subito su un fianco per proteggermi la pancia.

Più paonazzo che mai, mio padre si erge sopra di me. I suoi occhi sono due minuscoli fori tra le pieghe della pelle tremula. La mamma lo afferra per un braccio, gridando «Basta, basta! Fermati, Franz!»

«Non è stato Walter» grido io. «Non mi ha mai toccato, giuro!»

«Non ti credo, razza di puttana.» Si scrolla di dosso la mamma. «Sei diventata come loro! Una manipolatrice, una cospiratrice che ricatta il proprio padre! Guardati: non sei che una volgare puttana!»

Lascia partire un calcio, ma riesco a rotolare via e a evitarlo.

Mirerà alla mia pancia, cercherà di uccidere a calci il mio bambino.

«Cosa stai dicendo, Franz? Ricattarti? Ti ha dato di volta il cervello?» Mamma torna ad afferrarlo, stavolta per tutte e due le braccia. «Tu alzati, Hetty, e vattene. Adesso.»

Papà cerca di scrollarsela nuovamente di dosso, ma lei gli sta aggrappata come se ne andasse della sua stessa vita. Mi tiro su, appoggiandomi al tavolo, e con la testa che pulsa mi avvio verso la porta. Ma fermo sulla soglia c'è qualcuno. Vera? Un'altra piccola ficcanaso. Domani andrà a spettegolare con le sue stupide amiche servette ed entro sera l'intero vicinato sarà al corrente della verità vergognosa.

Ma Vera non è così alta. È un uomo. La porta si apre ancora di più ed ecco venirmi incontro la figura allampanata di Tomas.

E poi? Che altro può succedere ancora? Vorrei essere morta.

Così adesso anche lui sa e potrà confermare i sospetti di papà. Mi lancia una lunga occhiata, poi si gira verso i miei.

«Herr Heinrich. Frau Heinrich. Heil Hitler.» Nel suo migliore abito della domenica, fa il saluto. «Mi dispiace capitare qui in questo modo, ma la porta era aperta e quando ho suonato non ha risposto nessuno. Volevo fare una sorpresa a Hetty, venirla a prendere presto e portarla fuori a pranzo.»

Mi fissa. Devo avere un aspetto orribile, con i vestiti fuori posto, i capelli spettinati e il sangue che mi cola dietro un orecchio. «Posso aiutarti, Hetty? Stai bene?»

Papà sembra sgonfiarsi. Si lascia cadere sul divano, con la testa tra le mani. «Sono rovinato» mormora.

«Mi dispiace, Tomas» dice la mamma. «Non è un buon momento. Herta si è messa nei pasticci e...» La voce le viene meno.

Gli occhi di Tomas si posano sulla mia pancia. Poi incrociano i miei. Ha un'espressione inintelligibile. Ma che importa, ormai?

«Si rifiuta di dire chi è il padre, e...» biascica la mamma, sfregandosi le mani e lanciando sguardi a papà come per chiedergli il permesso di proseguire. Lui resta muto, la faccia nascosta nel palmo delle mani.

Segue un attimo di silenzio, durante il quale mi tocco il

bernoccolo appiccicoso che mi si è formato sulla tempia. Tomas avanza verso di me e mi prende per un braccio.

«Perché, tesoro?» dice con voce ferma. «Perché non dirglielo? Il bambino è mio, no?» conclude, rivolgendoci un largo sorriso.

La testa di papà si risolleva di scatto. Lo guardiamo tutti e tre a bocca aperta.

Nel salotto la luce del sole sembra farsi più intensa. L'aria è immobile. Mamma e papà restano in silenzio. Io non riesco neanche a respirare.

Fisso Tomas, ordinandogli col pensiero di guardarmi di nuovo, ma adesso sta osservando mio padre. Ha le guance arrossate e gli occhiali, sporchi come sempre, gli sono scesi a metà naso. Se li spinge su, come faceva una volta in classe, poi deglutisce vistosamente. Sulle guance ha dei foruncoli bianchi. Non certo il tipo dell'eroe, ma in questo momento il viso più dolce e caro che esista.

«Mi dispiace che sia venuto a saperlo così, Herr Heinrich. Me l'ero immaginato diversamente. Naturalmente ci sposeremo non appena possibile, vero, Hetty? Sono in grado di dimostrare la mia discendenza ariana, ho tutti i documenti in regola. Non ho neanche una goccia di sangue ebreo nelle vene, quindi non vedo ostacoli in tal senso.» Finalmente si gira a guardarmi. «Te lo avrei chiesto durante il pranzo, amore mio.»

Papà e mamma sono ancora ammutoliti. Si guardano.

Alla mamma sfugge una risatina nervosa.

«Non capisco, Herta. Perché prima hai detto che non era lui? Perché tanta segretezza?»

Sta succedendo tutto troppo in fretta, non riesco a pensare.

È Tomas a rispondere per me.

«È colpa mia» dice. «Sono stato io a pregarla di non dirlo. È stato un tale shock. Non mi aspettavo certo di diventare padre a diciassette anni! Mi vergognavo, ma poi sono riuscito a farmene una ragione e adesso sono felicissimo. Amo sua figlia con tutto il cuore, Herr Heinrich.»

Almeno questo è vero.

Papà, che lo guardava con aria assente, sembra riaversi di colpo. Lancia un'altra occhiata alla mamma, poi si fa avanti per stringere la mano a Tomas. Gli spunta un sorriso. Anche a lei.

«Be'» esclama, «questa è un'ottima notizia. Per un attimo Herta mi ha davvero fatto temere il peggio... ma fortunatamente è passato. Sono sicuro di poter velocizzare i permessi. Dovrai farti visitare da un dottore, Herta, ma con Tomas come padre non ci saranno problemi. Mi sembra il caso di fare un brindisi. Mia figlia sposata e il primo di molti nipoti in arrivo. Beviamo alla salute! Non è troppo presto, no? Manca un quarto a mezzogiorno. Tomas, tu cosa gradisci?»

Devo sedermi perché tremo da capo a piedi. La mamma viene a mettersi accanto a me e mi massaggia la schiena, preoccupata per la mia tempia. Quindi suona la campanella e ordina a Vera del ghiaccio, delle pezzuole e della tintura di iodio per disinfettarmi la ferita.

Papà e Tomas si accendono un sigaro e brindano a champagne.

Mi scorrono davanti immagini di una vita assurda, surreale. Un appartamentino con Tomas. Io che divento sua moglie. Abbiamo un figlio. Il figlio di Walter. Avrò sempre con me una parte di lui. Mi appoggio una mano sulla pancia e per la prima volta mi sembra di poter guardare a un futuro in cui questo nuovo essere dentro di me starà bene. Hetty e Tomas. Tomas e Hetty. No, non funziona.

Possibile che mi voglia fino a questo punto?

Il solo pensiero mi fa rabbrividire.

Eppure sta offrendo a me e al figlio di Walter una possibilità. E dunque, per non annegare, mi aggrappo con tutte le mie forze a questo pensiero.

Anziché uscire a pranzo come preventivato, la mamma insiste perché ci fermiamo a casa. Grazie allo champagne e al vino, papà è tornato allegro.

«Senti un po', giovanotto, anch'io sono partito dal basso e non c'è niente di male» dice a Tomas. «Tu hai dimostrato di essere un bravo tedesco tutto d'un pezzo, nonostante... nonostante le difficoltà causate da tuo padre. Questo è indice di determinazione e tempra morale. Non dubito affatto che nella Wehrmacht farai strada: abbiamo bisogno di molti giovani come te. Grazie a tutto questo» e si gira a indicare il lusso della sala, «ho la fortuna di poterti aiutare con la casa, finché non sarai in grado di mantenerti da solo.» Mi guarda. «E la mamma vi starà vicina e potrà aiutarvi con il bambino... le farà bene avere qualcosa con cui distrarsi da... Qualcosa di positivo.»

Dopo pranzo io e Tomas andiamo a fare una passeggiata al parco Rosental. Ritrovarmi da sola con lui mi rende nervosa. È così strano. Agli sconosciuti che ci passano accanto dobbiamo sembrare una graziosa coppietta che se ne va in giro mano nella mano. Due innamorati in dolce attesa. Una perfetta famigliola tedesca.

Se solo sapessero.

«Fa più caldo di quanto credessi» commento. «Potevo prendere lo scialle, al posto del cappotto.» Tomas tace.

Ci riprovo. «Gli alberi hanno già messo le foglie. Credi che ci aspetti un'estate afosa?»

Continuo a blaterare a vuoto, senza quasi sapere cosa sto dicendo, soltanto per riempire il silenzio.

Andiamo a sederci su una panchina di fronte al lago. Da quando siamo usciti, tra noi pesa tutto il non detto.

Schifosa. Puttana. Rovinati. Hai distrutto la purezza del tuo sangue. Una voce sopita da tempo si risveglia in me.

Tomas è sprofondato nei pensieri e raccoglie un ciottolo dal sentiero davanti alla panchina. Se lo rigira tra le mani, passando i polpastrelli sulla sua superficie liscia e luccicante.

«So di averti fatto soffrire, Tomas, e mi dispiace» esordisco infine. «Cercherò di essere la moglie migliore che posso. Sarò buona con te quanto tu lo sei stato con me. Ma devo capire: perché lo fai?»

Lui fa un lungo respiro, stringendo il ciottolo nel pugno. «Perché devo salvarti. Tu sei un angelo caduto. Questa *cosa* che è successa non cambia niente. Anzi, meriti di essere salvata anche più di prima.» Solleva lo sguardo verso il cielo, come se davvero vedesse degli angioletti che gli svolazzano graziosamente sopra la testa.

«Per favore, Tomas, questa cosa dell'angelo... Non ci crederai davvero...»

Lui abbassa gli occhi sul sasso, che torna ad accarezzare. «Io ci ho provato, Hetty. Ci ho provato a non amarti, ma è impossibile. E ho compreso che una forza più grande di me mi spinge a fare tutto questo. A salvarti.»

«A salvarmi da cosa?»

«Dall'ebreo. Che ti ha costretta. È stato lui, non può essere colpa tua. E così riesco a sopportarlo. Non lascerò che ti accada niente di brutto, mai più. Ti proteggerò, Hetty.» Alza il braccio e scaglia il ciottolo, che descrive una parabola nell'aria e atterra nel lago con un tonfo.

Il cuore mi batte sempre più veloce. Sempre più forte.

Tomas si sfrega la faccia con una mano, risistemando gli occhiali sul naso.

«Non occorre che mi ringrazi» dice, la voce piatta e monotona. «Lo faccio per amore. Ma voglio che tu comprenda una cosa, e sono sicuro che la sai già.» Sento la gola serrarsi. «Il bambino deve sparire. Non ho intenzione di tenere un *Mischling*! All'inizio farai fatica, ma alla fine me ne sarai grata.» Abbassa lo sguardo sul mio ventre e un'espressione schifata gli si dipinge in faccia.

Sento montarmi un'ondata di nausea.

«Cosa vuol dire che non hai intenzione di tenere il bambino? Cosa ti aspetti che faccia?»

«Non vorrai sul serio che cresca un bastardo ebreo? Mi basterebbe guardarlo per ricordare tutto. È fuori discussione, Hetty.»

«Ma se l'hai detto tu! Hai detto ai miei che il bambino era tuo, che mi avresti sposata per questo. Perché, allora? Non capisco.» Un'ombra oscura si allunga su di me.

«L'ho detto per proteggere *te*, non il bambino. E perché dovresti volerlo tenere? Vorrai ben lasciarti alle spalle... un simile problema, no? Per poterti dare completamente a me. Avremo dei figli nostri, Hetty. Un sacco di bambini nostri.»

Mi afferra la mano e me la stringe, ma mi manca il respiro. Intorno a me tutto vortica e l'oscurità mi inghiotte.

«Hetty?»

Rimetto a fuoco il lago.

«Stai bene?» La faccia sottile e gli occhiali sporchi di Tomas sono davanti a me. Mi guarda preoccupato. «*Shhh*» mi fa, «non parlare. Respira e basta.»

Obbedisco.

A poco a poco riprendo fiato e il cuore rallenta la sua corsa.

«E cosa vorresti che facessi, esattamente?» gli chiedo alla fine, cercando di dominare l'isteria e di mantenere calma la voce. «Cioè, cosa dovrò fare con lui una volta che sarà nato? Stiamo comunque parlando di un *bambino*: non vorrai che lo chiuda in un sacco per farlo annegare nel fiume come il gattino di una cucciolata?»

Tu non sei un salvatore: sei un pazzo bastardo, come tutti loro.

«Ma no, certo che no» ride lui. «Non mi interessa, basta che sparisca. Insomma, esistono gli orfanotrofi, no? Per i mocciosi indesiderati.»

«Ma cosa racconteremo alla gente? Tra poco lo vedranno tutti che sono incinta. Come spiegheremo la sua sparizione?»

«Non mi importa.» Di colpo assume un tono brusco. «Diremo che è morto. Succede. E se saremo fortunati succederà davvero, e addio problema.»

«Ma come puoi parlare così di un innocente?» sbotto. «E poi non è come dici tu. Walter è una brava persona. Ci amavamo, e quello che abbiamo fatto... è successo perché *volevo*.» Mi si è di nuovo chiusa la gola. Non mi escono più le parole. Lo fisso in preda all'orrore, sperando che dica qualcosa. Vorrei che si girasse verso di me per assicurarmi che è stato solo uno scherzo crudele e di cattivo gusto, che lui non è così spietato...

Invece Tomas resta in silenzio e continua a non guardarmi, la bocca piegata all'ingiù, gli occhiali che gli scivolano sul naso. Basta, non sopporto più la sua vista.

Ogni cosa ha un prezzo.

Questo bambino è il prezzo del mio amore per Walter.

Perderlo è il prezzo che esige Tomas.

Che scelta ho? Sono condannata sia se lo pago sia se mi rifiuto di farlo.

Ma il pensiero di sposarlo, di dividere con lui la mia vita e il letto, mi riempie di un orrore indescrivibile.

Mi volto a guardare il lago e ripenso a quando Walter mi salvò dalle sue profondità.

Se solo mi avesse lasciata annegare...

19 aprile 1939

«Perché mi eviti?» All'altro capo del filo, la voce di Erna suona offesa. «Non capisco, Hetty. Ti prego, dimmi cosa ti ho fatto. Magari ho detto qualcosa che ti ha turbato...»

«Nulla del genere.»

«Ma così è ancora peggio, fingere che non sia successo niente!»

«È la verità, Erna, tu non hai fatto niente.»

«E allora perché sono tre settimane che mi eviti? Non vieni a scuola. Ti ho cercata a casa e al telefono, è come se avessi la peste.»

«Sono le vacanze di primavera, Erna!»

«Lo so, ma ci siamo sempre viste lo stesso.»

Mi rigiro il filo del telefono tra le dita.

«Senti, vieni qui» le dico dopo una pausa. «Oggi pomeriggio, mentre la mamma va a fare la sua visita mensile ai veterani. Ti aspetto alle quattro.»

Riaggancio. Tanto presto lo scoprirà da sola. Mia madre ha scritto a scuola dicendo che dopo le vacanze non rientrerò.

Almeno così lo saprà da me.

È Vera a farla entrare. La sento salire le scale, poi avvicinarsi a passo svelto lungo il corridoio. Mi obbligo ad accoglierla guardandola in viso, la vergogna del mio addome prominente bene in vista sotto i vestiti. Trattengo il respiro in attesa della sua reazione di raccapriccio.

«Hetty?»

Anche lei mi viene incontro guardandomi in faccia, ma istintivamente mi porto le mani alla pancia e a quel punto lei abbassa gli occhi.

«Cristo santo!»

«Già.»

«È *per questo* che mi evitavi?»

«Un po' come avere la peste, no?»

«Oh, Hetty! Ma com'è successo? Chi è il padre?»

«E me lo chiedi?»

«Walter?»

Annuisco e mi viene da piangere. Grosse lacrime mi scendono senza sosta lungo le guance.

Lei mi è già accanto e mi abbraccia, così finisco per singhiozzare sulla sua spalla.

«Perché non me l'hai detto?»

«Come facevo? Morivo dalla vergogna. Speravo che... se ne andasse.»

«E da quanto tempo sei...»

«Cinque mesi e mezzo.»

«E come diavolo hai fatto a tenerlo nascosto?»

«Con la forza della disperazione.»

Si lascia cadere sul letto, fissandomi. «Avresti dovuto dirmelo» mormora. «Potevo aiutarti.»

«E come? Cosa avresti potuto fare? La verità è che sono condannata.»

«Come, condannata?»

Mi cola il naso e vado a cercare un fazzoletto nel cassetto, dopodiché torno a sedermi vicino a Erna sul letto.

«Quando papà l'ha saputo credevo che mi avrebbe ammazzata, giuro, mi ha picchiato così forte...»

«Oh, no! Ma è una cosa orribile!»

Le mostro la crosta e il bernoccolo che ancora campeggia sulla mia tempia. «Se in quel momento non fosse entrato Tomas, credo che mi avrebbe finita.»

«Tomas? Ma non ti stava girando alla larga?»

«Mi aveva appena scritto dicendo che ne aveva abbastanza e che voleva portarmi fuori a pranzo. Comunque si è materializzato proprio nel bel mezzo del litigio e ha detto che il bambino è suo.»

«Eh? Ma *perché*?»

«Esatto. Non ci sta tutto con la testa. Mi crede una specie di angelo caduto che ha il dovere di salvare. Ha detto a mio padre che mi sposerà. Lì per lì ho persino provato un certo sollievo. Nel senso, non è che *voglia* sposarlo, ma ho pensato che se formare una famiglia con lui significava dare una chance al figlio di Walter, be', avrei potuto provarci.» Deglutisco a fatica e faccio un respiro profondo. «Ma poi mi ha detto che dovevo liberarmi del bambino, metterlo in un orfanotrofio... Perché non poteva tollerare l'idea di crescere un *Mischling*. Vuole costringermi a darlo via!» Ricomincio a piangere. «Ma come potrei fare una cosa del genere? Lo odio, non sopporto neanche la sua vista, e adesso mi tocca sposarlo!»

«Ma no, Hetty, non devi sposare proprio nessuno se non vuoi» mi dice Erna, tornando ad abbracciarmi.

«Sì, invece. Sposando Tomas mi salverò, ma sacrificherò il mio bambino. Se invece cerco di cavarmela da sola, cosa succederà? Papà mi ripudierà e io non ho soldi, nessun mezzo di sostentamento. E non potendo provare che il padre è di pura razza tedesca...» Non serve nemmeno che finisca la frase.

Erna mi stringe forte. Poi si stacca e va alla finestra, dove rimane a contemplare la pioggia primaverile. Io mi appoggio al cuscino, contro la testiera. Il mio addome preme sotto i vestiti, solido e tondo come una piccola anguria.

«Devi dirlo a Walter» dice infine Erna, voltandosi a guardarmi. «Se solo l'avessi fatto prima...»

«Prima che si sposasse? E perché? Avrebbe soltanto distrutto la vita di entrambi. Non posso fargli una cosa del genere, Erna. Lui non può aiutarmi in alcun modo, e se per via di questo figlio fosse costretto a lasciare l'Inghilterra sarebbe un guaio anche per lui. No, ho già deciso, Erna. Non gli negherò la possibilità di costruirsi una vita.»

«Santo Dio, Hetty, certo è molto nobile da parte tua, ma ha pur sempre il diritto di sapere. È anche suo figlio.»

«Ma non posso. Rovinerebbe tutto!»

«Perché non lasci che sia lui a decidere? Magari non sarebbe la tragedia che pensi tu. Forse potresti raggiungerlo in Inghilterra.»

«E poi cosa? Vivremmo tutti e tre in perfetta armonia? Walter e le sue due mogli? Lui abita con la famiglia di lei e dipende completamente dal loro sostegno per restare in Inghilterra. Le tue sono idee assurde.»

«Ma Walter è là, e forse gli inglesi permetteranno a suo figlio di raggiungerlo, e in quanto madre del bambino magari potresti andare anche tu, forse non subito ma...»

«Finiscila, Erna! Non funzionerebbe mai. Non potrei andare in Inghilterra, nemmeno se Walter lo volesse. Che cosa farei, una volta lì? Posso solo cercare un modo per salvare questo bambino da qualunque cosa abbia in mente Tomas. Mi restano pochi mesi per trovare una soluzione, ti chiedo di aiutarmi.»

«Che ne dici della madre di Walter? O di sua zia? Non potrebbero prenderlo loro?»

«Ci ho pensato anch'io, ma come potrei scaricargli un altro bambino? Non hanno niente, sono state costrette a vivere in quella Casa degli ebrei di Humboldstrasse: credi che potrei mandare mio figlio in un posto così orrendo? E gli uomini sono ancora a Buchenwald, ammesso che siano vivi. A quale destino lo consegnerei? E poi, perché mai dovrebbero volermi aiutare?»

«E *a te*? Ci pensi o no?»

«Io dovrò sposare Tomas, tutto qui. Non mi sembra di avere altre possibilità. Forse, avendo me, cambierà idea sul bambino.»

Mi basta vedere la sua espressione per sapere cosa pensa.

Crede che questo bambino, nelle cui vene scorre sangue ebreo, sia condannato prima ancora di nascere.

10 maggio 1939

Il tempo, quando è troppo, scorre lentissimo. Senza scuola. Senza impegni per la Lega. Con poca gente che viene a trovarmi. I minuti, le ore, i giorni si allungano in un'attesa interminabile. Me ne resto nascosta nella mia stanza a osservare il mondo dalla finestra, la mia vergogna celata e sconosciuta. Soltanto quattro persone sanno già che mio figlio non sopravvivrà. Papà non è stupido, ha capito subito chi è il padre vero. Ma far passare la cosa sotto silenzio gli fa comodo, perciò ne trama la fine insieme alla mamma e a Tomas.

«Mi occuperò io di tutto» mi informa mia madre all'improvviso un pomeriggio. «Parlo del bambino. Papà non vuole averci niente a che fare, per ragioni comprensibili. E non vuole rischiare collegamenti pericolosi.»

«Di tutto cosa?»

«Dell'orfanotrofio. È il mio campo, no? Visto e considerato il mio lavoro.»

«Quindi finirà nel *tuo* orfanotrofio?» Potrei andare a trovarlo ogni giorno. Senza che nessuno lo venga a sapere. Sento la speranza scalpitarmi nel petto.

«Ovvio che no!» risponde, scoccandomi un'occhiataccia. «Il mio orfanotrofio è solo per bambini di sangue puro. Il tuo sarà un... Non farmelo dire, per piacere.»

«Ma allora... dove?» Mi si serra la gola.

«A Berlino c'è un orfanotrofio per bambini ebrei. Mi sono già messa in contatto con la struttura, in via *anonima*. Lo accetteranno in cambio di una generosa donazione.» Serra la mascella. «Sarebbero disposti a qualunque cosa, per soldi» dice a denti stretti, «ma in questo caso ci fa comodo. Andrai a Berlino in una casa per ragazze madri, prima del parto. Ho già sistemato anche questo. Non possiamo rischiare che qui ti veda troppa gente, e non voglio per casa ostetriche locali.»

«Mamma, ti prego, non puoi farmi questo. È il mio bambino.»

«*Ebreo.*»

«Non fa alcuna differenza, è sempre un bambino. Per favore...»

Qualcuno bussa alla porta del salotto e mia madre si porta un dito alle labbra lanciandomi un'occhiata eloquente. Mi zittisco, mentre Vera infila dentro la testa.

«C'è qui Tomas per Fräulein Herta» annuncia.

Faccio un respiro, buttando fuori un po' di tensione. «Digli che scendo subito, Vera» riesco a rispondere. «Grazie.»

Poi la mamma comincia a dirle qualcosa che non sento. Sto pensando al mio bambino e all'orfanotrofio ebreo, e mi sforzo di non cedere alle lacrime. Resto seduta ancora qualche secondo, chiamando a raccolta le energie per alzarmi e scendere da Tomas.

La sua faccia si illumina non appena mi vede.

«Cosa ti piacerebbe fare oggi, tesoro? Una passeggiata? Passi troppo tempo in casa, la tua pelle ha bisogno di sole. Non puoi fare la fine di una di quelle ragazze pallide ed emaciate. Ti voglio sana e forte come una volta.»

«D'accordo» dico, infilandomi le scarpe. Mantengo la voce calma e misurata, ma dentro sono una furia: mai prima d'ora avevo covato un risentimento così forte per qualcuno.

«Sarà quella robaccia» mi sussurra lui, «quel *parassita* che ti porti in pancia, che ti ciuccia tutta l'energia.»

«Smettila!» È come se qualcosa dentro di me si fosse

spezzato. «Sto benissimo, Tomas. Ma mia madre mi ha appena detto che fine farà il bambino quando l'avrò dato alla luce. Praticamente verrà venduto a un orfanotrofio ebreo di Berlino...»

«*Shhh,* non vorrai farti sentire dalla domestica.» Mi appoggia un dito sulle labbra. Io gli allontano la mano di scatto e lo precedo fuori a passo deciso.

«Ho sempre ammirato il tuo spirito indomito» ride lui, raggiungendomi.

Infila risolutamente il braccio sotto il mio e quasi mi spinge lungo la Fritzschestrasse.

«Ho una buona notizia per te.»

«Ah, sì?» Sento il cuore accelerare i battiti. Lo guardo. Che abbia cambiato idea?

«La data delle nozze! Ho avuto il nullaosta razziale, possiamo sposarci subito. Tuo padre preferirebbe che lo facessimo adesso, senza rimandare, con una cerimonia ristretta, per ovvie ragioni. Non può certo permettersi uno scandalo. Che ne dici di sabato tra due settimane?»

Bastardo! L'uomo che dovrò sposare non ha cambiato programmi, non ha avuto ripensamenti, non si redimerà in alcun modo.

«Davvero vuoi sposarmi... così?» Di sicuro vorrà consumare durante la nostra prima notte insieme.

La bocca gli si increspa in una risata. «Be', ovvio che preferirei sposarti *non* in questo stato. Ma dobbiamo, per la reputazione di tuo padre. E poi» aggiunge, lanciandomi un'occhiata intensa, «non vedo l'ora di averti tutta per me.»

«Ma... dove vivremo? Non abbiamo ancora un posto.»

«Ah, la casa.»

Svoltiamo in Berggartenstrasse. È una giornata bella, il sole splende alto in cielo e attorno a noi aleggia il profumo dei gelsomini. Inspiro a fondo. È come se dentro di me si fosse acceso un piccolo incendio. Devo assolutamente riprendere il controllo della situazione.

«I tuoi mi hanno gentilmente offerto di accogliermi in casa

vostra» sta dicendo Tomas, «finché non troveremo un posto adatto per noi. In fondo avete un sacco di spazio. Potremo cercarci un appartamento in agosto, dopo... In ogni caso manca ancora molto prima che entri nell'esercito, a settembre.»

«E nel frattempo?» gli chiedo. «Mi sembra che sia stato tutto deciso senza chiedere il mio parere. Devo andare non so dove a Berlino, partorire e poi consegnare il bambino a degli estranei. Dopodiché ci si aspetta che torni qui e reciti la parte della mogliettina felice con te. Non ce la faccio, Tomas. Non posso.»

Il mio cambio di tono lo coglie di sorpresa.

«Sbaglio o non hai scelta, Hetty? Hai messo a repentaglio la reputazione e la carriera di tuo padre, tu stessa rischi di finire in un campo di concentramento. È tutta... insomma, è colpa di quel maledetto ebreo, non certo mia. Io qui sono il tuo *salvatore,* e lo faccio per bontà: aiuto una cara e vecchia amica. E una volta che ti sarai ripresa, ci lasceremo tutto alle spalle e potremo iniziare la nostra vera vita insieme. Da marito e moglie.»

Il calore si espande. Mi sento bruciare ovunque, la rabbia che reprimo da settimane è incontenibile. «Tu il mio *salvatore*? Per bontà? Non prenderti in giro da solo, Tomas, e riconosci che stai soltanto approfittando dell'occasione: ti disfi di un problema e resti solo con la parte che ti piace. *Me.* E se io invece non avessi voglia di assecondare il tuo piano? Se dicessi no?» Mi sono bloccata in mezzo alla strada, il mio intero corpo che urla. «Non sono come te, Tomas. Non è "colpa di quel maledetto ebreo" se sono incinta. Non mi ha mai costretta a fare niente. Noi *ci amavamo* e io l'ho fatto con lui perché lo volevo. Perché è un essere umano delicato e meraviglioso. Gli ebrei non sono diversi da noi, quelle sono solo bugie. E non esiste nessuna cospirazione maligna per conquistare il controllo del mondo, a parte quella di Hitler, naturalmente!»

«Taci!»

«No che non taccio. Per una volta voglio dire la verità...»

Tomas mi agguanta per i polsi e li stringe con forza, scuotendomi. Ma non servirà a fermarmi.

«La verità, sì! Il male è Hitler, è lui che sbaglia e mente. Non esiste nessuna razza padrona, nessuna superiorità innata. Siamo tutti uguali, ebrei e non ebrei, africani e ariani. Siamo tutti *umani*...»

«Ho detto chiudi quella bocca di merda!» Tomas grida, adesso, e mi scuote ancora più forte. «Come ti permetti!»

«Io questo figlio me lo tengo!» gli urlo. *«Per portarmelo via dovrete passare sul mio cadavere!»*

Tomas mi torce i polsi con tale violenza da farmi gemere di dolore.

«Basta!» ordina, senza mollare la presa.

Mi manca il respiro, ho le guance bagnate di lacrime.

«Hai finito con la tua scenetta melodrammatica?»

Sono esausta e Tomas finalmente allenta la presa, lasciandomi andare i polsi. Ci fissiamo negli occhi. Poi la sua bocca si contrae in una smorfia: di sdegno, all'inizio, e poi in una risata. Ma quando smette di ridere, si lancia su di me, mi afferra per la vita e abbassa il viso sul mio.

«Hetty» dice con voce stridula, «non torneremo mai più sull'argomento. Ma ricordati chi sei e quello che hai fatto. Tu *non* hai scelta. Sono io la tua unica speranza. E non temere, non ti toccherò con un dito finché quella *robaccia* non ti sarà uscita dalla pancia. La sola idea mi disgusta. Aspetterò, tanto ormai ci sono abituato. E quando sarai pronta, ti purificherò nel corpo e nella mente e apparterrai solo a me.»

Mi tira a sé infliggendomi un bacio lungo e profondo.

Mi sembra di soffocare, cerco di respingerlo ma è troppo forte.

Di colpo capisco. *Oh, Tomas, tu pensi di potermi conquistare e dominare, ma finché avrò vita e respiro non ti amerò mai, perché il mio cuore appartiene a un altro.*

E so anche un'altra cosa: che la mia mente sarà sempre libera.

Cinque minuti dopo che mi ha lasciato a casa, scendo di nuovo e corro da Erna. Per fortuna la trovo. Tremo così forte che mi occorre un bel po' di tempo e un grande bicchiere d'acqua prima di riuscire a calmarmi e a ritrovare la voce.

«Non ce la faccio, Erna! Non mi porteranno via il mio bambino, anche se hanno già pianificato tutto!» Sono in preda al panico, mi sento la gola stretta in una morsa e non riesco a respirare. Stelle nere mi ballano davanti agli occhi. «Vogliono metterlo in un orfanotrofio ebreo. E poi?»

«Ma l'hai sempre saputo...»

«Ho sperato e pregato che Tomas cambiasse idea. Non deve far altro che lasciarmi tenere il mio bambino. Si risolverebbe tutto, no? Io sarei felice perché avrei mio figlio e perché sarebbe al sicuro. La gente penserebbe che è di Tomas, e Tomas sarebbe felice perché avrebbe me. Anche mio padre sarebbe contento, perché nessuno verrebbe mai a sapere la verità e la sua reputazione sarebbe salva, e la mamma avrebbe un bel nipotino di cui occuparsi...»

Un discorso che mi lascia senza forze. Crollo a sedere su una sedia. Respiro a fatica. «Tomas te l'aveva detto fin dall'inizio che non intendeva lasciartelo, Hetty.» Il tono è affettuoso ma le sue parole, la dura verità, mi fanno male lo stesso. «Per lui questo bambino è inaccettabile e disgustoso. Sarebbe come aprire le porte di casa al nemico.»

«Ma come, adesso lo difendi?» Sono esterrefatta. «Come puoi parlare così?»

«No, non lo sto difendendo! Non lo farei mai. Ma tu devi essere realista. Dalla sua prospettiva questo bambino non rappresenta in alcun modo un guadagno: per lui è molto meglio toglierlo di mezzo. Non te lo lascerà mai tenere, Hetty, scordatelo.»

«Hai ragione.» La guardo misurare a larghi passi la stanza, immersa nei pensieri. «Hai ragione, e io sono stata così debole e ridicola. Ho pensato che tutto si sarebbe sistemato.» Raddrizzo la schiena. «Rifiuterò di sposarlo se non mi lascerà tenere mio figlio. Minaccerò di raccontare tutto ai giornali e di mettere alla berlina papà, con la sua relazione extraconiugale e la figlia degenere che si è concessa a un ebreo!»

Erna mi guarda allibita. «Ma non puoi. Lo sai cosa ti succederebbe in quel caso.»

«Che cosa?» la sfido, ma è una domanda retorica: sappiamo tutte e due che finirei in un campo. Papà, invece, perderebbe il prestigio, la casa e il suo amato giornale.

«Tuo figlio non sopravvivrebbe, Hetty» dichiara Erna con espressione lugubre. «La verità è che lo chiuderebbero in una stanza per sopprimerlo. Quello che dici è improponibile.»

«Ma a che punto siamo arrivati in questo paese? Siamo disposti a sopprimere bambini innocenti?» La mia rabbia si è improvvisamente dissolta, sostituita dalla debolezza e dalla disperazione che mi schiacciano. Erna annuisce, sull'orlo delle lacrime. «Proprio così, Hetty. Mi dispiace, ma finirebbe così.» Poi mi si avvicina e, guardandomi negli occhi, aggiunge: «Per adesso non hai altra scelta che stare al gioco. Intanto... intanto penserò a qualcosa. Promesso.»

20 maggio 1939

È il giorno del matrimonio. L'abito, di un giallo chiaro, è drappeggiato sulla sedia accanto al mio letto, tutto balze e pieghe. È stata la mamma a disegnarlo, per celare la protuberanza del mio addome. Questa giornata, questo matrimonio, sono come irreali. Mi chiedi come mi sento? Be', amore mio, ormai credo di essere rassegnata. Non è certo come mi ero immaginata questa occasione. La favola luccicante di lustrini bianchi al fianco di un bel principe con tanto di lieto fine non era per me. Penso a te e mi domando se non dovrei essere invidiosa, o arrabbiata, perché sei sfuggito a tutto questo. Ma la risposta è no, per niente. Sono solo felice che tu sia scappato e di aver contribuito a salvarti la vita. È l'unico pensiero che in qualche modo mi rende sopportabile questa giornata. E adesso dovrò fare lo stesso con nostro figlio. Soltanto per questo continuo a recitare questa parte assurda, sperando nel miracolo.

La sala dell'Hotel Sachsenhof in Johannisplatz è decorata da viole e rametti di gipsofila che la rischiarano e rallegrano. Alcune file di sedie di legno con l'imbottitura color crema sono disposte per accogliere gli invitati alla cerimonia civile, e alle loro spalle c'è un lungo tavolo per il rinfresco a seguire.

Più elegante che mai, Tomas sfoggia un abito nuovo marrone chiaro con cravatta fantasia. Ha la chioma ordinatamente pettinata e, come il vincitore di un ambito primo premio, sorride con aria spavalda.

«Sei davvero...» Si interrompe e mi prende le mani, mentre il suo sguardo si abbassa dal mio viso al ventre e subito risale. «... radiosa» dice, portandosi le mie dita alle labbra e facendomi l'occhiolino. Un gesto che mi dà la nausea.

«E ora, Hetty, ricordi mia madre?» prosegue, guidandomi verso di lei. È una donna alta e robusta, con una crocchia di capelli che cominciano a ingrigire. Un vestito blu scuro le pende addosso senza grazia, come se entrambi si sentissero fuori luogo, e porta scolpita in viso la saldezza che l'ha aiutata a sopravvivere senza marito e con sette figli.

«Piacere di rivederla.» Tento di sorridere, ma l'occhiata che lei mi rivolge è una folata d'aria gelida. Guardo Tomas. Finora non mi aveva mai invitata a casa per conoscerla e chiaramente è stato un errore. Forse avrei dovuto chiederlo io, ma ero talmente concentrata su di me che non mi è neanche venuto in mente.

«E così, eccoci qui.» Mi squadra dall'alto in basso. «Il matrimonio è una cosa seria, sai? Ci sono i figli. Le responsabilità.»

«Certo, e noi siamo pronti a questo, vero, Tomas?» Gli stringo forte la mano.

«Naturalmente» si affretta a concordare lui. «Te l'ho già detto, mamma, Hetty sarà una moglie e una madre perfetta per me e i miei figli. Ce l'ha nel sangue.»

La sento emettere un sospiro che è una via di mezzo tra un colpo di tosse e uno sbuffo liquidatorio. «Ti aspetta una vita diversa da quella a cui sei sempre stata abituata» mi dice, socchiudendo gli occhi. «A meno di non avere domestiche e cuoche e balie a occuparsi del tran tran quotidiano. Quando la notte ti alzi a qualunque ora perché uno piange e l'altro non sta bene, ma al mattino la colazione dev'essere pronta, i pavimenti vanno spazzati, i letti riordinati, i vestiti lavati e la spesa fatta... e magari ti ritrovi in tasca pochi soldi perché tuo marito ha un debole per la birra.» Fa una pausa per riprendere fiato. «Diciamo che il romanticismo tende ad affievolirsi, ecco.»

L'amarezza delle sue parole mi colpisce come una sferzata e Tomas mi fa scudo con un abbraccio protettivo.

«Non lascerò che Hetty faccia questa fine. Lo sa che sono ambizioso e che nel nostro nuovo Reich tedesco una vita così appartiene ormai al passato.»

«Oh, è quello che credete tutti, poveri illusi. I giovani sono sempre convinti di poter cambiare il mondo.» La mia futura suocera scoppia in una risata non meno amara delle parole che l'hanno preceduta. «E invece non ci riescono mai. E voi non siete diversi: basta qualche falsa promessa e vi hanno in tasca.»

Tomas serra la mascella. «Ricordati con chi stai parlando.»

«Oh, me lo ricordo benissimo, Tomas.» Lo guarda. «E come potrei dimenticarlo? Quelli che hanno portato via mio marito mandandolo alla morte...»

«Taci! Ti avevo avvertita! Non avrei mai dovuto farti venire.» Le punta un dito davanti alla faccia, costringendola ad arretrare di un passo. «Di' ancora una parola e farai la sua stessa fine prima di accorgertene.»

Poi mi trascina via tirandomi per un braccio.

«Perdonami. Ho cercato di proteggerti dalla sua linguaccia stupida e velenosa. Idiota che non è altro!»

«Tomas! Non dovresti parlare così di tua madre. È comprensibile che si senta così...»

«No, dovrebbe essere grata per ciò che è successo. Mio padre era uno sporco traditore e lei dovrebbe soltanto disconoscerlo. Invece no, non lo farà mai, perché non ha una visione. Comunque, basta parlarne.» Ha la faccia paonazza, i denti serrati. «Come osa rovinarci la giornata?»

«Non l'ha rovinata.»

Lui mi guarda, il volto si rilassa.

«No, hai ragione, non c'è riuscita. Non può. Sarà uno dei giorni più belli della mia vita. Una volta che... insomma, hai capito... una volta che saremo liberi di stare insieme come si deve, ecco, allora sarò l'uomo più felice del mondo.»

Vedo la sala oscurarsi.

«Ho bisogno di sedermi un momento, Tomas.»

Mi lascio cadere su una sedia. Lui va a parlare con mio padre, che se ne sta in un angolo in fondo, grosso e goffo, come se questo fosse l'ultimo posto al mondo in cui desiderebbe trovarsi. La madre di Tomas si è girata dall'altra parte e sta sussurrando qualcosa all'orecchio del fratello più alto di Tomas.

Vedo la porta aprirsi ed Erna entrare. È l'unica invitata a non far parte delle rispettive famiglie, la sola persona di cui i miei sono disposti a fidarsi. Come un gelato in una giornata afosa, la sua vista mi provoca immediato sollievo. Vedo il suo sguardo vagare per la sala finché, scorgendomi seduta qui da sola, si illumina. Mi viene incontro, i capelli raccolti in trecce ordinate, il naso coperto di lentiggini.

«Stai bene?» Mi si siede accanto, osservandomi con attenzione.

Io deglutisco a fatica. «Preferisco non parlare di me. Rapida, ora che possiamo: hai pensato a qualcosa? Esiste un'altra opzione?»

«Sì, ci ho pensato. E ho contattato un'amica sicura.» Poi tace e la sua faccia si rannuvola. «È complicato, Hetty, ma ci stiamo lavorando.»

«Di chi si tratta? Cos'avete in mente?»

«Adesso non posso dirtelo. Spero di darti presto notizie.»

«Ma io non ho tempo, Erna!» Mani invisibili si chiudono intorno alla mia gola. «Tra due settimane partirò per Berlino. Hanno detto a tutti che frequenterò la scuola di economia domestica. Il momento del parto si sta avvicinando e papà mi vuole lontana il prima possibile. Non sopporta la mia vista.»

«Sì, sì» mi fa Erna, alzando le mani. «Stiamo facendo del nostro meglio.»

«Scusa.»

«Non piangere, Hetty, ti prego. Non oggi. Senti, prometto che verrò a trovarti presto. Fidati, troveremo un modo.»

«Herta» mi chiama la mamma, «è il momento.» Mi raggiunge a passo spedito, sistemandomi il vestito e i capelli.

I pochi invitati prendono posto. Tomas mi conduce dove il funzionario ci aspetta con espressione di circostanza. Le chiacchiere si spengono e nella sala cala il silenzio.

La cerimonia ha inizio.

23 maggio 1939

Qualche giorno dopo, io e la mamma siamo in giardino quando nelle prime ore del pomeriggio viene a trovarmi Erna. Mia madre sta lavorando delle babbucce a maglia, io una cuffietta. Una cosa ben strana, visto che dovrò separarmi dal bambino, ma l'argomento è tabù.

«Erna, che bella improvvisata!» la accoglie mia madre quando Vera la fa entrare.

Capisco subito che porta notizie fresche, ma non so se buone o cattive. Vorrei tanto che mia madre se ne andasse, invece continua a sferruzzare imperterrita e intanto chiede a Erna come vanno gli esami a scuola, come stanno i suoi e che programmi ha per il futuro.

D'un tratto non ce la faccio più.

«Mamma, ti spiace se io ed Erna portiamo un po' a spasso Kuschi?» la interrompo.

«Avevamo deciso che del cane si sarebbe occupata Vera, d'ora in avanti e fino a quando non tornerai... dal tuo viaggio.»

«Sì, lo so, ma cosa può succedere? Solo due passi insieme a Erna.»

Lei sospira. «Insomma... non allontanatevi troppo, però, e fate solo vie poco battute, d'accordo?»

Nel senso che non dobbiamo andare in posti dove potrei incontrare qualche conoscente. Meno gente sa, meno spiegazioni dovremo dare dopo.

«Non preoccuparti, conosco le regole.»

Una volta uscite posso riprendere a respirare. Il solo fatto di sentire l'aria sulla pelle e di sfuggire alle mura opprimenti di casa mi dà un senso di leggerezza. Da quando ci vive anche Tomas, poi, il senso di claustrofobia è salito alle stelle. Occupa la vecchia camera di Karl. L'idea è stata di mio padre e quando gliel'ha proposto ho visto la mamma irrigidirsi: con tutte le stanze libere che abbiamo, proprio quella? È attigua alla mia, ha risposto papà, il che sembra appropriato. Fortunatamente, nessuno è arrivato a dire che dovevamo condividerla.

Alla fine la mamma ha accettato, ma resta una soluzione che non le piace e nemmeno a me. L'odore di fabbrica resta appiccicato addosso a Tomas anche quando rientra alla fine del turno, spesso mescolato a quello di birra e sigarette. Mi rassicura dicendo che non durerà ancora per molto, solo qualche settimana e avrà finito per sempre. Allora dovrò abituarmi all'idea di essere la moglie di una recluta dell'esercito.

«Grazie a Dio ti ha lasciata uscire» mi fa Erna, appena superato il cancello. «Andiamo da me. Papà ti spiegherà tutto.»

«Avete un piano?»

Erna si sfila una busta dalla tasca.

«Questa è per te. Da Walter.»

La prendo con mani tremanti. Vedere la sua grafia, il mio nome vergato dalle sue dita...

«Erna... non gliel'hai detto, vero?»

«Leggila e basta.»

Aspetto di arrivare a casa sua, poi la apro. Erna mi lascia da sola con Kuschi nella sua camera.

Mia adorata Hetty,

innanzitutto devo pregarti di non prendertela con la tua cara amica Erna. Volevi che non me ne parlasse per non farmi soffrire, lo so, ma l'ha fatto lo stesso ed è stata la cosa giusta. Non riesco a immaginare come tu abbia retto la situazione per tutti questi mesi.

E non riesco nemmeno a esprimere a parole tutto quello che ho provato da quando ho saputo della tua gravidanza. Mi dispiace da morire e mi detesto per averti fatto una cosa simile, abbandonandoti nel momento in cui avevi più bisogno di me. Sai che vorrei soltanto stare con te per sempre e crescere insieme nostro figlio. Nulla mi renderebbe più felice, ma indugiare su questo pensiero è inutile, perché sappiamo entrambi che è impossibile. Erna mi ha riferito a grandi linee della tua tremenda situazione. Mi ha spiegato che nessuno sa della tua gravidanza e che tua madre ha organizzato tutto affinché il neonato venga portato in un orfanotrofio ebreo. Ma ormai sono convinto che i tedeschi vogliano sopprimere tutti gli ebrei di Germania. Il nostro bambino è dunque in grave pericolo. Per questo motivo ritengo che esista soltanto una soluzione in grado di offrirgli, o offrirle, una speranza.

Ho raccontato di te, anzi, di noi ad Anna e ora anche del bambino. Non entrerò nei particolari, ma dopo parecchie lacrime e molti discorsi col cuore in mano Anna ha accettato, se anche tu lo vorrai, di accoglierlo qui perché possa vivere con noi. Lo crescerà come se fosse suo e lo amerà quanto me. Anna teme che se un giorno venissi a cercarlo, potresti cercare di portare via anche me. Ho fatto del mio meglio per rassicurarla, ma come posso tenere fede nel profondo dell'anima a una simile promessa? Se un giorno ti presentassi alla nostra porta, non so se ce la farei a restare. Un pezzo di me, un importante pezzo di me, apparterrà per sempre a te e immagino che lei lo intuisca. Non è certo un inizio facile per il nostro matrimonio.

Scrivere queste parole e pensare che le leggerai è una tortura. Qualunque cosa possiamo fare per te, sono disposto a smuovere mari e monti pur di aiutarti. Non sopporto l'idea che nostro figlio possa finire in un orfanotrofio. Dobbiamo portarlo via dalla Germania il più in fretta possibile. Pensare che qualcuno possa fare del male a un neonato dovrebbe essere inconcepibile, ma la mia esperienza nel campo di concentramento mi insegna che non è così. Negli ultimi sei mesi ho visto il peggio e il meglio dell'essere umano.

Herr Bäcker si sta prodigando per trovare un passaggio per nostro figlio, così come per i tre figli di Josef, per il ragazzo di Lena

e altri, a bordo di uno dei Kindertransport in partenza da Berlino. Ai cugini e al figlio di Lena provvederemo noi. Sarà un cambiamento strano e difficile per me e Anna, passare dall'essere soltanto noi due a diventare di colpo una famiglia di sette persone! Non so come faremo, ma grazie all'aiuto dei miei suoceri in qualche modo riusciremo a venirne a capo. È una cosa enorme, Hetty. Famiglie inglesi di ogni ceto si stanno facendo avanti per offrire a questi completi estranei, a questi poveri cuccioli traumatizzati, una casa temporanea, in attesa del momento in cui potranno riunirsi ai loro cari in un posto sicuro.
Ti scrivo tutto questo di corsa, per chiederti se accetti la mia proposta. Ti prego di pensarci e di farmi sapere prestissimo.
Con tutto il mio amore, ora e sempre,

Walter

Finisco di leggere in un mare di lacrime. Mi chiedo se al posto di Anna sarei altrettanto generosa. *Anna, tu hai il mio uomo e presto avrai anche mio figlio. Dovrei odiarti ancora di più.*
Invece provo soltanto affetto e gratitudine.

Sento dei colpetti delicati alla porta. Erna entra con una teiera e dell'*Apfelkuchen* su un vassoio. Appoggia tutto sul comodino e si siede sorridendo sul bordo del letto.

«Allora?» mi domanda in un sussurro. «Che ne pensi?»

«Oh, Erna! Certo che accetto. Mille volte sì.» Mi sforzo solo di non pensare al momento in cui dovrò separarmi da questo bambino che scalcia e si agita nella mia pancia. Ci appoggio sopra una mano come per rassicurarlo, mentre provo una stretta al cuore. Mi concentro sul giorno in cui ci riuniremo, quando tutta questa pazzia sarà finita e io potrò incontrare di nuovo Walter, anche se sposato con un'altra. E per la prima volta vedo le cose dalla prospettiva di Anna.

«Devi dire a Walter che anch'io mi sono sposata, però. Sua moglie ne sarà contenta, le riuscirà più facile accettare il bambino se saprà che non rappresento una minaccia. Digli che sono felice. Ti prego.»

Dopo un attimo di silenzio, Erna annuisce e mi stringe la

mano. «D'accordo. Dato che in Inghilterra c'è una famiglia pronta a ospitarlo, mio padre è abbastanza sicuro di potergli trovare un posto sul Kindertransport. Il problema sono le tempistiche, perché il piccolo deve ancora nascere mentre gli altri sono già pronti per partire. Ma tutte le domande che ci sono stanno creando ritardi, quindi credo che potrebbe funzionare lo stesso.»

«E come faremo? Io andrò a Berlino tra pochissimo e sarò prigioniera di una casa maternità.»

«Abbiamo già pensato anche a questo e i miei hanno detto che devi venire a stare da noi. Conosciamo un medico ebreo che ci aiuterà col parto. Naturalmente nessuno dovrà saperlo: devi soltanto convincere tua madre.»

«Davvero lo faresti? Per *me*? Lo sai che rischio correte...»

Lei ride del mio stupore. «Oh, Hetty, spero che finalmente capirai quanto ci tengo a te. In ogni caso noi *vogliamo* fare qualcosa: aiutare gli altri ci dà un senso. Non c'è niente di peggio che starsene inerti di fronte a un nemico così grande e apparentemente invincibile. Quello che sta succedendo danneggia tutto ciò a cui teniamo, e riuscire ad aiutare anche *una sola* persona... be', è già moltissimo, no? Ne vale comunque la pena.»

Guardo la mia amica con profonda ammirazione. È stata così affettuosa, coraggiosa e comprensiva. Sarebbe stato decisamente più facile voltarsi dall'altra parte e basta. «Oh, Erna, come potrò mai ringraziarti?»

«Non ce n'è bisogno.»

Mi mordo le unghie. «Solo che non so come evitare Berlino.»

Lei mi fissa con i suoi luminosi occhi verdi.

«Devi portare tua madre dalla tua parte. Ce la farai. Adesso però dobbiamo scrivere un telegramma a Walter per dirgli che hai deciso.»

31 maggio 1939

Nel silenzio del primo mattino tiro fuori la lettera che ieri Erna mi ha dato e la rileggo più e più volte.

Mia adorata Hetty,
torno a te in preda a una tempesta di emozioni. Di fronte alla tua decisione di mandare nostro figlio in Inghilterra mi ritrovo sollevato, terrorizzato, devastato e colmo di un amore travolgente. Oso sperare che un giorno potrai seguirlo, che questa scelta si riveli vincente e che potremo riunirci tutti insieme.
Erna mi ha detto anche che hai sposato Tomas. Devo essere sincero, ho fatto fatica ad accettare la notizia. La mia prima reazione è stata di incredulità assoluta, ma lei mi ha giurato che era ciò che desideravi e che Tomas è stato molto buono con te. Se è così, mi sforzerò di essere felice per te. Ma non può essere la verità. Trovo strano, per non dire di peggio, che Tomas sposi una donna incinta di un altro. E credo anche di conoscerti abbastanza da sapere che desideravi qualcosa di diverso. Ho il sospetto che anche tu sia stata travolta da eventi su cui non hai alcun controllo. Non abbiamo avuto scelta, né tu né io.
Voglio anche che tu sappia un'altra cosa: Anna è una persona buona e compassionevole. Tratterà nostro figlio con tenerezza e amore, ne sono assolutamente certo. In altre circostanze credo

proprio che sareste grandi amiche. Sappi solo, amore mio, che non smetterò mai di portarti nel mio cuore fino all'ultimo giorno in cui vivrò.

Per sempre tuo,

Walter

Quando entro in sala da pranzo, Tomas e papà stanno facendo colazione mentre leggono il giornale. La mamma non ha ancora fatto la sua comparsa e io devo ancora abituarmi a vedere Tomas al posto di Karl.

Papà mi lancia un'occhiata, poi piega il quotidiano e dà fondo al caffè.

«Devo andare» dice, spingendo indietro la sedia. «Giornata piena.»

Non ti preoccupare, papà, solo pochi giorni ancora e non sarò più qui a inquinare l'atmosfera e offenderti la vista.

«Ciao, tesoro» mi saluta Tomas, mentre mi servo del succo e qualche fetta di pane.

Gli siedo di fronte e lui allunga la mano ad accarezzare la mia. La ritiro e comincio a imburrare il pane. «Durante la tua assenza mi darò da fare per trovare un posto per noi» continua. «Mi aiuterà a non sentire la tua mancanza. Solo altre sette settimane in quella fabbrica di stronzi. Non vedo l'ora di levare le tende. A metà settembre comincerà l'addestramento, quindi ci resterà un po' di tempo tutto per noi, poi rimarrò in zona per altre dodici settimane. Dopodiché... chi lo sa? Girano voci, sai.»

«Che voci?»

«Forse la Germania invaderà la Polonia.»

«E perché?»

«Ci serve più spazio. E i polacchi...» La sua faccia si contrae in una smorfia. «Li *odio.*»

In quel momento fa il suo ingresso mia madre.

«Santo cielo, stamattina ho tirato tardi! Non mi capitava da...» Non finisce la frase. Si tocca i capelli ben pettinati, poi si liscia il vestito.

Tomas ripiega il giornale e ci picchietta sopra con le dita. «Avete visto qui?»

Guardo le foto di veterani di guerra sorridenti che con orgoglio mostrano all'obiettivo le loro medaglie d'oro. Il titolo proclama:

Cinquemila soldati tedeschi rientrano trionfanti dalla Spagna!
Göring li insignisce delle medaglie al valore

«Un giorno» dice Tomas, «sarò io a renderti fiera con una medaglia tutta mia.» La mamma è girata di schiena che si versa il caffè dal buffet, ma a quelle parole indelicate vedo le sue spalle incurvarsi. «Per il momento, però» sospira Tomas, alzandosi, «dovrò accontentarmi di sognarlo e basta.» Mi bacia in fronte ed esce.

Finalmente siamo io e la mamma da sole. Aspetto che abbia bevuto la sua prima tazza di caffè e fumato la sua prima sigaretta, poi che si accomodi in poltrona con il giornale.

«Mamma» esordisco a quel punto, senza aspettare che sprofondi nella lettura, «devo parlarti di una cosa.»

Lei mi guarda con aria interessata e di colpo mi blocco. Devo trovare le parole giuste. Le parole perfette.

«Avanti, dimmi.»

«Il piano» attacco, «voglio dire il viaggio in programma a Berlino, sabato...»

«Ancora? Quante volte dobbiamo tornarci sopra?»

«Lo so, mamma. Ma ti prego, fammi dire una cosa. E ascoltami fino in fondo prima di reagire...»

«Qualunque cosa tu dica non servirà a niente, Hetty. Immaginavo che potesse succedere, quando fosse arrivato il momento.» Si è raddrizzata e irrigidita tutta, determinata a resistere.

«*Ti scongiuro.* Basta che... mi ascolti.»

Lei scrolla le spalle e si accende un'altra sigaretta. Ho un attimo di malessere: il fumo mi dà ancora la nausea.

«Lo so che mi vedete tutti come un problema da risolvere.

E so come vi sentite rispetto... rispetto al bambino. Però è alla madre che mi rivolgo adesso: alla madre che ha dato alla luce due figli. Sai bene cosa significa portare dentro una nuova vita per nove mesi, e affezionarsi a quella vita più di quanto avresti creduto possibile, nonostante tu non abbia ancora conosciuto l'essere che verrà al mondo...» La vedo serrare le labbra e scuotere la testa.

Ho la bocca asciutta e trangugio una sorsata di succo.

«Non sto chiedendo di tenere il bambino. So che è impossibile, a causa del padre, ma non posso nemmeno accettare che finisca in un orfanotrofio. Grazie a un'amica ho trovato una strada alternativa: mandarlo da suo padre, in Inghilterra, dove sarà al sicuro.Voglio solo che possa essere amato e avere una...»

«No! No nel modo più assoluto, Herta. Ho dedicato un sacco di tempo a questi preparativi e non puoi pensare che butti tutto all'aria!»

«Mamma, ti prego...»

«Sei una vera spina nel fianco! È fuori discussione. E se la cosa si sapesse? Ti rendi conto che tuo padre sarebbe rovinato? La sua buona reputazione è decisiva per la sua carriera e per tutto ciò che abbiamo. Ha lavorato senza sosta per arrivare dov'è e non posso mettere a repentaglio tutto questo, nemmeno se volessi. No, questa cosa non deve uscire di qui. Per ora sono in pochissimi a saperlo e spenderò una fortuna perché quegli schifosi ebrei tengano la bocca chiusa...» Di colpo sgrana gli occhi. «E tu a chi l'hai spifferato? Ti avevamo detto di non farne parola con nessuno!»

«Va tutto bene, mamma, non temere. Il segreto è al sicuro, te lo garantisco.»

«Ma cosa ti ci vuole per imparare la lezione, Herta? Fosse la prima volta!»

Si sta arrabbiando, è tutto il suo corpo a dirmelo.

«Mamma...»

«Lo sai che non mi metterei mai contro tuo padre. Non gli mancherei mai di lealtà. Quindi è una discussione completamente inutile.»

«Forse anche tu allora dovresti sapere un paio di cose sulla lealtà di papà» le grido in preda alla rabbia e alla disperazione. È venuto il momento che anche lei conosca la verità sul conto del suo impeccabile maritino. Ho serbato questo segreto fin troppo a lungo e non mi interessa più risparmiarle un dispiacere. «Cose che ho scoperto io. Papà non vorrebbe che altri ne venissero a conoscenza, soprattutto *tu*...»

Lei alza una mano. «Taci immediatamente» mi ordina con voce dura. «Non aggiungere una sola parola.»

La guardo dritto negli occhi. E di colpo capisco.

«Cristo santo, sai già tutto, vero?»

«Certo. Mi credi stupida?» Fa ballare nervosamente un ginocchio.

«Ma perché? Perché accettare una cosa simile?»

«Credi forse che abbia scelta, eh? La accetto perché devo! E perché lo amo.» Le si riempiono gli occhi di lacrime. «Senza di lui non sono niente, per questo occupo le mie giornate con altre cose, evito di pensarci e tiro avanti. Lui finge che vada tutto bene e io anche. È così che funziona. Abbiamo tutti le nostre ombre, Hetty, demoni che ci tengono svegli la notte. Non credere che la tua vita sarà diversa, perché non andrà così.»

«Oh, mamma...»

Si asciuga gli occhi e si versa dell'altro caffè.

«Finché lui è convinto che io non sappia nulla, tutto filerà liscio.»

Dalla sua voce trapela una certa disperazione, come se fosse la prima a non credere alle sue parole ma sentisse lo stesso la necessità di ripetersele, di aggrapparsi a quel filo sottile di speranza. Ma la cosa non mi aiuta in nessun modo. Mi spremo le meningi.

«Allora immagino tu capisca, mamma, e meglio ancora di quanto pensavo, che cosa significa perdere l'amore della tua vita e tuo figlio.»

«Sì» dice, guardandomi. «Sì, lo capisco.»

«E dunque aiutami! Non ti augurerai certo lo stesso destino per me, no? Questo potrà essere il *nostro* segreto. Papà non lo saprà mai e tu meriti di tenerlo all'oscuro di qualcosa. Perché stiamo parlando di tuo *nipote,* mamma, di un nipote il cui padre è il ragazzo che tanti anni fa salvò tua figlia dall'annegamento. Insieme possiamo farlo, mamma. Fallo per me... e per *te.*»

Mi osserva a lungo, in silenzio.

E alla fine apre la bocca per parlare.

«Cosa vuoi che faccia, esattamente?» dice.

24 luglio 1939

Forse dopotutto la mamma mi vuole veramente bene. Forse il fatto di aver perso il suo amato figlio la rende l'unica persona in grado di capirmi davvero. E così eccomi qui. Papà e Tomas mi credono nascosta a Berlino in attesa della nascita del mio bastardo. Invece mi trovo a poche vie di distanza da loro, grata oltre ogni dire a Erna e ai suoi genitori per tutto quello che stanno facendo per me. Mi hanno lasciato la stanzetta in soffitta accanto a quella di Erna. Ha solo un lettino, un armadio e una cassettiera, ma è accogliente e, dalla piccola finestra sotto la grondaia, godo di una magnifica vista su Lipsia.

Bussano alla porta.

«Sì?» rispondo, chiudendo istintivamente il diario e infilandolo sotto il cuscino alle mie spalle.

Fa capolino nella stanza la testa di Frau Bäcker.

«Volevo solo sapere se andava tutto bene» dice, studiandomi con aria preoccupata.

«Sì, va tutto bene» le dico sorridendo.

«Sicura? I dolori sono passati?»

«No, ma sono sopportabili. Per ora. Sul serio» la rassicuro.

Lei annuisce. «Bene. Mi raccomando, chiamami se ti serve qualcosa o se vuoi che faccia venire il dottore.» Increspa la fronte. «Forse sarà il caso di farlo comunque, prima di sera, cosa ne dici?»

«Sto bene, davvero. Prometto che mi faccio viva se ho bisogno.»

Mi rivolge un sorriso e si ritira chiudendo silenziosamente la porta. Non appena sono certa che è scesa, riprendo a scrivere.

> Da qualche giorno i dolori vanno e vengono. Anzi, quello che provo è più che altro un disagio. Non riesco bene a capire come devo muovermi, con questo pancione teso ed enorme. Il dottor Kaufmann, che qualche anno fa è andato in pensione, un po' per l'età ma soprattutto perché non gli è più consentito di curare i tedeschi, è stato incaricato dalla madre di Erna di occuparsi di me. È un uomo gentile, con la barba grigia e occhi tristi e acquosi. Conosce la famiglia di Walter e funge da collegamento tra me e loro, oltre ad aiutare i Bäcker a comunicare con le famiglie che stanno cercando di aiutare nella Casa degli ebrei.

Poso la penna. Adesso è qualcosa di più di un semplice disagio. Faccio avanti e indietro per la stanza, massaggiandomi la schiena dolente mentre mi muovo. Cerco di controllare la respirazione come mi hanno insegnato: inspiro ed espiro; inspiro ed espiro. La contrazione mi morde la carne del basso ventre. Ho in tasca il fazzoletto che Walter mi ha dato il giorno in cui mi ha detto della sua partenza per l'Inghilterra e del matrimonio. Lo stringo in cerca di conforto. Quando la contrazione è passata, torno a sedermi sul letto. Vorrei finire di scrivere il mio diario, ci sono un sacco di cose da dire ma mi resta una sola pagina per concludere.

> Una volta Walter mi ha detto che secondo lui abbiamo tutti – tedeschi, ebrei, nordici, africani, slavi o americani – lo stesso potenziale, quando si tratta di fare del bene o del male. Che nessuna razza è diversa. E che sebbene alcune persone siano peggiori di altre, in tutte si mescola un po' di buono e un po' di

cattivo. Io però so che si sbagliava. O forse la cosa vale per la maggior parte di noi, ma non per tutti. C'è gente che è davvero migliore e sa sacrificarsi per il bene altrui, mettendo in gioco la propria sicurezza e la propria vita. Ecco, questi sono gli eroi veri. Coloro che possiedono il coraggio morale e la forza di volontà necessari a non scegliere la via più facile, qualunque sia il prezzo da pagare.

I Bäcker sono fra questi. Qualcuno forse penserà di essere al loro livello, ma pochi reggerebbero il confronto. Perché sono perle rare e preziosissime. Un giorno spero davvero di trovare il modo per ringraziarli.

La penna mi cade di mano: stavolta la contrazione è così forte da strapparmi un gemito. Nella breve pausa che segue raccolgo la penna dal pavimento e la ripongo, insieme al diario, nel cassetto del comodino, in cima al piccolo plico di lettere di Tomas che la mamma ha segretamente depositato in una cassetta all'ufficio postale.

Un'altra ondata di dolore mi assale, ancora più violenta. Comincio a sudare e ho il respiro corto. Vado alla porta e chiamo: «Frau Bäcker!»

Lei compare ai piedi della stretta scala che conduce in soffitta.

«Stanno peggiorando» le dico, e la voce mi si rompe. Una nuova contrazione mi fa piegare in due sul ballatoio.

«Va tutto bene, ho già avvisato il dottore. Hermann?» chiama quindi, rivolta al marito. «Fa' bollire l'acqua e portami degli asciugamani puliti dall'armadio della biancheria. Svelto! Erna, tu vieni qui.»

I dolori sono intensi e mi obbligano a sedere, camminare, sdraiarmi o dondolare in base ai loro ordini.

Perché l'amore deve trasformarsi sempre in sofferenza?

Mi sforzo di ripensare a tutti i momenti piacevoli trascorsi con Walter. Alle nostre passeggiate in riva al fiume. Ai suoi baci teneri e appassionati. Alla luce nei suoi occhi quando incontravano i miei. Alle sue parole, alle sue mani, al calore del suo corpo contro di me. Alla sua amata e bellissima faccia.

Oh, Walter, come mi manchi!
E il dolore torna a sopraffarmi.

Dopo avermi depilato e somministrato un clistere, il dottor Kaufmann cerca di farmi restare a letto ma io non ne ho nessuna voglia. Mi sembra così sbagliato, giacere sulla schiena con tutto il peso del bambino che mi schiaccia. Perciò procedo gattoni e comincio a fare il giro della stanza, muovendomi lentamente, in preda ai sudori, gemendo a ogni montare di una contrazione. E più fuori cala il buio, più i miei lamenti aumentano. È un modo per allentare il dolore.

«Non sono riuscito a procurarmi sedativi» si scusa Kaufmann. «Ormai mi è diventato difficilissimo trovare qualsiasi cosa.»

«Faccia tutto quello che può per aiutarla, dottore» dice la madre di Erna, torcendosi le mani. «Noi abbiamo cercato di sterilizzare la stanza e ho fatto bollire tutti gli asciugamani e le lenzuola.»

Le bordate delle doglie sono sempre più forti. Ho perso ogni cognizione del tempo. Non so se sono passate ore o semplici minuti, davvero non ne ho idea. Sono tutta concentrata su quello che mi succede dentro, nel profondo. I botta e risposta tra il dottore, Erna e sua madre mi passano sopra e io entro ed esco girando in tondo, dondolandomi avanti e indietro come posseduta da non so quale istinto animale. Di tutto il resto non mi importa.

Ma perché diavolo la gente fa bambini?

«Devo auscultare il battito» mi dice in tono gentile il dottor Kaufmann. «Ho bisogno che ti rimetta a letto, altrimenti non ci riesco.»

«No» gli rispondo, «no, sul letto no.»

«Devo poterti visitare, Herta. Là sotto.» Fa segno tra le mie gambe. «Per capire quanto manca al parto.»

«No!» grido. «Non salirò sul letto e lei non mi visiterà!»

Comincio a singhiozzare e riprendo il mio girovagare inquieto.

«Ormai sono trascorse ore» lo sento dire a Erna e a sua

madre. «Non vorrei che il bambino fosse incastrato. Devo assolutamente visitarla, ma come faccio se non me lo permette? Sta perdendo le forze, e invece dovrà averne per spingere quando sarà il momento. Ammesso che tutto stia procedendo bene.»

«In che senso?» La voce di Erna è angosciata. «E perché dovrebbe essere incastrato?»

«Le ragioni possono essere molte» risponde il dottore. «Potrebbe avere il cordone ombelicale intorno al collo. O trovarsi nella posizione sbagliata. Magari la testa è troppo grossa. La ragazza è giovane e al primo parto, a volte questo complica le cose. E ci sono soltanto io, che posso fare poco. Ho il forcipe, ma...»

«D'accordo» intervengo, «ora salgo sul letto.»

Cerco di rimettermi in piedi, ma mi gira la testa e il dolore è troppo forte.

«Non ce la faccio» piango, crollando di nuovo sul pavimento. «Non ce la faccio.»

In tre mi afferrano per le ascelle e mi depositano sul letto, ma mentre mi raddrizzo una cascata di liquido mi scorre tra le gambe.

«Mi dispiace...»

«Va tutto bene, si sono rotte le acque. Buon segno» dice Kaufmann.

Erna si mette a pulire il disastro che ho combinato, ma a malapena me ne accorgo.

Dal letto vedo fuori dalla finestra e la luce grigiastra mi dice che sta per arrivare l'alba. Non mi ero nemmeno resa conto che fosse venuto il buio.

Il dottor Kaufmann ascolta a testa china con lo stetoscopio, piegato sulla mia pancia. Fa una strana espressione, poi mi guarda.

«Che c'è?» balbetto.

«È... tutto a posto, ma il battito è molto veloce. Troppo. Potrebbe essere un cattivo segno. Forse il cordone... Dobbiamo tirarlo fuori in fretta. Devo controllare la dilatazione.»

Mi divarica le ginocchia, facendomi trasalire.

«Herta» mi dice allora, la voce bassa e roca, «devo far nascere questo bambino il prima possibile. Adesso sii coraggiosa e sta' ferma.»

Mi sfugge un altro gemito. Sono esausta, vorrei soltanto dormire ma all'improvviso il bisogno di spingere diventa troppo forte. Signore, temo di spaccarmi in due!

Il dottore riprende ad auscultare, ma scuote la testa perplesso. Ordina a Erna e sua madre di andare a prendere acqua e teli puliti, poi mi irrora di Lysol tra le gambe. Quando estrae dalla sua borsa un paio di forbici lunghe e rastremate, ho il cervello troppo rallentato per capire cosa sta succedendo. Erna e la signora Bäcker mi tengono una gamba ciascuna e nel momento in cui lui mi infila le forbici nella carne urlo in preda a un dolore bruciante. E continuo a gridare e a contorcermi, mentre le due donne cercano di immobilizzarmi. Adesso il dottore ha in mano qualcos'altro, uno strumento più grosso del precedente, ma il male è così intenso che mi ritrovo come spazzata sotto un tappeto di oscurità.

Riprendo i sensi mentre Kaufmann inserisce il suo strumento e comincia a premere e girare e tirare il bambino per estrarlo dal mio corpo. Erna e sua madre non smettono di tenermi le gambe.

«Spingi» mi grida il dottore. «Spingi con tutte le tue forze!»

Io spingo più che posso, lui tira e di colpo, accompagnato da un fiotto di sangue, il bambino scivola fuori.

Per una frazione di secondo la stanza è immersa nel silenzio. Il piccolo giace sul letto, tra i miei piedi c'è lo spesso e ritorto cordone violaceo che ancora ci lega. Poi il dottor Kaufmann lo taglia.

«È un maschio» dice qualcuno.

E di nuovo silenzio.

Il dottore gli sta dando dei colpetti sulla schiena. Il bambino è rosso come una bistecca cruda.

I secondi passano.

Rigira il bambino, gli pulisce il naso e la bocca.

«Forza, forza» gli dice.

Lo osserviamo tutti.

Un colpo di tosse. Un movimento impercettibile. Poi più evidente. E finalmente un minuscolo urlo, seguito da un altro a pieni polmoni. Nella stanza, la tensione si spezza e d'un tratto tutti sorridono, ridono, piangono. Lo avvolgono in un panno e il dottor Kaufmann me lo porge.

«Grazie» sussurro. «Grazie, grazie.»

Quindi fa uscire la placenta e mi ripulisce, ricucendo le lacerazioni. Ma non me ne accorgo quasi, perché per la prima volta sto guardando in faccia il mio bambino.

E all'improvviso mi sento travolgere da un amore mai provato prima.

1° agosto 1939

La sua testolina è coperta di capelli soffici, così chiari da sembrare quasi trasparenti. Profuma di latte caldo e biscotti. Ha profondi occhi blu che riescono già a mettere intensamente a fuoco i miei. Siamo una cosa sola, lui e io. È come se sapesse leggermi nel pensiero e io nel suo. Vuole conoscermi. I suoi occhi si posano su ogni lineamento del mio viso con un'attenzione così avida che la sua bocchina disegna una piccola O, mentre ansima eccitato agitando le gambe e le braccia.

Studio ogni centimetro del suo corpicino, senza mai stancarmi. Chi avrebbe mai immaginato che sarei stata capace di produrre una cosa tanto perfetta! La sua mano si avvolge intorno al mio dito aggrappandocisi con forza straordinaria, ma ancora non sa come lasciarlo andare. Quando lo sollevo, tira su le gambe e piega la schiena in un ricciolo, come se non sapesse di avere a disposizione tutto lo spazio del mondo per distendersi. E mentre lo allatto le sue minuscole dita mi percorrono la pelle, premendo come le zampe di un gattino che succhia il latte facendo il pane sulla pancia della mamma.

È qualcosa di meraviglioso.

In tutto l'universo non esiste nulla di più prezioso.

Non riesco quasi a dormire, perché quando mi addormento non ho più la consapevolezza che esiste. Il tempo vola, e all'arrivo di ogni notte e di ogni alba il terribile momento dell'addio si fa sempre più vicino. Ogni volta gli bacio dolcemente la fronte e poi la asciugo dalle mie lacrime che atterrano sulla sua soffice peluria.

Sotto le grondaie inclinate ci immagino in un nido intimo e sicuro, dove gli scarponi in marcia per le strade di Lipsia, Berlino e tutte le altre città piccole e grandi della Germania non possono trovarci. Se solo potessimo restare nascosti qui per sempre...

Dobbiamo assolutamente trovare un nome per questo minuscolo esserino. Non resta quasi più tempo per registrare la sua nascita, prima dell'inesorabile giorno della nostra separazione.

George. Henry. William. Edward. I nomi dei sovrani inglesi. Più inglese di così non si può.

No, invece. Voglio qualcosa di semplice. Un nome che possa sopportare con grazia, che anche altri bambini inglesi potrebbero avere. Devo individuare quello giusto perché non avrò altra parte nella sua vita per... quanti anni? Chissà. Posso solo dargli un nome, insomma, e dunque dev'essere quello giusto.

Mi assale il ricordo di un giorno di tanto, tanto tempo fa, con mamma e papà a Berlino. All'epoca avevo sette o otto anni, era una giornata caldissima e io avevo messo le mani sotto un getto d'acqua fresca che usciva da una strana creatura mitica, di pietra, in cima a una fontana. Lì vicino c'era un caffè con dei tavolini e delle sedie sul marciapiede. Un bambinetto, più piccolo di me, continuava a scendere dalla sedia e a correre verso la fontana, inseguito dalla madre. Papà aveva criticato la mancanza di polso degli inglesi con i figli. Stanley, ecco come lo aveva chiamato sua madre. Stanley, ripeteva. E poi gli si era rivolta in tono fermo, ma io capivo poco della loro lingua e avevo colto soltanto le parole *sit, father* e *now*. Con mia grande sorpresa, il bimbo l'aveva ignorata e si era messo a ridere. Proprio per questo ricordo la scena, perché nella mia breve vita non avevo mai visto un bambino capace di disobbedire così apertamente a un genitore. Aveva continuato a correre intorno alla fontana ridendo di gusto, come se tutto per lui fosse pura e dolcissima gioia.

Abbasso lo sguardo sul piccolo rannicchiato tra le mie braccia, che ora dorme beato. Lo deposito nel cassetto svuotato e imbottito di morbide coperte. Potrei lasciarlo qui qualche minuto e raggiungere Erna e i suoi in salotto, ma non voglio che resti da solo.

Perciò vado a riprendere la lettera che Walter mi ha scritto il giorno in cui ha appreso della sua nascita, e la rileggo per la millesima volta.

Amore mio,
ti scrivo queste poche righe in fretta e furia. Ho ricevuto stamattina il telegramma in cui Erna annunciava la nascita di nostro figlio e sono in preda al tormento. Naturalmente provo grande sollievo e una gioia immensa nel sapervi in buona salute, ma il pensiero che tu abbia affrontato tutto questo in solitudine e che tra qualche giorno debba anche separarti da lui mi devasta. Per tutta la mattina ho camminato per le vie di Londra pensandoti e piangendo.
A casa la situazione non è facile. Suppongo che vivere con me non sia semplice, e Anna sa quanto ti penso. Se è gelosa non lo dà a vedere, e si comporta con grande forza d'animo e coraggio. La ammiro più che mai e sono certo che ricoprirà nostro figlio e i miei poveri cugini dello stesso amore. Faremo del nostro meglio perché si sentano a casa loro. So che non ti consola, ma nel profondo del cuore nutro la certezza che un giorno ti sarà possibile fare di nuovo da madre a nostro figlio. Spero e prego Dio che quel giorno arrivi prima di quanto tutti ci aspettiamo.
Sii forte, mia Hetty adorata. Le cose andranno meglio. E sappi che ti amo più di prima. Questo non cambierà mai.
Sei nel mio cuore, ora e sempre.

Walter

«Hetty?» La testa di Erna spunta da dietro la porta. «Tutto bene?»

«Sta dormendo» dico, ripiegando la lettera e mettendola via. «Non volevo lasciarlo qui da solo.»

Viene a sedersi accanto a me e sorride al piccolo addormentato nel suo nido di coperte. I due pugnetti serrati sono tesi sopra la testolina.

«Oh, Hetty, non è perfetto?»

Sorpresa, guardo la mia amica. Mi ha visto mentre ero fuori controllo e partorivo, ha lavato il mio sangue, sta rischiando la vita per me. Come potrò mai ripagarla?

«Ho pensato a un nome» le dico. «Si chiamerà Stanley.»

18 agosto 1939

Per tre settimane e due giorni il sole sorge e tramonta. La mattina del ventiquattresimo giorno dalla nascita di Stanley, alle prime luci dell'alba sono già sveglia e in piedi davanti alla finestrella nella mansarda di Erna.

Lo guardo dormire rannicchiato contro il mio petto. Sotto le palpebre chiarissime dalle lunga ciglia scure e arrotondate, gli occhietti si muovono rapidi. Il suo torace si alza e si abbassa con delicatezza e lui respira attraverso le labbra socchiuse. Di quando in quando aggrotta le minuscole sopracciglia, quasi sapesse quel che sta per capitargli. Come se cercasse di farsene una ragione.

Perché mi mandi via?

Perché ti amo troppo per tenerti.

Presto arriveranno anche Erna e sua madre: verranno a prenderlo. Abbiamo deciso insieme che è meglio che io rimanga qua. Saranno loro ad accompagnarlo, e ad accompagnare i figli di Josef, il ragazzo di Lena e altri cinque – dieci bambini in tutto – fino a Berlino, dove saliranno, stavolta da soli, su un treno diretto ad Amburgo, e da là si dirigeranno a Rotterdam e Harwich. Si ritroveranno insieme a centinaia di altri piccoli ebrei spersi e confusi, allontanati dai genitori disperati perché approdino alla salvezza dell'Inghilterra. Walter li accoglierà a Harwich per portarli nella loro nuova casa.

Se solo potessi partire con loro e non tornare mai più!

Ma le porte del vasto mondo si stanno chiudendo e non più di una manciata di bambini riesce ancora a infilarsi nell'ultima, minuscola fessura prima che l'Inghilterra diventi irraggiungibile. Stanley deve partire adesso, e io avrò il compito di cavarmela da sola restando qui.

Ho scritto il suo nome e quello del padre sulla targhetta che gli ho messo intorno al collo, come fosse un pacchettino postale. Le sue carte sono pronte, vidimate e in attesa insieme alla valigetta di vestiti, pannolini, scatolette di latte in polvere e biberon, nonché a un mio maglione, perché possa continuare a sentire il mio odore. Magari lo calmerà. Mi chiedo come farà suo cugino quindicenne, che non l'ha mai visto, a occuparsi di lui per tutto il viaggio.

Ma devo avere fiducia che tutto vada per il meglio.

Perché la fiducia è tutto ciò che mi rimane.

Non mi resta che aggiungere un'ultima cosa alla valigetta. Apro il cassetto e prendo il diario che ho riempito da cima a fondo con la mia grafia regolare. Lo infilo con attenzione sotto ai vestitini. Se dovesse accadere il peggio e non potessimo mai più ricongiungerci, questa storia dovrà restare a mio figlio. È tutto qui dentro, il meglio e il peggio di me. Starà a Walter e Anna decidere se e quando condividerla con lui.

Bussano alla porta.

«Avanti» dico, senza staccare gli occhi da Stanley.

«Ciao» dice Erna, raggiungendomi. «È ora» mi bisbiglia.

Annuisco senza muovermi.

«Mio padre aspetta davanti al portone. Se vogliamo prendere il primo treno per Berlino dobbiamo trovarci con gli altri bambini in stazione tra mezz'ora» aggiunge. «Mi dispiace, Hetty, ma non c'è più tempo, davvero.»

«Sì, lo so. Dammi solo un altro minuto. Lo porto giù io.»

Lei annuisce e si richiude la porta alle spalle.

«Be', eccoci qui» dico a Stanley. «Voglio che la tua vita sia bella. Sappi che ti amo e che ti amerò sempre. Spero che in qualche modo questa guerra incombente se ne vada e di riuscire a raggiungerti presto. Perché verrò, mio piccolo tesoro. Te lo prometto. Verrò a riprenderti.»

Lo stringo a me e gli do un bacio sulla fronte, staccando gli occhi soltanto per posarli sul panorama fuori dalla finestra. È davvero una vista splendida. Il palazzo, più alto di quelli circostanti, guarda verso est al di sopra di tetti, alberi e piazze. Il sole non è ancora comparso all'orizzonte e le nuvole, allontanandosi dalla pozza di luce gialla, assumono sfumature rossastre e poi rosate, sciogliendosi infine in un viola scuro che diventa nero là dove i raggi non sono ancora arrivati.

Il cielo schiarisce velocemente e con esso continuano a mutare colore anche le nuvole, che si fanno più pallide, rosee e cotonose, fino a diventare bianchissime nei pressi della sorgente luminosa. All'improvviso ecco il primo spicchio di sole, una curva brillante di oro puro, i raggi che infine lambiscono l'oscurità residua. Sorge all'orizzonte a una velocità incredibile, finché per un attimo il cielo intero si trasforma in un'unica pozza infuocata.

E un nuovo giorno nasce.

EPILOGO

Giugno 1994

Carissimo Walter,
mi rendo conto che questa lettera ti coglierà di sorpresa, quindi spero che tu possa metterti seduto. Mi sono occorsi quasi cinque anni per ricostruire i tuoi movimenti. Più due di riflessione e indecisione su dove cominciare, per dirla tutta. È stata una ricerca lunga, piena di false partenze e vicoli ciechi, ma io sono cocciuta, questo è poco ma sicuro, e con l'aiuto di – pensa un po'! – un ente di beneficenza ebraico degli Stati Uniti finalmente sono riuscita a trovarti.

Ho meditato molto prima di spedirti queste righe. Non sapevo se volevo correre il rischio di scoprire che fine avevate fatto tu, il mio primo amore, e naturalmente mio figlio, che ho conosciuto solo nelle sue prime tre settimane di vita. Mi basti dire che non è trascorsa un'ora di un solo giorno degli ultimi cinquantacinque anni senza che pensassi a lui. Ho vissuto la maggior parte della mia esistenza mutilata di un pezzo di cuore che, così mi auguro, sta bene ed è felice in Inghilterra. Dopo la guerra, la vita sotto il regime sovietico è stata indescrivibilmente dura: una battaglia quotidiana per la sopravvivenza. Non vedevo l'ora di cercarvi, ma il tempo passava e tutto diventava sempre più difficile finché, per il bene tuo e di Stanley, sono arrivata a dirmi che la cosa migliore era restare fuori dalle vostre vite. Ma sto invecchiando, e non voglio andarmene senza sapere cosa ne è stato di mio figlio e di te, mio adorato Walter. Perciò eccomi qui.

Non c'è un modo facile e rapido per riassumere questi ultimi cinquant'anni. In generale, tiro avanti tra il lavoro e le cose di tutti i giorni. Mi sforzo di non ripensare troppo agli anni della guerra, così pieni di terrore, privazioni e impossibilità di comunicare con il mondo esterno. E nemmeno a quelli orribili del periodo postbellico, con il trauma dell'occupazione sovietica – di questo, magari, parleremo più avanti. Ma una volta tornati a una quotidianità tollerabile, spero sarai felice di sapere che mi sono rimessa a studiare. Diversamente da quando c'era Hitler, i comunisti hanno concesso alle donne una dose di pari opportunità, anche se in fondo lo hanno fatto più per necessità che per convinzione.

In ogni caso, nel giro di qualche anno sono riuscita a realizzare il mio sogno di diventare medico. Non del genere che mi ero immaginata, ma di una tipologia di cui c'era una disperata richiesta: sono una psicoterapeuta, anche se ormai in pensione. Per tutta la vita ho lavorato con i bambini, cercando di rimettere insieme i pezzi delle loro menti. Così facendo, in qualche modo ho curato anche la mia. E ho portato a casa anche un'altra conquista, magari minore ma comunque significativa: ho vinto la paura dell'acqua! D'estate andavo a nuotare tutti i giorni, e ogni volta pensavo a te e a quanto ne saresti stato orgoglioso, sorridendo tra me e me.

Non ho avuto altri figli. Il matrimonio con Tomas è durato pochissimo e non è stato felice. Lo hanno mandato al fronte a meno di un anno dalle nozze e non è arrivato a festeggiare il suo ventesimo compleanno. Di risposarmi non avevo nessuna voglia. Mi sono concentrata dapprima sulla mia sopravvivenza, e poi sul lavoro. In seguito, molto più tardi, dopo aver rinunciato all'idea di trovare la felicità personale, ho conosciuto Max, più grande di me, un uomo semplice e dal cuore d'oro. Così ci siamo sposati, e insieme siamo stati felici. È morto dodici anni fa.

E gli altri, ti chiederai, che fine hanno fatto? Con la caduta di Berlino, papà si è suicidato. Mia madre non ha mai smesso di credere nel sogno nazista, né nella grandezza di suo marito; poi è morta anche lei d'infarto. Sono contenta che Karl non ab-

bia fatto in tempo ad assistere agli orrori che ci aspettavano. Di Hilda e della piccola Sophie non ho più saputo niente. Dopo la guerra mi sono trasferita in una cittadina lontana da Lipsia.
E i tuoi cari, Walter? Ripenso spesso a loro. So che alla fine sono stati portati tutti a Buchenwald, e da là, temo, ad Auschwitz o Theresienstadt. Non riesco nemmeno a immaginare il dolore e la sofferenza a cui sono andati incontro. Sono cose che mi perseguitano ancora oggi.
Ma soprattutto ricordo Erna e i suoi genitori, senza i quali non sarei dove sono ora. Tutti e tre, fulgidi esempi di bontà quali erano, sono morti in un campo. Un giorno, nell'autunno del 1942, andai da loro e non li trovai: la loro casa era stata devastata. Fu una cosa improvvisa, inaspettata, ma non passa giorno senza che pensi alla mia meravigliosa amica Erna con la sua aureola di capelli ramati: nella mia memoria, resterà per sempre giovane.
Né potrò mai dimenticare il giorno in cui dovetti staccarmi da Stanley. E penso alle migliaia di altre madri che fecero la stessa cosa, soffrendo e mandando i loro preziosi figli verso l'ignoto, affidandoli per disperazione a degli sconosciuti. Ai moltissimi genitori che non riuscirono a salvare la vita dei loro bambini.
Non mi abbandonerà mai nemmeno il ricordo di quella che un tempo sono stata, quando ero tra coloro che ci credevano. Fosti tu, mio caro Walter, ad aprirmi gli occhi per primo e a farmi capire che le persone sono persone, innanzitutto e sopra a ogni altra cosa. Mi hai fatto comprendere che abbiamo tutti un enorme potenziale, nel bene e nel male, e che dobbiamo avere il coraggio di opporci a quanti predicano l'odio. Ogni giorno che Dio manda in terra vorrei che i nazisti non fossero mai saliti al potere, che i campi non fossero mai esistiti. Ogni giorno convivo con la vergogna e il senso di colpa per il ruolo che una volta ebbi in tutto questo, e così sarà fino a che non morirò.
Spero davvero che questa lettera non ti sconvolga, caro Walter. Vorrei tanto conoscere mio figlio, almeno un pochino. Solo per accertarmi che è vivo e sta bene. So che potrebbe essere una richiesta eccessiva per lui, e anche per te e tua moglie, ma sogno

un giorno di incontrarlo. È possibile che tu non gli abbia mai raccontato del suo passato, e nel caso forse preferirai che continui a starmene lontana: sono pronta ad accettarlo.
In questo momento purtroppo non posso permettermi un viaggio in Inghilterra, quindi mi accontento di avere vostre notizie.
Con tanto affetto e i miei migliori auguri,

Herta Roth (Heinrich)

Estate 1995

Londra

Ricontrollo per la terza volta l'indirizzo sul pezzo di carta spiegazzato e il numero civico sulla porta del caffè. Il posto è questo, non c'è dubbio.

Faccio un respiro profondo ed entro. Da qualche parte nel retro del locale caldo e profumato sento suonare una campanella. Una coppia siede tenendosi le mani nell'angolo accanto alla vetrina, e l'unico altro avventore è un uomo anziano che legge le pagine di un giornale sparpagliate sul tavolino di legno. La scritta THE SUNDAY TIMES campeggia a caratteri cubitali sulla prima pagina. Ecco cosa avrei dovuto fare, comprarmi un quotidiano per avere qualcosa con cui intrattenermi e sembrare meno palesemente sola. Un ottimo modo per esercitarmi con l'inglese, anche.

Sono in anticipo di quaranta minuti, ma meglio così che in ritardo. Avevo talmente paura di perdermi, o che potesse succedermi qualche imprevisto, che stanotte non ho quasi chiuso occhio.

Dietro il banco appare una ragazza. Mi guarda con aria interessata.

«Desidera qualcosa?» mi chiede.

«Un caffè nero, grazie.» Parlo lentamente, facendo attenzione alla pronuncia.

«Certo. Nient'altro?»

Nella vetrinetta sul banco c'è un vasto assortimento di torte e pasticcini e mi basta un'occhiata per sentire l'acquolina in bocca.

«Prendo anche una di queste» dico, indicando con un sorriso una treccia con sopra delle mandorle e qualcosa di deliziosamente dolce e cremoso che fuoriesce dal centro. «*And how much is the cost?*» Spero di aver formulato la domanda in modo corretto.

«Non si preoccupi. Si accomodi pure, la servo io. Paga alla fine, quando se ne va.» Fa un cenno in direzione dei tavoli.

Mi sembra una concessione notevole a me stessa, mangiare a così poca distanza dalla colazione. Sebbene ormai gli anni di privazioni della guerra siano lontanissimi, ho ancora la tendenza ad approfittare delle cose buone nel timore che possano togliermele di nuovo.

E poi, è un modo per passare il tempo.

«Grazie, gentilissima» le dico.

La cameriera mi rivolge un sorriso caloroso. Gli altri clienti non alzano nemmeno lo sguardo, nessuno sembra colpito dal mio accento tedesco.

Del resto, è una vera sciocchezza: perché mai dovrebbero? La guerra è finita da mezzo secolo e la coppia accanto alla vetrina è addirittura troppo giovane per saperne qualcosa. Questo discorso probabilmente non vale per l'uomo del quotidiano. Sprofondato nella lettura, studio il suo profilo. Il fatto è che io ho sempre un sussulto quando sento un accento russo, perché per quanto mi sforzi non riesco a cancellare dalla memoria il popolo che ci ha sottomessi. Qualcuno potrebbe domandarsi perché ho lasciato che quei soldati mi facessero quello che fecero, perché non tentai nemmeno di difendermi, ma si trattava di sopravvivere. Avresti fatto qualunque cosa, in cambio di un pezzo di pane.

Londra è un pianeta diverso. Strano, pieno di meraviglie e anche di cose terrificanti, tutte mescolate insieme. Sono rimasta al di là della Cortina di ferro per più di quarant'anni, e trascorso il primo orribile periodo ci siamo assestati tutti in un tran tran tutto sommato anche gradevole. Finché avevamo da mangiare e un tetto sotto cui ripararci, poteva andare. Certo non conoscevamo il lusso, ma in cambio avevamo delle certezze, eravamo uniti e c'era uguaglianza. Qui invece la vita sa di caotico e precario. Immagino che tanta velocità e libertà siano inebrianti per i giovani, ma per la mia generazione i blocchi socialisti che ormai si stanno sbriciolando ovunque sono familiari e rassicuranti come un paio di vecchi calzini belli caldi. Ieri ho fatto chilometri a piedi per la città, ammirando i lucidi grattacieli di vetro e metallo, le case eleganti, i negozi pieni di *stuff*, le macchinone enormi e costose. C'erano un sacco di rumore e di traffico, e ho trovato il tutto frenetico e spaesante.

Mentre aspetto, sorseggio il mio caffè e mi impongo di mangiare lentamente la pasta con il ripieno di mandorle. Per farla durare di più ne stacco pezzi minuscoli, assaporando ogni boccone. E le mie mani tremano al pensiero di ciò che sta per succedere.

Apro la borsa e lì, tra il portafoglio e il riquadro piegato e biancastro del fazzoletto di Walter, che dopo tanti anni ancora porto con me come un amuleto, c'è la busta con la risposta alla mia prima lettera di oltre un anno fa. Non ho bisogno di tirarla fuori, ormai la so a memoria. Prendo invece rossetto e specchio e riapplico uno strato lucido e rosa sulle labbra, quindi richiudo lo specchio e metto via il tutto.

La porta del caffè si spalanca e nel locale fanno ingresso nuovi avventori. La prima è una donna di una certa età, con i capelli grigi raccolti in uno chignon: è snella, ha gli occhi nocciola e un viso lungo e sottile. La riconosco all'istante. Non può che essere lei: Anna.

Infilato sotto il braccio ha un diario con una copertina a motivi geometrici ormai sbiadita. Nel vederlo, riesco per miracolo a non lanciare un grido e inghiotto il groppo che ho in gola.

Alle sue spalle c'è un uomo di mezz'età, di costituzione

esile. Ha un viso aperto e bello e i capelli corti castano chiaro hanno qualche spruzzata di grigio sulle tempie. Si guarda intorno e io scorgo gli occhi celesti e gli zigomi alti. Ho un tuffo al cuore.

Mio figlio.

Per strada avrei potuto incrociarlo senza riconoscerlo. Tutti questi anni perduti. Mi si chiude la gola e gli occhi si colmano di lacrime. Riuscirò a conoscerlo adesso? A conoscerlo per davvero? Mi chiamerà mai "mamma", verrà mai a cercarmi quando ha un problema? Poco probabile. Mi è stata rubata un'esistenza intera di ricordi, però è vivo e sembra stare bene ed essere felice. Alla fine, è ciò che ogni madre desidera per il proprio figlio.

Quando il suo sguardo incrocia il mio, restiamo a fissarci per un attimo. Non riesco a interpretare la sua espressione, e lo stesso deve valere per lui. Siamo due estranei, io e il mio Stanley. Di colpo tutto ciò che mi circonda – il locale, il tintinnio di tazze e piattini, l'aroma di caffè appena macinato, il brusio di sottofondo – svanisce. Restiamo soltanto io e lui.

Sono cinquantasei anni che sogno questo momento. Il fatto che stia avvenendo ora, qui, è una cosa troppo grande perché riesca a metabolizzarla. Mi ritrovo quasi ottenebrata dallo shock. Siamo davvero qui, nello stesso paese, nella stessa stanza. Quest'uomo che fruga nei miei occhi a pochi passi da me: che cosa può pensare della donna che gli sta davanti, una figlia del Reich che lo abbandonò appena nato? Tremo di paura ed emozione. Ma lui abbassa il mento annuendo e mi rivolge un sorriso aperto e caloroso, inondandomi di un senso di gratitudine.

Funzioneremo, io e Stanley. Potrà volerci del tempo, ma ce la faremo.

Lui si fa da parte per permettere a un ragazzo di circa quindici anni di entrare a sua volta. Ha le gambe lunghe ed è già più alto di suo padre, goffo nel suo corpo di adolescente che si nasconde dietro una tenda di capelli scuri.

Mio nipote?

E adesso arriva una ragazza, forse la sorella più grande. Si guarda intorno nel locale, finché gli enormi occhi azzurri incontrano i miei, mozzandomi il respiro. La somiglianza è straordinaria. Indossa un maglioncino largo e morbido su dei jeans strappati e i riccioli lunghi e scuri le cadono sulle spalle. È come guardare me stessa a diciassette anni, e mi colpisce il pensiero che alla sua età io avevo già avuto Stanley.

Vorrei tanto che un'altra persona entrasse da quella porta, ma non succede. Ripenso alla lettera che ho in borsa, quella che ho imparato a memoria. All'incipit vergato da una mano sconosciuta:

> Mia cara Hetty,
> ti scrivo in fretta per far partire la lettera con la prossima posta, affinché tu non debba attendere un minuto più del necessario la risposta alla tua magnifica missiva. Te ne manderò un'altra, più lunga e più dettagliata, nei prossimi giorni. A questa mi dedico in preda a emozioni contrastanti: gioia, innanzitutto, nel saperti ancora viva. Walter non ha mai rinunciato alla speranza di ritrovarti dopo la guerra. Ha passato anni a chiedere senza risultato, ritrovandosi sempre in vicoli ciechi, finché le comunicazioni con la Germania Est sono diventate quasi impossibili. Temevamo che non fossi sopravvissuta al conflitto, quindi saperti viva e in salute è una cosa assolutamente meravigliosa.
> Ma ci sono anche le cattive notizie. Purtroppo devo dirti che Walter se n'è andato tre anni fa, all'improvviso, in seguito a un infarto. Era, come tu ben sai, un uomo fantastico. Durante la guerra ha fatto tutto il possibile per combattere il nazismo e ti basti sapere che è stato coraggiosissimo. In seguito, e fino al giorno della sua morte, ha gestito una ditta di cappelli molto apprezzata, abbandonando il campo delle pellicce per dedicarsi a quello dei copricapo femminili. Ci ha sempre saputo fare con le donne, che naturalmente lo amavano. È stato un buon marito, e la sua perdita ci ha lasciati devastati: Stanley, i cugini e i nostri figli (ne abbiamo avuti tre). Abbiamo perso un marito, un padre e uno zio meraviglioso. Mi dispiace doverti dare questa triste

notizia, ma in compenso Stanley, il tuo straordinario figlio, sta bene ed è vivo. È diventato un bravo avvocato, si è sposato e ha due figli ora adolescenti, una ragazza e un ragazzo. Mi reputo fortunata a essere parte della sua vita, perché è una vera gioia. Non è pensabile che tu non venga a trovarci: Stanley ha fatto strada e ti pagherà il viaggio. Sei la benvenuta e puoi restare tutto il tempo che vuoi. Ti riscrivo presto.

Tua Anna

Eccola qui, che si avvicina al mio tavolo. Mi alzo. Per un attimo restiamo a fissarci, occhi azzurri in occhi nocciola. Non c'è la minima traccia di odio, soltanto tristezza. Comprensione, forse. Ma anche qualcos'altro. Un luccichio che riconosco perché mi ha tenuta in piedi nei momenti più bui.

Speranza.

E Anna, la donna che fino a oggi non avevo mai conosciuto, che per metà della mia vita mi ha perseguitata in sogno, viene verso di me per avvolgermi nel più caldo degli abbracci.

Nota dell'autrice

Dalla parte di mio padre erano ebrei askenaziti originari di Brody, oggi in Ucraina ma un tempo in Galizia, una provincia nord-orientale dell'Impero austroungarico. Nell'Ottocento i Fein, così come molti altri ebrei coevi, commerciavano in pellami e pellicce e spesso da Brody andavano a Lipsia, importante centro europeo del settore, per partecipare alle fiere che vi si svolgevano fin dal Medioevo.

Alla fine degli anni Trenta di due secoli fa, le nuove leggi della Sassonia spianarono la strada agli insediamenti ebraici locali e nel marzo del 1870 i Fein diventarono ufficialmente cittadini sassoni, con base a Lipsia. Si integrarono perfettamente nella vita del posto. Istruiti e ambiziosi, nel 1904 aprirono un'azienda nel Brühl, al cuore del quartiere dei pellicciai ebrei, e vi comprarono immobili, tutte cose di cui furono spogliati durante il nazismo.

Mio padre divenne dottore in Legge nel 1931 e l'estate dell'anno dopo fondò il suo studio. Il 30 giugno 1933 gli fu proibito di esercitare in Germania in quanto ebreo. Inviò allora domande di assunzione in tutta Europa, ma senza ottenere risultati: l'antisemitismo montava da una sponda all'altra del continente. Avendo letto qualche anno prima il *Mein Kampf*, si rendeva ben conto di quale pericolo rappresentasse il neoeletto Hitler e verso la fine 1933 lasciò la Germania (seguito a qualche settimana di distanza dalla giovane moglie incinta del primogenito) grazie a un permesso temporaneo per l'Inghilterra, che dovette rinnovare annualmente presso il ministero dell'Interno fino al 1946, quando gli fu concessa la cittadinanza britannica. La cosa fu possibile grazie al successo della ditta, perché così poté dimostrare di essere in grado di mantenere economicamente se stesso e la famiglia ed evitare l'internamento.

Privo delle qualifiche per esercitare come avvocato nel sistema inglese, fondò la filiale londinese dell'azienda di famiglia, che commerciava soprattutto in pelli di coniglio destinate alla manifattura di cappelli. In Inghilterra, sia in casa sia fuori, parlarono sempre tutti in inglese e adottarono usi e costumi locali. Nel 1943 a mio padre fu permesso di entrare nella Milizia territoriale, quindi fu eletto nel Comitato esecutivo dell'Export Group di Londra e lavorò a stretto contatto con il ministero del Commercio, un vero onore per un profugo della nemica Germania, e negli anni della guerra fece addirittura una trasmissione per la Bbc dedicata ai vari utilizzi delle pelli di coniglio. Sposò così la vita inglese a tutto tondo, grato al paese che gli aveva offerto un rifugio e l'aveva messo in condizione di mettere in piedi un'attività e di offrire un tetto ai suoi cari. Da lui ho imparato che la libertà è il valore più alto e prezioso che esista, e ad amare quel caposaldo della democrazia che è stata l'Inghilterra.

Nel corso degli anni Trenta anche gli altri membri della famiglia Fein lasciarono la Germania per trasferirsi a Londra o a New York, dove fondarono un'altra filiale dell'azienda. Qualcuno scappò solo nel 1938, dopo la Notte dei cristalli, l'arresto e una breve detenzione nel campo di concentramento di Buchenwald, e uno degli zii di mio padre rimase così danneggiato dalle tre settimane di prigionia da morirne nel giro di pochi anni. Altri membri della famiglia decisero di partire quando ormai era troppo tardi e finirono assassinati ad Auschwitz e Theresienstadt.

Mio padre, che alla mia nascita aveva sessantun anni e morì quando ne avevo diciassette, non parlava mai della sua vita in Germania o dell'esperienza del nazismo, e rifiutò sempre di comprare prodotti tedeschi e di parlare tedesco. Per una sorta di osmosi, da bambina avevo fatto mia l'idea che il suo passato di ebreo dovesse restare un segreto, come se il fatto di parlarne apertamente potesse metterci tutti in pericolo. Ogni tanto di notte mi capitava di non dormire e immaginavo di essere catturata e sbattuta in un campo. Allora cercavo delle vie di fuga e dei modi per salvarmi insieme alle altre prigioniere. Solo pochi anni fa ho confessato le origini ebree di mio padre.

Non ricordo esattamente quando mi è venuta l'idea di un romanzo ispirato alla sua storia, ma di sicuro è rimasta a sedimentare molto a lungo. Sapendo così poco della sua vita a Lipsia, istintivamente mi fu chiaro fin da subito che avrebbe dovuto prendere la forma di un'opera d'invenzione. A furia di rimuginare sull'idea, cominciarono a presentarsi dei personaggi, e io iniziai seriamente a fare ricerche e a documentarmi. Alla fine, però, sebbene ispirato a mio padre, questo libro non è su di lui. Scrivendo questa storia speravo di riuscire a mostrare i parallelismi tra la Germania dei primi anni Trenta, in cui visse lui, e il mondo occidentale del dopo crisi 2008. Le difficoltà economiche degli anni Venti portarono al nazionalismo e alle sue conseguenze ideali e pratiche più estreme. I nuovi mezzi di comunicazione, cioè la radio e il cinema, consentirono a certi messaggi di arrivare direttamente nelle case e sugli schermi della gente comune, ma in generale tutti, sia quelli vecchi sia quelli nuovi, furono utilizzati per diffondere un'efficace propaganda nel paese. In questo modo, e mettendo a tacere ogni dissenso, un popolo intero finì per essere controllato e manipolato. Oggi ci troviamo di fronte a qualcosa di potenzialmente simile, con i crescenti nazionalismi, la rapida polarizzazione della destra e della sinistra radicale ed estremismi di vario ordine e grado: i leader populisti che sorprendono il mondo vincendo le elezioni, la Brexit, le richieste di chiudere i confini e la ripresa dei sentimenti xenofobi. L'antisemitismo che torna ad alzare la sua cresta spaventosa, persino in partiti politici un tempo moderati. Il ritorno di assurde voci di una cospirazione ebraica. E tutti che si informano restando sempre di più all'interno delle false bolle dei loro contatti social.

Mentre intorno a me succedevano tutte queste cose, scrivere un romanzo mi sembrava spesso un giochino ridicolo e superficiale in confronto agli accadimenti del mondo *reale*. Ma le storie, la fiction, hanno potere. Un buon libro può raggiungere un lettore e trascinarlo in luoghi e situazioni di cui non sa nulla, coinvolgendolo sul piano emotivo come i fatti e le notizie spesso non riescono a fare. E i suoi personaggi possono vivere nella mente di chi legge.

All'inizio pensavo di scrivere usando la prospettiva degli ebrei, ma più mi documentavo e più capivo di voler capire in che modo funzionava la testa dei nazisti. Come aveva fatto un popolo, una nazione democratica e profondamente civile, a diventare tanto crudele? A privarne un altro della sua umanità e a commettere atrocità su così larga scala? Più imparavo, più mi rendevo conto che il mio messaggio sarebbe stato forse più efficace se avessi usato gli occhi di una nazista, raccontando la vicenda di una giovane ragazza imbevuta fin da piccola di ideologia dell'odio. La vicenda di qualcuno che non aveva mai conosciuto altro. Che cosa avrebbe potuto cambiarne la visione, facendola schierare contro tutto ciò in cui credevano la sua famiglia e la società intera?

In fase di ricerca ho letto moltissimo, compresa una grande varietà di testi di narrativa e saggistica, di testimonianze di persone vissute in quel periodo, di lettere e diari dell'epoca, e ho ascoltato le voci di vari testimoni, oltre ad aver avuto il privilegio di accedere a tesi di dottorato e a documenti di famiglia. Ho anche letto il *Mein Kampf* e sono andata a Lipsia, assistita sempre da mia sorella Kathleen che mi aiutava a scartabellare e tradurre. Lì sono riuscita a intervistare persone preziosissime, tra cui Thomas Töpfer, allora direttore dello Schulmuseum, il museo della scuola; Andrea Lorz, storico tedesco specializzato nella storia della comunità ebrea locale; e Hubert Lang, avvocato in pensione e grande conoscitore della storia legale degli ebrei di Lipsia, nonché autore di libri sull'argomento. Ho girato in lungo e in largo la città, compresa la zona di Gohlis di cui parlo nel romanzo, dove viveva la famiglia di mio padre. E a Londra ho contattato un signore, Peter Held, che da bambino era arrivato in Inghilterra grazie al Kindertransport e a Lipsia abitava nella stessa via dei cugini di mio padre. Lui si ricordava bene di tutti. Quando ci siamo visti, nell'estate del 2016, aveva novantaquattro anni: purtroppo è morto poche settimane dopo il nostro incontro.

Già che ci sono, vorrei sottolineare proprio che si tratta di un'opera d'invenzione e che alcuni aspetti della realtà storica sono stati alterati in funzione della trama. Certe persone, certi discorsi, certi luoghi e accadimenti sono per esempio il prodotto della mia fantasia, o una fusione o un rimaneggiamento di altri fatti. In particolare, penso alla scuola per *Hausfrau*: all'epoca esistevano vari istituti del Reich che offrivano corsi di economia domestica, alcuni per future mogli della classe proletaria e altri per donne borghesi o dell'élite destinate a sposare funzionari delle SS. Per come la immagino io, quella dove minacciano di spedire Hetty è più una sorta di collegio d'alto bordo, quindi le ho attribuito un nome di pura invenzione.

Scrivere questo libro è stato in molti sensi un viaggio. Se ho lavorato bene, spero che anche i lettori potranno fare una piccola esperienza di questo tumultuoso periodo storico attraverso gli occhi di Hetty e Walter. E riflettere sulla precarietà delle libertà e dei diritti che troppo spesso oggi diamo per scontati. Ma, soprattutto, spero di dimostrare che le lezioni del passato non vanno mai dimenticate.

Ringraziamenti

Per questo libro sono enormemente debitrice nei confronti di tantissime persone. Esprimere qui la mia gratitudine mi sembra una pallida ricompensa per il tempo, la generosità e il sostegno ricevuti, ma pian piano mi auguro di riuscire a ripagarvi tutti. Questo libro è tanto mio quanto vostro.

Innanzitutto, grazie alla mia magnifica agente, Caroline Hardman, e a tutta la Hardman & Swainson per aver creduto nel libro e in me come autrice. In questo modo si realizza un mio sogno. E grazie a Liz Stein e al team di William Morrow, e a Hannah Smith e alla squadra di Head of Zeus, per il vostro entusiasmo e la vostra mano esperta, nonché per aver contribuito a migliorare il risultato finale. Lavorare con voi è stato un piacere enorme.

Un grazie sentito a Hubert Lang, Andrea Lorz e a Thomas Töpfer dello Schulmuseum di Lipsia per la pazienza e tutte le risposte alle mie infinite domande. La vostra conoscenza e disponibilità sono state un dono prezioso. Grazie anche allo scomparso Peter Hold, che da vero gentiluomo ultranovantenne, da perfetta sconosciuta qual ero, mi ha accolta a braccia spalancate e ha intrattenuto me e mia sorella per un pranzo indimenticabile, scavando generosamente in ricordi tanto antichi quanto dolorosi. Mi dispiace che tu non ce l'abbia fatta a veder realizzato questo progetto.

Ringrazio poi Russell Schechter, David Savill e Scott Bradfield, miei mentori alla laurea specialistica, che mi hanno insegnato a scrivere meglio e ad apprezzare le critiche severe ma costruttive. E in parallelo ringrazio anche le colleghe e i colleghi del corso: Lara Dearman, Andy Howden, Jennifer Small, Magdalena Duke e Gwen Emmerson, per i vostri acuti commenti, la solidarietà, l'amicizia e l'incrollabile fiducia. Siete tutti fantastici, senza di voi non so come avrei fatto. Alla cricca dei Savvy Writers Snug, dunque, e al suo talento!

Non voglio dimenticare nemmeno i miei primi lettori: Suzanne Miller, Karen Kelly, Brenda Fein, Julian Pike, Millie Pike, Josh Pike, Diane Pike, Jane Elliot, Shauna Bartlett e Shannon Monroe Ashton. Anche i vostri commenti e il vostro sostegno sono stati impagabili. E grazie alla favolosa Stephanie Roundsmith di Cornerstones, che mi ha salvata mentre stavo ormai per cestinare il manoscritto: senza di te questo libro non avrebbe mai visto la luce, mi hai aiutata così tanto e in così tanti modi che ti devo un almeno un gigantesco drink!

E infine, ultimi ma più importanti di tutti, i miei cari. Un grazie alla mia fantastica mamma e a mio padre che non c'è più, per avermi fatto innamorare della lettura e per avermi dato fiducia in me stessa e un'inestinguibile sete di conoscenza. Siete stati davvero i genitori migliori che una figlia potesse desiderare. In particolare tu, mamma, che sei rimasta vedova quando avevo appena diciassette anni: la tua costanza, il tuo amore per la vita e l'apprendimento, la tua gentilezza e l'incredibile umanità ti hanno resa il modello più alto a cui aspirare.

A te, Kathleen, sorella mia, per l'aiuto inestimabile nella ricerca, per la tua compagnia e il tuo incoraggiamento. Il viaggio che abbiamo fatto insieme è meraviglioso in sé. Averti al mio fianco è stato un dono enorme. E grazie anche a mia sorella Sarah, che mi ha sempre ascoltata e c'è sempre stata quando ne avevo bisogno. Grazie a mia suocera, Di, per le chiacchierate, i pranzi, i rammendi, l'aiuto in casa e la gentilezza in generale: grazie davvero! Grazie a Bonnie, la mia cagna, che ogni giorno mi ha tenuto compagnia sdraiata ai miei piedi mentre digitavo sulla tastiera e mi ha costretta a fare passeggiate durante le quali scioglievo nodi della trama.

Soprattutto, grazie al mio adorato marito Julian e ai miei tre meravigliosi figli: Millie, Josh e Lottie. Ciascuno di voi mi ispira ogni giorno e mi rende orgogliosa. Vi voglio così bene che mi fa quasi male. Grazie per la vostra fiducia incrollabile in me e per avermi incoraggiata ad andare fino in fondo. Siete tutta la mia vita.

Indice

Stampato da
Grafica Veneta S.p.A., Trebaseleghe (Padova)
per conto di Sonzogno di Marsilio Editori® in Venezia

Edizione	Anno
10 9 8 7 6 5 4 3 2 1	2021 2022 2023 2024 2025